REFÚGIO

NORA ROBERTS

Romances

A Pousada do Fim do Rio
O Testamento
Traições Legítimas
Três Destinos
Lua de Sangue
Doce Vingança
Segredos
O Amuleto
Santuário
A Villa
Tesouro Secreto
Pecados Sagrados
Virtude Indecente
Bellíssima
Mentiras Genuínas
Riquezas Ocultas
Escândalos Privados
Ilusões Honestas
A Testemunha
A Casa da Praia
A Mentira
O Colecionador
A Obsessão
Ao Pôr do Sol
O Abrigo
Uma Sombra do Passado
O Lado Oculto
Refúgio

Saga da Gratidão

Arrebatado pelo Mar
Movido pela Maré
Protegido pelo Porto
Resgatado pelo Amor

Trilogia do Sonho

Um Sonho de Amor
Um Sonho de Vida
Um Sonho de Esperança

Trilogia do Coração

Diamantes do Sol
Lágrimas da Lua
Coração do Mar

Trilogia da Magia

Dançando no Ar
Entre o Céu e a Terra
Enfrentando o Fogo

Trilogia da Fraternidade

Laços de Fogo
Laços de Gelo
Laços de Pecado

Trilogia do Círculo

A Cruz de Morrigan
O Baile dos Deuses
O Vale do Silêncio

Trilogia das Flores

Dália Azul
Rosa Negra
Lírio Vermelho

NORA
ROBERTS

REFÚGIO

Tradução
Carolina Simmer

4ª edição

Rio de Janeiro | 2022

EDITORA-EXECUTIVA
Renata Pettengill

SUBGERENTE EDITORIAL
Marcelo Vieira

ASSISTENTE EDITORIAL
Samuel Lima

ESTAGIÁRIA
Georgia Kallenbach

REVISÃO
Júlia Moreira

IMAGENS DE CAPA
Anthony Festa / Getty Images

DIAGRAMAÇÃO
Ricardo Pinto

TÍTULO ORIGINAL
Hideaway

CIP-BRASIL. CATALOGAÇÃO NA PUBLICAÇÃO
SINDICATO NACIONAL DOS EDITORES DE LIVROS, RJ

R549r
4ª ed.

Roberts, Nora, 1950-
Refúgio / Nora Roberts; tradução de Carolina Simmer. – 4ª ed. – Rio de Janeiro: Bertrand Brasil, 2022.

Tradução de: *Hideaway*
ISBN 978-85-286-2478-6

1. Ficção americana. I. Simmer, Carolina. II. Título.

20-66441

CDD: 813
CDU: 82-3(73)

Camila Donis Hartmann – Bibliotecária – CRB-7/6472

Texto revisado segundo o novo Acordo Ortográfico da Língua Portuguesa.

2022
Impresso no Brasil
Printed in Brazil

Direitos exclusivos de publicação em língua
portuguesa somente para o Brasil adquiridos pela:
EDITORA BERTRAND BRASIL LTDA.
Rua Argentina, 171 — 3º andar — São Cristóvão
20921-380 — Rio de Janeiro — RJ
Tel.: (21) 2585-2000,
que se reserva a propriedade literária desta tradução.

Para minha família
de sangue e do coração

Parte 1

Inocência perdida

Filhas são o máximo.

— J. M. Barrie

Uma criança ama todo mundo, meus amigos,
e é de sua natureza ser doce — até algo acontecer.

— Flannery O'Connor

Capítulo um

♦ ♦ ♦ ♦

Big Sur, Califórnia, 2001

QUANDO LIAM Sullivan faleceu, aos noventa e dois anos, enquanto dormia, na própria cama, ao lado da mulher com quem foi casado por sessenta e cinco anos, o mundo ficou de luto.

Um ícone tinha partido.

Nascido em um pequeno *cottage* escondido em meio aos campos e colinas verdejantes próximos ao vilarejo de Glendree, no condado de Clare, na Irlanda, ele era o sétimo filho e o caçula de Seamus e Ailish Sullivan. Em tempos de vacas magras, passou fome. E nunca se esqueceu do gosto do pudim de pão da mãe — nem do tabefe vindo de sua mão quando ele fazia por merecer.

Liam perdeu um tio e o irmão mais velho na Primeira Guerra Mundial, sofreu pela morte de uma irmã, que não chegou nem a completar dezoito anos, no parto do segundo filho.

Desde jovem, conheceu o trabalho exaustivo de lavrar a terra com a ajuda de uma égua chamada Lua. Aprendeu a tosquiar carneiros e abater cordeiros, a ordenhar vacas e construir muros de pedra.

E passou a vida toda se lembrando das noites em que a família se sentava ao redor da lareira acesa — do aroma da fumaça da turfa, da voz angelical da mãe cantando, do pai sorrindo para ela enquanto tocava violino.

E das danças.

Quando garoto, às vezes ganhava algumas moedas cantando no bar enquanto os locais bebiam canecas de cerveja e conversavam sobre lavouras e política. Sua voz sublime era capaz de marejar de lágrimas os olhos; o corpo ágil, rápido e os pés habilidosos elevavam os ânimos enquanto dançava.

Liam sonhava com mais do que lavrar campos e ordenhar vacas, com muito mais do que os trocados que juntava na pequena taverna de Glendree.

Pouco antes de completar dezesseis anos, ele saiu de casa com algumas preciosas moedas no bolso. Junto com outros que queriam mais, enfrentou a jornada até o outro lado do Atlântico espremido dentro de um navio. Quando a embarcação sacudia e balançava durante tempestades e o ar fedia a vômito e medo, ele agradecia aos céus por seu corpo resistente.

Zeloso, escrevia cartas para a família, que sonhava enviar no fim da viagem, e mantinha o clima animado ao distrair os companheiros de bordo com canções e danças.

Ele flertava e trocava beijos entusiasmados com uma moça de cabelo cor de linho chamada Mary, de Cork, que ia para o Brooklyn e tinha conseguido emprego como empregada numa casa chique.

Com Mary, parado no ar gelado, fresco — finalmente fresco —, Liam viu pela primeira vez a grande dama com sua tocha erguida no alto. E pensou que sua vida estava começando de verdade.

Tanta cor e barulho e movimento, tantas pessoas apertadas em um lugar só. Não era apenas um oceano que o separava da fazenda onde tinha nascido e crescido, refletira ele. Era um mundo.

Seu mundo agora.

Liam seria aprendiz do seu tio materno, Michael Donahue, um açougueiro no Meatpacking District. Ele foi recebido de braços abertos, ganhou uma cama em um quarto que dividiria com dois primos. E, apesar de ter levado apenas algumas semanas até que começasse a odiar os sons e os aromas do trabalho, ele continuou na labuta.

Ainda assim, sonhava com mais.

Liam descobrira o que era esse "mais" no dia em que usou um pouco de seu dinheiro suado para ir ao cinema com Mary do cabelo cor de linho. Lá, viu a mágica acontecer na telona, mundos bem distantes de tudo que conhecia, mundos que ofereciam tudo que qualquer homem poderia desejar.

Lá, os sons de serras cortando ossos e das pancadas de cutelo não existiam. Até mesmo a bela Mary desapareceu enquanto ele se sentia puxado para dentro da tela e do mundo que lhe era oferecido.

As mulheres lindas, os homens heroicos, o drama, a comédia. Quando Liam voltou a si, encontrou ao seu redor os rostos extasiados da plateia, as lágrimas, as risadas, os aplausos.

Aquilo, pensara ele, era o alimento para uma barriga esfomeada, um cobertor no frio, a luz para uma alma perdida.

Antes de completar um ano desde que tinha visto Nova York do convés do navio, Liam abandonava a cidade e seguia para o oeste.

Ele atravessou o país fazendo bicos, impressionado com o tamanho de tudo, com o clima e os cenários, que mudavam constantemente. Dormiu em campos, em celeiros, nos fundos de bares onde trocava sua voz por abrigo.

Uma vez, passou a noite na cadeia depois de um arranca-rabo em uma cidade chamada Wichita.

Ele aprendeu a seguir os trilhos dos trens, a evitar a polícia e — como contaria em inúmeras entrevistas ao longo da carreira — teve a maior aventura de sua vida.

Quando, após quase dois anos de viagem, finalmente viu o grande letreiro branco que dizia HOLLYWOODLAND, jurou que aquele seria o lugar onde conquistaria fama e fortuna.

Liam contava com sua esperteza, sua voz e sua força para sobreviver. Com a esperteza, conseguiu trabalho construindo sets de filmagem a céu aberto, e cantava durante o serviço. Reencenava as cenas a que assistia, treinava os sotaques que escutara durante a viagem do Leste para o Oeste.

O cinema falado tinha mudado tudo, então, agora, estúdios precisavam ser construídos. Os atores que ele admirava nas telas mudas tinham vozes ou estridentes ou retumbantes, então logo perderam a fama.

Sua oportunidade surgiu quando um diretor ouviu sua cantoria durante o trabalho — era a mesma canção que um astro do antigo cinema mudo usaria para conquistar a amada em uma cena musical.

Liam sabia que o homem tinha uma voz de merda e era bisbilhoteiro o suficiente para ter ouvido que os produtores cogitavam a hipótese de usar outra voz. Na sua cabeça, seria apenas questão de estar no lugar certo, na hora certa, para aquela voz ser a sua.

O rosto dele podia não ter aparecido na tela, mas sua voz cativou a plateia. E abriu uma porta.

Um figurante no fundo, um figurante que aparecia caminhando na cena, um papel minúsculo com sua primeira fala.

Etapas, degraus, formando uma base a partir do trabalho duro, do talento e da energia incansável de Sullivan.

Ele, criado numa fazenda em Clare, tinha um agente, um contrato e, naquela Era de Ouro de Hollywood, começou uma carreira que duraria décadas e alcançaria gerações.

Liam conheceu a esposa quando estrelou um musical com a espevitada e popular Rosemary Ryan — o primeiro de cinco filmes que fariam juntos. O estúdio alimentou as histórias nas colunas de fofoca sobre um romance entre os dois, mas foi um esforço desnecessário.

Eles se casaram menos de um ano após se conhecerem. Passaram a lua de mel na Irlanda — visitando a família de Liam, assim como a dela, em Mayo.

O casal construiu uma mansão glamorosa em Beverly Hills, teve um filho, depois uma filha.

Compraram o terreno em Big Sur porque, assim como seu romance, foi amor à primeira vista. A casa, erguida com vista para o mar, recebeu o nome de Recanto dos Sullivan. Ela se tornaria seu refúgio, e então, com o passar dos anos, seu lar.

Os filhos provaram que o talento dos Sullivan-Ryan atravessava gerações, conforme o filho Hugh ia de ator mirim para galã do cinema, e a filha, Maureen, escolhia Nova York e a Broadway.

Hugh lhes daria o primeiro neto antes de perder a esposa, o amor de sua vida, em um acidente aéreo enquanto ela voltava de filmagens em Montana.

E esse filho, com o tempo, se tornaria outro Sullivan nas telonas.

O neto de Liam e Rosemary, Aidan, acreditando, conforme a tradição da família, que tinha encontrado o amor de sua vida na beldade loira Charlotte Dupont, se casou em uma cerimônia esplendorosa (cobertura exclusiva na revista *People*) e comprou uma mansão em Holmby Hills para a esposa. E deu uma bisneta a Liam.

A menina da quarta geração dos Sullivan foi batizada de Caitlyn. Caitlyn Ryan Sullivan instantaneamente se tornou a queridinha de Hollywood quando estreou nas telonas com 1 ano e 9 meses de idade, interpretando uma bebê travessa e casamenteira em *A noiva do papai*.

O fato de que a maioria das críticas afirmava que a pequena Cate ofuscava os dois atores principais (um dos quais era sua mãe, a protagonista) causou certa preocupação em alguns meios.

Aquele poderia ter sido seu primeiro e último gostinho da fama antes da adolescência, mas o bisavô arranjou para ela, aos seis anos, o papel da independente Mary Kate em *O sonho de Donovan*. A menina passou seis semanas filmando na Irlanda, dividindo a tela com o pai, o avô, o bisavô e a bisavó.

E o sotaque irlandês com que recitava suas falas era tão realista que ela parecia ter nascido lá.

O filme, um sucesso de público e crítica, seria o último de Liam Sullivan. Em uma das raras entrevistas que deu no fim da vida, sentado sob uma ameixeira florida, de costas para o Pacífico eternamente ondulante, ele afirmou que, assim como Donovan, tinha visto seu sonho ser realizado. Fizera um filme com a mulher que amava havia seis décadas, seus meninos, Hugh e Aidan, e a luz radiante de sua bisneta, Cate.

O cinema, explicou ele, lhe dera a maior das aventuras, então aquela parecia a forma perfeita de prender na lâmpada o gênio de sua vida.

Em uma tarde fresca e ensolarada de fevereiro, três semanas após seu falecimento, sua viúva, sua família e muitos dos amigos que ele fez durante a vida se reuniram na propriedade em Big Sur para — conforme insistia Rosemary — celebrar uma vida muito bem vivida.

Um funeral formal ocorrera em Los Angeles, com celebridades e homenagens, mas aquele evento se dedicaria a recordar as alegrias que Liam trouxera.

Houve discursos e histórias, houve lágrimas. Mas também música, risadas, crianças brincando por todo lado. Comida, uísque, vinho.

No espaço que chamavam de sala da família, Rosemary, o cabelo agora branco como a neve que cobria as montanhas de Santa Lúcia, refletia sobre o dia enquanto se acomodava — um pouco cansada, para dizer a verdade — diante da imponente lareira de pedra. Dali, conseguia observar as crianças — seus corpinhos jovens rindo no frio do inverno — e o oceano que se estendia.

Quando Hugh sentou ao seu lado, ela segurou uma das mãos do filho.

— Você me acharia uma velha louca se eu dissesse que ainda consigo sentir a presença dele, como se estivesse do meu lado?

Assim como a do marido, a voz dela ainda carregava o sotaque cantarolado de seu país natal.

— Como eu acharia uma coisa dessas, se também sinto?

Com o cabelo branco cortado curto por praticidade e estilo, os olhos verdes vívidos e cheios de graça, Rosemary se virou para ele.

— Sua irmã diria que nós dois estamos doidos. Como foi que uma criança tão pragmática saiu de mim? — Ela aceitou o chá que o filho lhe oferecia. — Tem uísque aqui?

— Eu conheço a mãe que tenho.

— Conhece mesmo, meu menino, mas você não sabe de tudo.

Rosemary bebericou o chá, suspirou. Então observou o rosto de Hugh. Tão parecido com o pai, pensou. Aquele maldito charme irlandês. Seu menino, seu bebê, agora tinha o cabelo bastante grisalho e olhos que ainda brilhavam com o azul mais azul do mundo.

— Sei que você sofreu quando perdeu sua Livvy. Foi tão repentino, tão cruel. Mas eu a vejo na nossa Caitlyn, e não só na aparência. Eu a vejo na sua calidez, na sua alegria, na sua impetuosidade. Estou falando que nem uma maluca de novo.

— Não. Também vejo isso. Quando escuto a risada dela, escuto a risada de Livvy. Ela é meu tesouro.

— Eu sei, e é o meu também, assim como era do seu pai. Fico feliz, Hugh, por você ter encontrado Lily, por ter encontrado a felicidade depois de passar tanto tempo sozinho. Ela é uma boa mãe para os próprios filhos e tem sido uma avó amorosa para nossa Cate nos últimos quatro anos.

— É verdade.

— Sabendo disso, e sabendo que nossa Maureen está feliz, que os filhos e os netos dela estão bem, tomei uma decisão.

— Sobre o quê?

— Sobre o restante do meu tempo aqui. Eu amo esta casa — murmurou Rosemary. — Amo esta terra. Conheço todos os detalhes em qualquer iluminação, qualquer estação, qualquer clima. Você sabe que a gente não vendeu a casa em Los Angeles principalmente pelo valor sentimental e por ser conveniente quando algum de nós tem que ir à cidade a trabalho.

— Você quer vender a casa agora?

— Acho que não. As lembranças de lá são muito queridas. Você sabe que temos a casa em Nova York, que vou dar para Maureen. Mas quero que você escolha se quer esta aqui ou a de Los Angeles. Preciso saber, porque vou para a Irlanda.

— Para passear?

— Para morar. Espere — disse Rosemary antes que o filho rebatesse. — Posso ter me mudado para Boston com dez anos, mas ainda tenho parentes lá, raízes. E também a família que ganhei quando casei com seu pai.

Hugh colocou uma mão sobre a dela, apontou com o queixo para a grande janela, para as crianças, para a família lá fora.

— Você tem parentes aqui.

— Tenho. Aqui, em Nova York, em Boston; na Irlanda tenho em Clare e em Mayo e, minha nossa, agora tenho em Londres também. Meu Deus, como a gente se espalhou, não foi, meu querido?

— Parece que sim.

— Espero que todo mundo me visite. Mas, agora, quero estar na Irlanda. Na tranquilidade e no verde. — Ela sorriu para Hugh, exibindo um brilho travesso no olhar. — Uma velha viúva, fazendo pão integral e tricotando xales.

— Você não sabe fazer pão nem tricotar nada.

— Rá! — Agora, Rosemary bateu na mão dele. — Mas posso aprender, não posso, mesmo sendo uma velha coroca? Sei que você tem sua casa com Lily, mas chegou a hora de eu ajudar, por assim dizer. Só Deus sabe como Liam e eu ganhamos tanto dinheiro trabalhando por amor.

— Talento. — Então Hugh bateu com um dedo de leve na cabeça da mãe. — Inteligência.

— Bem, nós tínhamos ambos. E, agora, quero dividir um pouco do que colhemos. Quero aquele *cottage* maravilhoso que compramos em Mayo. Então, o que você prefere, Hugh? Beverly Hills ou Big Sur?

— Aqui. Isto. — Quando ela sorriu, Hugh balançou a cabeça. — Você sabia antes mesmo de perguntar.

— Eu conheço o filho que tenho melhor do que ele conhece a mãe que tem. Então está combinado. A casa é sua. E espero que cuide dela.

— Você sabe que vou cuidar, mas...

— Nada disso. Já está decidido. E espero sempre encontrar um lugar para mim quando eu vier visitar. E vou vir. Nós passamos anos incríveis aqui, seu pai e eu. Quero que nossa família passe bons anos aqui também. — Rosemary deu um tapinha na mão do filho. — Olhe lá para fora, Hugh. — Ela riu quando viu Cate dando uma pirueta. — Aquele é o futuro, e estou muito feliz por ter ajudado a criá-lo.

Enquanto Cate dava piruetas para divertir dois primos mais novos, seus pais brigavam em um dos quartos de hóspedes.

Charlotte, o cabelo preso para trás em um coque feito para a ocasião, andava de um lado para o outro sobre o piso de madeira, os Louboutin produzindo estalidos no chão como o tamborilar impaciente de dedos.

No passado, a energia exacerbada que emanava dela deixava Aidan fascinado. Agora, era apenas cansativo.

— Pelo amor de Deus, Aidan, quero ir embora daqui.

— E nós vamos, amanhã à tarde, como planejamos.

Ela se virou para encará-lo, fazendo beicinho, os olhos cheios de lágrimas de raiva. A luz suave do inverno entrava pelas largas portas de vidro às suas costas e formava um halo ao seu redor.

— Já cansei, será que você não entende? Não está vendo que cheguei ao meu limite? Por que raios a gente precisa participar da droga de um *brunch* em família amanhã? Já tivemos o jantar ontem, aquele negócio interminável hoje. Sem falar do funeral. Aquele funeral que não acabava nunca. Quantas histórias mais eu preciso escutar sobre o grande Liam Sullivan?

Antes, ele achava que Charlotte compreendia suas ligações profundas, entrelaçadas, com a família; depois, passou a torcer para que ela um dia as compreendesse. Agora, os dois sabiam que ela apenas as tolerava.

Até ficar de saco cheio.

Exausto, Aidan sentou, se permitiu esticar as pernas compridas por um minuto. Ele tinha começado a deixar a barba crescer para um papel. Seu rosto coçava e o irritava.

Era péssimo saber que, naquele momento, o sentimento que tinha pela esposa era o mesmo que tinha pela barba.

Os problemas no seu casamento pareciam ter dado uma trégua ultimamente. Agora, aparentemente, tudo estava piorando de novo.

— É importante para a minha avó, Charlotte, para o meu pai, para mim, para todos da família.

— Sua família está me sufocando, Aidan.

Ela deu as costas, jogando as mãos para o alto. Tanto drama, pensou ele, só por causa de algumas horas.

— É só mais uma noite, e não vai ficar muita gente para o jantar. Amanhã, a esta hora, vamos estar em casa. Ainda temos convidados, Charlotte. A gente devia estar lá embaixo.

— Então deixe sua avó fazer sala para eles. Seu pai. Você. Por que eu não posso pegar o jatinho e ir para casa?

— Porque o jatinho é do meu pai, e você, Caitlyn e eu vamos voltar com ele e Lily amanhã. Por enquanto, estamos juntos.

— Se a gente tivesse o nosso jatinho, eu não precisaria esperar.

Aidan sentia a dor de cabeça aumentando entre seus olhos.

— A gente precisa falar disso? Ainda mais agora?

Charlotte deu de ombros.

— Ninguém sentiria minha falta.

Tentando outra tática, ele sorriu. Por experiência, sabia que a esposa reagia melhor a elogios do que a críticas.

— Eu sentiria.

E, com um suspiro, ela sorriu.

O sorriso de Charlotte, pensou Aidan, era capaz de parar o coração de um homem.

— Estou sendo uma chata.

— Sim, mas você é a minha chata.

Com um breve sorriso, ela se aproximou e se aninhou em seu colo.

— Desculpe, querido. Você sabe que nunca gostei daqui. É tão isolado que me sinto uma prisioneira. E sei que isso não faz o menor sentido.

Aidan sabia que não devia acariciar o reluzente cabelo loiro dela depois de penteado, então apenas lhe deu um beijo na testa.

— Eu entendo, mas vamos para casa amanhã. Só preciso que você aguente mais uma noite, pela minha avó, pelo meu pai. Por mim.

Depois de bufar de leve, Charlotte o cutucou no ombro, então lhe ofereceu o beicinho de sempre. Lábios carnudos pintados de batom coral, emburrados, e os olhos azuis cristalinos com cílios dramáticos.

— É melhor eu ganhar uma recompensa por isso. Uma boa recompensa.

— Que tal umas férias no Cabo?

Arfando, ela agarrou o rosto dele com as duas mãos.

— Sério?

— Tenho duas semanas livres antes de a produção começar. — Assim que disse isso, Aidan passou uma mão pela barba. — A gente pode passar uns dias na praia. Cate vai adorar.

— Ela tem aula, Aidan.

— Podemos levar o professor particular.

— Que tal fazermos assim? — Agora, Charlotte o envolveu em seus braços, pressionando o corpo, ainda vestido de preto enlutado, contra o seu. — Cate pode ficar com Hugh e Lily, garanto que ela vai adorar. E a gente passa uns dias no Cabo. — Ela lhe deu um beijo. — Só nós dois. Eu ia adorar um tempo a sós, querido. Você não acha que seria bom?

Charlotte provavelmente tinha razão — os dois precisavam cuidar do seu casamento. Apesar de ele odiar deixar Cate para trás, a esposa estava certa.

— Pode ser.

— Isso! Vou mandar uma mensagem para Grant, pedir para ele encaixar uns treinos extras esta semana. Quero estar com o corpo perfeito para a praia.

— Seu corpo já é perfeito.

— Você fala isso porque é um fofo. Vamos ver o que meu personal trainer carrasco acha. Ah! — Ela deu um pulo. — Preciso fazer compras.

— Agora, a gente só precisa ir lá para baixo.

Uma sombra de irritação passou pelo rosto de Charlotte antes de ela se controlar.

— Tudo bem. Você tem razão, me dê só alguns minutos para retocar a maquiagem.

— Você está linda, como sempre.

— É um fofo mesmo. — Ela apontou para ele enquanto seguia para a penteadeira. Então parou. — Obrigada, Aidan. As últimas semanas, com tantas cerimônias, tantas homenagens, foram difíceis para todo mundo. Passar uns dias fora vai nos fazer bem. Já vou descer.

Enquanto os pais faziam as pazes, Cate organizava uma partida de pique-esconde, a última atividade do dia no quintal. A brincadeira, uma das favoritas nas reuniões de família, tinha regras, proibições e pontos extras.

No caso, as regras diziam que só poderiam se esconder no quintal — já que vários adultos não deixavam as crianças correrem dentro da casa. O pegador ganhava um ponto para cada pessoa que achasse, sendo que o primeiro a ser encontrado virava o próximo pegador. Se ele tivesse cinco anos ou menos, poderia escolher uma dupla para a próxima rodada.

Se alguém passasse três rodadas sem ser encontrado, ganhava pontos extras.

E como Cate tinha passado o dia inteiro planejando a brincadeira, sabia que esse alguém seria ela.

A menina saiu correndo quando Boyd, de onze anos, começou a contar. Como Boyd morava em Nova York, assim como a avó, só visitava Big Sur duas vezes por ano, no máximo. E não conhecia o quintal como ela.

Além do mais, Cate já tinha escolhido seu esconderijo.

A menina revirou os olhos quando viu Ava, sua prima de cinco anos, engatinhar para baixo da toalha branca de uma mesa. Boyd a encontraria rapidinho.

Ela quase voltou para lhe mostrar um esconderijo melhor, mas era cada um por si!

A maioria dos convidados tinha ido embora, e outros já se despediam. Porém muitos adultos ainda se demoravam pelos pátios, pelos bares externos, ou em torno das fogueiras. Ao se lembrar do motivo, ela ficou triste.

Cate adorava o bisavô. Ele sempre tinha histórias para contar e balas de limão no bolso. Ela chorou sem parar quando seu pai lhe contou que o biso tinha ido para o céu. Papai chorou também, mesmo dizendo que o biso tinha tido uma vida longa e feliz. Que era uma pessoa importante para muita gente e nunca seria esquecido.

Ela pensou em uma das falas do bisavô no filme que fizeram juntos, na cena em que os dois sentavam num muro de pedra, encarando a vista.

"Uma vida é marcada pelo caminho, querida, por aquilo que fazemos, seja bom ou ruim. As pessoas que deixamos para trás julgam essas marcas, e não se esquecem delas."

Cate se lembrou das balas de limão e dos abraços enquanto corria para a garagem e passava por sua lateral. Ainda ouvia as vozes nos pátios e varandas, no jardim murado. Seu objetivo? A árvore grande. Se subisse no terceiro galho, conseguiria se esconder atrás do tronco largo, entre as folhas verdes e cheirosas a três metros de altura.

Ninguém a encontraria!

Seu cabelo — um preto celta — voava às suas costas enquanto ela corria. Nina, sua babá, o prendera nas laterais com grampos de borboleta para afastá-lo do rosto. Os olhos de Cate, ousados e azuis, brilhavam enquanto ela saía de vista da mansão de vários andares, que ficava bem longe da casa de hóspedes, cujas escadas levavam à praia e à piscina com vista para o mar.

Para a primeira parte do dia, por uma questão de respeito, Cate teve que usar um vestido, mas Nina tinha separado suas roupas de brincar para depois. Ela sabia que precisava tomar cuidado para não estragar o suéter, mas não teria problemas se sujasse as calças jeans.

— Vou ganhar — sussurrou a menina enquanto se esticava para alcançar o primeiro galho do louro-da-califórnia e colocava o tênis roxo (sua cor favorita no momento) em um buraquinho para ganhar impulso.

Ela ouviu alguém atrás de si, e, embora soubesse que não poderia ser Boyd — ainda não —, seu coração acelerou.

Então viu um homem uniformizado, com barba loira e o cabelo preso em um rabo de cavalo. Ele usava óculos escuros que refletiam a luz.

Ela sorriu, levou um dedo aos lábios.

— Pique-esconde — explicou para ele.

O homem sorriu de volta.

— Quer um impulso? — Ele assentiu com a cabeça e se aproximou, parecendo querer ajudá-la.

Cate sentiu a picada ardida da injeção em seu pescoço, começou a sacudir uma mão como se tentasse espantar um mosquito.

Então seus olhos se reviraram, e todas as sensações desapareceram.

Em uma questão de segundos, o homem a amordaçou e prendeu seus pulsos e tornozelos com abraçadeiras de náilon. Apenas uma precaução, já que a dose devia deixar a garota apagada por algumas horas.

Cate era leve, mas ele, como estava em excelente forma, teria sido capaz de carregá-la pelos poucos metros até o carrinho que os aguardava mesmo se ela fosse uma mulher adulta.

Depois de enfiá-la dentro do carrinho de bufê, o homem a empurrou até a van — equipada especialmente para aquele momento. Ele subiu a rampa na traseira, fechou as portas.

Em menos de dois minutos, o veículo atravessava o longo e serpenteante caminho pela beira da península particular. Na saída, o homem digitou a senha com um dedo enluvado. Quando os portões se abriram, ele seguiu em frente, fez a curva, então pegou a Highway 1.

E resistiu contra a vontade de arrancar a peruca, a barba falsa.

Ainda não, aguentaria o incômodo por enquanto. O trajeto não seria demorado, e o plano era trancar a pirralha de dez milhões de dólares no chalé chique (cujos donos atualmente estavam em Maui) antes que alguém pensasse em procurar por ela.

O homem assobiava enquanto saía da rodovia e seguia pelo caminho íngreme até o ponto em que algum babaca rico tinha resolvido construir um paraíso particular cheio de árvores, pedras e chaparral.

Tudo estava indo de vento em popa.

Ele viu o parceiro andando de um lado para o outro na varanda do segundo andar do chalé e revirou os olhos. Aquele, sim, era um babaca.

Se Deus quisesse, ia dar tudo certo. Os dois manteriam a menina sedada, mas usariam máscaras só para garantir. Dali a dois dias, talvez menos, estariam ricos. A menina poderia voltar para os escrotos dos Sullivan, e ele, com um nome e um passaporte novos, estaria a caminho de Moçambique para tomar sol com tudo que tinha direito.

O homem parou a van ao lado do chalé. A construção não podia ser vista da estrada, não de verdade, então ninguém enxergaria a van tampada pelas árvores.

Quando ele saltou, seu parceiro já tinha corrido para encontrá-lo.

— Pegou a menina?

— Claro que peguei, porra. Foi moleza.

— Tem certeza de que ninguém viu? Tem certeza de que...

— Jesus Cristo, Denby, calma.

— Nada de nomes — chiou Denby, empurrando os óculos escuros para cima enquanto olhava ao redor, como se alguém estivesse esperando na floresta para dar o bote. — Não podemos arriscar que ela escute.

— Ela está apagada. Vamos trancar logo essa garota lá embaixo para eu tirar essa merda da minha cara. Quero uma cerveja.

— Primeiro, as máscaras. Olha, você não é médico, porra. A gente não tem certeza de que ela continua apagada.

— Tudo bem, tudo bem, pegue a sua. Vou continuar como estou. — E passou a mão na barba.

Enquanto Denby voltava para dentro da casa, o outro homem abriu as portas traseiras da van, pulou para dentro e abriu as portas do carrinho. Apagada, pensou, apagadinha. Então rolou a menina até o chão, arrastou-a até a porta — sem que ela desse um pio — e saltou de volta para fora.

Ele olhou para trás quando Denby voltou usando a máscara e a peruca de Pennywise, o palhaço de *IT: A coisa*, e riu feito um doido.

— Se a garota acordar antes de a gente entrar, é capaz de desmaiar de medo.

— A gente quer que ela fique assustada, não quer, para cooperar com a gente. Essa cadelinha rica e mimada.

— Isso aí vai funcionar. Você não tem nada de Tim Curry, mas achei convincente. — Ele jogou Cate por cima de um ombro. — Tudo certo lá dentro?

— Sim. As janelas estão trancadas. Ainda tem uma vista e tanto para as montanhas — acrescentou Denby enquanto seguia o parceiro para a entrada rústica e sofisticada, e então para a sala de estar externa. — Não que ela vá apreciar, já que vai estar dopada o tempo todo.

Denby deu um pulo quando o toque de *jarabe tapatío* soou do celular preso no cinto do outro homem.

— Puta merda, Grant!

Grant Sparks apenas riu.

— Você falou meu nome, bocó. — Ele carregou Cate pelas escadas até o segundo andar, aberto para o primeiro com seu teto de catedral. — É uma mensagem da minha gata. Você precisa relaxar, cara.

Ele levou Cate até o quarto que tinham escolhido por ser virado para os fundos do terreno e por ter um banheiro próprio. Então a jogou na cama com dossel que Denby forrara apenas com lençóis baratos que tinham comprado e levariam embora quando aquilo acabasse.

O banheiro evitaria que a garota precisasse sair do quarto e que fizesse alguma sujeira que nenhum dos dois estava disposto a limpar. Se ela sujasse a roupa de cama, era só lavar. Quando acabassem tudo, arrumariam a cama bem direitinho, com os lençóis de antes, e removeriam os pregos que prendiam as trancas das janelas.

Grant olhou ao redor, convencido de que Denby removera qualquer coisa que a garota pudesse usar como arma — até parece — ou para quebrar uma janela. Ela estaria dopada demais para isso, mas por que arriscar?

Quando fossem embora, a casa estaria exatamente como a encontraram. Ninguém saberia que estiveram lá dentro.

— Você tirou todas as lâmpadas?

— Cada uma delas.

— Bom trabalho. É melhor que ela fique no escuro. Pode tirar as abraçadeiras, a mordaça. Se ela acordar e tiver que mijar, não quero que mije na cama. Ela pode bater na porta, gritar até cansar. Não vai fazer diferença.

— Por quanto tempo você acha que ela vai continuar apagada?

— Umas duas horas. Vamos trazer uma sopinha batizada quando isso acontecer, e isso vai render uma noite inteira de sono.

— Quando você vai telefonar?

— Depois que escurecer. Porra, ninguém ainda nem se deu conta de que a menina sumiu. Ela estava brincando de pique-esconde, como esperado, e foi direto para o local da captura. — Grant deu um tapinha nas costas de Denby. — Mamão com açúcar. Termine aqui, não se esqueça de trancar a porra da porta. Vou tirar essa porcaria da minha cara. — Ele arrancou a peruca, a rede por baixo, revelando seu cabelo castanho queimado pelo sol com um corte curto, estiloso. Quero uma cerveja.

Capítulo dois

♦ ♦ ♦ ♦

QUANDO os convidados foram embora e sobrou apenas a família, Charlotte cumpriu com sua parte e passou um tempo sentada com Rosemary, bateu papo com Lily, com Hugh. Lembrou a si mesma de que a recompensa faria o esforço valer a pena.

E foi mesmo um esforço. Lily podia se achar uma atriz maravilhosa porque tinha sido indicada ao Oscar duas vezes (mas nunca tinha ganhado, tinha?!), porém, não importava quanto ela tentasse disfarçar, Charlotte conseguia sentir que Lily não gostava dela.

Ora, bastava se aproximar um metro e meio daquela bruxa velha com sotaque sulista idiota para sentir seu desagrado.

Mas ela também sabia disfarçar, e era isso que fazia, forçando um sorriso sempre que a outra soltava aquela gargalhada escandalosa. Uma gargalhada que, pensava Charlotte, devia ser tão falsa quanto o cabelo ruivo de Lily Morrow, sua marca registrada.

Charlotte tomou um gole do cosmopolitan que Hugh tinha preparado no bar que ficava no canto da sala de visitas. Pelo menos os Sullivan sabiam fazer drinques decentes.

Então ela beberia, sorriria e agiria como se estivesse muito interessada quando alguém lhe contasse outra história de São Liam.

E esperaria.

Conforme o sol se punha para dentro do oceano, uma bola de fogo afundando no mar azul, as crianças foram entrando. Sujas, barulhentas e, é claro, famintas.

Havia mãos e rostos a serem lavados e, em alguns casos, roupas a serem trocadas e banhos a serem tomados antes do jantar. As mais velhas poderiam escolher um filme para ver enquanto os adultos comiam, e as mais novas iam dormir.

Na cozinha, as babás preparavam as refeições permitidas — levando em consideração a alergia a amendoim de um, a intolerância a lactose de outro, o veganismo de um terceiro.

Nina, ocupada cortando frutas, olhou ao redor, contando cabeças. Então sorriu para Boyd, que pegava batatas fritas.

— Caitlyn não está com fome?

— Sei lá. — O menino deu de ombros, provou um molho. — Ela não ganhou. Ela vai dizer que ganhou, mas é mentira. — Como a babá dele (até parece que ele precisava de uma!) estava ocupada com sua irmã caçula, Boyd surrupiou um biscoito, apesar de isso ser proibido antes do jantar. — Ela não veio quando gritamos que o jogo tinha acabado, então perdeu a vez.

— Caitlyn não entrou com vocês?

Esperto, ele engoliu rápido o biscoito para o caso de a babá olhar na sua direção.

— Ela vai dizer que ganhou porque ninguém conseguiu encontrar seu esconderijo, mas perdeu a vez. Talvez tenha entrado na casa antes da hora, e isso não vale. De toda forma, ela não ganhou.

— Caitlyn não rouba.

Secando as mãos, Nina foi procurar sua menina.

Deu uma olhada no quarto de Cate, para o caso de ela ter subido para trocar de roupa ou usar o banheiro. Andou pelo segundo andar, porém muitas das portas estavam fechadas, então saiu para a enorme varanda suspensa.

Nina chamou Cate, mais impaciente do que preocupada, seguiu pela ponte gradeada que levava até a piscina, voltou quando chegou à escada.

Cate adorava o jardim murado, então ela deu uma olhada lá, vagou pelo pequeno pomar nos fundos, chamando, chamando.

O sol continuava a se por; escurecia. Começou a esfriar. E seu coração disparou.

Cosmopolita, nascida e criada em Los Angeles, Nina Torez tinha o que considerava um pé atrás saudável com relação ao campo. Sua mente foi inundada por pensamentos de cobras peçonhentas, pumas, coiotes e até ursos enquanto seus gritos chamando Cate se tornavam mais desesperados.

Que bobagem, disse ela a si mesma, aquilo era tudo uma bobagem. Catey estava bem, tinha apenas... caído no sono em algum canto da mansão. Ou...

Nina correu para a casa de hóspedes, entrou esbaforida, chamando sua protegida. Uma parede enorme de vidro ocupava o lado que dava para o mar. Encarando o oceano, ela pensou em todas as formas como uma menininha poderia ser engolida por ele.

E, pensando no amor de Cate por aquela praia, Nina saiu correndo, descendo a escada, chamando e chamando enquanto os leões-marinhos esparramados nas pedras a observavam com olhos entediados.

Ela subiu correndo de novo para investigar a piscina, o barraco de jardinagem. Voltou rápido para dentro do primeiro andar da mansão para verificar a sala de vídeo, a sala de estar, a sala de ensaio, até a despensa.

Correu de volta para o quintal para olhar a garagem.

— Caitlyn Ryan Sullivan! Venha aqui agora! Você está me assustando.

E, no chão diante da velha árvore, encontrou a presilha de borboleta que tinha usado para prender o belo e comprido cabelo de Cate naquela manhã.

Aquilo não significava nada, pensou Nina enquanto o apertava em uma das mãos. A menina tinha passado a tarde dando piruetas, cambalhotas, correndo, pulando e dançando para lá e para cá. O grampo só tinha caído.

Nina repetia isso para si mesma enquanto corria de volta para a casa. Seus olhos estavam marejados de lágrimas quando arrastou a enorme porta da frente e deu de cara com Hugh.

— Nina, o que é que está acontecendo?

— Não consigo... Não consigo... Seu Hugh, não consigo encontrar Caitlyn. Já procurei em todo canto. Só achei isso.

Ela esticou o grampo e desatou a chorar.

— Calma, não se preocupe. Cate só está escondida em algum lugar. Vamos encontrá-la.

— Ela estava brincando de pique-esconde. — A tremedeira começou enquanto Hugh a acompanhava para a sala de estar principal, onde a maioria da família estava reunida. — Eu... eu entrei para ajudar Mari com a pequena Circi e o bebê. Catey estava brincando com as outras crianças, então entrei.

Charlotte, sentada bebendo seu segundo cosmopolitan, olhou para os dois quando Hugh entrou com Nina.

— Pelo amor de Deus, Nina, o que está acontecendo?

— Procurei em todos os lugares. Não consigo encontrar ela. Não consigo encontrar Catey.

— Ela deve estar lá em cima, no quarto.

— Não, senhora, não está. Eu procurei. Em todos os lugares. Chamei, chamei. Ela é tão boazinha, não continuaria escondida se tivesse me escutado chamando, perceberia que eu estava preocupada.

Aidan se levantou.

— Quando foi a última vez que você a viu?

— As crianças, todas elas, começaram a brincar de pique-esconde faz uma hora, talvez mais. Catey estava com elas, então entrei para ajudar com os bebês e os menorzinhos. Seu Aidan... — Nina esticou o grampo. — Encontrei isso na frente da árvore grande perto da garagem. É dela. Eu prendi o cabelo dela com isso hoje cedo.

— Vamos encontrá-la. Charlotte, olhe lá em cima de novo. Nos dois andares.

— Vou ajudar. — Lily se levantou, assim como sua filha.

— Vamos começar por este andar. — A irmã de Hugh deu um tapinha no ombro de Charlotte. — Tenho certeza de que Cate está bem.

— Seu trabalho é ficar de olho nela! — Charlotte levantou com ímpeto.

— Dona Charlotte...

— Charlotte. — Aidan segurou um dos braços da esposa. — Nina não tinha motivo para ficar vigiando Cate enquanto ela brincava com as outras crianças.

— Então cadê ela? — questionou Charlotte, e saiu correndo da sala, gritando pela filha.

— Nina, sente aqui comigo. — Rosemary ofereceu uma mão. — Os homens vão procurar lá fora. O restante vai olhar cada canto da casa. — A mulher mais velha tentou em vão abrir um sorriso reconfortante. — E, quando a gente encontrar Cate, vou passar um belo sermão naquela menina.

Por mais de uma hora, a família procurou, revirando cada centímetro da casa espaçosa, a área externa, o quintal. Lily reuniu as crianças e perguntou qual fora a última vez que viram Cate. A resposta foi na brincadeira que a própria menina tinha organizado.

Lily, o cabelo ruivo bagunçado pelas buscas, pegou uma das mãos de Hugh.

— Acho que precisamos chamar a polícia.

— A polícia! — berrou Charlotte. — Minha menina! Alguma coisa aconteceu com minha menina. Ela está demitida. Aquela inútil está demitida. Ai, meu Deus, Aidan.

Enquanto ela desabava sobre o marido, o telefone tocou.

Respirando fundo, Hugh se aproximou, pegou o aparelho.

— Residência da família Sullivan.

— Se vocês quiserem ver a menininha de novo, vão ter que pagar dez milhões de dólares em dinheiro vivo, em notas sem marcas. Se pagarem, ela volta inteira. Se chamarem a polícia, ela morre. Se chamarem o FBI, ela morre. Se entrarem em contato com qualquer um, ela morre. Mantenham esta linha desocupada. Volto a ligar com mais instruções.

— Espere. Quero...

Mas a pessoa do outro lado da linha desligou.

Baixando o aparelho, ele encarou o filho horrorizado.

— Alguém pegou a Cate.

— Ai, graças a Deus! Onde ela está? — perguntou Charlotte. — Aidan, precisamos ir buscá-la agora.

— Não foi isso que o papai quis dizer. — Seu mundo caiu enquanto ele abraçava a esposa. — Foi, pai?

— Querem dez milhões.

— Do que você está falando? — Charlotte tentou se livrar do abraço de Aidan. — Dez milhões por... Você... ela... Minha menina foi sequestrada?

— Precisamos chamar a polícia — repetiu Lily.

— Precisamos, mas tenho que avisar... Ele disse que a machucaria se fizéssemos isso.

— Ele a machucaria? Cate é uma criança. Minha menininha. — Chorando, Charlotte pressionou o rosto contra o ombro de Aidan. — Ai, meu Deus, meu Deus, como foi que uma coisa dessas aconteceu? Nina! Aquela vaca deve estar metida nisso. Vou matá-la. — Ela empurrou Aidan para longe, se virou para Lily. — Ninguém vai chamar a polícia. Não vou deixar que machuquem minha menininha. *Minha* filha! Vamos conseguir o dinheiro. — Ela puxou a camisa do marido. — O dinheiro não é nada. Aidan, é a nossa menininha. Diga a eles que vamos pagar, que vamos pagar o que for. Só quero que devolvam nossa menina.

— Não se preocupe, confie em mim. Cate vai voltar para casa sã e salva.

— A questão não é o dinheiro, Charlotte. — Apavorado, Hugh esfregou o rosto com as mãos. — E se a gente pagar e eles... machucarem Cate mesmo assim? Precisamos de ajuda.

— E se? E se? — Quando Charlotte se virou para o sogro, seu coque cuidadosamente penteado desmoronou, o cabelo caindo sobre os ombros. — Você não acabou de dizer que eles a machucariam se a gente não pagasse, que a machucariam se chamássemos a polícia? Não vou arriscar minha filha. Não mesmo.

— A polícia talvez consiga rastrear a ligação — começou Aidan. — Talvez consiga descobrir quem está com ela.

— Talvez? Talvez? — A voz de Charlotte se tornou cada vez mais aguda, um guincho que soava como unhas arranhando uma lousa. — É essa a importância que você dá à sua filha?

— Ela é mais importante que tudo para mim. — Aidan precisou sentar, porque suas pernas tremiam. — Temos que pensar. Temos que fazer o que for melhor para Catey.

— Vamos pagar o que esse cara está pedindo, vamos fazer tudo que ele mandar. Aidan, pelo amor de Deus, Aidan, podemos conseguir o dinheiro. Estamos falando da nossa menina.

— Vou pagar. — Hugh encarou o rosto molhado de lágrimas de Charlotte, a expressão aterrorizada do filho. — Ela foi levada da casa do meu pai, de uma casa que minha mãe me deu. Vou pagar.

Soluçando, Charlotte se jogou nos braços do sogro.

— Nunca vou esquecer... Cate vai ficar bem. Por que a machucariam se a gente der o que pedirem? Quero minha menina de volta. Só isso.

Ao notar o sinal de Hugh, Lily se aproximou.

— Calma, calma, vamos lá para cima. Miranda — disse ela para sua filha caçula —, você poderia ajudar a distrair as crianças, talvez levá-las para a sala de vídeo, colocar um filme e pedir a alguém que prepare um chá para Charlotte, por favor? Vai ficar tudo bem — tranquilizou Lily enquanto levava Charlotte para fora da sala.

— Quero minha filha.

— É claro que quer.

— Passe um café — disse Rosemary. Ela permanecia sentada, pálida, com as mãos entrelaçadas com força, a coluna empertigada. — Precisamos ficar alerta.

— Vou dar alguns telefonemas, começar a tomar as providências para pegar o dinheiro. Não — disse Hugh quando Aidan fez menção de levantar.

— Deixe Charlotte com Lily por enquanto. É melhor. Temos outras coisas para pensar além do dinheiro e em como eles conseguiram pegar Cate bem debaixo dos nossos narizes. Esse pessoal é amador, e isso me deixa apavorado

— Por que você acha isso? — quis saber Aidan.

— Dez milhões, Aidan, em dinheiro vivo. Posso conseguir tudo isso, e vou, mas e depois? Como eles pretendem transportar uma quantia tão grande? A logística da coisa. Não é um pedido inteligente, filho, não é. O certo seria pedir uma transferência bancária, ter um plano, uma conta. Dinheiro vivo é burrice.

Quando todo mundo na sala começou a falar ao mesmo tempo, as vozes altas de raiva e ansiedade, Rosemary se levantou devagar.

— Chega! — E o poder da matriarca fez o cômodo inteiro se calar. — Algum de vocês já viu dez milhões de dólares em dinheiro vivo? Hugh tem razão. E também tem razão sobre chamarmos a polícia. Mas... — Ela ergueu um dedo antes de o falatório recomeçar. — A decisão cabe a Aidan e Charlotte. Todos nós amamos Caitlyn, mas é a filha deles. Então vamos providenciar o dinheiro. Hugh e eu. A responsabilidade é nossa — disse Rosemary para o filho. — A casa ainda é minha, e logo será sua. Então vamos para o escritório do seu pai para tomar as providências necessárias, e rápido. Levem um chá para Charlotte — continuou Rosemary. — E imagino que alguém aqui tenha uns calmantes. Do jeito que ela está agora, talvez seja melhor convencê-la a tomar um remédio para dormir.

— Vou levar o chá — disse Aidan. — E Charlotte tem seus próprios remédios. Vou pedir para que tome um. Antes, vou tentar convencê-la a chamar a polícia. Porque concordo com vocês. Mas, se algo acontecer...

— Uma coisa de cada vez. — Rosemary foi até o neto, segurou suas mãos. — Seu pai e eu vamos conseguir o dinheiro. E todos nós vamos fazer o que você e Charlotte acharem melhor.

— Vó. — Aidan ergueu as mãos dela, pressionou-as contra as bochechas. — Meu mundo. Ele gira em torno de Cate.

— Eu sei. Aguente firme por ela. Vamos pegar o dinheiro que esses desgraçados querem, Hugh.

Cate acordou devagar. Sua cabeça doía, então ela apertou os olhos, se encolheu em uma tentativa de afastar a dor. Sua garganta arranhava, e ela estava com ânsia de vômito.

Ela não queria vomitar, não mesmo.

Queria Nina, ou seu pai, ou sua mãe. Alguém que fizesse aquilo parar.

Cate abriu os olhos e viu tudo escuro. Havia algo de muito errado ali. Ela se sentia mal, mas não se lembrava de estar doente.

A cama era estranha — dura demais, com lençóis ásperos demais. Cate tinha muitas camas em muitos quartos. Na sua casa, na casa do vovô e da vóvis Lil, na casa do biso e da bisa, na...

Não, o biso tinha morrido, ela lembrava agora. E deram uma festa para comemorar sua vida. Brincando, brincando com todas as crianças. Pique--pega e pique-esconde. E...

O homem, o homem no seu esconderijo. Será que ela caíra?

Cate sentou de supetão na cama, e o quarto inteiro girou. Ela gritou por Nina. Não importava onde estivesse, Nina sempre estava por perto. Conforme seus olhos se ajustavam e nada parecia certo, a menina saiu da cama. Na luz fraca de um punhado de estrelas, de uma fatia da lua, viu uma porta e saiu correndo.

Ela não abria, então Cate bateu, chorando enquanto chamava pela babá.

— Nina! Não consigo sair. Estou me sentindo mal. Nina. Papai, por favor Mãe, me tire daqui, me tire daqui.

Pensando que podia ser útil mais tarde, os sequestradores gravaram seus gritos.

A porta abriu tão rápido que bateu em Cate, derrubou-a no chão. A luz do corredor invadiu o quarto como chamas, iluminando o rosto de um palhaço assustador com dentes afiados.

Quando a menina gritou, ele riu.

— Ninguém vai te escutar, sua imbecil, então cale a porra da boca antes que eu arranque o seu braço.

— Calminha aí, Pennywise.

Um lobisomem entrou. Ele trouxe uma bandeja e a colocou sobre a cama, passando direto enquanto Cate se apoiava nos joelhos e nos cotovelos com dificuldade.

— Temos sopa e leite. Você vai comer e beber. Caso contrário, meu amigo aqui vai te segurar enquanto enfio tudo por sua goela abaixo.

— Quero meu pai!

— Ahhh — disse Pennywise, soltando uma risada maldosa. — Ela quer o pai. Pena que já piquei seu papai em pedacinhos e dei de comer para os porcos.

— Pare com isso — disse o lobisomem. — Vamos fazer assim, pirralha. Você vai comer o que a gente te der, quando te dermos. Vai usar aquele banheiro ali. Se não nos der trabalho, se não fizer nada de errado, vamos devolver você para seu pai daqui a uns dois dias. Caso contrário, vamos te machucar de verdade.

O medo e a raiva explodiram ao mesmo tempo.

— Você não é um lobisomem de verdade, é de mentira. Isso é uma máscara.

— Você acha que é esperta?

— Acho!

— Vamos ver então! — Pennywise levou uma mão atrás das costas, tirou uma pistola do cós da calça. — Isso aqui parece de verdade, sua cadelinha? Quer testar?

O lobisomem rosnou para Pennywise.

— Sossegue. E você... — Ele acrescentou um segundo rosnado para Cate. — Sabichona. Tome essa sopa. O leite também. Ou, quando eu voltar, vou começar a quebrar seus dedos. Se você nos obedecer, vai voltar para sua vida de princesa em dois dias.

Inclinando-se para baixo, Pennywise agarrou o cabelo dela com uma mão, puxou sua cabeça para trás e apertou a pistola contra sua garganta.

— Pare com isso, seu palhaço de merda.

O lobisomem o agarrou pelo ombro, mas Pennywise se soltou com uma sacolejada.

— Ela precisa de uma lição primeiro. Quer descobrir o que acontece quando cadelinhas ricas falam demais? Diga "Não, senhor". Diga!

— Não, senhor.

— Então coma a porra do seu jantar.

Ele saiu batendo os pés enquanto Cate permanecia sentada no chão, tremendo, chorando.

— Só tome essa sopa, pelo amor de Deus — murmurou o lobisomem. — E não faça barulho.

Ele saiu, trancou a porta.

O chão estava frio, então Cate engatinhou de volta para a cama. Ela não tinha com o que se cobrir e não parava de tremer. Talvez estivesse com um pouco de fome, mas não queria a sopa.

Por outro lado, também não queria que o homem com a máscara de palhaço quebrasse seus dedos ou lhe desse um tiro. Ela só queria que Nina aparecesse com suas canções de ninar, ou que papai lhe contasse uma história, ou que sua mãe lhe mostrasse todas as roupas bonitas que tinha comprado naquele dia.

Eles estavam procurando por ela. Todo mundo. E, quando a encontrassem, colocariam os homens mascarados na cadeia para sempre.

Reconfortada por esse pensamento, a menina pegou uma colherada de sopa. O cheiro não era bom, e o pouquinho que engoliu tinha um gosto esquisito. Bem esquisito.

Não dava para comer aquilo. Por que eles queriam que ela comesse?

Franzindo a testa, Cate cheirou a comida de novo, cheirou o copo de leite.

Talvez tivessem envenenado tudo. Ela sentiu um calafrio, esfregou os braços para aquecê-los, para se acalmar. Veneno não faria sentido. Mas o gosto estava estranho. Cate já tinha visto muitos filmes. Os vilões colocavam coisas na comida às vezes. Ela tinha sido sequestrada, mas não era burra. Sabia disso. E os homens não a deixaram amarrada, apenas trancada no quarto.

Cate fez menção de correr até a janela, mas então pensou: sem fazer barulho, sem fazer barulho. Ela saiu devagar da cama, foi de fininho até a janela. Dava para ver árvores e penumbra, a sombra de colinas. Nenhuma casa, nenhuma luz.

Depois de olhar para trás, com o coração disparado, ela tentou abrir a janela. Tentou destrancá-la, sentiu os pregos.

O pânico ameaçou tomar conta, mas a menina fechou os olhos, respirou fundo, e de novo. Sua mãe gostava de fazer ioga e, às vezes, deixava que ela fizesse também. Respire, respire.

Eles achavam que ela era boba. Só uma menininha boba, mas estavam enganados. Cate não tomaria a sopa nem o leite que tinham batizado. Talvez.

Em vez disso, pegou a tigela e o copo, andou devagar até o banheiro. Jogou tudo no vaso primeiro, depois fez xixi, porque estava muito apertada.

Então deu descarga em tudo.

Quando os dois voltassem, ela fingiria estar dormindo. Em um sono muito, muito profundo. Sabia como fazer isso. Ela era atriz, não era? E como não era *nada* boba, escondeu a colher embaixo do travesseiro.

Cate não sabia que horas eram nem quanto tempo tinha dormido antes. Porque o homem — um dos dois — lhe dera uma injeção. Mas ela ficaria esperando, e só esperando, até que viessem buscar a bandeja. E rezaria para que não dessem por falta da colher.

Ela tentou não chorar mais. Era difícil, mas precisava pensar nos próximos passos. Ninguém conseguia pensar direito assim, então se esforçou para engolir o choro.

Demorou uma eternidade, tanto tempo que quase caiu mesmo no sono. Então ouviu o trinco estalar, a porta abrir.

Respire devagar, de um jeito ritmado. Não aperte demais os olhos, não se sobressalte se ele tocar em você. Ela costumava fingir que estava dormindo — e conseguia enganar até Nina — quando queria ficar acordada para ler escondido.

Uma música tocou, e isso quase a fez pular. O homem — o lobo, porque já reconhecia a voz dele agora e de quando ele a ajudara a subir na árvore — disse um palavrão. Mas atendeu com um tom de voz diferente.

Ele disse:

— Oi, paixão. Está ligando do telefone da babá idiota, não é? Para ela levar a culpa caso a polícia investigue? Ótimo, ótimo. Como estão as coisas? Sim, sim, a menina está bem. Estou olhando para ela agora. Dormindo que nem pedra. — Ele deu uma cutucada forte nas costelas de Cate enquanto escutava a resposta, e ela permaneceu quieta. — Essa é a minha menina. Continue assim. Não me decepcione. A próxima ligação vai ser daqui a meia hora. Você sabe que sim, paixão. Só mais dois dias para a gente estar livre. Estou contando as horas.

Cate ouviu um farfalhar, mas não se mexeu, e então escutou o homem se afastando.

— Burras — murmurou ele em um tom meio risonho. — As pessoas são burras para cacete. E as mulheres então, nem se fala.

A porta fechou, o trinco estalou.

Cate continuou imóvel. Apenas esperou, esperou, contando mentalmente até cem, depois até cem de novo, até arriscar abrir um pouquinho os olhos.

Não ouviu nem viu o homem, mas manteve sua respiração de sono.

Devagar, a menina sentou, tirou a colher de baixo do travesseiro. O mais silenciosamente possível, se aproximou da janela. Uma vez, tinha construído um viveiro com o avô. Ela sabia mexer com pregos, sabia como martelá-los. E removê-los.

Cate usou a colher, mas suas mãos estavam escorregadias de suor. Quase a deixou cair, quase começou a chorar de novo. Ela secou as mãos e a colher na calça jeans, tentou de novo. No começo, o prego não saía do lugar de jeito nenhum. Então pareceu se mexer, e ela se esforçou ainda mais.

Quando achou que tinha conseguido, que estava quase conseguindo, ouviu vozes do lado de fora. Apavorada, ela se jogou no chão, tão ofegante que parecia impossível acalmar a respiração.

Um carro deu partida. O som de rodas contra o cascalho ressoou. Uma porta bateu. A porta da casa. Uma porta dentro da casa, que dava para algum lugar. Cate levantou a cabeça devagar, viu os faróis serpenteando para longe.

Talvez fosse melhor esperar para fugir quando os dois estivessem dentro da casa, mas o medo a dominava, e, trincando os dentes, ela voltou ao prego.

Ele soltou, voou, bateu no chão com um *clic* que parecia uma explosão aos seus ouvidos. Cate pulou de volta para a cama, se esforçou para ficar imóvel, respirar fundo, mas não conseguia parar de tremer.

Ninguém veio, e lágrimas de alívio brotaram.

Suas mãos estavam suadas de novo, mas ela seguiu em frente, soltando o segundo prego. Guardou-o no bolso, secou os dedos úmidos, doloridos. Girou o trinco da janela. E o som de quando abriu uma fresta foi ensurdecedor. Mas ninguém veio, nem quando ela a abriu ainda mais para enfiar a cabeça para fora e sentir o ar fresco da noite.

Alto demais, alto demais para pular.

Cate prestou atenção aos barulhos do mar, de carros, de pessoas, mas só ouvia a brisa, o uivo de um coiote, o pio de uma coruja.

Não havia árvores próximas para alcançar, não havia peitoril nem treliça para ajudá-la a descer. Mas ela precisava descer e depois correr. Precisava fugir dali o quanto antes.

Ela começou com os lençóis. No começo, tentou rasgá-los, mas era impossível. Então os amarrou com toda sua força e depois acrescentou as fronhas.

A única coisa no quarto à qual poderia prender a corda improvisada era numa das colunas da cama. Ela seria como Rapunzel, pensou, só que usando lençóis em vez de cabelo. Escaparia da sua torre.

O nervosismo a fez ter vontade de fazer xixi de novo, mas Cate se segurou, trincou o maxilar enquanto dava um nó em torno da coluna.

Então ouviu o carro voltando, sentiu um embrulho no estômago. Se um deles viesse dar uma olhada nela, descobriria tudo. Seria melhor ter esperado.

Encurralada, sua única opção era permanecer sentada no chão, imaginando a porta se abrindo. As máscaras. A pistola. Seus dedos sendo quebrados.

A menina se encolheu, fechou os olhos com força.

Ouviu vozes de novo, o som entrando pela janela. Se os dois olhassem para cima, será que enxergariam que estava aberta?

Um deles — o lobisomem — disse:

— Jesus Cristo, seu babaca, você acha que agora é a melhor hora para ficar chapado?

O palhaço riu.

— Sem dúvida. Eles vão arrumar o dinheiro?

— Foi moleza, ainda mais depois que ouviram a gravação — respondeu o lobisomem, e as vozes se afastaram.

A porta bateu.

Assustada demais para se preocupar em não fazer barulho, Cate levou a corda improvisada até a janela, jogou-a para fora. Curta demais, notou ela na mesma hora, e pensou nas toalhas do banheiro.

Mas os homens podiam entrar no quarto a qualquer instante, então a menina se espremeu pela janela, agarrou os lençóis. Suas mãos escorregaram por alguns centímetros, e ela precisou engolir um grito. Mas se segurou com força, controlou a velocidade da queda.

Então viu uma luz — as janelas logo abaixo de si. Se eles olhassem para fora, se vissem os lençóis, a pegariam. Talvez simplesmente lhe dessem um tiro. Ela não queria morrer.

— Por favor, por favor, por favor.

O instinto fez com que enroscasse as pernas em torno da corda, descendo devagar até chegar ao fim. Dava para ver dentro da casa, a cozinha grande

— aço inoxidável, bancadas de uma pedra marrom-escura, paredes verdes de um tom claro, discreto.

Cate fechou os olhos, soltou as mãos, sentiu que caía.

Doeu. Ela precisou segurar outro grito quando aterrissou no chão. Um tornozelo virou, um cotovelo bateu, mas a menina não se deteve.

Ela correu para as árvores, acreditando com todas as forças que os homens não a encontrariam se conseguisse chegar até a floresta.

Quando chegou lá, continuou correndo.

AIDAN ENTROU em silêncio no quarto que dividia com Charlotte. Exausto, doente de preocupação, ele seguiu até as janelas. Sua Catey estava lá fora, em algum lugar. Assustada, sozinha. Meu Deus, não permita que a machuquem.

— Estou acordada — murmurou Charlotte, e sentou. — Tomei só meio comprimido, para me acalmar. Desculpe, Aidan. Minha histeria não ajudou ninguém. Não ajudou nossa menina. Mas estou com tanto medo.

Ele foi até a cama, sentou, pegou sua mão.

— O sequestrador ligou de novo.

Charlotte arfou, apertou-o com força.

— Caitlyn.

Ele não ia contar que tinha exigido falar com a filha, para se certificar de que ela estava bem. Não ia contar que a ouvira gritar e chorar, pedindo pelo pai.

— Essas pessoas não têm motivo para machucá-la, só para mantê-la viva.

Dez milhões de motivos, pensou Aidan.

— O que ele disse? Vão devolver Caitlyn? Vamos pagar?

— Ele quer o dinheiro até a meia-noite de amanhã. Ainda não disse onde. Prometeu ligar de novo. Papai e vovó estão providenciando tudo. O homem disse que vai nos contar onde encontrar Cate depois que pagarmos.

— Vamos recuperar nossa filha, Aidan. — Charlotte se enroscou nele, se balançou. — E nunca mais vamos desgrudar dela. Quando nossa menina estiver sã e salva, com a gente de novo, nunca mais voltaremos aqui.

— Charlotte...

— Não! Nós nunca mais voltaremos para esta casa, onde esse tipo de coisa pode acontecer. Quero que Nina seja demitida. Nunca mais quero olhar na cara dela. — Charlotte se afastou, os olhos cheios de lágrimas e fúria. — Estou deitada aqui, louca de preocupação, com medo, imaginando minha filha presa em algum canto, me chamando. Nina? Na melhor das hipóteses, ela foi negligente, mas na pior? Aquela mulher pode ter participado disso, Aidan.

— Menos, Charlotte. Nina ama Cate. Veja bem, achamos que deve ter sido alguém que trabalhou no bufê ou no evento, ou alguém que se passou por um funcionário. Precisariam de um carro, uma picape ou uma van para tirar Cate daqui. Foi tudo planejado.

Lágrimas cobriram o azul-ártico dos olhos de Charlotte, escorreram por suas bochechas pálidas.

— Pode ter sido algum parente, um amigo. Ela teria ido com um conhecido.

— Não sei se consigo acreditar nisso.

— Tanto faz. — Charlotte dispensou o comentário com um aceno de mão. — Só quero nossa filha de volta. Nada mais é importante.

— Mas temos que descobrir quem fez isso, e como. Se falarmos com a polícia...

— Não. Não. Não! O dinheiro é mais importante para você do que Caitlyn, do que a nossa menina?

Ele a perdoaria por aquilo, disse a si mesmo. Charlotte parecia arrasada, doente, então a perdoaria com o tempo.

— Você sabe que não. Dane-se o quanto você está mal, não me diga uma coisa dessas.

— Então pare de insistir nisso, porque ela pode morrer se chamarmos a polícia! Quero minha menina em casa, segura. Ela não está aqui. Não está segura com a Nina.

A histeria estava dando as caras de novo — Aidan reconhecia os sinais. Mas seria impossível culpar sua esposa por sua reação.

— Tudo bem, Charlotte, podemos conversar sobre isso depois.

— Você tem razão. Eu sei que tem, mas estou apavorada, Aidan. Estou perdendo o controle de novo porque não consigo pensar na nossa menina sozinha e com medo. Ai, meu Deus, Aidan. — Ela apoiou a cabeça em seu ombro. — Onde está nossa menina?

Capítulo três

♦ ♦ ♦ ♦

ELA CORREU até não conseguir mais, até precisar sentar no chão, tremendo. Ela tropeçou algumas vezes nos trechos em que as árvores bloqueavam o luar, e, agora, suas mãos sangravam um pouco, e suas calças jeans tinham rasgado.

Cate não conseguia enxergar mais as luzes do seu cativeiro, e essa era a parte boa. Como poderiam encontrá-la se não a vissem?

A parte ruim? Ela não sabia onde estava. A escuridão tomava conta de tudo, e fazia muito frio.

Ela ouvia coiotes de vez em quando e o farfalhar de coisas. E tentava não pensar em ursos ou gatos-selvagens. Ela não achava que estivesse numa altura suficiente nas colinas para deparar com eles — o vovô dizia que esses animais viviam lá em cima e não se aproximavam de pessoas —, mas era impossível ter certeza.

Cate nunca estivera sozinha na floresta, no escuro.

Sua única certeza era que precisava continuar seguindo na mesma direção. Para longe dali. Mas nem isso sabia mais, porque ficou tão apavorada no início que não prestou atenção nas coisas.

Agora, ela andava em vez de correr. Dava para escutar melhor os arredores sem sua própria respiração soprando em suas orelhas. Conseguiria ouvir se alguém — ou alguma coisa — se aproximasse.

Exausta, a menina só queria deitar e dormir. Mas, se fizesse isso, poderia ser devorada por algum bicho. Ou pior, poderia acordar naquele quarto de novo.

Onde quebrariam seus dedos e lhe dariam um tiro.

Sua barriga doía de fome, e sua garganta arranhava de sede. Quando seus dentes começaram a bater, ela não sabia se era de frio ou de medo.

Talvez pudesse dormir um pouquinho. Subiria em uma árvore, tiraria um cochilo deitada nos galhos. Era muito difícil pensar estando tão cansada, sentindo tanto frio.

Cate parou, se apoiou em um tronco, encostou a bochecha na madeira. Se subisse em uma árvore e dormisse, talvez conseguisse identificar onde estava quando o sol nascesse. Ela sabia que o sol nascia ao leste, sabia que o oceano ficava ao oeste. Então, se visse o mar, descobriria...

O quê? Ela ainda não saberia onde estava porque não sabia onde estivera antes.

E os homens poderiam encontrá-la quando amanhecesse.

A garota seguiu em frente, a cabeça pendendo de exaustão, os pés se arrastando diante de sua incapacidade de levantá-los.

Meio sonhando, ela caminhou. E abriu um sorrisinho ao escutar um som. Então balançou a cabeça para acordar, prestou atenção.

Era o mar? Talvez, pensou Cate... E mais alguma coisa.

Ela esfregou os olhos cansados, olhou para a frente. Uma luz. Viu uma luz. Sem desviar o olhar daquele ponto, seguiu andando.

O mar, pensou de novo, ficando mais alto, mais perto. E se ela pisasse em falso e caísse de um penhasco? Mas a luz também estava se aproximando.

As árvores se abriram. Cate viu um campo iluminado pelo luar. Largo e cheio de grama. E... vacas. A luz vinha de uma casa bem distante dos limites da floresta e do campo.

Ela quase deu de cara com o arame farpado que prendia os animais.

E se cortou um pouquinho enquanto tentava passar pela cerca, rasgou o suéter novo. Por causa do filme que fizera na Irlanda, Cate sabia que as vacas eram muito maiores na vida real do que pareciam nos filmes ou de longe.

Ela pisou em um cocô e, com o nojo de uma menina de dez anos, disse:

— Eca.

Depois disso, após limpar o tênis na grama, tentou prestar atenção onde pisava.

Uma casa, dava para ver agora, com vista para o oceano, com varandas no térreo e no segundo andar, com uma luz acesa saindo pelas janelas de baixo. Celeiros e coisas que indicavam um rancho.

Cate passou pelo arame farpado de novo — com mais sucesso dessa vez.

Ela viu uma picape, um carro, sentiu cheiro de esterco e de animais.

Depois de tropeçar de novo, começou a correr na direção da casa. Alguém ali a ajudaria, alguém a levaria para casa. Mas então se forçou a parar.

Talvez aquelas pessoas também fossem más. Como poderia saber? Talvez fossem até amigos dos homens que a trancaram no quarto. Ela precisava tomar cuidado.

Devia ser tarde, então estariam dormindo. Cate só precisava entrar, encontrar um telefone e ligar para a polícia. Então ficaria escondida até os policiais chegarem.

Ela se aproximou de fininho da casa, subiu para a enorme varanda na frente. Apesar de imaginar que estaria trancada, tentou abrir a porta e quase desabou de alívio quando a maçaneta virou.

E entrou.

O abajur emitia uma luz fraca, mas estava aceso. Dava para enxergar uma sala grande, móveis, uma lareira enorme, uma escada que levava ao andar de cima.

Cate não viu um telefone, então seguiu para a cozinha com coisas verdes crescendo em vasos vermelhos sobre o peitoril largo da janela, uma mesa com quatro cadeiras e uma vasilha cheia de frutas.

Ela pegou uma maçã verde brilhante, mordeu. Sentindo a crocância entre os dentes, o suco caindo em sua língua, escorrendo por sua garganta, Cate soube que nunca tinha comido algo tão gostoso. Então viu o telefone sobre a bancada, ao lado da torradeira.

E ouviu passos.

Como a cozinha não oferecia qualquer esconderijo, a menina correu para a sala de jantar. Agarrando a maçã, com o líquido escorrendo pela mão, ela se apertou em um canto escuro ao lado de um aparador grande.

Quando as luzes da cozinha acenderam, Cate tentou se encolher ainda mais.

A menina teve um vislumbre dele passando reto até a geladeira. Um garoto, não um homem, apesar de parecer mais velho, de ser mais alto que ela. Seu cabelo bagunçado era loiro-escuro, e ele vestia apenas uma cueca samba-canção.

Se Cate não estivesse tão apavorada, teria ficado horrorizada e fascinada com a visão de um menino que não era o seu primo quase pelado.

Ele era bem magro, notou ela enquanto o garoto pegava uma coxa de frango na geladeira, dava uma mordida e puxava uma jarra de leite — não uma caixa como as que via no supermercado.

Ele bebeu direto do gargalo, colocou a jarra sobre a bancada. E começou a cantarolar baixinho, ou murmurar, ou fazer sons de *ba-da-ba-dum!* enquanto removia um pano de algo que parecia ser uma torta.

Foi então que o menino virou, ainda cantarolando, abriu uma gaveta. E viu Cate.

— Ai! — Quando o susto fez com que ele pulasse para trás, a menina teve um segundo para correr. Porém, antes que ela reagisse, o garoto inclinou a cabeça para o lado. — Ei. Você se perdeu?

Ele deu alguns passos na sua direção, e Cate se encolheu.

Mais tarde, no que pareceriam ser mil anos depois, quando pensasse naquele momento, Cate se recordaria exatamente de tudo que ele disse, como disse, de sua aparência.

O menino sorriu, usando um tom de voz tranquilo, como se tivessem se esbarrado em um parque ou uma sorveteria.

— Está tudo bem. Fique calma. Ninguém vai te machucar. Você está com fome? Minha avó faz um frango frito bom à beça. Sobrou um pouco. — Como prova disso, ele acenou com a coxa que ainda segurava. — Eu me chamo Dillon. Dillon Cooper. Esse é o nosso rancho. Meu, da minha avó e da minha mãe.

O garoto se aproximou mais um pouco enquanto falava, então se agachou. Seus olhos mudaram com o movimento. Eram verdes, Cate conseguia ver agora, porém mais suaves, mais discretos que os do seu avô.

— Você está sangrando. Como se machucou?

Ela começou a tremer de novo, mas não de medo. Talvez tremesse justamente pela ausencia do medo.

— Eu caí, e depois tinha aquela corda afiada onde as vacas ficam.

— A gente vai cuidar de você, está bem? Venha para a cozinha. Temos coisas para cuidar de você. Como é seu nome? Eu me chamo Dillon, lembra?

— Caitlyn. Cate. Com *C*.

— Venha para a cozinha, Cate, e a gente vai cuidar de você. Preciso chamar minha mãe. Ela é legal — acrescentou Dillon, rápido. — Confie.

— Preciso chamar a polícia. Eu precisava do telefone para chamar a polícia, então entrei na casa. A porta estava aberta.

— Tudo bem, só deixe eu chamar minha mãe primeiro. Cara, ela surtaria se acordasse com a polícia batendo à porta. Ficaria apavorada.

O queixo de Cate tremeu.

— Posso ligar para o meu pai também?

— Claro, claro. Mas que tal sentar aqui primeiro? Você pode terminar de comer sua maçã enquanto chamo minha mãe.

— Tinha homens maus — sussurrou Cate, e Dillon arregalou os olhos.

— Que merda. Não conte para minha mãe que eu disse "merda". — Quando ele ofereceu uma mão, ela aceitou. — Onde estão esses homens?

— Não sei.

— Calma, não chore. Vai ficar tudo bem agora. Só sente um pouquinho, espere eu buscar minha mãe. Não fuja, está bem? Porque vamos ajudar. Prometo.

Acreditando no menino, Cate olhou para baixo e assentiu com a cabeça.

Dillon queria a mãe mais do que qualquer coisa ou qualquer um, e subiu correndo a escada dos fundos. Tinha sido divertido encontrar uma garota escondida na casa enquanto descia para atacar a geladeira — ou teria sido, se ela não estivesse toda machucada. E parecesse prestes a fazer xixi na calça de tanto medo.

Depois ficou legal de novo, porque ela queria chamar a polícia, e tinha homens maus. Tirando que ela era só uma criança, e alguém a machucara.

Ele entrou correndo no quarto da mãe sem bater, sacudiu seu ombro.

— Mãe, mãe, acorde.

— Ai, meu Deus, Dillon, o que foi?

Talvez ela tivesse ignorado o filho, virado para o lado, mas ele a sacudiu de novo.

— Você precisa levantar. Tem uma criança lá embaixo, uma menina, machucada. Ela disse que quer chamar a polícia por causa de homens maus.

Julia Cooper abriu um olho sonolento.

— Dillon, você está sonhando de novo.

— Nada disso. Juro por Deus. Preciso voltar para a cozinha, porque ela está com medo e pode fugir. Você tem que vir. Ela está sangrando um pouco.

Agora completamente desperta, Julia levantou da cama com um pulo, afastou o longo cabelo comprido do rosto.

— Sangrando?

— Depressa, está bem? Puxa, preciso vestir uma calça.

O menino foi correndo para seu quarto, pegou as calças jeans e o moletom que tinha jogado no chão — embora fosse proibido de fazer isso. Apressado, ele enfiou uma perna dentro das calças, pulou, enfiou a outra. Os pés descalços foram batendo nos degraus de madeira da escada enquanto vestia o moletom.

A menina continuava sentada à mesa, e ele soltou um suspiro de alívio.

— Minha mãe está vindo. Vou pegar o kit de primeiros socorros na despensa. Então ela vai saber o que fazer. Pode comer a coxa de frango se quiser. — Dillon gesticulou para a que tinha deixado sobre a mesa. — Só dei uma mordida.

Mas Cate encolheu os ombros quando alguém começou a descer a escada.

— É só a minha mãe.

— Dillon James Cooper, eu juro que se você... — Ela parou de falar quando viu a menina, e a irritação sonolenta desapareceu de seu rosto. Assim como o filho, Julia sabia lidar com alguém ferido e assustado. — Meu nome é Julia, querida, sou mãe de Dillon. Preciso dar uma olhada em você. Dillon, pegue o kit de primeiros socorros.

— Eu já ia fazer isso — murmurou o menino, tirando a caixa de uma prateleira na grande despensa.

— Agora, pegue um pano limpo e uma tigela com água quente. E uma coberta. Acenda a lareira da cozinha.

Atrás da mãe, ele revirou os olhos, mas obedeceu.

— Como você se chama, meu bem?

— Caitlyn.

— Caitlyn, que nome bonito. Vou limpar o corte no seu braço primeiro. Acho que não deve precisar de pontos. — Ela sorria enquanto falava. Seus olhos tinham tons de dourado, mas também havia verde, como os do menino. Como os de Dillon, lembrou Cate. — Enquanto cuido de você, quer me contar o que aconteceu? Dillon, pegue um copo de leite para Caitlyn antes de guardar a garrafa.

— Não quero leite. Eles tentaram me dar leite, mas tinha um gosto esquisito. Não quero leite.

— Tudo bem. Que tal...

Julia se interrompeu quando Cate deu um pulo. E Maggie Hudson veio descendo a escada. A mulher olhou para a criança e inclinou a cabeça.

— Bem que eu estava me perguntando o motivo para tanto barulho. Parece que temos visita.

O cabelo dela também era loiro, porém mais claro que o de Dillon e da filha. Os fios que batiam nos ombros exibiam mechas azuis.

Ela usava uma camisa estampada com a foto de uma mulher com muito, muito cabelo cacheado, com JANIS escrito embaixo, e calças de pijama floridas.

— Essa é minha mãe — explicou Julia enquanto limpava as feridas no braço de Cate. — Coloque a coberta em volta dos ombros de Caitlyn, Dillon. Ela está com frio.

— Vamos acender a lareira daqui também.

— Eu já ia fazer isso, vovó. — O menino irritado se aproximou, mas Maggie apenas esfregou sua cabeça enquanto seguia até a mesa. — Sou Maggie Hudson, mas pode me chamar de vovó. Você está com cara de quem quer um chocolate quente. Tenho uma receita secreta.

Ela abriu um armário, pegou um pote de achocolatado Swiss Miss e piscou para a menina.

— Essa é Caitlyn, mãe. Ela ia me contar o que aconteceu. Pode me contar, Caitlyn?

— A gente estava brincando de pique-esconde depois da homenagem ao meu biso, e fui subir na árvore atrás da garagem para me esconder, e tinha um homem lá, e ele me deu uma injeção, e acordei em outro lugar.

As palavras saíram rápido enquanto Maggie colocava uma xícara grande no micro-ondas, Julia passava pomada nos machucados e Dillon, agachado para acender a lareira da cozinha, a encarava de olhos arregalados.

— Eles estavam com máscaras, de palhaço malvado e lobisomem, disseram que iam quebrar meus dedos se eu não obedecesse. E o palhaço tinha uma arma, disse que ia atirar em mim. Mas não tomei a sopa nem o leite, porque estavam com um gosto esquisito. Eles drogam as coisas para fazer você dormir, os caras malvados, então joguei tudo na privada e fingi que estava dormindo.

— Puta merda!

Julia calou o filho com apenas um olhar.

— Isso foi muito inteligente. Querida, esses homens machucaram você?

— Eles me derrubaram quando abriram a porta com força, e o palhaço malvado puxou meu cabelo bem, bem forte. Mas depois acharam que eu estava dormindo, e um deles, o lobisomem, entrou no quarto, falando ao telefone. Continuei fingindo e enganei ele. Guardei a colher da sopa e usei para arrancar os pregos da janela. Um dos homens saiu de carro. Ouvi os dois conversando lá fora, e ele saiu, e foi aí que abri a janela o suficiente para conseguir sair, mas era alto demais para pular.

O micro-ondas apitou, mas Caitlyn continuou olhando nos olhos de Julia. Parecia seguro ali, com os tons de dourado e verde. Com sua bondade.

— Amarrei os lençóis. Não consegui rasgar o pano, mas amarrei tudo, e então o homem voltou, e fiquei com medo porque, se ele entrasse no quarto, ia ver o que eu fiz e quebrar meus dedos.

— Ninguém vai machucar você agora, pequena.

Maggie colocou o chocolate quente sobre a mesa.

— Precisei me pendurar na corda, minhas mãos ficavam escorregando, a luz estava acesa no andar de baixo, os lençóis não eram compridos o suficiente, e tive que pular. Meu tornozelo doeu um pouco, mas saí correndo. Tinha árvores, um monte de árvores, então corri para lá e não parei de correr, e caí e machuquei o joelho, mas corri. Eu não sabia onde estava. — Lágrimas escorriam agora, lágrimas que Julia secou com delicadeza. — Então ouvi o som do mar, baixinho, depois mais alto. E vi a luz. Vocês deixaram a luz ligada, e eu segui ela, e vi as vacas, e a casa, e a luz. Mas fiquei com medo de vocês serem maus também, então entrei escondida. Meu plano era ligar para a polícia. Roubei uma maçã porque estava com fome, e Dillon desceu e me encontrou.

— Isso que é história. — Maggie passou um braço em torno do neto. — Você é a menininha mais corajosa que já conheci.

— Se os homens maus me encontrarem aqui, vão atirar em mim, em todo mundo.

— Eles não vão vir aqui. — Julia afastou o cabelo do rosto de Cate. — Você conhece a casa em que estava brincando de pique-esconde?

— Era a casa do meu biso. Ela se chama Recanto dos Sullivan.

— Meu amor. — Maggie sentou. — Você é bisneta de Liam Sullivan?

— Sou, sim, senhora. Ele morreu, e fizemos uma homenagem à vida dele. A senhora conhecia o biso?

— Não, mas eu admirava ele, o trabalho, a vida dele.

— Beba o chocolate quente, Caitlyn. — Sorrindo, Julia acariciou o cabelo despenteado da menina. — Vou chamar a polícia para você.

— Pode ligar para meu pai também? E explicar a ele como me encontrar?

— Claro. Você sabe o número? Se não souber...

— Eu sei.

Cate recitou o telefone.

— Boa menina. Mãe, acho que Cate gostaria de um lanche.

— Também acho. Dil, sente com Caitlyn, faça companhia a ela enquanto preparo uns ovos mexidos. Nada como ovos mexidos no meio da madrugada.

O menino obedeceu. Ele teria obedecido simplesmente por ela ser visita, porque era assim que se fazia. Porém o fato de achar que a menina era fantástica foi sua maior motivação.

— Você fez uma corda com lençóis e fugiu pela janela.

— Eu não tinha opção.

— Nem todo mundo faria isso. Que genial. Quer dizer, você foi, tipo, sequestrada, e passou a perna nos caras.

— Eles acharam que eu era burra. Dava para perceber.

Como ela não parecia querer a coxa de frango, Dillon a pegou e deu outra mordida.

— Você não é nada burra. Era, tipo, uma casa?

— Acho que sim. Eu estava nos fundos, pelo que parecia, e só dava para ver árvores e as colinas. Eles não acenderam a luz. Vi a cozinha quando desci pela janela. Não era tão bonita quanto essa, mas era legal. É só que... eu não sabia onde estava e me enfiei no meio das árvores, então é difícil dizer. E não sei por quanto tempo dormi depois da injeção.

Ela ainda parecia assustada, porém mais cansada. Para animá-la um pouco, Dillon sacudiu a coxa.

— Aposto que a polícia vai encontrar a casa e os homens maus. Nós somos amigos do delegado, e ele é muito inteligente. Talvez os caras nem tenham percebido que você fugiu.

— Talvez. Ele disse para alguém no celular que...

Cate franziu a testa, tentando lembrar. Então Julia voltou com o telefone.

— Caitlyn, tem alguém querendo falar com você.

— É o papai? — Cate agarrou o aparelho. — Papai! — As lágrimas voltaram, escorrendo por suas bochechas enquanto Julia acariciava seu cabelo. — Estou bem. Fugi. Saí correndo, e agora estou com Julia, a vovó e Dillon. Você vem me buscar? Sabe como me encontrar?

Julia se inclinou, deu um beijo no topo da cabeça de Cate.

— Vou explicar direitinho para ele.

— A vovó está fazendo ovos mexidos. Estou morrendo de fome. Também te amo, papai.

Ela devolveu o telefone para Julia, secou as lágrimas.

— Ele chorou. Nunca vi papai chorar antes.

— Foi de alegria. — A avó colocou um prato com ovos e torrada diante de Cate. — Porque sua filha está sã e salva.

A menina atacou a comida enquanto Maggie servia o restante.

Ela comeu tudo, os ovos e a torrada, e tinha acabado de começar a torta que Julia colocou à sua frente quando alguém bateu à porta.

— Os homens maus...

— Não bateriam — assegurou Julia. — Fique tranquila.

Mesmo assim, o peito de Cate doía como se alguém o apertasse enquanto Julia seguia para a porta da frente. Quando Dillon segurou sua mão, ela a apertou com força. E prendeu a respiração ao ver a porta sendo aberta, apesar de isso ter feito seu peito doer ainda mais.

Então tudo passou, tudo, quando ela ouviu a voz do pai.

— Papai!

Cate pulou da cadeira e saiu em disparada da cozinha, correndo até ele da mesma forma como correra até a floresta. Aidan pegou, girou e abraçou a filha, bem, bem, bem apertado. Ela sentiu o pai tremendo, sentiu a barba arranhando seu rosto. Sentiu as lágrimas dele se misturando às suas.

Outros braços a cercaram, a envolveram — quentes e seguros.

Vovô.

— Cate. Catey. Ah, minha menina. — Aidan a afastou, e seus olhos se encheram de mais lágrimas ao fitar o rosto da filha. — Ele machucou você.

— Eu caí, porque estava escuro. Saí correndo.

— Você está sã e salva agora. Sã e salva.

Enquanto Aidan permanecia no mesmo lugar, balançando a filha, Hugh se virou para Julia, segurou suas mãos.

— Não há palavras para agradecer a vocês. — Ele olhou para onde Maggie e Dillon estavam de pé, observando. — Todos vocês.

— Não precisa agradecer. Sua menininha é muito esperta, corajosa.

— Dillon me encontrou, a mãe dele cuidou dos meus machucados, e a vovó fez ovos para mim.

— Sra. Cooper. — Aidan tentou falar, mas as palavras simplesmente não saíam.

— Julia. Passei um café. O delegado está vindo. Achei melhor ligar para ele, mas imagino que queiram levar Caitlyn para casa e resolver isso lá.

— Um café cairia muito bem. Só quero ligar para minha esposa, para avisar a ela e a todo mundo que encontramos nossa menina. — Hugh passou uma mão pelo cabelo da neta. — Se não for atrapalhar, acho que seria melhor conversar logo com o delegado, aqui.

— O telefone fica na cozinha. — Maggie se aproximou. — O sinal de celular não é dos melhores por aqui. Maggie Hudson — acrescentou ela, oferecendo uma mão.

Ignorando a mão, Hugh lhe deu um abraço.

— Bem, hoje foi um dia e tanto, e o sol ainda nem nasceu. Nós conhecemos a menina mais corajosa da Califórnia, e ganhei um abraço de Hugh Sullivan. Venha comigo, Hugh.

— A mãe de Cate tinha finalmente tomado um remédio para dormir pouco antes de você ligar — explicou Aidan. — Ela vai ficar tão feliz, Cate, quando acordar e ver você. Nós estávamos tão assustados, tão preocupados.

Ele ergueu o braço enfaixado da filha, lhe deu um beijo.

— Que tal você sentar um pouquinho com sua filha, respirar um pouco. Vou ajudar com o café. Quer mais chocolate quente, Cate?

Ainda agarrada ao pai, a menina concordou com a cabeça.

— Sim, por favor.

Porém, quando ela respondeu, luzes de faróis iluminaram as janelas da frente.

— Deve ser o delegado. Ele é legal — explicou Julia a Cate.

— Ele vai atrás dos homens maus?

— Sem dúvida. — Julia foi até a porta, abriu, saiu para a varanda.

— Delegado.

— Julia.

Red Buckman parecia mais um surfista do que um policial. Ele podia ter saído da casa dos quarenta e entrado um pouco na dos cinquenta, mas, quando tinha tempo, ainda pegava onda com sua prancha. Seu cabelo, preso em uma trança curta, queimada pelo sol, batia bem na gola da jaqueta. O rosto, bronzeado e marcado de rugas pelas horas que passava na praia, no mar, geralmente exibia uma expressão ilusória de "não estou nem aí".

Julia sabia que o homem era inteligente, esperto e dedicado. Assim como sabia que ele e a mãe mantinham uma amizade colorida sem compromisso.

— Acho que você ainda não conhece a policial Wilson. Michaela, essa é Julia Cooper.

— Senhora.

Ao lado de Red, uma beldade negra com olhos cor de mel estava impecável em seu uniforme cáqui. A moça mal parecia ter idade suficiente para consumir álcool, pensou Julia, e tinha a postura de um soldado em seus coturnos lustrados.

— Caitlyn está na sala com o pai. O avô também veio.

— Acho melhor perguntar a você primeiro. Tem certeza de que a menina não fugiu de casa?

— Impossível, Red. Você mesmo vai ver quando conversarem. Ela está mais calma agora, mas chegou aqui apavorada, e não há dúvidas de que passou por maus bocados. Ela queria ligar para a polícia e para o pai.

— Tudo bem. Vamos resolver isso.

Ele entrou, sendo seguido de perto pela policial.

No colo de Aidan, Cate o fitou sem piscar.

— O senhor é mesmo o delegado?

— O próprio. — Red tirou seu distintivo do bolso, mostrou para ela. — É o que diz aqui. Red Buckman — disse ele para Aidan. — O senhor é o pai de Caitlyn?

— Sim, Aidan Sullivan.

— E tenho permissão para conversar com ela?

— Sim. Você quer conversar com o delegado Buckman, não quer, Cate?

— Eu ia ligar para a polícia, mas Dillon me encontrou antes. Então Julia ligou.

— Essa era a coisa certa a fazer. Sente, Mic — disse ele à policial, que o encarou de cara feia depois do "Mic", mas obedeceu. Red se sentou na mesa de centro para ficar na mesma altura de Cate. — Pode me contar o que aconteceu, desde o começo?

— A gente recebeu um monte de gente no Recanto dos Sullivan porque meu biso morreu.

— Fiquei sabendo. Sinto muito pelo seu biso. Você conhecia os convidados?

— A maioria. Depois que as pessoas fizeram discursos sobre ele, contaram histórias e tal, troquei de roupa para ir brincar lá fora com meus primos e as crianças. E, depois de um tempo, a gente começou o pique-esconde. Era a vez de Boyd contar, e eu já tinha escolhido meu esconderijo.

A menina franziu um pouco a testa ao falar isso, só por um instante, então prosseguiu com a história.

Red não interrompeu, apenas se levantou quando Maggie voltou com Hugh Sullivan. Ele aceitou o café, assentiu com a cabeça para Cate.

— Continue, querida.

O delegado notou o rosto horrorizado de Aidan quando Cate falou sobre as ameaças — os dedos quebrados, a pistola —, percebeu que o pai da menina lutava contra as lágrimas.

Na poltrona, Michaela fazia anotações meticulosas e observava todo mundo.

— Então vi a luz. Ouvi o barulho do mar primeiro — corrigiu-se ela, e contou o restante.

— Você deve ter sentido muito medo.

— Eu tremia muito, até por dentro. Mas me forcei a parar quando fingi que estava dormindo, ou ele perceberia.

— Como você teve a ideia de usar os lençóis como corda?

— Vi em um filme. Achei que seria mais fácil, só que não consegui rasgar o pano, então eles ficaram muito grandes e grossos na hora de amarrar.

— Você não viu o rosto dos homens.

— Vi um deles parado perto da árvore, por um segundo. Ele tinha barba e era loiro.

— Acha que o reconheceria se o visse de novo?

— Não sei. — A menina se encolheu contra o pai. — Preciso fazer isso?

— Não se preocupe. E nomes? Eles disseram algum nome?

— Acho que não. Espere... Ao telefone, quando eu fingi que estava dormindo, ele chamou a pessoa do outro lado da linha de "paixão". Mas acho que isso não é bem um nome.

— Sabe quanto tempo você demorou para chegar aqui depois que fugiu pela janela?

Cate fez que não com a cabeça.

— Pareceu uma eternidade. Estava escuro e frio, e tudo doía. Fiquei com medo de me encontrarem ou de um urso aparecer e me comer. — Ela apoiou a cabeça em Aidan. — Eu só queria ir para casa.

— Imagino. Preciso conversar com seu pai e seu avô por um instante. Talvez Dil possa mostrar o quarto dele para você.

— Quero escutar. Aconteceu comigo. Quero escutar.

— Ela tem razão. — Quando a neta saiu do colo de Aidan e passou para o seu, Hugh lhe fez um afago. — Aconteceu com ela.

— Tudo bem. Precisamos de uma lista de todo mundo que estava na casa. Convidados, funcionários, fornecedores.

— Vamos providenciar.

— Depois, temos que determinar quando e como as pessoas foram embora. Por enquanto, me contem sobre o momento em que deram falta de Cate.

— Foi Nina, a babá dela.

— Nome completo?

— Nina Torez. Ela está com a gente há seis anos, quase sete — corrigiu-se Aidan. — Quando Catey não voltou com as outras crianças, Nina foi ver o que tinha acontecido. Como não a encontrou, veio nos contar. Todo mundo procurou. Acho que já passava das seis, talvez fosse quase sete, acho, quando Nina entrou em casa preocupada.

— Pouco depois das sete — comentou Hugh. — Nós nos dividimos em grupos para olhar dentro de casa, nos anexos, no quintal. Nina encontrou a presilha de Cate perto da garagem.

— Perdi meus grampos de cabelo.

— Vamos comprar novos — prometeu Hugh.

— A gente estava prestes a ligar para a polícia — continuou Aidan — quando o telefone tocou.

— Que telefone?

— Da casa.

— A que horas?

— Umas oito. Sim, perto das oito. Era um homem. Ele disse que estava com Cate e que, se chamássemos a polícia, o FBI, se contássemos a alguém, ela...

se machucaria. Disse que a devolveria depois que pagássemos dez milhões, em dinheiro, e que ligaria para dar mais instruções.

— Alguns de nós ainda queríamos ligar para a polícia. — Hugh continuou fazendo carinho, depois virou o rosto de Cate para o seu. — Estávamos com tanto medo por você. Mas minha nora estava tendo uma crise de histeria e foi categoricamente contra. Resolvemos esperar. Foi a coisa mais difícil que já fiz. Providenciar o dinheiro e esperar. — Ele deu um beijo na cabeça da neta. — E rezar.

— A segunda ligação veio às dez e meia. O homem disse que teríamos até a meia-noite de amanhã. De hoje, agora. Ele entraria em contato de novo para explicar onde deixar o dinheiro, e então nos diria como encontrar Cate.

— Eu e Aidan conversamos e concordamos que devíamos exigir falar com Cate, para ter certeza...

— Ela gritou. Chamou por mim.

Aidan baixou a cabeça entre as mãos.

— Cate, você disse que um dos homens saiu de carro?

— Sim. Os dois foram para o quintal. Ouvi suas vozes pela janela. Vi a luz dos faróis.

— Sabe quanto tempo ele passou fora?

— Não sei, mas foi nessa hora que tirei os pregos da janela e comecei a fazer a corda. E ele voltou antes de eu conseguir sair.

— Mas você saiu logo depois.

— Fiquei com medo de ele entrar no quarto e descobrir a janela aberta, os lençóis. Então desci.

— Você é uma menina esperta. Ei, Dillon, que horas eram quando você desceu e encontrou Cate?

— Não sei direito. Só acordei com fome e me lembrei do frango frito.

— Sei que Dillon me acordou pouco antes de uma da manhã.

— Está certo então. — O delegado tinha entendido a linha do tempo, se levantou. — Vou deixar os senhores levarem a menina para casa. Precisamos conversar com a babá e com as pessoas que continuam na casa. Seria bom fazer isso pela manhã de hoje.

— Quando o senhor quiser.

— Que tal por volta das oito? Para dar tempo de vocês fazerem as coisas com calma, dormirem um pouco. — Red olhou de novo para Cate. Ele tinha olhos castanhos que sorriam para ela. — Talvez a gente precise conversar de novo, Cate. Tudo bem?

— Sim. O senhor vai pegar esses homens?

— Pretendo. Enquanto isso, pense um pouco e, se conseguir se lembrar de mais alguma coisa, qualquer coisinha, me avise. — Red tirou um cartão do bolso. — Aqui estão meus contatos, o telefone do meu trabalho e o número de casa. Tenho e-mail também. Fique com ele.

Depois de dar um tapinha na perna da menina, o delegado levantou e deu a volta na mesa.

— Chegaremos por volta das oito. Teremos que dar uma olhada na casa, especialmente no lugar em que Cate deparou com o sequestrador. E teremos que conversar com todo mundo que estava presente. Providenciem a lista de convidados, funcionários e tal.

— Ela vai estar pronta até lá. — Hugh devolveu Cate para o pai, levantou para apertar a mão de Red. Então foi até Dillon, repetiu o gesto. — Obrigado por tudo.

— Ah, está tudo bem.

— Está mais do que bem. Obrigado a todos. Eu gostaria de voltar para uma visita daqui a um ou dois dias.

— Quando quiser — disse Julia.

— Vamos escoltá-los de volta para casa. — Red piscou para Cate. — Nada de sirenes, mas que tal ligarmos as luzes?

Ela sorriu.

— Está bem.

Do lado de fora, Red sentou atrás do volante, esperou Michaela se acomodar ao seu lado. Ligou as luzes da viatura.

Então seguiu para a saída do rancho atrás do sedan chique.

— Temos um criminoso na família, Mic.

— Michaela — murmurou ela, e então bufou. — Sim, senhor, temos mesmo.

Capítulo quatro

♦ ♦ ♦ ♦

ACONCHEGADA NOS braços do pai, Cate caiu no sono antes de chegarem ao fim da estrada do rancho.

— Ela está exausta — murmurou Aidan. — Quero chamar um médico para ver se está tudo bem, mas...

— Deixe a menina dormir primeiro. Posso pedir a Ben para vir até a casa. Ele nos faria esse favor.

— Tive medo de... Sei que Cate só tem dez anos, mas tive medo de que ele... de que eles pudessem...

Estendendo a mão, Hugh apertou o braço do filho.

— Eu também. Mas nada disso aconteceu. Não tocaram nela assim. Cate está sã e salva agora.

— Esse tempo todo, ela estava tão perto. Só a alguns quilômetros daqui. Meu Deus, pai, Cate foi tão corajosa, esperta e foi forte para caramba. Ela mesma se salvou. Minha menininha destemida se salvou. E agora estou com medo de desgrudar dela.

Hugh desacelerou quando se aproximaram dos portões que guardavam a península, esperou até que fossem abertos.

— Esses homens tiveram que entrar e sair daqui. Seria impossível fazer isso sem permissão, sem a senha. Justamente hoje, havia tanta gente entrando e saindo daqui.

As luzes surgiram ao longo da estrada serpenteante, subindo para longe do mar e seguindo o topo, onde ficava a casa de vários andares.

A casa, pensou Hugh, que seus pais construíram como um santuário para os dois, para a família. Hoje, no dia em que honravam o patriarca, alguém tinha invadido e saqueado aquele santuário, roubando sua neta.

O santuário que seria seu agora, e ele faria o possível para se certificar de que ninguém nunca mais o macularia.

— Deixe eu abrir sua porta — disse Hugh ao parar o carro, mas a família toda já saía apressada da casa.

Enquanto sua esposa, sua irmã e seu cunhado corriam para o veículo, Hugh foi até a mãe, que estava parada na frente de casa.

Ela parecia tão frágil, tão cansada.

Ele segurou seu rosto com as duas mãos, usou os dedões para secar as lágrimas.

— Cate está bem, mãe. Dormindo.

— Onde...

— Vou contar lá dentro. Vamos entrar e deixar Aidan colocá-la na cama. Nossa menina passou por maus bocados, mas está bem, mãe, não se machucou. Está um pouco arranhada e roxa, só isso.

— Minhas pernas estão bambas. Elas começam a tremer depois, é sempre assim. Preciso de apoio.

Hugh ajudou a mãe a entrar e se acomodar em sua poltrona favorita diante da lareira, com vista para o mar além da janela grande.

Quando Aidan entrou com Cate no colo, a cabeça da menina apoiada no ombro, seu corpo mole como uma boneca de pano, do jeito típico das crianças, Rosemary pressionou uma mão contra os lábios.

— Quero levá-la para a cama — disse Aidan baixinho. — Preciso ficar lá em cima para o caso de ela acordar. Não quero que esteja sozinha quando isso acontecer.

— Vou levar um chá, um pouco de comida — disse Maureen para o sobrinho. — E posso dar uma olhada em Charlotte. Se ela estiver acordada, vamos direto para lá.

— Vou ajudar você com Cate, Aidan. Posso arrumar a cama. E deixe Charlotte comigo, Mo, enquanto você pega a comida.

Lily seguiu rápido para a escada, na frente de Aidan.

— Vamos esperar Lily e Maureen voltarem — decretou Rosemary. — Então acho que precisamos escutar a história de Hugh antes de tentarmos dormir.

— É uma história e tanto. Só quero avisar a todos que a polícia está investigando o caso. O delegado virá conversar com a gente amanhã cedo. Então, sim, precisamos tentar dormir.

Enquanto Aidan tirava os tênis de Cate, Red e Michaela subiam por outra estrada íngreme na encosta.

— Imagino que, se ela deu com o campo, a cerca e as vacas quando saiu da floresta, provavelmente veio do sul da casa dos Cooper.

— Ou perdeu o rumo, deu a volta, talvez tenha descido de algum lugar ainda mais alto.

— É possível — concordou o delegado. — Mas nesta estrada? Tem um chalé chique de dois andares. A próxima propriedade fica a um quilômetro e meio ao sul, e a casa dos Cooper, a cinco quilômetros ao norte. Vale a pena dar uma olhada.

— Você conhece os donos, os moradores?

— Quando a gente trabalha nesta área, é útil saber quem é quem. E também sei que as pessoas que moram aqui estão no Havaí agora.

Michaela se remexeu no banco, olhou para a estrada serpenteante.

— Então a casa está vazia. Muito conveniente.

— Também acho. Não estou vendo luzes do lado de fora, e há indício de atividade ali. Eles teriam deixado a luz de segurança com sensor de movimento ligada.

Red diminuiu a velocidade, e a luz dos faróis iluminou a silhueta do chalé.

— Parece que uma luz está acesa nos fundos. Há uma picape embaixo daquela cobertura. É dos moradores?

— Sim. Eles também têm um SUV, que devem ter usado para ir ao aeroporto. Esteja pronta para usar sua arma, Mic.

Ela soltou a presilha do coldre enquanto saíam da viatura.

— Vamos dar a volta primeiro. A menina disse que estava presa em um quarto nos fundos, com vista para as colinas.

— E ela viu os faróis quando o sequestrador saiu. Pela posição do chalé, o retorno para a Highway 1? Sim, ela teria visto as luzes.

— Se este for o lugar, os dois já devem ter ido embora, mas... — Red fez uma pausa, olhou para cima, para a corda de pano branco pendurada na janela do segundo andar. — Parece que acertamos. Meu pai amado, Mic, veja o que aquela menina conseguiu fazer. — Balançando a cabeça, o delegado se aproximou da porta dos fundos. — Aberta. Vamos ver se estão lá dentro.

Agora com as armas em punho, a dupla entrou pela porta, um seguindo para a direita, e o outro, para a esquerda.

Michaela notou um saco de Doritos sabor Cool Ranch aberto, um engradado de papelão abrigando algumas garrafas vazias de cerveja. Sentiu cheiro de maconha enquanto verificava a lavanderia, um lavabo e uma sala de jogos antes de reencontrar Red na sala de estar.

Os dois subiram, verificaram a suíte máster que dava para a frente da casa com um closet grande e um banheiro enorme. Um quarto de hóspedes — com sua própria banheira. Um segundo quarto de hóspedes, depois o último.

— O menor de todos — observou Red —, de fundos. Esses caras não são completamente idiotas.

— E faz tempo que foram embora. — Michaela verificou as janelas. — Eles saíram daqui assim que se deram conta de que a menina tinha fugido. Uma das janelas ainda está pregada. — A policial apontou para o chão. — E esse foi o que ela arrancou. A colher está torta e arranhada. Foi um trabalho difícil.

Red guardou sua arma no coldre, olhou pela janela, para a distância até o chão.

— Se aquela menina tivesse idade para beber, eu lhe pagaria uma cerveja. Ora, pagaria um barril inteiro. Isso que é coragem, Mic. Vamos deixá-la orgulhosa e pegar esses babacas.

— Concordo em gênero, número e grau.

Enquanto Aidan tirava uma soneca na poltrona ao lado da cama, o sol foi iluminando a janela. E Cate se revirou no sono, começou a gemer.

Ele acordou sobressaltado, lutou para atravessar as camadas de exaustão que pesavam em sua mente, seu corpo. Então se levantou rápido, sentou na cama para segurar a mão da filha, acariciar seu cabelo.

— Está tudo bem, querida, está tudo bem agora. O papai está aqui.

Os olhos da menina abriram, arregalados e cegos por um instante. Com um soluço de choro, ela se jogou nos braços dele.

— Tive um pesadelo. Um pesadelo que deu medo.

— Estou aqui.

Cate se enroscou no pai, fungando, se aconchegando. Então se enrijeceu ao lembrar.

— Não foi um pesadelo. Os homens maus...

— Você está sã e salva agora. Bem aqui, comigo.

— Eu fugi. — Respirando fundo, bem fundo, seu corpo voltou a relaxar. — Você e o vovô me trouxeram para casa.

— Isso mesmo. — Aidan inclinou a cabeça dela para trás, lhe deu um beijo no nariz. Partia seu coração ver o hematoma no rosto da filha, as olheiras. — Sempre vou cuidar da minha menina favorita.

Depois de pressionar a bochecha contra o ombro dele, Cate franziu a testa.

— Rasguei meu suéter. E me sujei toda.

— Não faz diferença. — Para acalmar os dois, ele começou a esfregar as costas dela para cima e para baixo. — Eu não queria acordar você, mas já que fez isso sozinha, quer ajuda para tomar um banho de banheira, colocar umas roupas limpas?

— Papai! — Horrorizada de verdade, Cate o empurrou. — Você não pode me ajudar a tomar banho! Eu sou menina, e você, não. E gosto de tomar banho de chuveiro agora.

Tão normal, pensou Aidan, e sentiu a garganta entalar com as lágrimas. Tão absolutamente normal.

— Não sei como me esqueci disso. Então posso ir ver se sua mãe acordou. Ela estava com tanto medo, tão preocupada, que a convenci a tomar remédio para dormir. Mas vai ficar tão feliz em ver você.

— Vejam só! — Surgindo na porta, Lily, com um robe de caxemira por cima do pijama, abriu um sorriso radiante antes de entrar e dar um abraço em Cate. — Já está acordada, é, docinho?

— E grande demais para o pai dar um banho.

Lily ergueu aquelas sobrancelhas ruivas chamativas.

— Também acho. Vim cobrir você, Aidan. Pode deixar que eu e minha amiga vamos resolver nossas coisas de menina.

— Estraguei meu suéter, vóvis Lil.

Como Cate ainda vestia a peça, Lily passou um dedo por cima do rasgo.

— Acho que é como se ele fosse uma medalha de honra agora. Venha, docinho, vamos tomar banho. — De novo, ela arqueou as sobrancelhas para Aidan, exagerou um pouco o sotaque sulista. — O senhor nos dê licença.

— Fui dispensado.

Ele se despediu da filha com um sorriso largo, que desapareceu assim que saiu para o corredor. Será que ela ia passar a acordar com pesadelos agora e a ir abraçá-lo tremendo depois?

Quanto ela perdera da inocência da infância por causa daqueles desgraçados? E quão profundas seriam as marcas que ficariam para sempre em sua vida?

Aidan entrou no próprio quarto, encontrou Charlotte dormindo. Então fechou as cortinas para a esposa não acordar com o nascer do sol, aliviado por ela ter tomado o calmante e continuar na cama.

Quando Charlotte acordasse, Cate estaria de banho tomado, arrumada. Ali. Poderiam comemorar isso, se apegar a isso, antes de conversar sobre as próximas medidas a serem tomadas. Um detetive particular caso a polícia não encontrasse logo os sequestradores? Terapia para Cate — para todos, corrigiu ele a si mesmo enquanto entrava no banheiro para tomar banho também.

Uma reavaliação do esquema de segurança de sua casa, da escola de Cate, durante viagens.

Aidan se sentia péssimo por terem que dispensar Nina. Ele não acreditava, nem por um segundo, que a babá tivesse sido negligente, que merecesse levar a culpa. Mas Charlotte não sossegaria até que a mulher estivesse no olho da rua.

No chuveiro, deixando o jato de água quente dispersar boa parte da exaustão que sentia, ele pensou no novo projeto que tinha aceitado.

As filmagens começariam na Louisiana dali a duas semanas.

Será que devia desistir do filme? Será que devia tirar Cate da escola e levá-la junto, com o professor particular?

Será que devia simplesmente liberar sua agenda e ficar em casa até ter certeza de que Cate estava segura, estável?

Em território desconhecido, a melhor coisa a fazer era dar um passo cuidadoso de cada vez, pensou Aidan.

Ele vestiu calças jeans e um suéter antes de voltar para o quarto. O feriado romântico no Cabo já era. Pelo menos por enquanto. Nada de viagens rápidas sem a filha.

Charlotte concordaria sem nem pestanejar.

Ele deixou a esposa dormindo, fechou a porta sem fazer barulho.

Seu coração ficou mais leve quando uma risada rápida soou atrás da porta do quarto de Cate, seguida pela gargalhada retumbante da madrasta. Deus abençoe Lily, pensou Aidan enquanto seguia para o andar de baixo.

Deus abençoe sua família.

Mesmo pensando assim, ele ficou surpreso ao encontrar o pai na varanda dos fundos, tomando café, observando as colinas. Aidan se serviu de uma caneca e saiu.

A brisa, atravessando o chaparral, as sequoias e os pinheiros, carregava o aroma da mata e do mar. A neve cobria o topo das montanhas, e uma névoa matutina se arrastava pelo chão.

— Ainda está frio aqui fora, pai.

— Eu precisava tomar um ar. Às vezes, me esqueço de apreciar a vista das montanhas. Cate?

— Está com Lily. Ela acordou assustada, mas... que menina forte.

— Você dormiu?

— Um pouco. E você?

— Um pouco.

— Pai, quero agradecer pelo que você estava pronto para fazer. Não só a questão do dinheiro, mas...

— Você já devia saber que não tem o que agradecer.

— E que só vou te irritar. Sim. — O sorriso não surgiu com tanta dificuldade dessa vez. — Mas preciso, mesmo assim. Do mesmo jeito que preciso dizer que te amo, pai.

— Isso não me irrita. — Hugh segurou o ombro do filho. — Não há nada que eu não faria pela minha família. Você é igual.

— E estou tentando pensar no que seria melhor para a família agora. Tenho que ir para Nova Orleans daqui a duas semanas para começar a filmar *Morte calada*. Mesmo que eu possa levar Cate e Charlotte comigo, ou Charlotte por um tempo, porque ela vai filmar *Alvoroço* em Los Angeles no mês que vem, vou passar horas demais trabalhando... Estou pensando em desistir.

— Ah, Aidan, seria uma pena se você desistisse desse papel. Ele é genial. Sei por que está pensando nisso, e não me conformo. Com tudo. Você sabe que eu e Lily poderíamos cuidar de Catey enquanto você estiver fora.

— Acho que eu não conseguiria ir sem ela, não agora.

Não, pensou Aidan, ele *sabia* que não conseguiria. Tanto por si mesmo quanto pela filha.

— Charlotte se esforçou tanto para conseguir *Alvoroço* — continuou ele. — Não posso pedir que abra mão do papel e fique em Nova Orleans enquanto filmo.

Hugh encarou os cumes das montanhas, a forma como as nuvens pairavam sobre eles como se estivessem prestes a cair e sufocá-los.

— Você tem razão. No seu lugar, eu faria a mesma coisa.

— Estou pensando em tirar seis meses de folga, talvez um ano. Posso levar Cate para a Irlanda, ajudar a vovó a se aclimatar. As duas iam adorar.

Embora seu coração estivesse apertado, Hugh concordou com a cabeça. Sua mãe, seu filho e sua preciosa neta a um oceano de distância.

— Talvez seja melhor assim.

— Quero contratar um detetive particular se a polícia não encontrar esses desgraçados, se não encontrá-los rápido. Posso oferecer uma recompensa.

Hugh se virou para o filho. Ele não havia feito a barba, o queixo e as bochechas tinham mais pelos grisalhos do que pretos.

— Nesse ponto, pensamos igual.

— Que bom. Então estou indo na direção certa. Quero encontrar um bom terapeuta de família. Independentemente de ela ser uma menina forte, acho que Cate precisa conversar com alguém. Nós três precisamos. — Aidan olhou para o relógio. — A polícia vai chegar daqui a pouco, e esse é o próximo passo. Preciso acordar Charlotte. — Quando ele virou, viu Cate sentada à mesa de café da manhã, os tornozelos cruzados, observando Nina peneirar farinha em uma tigela. — Olhe — disse ele para o pai.

— Meu coração fica apertado — murmurou Hugh. — No bom sentido.

Hugh se aproximou, abriu a porta, entrou com Aidan.

— Aí está minha menina.

Ele foi até a mesa para dar um beijo na testa da neta, lançou um olhar grato à esposa, que estava apoiada na enorme geladeira com sua própria caneca de café.

Lily tinha prendido a cascata do cabelo agora brilhante de Cate em um rabo de cavalo alto, balançante e ajudado com a escolha das calças jeans com flores nos bolsos e o suéter azul-vivo.

Ela seria igual a qualquer menina bonita de dez anos se não fosse pelo hematoma na têmpora e pelas olheiras.

— Nina vai fazer panquecas.

— É mesmo?

— Caitlyn pediu, então...

A babá lançou um olhar suplicante para Aidan com seus olhos arroxeados, inchados de choro.

— Panquecas cairiam bem.

Então ele esperaria um pouco mais para chamar Charlotte.

Lily fez um sinal para chamá-lo e saiu da cozinha. Aidan seguiu a madrasta até o escritório que pertencia ao avô.

Os Oscars e os prêmios de Liam Sullivan reluziam, imagens emolduradas de seus filmes, fotos espontâneas com atores, diretores e astros de Hollywood adornavam as paredes.

As grandes portas de vidro levavam ao jardim que ele adorava.

— Aidan, você sabe que eu amo Cate mais do que amo bolo *red velvet*.

Ele teve que sorrir.

— Sim. E sei o quanto você ama bolo *red velvet*.

— Nina — começou a madrasta, do seu jeito direto. — Ela foi dormir no quarto perto da cozinha porque sabia que Charlotte não ia querer olhar para a cara dela. Mas escutou quando descemos. Ela só queria ver Cate, aproveitar um instante. Já vou dizendo que Cate ficou felicíssima quando a encontrou e, quando vi, ela já estava pedindo panquecas. Aidan, aquela moça não foi negligente, não foi irresponsável, só...

— Eu sei.

Diante da interrupção, Lily respirou fundo. Os olhos cor de topázio que contrastavam com sua pele branca como leite conseguiram transmitir alívio e decepção ao mesmo tempo.

— Mas você vai demiti-la mesmo assim.

— Vou tentar conversar com Charlotte de novo, mas acho que ela não vai mudar de ideia. E a verdade, Lily, é que Nina provavelmente nunca mais vai se sentir confortável trabalhando para nós.

— Por causa de Charlotte de novo. — O sotaque sulista apenas aumentou o desgosto em suas palavras.

Aidan adorava a madrasta. E sabia que estaria mentindo se dissesse que Lily e Charlotte compartilhavam da mesma afeição uma pela outra.

— Certo, tudo bem. Vou fazer o que eu puder para ajudar Nina a conseguir outro trabalho, pagar uma indenização boa.

— Vou mexer os pauzinhos para arrumar um emprego novo para Nina. As pessoas me escutam.

— É porque você não dá opção a elas.

Lily o cutucou no peito.

— E por que eu daria? — Então deu um beijo na bochecha de Aidan. — Cate vai ficar bem. Ela só precisa de um pouco de tempo, um pouco de amor, e vai ficar bem.

— Espero que sim. Quer panquecas?

— Meu bem, na minha idade, com a minha profissão, eu não devia estar nem no mesmo cômodo que uma panqueca. — Lily deu um tapa na própria bunda. — Mas vou abrir uma exceção hoje.

Aidan ficou de olho no relógio enquanto a filha comia na cozinha, notou quando Nina escapuliu em silêncio.

— Vou acordar sua mãe, querida. Vai parecer uma manhã de Natal para ela, e você será o melhor presente de todos.

Cate sorriu um pouco, brincou com as panquecas que permaneciam no prato.

— A bisa ainda está dormindo?

— Provavelmente, mas vou dar uma olhada. A tia Maureen e o tio Harry continuam aqui. Miranda e Jack também, e algumas das crianças.

— Nós vamos para casa hoje?

— Quem sabe. Você se lembra do delegado Buckman, de ontem? Ele precisa conversar com todo mundo.

Baixando o garfo, Cate apertou as mãos com força sob a bancada, encarou o prato.

— Ele pegou os homens maus?

— Não sei, Catey, mas você está segura.

— Você já vai voltar? Depois que subir, vai voltar direto para cá?

— Direto para cá. E a vóvis Lil e o vovô vão ficar aqui com você.

— E Nina?

— Nina está um pouco ocupada agora — disse Lily com um tom tranquilo. — Que tal a gente pegar um daqueles quebra-cabeças que você gosta tanto e que me fazem dizer palavrão?

A sugestão causou um sorriso.

— A gente pode brincar na sala de estar para olhar o mar e acender a lareira?

— Ótima ideia. — Hugh se levantou. — Mas eu escolho o quebra-cabeça.

— Não pode ser fácil! — Cate pulou do banco para sair correndo atrás do avô. Então parou, os olhos suplicando para o pai. — Você vai voltar direto para cá.

— Direto para cá — prometeu Aidan.

— Tempo e amor, Aidan — lembrou Lily enquanto ele encarava a filha se afastar.

Ele concordou com a cabeça, foi até a escada, subiu. No quarto, abriu as cortinas, deixou a luz entrar.

Então seguiu para a cama e sentou ao lado de Charlotte, seu cabelo parecia um emaranhado luxuoso de raios de sol. Com delicadeza, afastou os fios do rosto da esposa, lhe deu um beijo.

Ela não se mexeu — mesmo sem remédio para dormir, seu sono costumava ser pesado —, então Aidan pegou sua mão, beijou seus dedos. Chamou seu nome.

— Charlotte. Você precisa acordar. — Ela se mexeu então, e teria caído da cama se ele não a tivesse segurado. — Charlotte, acorde agora.

Os olhos da esposa se arregalaram, imediatamente se encheram de lágrimas.

— Caitlyn! — Já chorando, ela se jogou nos braços de Aidan. — Meu Deus, meu Deus, como consegui dormir quando minha menina sumiu? Como consegui...

— Charlotte. Pare. Pare. Catey voltou. Está tudo bem. Ela está lá embaixo.

— Ai, por que está mentindo para mim? Por que você quer me torturar?

— Pare! — Aidan precisou afastá-la, sacudi-la um pouco, para impedir uma onda de histeria. — Cate está lá embaixo, Charlotte. Ela fugiu. Está sã e salva, lá embaixo.

Os olhos de Charlotte ficaram inexpressivos.

— Do que você está falando?

— Nossa filha, Charlotte? — Lágrimas entalaram em sua garganta de novo. — Nossa menininha corajosa escapou por uma janela. Ela fugiu, encontrou ajuda. Papai e eu fomos buscá-la ontem à noite, conversamos com a polícia. Catey veio dormindo no carro, e você estava dopada, então...

— Ela... ela fugiu por uma janela? Ai, meu Deus! Eles... A polícia, vocês chamaram a polícia?

— A família que encontrou Cate chamou. O delegado Buckman e sua parceira vão chegar em uns dez minutos para...

— Eles vêm aqui? E pegaram eles? Pegaram os homens que sequestraram Caitlyn?

— Não sei. Eles usaram máscaras. Cate não sabia onde estava. Foi um milagre ter encontrado a casa, a família que ajudou, que tomou conta dela até chegarmos. Charlotte, ela está lá embaixo. Você precisa descer.

— Meu Deus, meu Deus, eu... ainda estou lesada por causa do remédio. Não estou pensando direito.

Charlotte jogou as cobertas para o lado, pulou da cama. Como só estava usando uma camisola de seda, Aidan a interrompeu antes que saísse correndo do quarto.

— Querida, você precisa colocar um robe pelo menos. A polícia está vindo.

— Do que me importa...

Aidan pegou o robe jogado na beirada da cama e ajudou a esposa a se vestir.

— Estou tremendo, estou tremendo. Isso tudo parece um pesadelo. Caitlyn.

Chorando de novo, ela saiu correndo do quarto, pela escada. Deu um grito de emoção ao ver a filha sentada no chão, montando um quebra-cabeça.

Charlotte pulou de novo, caiu de joelhos e puxou Cate contra si, apertando-a.

— Caitlyn, Cate. Minha Catey. Minha menina! Não acredito que você está... — Ela se interrompeu, enchendo o rosto da filha de beijos. — Ô, me deixe olhar para você, me deixe olhar. Ô, meu amor, eles te machucaram?

— Eles me trancaram em um quarto, mas eu fugi.

— Meu Deus, como uma coisa dessas foi acontecer? — Charlotte puxou Cate contra si de novo. — Quando penso no que poderia ter... Nina! Quero que prendam aquela mulher!

— Charlotte.

Mesmo enquanto Hugh tentava falar, Cate se soltou da mãe, afastou-a para longe.

— Nina não fez nada! Você não pode brigar com ela!

— Ela devia ter prestado atenção em você, cuidado de você. Confiei naquela mulher. Ah, nunca vou perdoá-la. Pelo que sabemos, ela participou disso. Minha menininha linda!

— A culpa não foi da Nina. — De novo, Cate se afastou dos braços estendidos da mãe. — Foi você que me disse onde me esconder. Foi você que me disse para brincar de pique-esconde e ir para a árvore, para ninguém me encontrar lá e eu vencer!

— Não seja boba.

Antes de Aidan conseguir falar, Hugh ergueu uma mão, se levantou devagar.

— Quando foi que sua mãe explicou onde você devia se esconder, Catey?

— Pare de encher o saco dela! Caitlyn já não passou por coisas suficientes? Aidan, está na hora de tirarmos nossa filha daqui. Vamos levá-la para casa.

— Quando, Caitlyn? — repetiu Hugh.

— De manhã, antes da homenagem. — Embora sua voz estivesse um pouco trêmula, Cate não desviou o olhar do rosto de Charlotte. E não encarava a mãe como se visse uma desconhecida, mas como se descobrisse algo que sempre soubera. — Ela me chamou para dar uma volta, antes de Nina acordar. Cedo. E disse que tinha encontrado o melhor esconderijo, me pediu para não contar para ninguém. Era nosso segredo, para fazer o pique-esconde durar bastante lá fora.

— Que coisa ridícula. Ela está confusa. Venha comigo agora, Caitlyn. Vamos subir para fazer as malas.

— Eles. — Pálido como um cadáver, Aidan andou para a frente, parou entre a esposa e a filha. — Quando eu contei que Cate estava bem, que estava sã e salva, primeiro... Foi choque, não alívio. Entendi agora. E você disse "eles". Perguntou se a polícia tinha pegado eles, os homens que a sequestraram.

— Pelo amor de Deus, Aidan, que diferença faz? Eu tomei remédio. E...

A voz do pai, tão fria enquanto falava, fez Cate estremecer. Lily a puxou para trás.

— Quando você tomou o remédio, nós só sabíamos de um. Um homem. Mas eram dois. Eram dois. Como você sabia disso, Charlotte?

— Eu não sabia! — O robe girou ao seu redor quando ela se virou, pressionando uma mão contra o peito. — Como poderia saber? Foi só jeito de falar, e eu estava grogue e nervosa. Pare com isso. Quero ir para casa.

Algo revirava o estômago de Cate, mas ela se aproximou de novo.

— Não lembrei quando conversei com os policiais, mas lembro agora.

Lily pegou a mão dela.

— Do quê?

— O que o homem falou ao telefone, quando eu fingi que estava dormindo. Ele perguntou: "Você está usando o telefone da babá?" E disse que, se verificassem, ela levaria a culpa.

— Caitlyn está confusa, e só Deus sabe o que fizeram com ela quando...

— Não estou, não. — Lágrimas escorreram por suas bochechas, mas os olhos que as derramaram permaneceram furiosos. — Eu lembro. Você me mostrou onde me esconder. E me pediu para fazer a brincadeira demorar. Ele perguntou se você estava usando o telefone da babá. Porque era você. Eu sabia. No fundo, eu sabia, vóvis Lil, então não queria encontrar com a mamãe hoje. Só queria o papai.

— Pare agora mesmo com essas bobagens.

No instante em que Charlotte tentou agarrar Cate, Lily entrou no seu caminho.

— Não ouse tocar nessa menina.

— Saia da minha frente, sua vaca velha. — O empurrão irritado de Charlotte não teve efeito nenhum em Lily. — Tire essa bunda gorda do meu caminho ou...

Com os olhos brilhando, Lily aproximou seu rosto ao da outra mulher.

— Ou o quê? Quer bater em mim, sua mãe desnaturada? Você não conseguiria convencer meia dúzia de gente com essa sua atuação de segunda, e certamente não engana ninguém aqui, sua fracassada, medíocre. Pode me atacar se quiser, mas vai acabar no chão, com esse nariz que Aidan pagou todo arrebentado.

— Parem! — Jogando as mãos para cima, Aidan se enfiou entre as duas enquanto Hugh puxava Cate para longe. — Parem com isso. Charlotte, Lily, preciso que as duas sentem e se acalmem.

Jogando o cabelo para trás, Charlotte apontou para Lily com um dedo.

— Eu me recuso a ficar sob o mesmo teto que essa mulher. Vou me arrumar. Aidan, vamos embora.

Ele agarrou o braço da esposa antes que ela escapasse.

— Eu mandei você sentar.

— Não fale comigo desse jeito. Qual é o seu problema? — Aos prantos, ela se jogou sobre o marido. — Não posso ficar aqui! Aidan, ô, Aidan, aquela mulher me odeia. Sempre odiou. Você ouviu? Ouviu o que ela disse para mim? Como pode deixar alguém me ofender assim?

— Tenho várias outras formas de te ofender — ofereceu Lily. — Estão entaladas há anos.

Aidan lançou um olhar de súplica silenciosa para a madrasta, e ela ergueu as mãos, sinalizando paz.

— Sente, Charlotte — repetiu ele.

— Não vou ficar na mesma casa, que dirá na mesma sala, que essa mulher.

— Lily não tem nada a ver com isso. Estamos falando sobre Cate. Sobre você ter participado do que aconteceu com ela.

— Você não pode acreditar nisso. Eu sou a mãe de Caitlyn! Nossa menina está nervosa, confusa.

— Não estou, não.

Na mesma hora, Charlotte virou a cabeça, demorou um pouco para falar enquanto Cate a encarava com aqueles olhos raivosos, chorosos.

— Você vai receber a ajuda que precisa, Catey. O que aconteceu foi terrível.

— Foi você que me levou até a árvore. Você disse: "Vamos dar um passeio antes de todo mundo acordar, e vou te mostrar um esconderijo secreto."

— Eu não fiz isso! Você se confundiu. Deve ter ido passear com Nina, e...

— Ela foi com você. — Rosemary, tremendo um pouco, parou sob o largo batente da entrada. — Eu vi as duas. Ontem de manhã, vi você e nossa Cate lá fora, quando saí para sentir o cheiro do mar.

— Foi um sonho. Vocês todos estão conspirando contra mim! Vocês...

— Fique quieta. Fique quieta e sente aí. — Enojado, enojado até a alma, Aidan puxou Charlotte para uma poltrona, empurrou-a para que sentasse. — Vovó. O que você viu?

— Vi as duas caminhando, e pensei, que fofo, mãe e filha passeando juntas tão cedo, enquanto o sol sobe por trás das montanhas, brilhando sobre a água. Quase as chamei, mas achei melhor não, porque queria que tivessem aquele momento a sós.

— O que você fez?

— Eu não fiz nada! Isso é a sua cara — disparou Charlotte para o marido. — É a sua cara ficar do lado dos outros e contra mim.

— Não — murmurou ele. — Na verdade, não é.

Aidan olhou para a janela quando o portão tocou.

— Deve ser o delegado.

— Vou abrir.

Lily seguiu para os controles.

— Se você tentar sair dessa poltrona — avisou Aidan quando Charlotte fez menção de se levantar —, vou te colocar de volta.

— Se tocar em mim... — Ela se interrompeu quando o marido se aproximou. — Você enlouqueceu.

Cobrindo o rosto com as mãos, Charlotte apelou para sua defesa de costume. Lágrimas.

Capítulo cinco

♦ ♦ ♦ ♦

— SENTE AQUI, Catey. Mamãe, venha ficar com Cate — disse Hugh.

— Você acredita em mim, não acredita, vovô?

— Acredito. — Ele a abraçou apertado antes de lhe dar um tapinha de leve no bumbum e mandá-la para o sofá. — Infelizmente, acredito.

Hugh se aproximou da mãe, passou um braço em torno dela e a guiou até Cate.

— Lily — disse ele quando voltou —, pode pedir a Nina que venha aqui com o celular dela?

— Não ouse chamar aquela mentirosa aqui.

— Cale a boca, Charlotte. Você pode chorar todas as lágrimas falsas que quiser, mas fique quieta. Aidan, vou abrir a porta — disse Hugh.

Enquanto Hugh se afastava, sua irmã desceu correndo a escada.

— O que houve? Ouvi gritos — indagou Maureen.

— Parece que Charlotte ajudou no sequestro de Cate.

— Você... O quê?

Ele esfregou o rosto com as duas mãos.

— Faça um favor, peça a alguém que prepare o café. Talvez os policiais queiram alguma coisa. Depois vá buscar Harry e venham para a sala escutar. Peça a Miranda e Jack, enquanto isso, que fiquem lá em cima com as crianças ou então as levem para a sala de vídeo. Vai rolar um baita espetáculo aqui embaixo, e é melhor que elas não vejam.

— Hugh, por que você acha que ela teria... Tudo bem — concordou Maureen quando o irmão apenas balançou a cabeça. — Vou cuidar disso.

Quando ele abriu a porta, Red e Michaela estavam saindo da viatura.

— Bom dia, sr. Sullivan. Como está Cate?

— Hugh — falou ele. — Por favor, podem me chamar de Hugh. Tivemos alguns... acontecimentos agora de manhã. Cate se lembrou de algo. De mais detalhes.

— Que ótimo. — Mas Red analisou o rosto de Hugh, viu a tensão, a raiva. — Os homens machucaram ela de algum outro jeito?

— Não, não, nada assim. É... — Ele precisou abrir as mãos que tinha fechado em punhos na lateral do corpo. — É melhor que ouçam por conta própria. Por favor, entrem.

Sob o teto elevado, diante da vista panorâmica para o céu e o mar, Red analisou a cena fascinante.

A menininha, com o rosto molhado de lágrimas e olhar furioso, sentada sob o braço protetor da bisavó. A ruiva cheia de curvas que ele reconhecia do cinema aboletada no braço do sofá, flanqueando a menina.

Como uma guarda protetora.

A loira estonteante, em um robe branco de seda, chorando, enquanto o marido — porque ele também tinha reconhecido a loira — permanecia parado atrás da poltrona. Não de um jeito reconfortante, mas como outro guarda.

— Minha mãe, Rosemary — começou Hugh —, minha esposa, Lily. E, ah, minha irmã, Maureen.

— O café está vindo. Harry já vai descer.

Ela olhou para Hugh e seguiu para o sofá, sentando do outro lado da mãe.

— Esses são o delegado Buckman e a policial Wilson. E aqui está Nina, a babá de Caitlyn.

— Tire essa mulher da minha frente!

Diante da explosão de Charlotte, Nina cambaleou para trás.

— A dona Maureen me pediu para vir e trazer meu celular.

— Você está demitida! Será que entende essa palavra?

Uma mulher pequena, que mal tinha completado vinte e cinco anos, Nina sempre obedeceu Charlotte. Sempre se sentia intimidada pela patroa. Agora, porém, ela empertigava os ombros.

— Então não preciso escutar a senhora nem nada que me disser.

Charlotte — e Red achou fascinante a velocidade com que as lágrimas se transformaram em raiva — tentou levantar. Aidan segurou seu ombro e a empurrou para baixo de novo.

— Não toque em mim. Delegado, o senhor precisa me ajudar.

E Red notou a rapidez com que as lágrimas voltaram.

— Por favor, por favor, estão abusando de mim. Fisicamente, verbalmente, emocionalmente. Por favor.

Aquele rosto lindo com olhos cheios de lágrimas fitou Red. As mãos se ergueram em um gesto de súplica.

— Estamos aqui para ajudar — disse ele, num tom tranquilo. — Que tal todo mundo se sentar?

Outra mulher veio com um carrinho. Ele sentiu o cheiro de café.

— Obrigada, Susan. — Maureen levantou. — Pode deixar comigo agora. Susan ajuda minha mãe a cuidar das coisas por aqui. Susan, pode ir. Esse é meu marido. Harry, esses são o delegado Buckman e a policial Wilson. É melhor você se sentar — murmurou ela.

Antes de fazer isso, o homem foi até Cate e se abaixou, do alto dos seus um metro e noventa e cinco, para lhe dar um beijo estalado.

— Você estava desmaiada de sono quando te vi ontem.

Ele ocupou uma poltrona, esticou as pernas compridas.

Como tinha muitos lugares, Red escolheu a poltrona mais bem posicionada para observar a loira e a criança. Mãe e filha. Porque alguma coisa muito errada estava acontecendo entre as duas.

— Como você está hoje, Cate?

— Perdi o medo. E lembrei que ela me disse onde me esconder.

A menina ergueu a mão e apontou um dedo acusatório para a mãe.

— Ela está confusa. Aqueles monstros devem ter feito alguma coisa para estragar a memória dela. Ela não sabe o que está dizendo.

— Sei, sim.

Cate olhou a mãe nos olhos.

Charlotte se virou primeiro.

— Ela me acordou cedo ontem, para uma surpresa. Ela só acorda cedo nos dias de filmagem, mas estava toda arrumada, trouxe meu casaco e meus sapatos.

— É mentira!

— Não é.

— Charlotte — disse Rosemary, suspirando. — Eu vi vocês. Vi as duas caminhando lá na frente, mais ou menos meia hora depois do nascer do sol.

Red ergueu uma mão antes que Charlotte interrompesse de novo.

— Quero escutar o que Cate tem a dizer.

— Não quero que interrogue minha filha.

— Não estou interrogando ninguém. — Red mal olhou para Charlotte antes de se focar completamente na menina. — Só estou ouvindo. Conte do que você se lembrou, Cate.

— Minha mãe me chamou para darmos uma volta, e saímos. Eu estava empolgada porque ela falou que era segredo. — Embora sua voz soasse determinada, a menina secou os olhos com as juntas dos dedos. — Ela disse que conhecia o melhor esconderijo, que nossa última brincadeira aqui fora devia ser pique-esconde e que eu precisava usar esse lugar, a árvore perto da garagem, porque ninguém ia me encontrar. E eu venceria.

— Ioga — murmurou Aidan. — Meu Deus, como fui tão idiota, tão cego? Eu acordei com você entrando no quarto, de calça de ginástica, top, dizendo que tinha levado seu tapete para a piscina, para fazer ioga.

— E foi exatamente o que eu fiz. Isso é crime agora?

— Calça de ginástica preta — disse Rosemary, fechando os olhos, lembrando. — Um top florido, preto e branco.

— Sim. — Aidan concordou com a cabeça.

— É óbvio que Rosemary me viu voltando da piscina e está confusa.

— Parece que tem muita gente confusa aqui — comentou Red, tranquilamente. — Cate parece ter bastante certeza do que diz.

— Ela ainda está em choque, talvez sob o efeito de qualquer que tenha sido o remédio que aqueles monstros lhe deram.

— Os monstros que a levaram para o chalé dos Wenfield, a cerca de cinco quilômetros daqui, seguindo reto. — O delegado não desviou o olhar de Charlotte enquanto falava. — Talvez a senhora ache que eles também estão confusos.

Ele a observou empalidecer, observou seus dedos se cravarem nos braços da poltrona. Sentiu o cheiro da mentira antes mesmo de ouvi-la.

— Esses homens são criminosos, mentirosos. Estão trabalhando com aquela vaca desalmada. — Charlotte apontou para Nina. — Fazendo minha própria família se voltar contra mim, só por dinheiro.

— Eu arrancaria minha mão antes de machucar Caitlyn ou deixar qualquer um fazer isso. Posso fazer o teste do detector de mentiras — disse Nina para Red. — Faço tudo que o senhor mandar.

— Minha mãe falou com ele ao telefone, não Nina — insistiu Cate. — O homem perguntou se ela estava usando o telefone da babá e disse que bom. Ele também chamou ela de "paixão". O toque do celular dele era o *jarabe tapatío*. Eu reconheci, porque a gente aprendeu na aula de dança.

A mão de Nina voou para a boca, mas não abafou seu arquejo.

— Viu, ela é culpada.

— Eu não fiz nada. — A babá pegou o celular enquanto se levantava, digitou a senha, entregou o aparelho para Red. E, se inclinando, sussurrou: — Tenho que contar uma coisa, mas não quero falar na frente de Caitlyn.

O delegado concordou com a cabeça, e então olhou para Lily e abriu um sorriso.

— Senhora, primeiro gostaria de dizer que sempre gostei muito de todos os seus filmes. Será que, já que estamos todos servidos desse café gostoso, a senhora não poderia ir com Cate pegar uma bebida para ela também?

— O senhor quer dizer alguma coisa que não quer que eu escute. Aconteceu comigo. Quero escutar.

As sobrancelhas da menina formaram uma linha teimosa no centro da testa quando se uniram. Ele precisava respeitar a vontade dela.

— Pode ser, querida, mas preciso que me dê alguns minutos. Eu ficaria muito agradecido.

— Venha, docinho. Vamos pegar uma Coca.

— Minha filha não toma refrigerante!

— Puxa, que pena. — Arqueando uma sobrancelha para Charlotte, Lily pegou a mão de Cate. — Que bom que você não está no comando hoje.

Red esperou um minuto, depois assentiu para Nina.

— O que a senhorita queria dizer?

— Não quero contar. Preferia não falar nada. Desculpe, seu Aidan. Desculpe de verdade, mas a sra. Dupont... — Um rubor de vergonha tomou as bochechas de Nina. — Ela está tendo um caso com o sr. Sparks.

— Mentirosa!

Com um salto, em um redemoinho de seda branca, Charlotte deu um tapa em Aidan quando ele tentou segurá-la. Então pulou para cima de Nina. E conseguiu agarrar a bochecha da outra mulher com as unhas antes de Michaela imobilizá-la.

Mesmo assim, continuou se debatendo, chutando.

— Vamos acabar tendo que algemar a senhora — avisou Red no mesmo tom de voz que usaria para comentar que parecia que ia chover. — Agressão contra uma civil e uma policial. É melhor se sentar de novo antes que acabe sendo levada para acalmar os ânimos na cadeia.

— Meus advogados vão acabar com a carreira de vocês. E vão destruir sua vida — disse ela a Nina.

Devagar, calmo, Red levantou.

— Sente-se. Ou vou prendê-la agora mesmo, levá-la para a delegacia e fichá-la. Nina, quer ajuda médica?

— Está tudo bem. Não menti.

— Pode nos contar por que acha que a sra. Dupont está tendo um caso esse tal de Sr. Sparks?

— Eu não acho, eu sei, porque peguei os dois no flagra. Sinto muito, seu Aidan. Ela disse que me demitiria e eu nunca mais conseguiria outro emprego se contasse a alguém.

— Aidan, não acredite. — Agora, Charlotte tentou pegar a mão do marido, o rosto cheio de amor e tristeza. — Não é possível que acredite que traí você.

Ele puxou a mão de volta.

— Acha mesmo que, a esta altura do campeonato, faz alguma diferença para mim se você está trepando com seu personal trainer? Acha que me importo com você?

— Aidan!

— Pode parar com essa porra de choro, Charlotte. Chega desse teatrinho.

— Nina, que diferença faz agora o caso entre a sra. Dupont e o sr. Sparks?

— O toque do celular dele. Ouvi o toque do celular. É o que Cate disse. A música mexicana.

— Como se Grant fosse a única pessoa no mundo a ter...

— Cale a boca.

— Ele chamou a sra. Dupont de "paixão" — acrescentou Nina. — Ele a chamou assim bem na minha frente. Cate e eu fomos visitar os avós dela, e ela queria muito mostrar aos dois uma história que escreveu na escola. As residências ficam próximas uma da outra, então me ofereci para voltar em casa e buscar o caderno rapidinho. Ela estava tão orgulhosa. Achei que os dois, a sra. Dupont e o sr. Sparks, estivessem na academia, no térreo. Nem pensei em nada, só subi correndo. As portas da suíte master estavam escancaradas. Ouvi o som primeiro. Ouvi o som, depois vi. Eles estavam juntos na cama. — A babá suspirou. — Acho que devo ter feito algum barulho, fiquei tão chocada. Quando ela me escutou, levantou, veio pelo corredor. Pelada. E me disse que eu estaria acabada se contasse para alguém, que ela diria para a polícia que tentei roubar suas joias. Eu não queria perder o emprego, não queria deixar Caitlyn. Não queria ser presa. Fiquei quieta.

— Nem um pio — disse Aidan baixinho quando Charlotte fez menção de negar. — Nem um pio. Mais alguma coisa, Nina?

— Desculpe, seu Aidan. Desculpe. Depois disso, ela parou de se esforçar tanto para esconder, pelo menos de mim. E ele a chamava de "paixão". Tipo, "Paixão, ela não vai dedurar a gente. Volte para a cama". Ou quando a sra. Dupont me pedia para levar uma garrafa de vinho para a academia, ele a chamava assim. Ele sempre a chamava assim.

— Diga, Nina, você sempre anda com seu celular?

Entrelaçando os dedos das mãos, a babá concordou com a cabeça para Red.

— Sim, senhor. Quase sempre. Menos quando preciso carregá-lo, mas tento fazer isso à noite.

— E ontem, quando percebeu que Caitlyn tinha desaparecido?

— Ele estava comigo enquanto eu procurava por ela. Mais tarde, depois que a sra. Dupont colocou a culpa em mim, a dona Lily e a dona Rosemary pediram para eu vir aqui para baixo, para o quarto perto da cozinha, para a sra. Dupont não se alterar ainda mais. Eu obedeci e deixei o celular carregando lá, enquanto todo mundo esperava pela ligação do sequestrador.

— A sra. Dupont estava esperando com todo mundo?

— Não, senhor, ela ficou lá em cima. Deitada. Acho que tomou um remédio para dormir e estava apagada quando ele ligou.

— Está certo, Nina. Senhora — disse Red para Rosemary —, existe algum jeito de ir do andar de cima até esse quarto que fica perto da cozinha sem passar pelo lugar onde todos estavam esperando a ligação?

— Várias formas.

— Nós vamos apreender seu celular, Nina. Com sua autorização, podemos ouvir as ligações no computador. — Red notou que Michaela piscou rápido ao ouvir seu blefe, mas ele sempre achava melhor, quando estava blefando, ou mentindo na cara dura, demonstrar confiança e naturalidade. — Em primeiro lugar, se a ligação que Cate ouviu tiver sido feita no momento em que você estava na sala, entre testemunhas, vamos inocentar você na mesma hora. Depois, mesmo que os dois não tenham usado nomes, passaremos o áudio da ligação pelo reconhecimento de vozes. Como foi um sequestro, podemos pedir ajuda ao FBI. O equipamento deles é maravilhoso.

Entrando na onda, numa jogada de mestre, Michaela concordou com a cabeça e disse:

— Vai ser apenas questão de comparar as vozes, já que pegamos os dois homens.

— Pois é. Mic, pode acompanhar a sra. Dupont até o quarto para ela se trocar?

— Vocês não vão me prender. Sou uma vítima. *Vítima*. Vocês não fazem ideia do que eu passei.

— Acho que temos noção, mas, se a senhora quiser prestar depoimento, não tem problema. Vou gravar. Mas preciso ler seus direitos primeiro. — Ele tirou um gravador do bolso, ligou o aparelho, colocou-o sobre a mesa. — É o procedimento.

A única coisa que Red viu no rosto da mulher enquanto recitava seus direitos foi uma expressão calculista.

— Estamos entendidos, sra. Dupont?

— Sim, é claro. Vou apelar ao senhor por ajuda. Cometi um erro terrível, mas eu estava sendo chantageada.

— É mesmo?

— Tive um caso com Grant. Outro erro terrível. Fui fraca, Aidan, fui tola. Eu estava me sentindo só. Por favor, me perdoe.

O rosto dele, os olhos e a voz não esboçavam emoção alguma. Nem repulsa.

— Tanto faz.

— A senhora está alegando que Grant Sparks a chantageou por causa do caso?

— Foi um *paparazzo*. Ele tirou fotos nossas. Foi terrível, simplesmente... — Baixando a cabeça, Charlotte cobriu a boca com uma mão. — Ele queria que eu pagasse milhões, ou publicaria tudo. Minha intenção era proteger meu casamento, minha família, minha filha. Todos nós. Mas não sabia como arranjar o dinheiro.

— A solução foi forjar um sequestro? — questionou Red.

— A ideia foi de Grant. Se a gente fingisse um sequestro... Perdi a cabeça. Eu não estava pensando. O estresse. E sabia que Grant jamais machucaria Caitlyn. Nós pagaríamos, e ela logo voltaria para casa. Foi uma loucura, entendo isso agora. Eu estava louca. Desesperada.

Aidan se afastou dela. Precisou se afastar.

— Qual é o nome do chantagista?

— Ele disse que se chamava Denby. Frank Denby. Depois da primeira vez, Grant se encontrou com ele. Eu não consegui ir. Não aguentava aquilo. Por favor, acredite em mim, depois que Caitlyn... fiquei apavorada. Comecei a pensar em tudo que poderia dar errado, e...

— A senhora sabia para onde tinham levado sua filha?

— É claro! Ela é minha filha. Eu sabia onde estava, mas...

— E, mesmo preocupada, com medo de algo dar errado, não cancelou tudo?

— Eu não podia! — Implorando, Charlotte levou uma mão até a garganta, estendeu a outra na direção de Red. — Eu não sabia o que fazer! Liguei para ele porque precisava ter certeza de que Caitlyn estava bem.

— Aqueles homens drogaram ela.

Charlotte olhou para Aidan.

— Foi só um sedativo fraco, para ela não ficar com medo. Era só para ela dormir até...

— Deixaram ela morrendo de medo, machucaram o rosto dela, ameaçaram ela com uma arma.

— Eles não deviam...

— Você fez isso por dinheiro, por sexo. Ela fugiu por uma janela no segundo andar, ficou vagando no escuro, perdida, com frio, só Deus sabe por quanto tempo. Você usou a própria filha, arriscou a própria filha, por um casinho de merda.

— Caitlyn devia ter ficado dormindo! A culpa é dela por não ter tomado o leite!

— Como a senhora sabia que o leite estava batizado? — perguntou Michaela, ainda fazendo anotações meticulosas. — Pediu aos sequestradores para usarem leite?

— Eu... eu não sei! Você está me confundindo. Caitlyn não se machucou. Ela devia ter dormido o tempo todo. Quando tivéssemos o dinheiro, eles exigiriam que eu fizesse a entrega.

— Isso fazia parte do plano? A senhora entregaria o dinheiro?

— Sim, e então eles levariam Caitlyn até a entrada da península, a deixariam lá.

— E você bancaria a mãe arrasada, amorosa, o tempo todo. — Hugh se levantou. — Se depender de mim, você nunca mais vai colocar os olhos nessa menina. Nunca vai receber um centavo desta família. Nunca mais vai pisar nesta casa.

— Isso não depende de você! — Charlotte se virou para o sogro. — Você não pode me impedir de ver minha própria filha.

— O tribunal vai tomar essa decisão. Charlotte Dupont, você está presa sob as acusações de maus-tratos contra menor, cumplicidade em sequestro de menor, cumplicidade em violência contra menor, cumplicidade em extorsão.

— Você prestou atenção no que eu disse? Fui uma vítima, me chantagearam.

— Bem, tenho minhas dúvidas quanto a isso. Mas temos muito o que conversar ainda. Por enquanto, a policial Wilson vai acompanhá-la até seu quarto, a menos que a senhora queira ser levada para a delegacia como está.

— Quero meu advogado.

— Que é o meu advogado — corrigiu Aidan. — Você vai ter que encontrar outro.

— Ah, vou mesmo. — Agora, sua aversão transbordava. — E não sou a única que sabe falar com a imprensa. Vou arruinar cada um de vocês.

— A única coisa que a senhora vai fazer agora é vir comigo.

Ela se esquivou quando Michaela se aproximou para segurar seu braço.

— Não toque em mim.

— Se fizer isso de novo, vamos acrescentar resistência à prisão. A lista já está grande.

Charlotte se levantou, jogou o cabelo para trás.

— Vão se foder, todos vocês, Sullivans de merda.

Rosemary fechou os olhos quando Michaela escoltou Charlotte para o andar de cima.

— Uma despedida patética, vinda de um ser humano patético. Sinto muito, Aidan.

— Não, quem sente muito sou eu. Eu amava Charlotte. Tantas vezes ignorei as coisas que ela fazia porque a amava. Porque ela me deu Cate. A própria filha, ela fez isso com a própria filha. Preciso tomar um ar. Rapidinho. Posso?

Red concordou com a cabeça.

— Claro.

— O que vai acontecer agora? — perguntou Hugh enquanto o filho saía pela porta da frente.

— Agora, temos que encontrar Grant Sparks e Frank Denby.

— Você disse que tinha capturado os dois... — Balançando a cabeça, Hugh soltou uma risada rápida. — Era mentira. Bom trabalho.

— Vamos demorar um pouco para resolver tudo. É bem provável que eu precise conversar com todos vocês de novo, inclusive Cate. A única coisa que posso dizer por enquanto é que a sra. Dupont não vai ter direito a fiança tão cedo. Mas imagino que, quando se acalmar um pouco e contratar um advogado decente, vá tentar fazer um acordo para diminuir a pena. E provavelmente vai conseguir.

— Eu devia ter contado ao seu Aidan sobre o sr. Sparks.

— Não se sinta culpada por isso, por nada. — Maureen se levantou, foi abraçar Nina. — Venha comigo. Vamos limpar esses arranhões antes que inflamem.

— Será que vão deixar eu continuar com Cate? — perguntou a babá enquanto as duas saíam.

— Eu conheço meu sobrinho. Seu emprego vai estar seguro para sempre.

Não demorou muito para Michaela trazer de volta uma Charlotte de expressão pétrea.

— Pode acrescentar tentativa de subornar policial às acusações, delegado. Ela me ofereceu dez mil para soltá-la.

— Que mentira!

— Imaginei que isso aconteceria. Deixei meu celular gravando. Tive que algemá-la, porque ela não gostou de ouvir não.

— Vamos para a viatura. Entrarei em contato — disse Red para os outros. — Se tiverem alguma pergunta, sabem como me encontrar.

Quando a porta fechou, Hugh fez um afago no ombro da mãe.

— Vou lá atrás para avisar a Lily que pode trazer Cate.

— Sim, faça isso. Aidan vai precisar de Cate, Cate vai precisar de Aidan. E os dois vão precisar de todos nós.

Ele se inclinou e deu um beijo na testa dela.

— Os Sullivan permanecem unidos. Isso inclui você, Harry.

— Ela nunca foi uma de nós.

Um homem silencioso e de hábitos tranquilos, ele se desdobrou da poltrona onde estava e foi sentar ao lado da sogra. Rosemary deu um tapinha em sua mão.

— Você nunca gostou muito dela, não é, Harry?

— Nunca gostei nada dela, mas Aidan a amava. A gente não escolhe nossa família, minha cara Rosemary. Eu só tive sorte com a que ganhei. Venha cá.

Harry passou um braço em torno da sogra quando ela apoiou o rosto em seu ombro e finalmente começou a chorar.

Aidan caminhou até o enjoo passar, até pelo menos o excesso de sua raiva ir embora. Pelo bem de Cate, lembrou a si mesmo, enquanto continuava caminhando, respirando o ar fresco, salgado. Pelo bem da filha, precisava encontrar sua calma e sua estabilidade.

Porém, no fundo, aquela raiva seguia viva, como um animal selvagem com sede de sangue. E ele temia que essa sede nunca fosse saciada.

E, por trás dos rosnados e da inquietação da fera, jaziam os estilhaços do seu coração.

Ele amava Charlotte com todo o coração.

Como não tinha enxergado antes? Como não tinha visto a mulher maníaca por fama, egoísta e imoral que existia por trás daquela fachada? E precisava admitir que tinha ignorado os sinais mesmo quando aquela fachada esmorecia e oferecia vislumbres da verdade.

Ele amava a esposa, confiava nela. Teve uma filha com ela, e Charlotte usou, traiu e pôs em risco a vida de Cate.

Aidan jamais a perdoaria por isso. Jamais perdoaria a si mesmo.

Mas, quando voltou para dentro de casa, ele já estava envolvido por camadas de calma e equilíbrio. Camadas tão espessas que não rachariam — nem quando ele entrou pela porta dos fundos e encontrou Cate aconchegada com Hugh.

Aidan encontrou os olhos de Hugh por cima da cabeça da menina.

— Acho que eu e Cate precisamos conversar.

— Claro que sim. — Hugh afastou a neta e sorriu para ela. — Vai ficar tudo bem. Pode demorar um pouquinho, mas vamos chegar lá.

Ele deu um último aperto nela e os deixou sozinhos.

— Que tal a gente sentar na biblioteca? Só nós dois?

Quando Aidan ofereceu uma mão, Cate a aceitou com uma confiança tão inabalável que o coração dele se partiu um pouco mais.

Como queria passar um tempo sozinho com a filha, fez o caminho mais demorado, passando pela sala de jantar, pelo jardim de inverno, dando a volta no que chamavam de sala de música, chegando à biblioteca.

As janelas ali davam para as montanhas, para os jardins, ofereciam vislumbres do pequeno pomar. Com o sol fraco atravessando o vidro, a vista era mais tranquila do que a agitação do mar. Sob um teto decorado com painéis quadrados pintados de marrom-escuro e creme, estantes cheias de livros e roteiros encadernados cobriam as paredes. O piso de castanheira brilhava por baixo de um tapete Aubusson com elegantes tons desbotados de verde e rosa. Aidan sabia que a avó às vezes sentava à velha mesa que viera de Dublin para escrever cartas e bilhetes.

Ele fechou as portas duplas, guiou Cate até o grande sofá de couro. Antes de se sentar, acendeu a lareira.

Então se acomodou ao lado da filha, segurou o rosto dela com as duas mãos.

— Desculpe.

— Papai...

— Tenho que dizer umas coisas primeiro, mas depois vou escutar tudo que você quiser falar. Desculpe, Catey, minha Cate. Eu não cuidei de você, não a protegi. Você é tudo para mim, e juro que nunca mais vou te decepcionar.

— Você não me decepcionou. Ela...

— Decepcionei, sim. Nunca mais. Nada e ninguém é mais importante para mim do que você. Nada e ninguém nunca será.

Aidan deu um beijo na testa da filha e percebeu que se sentia mais calmo depois de desabafar.

— Naquele quarto, eu já sabia que a culpa era dela. Foi ela que me disse onde me esconder. Ela me levou até lá e me mostrou o lugar, então eu sabia. Mas só no fundo, porque...

— Ela é sua mãe.

— Por que ela não me ama?

— Não sei. Mas eu amo você, Cate.

— Ela... Ela precisa morar com a gente?

— Não, nem vai. Nunca mais.

O suspiro trêmulo de alívio que sua menininha soltou foi outro golpe.

— A gente precisa morar na mesma casa de antes? Não quero mais voltar para onde ela morava. Não quero...

— Então não vamos fazer isso. Acho que, por enquanto, podemos ficar com o vovô e a vóvis Lil. Até encontrarmos um lugar só para nós.

A esperança, doce e radiante, iluminou o rosto da menina.

— Sério?

Aidan forçou um sorriso.

— Os Sullivan permanecem unidos, não é?

Cate não sorriu de volta, e sua voz soava trêmula.

— Eu preciso encontrar com ela de novo? Falar com ela? Preciso...

— Não.

Aidan torceu para conseguir manter essa promessa.

Os olhos da menina, tão azuis e agora roubados de sua inocência, focaram os do pai.

— Ela deixou aqueles homens me assustarem, me machucarem. E sei o que "paixão" significa. Ela também assustou você, machucou você. Ela não ama a gente, e nunca mais quero ver ela. Ela não é minha mãe de verdade, porque mães não fazem essas coisas.

— Não se preocupe com isso.

— Não estou triste — afirmou Cate, mesmo enquanto as lágrimas começavam a escorrer. — Estou pouco me lixando. Eu também não amo ela, então estou pouco me lixando.

Aidan permaneceu em silêncio; ele entendia completamente. Estava se sentindo do mesmo jeito. Dilacerado, desesperado para não se importar. Então apenas abraçou a filha, deixou a menina chorar, chorar até dormir.

E, enquanto ela dormia, ficou sentado ali ao seu lado, observando o fogo na lareira.

Capítulo seis

♦ ♦ ♦ ♦

A POLICIAL MICHAELA Wilson se candidatou e aceitou o emprego em Big Sur porque queria uma mudança de ares, porque queria se sentir parte de uma comunidade. E também, embora não admitisse para ninguém, porque o homem com quem tinha vivido por dois anos, o homem com quem acreditava que viveria pelo resto da vida, tinha chegado à conclusão de que era complicado demais manter um relacionamento com uma policial.

Ela, uma mulher que acreditava com todas as forças na lei, na ordem, nas regras e nos procedimentos, na justiça, admitia que costumava dar mais prioridade ao trabalho do que ao relacionamento dos dois.

Porém, para Michaela, era isso que seu trabalho exigia.

Ela tinha morado a vida inteira em cidade grande, então a mudança de ambiente, de cultura, de ritmo era um desafio pessoal enorme.

Exatamente o que ela queria.

E não negaria que as primeiras semanas tinham sido uma provação. Não negaria que via Red Buckman como um delegado *playboy*. O cara tinha nos bíceps a tatuagem de uma mulher (com proporções generosas) de biquíni surfando.

Ele costumava usar um brinco. E ainda tinha a questão do cabelo.

Sem falar da postura descontraída demais, na opinião dela, relaxada demais e — pensava ela — do fato de ele ser devagar demais da conta.

Não era fácil para Michaela Lee Wilson admitir um erro, especialmente de julgamento. Porém, nas últimas dezoito horas, precisava aceitar que tinha cometido um.

O homem podia até parecer um surfista de meia-idade, mas era um policial de primeira.

Ela teve outra mostra generosa disso quando foram interrogar Charlotte Dupont e seu advogado caro.

Michaela não conhecia Charles Anthony Scarpetti, mas ouviu falar que ele tinha vindo de Los Angeles num jatinho particular, vestindo seu terno elegante e calçando Gucci. E sabia — porque Red tinha alertado — que Scarpetti era do tipo que fazia declarações para a imprensa e dava entrevistas para Larry King.

O delegado permaneceu sentado calmamente enquanto o outro homem fazia seu papel de advogado competente, falando sobre moções para arquivar o caso, sobre assédio, intimidação, pedidos de guarda unilateral da criança, violência doméstica.

Pelo visto, ele tinha muitos coelhos na cartola. Red deixou que pulassem por um tempo.

Vinte e quatro horas antes, Michaela estava metaforicamente arrancando os cabelos com aquela placidez toda. Agora, via que era uma estratégia meticulosamente elaborada.

— Vou te contar, sr. Scarpetti, quantas palavras bonitas, chamativas. Se já acabou, quero explicar por que o senhor e sua cliente vão se decepcionar.

— Delegado, pretendo fazer com que minha cliente esteja de volta a Los Angeles, com sua filha, até o fim do dia.

— Eu sei. Isso ficou bastante claro para mim. Mas não será possível, para a decepção dos senhores. — Red se inclinou para a frente, mas de um jeito amigável. — Tenho a forte suspeita de que sua cliente não foi honesta e sincera com o senhor. Posso estar enganado... os advogados fazem o que têm que fazer... mas, como já tive uma pequena mostra dos meios e modos de sua cliente, imagino que ela tenha enchido seus ouvidos de merda.

— Charles!

Charlotte se virou para ele, esboçando indignação, porém sem perder o charme em seu macacão laranja.

O advogado apenas colocou a mão sobre a dela.

— Minha cliente está abalada...

— Sua cliente foi cúmplice do sequestro da própria filha. Algo que já admitiu.

— Ela estava abalada — repetiu Scarpetti. — Confusa, grogue por causa do remédio que o marido a forçou a tomar. Sua filha também estava abalada e contou para vocês o que o pai a orientou.

— É mesmo? — Red balançou a cabeça enquanto observava Charlotte. — Nossa, a senhora é uma figura. Policial, pode tocar a gravação no seu celular, do momento em que acompanhou a sra. Dupont até o andar de cima para se trocar?

Michaela colocou o celular sobre a mesa e reproduziu o áudio.

A voz de Charlotte, um pouco ofegante, porém muito estável, surgiu.

— *Policiais não ganham muito, especialmente as mulheres, imagino.*

Em contraste, a voz de Michaela soava prática e impessoal.

— *A senhora vai precisar de sapatos.*

— *Eu tenho dinheiro. Posso tornar sua vida mais fácil. Você só precisa me soltar. Diga que saí correndo, me dê dez minutos de vantagem. Dez mil por dez minutos de vantagem.*

— *A senhora está me oferecendo dez mil dólares para deixá-la escapar da custódia? Como vai me pagar?*

— *Eu tenho dinheiro. Você sabe quem eu sou! Olhe, pode ficar com esse relógio. Pelo amor de Deus, é da Bulgari. Vale mais do que tudo que você ganharia em dez anos.*

— *Se a senhora não calçar os sapatos, vai descalça.*

— *Aceite o relógio, sua idiota! Dez minutos. Posso te dar dinheiro também! Tire as mãos de mim! Não ouse me prender com essas coisas.*

— *A senhora tentou subornar uma policial e apresenta risco de fuga. Sente-se. Como agora está algemada, vou pegar seus sapatos.*

Michaela interrompeu a gravação no meio de uma série de palavrões.

— Aposto que ela não contou essa parte. — Red coçou a lateral do pescoço. — Agora, antes que o senhor comece a dizer que foi um pedido desesperado de uma mulher desesperada, é melhor poupar saliva. Isso foi uma tentativa de subornar uma policial, ponto. Também gravei a confissão de sua cliente, inclusive a leitura dos direitos que fiz antes. Temos mandados para a prisão dos dois cúmplices e vamos pegá-los.

— Você disse que já tinha...

Red apenas sorriu quando o advogado interrompeu Charlotte.

— Prendido os dois? — completou o delegado. — A senhora pode ter ficado com essa impressão. Vamos pegá-los. Sabe, eles foram muito cuidadosos, mas é difícil fazer um trabalho perfeito. Especialmente quando se está com pressa, porque, né, a menina fugiu, e a polícia podia estar a caminho. Coletamos impressões digitais.

— Não negamos que a criança foi sequestrada — respondeu Scarpetti. — A sra. Dupont não teve qualquer participação nesse crime terrível.

— Suponho que ela não soubesse para onde levaram a menina, onde ela foi mantida em cativeiro. Ela nunca teria estado lá.

— Como eu poderia saber? Nem me lembro do que falei nessa sua gravação. Eu estava tão desnorteada com os comprimidos que Aidan me obrigou a tomar. Não foi a primeira vez que ele me forçou a... fazer coisas.

Charlotte virou a cabeça um segundo depois de uma única lágrima escorrer por sua bochecha.

— Imagino que a senhora não conheça os Wenfield. Os donos do chalé.

— Não conheço. Não sei onde fica essa porcaria de chalé. Só venho a Big Sur porque Aidan me obriga. Charles!

— Charlotte, você precisa ficar calada. Deixe que eu lido com isso.

— Não conhece os Wenfield, nunca foi ao chalé. Então — refletiu Red — a senhora não saberia que a família estava fora, que a casa estava vazia.

— Exatamente! Ai, graças a Deus.

— Agora quem está confuso sou eu. E você, Mic? Está confusa?

Ela manteve a expressão séria, mas abriu um sorrisinho por dentro.

— Não muito.

— Então sou só eu. Fiquei confuso porque, se a senhora não conhece os Wenfield, não sabe onde fica o chalé deles, como a impressão digital do seu dedo indicador direito foi parar no interruptor do banheiro do primeiro andar?

— Mentira.

— Acho que a senhora foi um pouco descuidada. Imagino que tenha ido dar uma olhada no lugar com seus comparsas, precisou usar o banheiro. E apertou o interruptor sem se dar conta.

— Eles forjaram minhas digitais. Charles...

— Pare de falar agora.

Michaela viu a mudança no olhar do advogado. Independentemente de o homem se importar ou não com a inocência da cliente, ele com certeza se importava com o fato de as provas contra ela estarem se acumulando.

— Sua história é tão cheia de mentiras, buracos e contradições que é difícil acompanhar. Mas sou ótimo em ir na onda dos outros. A chantagem? História para boi dormir. Extorsão é uma coisa, e dá um tempo na cadeia. Mas drogar e sequestrar uma menor? Usando arma de fogo? Isso aí é outro nível. Um homem quer uma fortuna. Não vejo por que ele se arriscaria sendo cúmplice no sequestro de Caitlyn. Não era o trabalho dele, não é assim que ele joga.

— Ele tinha fotos!

— Charlotte, pare de falar. Não diga mais uma palavra.

— Ela não está grogue de remédio agora, e voltou para a versão da chantagem. Uma versão diferente de a filha ter sido orientada a colocar a culpa nela. Aqueles homens injetaram drogas na menina. — A calma desapareceu quando Red acertou um punho fechado na mesa. — A senhora escolheu o lugar onde eles a pegariam, e eles injetaram drogas na sua filha de dez anos.

— Por dinheiro — acrescentou Michaela. — Por mais relógios da Bulgari.

— Por amor!

Dessa vez, Scarpetti segurou o braço de Charlotte.

— Nem mais uma palavra. Preciso conversar com a minha cliente.

— Que surpresa. — Red se levantou, parou de gravar. — Ele vai te explicar que quem abrir a boca primeiro consegue o melhor acordo. É verdade. Quer uma coquinha, Mic? Uma coquinha gelada cairia bem.

Quando os dois saíram, o delegado fez sinal para um policial vigiar a porta, então gesticulou para que Michaela o acompanhasse pela área de interrogatórios, pelas celas, até sua sala, onde ele mantinha um frigobar cheio de latas de refrigerante.

Depois de pegar duas latas e entregar uma para ela, o delegado sentou, apoiando os tênis All-Star de cano alto sobre a mesa.

— Tudo bem, vamos avisar ao promotor que chegou a hora. O advogado caro vai tentar fazer um acordo caro.

— Quanto tempo ela vai pegar? Não será suficiente de toda forma, mas quanto você acha?

— Bem. — Ele coçou a lateral do pescoço de novo. — Temos o sequestro de uma menor, pedindo resgate. O fato de terem drogado a menina, a arma de fogo. O negócio é que ela pode continuar com aquela história de que não sabia de arma nenhuma, então vamos esquecer esse detalhe. E, por ser a mãe, pode colar. Mas o resgate vai pesar, mesmo quando ela começar a dedurar os outros.

— E isso vai acontecer. Aquela mulher não tem um pingo de lealdade.

— Nem um pouco. Cinco a dez anos, imagino. O amante e o outro cara? Vinte a vinte e cinco, fácil. Dependendo do nível da burrice deles, talvez prisão perpétua. Mas acho que os três vão jogar a merda toda no ventilador, fazer acordos e conseguir os vinte a vinte e cinco. Se conseguirmos provar quem usou a arma? Esse aí pega entre vinte e cinco e prisão perpétua. — Red tomou um gole bem demorado de Coca. — Mas isso é problema dos advogados e do tribunal. Nossa parte? Precisamos pegar esses caras. Ela vai se ferrar, e, se Sullivan for esperto como eu acredito que seja, já está pedindo a guarda unilateral da filha, o divórcio e uma ordem judicial para que a mulher não se aproxime deles caso a fiança seja liberada. — Red tomou outro gole. — Você fez um bom trabalho, Mic.

— Não fiz muita coisa.

— Você cumpriu seu papel, e bem. Pode avisar ao promotor que chegou a hora do acordo.

Michaela concordou com a cabeça, se virou para a porta.

— E quanto à menininha? A imprensa vai voar em cima deles, delegado.

— Vai, sim. Não podemos fazer nada além de dar uma declaração quando for necessário, depois entrar no modo sem comentários e permanecer firmes. Ela não merece o que vai acontecer.

Não, pensou Michaela enquanto saía. Nenhum deles merecia.

Cinco minutos depois de Charlotte começar a contar uma série de meias--verdades, mentiras deslavadas e desculpas egoístas, Scarpetti a interrompeu. E deixou bem claro que precisava escutar a verdade, toda a verdade, ou ia embora.

Por acreditar que o advogado falava sério, Charlotte contou tudo.

Enquanto ela falava, Frank Denby se esparramava na cama de seu quarto de hotel ao sul de Santa Maria, vendo um filme pornô enquanto colocava gelo no seu olho roxo e na mandíbula inchada.

Suas costelas estavam doendo para cacete, então ele dirigiu até onde conseguiu aguentar. Agora, depois de um analgésico, um baseado e um pouco de gelo, poderia passar umas duas horas ali antes de seguir caminho.

Sparks o encheu de porrada quando descobriu que a pirralha tinha fugido. Como se a culpa fosse sua. Não que ele não tivesse revidado. Sim, deu uns socos nele de volta.

Mas tinha plena consciência de que Sparks teria sido capaz de matá-lo se não reconhecesse que ele próprio também tinha culpa no cartório.

Então o serviço já era — todo o dinheiro tinha ido por água abaixo —, e Denby, com apenas algumas centenas de dólares no banco, um cartão de crédito roubado que ainda não queria usar e o pouco dinheiro vivo que restava na sua carteira, precisava ser discreto.

Não que a menina fosse capaz de identificá-lo, mas, quando um serviço dava errado, ele dava o fora. O México parecia uma boa ideia. Continuaria em frente depois da fronteira. Um calote aqui, outro ali, muitos passeios na praia. Visitar os pontos turísticos, fazer uma grana.

Sparks tinha arrumado um esquema legal, bancando o *personal trainer* e comendo sua vítima, uma estrela de cinema, mas Denby preferia esquemas mais simples e de curta duração.

Comendo batatas sabor churrasco, ficou um pouco emburrado enquanto via tevê no hotel de quinta, com inveja do boquete que o cara na tela recebia.

Tinha sido um erro deixar que Sparks o convencesse a participar do sequestro, mas tudo parecia fácil para cacete. E sua parte dos dois milhões de dólares que aqueles babacas ricos pagariam?

Meu Deus, com um milhão, daria para viver como um rei no México. E tudo que precisava ter feito era ajudar a arrumar o chalé e ficar de olho na menina por dois dias.

Quem poderia imaginar que aquela pirralha escaparia pela janela e sumiria do mapa?

Mas ela não tinha visto seu rosto nem o de Sparks sem máscaras, e a atriz só entregaria os dois se quisesse trocar suas roupas da Armani por um uniforme de prisão.

Além disso, a vagabunda estava caidinha por Sparks.

Seu parceiro tinha lábia com as ricaças.

Denby deu mais um tapa no baseado, prendeu aquela fumaça maravilhosa nos pulmões e soltou, observando-a subir e levar consigo boa parte de suas preocupações.

Sol, areia e *señoritas*, pensou ele.

Podia ser pior.

Então a polícia arrombou a porta, e tudo ficou pior mesmo.

GRANT SPARKS não era tão otimista nem tão burro quanto seu ex-cúmplice. Ele tinha passado quase um ano bolando o esquema de chantagem/sequestro. Bastou mencionar o pagamento de um milhão de dólares para conseguir a ajuda de Denby. O outro homem pensava pequeno, era pequeno, então acreditou que os dois dividiriam os dois milhões sem questionar nada.

O que ia deixar — devia ter deixado, porra — o mentor do plano nove milhões mais rico.

Ele pegaria a recompensa e passaria alguns anos em Moçambique — sem extradição — vivendo da grana.

Sparks sabia que Charlotte não era tão burra quanto Denby — e mentia melhor. Ele conhecia bem as mulheres, sabia como enganá-las. Ganhava a vida assim.

Mas era óbvio, e muito irritante, que não conhecia aquela maldita menina. Talvez, em parte, até admirasse a forma como ela o tinha enganado — deve ter jogado a merda do leite na privada. E isso significava que ela estava acordada quando ele entrou no quarto, quando Charlotte ligou. Uma menina esperta para cacete.

Sparks repassou a conversa — o que ele disse — uma dezena de vezes enquanto fazia as malas. Nada ali, nada que ajudasse a descobrir sua identidade, a de Denby ou a de Charlotte.

Tirando que... ele tinha perguntado sobre o telefone da babá. Caso a menina se lembrasse disso, caso repetisse isso, poderia causar problemas. Mesmo assim, até onde ele sabia, ela podia muito bem ter se perdido no meio da noite e caído de algum penhasco.

Sparks podia não ter intenção de machucá-la — não mais do que o necessário —, mas não lamentaria se a pirralha acabasse sofrendo um acidente e morrendo.

Porém, viva ou morta, era melhor não arriscar. Porque as mulheres, *essas*, sim, eram sua especialidade, e ele sabia que Charlotte estragaria tudo. Se alguma coisa desse errado, ela daria com a língua nos dentes para salvar a própria pele.

Ele faria o mesmo.

Melhor pecar pelo excesso, pensou Sparks enquanto guardava o relógio TAG Heuer que tinha ganhado de presente de Charlotte. Fazer as malas, dar o fora de Los Angeles antes que encontrem a menina — ou o corpo dela — e ela estrague tudo.

Sparks tinha dinheiro. Trabalhar como *personal trainer* de celebridades pagava bem. E as gorjetas eram melhores ainda.

Além do TAG, ele tinha um Rolex, abotoaduras da Tiffany e outros presentes que ganhou durante o ano e meio que passou na vigarice. Charlotte tinha se destacado das demais vítimas, então se concentrou nela.

A mulher estava pouco se lixando para a filha, então a ideia do sequestro surgiu. Ela odiava os Sullivan, morria de inveja do prestígio deles — e da fortuna.

E adorou a ideia de extorquir dinheiro deles. Parando para pensar, era bem provável que ele não tivesse precisado de Denby nem da ideia da chantagem para convencer Charlotte.

Tudo devia ter dado certo.

Sparks guardou o notebook, o tablet, os telefones pré-pagos e deu uma última olhada no apartamento onde morava fazia quase três anos. Tempo demais para ele, mas ele soube tirar proveito disso.

Era hora de ir embora, rumo ao leste, talvez fazendo uma parada no Meio-Oeste. Lá, poderia encontrar várias donas de casa ricas e entediadas, viúvas com sede de sexo e senhoras divorciadas para depenar.

Ele prendeu a alça da bolsa do notebook no ombro, puxou a primeira das duas malas até a saída. Voltaria depois para buscar a outra.

Quando abriu a porta, reconheceu o olhar de policial dos homens, um deles com a mão erguida prestes a bater.

E pensou: menina desgraçada.

DURANTE o dia, Red enviou policiais para atender chamados, respondeu a alguns pessoalmente. Resolveu assuntos burocráticos, almoçou um burrito sentado à sua mesa.

Até os advogados terminarem de fazer o que tinham de fazer, ele não queria se afastar muito da delegacia.

Então atendeu ao telefone, ouviu seu colega da polícia estadual. Assentindo, fez anotações. Depois desligou e chamou Michaela à sua sala.

— A polícia estadual acaba de prender Frank Denby em um hotel na fronteira com Santa Maria. Ele estava vendo um filme pornô e fumando maconha. Genial.

— Vão trazê-lo para cá?

— Esse seu foco inabalável é digno de admiração, Mic. A jurisdição é nossa. O caso será federal, então vamos passá-lo adiante, mas o pessoal da estadual vai trazê-lo para cá, para a gente ter nossa chance.

— Que bom. — Ela queria essa chance. — Eles foram rápidos.

— Bem, o sujeito é mesmo um gênio. Estava armado com uma nove milímetros. O que é isso? — Red se inclinou para trás, piscou. — Ei, espere aí! Acho que estou vendo um sorriso. Acho que estou vendo um princípio de sorriso.

— Eu sei sorrir. Eu sorrio. — Achando graça, ela imediatamente ficou séria só para provocá-lo. — Viu?

— Você é uma boba, Mic. Como descobrimos, quando Charlotte começou a entregar os comparsas, nosso amigo Denby ainda tem alguns meses de condicional para cumprir de sua última condenação. A arma de fogo foi uma violação da condicional, o que só melhora tudo. — Red ergueu um dedo quando o telefone tocou. — Espere. Delegado Buckman. Sim, senhor, detetive. — Um novo sorriso tomou conta de seu rosto. — Ora, mas que boa notícia. Nós agradecemos a rapidez do seu trabalho. É mesmo? Aham. Bem, dá para entender o lado dele. Vou até aí. E posso avisar à família, sim. Eles vão ficar bem aliviados. Bom trabalho.

— Pegaram Sparks.

— De jeito — concordou o delegado. — Pouco antes de ele sair do seu apartamento em Los Angeles com tudo que tinha.

— Os dois não sabiam que a gente tinha pegado Charlotte e estava procurando por eles.

— Sabe qual foi a vantagem, Mic, de os Sullivan não terem chamado a polícia? Nada de exposição. Nada de imprensa. Os Cooper também ajudaram. Aquela família é legal demais para ligar para jornalistas e se gabar sobre sua parte na história. — Ele tirou os tênis de cima da mesa e levantou. — Quer ir comigo ao reino dos Sullivan?

— Sem dúvida. Primeiro, quero dizer que aprendi muito observando como você lidou com o caso em todos os momentos.

— Só estou fazendo meu trabalho, Mic. Há poucas coisas na vida que levo a sério, que acho que vale a pena me concentrar e fazer direito. Sexo, surfe e trabalho. Vamos dar as boas-novas aos Sullivan.

O SOL PINTAVA o céu e o mar com uma sinfonia de cores conforme se punha no horizonte. Gaivotas voavam e grasnavam enquanto a maré se afastava da faixa de areia deserta da península dos Sullivan, deixando cintilantes vidros do mar e pedaços de conchas jogados entre a areia e a espuma.

Sobre as pedras, os leões-marinhos se refestelavam.

Sob o olhar atento de Lily, Cate catava aquilo que lhe interessava, guardando pequenos tesouros em um balde de plástico cor-de-rosa. As duas observavam os pequenos universos dentro das poças criadas pela maré no meio das pedras, deixavam pegadas na areia úmida, observavam passarinhos se movendo para lá e para cá, apressados.

Ao redor, a terra saltava abrupta e dramaticamente do mar, dando origem a penhascos estonteantes. Ondas vinham e acertavam a costa rochosa, formando piscinas naturais, pequenos arcos pedregosos, transformando aquela pequena fatia de praia em um paraíso particular.

A força do vento fez Lily pegar a echarpe que tinha jogado por cima dos ombros e cobrir o pescoço para se proteger.

Ela jamais diria que amava praias frias em noites de fevereiro, mas qualquer coisa que distraísse Cate era de grande ajuda. E ela também queria se distrair.

Deus era testemunha de que o pôr do sol sobre o Pacífico era uma distração espetacular, porém, com o vento frio, Lily teria preferido observá-lo de uma poltrona diante da lareira acesa, com um martíni estupidamente gelado na mão.

Mas sua menina precisava de ar, de movimento.

Mesmo assim, agora que o sol se aproximava cada vez mais do mar, mudando de luz durante sua jornada, era melhor voltarem para casa.

Quando ela começou a dizer isso, Cate a encarou. Olhos tão azuis, pensou Lily.

— Você sente saudade de Miranda, Keenan e dos outros quando eles voltam para casa?

— Claro que sinto. Ainda mais agora que Miranda foi morar em Nova York. Mas... Fico feliz por eles terem seguido com as próprias vidas. Acho que isso significa que fiz um bom trabalho. — Lily pegou uma das mãos ásperas de areia de Cate e começou a atravessar a praia rumo aos degraus de pedra esculpidos no penhasco. — E você e seu pai vão me fazer companhia agora.

— Nós vamos morar na sua casa de hóspedes por um tempo.

— Vai ser muito divertido. A gente pode tentar cumprir nosso objetivo de montar um milhão de quebra-cabeças.

— O papai disse que posso fazer uma lista das coisas que quero da outra casa, e que não preciso ficar com tudo. Quando a gente tiver uma casa nova, podemos comprar coisas novas. Para ser tudo só nosso.

— Qual é o primeiro item da lista?

— Meus bichinhos de pelúcia. Não posso abandonar eles. Papai disse que também posso escolher alguns para levar para a Irlanda, porque vamos ajudar a vovó a se mudar.

— Ela vai adorar sua ajuda.

Lily viu as luzes começarem a acender, dentro da casa, ao longo dos caminhos, nas varandas. E tentou não pensar no pânico, no pavor que tinha sentido no dia anterior, nesta mesma hora.

Então apertou de leve a mão de Cate, só para senti-la.

A mãozinha apertou a dela também.

— Alguém está vindo. Um carro.

Talvez ela também sentisse uma nova onda de pânico, mas Lily apenas sorriu.

— Menina, você tem ouvido de tuberculoso. Temos um portão — continuou ela, no mesmo tom tranquilo. — Seu avô não vai deixar ninguém estranho entrar.

Soltando a mão, Cate subiu correndo a escada de pedra até conseguir enxergar.

— É o carro do delegado! Está tudo bem, vóvis Lil, é o delegado.

Estava tudo bem mesmo?, perguntou-se Lily enquanto seguia Cate escada acima. Será que algum dia as coisas voltariam a ficar bem?

Capítulo sete

♦ ♦ ♦ ♦

QUANDO LILY finalmente alcançou Cate — a menina era rápida! —, ela estava parada na parte mais alta do caminho de acesso a veículos, esperando a viatura. Lily passou um braço em torno dos seus ombros, sentiu o tremor.

— Vamos entrar, meu amor.

— Eu quero saber. — Independentemente da tremedeira, as palavras soavam determinadas. — Não me mandem embora de novo. Quero saber. — A menina se soltou e seguiu a passos firmes até a viatura que estacionava, disparando a pergunta assim que Red saltou. — O senhor pegou os homens?

Ele devolveu o olhar sério dela.

— Os dois estão sob custódia da polícia. Vamos conversar sobre isso.

O som que escapuliu da inabalável Lily foi metade choro, metade arfada. Quando Cate se virou para encará-la com os olhos arregalados e preocupados, ela só conseguiu balançar a cabeça.

— Está tudo bem. Estou bem. Só fiquei aliviada. Só isso. Vamos entrar. Está esfriando. — Ainda distante, ela gritou quando Aidan abriu a porta da frente: — Pode pedir a alguém para passar um café? E, pelo amor de Deus, preciso de um martíni. Dos grandes.

— Eles estão na prisão? Vão conseguir sair de lá? Vão...

— Calminha aí, campeã. Um café cairia bem — disse Red para Lily. — Seria bom se pudéssemos conversar com todos ao mesmo tempo, porque precisamos voltar o quanto antes para a delegacia.

— É claro. Vou chamar todo mundo. A maioria precisou voltar para casa, então somos apenas eu, meu marido, Aidan e Cate, Rosemary e Nina. Imagino que seu dia tenha sido cansativo — acrescentou ela.

— Eu diria que foi cansativo para todos.

— Sentem. É bom ficar perto da lareira nas noites mais frias. Acho que Rosemary está lá em cima, e... Ah, Nina, pode avisar à dona Rosemary que o delegado e sua parceira estão aqui?

— Agora mesmo. Ah, Caitlyn, você precisa lavar essas mãos sujas de areia.

Cate tratou de esfregá-las nas calças jeans.

— Prontinho.

Antes que a babá insistisse, sem que Cate visse, Lily gesticulou para que ela deixasse para lá.

— Vou avisar à dona Rosemary e buscar o café. Devo ficar aqui depois?

— Eu agradeceria se você pudesse — respondeu Red, e acenou com a cabeça quando Aidan entrou. — Desculpe incomodar de novo.

— De forma alguma. Meu pai já vem. — Ele analisou o rosto do delegado. — Alguma novidade?

— Sim, e espero que traga alguma paz a vocês.

— Os homens foram presos. Foi o que ele disse, mas não explicou como. Quero saber...

— Caitlyn Ryan. — A advertência tranquila do pai deixou a menina inquieta, mas silenciosa. — Posso guardar seus casacos?

— Não precisa. Não vamos tomar muito do seu tempo. — Para agilizar as coisas, Red sentou, sorriu para Cate. — Você estava na praia, não estava?

— Eu queria sair. Gosto da praia.

— É meu lugar favorito no mundo inteiro. Você surfa?

— Não. — Agora, ela inclinou a cabeça. — E o senhor?

— Sempre que posso. Se o mar não estiver agitado, coloco meu neoprene, pego minha prancha e chego antes de o sol raiar. — O delegado piscou.

Curiosa, Cate sentou no chão, cruzou as pernas.

— O senhor já viu um tubarão?

— Se eu já vi? Uma vez, dei um soco na cara de um.

— Não, o senhor... — Ela olhou incrédula. — É sério?

— Juro por Deus. — O delegado levou uma mão ao peito, depois apontou para cima. — Ele não era muito grande, mas fica maior cada vez que repito essa história.

— A senhora também surfa? — perguntou Cate para Michaela.

— Não.

— Vou ensinar a ela.

Michaela soltou uma risada irônica.

— Não vai, não.

— Vamos ver.

Hugh entrou com um martíni em uma mão e uísque na outra.

— Meu herói — murmurou Lily, pegou o copo e deu um primeiro gole longo e demorado.

Hugh sentou.

— Nina está terminando de passar o café. Espero que vocês dois voltem quando não estiverem em serviço para comemorar com a gente.

— Com certeza. — Red se levantou quando Rosemary veio descendo a escada. — Sinto muito pelo incômodo, senhora.

— De forma alguma. — Ela pegou o copo de uísque do filho. — Aidan, faça a gentileza de pegar outro copo de Jameson's para seu pai. Vou ficar com o dele.

— O delegado disse que deu um soco na cara de um tubarão.

Rosemary concordou com a cabeça, sentou.

— Não me surpreende. Você é um surfista inveterado, não é?

— Mais inveterado, impossível.

Conversa fiada, pensou ele, para manter o clima descontraído até chegar a hora de falar sério.

Até Nina voltar com o café.

— Vamos lá então. Nós viemos contar que Grant Sparks e Frank Denby, suspeitos de sequestrar nossa menina aqui, estão sob custódia. A polícia estadual pegou Denby em um hotel ao sul daqui.

— Como descobriram que ele estava lá?

Red olhou para Cate.

— Bem, o camarada não é dos mais inteligentes. Fizemos nosso trabalho, descobrimos o nome dele...

— Como?

— Cate, é falta de educação interromper os outros.

Ela olhou para trás, para o pai.

— Mas como eu vou saber se não perguntar?

— Isso é verdade — concordou Red.

Porém, diante da hesitação dele, Michaela tomou a palavra. A menina tinha o direito de saber.

— A sra. Dupont nos deu o nome dele quando conversamos. Depois que a gente descobriu por quem procurar, fomos em busca de mais informações.

Como seu endereço, o modelo do seu carro, a placa. Enviamos um alerta a outros policiais. E a polícia federal localizou o carro, pela placa, no estacionamento do hotel.

— Então ele não foi muito esperto.

— Nem um pouco — concordou Michaela. — Mas ele já não tinha sido esperto quando esqueceu aquela colher, não é? Você é que foi inteligente.

— Sem dúvida — concordou Red. — Quanto a Sparks, ele estava com as malas prontas para ir embora. Mas não foi rápido o suficiente, e a polícia de Los Angeles o prendeu. Os dois estão a caminho da nossa delegacia, e vamos colocá-los em uma cela e bater um papo.

— Quanto tempo eles vão ficar presos?

— Bem, isso depende dos advogados e do tribunal. Isso não somos Mic e eu que decidimos. Mas com as provas, os depoimentos e o caso que montamos? Vão ficar presos por um bom tempo.

— Tipo um ano?

— Não, querida, muito mais. Talvez vinte.

— Minha mãe também?

Tomando mais cuidado agora, Red olhou para Aidan.

— Já conversamos sobre isso. Cate precisa saber. Todos nós precisamos.

— Então vou contar. Como sua mãe nos deu informações sobre os dois homens e sobre o que todos eles fizeram e planejaram fazer, o promotor, que é a pessoa encarregada de lidar com casos assim, fez um acordo com o advogado dela. Foi uma delação em troca de uma redução na pena. Para recompensar as informações, algumas acusações foram amenizadas, com a condição de que ela contasse tudo que fez. Mas ela também vai para a cadeia, por dez anos. Se cumprir os requisitos, e as pessoas encarregadas permitirem, talvez possa sair antes. Mas sua mãe ficará na prisão por, no mínimo, sete anos.

— Ela não vai gostar de lá — disse Cate, mais para si mesma. — Não vai poder ir ao shopping, nem a festas ou filmagens. Não preciso falar com ela. — A menina olhou para o pai. — Mesmo depois que sair da prisão.

— Não.

— E vocês vão se divorciar.

— Sim, meu bem, vamos nos divorciar.

— Ela não ama a gente. Nina não está encrencada.

— Nem um pouco — garantiu Red. — Precisaremos ficar com seu celular por mais um tempo, srta. Torez.

— Não quero o telefone de volta, obrigada. Não mesmo. Caitlyn, agora que já conversou com o delegado, é melhor a gente subir e se arrumar para o jantar.

Não muito satisfeita, mas entendendo que não ia conseguir escutar mais nada — por enquanto —, a menina se levantou.

— O senhor pode dar a notícia para as pessoas que me ajudaram? Dillon, Julia e a vovó?

— O fato de você me pedir isso me diz muito sobre o seu caráter. Muitas coisas boas. Sim, vamos dar um pulo lá depois que sairmos daqui.

— Pode dizer que estou agradecendo de novo?

— Prometo que sim.

— Nós vamos morar na casa de hóspedes do vovô por um tempo, e vamos para a Irlanda com a bisa depois. Mas o senhor pode me avisar se acertar, se eles tiverem que passar vinte anos na prisão?

— Posso, sim.

— Obrigada.

— Disponha.

— Obrigada, policial Wilson.

— De nada.

Enquanto a menina saía com Nina, Red a escutou dizer:

— Você vai ficar comigo enquanto tomo banho e me arrumo? Vai ficar comigo no quarto?

— Ela está com medo de ficar sozinha — comentou Aidan, baixinho. — Cate sempre foi tão independente, querendo explorar tudo ou ficar quieta em um canto, lendo ou brincando. Agora, está com medo de ficar sozinha.

— Não quero me intrometer, sr. Sullivan, mas talvez fosse bom para sua filha fazer terapia.

— Eu sei. — Ele assentiu para Michaela. — Já dei alguns telefonemas e conversei com algumas pessoas. Cate não quer voltar para nossa casa em Los Angeles, então, como ela disse, vamos nos mudar para a casa de hóspedes do meu pai. E pretendemos passar um tempo na Irlanda depois, para fugir da imprensa pelo máximo de tempo possível. Sei que os dois estão ocupados e tiveram um dia muito cansativo. Não quero tomar mais do tempo de vocês, mas preciso perguntar. O caso vai a julgamento? Cate vai ter que depor?

— A sra. Dupont se declarou culpada, então não haverá julgamento. Não posso dar certeza sobre Sparks e Denby. Mas acho que, apesar de os dois não serem lá muito inteligentes, talvez sejam espertos o bastante para aceitar um acordo. Se não forem, nossas provas já bastariam para pedir prisão perpétua sem direito a condicional. Vinte anos seriam bem melhor do que uma vida inteira. — Red se levantou. — Daremos notícias. Vocês vão voltar para Los Angeles logo?

— Acho que sim, o mais rápido possível.

— Tenho seu telefone. Eu ligo. — Red viu as horas enquanto seguia para a viatura. — Acho que podemos parar para comer na casa da Maggie enquanto contamos as novidades para elas. Confie em mim, Mic, aquelas duas são cozinheiras de mão cheia.

Michaela pensou no assunto.

— Pode ser. Vamos falar com Denby e Sparks hoje?

— Talvez seja melhor não dar tempo de eles esfriarem a cabeça. O que você acha?

A policial se acomodou no banco do carona, olhou para a casa, pensou na garota.

— Fechado.

Os DOIS homens disseram: quero um advogado.

Não surpreso, Red solicitou um defensor público para Denby — que disse não ter condições de pagar um advogado — e deixou Sparks ligar para o seu.

Feliz e de barriga cheia com o frango e os bolinhos excepcionais de Maggie — e uma fatia da torta de especiarias de Julia —, ele conversou com Michaela.

Os dois concordaram que, da dupla, Denby parecia ser o mais burro. Falariam com ele primeiro.

Juntos, entraram na sala de interrogatório. E, embora tivesse iniciado a gravação, Red ergueu uma mão.

— Vai demorar um pouco para o tribunal designar um defensor público para o seu caso e para ele chegar aqui. É seu direito permanecer em silêncio. Só viemos passar algumas informações e avisar que talvez o advogado só chegue amanhã cedo.

— Não tenho nada a dizer.

— Ninguém está pedindo para você falar, só queremos avisar que Charlotte Dupont trocou informações importantes por um acordo. Quem chega primeiro leva o melhor prêmio. Você sabe como essas coisas funcionam, Frank. Pelo que ela nos contou, e pelo que ouvimos de outras fontes, a promotoria pretende pedir prisão perpétua, sem direito a condicional.

— Vocês estão de sacanagem. — O homem tinha perdido a cor. — Eu não fiz nada.

— Não estamos perguntando o que você fez ou deixou de fazer. Certo, Mic?

— Não, senhor, o suspeito está exercendo seu direito de solicitar auxílio jurídico. Até o advogado, ou seja lá quem for que o tribunal arrumar, chegar aqui, não podemos perguntar nada. Apenas informar.

— Aposto que será Bilbo. — Red soltou uma gargalhada de chacota. — Com a sorte desse sujeito, será Bilbo. Enfim, pelo que já sabemos, o plano foi seu, então, é bem provável que peguem mais pesado com você.

— Meu? Mas que bando de...

— Ora, Frank. — Red ergueu uma mão de novo. — É melhor você não dizer nada antes de conversar com o seu — o delegado revirou os olhos para Michaela — advogado. Mic e eu tivemos um dia bem cheio, mas achamos melhor te contar em que pé estão as coisas antes de te jogarmos na cela e irmos embora para casa. A loira? Ela entregou você, Frank. E a arma era sua. Também teve a questão da chantagem.

— Eu não chantageei ninguém! Isso é mentira.

— Frank, se você continuar falando, vai acabar indo para a cela sem ouvir as informações que podem ajudá-lo a tomar decisões quando seu advogado chegar amanhã.

— Foda-se o advogado. Não houve chantagem nenhuma. Não vou ser preso por chantagem, porra.

— Veja bem, se você quiser falar, se quiser nos contar alguma coisa, precisa abrir mão da espera pelo advogado. Caso contrário...

— Eu não acabei de dizer "foda-se o advogado"? — Os olhos dele iam do delegado para a policial, cheios de medo. — Estou abrindo mão dessa merda então. Chantagem é o caralho.

— Tudo bem, está registrado que você abriu mão do advogado e quer conversar. Você mostrou à sra. Dupont e ao sr. Sparks fotos que tirou deles em situações muito comprometedoras.

— Isso mesmo. Pelo amor de Deus, usei a câmera do Sparks. Você acha que eu conseguiria bancar uma daquelas lentes de longo alcance? Acha que eu conseguiria entrar naquela mansão enorme sem que ele armasse tudo?

Michaela nem pestanejou, apenas olhou para cima.

— Meu Deus, você acha que a gente vai acreditar que Sparks planejou isso? Estamos perdendo tempo com esse cara, delegado.

— Mas é verdade! É isso que ele faz, é o lance dele. Os alvos dele são mulheres ricas. Com elas ele consegue empréstimos, presentes caros, dinheiro, qualquer coisa. E, se elas dão mole, ele passa a perna nelas.

— E como é que você sabe disso? — perguntou Red.

— Talvez eu já o tenha ajudado em alguns golpes. Não foi a primeira vez que ele me pediu ajuda.

— Agora vocês são parceiros. — Michaela se espreguiçou para trás, bocejou. — Sparks ganha uma grana como *personal trainer* de gente rica. Por que ele arriscaria tudo para se meter com um vagabundo que nem você?

— Escute aqui, sua vaca...

— Calma lá — disse Red, tranquilo. — Modere seu linguajar.

— Ele tem lábia, sacou? Ele vive disso. Sexo, atenção, encontrar mulheres que querem ambas as coisas. Às vezes, ele precisa de alguém para pressionar as vítimas com fotos. É aí que eu entro. Você arranca alguns milhares de dólares e parte para a próxima.

— Alguns milhares? Vocês pediram dez milhões de dólares.

— Dez... — Denby fechou a cara. — Aquele filho da puta. Ele me disse que eram dois. A gente dividiria ao meio. A maior bolada de todas. A mulher estava comendo na palma da mão dele. Sparks sabia. Ela cagava para a criança. Mas o pai era enlouquecido por ela. E tinha dinheiro. Dinheiro para cacete. Os Sullivan de Hollywood, não é, porra? — Ele deu tapinhas no peito. — Posso fumar um cigarro?

— Não. — Red apenas sorriu. — Prossiga.

— Ele disse que a gente podia ganhar muito, que daria para a gente se aposentar depois. Eu falei que não ia sequestrar uma criança. Quer dizer, caramba. Mas Sparks disse que conseguiria convencer a loira a armar o esquema. Que, se ela não topasse, a gente desistiria. Mas, se ela mordesse a isca, estaríamos feitos. E ela mordeu. — Denby se inclinou para a frente. — E a mulher engoliu a história. O esquema foi o seguinte, eu supostamente entrei em contato com Sparks primeiro, e ele precisou avisar a ela, explicar. Então a gente se encontrou. A dondoca foi de peruca, imagina só, e óculos escuros enormes. Como se alguém estivesse prestando atenção naquela porra. Mostrei as fotos, ela ficou histérica. "Quanto você quer? Não pode vender essas fotos. Minha carreira, a imprensa!" Então vi que Sparks estava certo. Ninguém importa para ela além dela mesma, e isso facilita tudo. Então eu disse, como combinei com Sparks, que ia avisar quanto quero e que não sairia barato.

— Você não pediu os dez milhões de cara?

— Não. Veja, Sparks disse que seriam dois, então pedi dois. Eles me enganaram — murmurou Denby, amargurado. — Passaram a perna em mim, pediram dez. Achei que ela conseguiria arrumar dois, venderia qualquer merda que tivesse, mas ele me contou que não ia rolar e que tinha dado a ideia de usar a menina. E que ela tinha topado. — Denby se remexeu na cadeira. — Escutem, se não posso fumar, posso pelo menos beber alguma coisa?

— Termine a história, e providenciaremos isso.

— Meu Deus, vocês ainda não entenderam? Ele armou para cima de mim. Os dois armaram para cima de mim, porra. Não vou me dar mal por causa dessa história. Os dois bolaram o sequestro da menina. Sparks disse que a loira tinha definido a hora e o local perfeitos, porque dariam uma festa em Big Sur para o velho que morreu. Seria fácil e rápido. Ela sabia da casa que usaríamos para esconder a menina, que o lugar estaria vazio. Sabia que os donos estariam fora da cidade, porque não iriam à festa, entenderam?

— Sim. — Achando graça, Red apoiou os pés sobre a mesa. — Continue.

— Eu não peguei a menina. Sparks que pegou. A loira disse o lugar, ele drogou a menina, colocou ela dentro de um daqueles carrinhos de serviço... com espaço para armazenagem? Depois dentro do carro. A gente decorou a van toda para ficar parecendo uma dessas de empresa de bufê. E então ele simplesmente foi embora de lá com a menina dentro da porcaria da van.

— Como a loira escolheu o lugar? — perguntou Michaela.

— E eu sei? Os dois que acertaram os detalhes, sacou? Eu só precisava arrumar o quarto, deixar tudo seguro, sabe, comprar as coisas. Eu era só a babá, ficou claro?

— Essas coisas incluíam máscaras?

Denby se remexeu de novo.

— A gente não queria que ela visse nossas caras, não é? Seria melhor para todo mundo. E eu paguei por aquelas máscaras do meu bolso. A comida e as outras coisas também. Ele ia me devolver o dinheiro quando a gente recebesse o resgate.

— Parece que você fez um péssimo investimento — comentou Red. — Além do mais, você mostrou que não serve nem para ser babá.

— Quem ia imaginar que a menina fugiria pela janela? Que faria uma corda com a porra dos lençóis? Que usaria a merda de uma colher como pé de cabra para arrancar os pregos dos trincos? Quem ia pensar numa coisa dessas? Sparks me comeu na porrada, como se a culpa fosse minha. — Denby se inclinou para a frente. — Só quero deixar claro que Sparks bolou o plano todo, foi ele quem convenceu a loira e ainda trepou com ela depois. Os dois planejaram cada detalhe. E me enganaram esse tempo todo. A única coisa que eu fiz foi vigiar a garota.

— Você era praticamente um expectador inocente.

Denby apontou para Michaela, o sarcasmo passando completamente despercebido.

— Isso aí.

— Certo, Frank. — Red empurrou um caderno e uma caneta para o outro lado da mesa. — Escreva tudo, e não se faça de rogado com os detalhes. Vamos buscar sua bebida.

Quando os dois finalmente terminaram com Denby — porque ele não se fez de rogado mesmo com os detalhes —, Red só queria uma cerveja e cama, nessa ordem.

Mas fez as contas, pensou no fato de que Scarpetti adorava falar com a imprensa.

Ele não conhecia Mark Rozwell, o advogado que Sparks contratara — e que estava conversando com o cliente agora. Provavelmente haveria novas conversas com a imprensa.

Quanto mais descobrissem antes do noticiário da manhã, melhor.

Novamente, o delegado atacou o estoque de Cocas quando chamou Michaela à sua sala.

— Você está acumulando horas extras, Mic, e preciso perguntar se está disposta a ficar um pouco mais.

— Sem problemas.

— Achei que não tivesse mesmo. — Red jogou uma lata de Coca para ela. — Temos que presumir que Scarpetti vai organizar uma coletiva amanhã cedo, para tentar colocar Dupont como vítima. E só me importo com isso porque, depois, os jornalistas vão com tudo para cima dos Sullivan e da menina.

— Então arrancamos tudo que conseguirmos de Sparks, como fizemos com Denby, para ele não conseguir se aproveitar do que ainda não sabemos.

— Exatamente.

— Você acha que Dupont sabia de tudo?

— Não sei. Talvez isso fique mais claro depois da conversa com Sparks. Por enquanto, vou dar uma pesquisada no advogado dele para ver o que nos aguarda.

— Já fiz isso.

Red sentou, se inclinou para trás na cadeira.

— Você é um exemplo de proatividade, Mic.

— Sou só uma policial. Também joguei o nome do cara no Google, para saber mais. Nascido na Califórnia, 46 anos, um filho, esposa grávida do segundo. Estudou direito em Berkeley. Faz dez anos que trabalha no escritório Kohash & Milford, virou sócio há três. É um advogado caro, com boa reputação. — Ela tomou um gole demorado da Coca. — O cara é boa-pinta, fica bem na foto. Não tem medo de falar com a imprensa. E também escreveu alguns thrillers, mas John Grisham não precisa se preocupar. E Sparks é *personal trainer* dele.

— Agora faz sentido.

— Pois é — concordou ela. — Nada ilegal no seu nome. Mora em Holmby Hills, tem uma casa de veraneio em Oceanside. Dirige um Lexus, a esposa também. Ela é roteirista freelancer.

Red fez uma pausa.

— Isso é tudo? Você não descobriu quanto ele calça, qual sua filiação partidária?

— Ele não é filiado a nenhum partido político. Preciso pesquisar mais para encontrar o número do sapato.

O delegado riu.

— Tudo bem, acho melhor irmos direto ao ponto. O sujeito tem boa reputação, não parece ser idiota, precisa manter a imagem do escritório. Sparks é seu *personal trainer*, não seu irmão ou seu melhor amigo. Vamos pegá-lo desprevenido.

— Você quer preparar o terreno para um acordo.

— Quero que aquele filho da puta passe o resto da vida atrás das grades, Mic. É isso que eu quero. E espero estar errado, porque fico enojado só de pensar naquela menininha passando por um julgamento. A família inteira, mas principalmente ela.

Como seus pensamentos e seus desejos eram os mesmos, Michaela assentiu com a cabeça.

— Odeio pensar que ele vai ser solto um dia, que os três vão ser. Mas concordo com você. Mesmo assim, a decisão não é nossa.

— O promotor vai aceitar de vinte a vinte e cinco anos. Vamos garantir que isso aconteça. Nosso trabalho é explicar o que sabemos, mostrar o peso das provas para o advogado e deixar claro para Sparks que ele vai enfrentar a possibilidade de prisão perpétua, sem direito a condicional.

— Entendi. Vou perguntar ao advogado se eles já estão prontos para conversar.

Passados vinte minutos, Rozwell concordou com o interrogatório. Macaco-velho que era, Red adivinhou que o advogado fosse querer ter uma conversa inicial, para avaliar o que estava enfrentando, e recomeçar pela manhã.

Michaela estava certa sobre Rozwell — um sujeito boa-pinta com um corte de cabelo de quinhentos dólares que destacava o grisalho nas têmporas; apenas alguns fios em meio às madeixas castanho-escuras. Olhos castanho-escuros espertos, safos. Bonito e bem-apessoado, com o físico em forma.

Mas parecia sem sal quando comparado a Sparks e seu charme de astro de cinema. Mesmo depois de algumas horas na cela e com aquele macacão laranja, continuava charmoso. O cabelo dourado, queimado de sol com um leve encaracolado, era espesso em torno do rosto bronzeado com traços bem definidos — as maçãs do rosto, os olhos castanhos com pálpebras pesadas, a boca carnuda.

E tudo isso somado a um físico atraente, um corpo musculoso.

Ele estava se fazendo — porque, na opinião do delegado sobre Sparks e sua laia, tudo sempre se tratava de interpretar um papel — de nervoso, ansioso, sem demonstrar qualquer raiva e não mais que um pouco de remorso e tristeza.

Red sentou, ligou o gravador, leu as principais informações do caso.

— Delegado, policial, primeiro quero agradecer por conversarem conosco hoje. Sei que tiveram um dia muito cansativo. — O rosto de Rozwell permanecia sério, e sua voz, suave. — E quero aproveitar a oportunidade para informar que, amanhã cedo, pretendo entrar com um pedido para dispensar uma série de acusações contra meu cliente. Apesar de ele estar horrorizado pelo papel que inadvertidamente teve nos eventos, qualquer participação menor ocorreu por ordem e a pedido da mãe da criança, e sob a crença de que a menina sofria abusos do pai. Como meu cliente não tinha ciência do plano da sra. Dupont de extorquir a família Sullivan...

— Desculpe, doutor. Posso interrompê-lo por um instante? — Red manteve o tom afável, de delegado de cidade do interior. — Não perca o seu tempo. Imagino que seu dia também tenha sido cansativo. Então vamos esclarecer algumas coisas de antemão. Temos os depoimentos de Charlotte Dupont e Frank Denby por escrito. — Ele sorriu para Sparks enquanto falava. Tinha se esforçado muito para manter as prisões, os interrogatórios e os acordos sob sigilo. — Os depoimentos batem, e as provas corroboram as informações que recebemos. Assim como o depoimento da menina.

— O sr. Sparks alega que a sra. Dupont e o sr. Denby agiram juntos nesse esquema e o enganaram.

— Os dois convenceram seu cliente a enfiar uma injeção cheia de propofol no pescoço daquela menininha?

— Eu não...

— Sem essa. Você usou uma peruca, que recuperamos, e óculos escuros, mas Caitlyn enxerga muito bem. E escuta muito bem também. Você falou com ela antes de dar a injeção, falou com ela por trás da máscara de lobisomem, também recuperada, que usou para assustar uma menina de dez anos. Você deu uma injeção nela, a enfiou em um carrinho de serviço e a retirou de um evento em memória de um homem bom, de uma família que já estava sofrendo o bastante.

— Delegado, uma criança que passou por tamanha provação dificilmente seria capaz de identificar vozes assim sem dúvida razoável.

Michaela deixou escapar uma risada.

— O senhor não conhece essa menina. Se colocá-la sob juramento, diante de um tribunal, pode ter certeza de que o júri vai prestar atenção em cada vírgula que ela disser. A palavra de uma criança cuja mãe fez planos com o amante para usá-la, drogá-la, amedrontá-la. Por dinheiro. Sua voz está na ligação também, Sparks, exigindo dez milhões de dólares pelo resgate. A família não chamou a polícia, mas gravou os telefonemas.

— Seus comparsas abriram o bico, e abriram feio. Denby está muito chateado por você ter dito que ia dividir meio a meio o resgate de dois milhões, quando, na verdade, pediu dez milhões aos Sullivan. Isso fez com que ele desse com a língua nos dentes. E seria burrice da sua parte achar que uma mulher que dá para o *personal trainer* na mesma cama que divide com o marido, uma mulher que abre mão da segurança da própria filha, que permite que essa criança seja drogada e aterrorizada tenha qualquer senso de lealdade. — Red mudou o foco para Rozwell. — Quero deixar tudo isso bem claro porque estou cansado, enojado, e já estou farto de babaquice por hoje. Tanto Dupont quanto Denby fizeram acordos. Seu cliente é o último da fila, e imagino que todo mundo aqui saiba que o último da fila não ganha porra nenhuma. Talvez esse merda tenha contado ao senhor uma história triste, se fingido de vítima, dito que se arrependia muito pela pobre menina ter passado por tanta coisa, mas temos provas que refutam tudo isso. Em resumo, o babaca do seu cliente resolveu dar um golpe em Dupont, a última de uma longa lista de mulheres ricas que enganou por dinheiro. Sabemos nomes, vamos atrás de depoimentos para confirmar isso. Em Dupont, ele viu a galinha dos ovos de ouro, ouro suficiente para se aposentar com todas as regalias possíveis, começando por uma viagem a Moçambique.

Após deixar tudo às claras, Red encarou Sparks com pena.

— Você fez um monte de pesquisas sobre Moçambique, que não tem tratado de extradição, no seu notebook. Sparks chamou seu ex-parceiro, Frank Denby, para participar do esquema. Para fazer chantagem com fotos tiradas com sua própria câmera, que também foram coletadas como provas, pegando Sparks e Charlotte Dupont em... Como é mesmo aquela expressão? *In flagrante delicto*. A mulher, sendo a mãe mais merda da história do mundo, concordou com o sequestro em troca do resgate. Sparks e Dupont aumentaram o preço para passar Denby para trás. A mãe emboscou a menina, disse a ela onde se esconder na porra de uma rodada de pique-esconde, e Sparks ficou esperando com a injeção, o carrinho e a van. — Como se estivesse enojado, o que não estava longe da realidade, Red se levantou, virou. — Pode continuar, policial. Preciso de um minuto para não vomitar.

Michaela obedeceu, sem hesitar, e vociferou o restante, ou pelo menos os pontos principais.

Rozwell não esboçava muitas emoções. Red imaginava que o homem se daria tão bem em um jogo de pôquer quanto no tribunal. Mas todo mundo demonstrava alguma reação. Ele precisou procurar bastante pela do advogado, mas acabou encontrando.

O canto da boca levemente contraído, um músculo repuxado que abria uma covinha minúscula.

Quando Michaela terminou, o delegado sentou de novo.

— Nenhum juiz no mundo vai dispensar qualquer uma das acusações. Nenhum júri do mundo vai olhar para aquela menininha e absolver os acusados. E seu cliente vai pegar prisão perpétua sem direito a condicional. — Ele olhou para Sparks. — Continue com esse seu joguinho, e é isso que vai ter.

— Foi por amor! — Sparks encheu sua exclamação de tristeza.

— Meu Deus! — murmurou Red. — Os dois são iguaizinhos.

— Charlotte jurou que...

— Fique quieto, Grant.

— Mark, você precisa acreditar em mim. Você me conhece. Eu jamais...

— Eu disse para você ficar quieto. — Dessa vez, Red ouviu um toque de desânimo. — Vou precisar de alguns minutos com meu cliente.

— Fiquem à vontade. Preciso tomar um ar mesmo — disse o delegado e, quando saiu da sala, percebeu o quanto isso era verdade. — Vou dar um pulo lá fora para respirar um pouco, Mic.

— Você acha que ele vai largar o caso? O advogado?

— Talvez. Pode me chamar quando os dois terminarem.

Do lado de fora, ele olhou para o alto, agradeceu pela noite estrelada. Por mais que desejasse ainda ter forças para entrar de fininho no quarto de Maggie para uma rapidinha de fim de noite, estava exausto e teria que se contentar com o céu cheio de estrelas.

A cena o acalmava, lembrava-o de que a vida era repleta de coisas boas, das mais simples às mais complexas. Você só precisava tirar alguns minutos de vez em quando para encontrá-las.

Red ouviu a porta se abrir às suas costas.

— Já vou, Mic.

— Delegado, sua parceira está levando o sr. Sparks de volta para a cela.

Ele concordou com a cabeça para Rozwell.

— Tudo bem.

— Vou precisar conversar com ele de novo amanhã, e quero falar com o promotor.

— Posso marcar com ele. Umas nove?

— Combinado. Estarei aqui. Será que pode me recomendar um hotel, uma pousada, algum lugar decente para dormir? Não tive tempo de fazer preparativos.

— Claro. Vamos até minha sala. Posso lhe dar o endereço de alguns lugares próximos. Se o senhor quiser ficar por perto.

— Seria ótimo.

— Pode usar meu telefone para ver se consegue um quarto. — Na sua sala, Red escreveu alguns nomes em um bloquinho. — O primeiro? Camas confortáveis, bons funcionários, serviço de quarto 24 horas, se precisar. Mas cobram adicional pelo Wi-Fi, o que me deixa furioso.

— Obrigado.

— Fique à vontade, a sala é sua.

Red saiu, esperou por Michaela, pensou que provavelmente tinha forças para aquela cerveja gelada antes de dormir. E para um banho quente. Meu Deus, ele queria mais o banho do que a cerveja.

Rozwell saiu da sala.

— Tudo certo?

— Sim, obrigado. Estarei aqui às nove. Anotei meu número no seu bloquinho, caso precise entrar em contato. — O advogado seguiu para a porta, se virou, olhou nos olhos de Red. — Tenho uma filha. Ela só tem quatro anos. Também tenho uma menininha.

Foi aí que Red soube que conseguiria o acordo.

Michaela voltou — ainda firme e forte, pensou ele. E teve que admirar esse fato.

— Ele está acomodado?

— Tentou vir com choro para cima de mim. Uma lágrima falsa, dramática. O cara é bom.

— Nós somos melhores. Rozwell quer conversar com o promotor amanhã cedo. Vou ligar para ele a caminho de casa. Tire o dia de folga amanhã.

— Quero ver o que vai acontecer.

— Chegue às nove então. Vou te acompanhar até a porta.

— Vamos acompanhar um ao outro.

— Por mim, tudo bem.

Capítulo oito

♦ ♦ ♦ ♦

DILLON GOSTAVA de limpar os estábulos. Ele adorava o odor fantástico dos cavalos — mesmo quando contaminado pelo cheiro do esterco. Todas as lembranças mais vivas que tinha envolviam o rancho, e suas favoritas incluíam cavalos.

A favorita de todas era a noite em que ele, a mãe e a avó viram Diva dar à luz sua primeira potra. Algumas partes foram nojentas, mas, no geral, tinha sido maneiro. Elas até o deixaram escolher o nome da potra, uma égua baia bonita com quatro cascalvos e uma listra branca e curva na testa.

Dillon a batizara de Cometa, porque a listra lembrava o rastro de um. Mais ou menos.

E, embora tivesse apenas seis anos na época, a mãe e a avó deixaram que cuidasse da potra e a treinasse com uma guia posteriormente. Dillon tinha sido o primeiro a se estirar sobre ela para que se acostumasse com o peso. O primeiro a selá-la, o primeiro a montá-la.

Depois disso, passou a cuidar dos outros cavalos — e se achava bom nisso. Mas Cometa era sua.

E ele estava ao seu lado quando ela teve seu primeiro potro na primavera anterior.

Dillon simplesmente adorava trabalhar no rancho — um rancho agrícola, porque plantavam, cultivavam, colhiam e vendiam legumes, tinham um pomar de árvores frutíferas e até o vinhedo da avó, apesar de o vinho ser produzido apenas para consumo dela e de seus amigos.

Ele não se incomodava com a quantidade de tarefas (na verdade, gostava bem mais disso do que de ir para a escola). Plantar e capinar, alimentar e dar de beber para os animais, até mesmo preparar o feno quando o sol estava forte ou ajudar na barraca da família nas feiras.

Era legal viver no alto do penhasco, ver o mar todos os dias ou caminhar — melhor ainda, cavalgar — pelos campos em direção à floresta.

Sábados de inverno significavam que teria de cuidar de muita coisa sozinho, e a mãe o ajudava como podia. Dentro de casa, mãe e filha ocupavam a cozinha — assando pães, tortas e bolos para a cooperativa. Entre a manhã de sexta-feira e o sábado, o lugar ficava com um cheiro muito, muito bom.

Às vezes, a avó fazia velas também, de soja, colocava coisas cheirosas dentro. E estava ensinando ao neto como fazê-las, assim como a assar pão e tudo mais.

Dillon preferia dar comida para os porcos e as galinhas, observá-los andar de um lado para o outro, levar a ração para as tinas do gado, ordenhar as cabras. E limpar os celeiros.

Não eram nem onze horas, e ele já tinha terminado a maior parte da lida matinal — fazendeiros de verdade, Dillon sabia, começavam o trabalho cedo —, e empurrava o carrinho de mão com a última carga dos celeiros até a pilha de esterco.

Ele ouviu o carro subindo pela estrada do rancho, olhou para o céu para avaliar a hora. Seus amigos Leo e Dave vinham visitar hoje, mas só à tarde.

Ainda era cedo demais.

Dillon guardou o carrinho de mão vazio de volta no celeiro e, batendo as luvas de trabalho nas calças para limpá-las, foi ver quem estava chegando.

Entendido no assunto, identificou que o veículo prateado e brilhante era uma BMW — um SUV de luxo. Só não conhecia ninguém que tivesse um carro daqueles.

Porque se considerava o homem da casa, Dillon aguardou — as pernas afastadas, os dedões presos nos bolsos da frente.

E, quando viu Hugh Sullivan saltar, atravessou a distância entre os dois para cumprimentá-lo.

— Olá, sr. Sullivan.

— Dillon.

De um jeito que fez Dillon sentir que de fato era o homem da casa, Hugh estendeu a mão para apertar a sua antes de olhar ao redor.

— Não pude ver muita coisa quando viemos aqui antes. Era tanta preocupação, e estava escuro. Seu rancho é muito bonito.

— Obrigado.

Hugh gesticulou para as luvas de trabalho agora enfiadas pela metade em um dos bolsos traseiros do menino.

— E vejo que você dá duro para cuidar de tudo. Sei que estou tomando seu tempo, mas será que você, sua mãe e sua avó podem tirar alguns minutos para conversar comigo?

— Claro. Já terminei quase todas as minhas tarefas da manhã. Minha mãe e minha avó estão na cozinha. Elas passam a maior parte da sexta fazendo pães e bolos para a cooperativa, mas vai acontecer um evento especial amanhã, então estão fazendo mais. — Talvez ele estivesse triste por Cate não ter vindo, mas não falou nada. — Ah, o delegado veio aqui no outro dia para contar que pegaram os caras que sequestraram a Cate. Que eles já estão na prisão e tudo. Fiquei feliz — disse Dillon enquanto seguia com Hugh até a porta. — O homem que matou meu pai está na prisão.

Hugh parou de andar, olhou para o menino.

— Sinto muito sobre seu pai, Dillon. Eu não sabia.

— Eu era muito pequeno, então não me lembro de muita coisa. Mas ele foi um herói.

Depois de esfregar as botas no tapete, o menino abriu a porta. E se lembrou da educação que lhe deram.

— Posso pendurar seu casaco?

— Obrigado.

Enquanto Dillon fazia isso, Hugh respirou fundo.

— Esse é o cheiro que o paraíso deveria ter.

O menino sorriu.

— Fica melhor ainda na cozinha. Como o senhor é visita, elas vão oferecer tortas, biscoitos ou alguma outra coisa. Se aceitar, também vou poder comer.

Encantado, Hugh apoiou uma mão no ombro dele.

— Impossível dizer não.

Dillon o guiou para os fundos da casa, através dos aromas de pão fresco, massa fermentando, frutas e doces, chegando à cozinha onde as mulheres, com seus grandes aventais, trabalhavam em uma espécie de linha de produção.

Tortas, pães, quatro bolos sem cobertura e biscoitos ocupavam uma bancada comprida sobre grades de resfriamento. Ele notou um monte de caixas brancas de padaria com o rótulo do Rancho Horizonte em cima da mesa de jantar, escondendo seus tesouros.

Uma grande batedeira com pé misturava uma massa enquanto Julia — o cabelo preso sob um pequeno chapéu de cozinheiro — tirava outra bandeja de biscoitos do forno. Na bancada central, Maggie usava um aparelho para descascar e remover o caroço de maçãs para as massas de torta que esperavam.

A música tocava alto de uma caixa de som, fazendo o ar perfumado vibrar com o rock.

Hugh achou que as mulheres pareciam tão graciosas quanto bailarinas, tão fortes quanto lenhadores, tão concentradas quanto cientistas.

— Mãe! O sr. Sullivan está aqui.

— O quê? Você terminou suas... Ah. — Ao ver Hugh, Julia baixou a bandeja, limpou as mãos no avental. Depois de cutucar o ombro da mãe, desligou a música. — Desculpe pela bagunça.

— Não vejo bagunça nenhuma. Achei maravilhoso. Peço desculpas pela interrupção.

— Vai ser bom dar uma pausa. — Maggie jogou os ombros para a frente e para trás. — Dillon, pode levar Hugh para a sala de estar?

— Não posso ficar aqui? — Hugh fechou os olhos, respirou fundo de um jeito exagerado. — E me inebriar com os aromas.

— Fique à vontade. — Julia desligou a batedeira. — Dillon, não encoste em nada. Vá lavar as mãos.

— Eu conheço as regras.

O menino revirou os olhos e saiu, porque uma das regras era que, nos dias de preparar comida para a cooperativa, ele não podia lavar as mãos na cozinha depois que terminasse suas tarefas.

— Se me permite dizer o que penso — decidiu Maggie. — Você parece cansado, exausto. Não vou oferecer café, porque, às vezes, tudo de que o corpo precisa é um bom chá de ervas. Tenho um perfeito.

Agradecido, Hugh sentou à mesa cheia de utensílios enquanto Maggie levava uma chaleira para o fogão. E sorriu quando Julia encheu um prato com biscoitos.

— Não tenho palavras para agradecer.

— Você já agradeceu — disse Julia. — Todos nós ficamos aliviados quando os culpados foram presos. Como está Caitlyn?

— Ela... — Hugh pretendia dizer que a neta estava bem, mas a preocupação e o estresse simplesmente escapuliram. — Ela tem pesadelos e sente medo de ficar sozinha. Aidan, meu filho, vai levá-la a um terapeuta, um especialista, alguém com quem possa conversar.

Hugh parou de falar quando Dillon voltou correndo.

— Ele disse que queria falar com todos nós.

— Quero mesmo. Talvez você possa sentar aqui comigo, me ajudar com esses biscoitos.

— Pode comer, Dillon.

Enquanto falava, Julia tirou uma jarra de leite de cabra da geladeira, serviu um copo para o filho.

— Minha esposa, Lily, pediu para eu agradecer a vocês. Ela teria vindo comigo, mas voltou com Aidan e Cate para Los Angeles. Os dois vão ficar na nossa casa de hóspedes por enquanto. Cate não queria voltar para a casa deles.

— Porque a mãe dela morava lá.

— Dillon — murmurou Julia.

— Não, ele está certo. Foi isso mesmo. Minha mãe foi para a Irlanda hoje cedo. A casa aqui... parece grande demais para ela sem meu pai. Muito cheia de memórias dele que, por enquanto, a deixam triste. Aidan vai levar nossa Cate para lá, para longe disso tudo. Todos nós achamos que isso vai fazer bem, e ela quer ir.

— Você vai sentir saudade.

— Sim. Minha mãe me deu a casa. Espero passar mais tempo aqui com Lily, mas temos caseiros, um casal que trabalhou para meus pais por muitos anos, que vão cuidar das coisas quando estivermos em Los Angeles ou trabalhando.

Maggie colocou uma caneca diante dele.

— Beba tudo.

— Pode deixar. Eu queria perguntar se, quando estivermos por aqui, vocês podem ir jantar com a gente.

— É claro. Você estará sozinho hoje à noite? — perguntou Julia.

— Tenho algumas coisas para resolver antes de ir embora. Vou amanhã à tarde.

— Então venha jantar com a gente. Red já ia vir mesmo. Vamos começar a preparar um assado assim que terminarmos aqui.

— Eu... obrigado. Seria ótimo vir jantar. — Para se recompor, Hugh ergueu a caneca, tomou um gole. — Isso é gostoso. Interessante... O que é?

— Manjericão e mel — disse Maggie. — Chamam de manjericão santo, e o mel é das nossas abelhas. Ajuda com o estresse e o cansaço.

— Preciso dizer que vocês duas são mulheres maravilhosas que estão certamente criando um rapaz maravilhoso. Falo por toda minha família, e somos muitos, quando afirmo que nunca poderemos recompensar o que fizeram por nós.

— Não há nada o que recompensar — começou Julia, mas Hugh segurou sua mão e a interrompeu.

— Ela é tudo para mim. Amo as crianças que Lily trouxe para minha vida como se fossem minhas. Mas Caitlyn é a única filha do meu único filho. Minha primeira esposa faleceu — explicou ele para Dillon.

— Sinto muito.

— O nome do meio dela era Caitlyn, e eu a vejo nos olhos de nossa Catey, nos seus gestos. Aquela menina é tudo para mim. Quero que me permitam oferecer mais do que gratidão. Sei que não existe como mensurar o que vocês, todos vocês, fizeram por Cate, mas peço que me permitam retribuir de um jeito tangível algo que nunca poderá ser pago.

— Suas intenções são boas. — Maggie pegou uma tigela, jogou a mistura sobre as maçãs. — Não podemos aceitar dinheiro por ajudar uma criança assustada.

— Que é tudo para mim — repetiu Hugh.

Notando a emoção, a necessidade, o sofrimento, Julia tomou uma decisão.

— Dillon, você já terminou suas tarefas?

O garoto enfiou um segundo biscoito na boca antes que fosse tarde demais.

— Quase.

— Como você já comeu sua cota de biscoitos, vá terminar.

— Mas... — Ele notou o olhar da mãe, um daqueles que dizia: "Não ouse discutir comigo." Então se levantou, desanimado. — A gente se vê mais tarde, sr. Sullivan.

— Pode me chamar de Hugh. Até logo.

Ele esperou até o menino sair pela porta dos fundos.

— Você pensou em algo que aceitaria.

— Depende. Nós tínhamos uma cadela. Dillon era apaixonado por Daisy. Ela o seguia por todo canto. Tirando na escola, mas, se os dois pudessem, ela ficaria embaixo da sua carteira. Nós, meu marido e eu, a pegamos antes de ele nascer, então Dillon passou a vida inteira com ela. Faz dois meses que Daisy morreu. — A voz de Julia falhou. — Ainda não me recuperei. Mas o luto precisa acabar, e já percebi que Dillon fica procurando cachorros nas horas que pode usar o computador. Ele está pronto.

Maggie levantou o avental, usou a barra para secar os olhos.

— Eu adorava aquela cachorra danada.

— Posso dar o cachorro que ele quiser.

— Conheço uma mulher que resgata e cuida de filhotes. Faz algumas semanas que estou pensando nisso, mas não tive coragem de tomar uma atitude.

— Porque o momento é agora — comentou Maggie, e esfregou as costas da filha com uma mão.

— Sinto que é mesmo. Ela mora desse lado de Monterey, aqui perto. Posso ligar para ela se você quiser levar Dillon e dar uma olhada.

— Sim. Se é isso que vocês vão aceitar, é o que vou fazer.

— Pode fazer um favor? Não conte a ele aonde estão indo. Acho que a surpresa faz parte do presente. É um presente, não um pagamento.

— Um presente. — Levantando, Hugh pegou a mão de Julia e a beijou. — Obrigado.

Quando Dillon deu por si, sua mãe estava pedindo para ele se limpar — de novo — e ir resolver um negócio com Hugh.

— Hum, Leo e Dave vão chegar daqui a pouco.

— Vocês vão voltar antes disso, mas, qualquer coisa, sua avó e eu faremos companhia a eles.

Ela o obrigou a colocar seu casaco da escola em vez do de trabalho — como se alguém fosse prestar atenção. Mesmo assim, Dillon não achou ruim dar uma volta no carro chique.

— Obrigado pela ajuda, Dillon.

— Tudo bem. — Depois de colocar o cinto de segurança, o menino passou os dedos pelo banco de couro. Maciiio. — Esse carro é bem legal.

— Gosto dele. Aqui, seja meu guia.

Hugh lhe entregou as orientações que Julia anotara.

— É a letra da minha mãe.

— Sim, ela me ajudou também. Então, me conte, Dillon — continuou ele antes que o garoto fizesse mais perguntas —, o que você quer fazer, o que quer ser quando crescer?

— Um fazendeiro, que nem agora. É o máximo. Você pode trabalhar com os animais, principalmente os cavalos. E plantar um monte de coisas.

— Deve dar bastante trabalho.

— Dá, mas, mesmo assim, é maneiro. A gente tem ajudantes na primavera e no verão quando precisamos, mas geralmente somos só eu, minha mãe e minha vó. Vire à esquerda no fim da nossa estrada e siga para Monterey.

— Certo. Você disse que gosta mais dos cavalos. Você sabe andar a cavalo?

— Claro que sei. É o máximo. Mas gosto mais de cuidar deles. Eu vi aquele filme em que você era fazendeiro, mas antes era pistoleiro.

— Ah. *O caminho da redenção.*

— É, esse mesmo. Vire à esquerda de novo, naquela próxima entrada. Você cavalgava bem à beça. Minha mãe me deixou alugar o DVD do filme que você fez com Cate e seu filho, e acho que seu pai. Vimos ontem à noite, porque não tinha aula hoje. Vocês todos falavam com sotaque, até ela. Achei esquisito.

Hugh riu, virou na próxima entrada.

— Quer dizer, foi esquisito para mim, acho, porque, depois de um tempo, meio que esqueci quem era ela, você e o pai dela, porque parecia que eram as pessoas do filme. É a próxima à esquerda.

Diminuindo a velocidade, Hugh encarou o garoto fixamente com um olhar demorado.

— Você acabou de fazer o maior elogio de todos a mim, ao meu filho, à minha neta e ao meu pai.

Era bom saber que tinha feito isso, apesar de ele não entender como.

— É divertido ser famoso?

— Nem sempre, mas é fantástico ser ator.

Dillon não fazia ideia de qual era a diferença, mas achou que seria falta de educação perguntar. E sua mãe odiava falta de educação.

— Aqui está escrito que é a casa azul à esquerda, com a garagem grande.

— Parece que chegamos então.

Hugh estacionou diante da casa, atrás de uma van e uma picape.

— Obrigado por vir comigo.

— Está tudo bem. Se eu não tivesse vindo, minha mãe ou minha avó me obrigariam a arrumar meu quarto.

— Muito esperto da sua parte — murmurou Hugh enquanto saíam.

Diante do rancho azul, no gramado curto, havia uma roda de moinho. Em um canto do telhado, via-se uma casa de passarinho pendurada, e, na janela da frente, um gato malhado estava acomodado, parecendo entediado com a ideia de receber visitas.

Quando Hugh bateu à porta, o som de latidos veio do interior. Na janela, o gato bocejou. A porta abriu quase imediatamente.

Dillon viu uma mulher nem tão nova quanto sua mãe nem tão velha quanto sua avó, com cabelo castanho curto, lábios muito vermelhos e bochechas muito rosadas. Ela pressionou uma mão contra o peito, usando uma blusa colorida que, na opinião do menino, parecia arrumada demais para uma manhã de sábado.

E disse — praticamente aos guinchos:

— Hugh Sullivan! Não acredito. Estou tão... Entrem, entrem. Eu me chamo Lori Greenspan. É uma honra.

Hugh respondeu com educação, apertando a mão dela, mas Dillon não prestou muita atenção. Porque ele estava fazendo as vezes de estrela de cinema agora. As pessoas, ou pelo menos algumas pessoas, ficavam doidas quando viam gente famosa. Ser ator parecia um emprego muito maneiro.

— E você é o filho da Julia.

— Sim, senhora.

— Entrem. Não reparem na bagunça — disse ela, encarando Hugh com aquele olhar desvairado de novo. — Eu estava fazendo minha faxina de sábado quando você ligou.

Não usando essa blusa, pensou Dillon.

— Sua casa é um charme, e obrigado por nos receber, mesmo ocupada.

As bochechas já coradas da mulher ficaram ainda mais rosadas diante do elogio de Hugh.

— Nunca estou ocupada demais para... — Ela pareceu pensar duas vezes no que ia dizer, olhou rápido para Dillon. — Para visitas agradáveis. Por favor, sentem. Já volto.

Quando a mulher saiu apressada, Dillon olhou para Hugh.

— Muita gente faz isso quando te conhece?

— Isso o quê?

Dillon imitou os olhos desvairados, balançando rápido a cabeça para causar mais impacto. Com uma gargalhada, Hugh lhe deu um soquinho amigável no ombro.

— Acontece.

— Você não fica...

Dillon se interrompeu quando dois cachorrinhos, soltando latidos alegríssimos, entraram correndo na sala.

Hugh observou o rosto do menino se iluminar enquanto ele se agachava. Os filhotes lambiam tudo, arranhando com as patinhas enquanto tentavam subir em Dillon. Tão encantado quanto os dois, o menino os acariciava e os afagava pelo corpo todo.

Amor à primeira vista, literalmente, pensou Hugh.

— Eles não são fofos?

— Sim, senhora. — A risada de Dillon atravessou, envolveu, penetrou as palavras enquanto os cachorros pulavam, lambiam, caíam. — Como se chamam?

— Eles ainda não têm nome. Chamo ela de Menina e ele de Menino, para não me apegar demais. Sabe, nós abrigamos animais. Geralmente cães e gatos, mas nunca se sabe o que mais pode aparecer. Às vezes, são abandonados ou vítimas de maus-tratos, e ajudamos a tomar conta deles até encontrarem um lar definitivo. Esses dois vieram de uma ninhada de seis. A coitadinha da mãe tentou cuidar deles como pôde. Estavam todos morando em uma vala de drenagem, pobrezinhos.

— Você faz um trabalho muito bom e generoso, Lori.

— Não consigo ver animais sendo maltratados. Não consigo ver ninguém sendo maltratado, é claro, mas nós deveríamos ser os responsáveis, tomar conta de filhotinhos como esses, de suas mães.

— Ela está bem? — perguntou Dillon. — A mãe?

Lori olhou para Dillon de um jeito que dava para ver seu coração, e ele perdoou o olhar desvairado.

— Está. Meu marido a levou ao veterinário hoje para ser castrada. Precisávamos desmamar os filhotes primeiro, lhe dar um tempo para recuperar a calma e a saúde. Decidimos chamá-la de Anja, porque ela tem olhos incrivelmente amorosos. Vamos ficar com ela.

— Mas não com os filhotes?

Lori sorriu para Dillon.

— Se eu pudesse, se tivesse espaço e recursos, ficaria com todos os animais que resgato. Mas acho legal que sejam compartilhados com outras pessoas. Já arrumamos bons lares para os outros. — Ela olhou para Hugh, e ele concordou com a cabeça. — Esses anjinhos têm muita energia. Pelo que vimos, Anja é meio border collie, meio beagle. Então, se os dois puxarem à mãe, serão amigáveis com pessoas, vão gostar de fazer companhia, de correr e brincar. E precisam de alguém que acompanhe seu ritmo, então eu estava torcendo para você ficar com um deles, lhe dar um bom lar.

— Ah! — O rosto de Dillon se iluminou de novo, então ele baixou a cabeça, encostou o nariz em um dos filhotes. — Minha mãe...

— Já topou — concluiu Hugh.

O menino levantou a cabeça de novo, toda aquela luz tornando seu rosto radiante.

— Sério? Sério? Caramba! Posso ficar com um deles? Posso só... Mas como vou escolher?

Hugh se agachou, ganhou sua dose de amor dos cachorrinhos.

— Os dois são lindos.

— Eles puxaram muito o lado border collie na aparência — comentou Lori. — A menina tem o rosto mais marrom, e os dois têm manchas bonitas, essa mistura de preto, marrom e branco. Os rabos peludos, as orelhas caídas. E juro que os dois têm os olhos da mãe. Talvez você prefira um menino, ou uma menina.

Dillon só balançou a cabeça.

— Mas eles são irmãos, e amigos também. Dá para ver pelo jeito que brincam e, sabe, se beijam e tal. Se eu escolher um, o outro vai ficar sozinho. Não parece certo, sabe, separar uma família. Não parece justo.

Dillon olhou rápido para Hugh antes de voltar a enterrar o rosto nos filhotinhos. Mas aquele instante foi carregado de uma súplica profunda.

Suspirando, Hugh se levantou.

— Preciso dar um telefonema. Com licença, já volto.

— Fique à vontade. — Lori sentou na beira de uma poltrona enquanto ele saía. — Já vi que você vai tomar conta direitinho do que escolher, que será um bom amigo. Isso é muito importante para mim.

— É difícil entregar os cachorrinhos para outras pessoas?

— Bem, nem tanto quando você sabe que é a pessoa certa. Aí é uma sensação boa. E é assim que me sinto agora, sabendo que um desses fofos poderá contar com um menino amoroso, cuidadoso e responsável que nem você.

— O outro não vai ficar triste?

— Vou me esforçar para ele ficar feliz e saudável até encontrarmos o dono certo, o lar permanente certo.

Dividido entre o desejo desesperado por um cachorro e uma culpa genuína por deixar o outro para trás, Dillon só conseguia fazer carinho nos pelos macios.

Hugh voltou.

— Você é um garoto sortudo, Dillon, por ter uma mãe tão inteligente e amorosa. Se você deixar, Lori, ele pode adotar os dois.

— Os dois? É sério isso? — Com o rosto radiante, o menino tentou abraçar ambos os filhotes ao mesmo tempo. — Eles podem ir para casa comigo?

— Se a sra. Greenspan deixar.

— Por favor? — Com os braços ocupados e o coração nos olhos, Dillon se virou para encarar Lori. — Vou cuidar bem deles. Temos um terreno enorme para correrem. Quando eu estiver na escola, minha mãe e minha avó vão prestar atenção nos dois, mas, antes e depois, podemos fazer minhas tarefas juntos. Vou dar comida para eles e ver sempre se estão com água fresca. Sei fazer essas coisas.

— Acho que os dois já escolheram você. E são cachorros inteligentes, sabe? Vão aprender um monte de truques.

— Então eu posso ficar com eles?

Esquecendo-se da maquiagem aplicada com cuidado, Lori secou os olhos.

— Eles já são seus. Tenho uma lista de coisas que você precisa me prometer. Os dois estão com as vacinas em dia, só que ainda faltam algumas, e essa responsabilidade é sua. Vocês têm uma boa veterinária, sua mãe me disse quem é. Também levo meus animais nela, então sei que é boa. Quando eles tiverem idade suficiente, você precisa prometer que vai castrá-los. Isso é muito importante. E já vou avisando que, apesar de os dois praticamente já terem aprendido a fazer xixi e cocô fora de casa, mudanças geralmente atrapalham esse processo. Essa parte vai dar um pouco de trabalho.

— Vou fazer tudo isso. Prometo.

— Tudo bem, então, vou buscar o formulário para você assinar. E tenho um panfleto com dicas sobre cuidados, alimentação e adestramento. Sempre dou uma cestinha com petiscos e brinquedos para meus humanos adotados. E preciso de cinquenta dólares. Para cobrir os gastos com os cuidados deles.

— Eu não trouxe dinheiro, mas estou juntando minha mesada. Posso trazer assim que...

— Dillon, é um presente meu. Um presente de agradecimento.

Novamente dividido, o menino precisou fazer que não com a cabeça.

— Minha mãe disse...

— Que aceitaria esse presente — concluiu Hugh. — Seria muito importante para mim se você aceitasse também.

Hugh ofereceu uma mão para selar o acordo, sorriu quando Dillon a aceitou.

— Obrigado. É o melhor presente que já ganhei de alguém.

— O que você fez por mim foi igual. Lori, Julia disse que você é afiliada a uma associação chamada Resgate de Animais Corações Amorosos. Além da taxa de adoção, quero fazer uma doação.

— É muito generoso da sua parte, e a doação será muito bem-vinda, isso eu garanto. Podemos resolver a papelada aqui atrás. Dillon, pode ir com os cachorrinhos por aquela porta? Temos um pátio cercado ali. Seria bom levá-los lá fora, para fazer o que precisam fazer antes de entrarem no carro.

Quase meia hora depois, Hugh ajudou Dillon a colocar os cachorrinhos — em uma caixa de transporte emprestada — no banco de trás do carro. Junto com o que Lori chamava de cesta de parabéns, cheia de amostras de ração, petiscos e brinquedos.

Como os filhotes estavam contentes — por enquanto — em compartilhar um grande osso azul de brinquedo, Hugh sentou atrás do volante.

— Acho que o próximo passo é dar nomes para eles. Alguma ideia?

— Ele é o Gambit, ela é a Jubileu. São meus dois X-Men favoritos.

— Gambit e Jubileu. — Hugh olhou para os cachorros enquanto saía da vaga. — Gostei. Acho que temos que fazer mais uma coisa antes de levá-los para casa. Precisamos comprar coleiras, guias, camas, essas coisas. Faz parte do presente — disse ele antes que Dillon pudesse rebater.

O menino o fitou.

— Nunca vou me esquecer disso.

Hugh se virou, começou a seguir pela estrada, e disse apenas:

— Nem eu.

Parte II

A próxima reviravolta

O caminho da fama para a infâmia é bem conhecido.

— Francis Quarles

O mundo inteiro é um palco.

— Montaigne

Capítulo nove

♦ ♦ ♦ ♦

Condado de Mayo, Irlanda, 2008

NA BEIRA do lago, Cate observava a grande cadela preta tão amada por sua bisavó nadar. Patos saíam do caminho, grasnando em protesto, enquanto Lola atravessava a água como uma foca.

Lá no alto, as nuvens carregadas soltavam um chuvisco fino, mas todos os dias eram uma festa para Lola.

A cadela ficou triste quando a bisa faleceu — tranquila, dormindo, assim como o homem que amara. Lola passou dias deitada ao pé da cama da dona, inconsolável, até Cate amarrar um dos lenços da bisa em torno do pescoço da cachorra.

Ela foi consolada pelo cheiro até ir retomando aos poucos seu comportamento sempre feliz.

Outro funeral para o clã dos Sullivan — e para o mundo. Outro ritual de homenagem na família.

Embora Cate entendesse por que a perda e os rituais traziam os pesadelos e a ansiedade de volta, isso não tornava a situação mais fácil de lidar. Mesmo agora, com a cadela nadando, com tantos parentes dentro do *cottage*, ela se pegava observando a floresta na margem do lago.

Para o caso de ver algum movimento, para o caso de alguém estar à espreita.

Ela sabia que não era assim que as coisas funcionavam — não era mais uma criança —, porém continuava observando.

E conhecia aquela floresta, da mesma forma que conhecia o jardim e cada cômodo do *cottage*. Por boa parte dos últimos sete anos, aquele fora seu lar, indo a Los Angeles apenas para uma visita ou outra.

E para a Inglaterra ou a Itália, apenas a passeio.

No primeiro ano, seu pai recusou todos os roteiros, todas as ofertas, para protegê-la tanto da imprensa quanto dos medos dela. Isso estava claro agora.

Mas Cate tinha a bisa e Nina ali, e vóvis Lil e o avô em Los Angeles. Tia Mo, tio Harry e todos os outros quando ia para Nova York.

Ela ficou feliz quando Nina se apaixonou e casou, embora isso significasse que a babá não moraria mais no *cottage* na Irlanda nem na casa de hóspedes em Los Angeles.

Agora, Cate também não moraria mais no *cottage*. Sua bisa se fora, e o pai tinha que trabalhar. Então ela iria para Los Angeles, e agora só viria à Irlanda para visitar.

Lola finalmente saiu do lago e se sacudiu, espalhando um jorro violento de água. Então começou a rolar alegremente pela grama.

— Você está ficando tão molhada quanto ela.

Cate se forçou a abrir um sorriso — sabia fazer isso — para o avô.

— São só alguns pingos. — Quando ele a envolveu com um dos braços, a jovem apoiou a cabeça em seu ombro. — Sei que ela estava pronta para encontrar com o biso. Nas últimas semanas, falamos muito sobre isso. Às vezes...

— Às vezes?

— Ela conversava com ele. — Olhando para cima, Cate viu que a chuva acrescentava ainda mais brilho ao cabelo do avô, grisalho e sedoso. — Escutei várias vezes a bisa falando sozinha, quase esperando ouvir uma resposta. Eu sabia que ninguém responderia, mas acho de verdade que ela acreditava.

— Os dois se amaram por uma vida inteira. — Como sempre surpreso por a cabeça da neta agora bater em seu queixo, Hugh lhe deu um beijo na têmpora. — É difícil para nós ficar sem eles. Sei que é difícil para você ir embora daqui. Você vai voltar. Eu prometo.

Não seria a mesma coisa.

— Sei que não posso levar a Lola. Aqui é a casa dela, não seria justo. Ela adora Nina, Rob e as crianças, então vai ficar feliz com eles.

— Como eu posso ajudar você, Catey? O que posso fazer para tornar tudo isso um pouquinho mais fácil?

— Não deixe papai recusar bons papéis porque está preocupado comigo. Odeio quando ele faz isso. Tenho dezessete anos. Preciso saber que ele confia em mim para... lidar com as coisas.

— E quanto a você?

— Não sei direito ainda. Mas, bem, sou uma Sullivan, então acho que devia tentar, de novo, fazer aquilo que fazemos de melhor.

— Você quer voltar a atuar?

— Quero tentar. Sei que faz muito tempo, mas está no sangue, né? Quer dizer, só um papel pequeno, alguma coisinha. Para ir pegando o jeito.

— Acho que tenho algo perfeito. Vamos conversar no voo para casa.

Tudo dentro de Cate pareceu se revirar e apertar.

— Já está na hora de ir embora?

— Quase.

— Eu... eu quero levar Lola para a casa da Nina. E me despedir de todo mundo.

— Faça isso. Vou avisar ao seu pai. Caitlyn — disse Hugh quando ela começou a seguir na direção da cadela —, a vida é cheia de reviravoltas. Essa é só mais uma para você.

A jovem ficou parada ali, o cabelo escuro molhado de chuva, os olhos tão azuis quanto um céu de verão. E tão tristes quanto um coração partido.

— Como você sabe onde ela vai parar?

— Não dá para saber. Isso faz parte da aventura.

E se ela não quisesse uma aventura?, pensou a menina, enquanto pegava a mochila com os brinquedos favoritos de Lola. E se quisesse a tranquilidade, a normalidade?

E se não quisesse seguir um rumo diferente?

Sem opção — era incômodo sempre ter tão poucas opções —, Cate chamou a cadela, e, juntas, seguiram pelo caminho que margeava a floresta.

A trilha familiar pela qual tinha passado inúmeras vezes, geralmente na companhia de Lola, às vezes sozinha com seus pensamentos. Não lhe era permitido odiar deixar para trás o que lhe era familiar?

Onde encontraria aquele cheiro de terra molhada em Los Angeles? Aquele prazer simples de andar por um caminho estreito e verdejante sob a chuva fraca?

Cate ouviu o pio de uma gralha antes de ver o pássaro se arremessar de encontro às árvores. Apenas mais uma coisa de que sentiria falta.

Sua reviravolta veio aos dez anos. Tudo mudou desde aquilo.

— Ninguém toca no assunto, Lola. — Ao ouvir seu nome, a cadela parou de farejar o brinco-de-princesa caindo da cerca-viva e voltou dançando. — Nem eu. Qual é o sentido? Mas é só fazer as contas, não é? Sei que ela vai ter direito a condicional daqui a pouco. — Dando de ombros, Cate ajeitou a mochila. — Quem se importa, não é? Que diferença faz? Se ela sair, saiu. Não muda nada.

Porém, no fundo, Cate tinha medo de que não fosse bem assim; de que, se a mãe saísse da prisão, sua vida passasse por mais uma mudança que não pudesse controlar, que tivesse de aceitar.

Talvez, só talvez, voltar a atuar fosse algo que lhe desse um pouco de controle sobre sua maldita existência. Por mais que amasse a família — e, meu Deus, como amava, tanto ali na Irlanda quanto nos Estados Unidos —, ela precisava ter sua independência.

Independência para ter a própria vida, para fazer as próprias escolhas, para simplesmente ser como queria.

— Sinto saudade — murmurou ela para Lola. — Sinto saudade de atuar, sinto saudade de me permitir ser outra pessoa, sinto saudade do trabalho, da diversão. Então quem sabe.

E em um ano, lembrou Cate a si mesma, poderia tomar todas as suas decisões. Poderia ser atriz ou voltar para a Irlanda e viver na casa do lago. Poderia ir para Nova York ou qualquer outro lugar. Poderia...

Dar com outra reviravolta.

— Mas que merda, Lola, era exatamente isso que o vovô queria dizer. Odeio quando eles estão certos.

Ela pegou o celular, centralizou a imagem dos brincos-de-princesa, vermelhos feito sangue em contraste com as folhas verdes cobertas de gotas de chuva. Tirou outra foto de Lola, com a língua para fora, os olhos vendo graça em tudo. Depois mais uma e mais uma.

A velha árvore retorcida — sob a qual deu e recebeu seu primeiro beijo. Tom McLaughlin, lembrava, um primo de quarto ou quinto grau, então, bem ou mal, era um parente.

A vaca esticando a cabeça por cima de um muro de pedra para comer a grama do outro lado. O *cottage* da sra. Leary, que ensinara tanto a bisa quanto ela a fazer pão integral.

Cate levaria aquelas fotos todas consigo para olhar sempre que se sentisse triste ou perdida.

A uns oitocentos metros do *cottage*, ela entrou na ruazinha esburacada. Sabendo aonde iam, Lola soltou um latido feliz e saiu correndo.

— Adeus — disse Cate, e deixou as lágrimas escorrerem, porque Nina as entenderia. — Adeus — repetiu.

Ela ficou parada por um momento, magra e empertigada, o longo cabelo preto batendo nas costas. Então seguiu a cadela para oficializar a despedida.

Los Angeles era uma cidade ensolarada. As ruas e as calçadas assavam sob a luz do sol. As flores, com cores vivas e fortes, pulsavam de tão quentes. Além dos muros e do portão da propriedade dos Sullivan, motoristas resmungavam e se insultavam.

Nos restaurantes da moda, beldades falavam sobre sua carreira no cinema por cima de saladas orgânicas e de quinoa, servidas por outras beldades que sonhavam em começar sua carreira no cinema.

A casa de hóspedes tinha suas vantagens. Cate tinha um quarto lindo, pintado em cores suaves e com uma decoração bonita, mas despretensiosa; o banheiro próprio com uma ducha generosa que jorrava água quente pelo tempo que quisesse.

Ela até tinha uma entrada privativa, podendo sair a qualquer hora do dia ou da noite sem ter que atravessar a parte principal da casa — hábito que criara e mantinha até quando o pai estava trabalhando.

Cate gostava dos jardins e amava ter uma piscina.

Se quisesse, podia preparar a própria comida — a sra. Leary lhe ensinara mais do que apenas fazer pão integral — ou ir para a casa principal para comer com os avós. Se os dois tivessem algum compromisso no jantar, podia sentar na cozinha com Consuela, a cozinheira e governanta, para comer e bater papo.

Quando o avô lhe deu o roteiro com o papel em que pensara, Cate não leu o texto, ela o devorou. Depois começou a se preparar para se transformar em Jute — a melhor amiga peculiar e desatenta da filha da mãe solteira em uma comédia romântica divertida.

Ela teria poucas falas, mas isso já fazia diferença. Por respeitar sua opinião e por precisar de sua autorização, Cate passou o roteiro para o pai.

Quando ele bateu à porta de seu quarto, ela parou de treinar a forma como Jute caminhava e gritou:

— Pode entrar.

Suas mãos começaram a suar de verdade quando viu que ele segurava o roteiro.

— Você leu?

— Li. É bom, mas seu avô é sempre exigente nos projetos que escolhe. Você sabe que já escalaram Karrie, né?

— Eu não quero a Karrie. O papel até que é bom. Mas não quero assumir essa responsabilidade, não por enquanto. Jute é melhor para mim. Ela contrasta com a necessidade de Karrie de ser perfeita, com a personalidade condescendente da mãe. Ela promove o caos.

— É verdade — concordou Aidan. — Mas ela é bem boca-suja, Cate.

Em resposta, a jovem revirou os olhos antes de desabar sobre uma poltrona, relaxando a postura.

— Nossa, ela só, sei lá, diz o que pensa, porra.

Cate viu o pai arregalar os olhos, aquele choque instantâneo, e se perguntou se tinha exagerado demais ao encarnar Jute.

Então Aidan riu. Ele sentou na cama dela, deixou o roteiro de lado.

— Dá para entender por que os pais de Jute têm um pouco de medo dela.

— Ela é mais esperta e mais corajosa do que eles. Eu entendo Jute, pai. — Cate se inclinou para a frente. — Acho legal que ela não queira se encaixar em um padrão. Sinto, de verdade, que vou me sair bem se conseguir o papel. E que ele vai me fazer bem.

— Fazia muito tempo que você não queria saber de atuar. Ou... — Ele desviou o olhar, encarando as portas de vidro iluminadas pelo pôr do sol. — Eu fechei essa porta. Não tranquei, mas fechei.

— A culpa não é sua. Nunca perguntei se podia abrir a porta e só pensava nisso muito de vez em quando. Agora, quero ver se consigo e como vou me sentir.

— Você precisa estar pronta para as perguntas, para o que vão dizer sobre o que aconteceu em Big Sur.

Cate ficou em silêncio por um instante e olhou bem fundo nos olhos do pai.

— Eu preciso abrir mão de tudo por causa do que ela fez?

— Não, Cate, não. Mas...

— Então me deixe fazer isso, me deixe tentar conseguir o papel. Vamos ver o que acontece.

— Não vou proibir você de nada.

Ela levantou com um pulo, jogou os braços em torno do pai.

— Obrigada, obrigada, obrigada!

Aidan abraçou a filha.

— Com algumas condições.

— Ih, lá vem.

— Vou contratar um guarda-costas.

Chocada, horrorizada, Cate se afastou.

— Fala sério, pai.

— *Uma* guarda-costas — continuou ele. — Podemos dizer que ela é sua assistente.

— Meu Deus, como se eu fosse do tipo que precisa de uma assistente. Pai, o estúdio tem seguranças.

— Não interessa.

Ela conhecia aquele tom de voz, calmo e claro como a luz do dia. Seu pai estava falando sério.

— Você vai passar a vida inteira preocupado comigo?

— Sim. — O mesmo tom. — É uma das atribuições do meu cargo.

— Está bem, está bem. O que mais?

— Se uma filmagem atrasar mande mensagem avisando. E como nós dois podemos estar trabalhando ao mesmo tempo, se eu não estiver em casa, quero que me avise quando chegar.

— Sem problema. O que mais?

— Suas notas precisam continuar boas.

— Combinado. Só isso?

— Além das regras antigas sobre não beber e não usar drogas, sim. Só isso.

— Tudo bem então. Vou pedir ao vovô para marcar um teste.

Cate saiu correndo tão rápido que Aidan mal teve tempo de sentir orgulho por ela presumir que precisaria fazer um teste. Mas tinha bastante tempo para se preocupar com tudo que a filha encararia no mundo do qual fora protegida por sete anos.

A garota, porém, só pensava no presente enquanto corria pelo caminho largo e ladrilhado até a casa principal. A construção tinha um estilo georgiano glorioso, magnificamente ornada, agora escurecida pelas sombras. As luzes brilhavam ao longo daquele caminho, e de outros também, atravessando os jardins perfumados de rosas e peônias, nas muitas janelas, e refletiam na água cristalina da piscina.

E, notou ela, iluminavam o amplo pátio com uma cozinha externa sob um caramanchão coberto por glicínias, onde os avós estavam sentados com seus drinques.

— Veja só quem veio nos visitar. — Lily, com o cabelo vermelho-fogo emoldurando o rosto, ergueu o martíni em um brinde. — Pegue uma Coca, querida, e faça companhia a estes dois velhos.

— Não estou vendo nenhum velho aqui. — Cate se sentou na beira da cadeira, porque estava muito empolgada. — Eu não queria dizer nada até confirmar com papai. Nós lemos o roteiro de *Com certeza talvez*. Ele me deixou participar, e, nossa, como eu quero o papel. Quando posso fazer um teste?

Obviamente contente, Hugh analisou a neta por cima do copo de uísque.

— Querida, não só vou interpretar o avô ranzinza da Karrie como sou o produtor-executivo. O papel é seu.

Seu coração fez uma dancinha, do jeito que seus pés ansiavam por fazer.

— Nossa, isso é demais. Seria ótimo conseguir as coisas assim. Mas, não, por favor. Quero fazer o teste. Quero fazer tudo do jeito certo.

— Hugh, marque o teste e fique feliz por ter uma neta íntegra e honesta.

— Sendo assim, vou marcar.

— Eba! Preciso me preparar. — Cate pulou da cadeira, depois sentou de novo. — Preciso... Vóvis Lil, preciso ir ao salão. Meu cabelo. E preciso de roupas novas. Pode me dizer aonde ir e me emprestar seu motorista?

Lily ergueu um dedo, depois pegou o celular que deixara sobre a mesa. E apertou um número no histórico de chamadas.

— Mimi, me faça um favor? Cancele a reunião no horário do almoço amanhã e ligue para o Gino. Sim, agora, em casa. Diga a ele que preciso de um horário para minha neta amanhã. Isso mesmo, com ele. Podemos ir a qualquer hora. Vamos passar boa parte do dia fazendo compras. Obrigada.

— Você não precisava fazer isso.

— Como não? — Lily jogou a cabeça para trás, soltou uma gargalhada. — Faz anos que quero que meu Gino coloque aquelas mãos talentosas no seu cabelo. Chegou a hora. Salão e compras, é como se fosse um dia no circo para mim. E eu adoro um circo.

— Adora mesmo — concordou Hugh. — Por isso se casou com um Sullivan.

— É verdade. Ah, Mimi é rápida. Aqui é Lil — disse ela ao atender ao telefone. — Perfeito. Sim, entendi. Você é a melhor, Mimi. Beijos. — Lily baixou o telefone. — Gino vai chegar cedo ao salão, cedo para ele, quer dizer, só para atender você. Esteja pronta às oito e meia.

— Mimi não é a melhor, você que é. — Cate levantou de novo, deu um beijo estalado na bochecha de Lily e outro no avô. — Vocês dois. Vou deixar os dois orgulhosos. Tenho que ir!

Enquanto a neta corria de volta para casa, Lily ergueu o copo de martíni.

— Eu quase me lembro de como era ter tanta energia. Você vai ter que tomar conta dela, Hugh.

— Eu sei. E eu vou.

Fazia anos desde a última vez que Cate entrara em um salão em Los Angeles, do tipo exclusivo que recebia os clientes com água com gás ou champanhe, chá e café. O tipo com cabines privativas e um catálogo de serviços tão grosso quanto um livro.

Quando pisou lá dentro, os aromas — produtos caros, perfume, velas aromatizadas — se mesclaram e a levaram de volta à infância.

De volta à mãe.

Ela quase empacou na porta.

— Cate? — disse a avó.

— Desculpe.

A menina se forçou a entrar naquele mundo preto e prateado, com música eletrônica tocando baixinho e candelabros brilhantes formados com tiras retorcidas de metal.

Um homem com uma camisa que poderia ter sido pintada por Jackson Pollock cuidava de um balcão de recepção em formato de semicírculo. Seu cabelo subia em um topete, como uma onda em formato de tubo, por cima da testa.

Ele exibia um trio de brincos na orelha esquerda e uma tatuagem de libélula nas costas da mão esquerda.

— Lily Lindona! — Surgindo ao lado delas, ele bateu palmas. — Gino já está na cabine. Essa não pode ser sua neta. Você devia ter uns dez anos quando ela nasceu!

— Cicero! — Lily trocou beijos. — Você não muda, não é mesmo? Cate, esse é o Cicero.

— Que linda! — Ele usou as duas mãos para segurar uma das mãos de Cate. — Que maravilhosa! Vou acompanhar as duas. Agora, o que querem beber? O café com leite de sempre, Lily, amada?

— Nós duas queremos um, Cicero. Como vão as coisas com Marcus?

Ele agitou as sobrancelhas enquanto as acompanhava pelo salão.

— Esquentando. Ele pediu para morarmos juntos.

— E?

— Acho que... sim.

Havia algo de doce na forma como Lily passou um braço em torno dele e lhe deu um abraço, pensou Cate.

— Ele é um cara muito sortudo. Sabe, Cate, Cicero não é só um rostinho bonito. Ele ajuda Gino a administrar o salão e faz o melhor café com leite de Beverly Hills.

— Mas também tem um rostinho bonito — disse Cate, e Cicero abriu um sorriso radiante.

— Você é uma gracinha! — Ele abriu uma cortina preta. — Gino, duas moças maravilhosas para você.

— Meu tipo favorito.

Enquanto Cicero era pequeno e magro, Gino era grande e musculoso. Ele exibia uma cortina de cabelo preto que batia na gola de sua túnica preta, grandes olhos castanhos com pálpebras pesadas e uma barba cuidadosamente aparada.

O cabelereiro não trocou beijos com Lily, mas a ergueu do chão com um abraço apertado.

— *Mi amor.* Só você para me fazer sair da cama uma hora mais cedo.

— Espero que a sortuda do dia me perdoe, seja ela quem for.

Ele abriu um sorriso cheio de dentes. E se virou para Cate.

— Então essa é Caitlyn. Minha flor Lily vive me contando de suas meninas. — Gino esticou uma mão, segurou o cabelo dela. — Cheio de vida. Sente. Lily, meu anjo, Zoe vai fazer suas unhas.

— Eu pretendia ficar só olhando. Em silêncio — insistiu ela.

Gino ergueu as sobrancelhas, então apenas apontou um dedo para a cortina.

— Feche ao sair.

Cate se sentou na enorme poltrona de couro diante de uma grande bancada prateada com um espelho triplo e lâmpadas nas bordas.

— Você deve ser um gênio com cabelos, porque ninguém expulsa Lily de lugar nenhum.

— Um gênio com cabelos e silencioso como um túmulo. Os segredos sussurrados nesta cabine não saem daqui. — Enquanto falava, ele passava as mãos pelo cabelo de Cate, analisava seu rosto no espelho. — Você tem a cara dos Sullivan. Uma beldade irlandesa desabrochando. Não estou contando segredo nenhum se disser que Lily te ama de todo o coração.

— É recíproco.

— Que bom. Agora, você sabe o que quer fazer ou vai ser uma boa menina e me deixar decidir?

— Acho que me sinto intimidada o suficiente para escolher a segunda opção, mas preciso de um visual para um papel. Para um teste, na verdade.

— Tudo bem, vou abrir uma exceção. Diga.

— Tenho algumas fotos.

Enquanto Cate pegava o celular, Cicero trouxe seu café, colocou-o sobre a bancada e foi embora de novo.

— Ahn. Hum.

Gino concordou com a cabeça enquanto analisava as imagens, estreitou os olhos para o reflexo dela no espelho.

— Acho que uma mistura disso. Ela é rebelde e autêntica, gosta de causar. Tudo do seu jeito. Então, se você pudesse...

Gino a interrompeu com outro gesto do dedo.

— Agora, deixe comigo. Uma pergunta. Já que você vai se desfazer de um cabelo bom e saudável, quer doar?

— Ah. Claro. Nem tinha pensado nisso.

— Pode deixar. Tome seu café e relaxe.

Cate tentou relaxar, porém, mesmo sendo virada de costas para o espelho, ela fechou os olhos antes daquela tesourada inicial, determinante.

Agora já era, pensou.

— Pode respirar. Inspire, expire. Muito bem. Me conte sobre a sua vida.

— Tudo bem. Tudo bem. Meu Deus. Nossa. Bem, fui morar na Irlanda com dez anos.

— Nunca fui lá. Conte como é.

Então Cate fechou os olhos, falou sobre o *cottage*, sobre o lago, sobre as pessoas, enquanto Gino trabalhava.

Duas horas e meia depois, ele abriu a cortina e deixou Lily entrar.

As duas mãos dela voaram até a boca como se segurassem um grito.

Cate ficou sentada na cadeira do salão, o cabelo curto com o franjão pintado desde o centro da cabeça com um azul forte, vívido. Diante da reação de Lily, sua alegria se transformou em nervosismo.

— Ai, meu Deus. Ai, vóvis Lil.

Lily balançou a cabeça, depois balançou as mãos, depois virou de costas. Depois virou de frente de novo.

— Amei! Amei — repetiu ela, balançando as mãos de novo. — Ai, meu Deus, Catey, você é uma adolescente rebelde!

— Sou?

— Eu também li o roteiro. E, mesmo se não tivesse lido, ficou fantástico. Seja uma menina de dezessete anos, meu bem. Escute Mellencamp e aproveite sua adolescência enquanto pode. Gino, veja só o que você fez com minha menina.

— Você duvidou de mim?

— Jamais. Levante, levante, dê uma volta. Amei. Seu pai vai odiar, mas é isso que queremos. Não se preocupe. Além do mais, Jute é assim, então ele vai ter que engolir. Temos que comprar roupas que combinem com esse cabelo. E umas botas de adolescente rebelde.

Dois dias depois, com seu corte de cabelo ousado, coturnos, calças jeans rasgadas, uma camisa artesanal desbotada do Frank Zappa, esmalte azul descascado em lugares estratégicos e o braço cheio de pulseiras de couro, Cate seguiu a passos pesados para o teste.

Seu coração estava disparado, o estômago se revirava, e ela sentiu a garganta secar quando a diretora — uma mulher que respeitava — a encarou.

— Cate Sullivan, para o papel de Jute.

Ela sentiu os olhares que a julgavam, a analisavam, e se soltou.

Então jogou o quadril para o lado, deixou seu próprio entusiasmo se esvair e a rebeldia entediada de Jute tomar conta. E falou com o leve sotaque de uma adolescente de classe média.

— Então, a gente vai ou não vai resolver logo isso? Porque tem um monte de coisas melhores que eu podia estar fazendo além dessa merda. Tipo coçar minha bunda.

Quando viu a diretora sorrindo com os olhos, Cate soube que a porta se abrira de novo.

Capítulo dez

♦ ♦ ♦ ♦

No longo intervalo entre *O sonho de Donovan* e *Com certeza talvez*, Cate esqueceu o quanto adorava fazer parte de um projeto, de um grupo. Mas tudo voltou à tona.

Ela não foi vestida a caráter para a primeira leitura do roteiro com o elenco, mas o cabelo já bastava. Além do mais, agir como achava que Jute agiria a ajudava a entrar na personagem.

Deus era testemunha de que tinha praticado a voz — a entonação, o ritmo. E o que Lily chamava de "a marra".

Cate gostava da marra de Jute e queria ser um pouco assim também.

Ela foi apresentada a Darlie Maddigan, que faria Karrie. As duas ensaiaram uma cena para testar sua química. E Cate gostou de como a menina interpretava o papel — uma perfeccionista ansiosa e deslumbrada.

Ambas tinham seguido a linha dos opostos que se atraem, e deu certo.

Na realidade, a atriz, uma veterana esperta e confiante de dezoito anos, tinha conseguido seu primeiro papel no cinema aos três e nunca mais parou. Darlie tinha uma casa em Malibu, preferia almoços de negócios a varar a madrugada em boates, e recentemente tinha assinado um contrato astronômico para ser garota-propaganda de uma linha de moda esportiva voltada para o público jovem.

Darlie, o cabelo loiro comprido preso em um rabo de cavalo simples, entrou na sala e foi direto até Hugh.

— Vovô. — Ela o abraçou. — Fico me repetindo, mas estou muito animada para trabalhar com você. Tudo bem, Cate? Está pronta?

— Prontíssima.

— Ótimo. Estou bem empolgada. Vamos nos divertir.

E foi divertido mesmo — no geral. Cate se sentou à mesa com o elenco, a diretora, os patrocinadores, o roteirista, o assistente que leria as direções de palco. Ela foi apresentada aos seus pais no filme, ao ator que faria o atleta popular por quem Karrie se apaixonava, ao nerd desajeitado que tinha uma quedinha nada secreta por Jute, e todo o restante.

— Karrie choraminga, se joga na cama e chora.

Apesar de Cate achar o choramingo de Darlie impressionante, estava imersa demais na personagem para demonstrar isso.

— Meu Deus, Kare, pare com essa porra. Você está passando vergonha. Pior que isso, você está me fazendo passar vergonha.

— Jute senta na cama. Por um instante, sua expressão aparenta pena, mas, então, dá um tapa na bunda de Karrie.

— Aquele cara é um escroto, Karrie.

— Mas por que ele não pode ser *meu* escroto?

— Karrie gira e fica de barriga para cima.

— Eu amo ele. Queria estar morta. Minha mãe está dando para o sr. Schroder. Ela comprou uma lingerie sensual! E tirei oito na prova de cálculo. Oito! E... e depois de eu passar duas semanas dando aulas para Kevin, depois de passarmos horas juntos, ele tira dez e me vem com um *Valeu, ainda bem que acabou!*

— Por isso que ele é um escroto. Vamos por partes. É bom que sua mãe esteja dando para o Schroder, que é um coroa gato. Enquanto ela estiver dando, pensando em dar, comprando lingeries para dar, não vai te encher o saco. São nos períodos de seca, Kare, que as mães ficam em cima da gente. Aproveite para ser livre.

— Karrie joga um braço por cima dos olhos, funga.

— Não quero ser livre sem o Kevin. Você é a minha melhor amiga. Devia me apoiar.

Empolgada agora, Cate pulou da cadeira, deu uma volta, chutou a perna da cama imaginária.

— Você quer apoio? Que tal *você* apoiar a si mesma? Você quer aquele escroto? — Gritando agora: — Você quer aquele escroto?

— Quero!

— Então pare de chorar, porra. Pare agora! Empina a bunda, levanta os peitos. — Indo até Darlie, ela a puxou para que ficasse em pé. — Empina essa bunda. Levanta esses peitos e vai atrás daquele escroto.

— Como?

— Empinou a bunda? — Cate deu um tapinha na bunda de Darlie. — Levantou as tetas?

E cobriu os seios de Darlie com suas mãos e os empurrou para cima.

— Sim?

— Então vou te explicar. Mas preciso de nachos primeiro.

Aplausos e risadas explodiram pela mesa.

— Podemos manter isso? — perguntou Darlie. — Podemos manter o tapinha e a apalpada?

— Já está nas minhas anotações — disse a diretora. — Bom trabalho, meninas. Próxima cena.

Cate praticamente saiu flutuando da leitura, e teria chegado flutuando na reunião do figurino no dia seguinte.

Porém, naquela noite, o *talk show Entertainment Tonight* anunciou o retorno de Caitlyn Sullivan — e relembrou o sequestro.

A revista *Variety* publicou uma matéria. A *People*, o *Los Angeles Times* e a *Entertainment Weekly* foram atrás de entrevistas, declarações, comentários, fotos.

A internet entrou em polvorosa.

O fato de a família se recusar a dar entrevistas ou tecer comentários não abafou o falatório. Durante a primeira semana de produção, a situação piorou ainda mais quando alguém deu um jeito de fotografar Cate em um set de filmagem ao ar livre e vender a foto para um tabloide.

Publicaram a foto dela vestida como Jute, mostrando o dedo do meio, ao lado de uma que fora tirada quando ela tinha dez anos.

DE MENINA DESAPARECIDA
A ADOLESCENTE REBELDE
Os tristes segredos de Caitlyn Sullivan

As redes sociais fizeram a festa com o assunto.

Borbulhando de raiva, Cate estava sentada no trailer de Darlie nos fundos do estúdio, esperando até que fossem chamadas para a próxima cena.

— Sei como as coisas funcionam. Sei por que fazem isso. Só não entendo por que as pessoas se interessam tanto.

— Claro que entende. Você foi uma criança usada pela mãe. Sinto muito que estejam cutucando a sua ferida.

Cate balançou a cabeça.

— Já estou acostumada.

— Bom, é uma merda. Você também é uma dos Sullivan de Hollywood, o que já chama atenção por si só. — Darlie, vestida a caráter em um uniforme de líder de torcida vermelho e branco, gesticulou com sua garrafa cheia de chá de hortelã sem açúcar. — E, mesmo que não fosse, você é atriz, é artista. A gente está na boca do povo. Esse tipo de aporrinhação faz parte.

A verdade, a simplicidade dos fatos, não tornava aquilo tudo mais fácil de engolir.

— Eu sabia que isso ia acontecer. Achei que fossem publicar uma matéria e depois esqueceriam o assunto se ninguém colocasse lenha na fogueira.

— As pessoas colocam lenha. As pessoas que clicam nas matérias, que pegam aquelas revistas vagabundas no mercado enquanto esperam o caixa passar suas latas de atum.

— Eu sei que essas coisas acontecem com você também.

— Pois é. Geralmente, consigo ignorar. Mas me envolvi sério com um cara no ano passado. Aí saí para jantar com um colega de trabalho, alguém tirou uma foto de nós dois sorrindo e, pimba!, apareceu em tudo que é canto que estávamos trepando loucamente. Consegui ignorar o falatório, mas o cara com quem eu estava saindo, não. Ele não quis ignorar. Até meio que acreditou nas histórias, então... — Darlie deu de ombros, tomou mais chá. — Terminamos.

— Sinto muito.

— Pois é. E eu gostava muito dele. — Sorrindo, ela cutucou o braço de Cate. — Apesar de ele acabar sendo um escroto.

Ao ouvir uma batida à porta, Darlie se virou.

— É sua hora no set, srta. Maddigan, srta. Sullivan.

— Obrigada! A história vai sumir — disse ela a Cate. — Alguém vai trair alguém, ou engravidar, ou ser pego dirigindo bêbado. Sempre acontece alguma coisa. Então. — A garota se levantou, virou a cabeça para a direita e depois para a esquerda para soltar o pescoço. — Empine os peitos.

— Estão empinados. — Levantando, Cate empurrou os seios para cima para provar. — Os seus só são melhores que os meus.

Apertando os lábios, Darlie olhou para baixo.

— É verdade. Mas suas pernas são mais compridas. Anda, amiga, vamos levar meus peitos e suas pernas para o set e arrasar nessa cena.

O trabalho ajudou. Conversar com alguém fora da família que tivesse a sua idade ajudou. O papel pequeno, coadjuvante, terminou depois de poucas semanas, e — como previra Darlie — a atenção da imprensa foi diminuindo aos poucos.

Com o pai filmando fora por pelo menos uma semana, Cate esperou até o avô ter um dia de folga do filme para conversar com ele.

Ela o encontrou no escritório com vista para uma fonte de três andares e o grande gramado verde.

Pilhas de roteiros e anotações ocupavam a mesa a que ele se sentava, usando uma camisa polo azul e calças cáqui. E ainda exibia a barba grisalha do vovô do filme.

— Finalmente! Alguém apareceu para me poupar desse roteiro de velho idiota o suficiente para ser seduzido por uma garota quase da sua idade que quer meu dinheiro.

— Sério?

— No fim, acabo esganando a garota.

Ele jogou o roteiro longe.

— Talvez seja melhor evitar roteiros com papéis de velhos idiotas. Ou que não tenham um papel sequer que sirva para você.

Hugh encarou o roteiro que a neta segurava.

— Mas e se tiver um para você?

— Recebi três do meu agente esta semana. Mas você já deve saber disso, já que ele é seu agente também.

— Ouvi boatos. — Reconhecendo o ar de dúvida no rosto de Cate, Hugh balançou a cabeça. — Não pedi a Joel para te mandar nada nem mexi meus pauzinhos. Mas ele mencionou que tinha recebido três que achava que se encaixavam no seu perfil. E dois pediram especificamente por você.

— Foi o que ele disse. Esse é um dos dois. Pode dar uma olhada?

— É pra já.

Alguma coisa, pensou Cate. Alguma coisa na voz dele.

— O que houve?

— Deixe seu roteiro nessa pilha aqui, e vamos dar uma volta. Seria bom fazer um exercício, tomar um ar, passear pelos jardins.

— Ai, meu Deus. — Mas Cate deixou o roteiro na pilha. — Fiz alguma coisa errada? Com Jute?

— Você foi perfeita. — Hugh se levantou, deu a volta na mesa, passou um braço em torno da neta enquanto saíam do escritório. — Vamos encerrar as filmagens na semana que vem. Dentro do cronograma, dentro do orçamento. Um pequeno milagre.

Os dois seguiram pelo piso azulejado cor de mel, sob o pé-direito altíssimo. O Salão de Música, como chamavam, para destacar o piano de cauda, os sofás estofados com seda, as mesas e cristaleiras em estilo georgiano.

— Tenho uma notícia — disse Hugh enquanto a guiava para as portas duplas arqueadas. — Você não vai gostar.

— Aconteceu alguma coisa com vóvis Lil? Com você?

— Não. — Ele conduziu a neta para fora, pelo pátio que levava a um dos caminhos no jardim. — Nossa saúde é de ferro. Achei que seria melhor esperar até seu pai voltar e Lily chegar, mas, até lá, não queria que você ficasse sabendo por terceiros.

— Estou ficando com medo. Só me conta.

— Charlotte conseguiu liberdade condicional.

— Ela foi...

Tudo dentro de Cate pareceu congelar por um instante. Ela viu uma borboleta, tão leve, tão livre, planando e planando antes de aterrissar — amarela como manteiga — sobre uma flor azul-escura.

— Acho que ela não deve voltar para cá, Catey. Por enquanto, está proibida de sair do estado, mas acho que não voltaria para Los Angeles. Não há nada para Charlotte aqui além de escárnio e humilhação.

— Como você sabe que ela vai sair da prisão?

— Red Buckman nos avisa de tudo. Você se lembra do delegado Buckman?

— Sim.

E lá vinha uma libélula, rápida e iridescente, apenas um vislumbre de luz, que logo depois desapareceu.

— Lembro. Escrevo para ele e para Julia, para a família, pelo menos uma vez por ano. Bem, mais de uma vez por ano para Julia.

— É mesmo? — Hugh a virou para que o encarasse. — Eu não sabia.

— Quero que eles saibam como estou. Quero saber como eles estão. Não me despedi antes de irmos embora. Acho que eu queria manter essa conexão. Hum. Dillon está na faculdade. Red continua surfando.

Uma abelha, gordinha como o punho fechado de um bebê, passou zumbindo por uma roseira.

Tanta vida ao redor, em todos os lugares. Por que sentia como se a dela tivesse sido interrompida?

Cate cambaleou, sendo atingida pelo peso de tudo, ficando sem ar.

— Não consigo respirar.

— Consegue, sim. Olhe para mim, vamos, Cate, olhe bem para mim. Inspire, expire. Devagar, inspire, expire.

Hugh segurou seu rosto com as duas mãos, olhando-a nos olhos, e continuou lhe dizendo para respirar.

— Meu peito dói.

— Eu sei. Inspire, bem devagar, expire, bem devagar.

Anos, pensou ele, pelo menos três anos desde a última vez que a neta tivera um ataque de pânico sério. Maldita Charlotte.

— Vamos sentar agora. Vou buscar um copo de água para você.

— Não quero encontrar com ela.

— Nem vai precisar. Ela nunca será bem-vinda aqui, nunca passará por aqueles portões. Seu pai tem guarda unilateral, lembra? — Arrasado pela neta, Hugh começou a conduzi-la de volta para casa. — De toda forma, você tem quase dezoito anos. Quem diria, minha menininha é quase maior de idade.

— Sparks e Denby.

— Eles ainda não. Anos. E nenhum deles tem motivo para chegar perto de você de novo. Aqui, sente. Vamos sentar perto da piscina. Ah, Consuela. — Pela forma como a mulher vinha correndo da casa, Hugh se deu conta de que ela devia ter visto que ele apoiava Cate como faria como uma vítima de um acidente de carro. — Pode trazer um copo de água, por favor? — Enquanto ela voltava correndo para dentro, Hugh ajudou Cate a sentar em uma cadeira sob o guarda-sol. — Vamos ficar aqui na sombra, respirar um ar puro.

— Estou bem. Estou bem. Eu só... me convenci de que ela ficaria os dez anos na prisão. Era mais fácil acreditar nisso. Mas não faz diferença. — Ela secou o suor frio do rosto. — Não vai fazer diferença. Não conte para o papai que entrei em pânico desse jeito, por favor. Ele vai passar semanas preocupado, e eu estou bem.

Agachado diante dela, Hugh esfregou suas mãos.

— Não vou contar nada. Agora me escute, Caitlyn. Charlotte não pode mais machucar você. Não existe nada para ela nesta cidade. Sua mãe já era uma atriz de merda antes de ser presa.

— Acho que ela se casou com papai pelo sobrenome, pela atenção. E acho que me teve pelo mesmo motivo. Para melhorar sua imagem.

— Não discordo. Ah, Consuela, obrigado.

Hugh se levantou enquanto a cozinheira, com os olhos preocupados focados em Cate, se aproximou com uma bandeja — um jarro de água com gelo e fatias de limão flutuando, copos e um pano umedecido.

Ela baixou a bandeja, serviu a água, pegou o pano.

Com delicadeza, o passou pelo rosto de Cate.

— *Mi pobre niña* — murmurou ela.

— *Estoy bien,* Consuela. *Estoy bien.*

— Beba um pouco de água, minha boa menina. — Consuela pressionou um copo na mão de Cate. — Seu Hugh, sente, por favor, tome um copo de água o senhor também. Vou preparar um almoço gostoso e a limonada que minha Cate gosta tanto. Você vai se sentir melhor.

— Obrigada, Consuela.

— De nada.

A mulher gesticulou para ela beber mais água, depois voltou apressada para dentro da casa.

— Estou bem. Já estou melhor — disse Cate para Hugh. — E também entendo a situação, de verdade, na minha cabeça. Ela nunca me amou, então por que tentaria me ver agora? Sei disso. Desculpe.

— Nada de pedidos de desculpa. Vou dizer mais uma coisa sobre Charlotte, e então vamos ficar sentados aqui e mudar de assunto. Não entendo, e nunca entendi, como uma desgraçada tão fraca, sem talento, desalmada e com a mente tão pequena deu à luz alguém como você.

Isso a fez sorrir.

— Os genes dos Sullivan são dominantes.

— Para cacete. — Ele ergueu o copo em um brinde, analisando-a enquanto bebia. — E os genes dos Dunn também, porque, meu Deus, a cada dia que passa, você fica mais parecida com a sua avó, com Liv.

Cate puxou a mecha de franja azul.

— Mesmo deste jeito?

— Mesmo desse jeito. Agora, me conte sobre o papel que você quer.

— Bem, ela é completamente diferente de Jute. É a mais velha de três filhos, tentando se adaptar quando o pai viúvo resolve fazer a família se mudar de um bairro residencial de Atlanta para Los Angeles, por causa de um emprego.

— Atlanta. Sotaque sulista.

Cate ergueu uma sobrancelha e falou com o tom arrastado da Geórgia.

— Acho que dou conta.

— Você sempre soube fazer isso — disse Hugh. — Acertar uma voz. Tudo bem, conte mais.

Ela contou, tomou sua limonada, almoçou com o avô entre as flores e as borboletas. E deixou todos os pensamentos sobre a mãe de lado.

Naquela noite, quase dormindo, com a televisão lhe fazendo companhia, as luzes fracas, o celular que permanecia em sua mão tocou o refrão de uma música de hip-hop, anunciando uma ligação.

Grogue, com os olhos ainda fechados, ela atendeu.

— Aqui é Cate.

Primeiro, ouviu a cantoria — sua voz, a voz de uma criança. Alguns versos da cena que fizera com o avô no filme da Irlanda.

Isso a fez sorrir.

Então ouviu um grito.

Ela sentou de imediato na cama, com os olhos arregalados.

Alguém riu — o som parecia errado. E, por cima da risada, veio a voz da mãe.

— Estou voltando para casa. Tome cuidado. Cuidado.

— Você achou que havia acabado? — sussurrou alguém. *— Você nunca pagou. Mas vai pagar.*

Lutando para puxar o ar, Cate soltou o celular sobre a cama. O peso, o peso terrível sobre o peito esmagava seus pulmões. Sua garganta pareceu se comprimir até sobrar apenas uma passagem estreita.

Ao seu redor, os contornos do quarto foram embaçando.

Respire, ordenou ela a si mesma, e fechou os olhos. Respire, respire. E imaginou o ar gelado, úmido, próximo ao lago na Irlanda, imaginou-o tocando o suor frio que agora cobria sua pele.

Imaginou que o inalava, devagar, com calma.

Imaginou o conforto da casa do rancho, o gosto de chocolate quente e ovos mexidos. O toque suave das mãos de Julia.

O peso foi aliviado; não desapareceu, mas melhorou. Cate pulou da cama, ainda arfando, bufando, para verificar as trancas, todas elas.

Ninguém conseguiria entrar. Ninguém faria isso.

Ela deixou as pernas perderem a força, sentou no chão com o celular agora silencioso.

Se seu pai estivesse ali, Cate teria corrido até ele, aos berros.

Mas ele não estava, e ela não era mais uma criança que precisava do pai para defendê-la dos monstros.

Se contasse a ele, se contasse aos avós... E devia fazer isso, mas...

No chão, Cate puxou os joelhos até o peito, apoiou a testa neles.

A vida pararia de novo. O pai desistiria do filme e voltaria para casa. Recusaria outros papeis, talvez quisesse voltar com ela para a Irlanda.

Apesar de uma parte de Cate ansiar por isso, por aquele verde, aquela segurança, não seria certo, não para ela, não para seu pai, não para as pessoas que amava.

Uma gravação, apenas uma gravação. Alguém, alguém ruim e mal-intencionado que queria assustá-la, tinha feito uma gravação, descoberto o número do seu telefone.

Tudo bem, conseguiram o que queriam.

Cate se forçou a levantar, a ir até a cozinha. Com todas as luzes acesas, o cômodo estava claro, radiante. E seguro, lembrou a si mesma.

Os muros, o portão, o alarme, as trancas. Tudo seguro.

Ela pegou uma garrafa de água, tomou goles longos, demorados, até a garganta parecer gelada e aberta de novo.

Trocaria de número. Diria que um jornalista — como poderia saber que não fora um jornalista? — o descobrira.

Não contaria nada a ninguém e simplesmente mudaria de número.

Sua família não precisaria se preocupar, porque ela mesma resolveria o problema.

E a pessoa que usara aquela gravação nojenta não teria a satisfação de assustá-la.

Cate se forçou a desligar as luzes da cozinha e depois o celular, só para o caso de alguém tentar ligar de novo. Porém, no quarto, não conseguiu encarar o silêncio ou a escuridão, então deixou a TV ligada e as luzes acesas.

— Não sou eu que estou presa aqui dentro — murmurou ela enquanto fechava os olhos propositalmente. — Eles é que estão presos lá fora.

Mesmo assim, demorou até conseguir cair no sono.

Cate não contou a ninguém. Depois de um dia e uma noite tranquila, o nervosismo passou. Isso, por si só, já era um sinal de que acertara ao escolher lidar com a situação por conta própria.

Ela teria aulas com o professor particular, faria pesquisas sobre o papel que queria. Como era uma Sullivan, mesmo tendo apenas dezessete anos, era cuidadosa com a carreira que pretendia construir.

Cate se preparou, foi sozinha ao salão de Gino, já que Lily estava trabalhando. A mecha azul se transformou em um franjão sedoso — com alguns resquícios do azul, porque tinha gostado da cor.

Se aceitasse o papel — porque, miraculosamente, a decisão era sua —, teria tempo para deixar o cabelo crescer mais um pouco e voltar para o preto.

E, empolgada com a ideia de ter sua primeira reunião com o diretor e a roteirista, escolheu sua roupa com cuidado. Nada de calças jeans rasgadas nem coturnos desta vez. Para seu primeiro almoço de negócios, Cate escolheu um vestido sem mangas com listras diagonais multicoloridas e sandálias vermelhas de amarrar que batiam no meio das canelas.

Para a reunião, ela seria Cate Sullivan, atriz. Se aceitasse o papel, entraria na personagem.

Como seu pai só tinha permitido que fosse sozinha ao almoço se usasse o carro da família e o motorista particular, ela deu uma última olhada no espelho, pegou a bolsa — uma *clutch* pequena tão azul quanto suas mechas, com alça que prendia no pulso — e seguiu para a casa principal.

Precisava tirar logo sua carteira de motorista. Ela dirigia na Irlanda. Obviamente, agora precisaria aprender a dirigir do outro lado da rua e em um trânsito enlouquecedor, mas precisava tirar a carteira.

E ter um carro para chamar de seu. Não um sedan sem graça. Um conversível vistoso, veloz. Havia dinheiro em sua conta, e haveria mais quando — *se*, lembrou Cate a si mesma... *se* — aceitasse o papel.

Ela precisaria engolir a guarda-costas de novo, e Monika até que era legal, mas precisava de um carro e de um pouco de liberdade.

Porém, por enquanto, provavelmente seria melhor deixar Jasper lidar com o trânsito.

Ele lhe deu um sorriso, branco e radiante em contraste com o rosto de pele negra e enrugada, enquanto abria a porta para o carro novinho (e sem graça).

— Podemos ir quando quiser, srta. Sullivan.

— Estou bonita?

— Linda.

Ótimo, pensou ela, e sentou no banco traseiro.

Mesmo assim, conferiu novamente a maquiagem, retocou o gloss enquanto ele dirigia. Era só uma reunião para todo mundo se conhecer, lembrou Cate a si mesma. E seu agente estaria lá.

Além do mais, eles queriam que ela aceitasse o papel, e isso suavizava um pouco a pressão. Mesmo que, desta vez, fosse a protagonista, o filme focava bastante em todos os personagens.

Quando Jasper estacionou, ela olhou para o relógio. Não tinha chegado cedo — vergonhoso. Nem atrasada — irresponsável.

— Vou demorar pelo menos uma hora, Jasper. Provavelmente duas. Então mando uma mensagem quando estivermos acabando.

— Estarei por perto — disse ele enquanto abria a porta.

— Tomara que dê tudo certo.

— Estou torcendo por isso.

A animação de seus passos talvez não fosse sofisticada, mas dane-se. Demonstrar empolgação era uma reação verdadeira e sincera, pensou Cate enquanto passava pela arcada que dava no bistrô ao ar livre.

Ela queria construir uma carreira baseada nessas duas coisas. E era isso que estava fazendo agora: construindo sua carreira.

Cate foi até a recepcionista.

— Vim almoçar com Steven McCoy.

— É claro. O sr. McCoy já chegou. Venha comigo, por favor.

Ela seguiu pelas flores e plantas, pelo som sutil de água caindo em laguinhos, pelas mesas cobertas com toalhas cor de pêssego, onde pessoas degustavam bebidas gaseificadas ou analisavam os cardápios em papel apergaminhado.

Sentindo que estava sendo observada, Cate afastou, afastou para bem longe, o nervosismo que ameaçou vir à tona. Era parte do preço, lembrou a si mesma. Se não quisesse pagá-lo, seria melhor procurar outro emprego.

Ela reconheceu McCoy e, como tinha visto na internet, Jennifer Grogan, a roteirista. Os dois estavam sentados um ao lado do outro à mesa com quatro cadeiras. Para ficarem de frente para ela e seu agente.

McCoy se levantou quando a viu. Ele não tinha nem quarenta anos ainda, exibia uma cabeleira encaracolada despenteada que cobria com um boné dos Dodgers quando estava trabalhando. Grogan analisou Cate através das lentes quadradas de óculos de armação preta sisudos.

— Caitlyn. — Ele lhe deu um beijo hollywoodiano na bochecha. — Que prazer conhecer você pessoalmente. Jenny, esta é nossa Olive.

— Eu conheço a sua vódrasta.

— Ela me disse. E falou que gosta do fato de você escrever personagens femininas cheias de personalidade.

— Gosto não se discute.

— Sente-se, Cate. — McCoy puxou uma cadeira para ela. — Pedimos uma San Pellegrino, mas você pode escolher outra coisa do cardápio de águas.

— Não, está perfeito, obrigada.

Ela colocou a bolsa sobre o colo, esperou o garçom encher seu copo.

— Estamos esperando mais uma pessoa, mas pode trazer uma porção de flores de abóbora para a mesa. São deliciosas — disse McCoy a Cate. — Recheadas com queijo de cabra.

— Deus me livre de coisa vegetariana — disse Jenny. — Traga um pão, pelo menos.

— Já volto.

Ela lançou um olhar amargurado para Cate.

— Você é dessas que come tofu?

— Não se me avisarem antes. Quero agradecer, sr. McCoy...

— Steve.

— Quero agradecer aos dois por pensarem em mim para interpretar Olive. Ela é uma personagem maravilhosa.

— Você vai precisar ter aulas de voz. — Jenny pegou um pãozinho minúsculo de fermentação natural assim que a cesta foi posicionada na mesa. — O sotaque não pode ser tão pesado a ponto de ser difícil de entender, e é essencial para a personagem, parte do conflito e do choque de culturas. Ele precisa ser exato.

Cate assentiu, tomou um gole de água. E colocou um toque da Geórgia na sua voz.

— Eu adoraria ter aulas de voz se eu conseguir o papel. O sotaque, a forma como Olive fala e o ritmo fazem parte do motivo para ela se sentir isolada no começo. Ou pelo menos foi isso que entendi.

Jenny partiu o pãozinho no meio, colocou metade na boca.

— Certo, gostei. Droga. Do que eu vou reclamar agora?

— Você vai encontrar alguma coisa. Joel chegou.

— Desculpem, acabei me enrolando, como sempre.

Joel Mitchell, gordo e baixinho, deu um beijo no topo da cabeça de Cate como um tio. Então sentou, exibindo sua blusa de botão tão vermelha quanto as sandálias da cliente.

Seus dois montes idênticos de cabelo branco eram divididos por um largo trecho de couro cabeludo rosado, os olhos eram cobertos por óculos escuros de lentes grossas, e sua reputação era a de exigir o impossível para os clientes.

— Então. — Ele tomou um gole de água. — Ela não é tudo que dizem e mais um pouco? Caramba, menina, você está a cara da Livvy.

— Meu avô me disse isso outro dia.

— Estou ficando velho. Que tal pedirmos comida de verdade? Já vi que Steve inventou de comer a abóbora de novo. O hambúrguer daqui é uma delícia. É hambúrguer de verdade. Vamos pedir os cardápios, e depois tratamos dos negócios.

McCoy gesticulou para o garçom.

Cate viu quando a mão dele paralisou no ar, seus olhos se arregalaram.

Antes de conseguir se virar, de ver a causa do olhar de choque, ela ouviu seu nome.

— Caitlyn! Ah, meu Deus, minha menina!

As mãos estavam nela, puxando-a para fora da cadeira, para um abraço sufocante. Cate reconheceu a voz, reconheceu o cheiro.

E se debateu.

— Veja como você cresceu! Está tão linda. — Lábios passavam por seu rosto, por seu cabelo, enquanto Charlotte chorava. — Ah, minha querida, me perdoe, me perdoe.

— Me solte! Saia daqui! Tirem ela de cima de mim!

O ar ficou preso em seus pulmões, o peso acertou seu peito como pedras. Os braços ao seu redor se tornaram prensas, apertando-a, apertando-a como se quisessem acabar com seu fôlego, sua identidade, seu propósito.

Segundos, Cate levou apenas segundos para voltar a um quarto trancado com janelas pregadas.

Lutando para respirar, ela deu um empurrão, se libertou.

E viu Charlotte, olhos a lacrimejar, os lábios trêmulos, levar uma mão à bochecha como se tivesse levado um tapa.

— Eu mereci isso. Sei que mereci. Mas estou implorando. — A mulher caiu de joelhos, pressionou as mãos como se rezasse. — Você precisa me perdoar.

— Saia de perto dela.

Joel, já de pé, deu um passo à frente.

Em meio ao caos da choradeira, dos gritos e do burburinho, Cate saiu correndo.

Ela correu da mesma forma como naquela noite na floresta, para longe, simplesmente para longe. Para qualquer outro lugar. Nos sinais de trânsito, ela seguia em disparada, cega para os carros que passavam, surda para as buzinas estridentes, os pneus derrapando.

Para longe, simplesmente para longe, a presa fugindo do caçador.

Com os ouvidos zumbindo, o coração em frangalhos, Cate correu até suas pernas cederem.

Trêmula, encharcada de suor do pânico, ela se encostou na parede de um edifício. Devagar, a nuvem vermelha sobre seus olhos se dissipou, os sons além dos gritos em sua cabeça ficaram claros.

Carros, o reflexo do sol nas latarias, o rádio de alguém tocando hip-hop alto, o estalo de saltos altos contra a calçada quando uma mulher saiu de uma loja carregando duas sacolas de compras.

Cate percebeu que estava perdida. Como na floresta, mas tudo ali era quente demais, brilhante demais. Sem o som do mar, apenas o *vruum* constante do trânsito.

E deixara a bolsa para trás — o celular. Não tinha nada.

Tinha apenas a si mesma, lembrou ela, e fechou os olhos por um instante. Retomando a compostura, a garota moveu as pernas que quase não conseguia sentir até a porta da loja.

Dentro do espaço fresco, perfumado, viu duas mulheres — uma jovem, magra como um palito, vestindo rosa-choque, e outra mais velha, esbelta em suas calças capri, com uma camisa muito branca.

A mais jovem se virou, franziu a testa ao passar os olhos por Cate.

— Com licença, já volto. — A antipatia, com uma dose de repulsa, emanava dela enquanto se aproximava. — Se você estiver procurando um banheiro, vá ao Starbucks.

— Eu... eu preciso ligar para uma pessoa. Posso usar seu celular?

— Não. Vá embora. Estou atendendo uma cliente.

— Perdi minha bolsa, meu celular. Eu...

— Vá embora. Agora.

— Qual é o seu problema? — A mulher mais velha se aproximou, afastou a mais nova. — Vá buscar um copo de água para a menina. O que houve, querida?

— Sra. Langston...

A mulher mais velha virou a cabeça, fitando a outra com raiva.

— Eu mandei você buscar um copo de água. — Passando um braço em torno de Cate, ela a guiou até uma cadeira. — Sente-se aqui, recupere o fôlego.

Outra mulher saiu dos fundos da loja, parou diante da cena, depois veio correndo.

— O que houve?

— Essa menina precisa de ajuda, Randi. Pedi àquela vendedora desalmada e antipática que você contratou para buscar água.

— Já volto.

A sra. Langston pegou a mão de Cate, apertou-a de leve.

— Quer chamar a polícia?

— Não, não, deixei minha bolsa cair... meu celular.

— Tudo bem, pode usar o meu. Como você se chama?

— Cate. Caitlyn Sullivan.

— Meu nome é Gloria — começou ela enquanto revirava uma bolsa enorme da Prada em busca do celular. Então seus olhos se estreitaram enquanto encarava Cate. — Você é a filha de Aidan Sullivan?

— Sou.

— Meu marido foi diretor dele em *Abrindo exceções*. Hollywood é um mundo pequeno e familiar, não acha? Randi já está vindo com a sua água. E aqui está o meu celular.

A terceira mulher — com idade entre as outras duas — entregou um copo alto e fino para Cate.

— Obrigada. Eu... — Ela encarou o aparelho, tentando se lembrar do número de Jasper. Fez uma tentativa, fechou os olhos de alívio ao escutar a voz do motorista. — Jasper, aqui é Cate.

— Ah, senhorita, graças a Deus! O sr. Mitchell acabou de me avisar. Eu estava prestes a ligar para o seu pai.

— Não, por favor, não faça isso. Pode vir me buscar? Eu... — Cate olhou para Gloria. — Não sei direito onde estou.

— Na Unique Boutique — disse Randi, e lhe passou um endereço na Rodeo Drive.

— Anotado, senhorita. Já estou indo. Me espere aí.

— Tudo bem, obrigada. — Ela devolveu o telefone para Gloria. — Muito obrigada, de verdade.

— Disponha. — Gloria virou a cabeça, lançou um olhar demorado e emburrado para os fundos da loja. — Isso se chama ter empatia.

Capítulo onze

♦ ♦ ♦ ♦

Os CANAIS da TV aberta e a cabo transmitiram o vídeo, gravado pelo celular de alguém. As fotos do abraço forçado, de Charlotte implorando, ajoelhada, ou com uma mão no rosto, como se tivesse levado um tapa de Cate, inundaram a internet, os jornais.

Enojado, Hugh fechou com força o tabloide com sua manchete escandalosa.

MÃE ARREPENDIDA
FILHA RANCOROSA
O sofrimento de Charlotte Dupont

— Ela armou tudo. Alguém avisou onde Cate estaria, e quando eu descobrir quem foi... — Ele se interrompeu, cerrando os punhos.

— Você vai ter que entrar na fila — disse Lily, que andava de um lado para o outro no escritório, enquanto Aidan permanecia parado diante das portas do jardim, olhando para fora.

— Mesmo depois de tudo que Charlotte fez — disse ele, baixinho —, nós a subestimamos. Faz dias que ela foi solta, dias, e já tentou usar Cate para aparecer na mídia. As fotos, ela devia ter o contato de algum paparazzo. O circo já estava armado antecipadamente.

— Vamos pedir uma ordem judicial para ela não se aproximar de Cate. Essa é a prioridade agora — disse Hugh. — É algo que podemos fazer, e, se ela tentar chegar perto da filha de novo, vai voltar para a cadeia.

— Nós todos estamos envolvidos demais nos nossos projetos para largar tudo agora. Mas, assim que minhas filmagens acabarem, vou levar Cate de volta para a Irlanda. A gente devia ter continuado lá.

— Posso levá-la para Big Sur agora — sugeriu Hugh. — Seria fácil vir para cá quando eu precisar trabalhar na pós-produção.

— Não. — Cate apareceu na porta. — Nada de Big Sur, nada de Irlanda, nada de lugar nenhum. — Ela balançou a cabeça quando Hugh cobriu o tabloide com um roteiro. — Eu já vi, vovô. Vocês, todos vocês, não podem me proteger para sempre.

— Quer apostar? — perguntou Lily.

Cate se aproximou dela, apertou sua mão.

— Sei que piorei a situação. Piorei, sim — insistiu Cate antes que os três protestassem. — Eu devia ter encarado ela. Se acontecer de novo, é isso que vou fazer.

— Não vai acontecer de novo. A ordem judicial é inegociável — avisou Hugh.

— Tudo bem. Mas vou torcer para ela violar a ordem e voltar para a prisão. Não posso deixar que me transforme em uma covarde, que nem aconteceu no restaurante. Se é isso que ela quer, essa publicidade de merda, paciência. Sei que vamos ter outra leva de jornalistas babacas insistindo para ouvir minha versão, minha declaração.

— Você não vai falar com a imprensa sobre isso. — Aidan se aproximou da filha, segurou seus ombros.

— Não, não vou. Não quero dar esse gostinho a ela. Todo mundo aqui, cada um de vocês, me deu o que eu precisava para escapar daquele quarto tantos anos atrás. E cada um de vocês me deu o que eu preciso para seguir em frente agora. Falei a Joel para aceitar a proposta. Vou fazer o filme.

— Cate. — Com delicadeza agora, Aidan passou uma mão pelo cabelo dela. — Acho que você não entende tudo a que vai se expor. Mesmo com a segurança, mesmo que o estúdio aceite que o set seja fechado, vão surgir mais matérias, mais fotos.

— Se eu não aceitar, vão surgir mais matérias, mais fotos, porque todo mundo já sabe que eu estava no meio de uma reunião sobre o filme quando ela apareceu. Se eu abrir mão disso, ela ganha. — Depois de levar uma mão até o coração do pai, Cate ergueu os braços. — Vocês todos podem me dizer que eu não tenho nada do que me envergonhar, mas estou envergonhada. Preciso fazer isso por mim, para provar que consigo, não importa o que ela faça. Não se trata mais de um filme, de um projeto ou de um papel. Mas de como me sinto em relação a mim mesma. E quer saber? Neste momento estou me sentindo pequena.

Aidan a puxou para perto, apoiou a bochecha no topo de sua cabeça.

— Não vou te impedir. Mas precisamos pensar nas precauções que podemos tomar.

— Esse tipo de publicidade atrai um monte de gente doida — explicou Lily. — É admirável você querer tomar as rédeas da sua vida, e fico mesmo orgulhosa. Mas vamos te proteger.

— Posso manter a guarda-costas, vou usar o carro e o motorista. Não vou sair sozinha. Por enquanto, é só casa e estúdio.

— Agora estou possessa de novo. — Com o rosto pétreo de raiva, Lily desabou sobre uma poltrona. — A menina tem quase dezoito anos, Hugh, pelo amor de Deus. A gente devia estar preocupado com o cretino por quem ela acha que está apaixonada ou com as boates aonde ela vai escondida.

— Espero fazer tudo isso ainda. — Cate se forçou a abrir um sorriso. — Talvez com um pequeno atraso.

Enquanto Cate estava focada na pré-produção do filme, Charlotte estava prestes a ir ao ar.

Meu Deus, como tinha sentido falta das câmeras, de ser o centro das atenções. Não fazia diferença se sentia um clima de censura ou de fascínio enquanto faziam seu cabelo e sua maquiagem antes de uma entrevista em um *talk show*.

Ela estava no ar!

E sabia como interpretar aquele papel. Afinal de contas, tivera sete anos para se preparar. Remorso por seus atos, tristeza por tudo que perdera, a esperança efêmera, frágil, de conseguir uma segunda chance.

Além de um comentário discreto que colocava a culpa de tudo em Denby e Grant.

Os dois mentiram e a aterrorizaram, até que a convenceram a fazer algo terrível.

Antes da entrevista — para uma revista de fofocas de quinta, mas seria matéria de capa —, ela analisou seu guarda-roupa.

Precisava de roupas novas, do figurino de uma estrela, porém, no momento, era melhor permanecer simples. Não sem graça, pensou Charlotte, fazendo cara feia para as parcas opções no pequeno armário da casa de merda que alugava. Ela seria incapaz de parecer sem graça, mas roupas simples, elegantes e discretas teriam que bastar por enquanto.

Daí... a legging preta — tinha malhado feito uma doida na prisão para manter a forma — e a bata azul-clara com decote redondo.

Nada de cores fortes.

Separando sua escolha, ela se sentou à escrivaninha — a casa de merda viera mobiliada — que usava como penteadeira, ligou as luzes do espelho, que fora um bom investimento.

Ela precisava de um bronzeado, mas sua palidez lhe seria útil por enquanto. Assim que tivesse algumas semanas livres, faria alguns tratamentos. Nada drástico, mas não aguentava mais aquelas rugas.

Assim como no espelho, Charlotte tinha investido em bons produtos de cuidados com a pele e em maquiagem de qualidade. Ser muquirana não compensaria. E tinha juntado um dinheiro maquiando as outras detentas nos dias de visita.

Ela passou uma hora deixando o rosto perfeito. O visual natural, que não parecia maquiado, exigia habilidade.

Enquanto se vestia, ensaiou suas falas — e fez planos. Aquela onda atual de entrevistas e aparições na televisão não duraria. Ela teria que aceitar alguma das propostas que tinha recebido. As opções não eram das melhores — dois filmes que não estreariam no cinema e um terceiro em um filme de terror trash, interpretando uma lunática que era destroçada na primeira cena.

Que palhaçada.

Mas podia dar um jeito de fazer os outros dois filmes ao mesmo tempo, retomar o trabalho. E isso atrairia mais atenção da imprensa.

Ela faria contatos. Se conseguisse encontrar um homem para financiar sua carreira — e tirá-la daquela casa de merda —, aí, sim, voltaria com tudo.

Um velho rico, pensou Charlotte. A única coisa que precisaria fazer? Se enlouquecesse o sujeito na cama, poderia viver como uma rainha.

Desta vez, não teria que engravidar para forçar um casamento — já era tarde demais para isso, mesmo que tivesse estômago para ter outro filho. Mas sexo, junto com doses generosas de bajulação, devoção, e quaisquer outras baboseiras que dessem certo, resolveria o problema.

Ela encontraria um homem, alguém certo agora, sem todos aqueles laços familiares pegajosos e interferências.

Porém, enquanto isso...

Passando uma amostra de perfume nos pulsos e no pescoço, Charlotte pensou em Cate.

Talvez nunca tivesse desejado a filha, talvez apenas a visse como uma forma de conseguir o que queria — mas tinha criado aquela garota egoísta e ingrata como uma princesa.

Roupas lindas, pensou Charlotte enquanto entrava na sala de estar minúscula com o sofá azul-marinho feio, as luminárias horrorosas. As melhores roupas, uma ama de leite profissional. Uma babá — aquela filha da puta da Nina. Ela não tinha contratado um designer famoso para decorar o quarto da menina? Comprado os brincos de diamante mais fofos quando furou as orelhas da pirralha?

Tinha cometido um erro — que não era nem culpa sua, na verdade —, mas um erro, e os Sullivan queriam transformá-la em um monstro por isso.

Charlotte olhou para a parede bege, para os móveis de segunda mão, para a vista da rua, que ficava a alguns passos da porta da frente.

Seus olhos marejaram de lágrimas de tanta pena de si mesma. Por anos, tinha acreditado de verdade que nada poderia ser tão ruim quanto o presídio — o som das celas se fechando, o fedor de suor e coisas piores, o trabalho maçante, a comida nojenta.

A solidão extrema.

Mas o que tinha ali era tão melhor assim?

Cate passou algumas horas — só horas — em um quarto, e, por causa disso, Charlotte ficou confinada a uma cela por sete anos, e sabe-se lá quanto tempo mais ficaria presa naquela casa.

Não era justo, não era certo.

Ela sentiu que estava afundando na depressão, mas ouviu a batida à porta. Então piscou para afastar as lágrimas, exibiu a expressão corajosa, porém triste que tinha aperfeiçoado.

E acertou em cheio na cena seguinte.

No SEU trailer, Cate serviu dois copos de água com gás.

— Que bom que você veio, Darlie.

— Eu tinha uma reunião e resolvi dar um pulo aqui. Como vão as coisas?

Cate, vestindo um casaco cor-de-rosa felpudo para sua próxima cena, sentou com a amiga à mesa.

— Está tudo bem. Steve, ele... bem, ele é um diretor maravilhoso. Consegue mesmo tirar o melhor de você. Os dois que estão interpretando meus irmãos são ótimos, principalmente o mais novo. Muito engraçados. Além do mais, tenho minha própria melhor amiga esquisita dessa vez, e ela me faz rir o tempo todo.

— Excelente. — Darlie tomou um gole de água. — Agora. Como vão as coisas, Cate?

— Ah, merda. — Desmoronando sobre a cadeira, a menina fechou os olhos por um instante. — O papel é bom, e acho que estou fazendo um bom trabalho. Mas minha mãe tirou a graça de tudo, Darlie. Não consigo me sentir bem trabalhando. Ela continua dando entrevistas. Vai participar de um filme que não vai nem ser lançado no cinema. Sei que é como você me disse, que faz parte do trabalho, mas não posso sair de casa. Tiraram fotos minhas sentada na piscina dos meus avós com lentes objetivas.

— Você estava pelada?

— Rá, rá.

Darlie lhe deu um tapinha.

— Viu, sempre pode ser pior.

— Pode mesmo. Nós precisávamos filmar umas cenas externas, e alguém vazou a informação. Então os paparazzi apareceram aos montes, tirando fotos, gritando perguntas, porque cometi o erro de achar que podia almoçar em uma pizzaria com meus irmãos do filme. Só para fazer alguma coisa. Mas a pior parte? Um deles assediou a cozinheira do meu avô, a mulher mais fofa do mundo, no mercado. O cara a ameaçou, Darlie, disse que daria parte dela na imigração se não falasse de mim. Consuela é uma cidadã legítima dos Estados Unidos, mas ficou com medo.

— Ok, isso é uma merda. Essas coisas não fazem parte do trabalho. Não mesmo.

— Talvez não, mas não posso impedir que aconteçam enquanto estou nesse ramo.

— Não desista, Cate. Você é boa, acredite.

— Ânimo — disse Cate, e balançou os dedos das duas mãos. — Só que não.

— Que droga. Precisamos de açúcar.

O choque fez as sobrancelhas de Cate desaparecerem sob sua franja.

— Você? Açúcar?

— Comida para momentos de crise. — Após dizer isso, Darlie começou a revirar a bolsa. — Meu estoque de emergência.

Cate encarou o saco que a amiga pegava, abria.

— Sua comida de emergência é Reese's?

— Não me julgue. — Após colocar um chocolate na boca, Darlie ofereceu o saco para Cate. — O que você vai fazer?

— Ainda não sei. — Porém, passar um tempo comendo chocolate com a amiga, usando deliberadamente um casaco infantil, curiosamente fez com que se sentisse melhor. — Vou terminar o que comecei e fazer o melhor trabalho possível. Depois, não faço ideia. Não posso me abrir com minha família sobre isso, não agora. Eles passam o tempo todo preocupados, o que já é difícil por si só.

— Foda-se isso tudo. Não a sua família. O restante.

— Estou com pena de mim mesma — admitiu Cate. — *Com certeza talvez* vai estrear logo. Não pude dar entrevistas. Não posso ir ao lançamento, não sem estressar minha família inteira. E me estressar.

— Não vale a pena.

— Não, não vale. — Cate colocou um cotovelo sobre a mesa, apoiou o queixo no punho fechado. — Não beijo ninguém desde que saí da Irlanda.

— Eita.

Afundada na tristeza, Cate pegou um punhado de bombons.

— Vou morrer virgem.

— Não vai, não. Não com esse rosto, essas pernas e esse seu otimismo irritante.

Cate deixou escapar uma risadinha, então deu uma mordida no chocolate.

— Mas você está na seca e não deveria, mesmo com esses peitinhos.

— Pois é. — Cate se viu sorrindo de verdade. — Eu estava com saudade de você.

— Eu também.

— Agora chega de falar sobre mim. Conte o que está acontecendo na sua vida e me deixe com inveja.

Cate olhou para a porta quando escutou alguém bater.

— É sua hora no set, srta. Sullivan.

— Desculpa, droga. Passei esse tempo todo chorando no seu ombro.

— Vai secar. Olhe, vou te mandar uma mensagem depois para a gente combinar de se encontrar. Posso ir à sua casa.

— Seria ótimo. De verdade.

Enquanto as duas saíam do trailer, Darlie passou um braço em torno da cintura de Cate, que repetiu o gesto.

— Eu ficaria para ver você trabalhando, mas preciso ir. Tenho um encontro hoje, e o cara é gato.

— Escrota.

Dando uma risada, Darlie seguiu para o outro lado.

Em vinte e quatro horas, um tabloide publicava uma foto granulada do abraço afetuoso entre as duas meninas com a manchete:

SERIAM AS NAMORADINHAS DE HOLLYWOOD NAMORADAS DE VERDADE?
O romance secreto de Darlie e Cate

Dentro da matéria especulativa, que sugeria que a amizade entre as duas atrizes se tornara algo mais durante as filmagens de *Com certeza talvez*, Charlotte dava uma declaração.

> "Apoio minha filha, não importa seu estilo de vida ou sua orientação sexual. Ninguém manda no coração. E o meu só quer a felicidade de Caitlyn."

Cate engoliu aquele sapo; que opção tinha? Mas ficou incomodada de um jeito que não conseguia explicar.

E, quando estragou cinco tomadas seguidas de uma cena importante, se atrapalhando com suas falas, sentiu algo explodir dentro de si.

— Desculpem. — As lágrimas foram abrindo caminho, sua garganta começando a dar um nó. — Eu só preciso...

— Faremos um intervalo para o almoço — anunciou McCoy. — Cate, vamos conversar um pouco.

Ela prometeu a si mesma que não choraria. Não podia, não ia chorar e se tornar uma daquelas atrizes emotivas demais, sensíveis demais, incapazes de lidar com uma bronca.

— Desculpe — repetiu Cate enquanto o diretor se aproximava do cenário da cozinha, que rapidamente se esvaziava.

O set parecia refletir o interior dela, um caos completo. E esse era mesmo o clima da droga da cena que não conseguia fazer direito.

— Sente-se.

McCoy apontou para o chão e se abaixou também, sentando de pernas cruzadas.

Confusa, Cate hesitou, mas então se acomodou ao seu lado.

— Decorei as falas — começou ela. — Decorei a cena. Não sei qual é o meu problema.

— Eu sei. Sua cabeça está em outro lugar, e precisa estar aqui. Seu foco é outro, Cate. Não são só as falas, você não está me dando a emoção, a frustração, a raiva acumulada que leva à explosão. Está fazendo as coisas no automático.

— Vou melhorar.

— E precisa mesmo. Seja lá o que estiver te incomodando, esqueça. E, se estiver chateada com aquelas baboseiras dos tabloides, tem que aprender a aguentar a pressão.

— Estou tentando! Quando ela fala de mim para a *Hollywood Confessions*, preciso aguentar a pressão. Quando ela fala de mim no *Joey Rivers*, aguente a pressão, Cate. A *Celeb Secrets Magazine* faz uma matéria de capa sobre o falatório dela? Ignore, Cate, só aguente a porra da pressão. E nunca acaba. — Ela se levantou, jogou os braços para cima. Meu Deus, queria arremessar alguma coisa, quebrar alguma coisa. Quebrar tudo. — E agora isso, depois de semanas sendo perseguida, justamente isso? Não posso nem ter uma amiga? Alguém com quem eu possa conversar sem virar fofoca? E se eu fosse lésbica, ou se Darlie fosse, e a gente não estivesse pronta para assumir? Como isso afetaria alguém que ainda estivesse tentando descobrir quem é? Sei que esse tipo de merda acontece, está bem? Aguentar a barra? Porra! Eu vivo presa na casa do meu avô e neste set. Não tenho vida. Não posso sair para comer uma pizza, ou fazer compras, ou ir a um show, ou à droga do cinema. Eles não me deixam em paz. Ela faz questão disso. Porque ainda sou a porra do seu passaporte para o sucesso. Nunca fui nada além disso para a minha mãe.

Cate parou com os punhos cerrados, lágrimas de raiva ainda escorrendo, a respiração pesada.

Ainda fitando o rosto dela, McCoy concordou com a cabeça.

— Duas coisas. A primeira como ser humano, como pai, como amigo. Tudo que você disse é verdade. E é um direito seu ficar enojada, cansada, de saco cheio. O que está acontecendo não é justo, não é certo e não é decente. — Ele bateu no chão, esperou até Cate, com óbvia relutância, sentar de novo. — Nós não conversamos sobre Charlotte Dupont. Talvez isso tenha sido um erro da minha parte, então quero deixar algumas coisas claras agora. Ela é desprezível. De todas as formas, em todos os níveis, sob todos os pontos de vista, e sinto muito por tudo que aconteceu e que está acontecendo. Você não merece isso.

— Nem tudo que acontece na vida é porque a gente merece. Aprendi isso bem cedo.

— Foi uma boa lição — concordou McCoy. — Mas espero que aquela mulher receba o que merece. Minha preocupação maior agora é como alguém conseguiu aquela foto, não com o conteúdo dela. Quero que saiba que vou ter uma conversa séria com a equipe de segurança.

— Tudo bem. Tudo bem. Eu não devia ter descontado tudo em você. A culpa não é sua.

— Calma. A segunda coisa, agora falando como seu diretor. Use essas emoções, a frustração, a raiva, a vontade de mandar tudo se foder. É isso que quero ver. Vá comer alguma coisa, arrume sua maquiagem e volte para me dar isso. Vingue-se dela. Vingue-se de todos esses idiotas, e me entregue isso.

Cate deu o que ele pedia, se manteve focada na personagem, aguentou a pressão. E, durante as próximas semanas de filmagens, tomou uma decisão.

ELA ESPEROU. Atores sabiam o valor do momento certo. Além do mais, o Natal se aproximava, e, naquele ano, isso significava voltar ao rancho de Big Sur, para uma grande festa do clã Sullivan.

Cate vinha evitando com facilidade retornar ao rancho com o trabalho, os estudos, a necessidade da família de protegê-la na Irlanda, depois em Los Angeles.

Porém, naquele ano, as agendas se encaixaram, e a alegria palpável do avô com a ideia de reunir a família toda ganhou tanta força que ela não teve coragem nem vontade de estragar os planos.

Cate nunca contou a ninguém além de sua terapeuta que todos os pesadelos que tinha começavam naquela casa, com o mar revolto, as montanhas ameaçadoras.

Porém, se o objetivo era superar suas limitações, precisava encarar aquilo.

Assim como tinha encarado o desafio de aprender a dirigir do lado direito da rua — no geral, praticando nos sets fechados — e desbravar o mundo além dos portões de casa para fazer compras de Natal. Sim, ela avisou aos fotógrafos que estaria em outro lugar, usou um disfarce e foi acompanhada pela guarda-costas, mas conseguiu sair de casa.

De qualquer forma, o Natal em Big Sur seria mais festivo e menos estranho do que em Los Angeles, com os ventos de Santa Ana soprando calor e ar seco. Papais Noéis suados em shoppings abertos, árvores de mentira salpicadas com neve de mentira e pessoas que iam às compras vestindo tops não transmitiam um clima lá muito natalino.

No ano seguinte seria diferente, prometeu Cate a si mesma.

Mas naquele momento fez as malas e estampou uma expressão alegre e radiante no rosto. E a manteve enquanto colocava o cinto para o voo rápido.

— Vamos chegar primeiro. — Lily leu o cronograma que a assistente pessoal mandou para seu celular. — Então vamos ter tempo para respirar um pouco antes da invasão.

Alegre e radiante eram adjetivos perfeitos para a expressão de Lily, pensou Cate.

— Você está louca para ver Josh e Miranda, as crianças. Sei que sente saudade deles. — O momento certo, pensou ela, e a deixa perfeita. — E vai passar mais tempo com Miranda e as crianças quando estiver em Nova York. Um ano inteiro.

— Um ano se a peça não for um fracasso. — Lily ajeitou sua echarpe amarrada de forma artística. — Se eu não for um fracasso.

— Até parece. Vai ser maravilhoso. Você vai ser maravilhosíssima.

— Meu docinho de coco. Eu começo a suar frio sempre que penso nesse assunto.

— Minha vóvis Lil nunca é um fracasso.

— Existe uma primeira vez para tudo na vida — murmurou Lily, e pegou sua garrafa de Perrier. — Faz anos desde a última vez que atuei numa peça, que dirá na Broadway. Mas por *Mame*? Sou louca o suficiente para topar. Ainda tenho seis semanas antes de os ensaios começarem em Nova York, então dá tempo de afinar o gogó e ensaiar uns passinhos.

Antes que Cate conseguisse dar o bote, Hugh se inclinou do outro lado do corredor.

— Eu ouvi o gogó dela no chuveiro hoje cedo. Está afinado.

— O chuveiro não é a Broadway, meu camarada.

— A plateia vai comer na palma da sua mão. Afinal... A vida é um banquete.

Lily soltou sua gargalhada alta.

— E a maioria dos desgraçados está morrendo de fome. Ah, por falar em banquetes, Mo me mandou uma mensagem hoje de manhã para avisar que Chelsea resolveu virar vegana. Temos que ver que raios vamos arrumar para essa menina comer.

Como tinha perdido a oportunidade, Cate voltou a esperar pelo momento certo.

Apesar de sua garganta ter ficado seca no caminho entre o aeroporto e a casa, ela sabia disfarçar. Usou o celular como escudo, fingindo ler e mandar mensagens. A forma perfeita de fugir de conversas ou de não precisar olhar para o mar enquanto seguiam pela estrada serpenteante.

Como um segundo carro levava as malas — e a montanha de presentes —, podia e ia se ocupar com a arrumação de suas coisas assim que chegassem.

Seu estômago se revirou quando fizeram a curva para entrar na península. Cate tocou a pulseira de hematita que Darlie lhe dera de Natal. Uma pedra de aterramento para ajudar com a ansiedade, de acordo com ela.

Na pior das hipóteses, o presente fazia com que Cate se sentisse mais próxima da amiga e a ajudou a manter a calma quando o carro parou diante do portão.

Tudo parecia igual — é claro que parecia igual —, a bela e incomparável casa de múltiplos andares no topo da colina, as paredes e os arcos pintados em cores claras iluminados pelo sol, o telhado vermelho. Tudo em vidro, com vista aberta para a extensão ascendente de gramado verde, as portas enormes sob o pórtico de entrada.

Árvores de Natal as flanqueavam, saindo de vasos vermelhos. Havia outras nas varandas, alinhadas como soldados ao longo da ponte. Mais algumas cintilavam por trás das janelas generosas.

O sol brilhava no céu azul-claro de inverno, dominando a casa, as árvores, alcançando as montanhas cobertas de neve, as sombras e o branco unindo-se em centelhas.

Cate queria, meu Deus, como queria, não conseguir visualizar — com tanta clareza — a menina que fora, tão pequena e ingênua, caminhando com a mãe por aquele gramado íngreme em uma manhã fria de inverno.

O avô se inclinou na sua direção, lhe deu um beijo na bochecha e aproveitou o momento para murmurar em sua orelha:

— Não deixe que ela entre aqui. Charlotte não merece este lugar. Nunca mereceu.

Determinada, Cate guardou o celular. Então falou com clareza, sem tirar os olhos da casa.

— Quando minha mãe me acordou naquele dia, quando me levou para passear, foi a última vez que acreditei que ela me amava. Mesmo aos dez anos, era raro me sentir assim. Mas, naquela manhã, acreditei. Eu sempre soube que vocês três me amavam. Nunca precisei acreditar nisso, porque sabia.

Cate abriu sua porta assim que o carro parou, saiu rápido. O vento acertou seu rosto — uma ventania forte. O gosto era azul, como o mar. Frio, azul, familiar.

Ela nunca tinha apreciado — que criança faria uma coisa dessas? — a façanha da engenharia por trás do projeto da casa, a forma como a construção se sobressaía da colina, seus andares, o telhado e seus ângulos tão naturais e elegantes.

— Contei pelo menos duas dúzias de árvores de Natal.

— Ah, temos mais. — Lily jogou o cabelo para trás. — Pedi uma para cada cômodo. Algumas são pequenininhas, outras são gigantes. Eu me diverti à beça planejando tudo. — Ela ofereceu uma mão. — Pronta para entrar?

— Pronta.

Cate segurou a mão de Lily e seguiu para dentro da casa.

ELA CHEGOU à conclusão de que os avós tinham contratado um exército de duendes para enfeitar tudo, desde a árvore gigantesca na sala principal ao trio de miniaturas no peitoril da janela diante da mesa de café da manhã. A casa cheirava a pinhos e cranberry, e parecia um cartão de Natal.

Na sala da família, uma segunda árvore — uma árvore mais pessoal, percebeu Cate — abrigava meias vermelhas. Ela sorriu para a que tinha seu nome bordado na barra branca.

— Depois que Josh casou de novo e começou uma segunda família, e com bebês nascendo a torto e a direito, somos tantos que não há mais espaço para pendurar as meias na lareira. — Com as mãos no quadril, Lily analisou o cômodo. — Hugh teve a ideia de montarmos a árvore da família. Gostei. Ficou bom.

Assim como Lily, Cate analisou a sala com os festões verdejantes, as cerejas gordas, pinhos pintados de dourado, torres de velas, pirâmides de copos-de-leite.

— Só um Natal comum na família Sullivan.

Lily soltou sua gargalhada estrondosa.

— Você ainda não viu nada. Quero verificar alguns detalhes. Suba, meu anjo, vá desfazer sua mala. Nós vamos ficar na suíte de Rosemary agora. E você, no nosso antigo quarto. Lembra qual é?

Não o quarto onde dormia quando era pequena, pensou Cate. Não o quarto do qual sua mãe a tirara no pior dia de sua vida.

— Claro. Vóvis Lil. — Suspirando, ela se aproximou para um abraço. — Obrigada.

— Estamos exorcizando fantasmas aqui, mas só os ruins. Esta é uma casa boa, cheia de amor e luz.

Exorcizando fantasmas, pensou Cate enquanto subia. Bem, como esse também era seu plano, entraria no clima natalino de Lily.

Em casa por causa das férias de inverno da faculdade, tinha sido fácil para Dillon voltar à rotina do rancho. Seus cachorros, loucos de alegria, o seguiam por todo canto enquanto ele enchia tinas, preparava o feno.

Ou, às vezes, quando parava para observar os campos que davam no mar.

Tudo que ele amava estava ali.

Não que a faculdade fosse ruim. Academicamente falando, estava tudo bem, pensou o rapaz, ouvindo as galinhas cacarejando loucamente enquanto sua mãe jogava a ração delas. Ele até entendia por que as coisas que aprendia — pelo menos algumas — o tornariam um fazendeiro melhor.

E também gostava dos colegas de alojamento. Apesar de, às vezes, a fumaça de maconha ser tão densa que o deixava chapado só por respirar. Ele gostava das festas, da música, das conversas demoradas e sem pé nem cabeça incentivadas por cerveja e baseados.

E as garotas — uma garota específica agora.

Porém, sempre que voltava para casa, tudo aquilo parecia um sonho estranho, que confundia sua realidade.

Não conseguia imaginar Imogene ali, colhendo ovos, preparando pão para a cooperativa, fazendo as contas da casa com ele ou até parada ao seu lado, daquele jeito, observando os campos que terminavam no mar.

Isso não o impedia de imaginá-la pelada. Mas precisava admitir que não sentia tanta falta da namorada quanto achava que sentiria.

— Estou ocupado demais, só isso — disse Dillon aos cachorros que o fitavam com olhos cheios de amor.

Ele pegou a bola que tinham jogado aos seus pés e a arremessou com força.

Ele observou os dois saírem correndo, esbarrando um no outro como jogadores de futebol americano no meio de uma partida.

Imogene adorava cães. Ela tinha fotos de sua cadela, Chique, uma lulu-da-pomerânia ruiva e felpuda, no celular. E, na verdade, pretendia voltar das férias de inverno com Chique a tiracolo, porque moraria com duas outras meninas em uma casa fora do campus.

Ela também andava a cavalo parecendo uma aristocrata. Chique como sua cadela, e era muito boa.

Dillon não conseguiria ficar com uma garota que não gostasse de cães e cavalos, não importava o quanto gostasse de vê-la pelada.

E imaginava que isso aconteceria com uma frequência bem maior quando Imogene tivesse seu próprio quarto na casa com as outras meninas.

Ele jogou a bola mais algumas vezes, depois seguiu para os estábulos.

Levou os cavalos para o pasto ou para o padoque, e então dedicou mais tempo a Cometa.

— Tudo bem, menina? Como vai minha menina favorita?

Quando a égua aproximou o rosto de seu ombro, ele apoiou a bochecha na dela. Só mais dois anos e meio até poder voltar para casa, pensou.

Dillon tirou uma maçã do bolso de trás, cortou-a em quatro com o canivete.

— Não conte aos outros — avisou enquanto dava a metade para Cometa.

Ele comeu um pedaço antes de dar o último para ela e sair.

Então pegou um forcado e colocou a mão na massa.

Seu corpo lembrava o que fazer.

Dillon tinha crescido mais dois centímetros desde que fora para a faculdade e imaginou que chegara à sua altura máxima agora, com um metro e oitenta e cinco. Como tinha um emprego de meio expediente na escola de equitação, mantinha os músculos em forma, ganhava algum dinheiro e podia passar tempo com os cavalos.

Quando empurrou o primeiro carrinho para fora dos estábulos, já tinha entrado no ritmo, um rapaz de dezenove anos que finalmente tinha ganhado corpo, forte e esbelto em suas calças jeans e jaqueta de trabalho, as botas sujas de esterco e lama.

Uma das vacas soltou um mugido demorado, preguiçoso. Os cachorros lutavam pela bola vermelha cheia de marcas de dentes. Uma égua prenha balançou o rabo no padoque. Fumaça saía das chaminés da casa, e o som do mar soava com tanta clareza que era como se ele estivesse em um barco sobre as ondas.

Naquele momento, Dillon estava completa e absolutamente feliz.

Capítulo doze

♦ ♦ ♦ ♦

Depois do desjejum, com o aroma do bacon, do café e das panquecas ainda no ar, Dillon pensou por alto em mandar uma mensagem para seus dois amigos locais para ver se queriam fazer alguma coisa mais tarde.

Teria tempo de colocar uma sela em Cometa e levá-la para dar uma volta, talvez verificar as cercas.

As mulheres da sua vida tinham outros planos.

— Precisamos conversar.

Dillon olhou para a mãe. Ela limpava as bancadas e o fogão enquanto ele colocava os pratos no lava-louça. A avó — como privilégio de ter preparado a comida — estava sentada com outra xícara de café.

— Tudo bem. Aconteceu alguma coisa?

— Nadica de nada.

Ela deixou as coisas por isso mesmo.

Dillon sabia que a mãe tinha talento para dizer exatamente o que queria dizer e deixar você curioso sobre o restante. Não adiantava perguntar, insistir, implorar; ela só falaria quando quisesse.

Então ele terminou de encher o lava-louça.

Como já tomara café suficiente, pegou uma lata de Coca. E como parecia que teriam uma conversa séria, se aboletou na Central de Conversas.

A mesa da cozinha.

— O que houve?

Antes de sentar, Julia lhe deu um abraço por trás.

— Tento não sentir muita saudade quando você não está aqui. Nós três sentados à mesa depois da rotina de trabalho matinal, antes de sairmos para resolver o restante.

— Eu ia levar Cometa para dar uma volta. Seria bom para ela fazer exercício. Posso verificar as cercas. E quero falar com vocês sobre trocar para um sistema diagonal flutuante. Alguns dos mourões que temos estão lá desde antes de eu nascer, e, claro, seria caro mudar todos de uma vez, mas também é caro ficar consertando os que quebram. E não é um sistema tão inteligente quanto poderia ser, tanto no sentido ambiental como no prático.

— Nosso universitário.

Maggie tomou um gole de café. Ela tingira algumas mechas do cabelo para as festas de fim de ano, e exibia duas tranças — uma vermelha e outra verde — na lateral da cabeça.

— É, sou, porque minha mãe e minha avó me obrigaram.

— Gosto de universitários. Especialmente dos bonitinhos, como você.

— Podemos conversar sobre as cercas — disse Julia. — Depois que você fizer as contas e ver quanto vão custar o material e a mão de obra.

— Já estou cuidando disso.

E não pretendia tocar no assunto até saber esses valores. Só que ainda não tinha aperfeiçoado a capacidade da mãe de ficar em silêncio até estar pronto. Mas também estava cuidando disso.

— Que bom. Fiquei curiosa para saber. Enquanto isso, sua avó e eu estávamos pensando sobre seu futuro. A faculdade ainda não acabou, mas o tempo passa rápido. Você vai ter que tomar decisões importantes daqui a dois anos.

— Já tomei essa decisão, mãe. Não mudei de ideia. E nem vou mudar.

Ela se inclinou na sua direção.

— Ter, cuidar e administrar um rancho, criar animais e depender da lavoura é uma vida recompensante, Dillon. E é difícil, pesada, cansativa. A gente não insistiu que você fosse para a faculdade apenas para receber mais educação, apesar de isso ser importante. Nós queríamos que conhecesse coisas diferentes, fizesse coisas diferentes, passasse por coisas diferentes. Saísse do mundo que temos aqui e visse quais são as possibilidades.

— E tirar você de uma casa onde duas mulheres mandam em tudo.

Julia sorriu para a mãe.

— Sim, isso também. Eu sei, nós duas sabemos, que você ama o rancho. Mas não posso deixar que ele seja o único lugar que conhece. Você está tendo contato com pessoas diferentes agora, pessoas que vêm de lugares diferentes, que têm outros pontos de vista, outros planos. É uma chance de explorar possibilidades, potenciais, além do que temos aqui.

Dillon sentiu o estômago se revirar, tomou um gole lento de Coca para se acalmar.

— Você quer algo diferente? Está tentando me dizer que quer vender o rancho?

— Não. Não, meu Deus. Só não quero que meu filho, a melhor coisa que já fiz neste mundo, tenha uma vida limitada simplesmente porque não quis sair daqui.

— Estou indo bem no curso — disse ele com cuidado. — Algumas aulas são bem mais interessantes do que imaginei. E nem estou falando das matérias de agricultura e administração rural. Gosto de sair com as pessoas, de conversar sobre política e tudo que está errado no mundo. Mesmo que acabe escutando um monte de bobagens, são bobagens interessantes. Então estou conhecendo outros pontos de vista. Vejo o que os outros estão estudando, o que querem fazer da vida, e fico admirado. Hoje cedo, fiquei parado lá fora por alguns minutos. Só olhando, sentindo. Nunca vou ser tão feliz em outro lugar, fazendo outra coisa. Eu sei o que quero. Vou terminar a faculdade e pegar meu diploma só porque isso vai me tornar um bom administrador. É isso que vou fazer para alcançar meu objetivo.

Julia se recostou na cadeira.

— Seu pai adorava este rancho, e teria dedicado a vida ao trabalho. Mas não era completamente apaixonado por ele como eu sou. E como você é. Então tudo bem.

Quando ela se levantou e saiu da cozinha, Dillon franziu a testa.

— Era só isso?

— Não. — Maggie analisou o neto. — Foram palavras bonitas, meu garoto. Ela sabe, e eu também, que vieram do coração. Quando você foi para a faculdade, sua insistência em querer ficar no rancho era mais uma questão de impulso, de teimosia.

— Eu quero mais agora do que antes.

— Pois é. — Ela cutucou o ombro dele. — Porque duas mulheres obrigaram você a ir para a faculdade. — Maggie sorriu quando Julia voltou. — E agora vem sua recompensa por não ter reclamado tanto.

Julia sentou e colocou um rolo de papel sobre a mesa.

— Quando você se formar, vai ter mais de vinte anos, e um homem dessa idade não devia morar com a mãe e a avó. Ele merece um pouco de privacidade, de independência.

— E não devia ter que contar à garota que pretende levar para a cama que mora com a mãe — acrescentou Maggie.

— Então, o que, vocês estão me expulsando?

— De certa forma. Nós todos trabalhamos no rancho, moramos no rancho, mas... — Julia abriu o rolo. — A gente quebrou a cabeça pensando na melhor solução, e chegamos à conclusão de que esta é a ideal.

Dillon analisou o desenho — obviamente feito por um profissional, já que notou o carimbo de um arquiteto no canto. E reconheceu os estábulos, mas a imagem mostrava um acréscimo do outro lado.

— É uma casinha boa — explicou a mãe. — Longe o suficiente da principal para você ter privacidade, mas perto o suficiente para, bem, você vir para casa. No esboço da planta, há dois quartos, dois banheiros, uma sala, a cozinha, uma área de serviço.

— Uma casa de homem solteiro — disse Maggie, piscando.

— Janelas grandes, uma varandinha. É um rascunho, então podemos fazer mudanças.

— Adorei. É... eu nunca esperei... Vocês não precisam...

— Precisamos, sim. Você merece ter sua casa, Dillon. E fico feliz por ser aqui, fico feliz por você querer que seja aqui, mas é justo que tenha seu próprio espaço. E, quando você começar uma família, quando, em um futuro muito, muito distante, me der netos, podemos trocar. Sua avó e eu vamos para a casinha, e você vem para cá. Você quer o rancho. Sei que está falando sério. E isso é o que eu e sua avó queremos, para todos nós.

Dillon sentiu a mesma coisa que sentira parado lá fora, antes do café. Felicidade absoluta.

— Ainda vou poder tomar o café da manhã aqui?

DECIDINDO QUE aquele era o melhor Natal que já tivera na vida, Dillon saiu da casa, pretendendo selar Cometa, dar uma olhada na cerca. Mais tarde, iria à cidade para encontrar os amigos, jogar conversa fora.

Enquanto caminhava, tirou o celular do bolso, leu a mensagem que apareceu na tela. Imogene.

Droga, droga, tinha se esquecido de responder, e tentou pensar em uma boa desculpa enquanto os cachorros tentavam convencê-lo a voltar para a casa.

Estou com saudade também. Desculpe, minha mãe queria ter uma conversa em família, e só fiquei livre agora.

O que mais?, perguntou-se. Precisava pensar em outra coisa.

Deve estar fazendo calor em San Diego. Mande uma foto se estiver na piscina. Não se divirta muito sem mim.

Dillon mandou a mensagem, torceu para ser suficiente. Segundos depois, o celular apitou. Com uma *selfie* de Imogene, com seu cabelo loiro californiano, os olhos castanhos grandes e aquele... Meu Deus, aquele corpo em um biquíni bem, bem minúsculo.

Você não preferia estar aqui?

Nossa.

Desculpe, disse alguma coisa? Acho que desmaiei por um segundo. Acho que você sabe sobre quem e sobre o que vou passar o dia inteiro pensando. Depois a gente se fala, preciso trabalhar.

Dillon analisou a foto de novo, e suspirou. Imogene tinha feito beicinho de propósito, porque sabia que o deixaria maluco.

Mas, quando tentou imaginá-la ali, bem ali, ao seu lado, mesmo com o auxílio visual fantástico, não conseguiu.

Os cachorros entraram em alerta segundos antes de ele escutar o som de um carro subindo pela estrada do rancho.

Dillon guardou o celular, afastou o chapéu do rosto e esperou.

Ele reconheceu um dos carros que Hugh deixava no Recanto dos Sullivan, o SUV chique, e, sorrindo, alegre, assobiou para os cachorros voltarem. Para mantê-los ocupados, jogou a bola alto e bem longe na direção contrária.

Porém, quando se virou de novo, não viu Hugh nem Lily saindo do carro.

Ela trazia lírios vermelhos nos braços. O vento balançou seu cabelo, preto como um corvo, e o jogou contra seu rosto. Dillon nunca tinha entendido o que as pessoas queriam dizer quando falavam de beleza clássica ou rosto com formato harmônico.

Mas sabia que era isso que via agora. Especialmente quando ela empurrou os óculos escuros para cima da cabeça e aqueles olhos azuis encontraram os dele — como um laser. Então seus lábios — lábios muito, muito, muito bonitos — se curvaram, e ela deu um passo para a frente.

Os cachorros vieram com tudo, enlouquecidos, latindo.

— Eles não...

Antes de Dillon conseguir acrescentar *mordem*, a garota já tinha agachado, inclinando os lírios para longe para tentar fazer carinho nos dois com uma mão só.

— Eu sei quem vocês são. — Ela riu, esfregou barrigas. — Já escutei um monte de histórias suas. Gambit e Jubileu. — E então olhou para Dillon, ainda rindo. — Sou Cate.

Ele sabia, claro que sabia, apesar de ela não parecer quase nada com a esquisitona engraçada que interpretara no filme que tinha visto no mês anterior. Ou com as fotos da internet.

Cate parecia, ahn, feliz, e, ahn, gata. Bem gata.

— Sou Dillon.

— Meu herói — disse ela de um jeito que fez o coração de Dillon dar saltinhos cambaleantes, como seu colega de quarto na faculdade fazia quando estava bêbado.

Cate se empertigou, aparentemente sem se preocupar com o fato de que os cachorros tinham enlameado suas botas sensuais — que batiam nas coxas das pernas compridas em uma calça jeans apertada.

— Quanto tempo — continuou ela, porque, pelo visto, Dillon tinha perdido a capacidade de formar frases. — Nunca mais voltei aqui. — Cate empurrou o cabelo para trás, olhou ao redor. — Ah, é tão bonito. Não vi nada direito... naquele dia. Como você consegue trabalhar?

— A... a paisagem continua onde está depois que terminamos.

— Eu tinha quase esquecido a vista da casa do meu avô, como ela prende sua atenção. Passei um tempão ontem só olhando para as coisas. Mas, hoje, a casa está cheia de gente, e eu só queria sair de lá. E achei que seria legal dar um pulo aqui e agradecer a vocês todos de novo, pessoalmente. Falo com sua mãe por e-mail de vez em quando.

— É, ela me contou.

— Eu... Ela está em casa?

— O quê? Está. Desculpe. Entre. — Dillon se esforçou para pensar em algo racional para dizer. — Você tirou o azul... Do cabelo — acrescentou quando ela o encarou sem entender.

— Tirei. Voltei ao normal.

— Gostei do filme. Você está falando de um jeito diferente agora.

— Bom, aquele era o jeito da Jute. Eu sou Cate.

— Entendi. — Dillon tirou uma bandana azul do bolso de trás quando chegaram à varanda. — Vou te limpar. Os cachorros sujaram suas botas. — Ela permaneceu em silêncio enquanto ele abaixava, tirava a lama do topo de suas botas. Isso lhe deu um momento para se recompor. — Então vocês vieram passar o Natal aqui?

— Sim. Nós todos. Uma multidão de Sullivans.

Ela entrou quando Dillon abriu a porta.

A árvore de Natal da família estava posicionada diante da janela da frente, com uma pilha de presentes embaixo, uma estrela no topo. O ar cheirava a pinho e lareira acesa, a cachorros e biscoitos.

— Quer sentar? Vou buscar as duas.

Os cachorros o seguiram, como se estivessem presos por coleiras invisíveis. E Cate teve um momento para respirar.

Sem crises de pânico, o que era bom, pensou ela. Nervosismo, muito nervosismo, mas os cachorros tinham sido uma distração.

E Dillon. Ele estava tão diferente. Tão alto agora, menos magrelo. Parecia um fazendeiro — do tipo jovem, sexy — com suas botas gastas e chapéu de caubói. Mas continuava gentil, pensou ela, esfregando a pulseira. A forma como ele se abaixou para limpar suas botas a emocionou.

Pura bondade.

Cate se levantou quando Julia desceu a escada correndo. Com o cabelo preso em um rabo de cavalo desarrumado, uma blusa xadrez e calças jeans.

— Caitlyn! — De braços abertos para recebê-la, apertá-la. — Que surpresa boa. — Julia a afastou, observando, sorrindo. — Você cresceu e ficou tão linda. Dillon foi chamar a avó. Ela vai ficar enlouquecida.

— É tão bom te ver. Eu nunca... Eu só queria dar um pulo aqui e ver vocês.

Ela ofereceu os lírios.

— Obrigada. São maravilhosos. Vamos sentar na cozinha enquanto coloco as flores em um vaso? Fiquei torcendo para você vir nos visitar quando me contou que sua família passaria o Natal aqui.

— Tudo parece igual — murmurou Cate.

— Pois é. Sempre penso em reformar a cozinha, mas o plano nunca sai do papel.

— É maravilhoso. — Um dos seus portos seguros quando o pânico tomava conta. — Eu quase não vim.

Julia pegou dois vasos — a garota devia ter comprado todos os lírios vermelhos de Big Sur.

— Por que não?

— Eu vinha para cá na minha cabeça, quando tinha pesadelos e não conseguia voltar a dormir. Minha terapeuta me ensinou a fazer isso. Se eu viesse para cá na minha cabeça, me sentia segura. Mas não sabia se a sensação seria a mesma quando eu estivesse aqui de verdade, e, caso não fosse, se a sensação na minha cabeça continuaria igual.

Julia se virou para ela, esperou.

— Tudo continua igual. Eu me sinto segura. Continua igual — repetiu Cate —, e uma reforma não mudaria essa sensação, ou o que este lugar representa.

— Não me apresse, menino. — Maggie afastou Dillon quando chegou ao fim da escada dos fundos.

Mais uma vez, Cate levantou.

— Vovó.

— Ora, venha cá.

Tranquila agora, tranquila de verdade, Cate foi lhe dar um abraço.

— Gostei das suas tranças.

— São natalinas. Dillon, pegue uma Coca e uns biscoitos para a menina. Espero que essas flores sejam para mim.

— Não está vendo os dois vasos, mãe?

— Só queria confirmar. Agora, sente e me conte sobre sua vida amorosa.

Cate a fitou com um olhar triste, fez um zero com a mão.

— Mas que tristeza. Acho que preciso te dar umas dicas.

Ela ficou lá por uma hora, se divertiu o tempo todo. Quando Dillon a acompanhou até o carro, Cate parou de novo, para observar os campos, o gado e os cavalos, o mar.

— Você é muito sortudo.

— Eu sei.

— Que bom que sabe. Preciso ir, e você deve ter um monte de coisas para fazer.

— Só preciso dar uma olhada nas cercas. Você anda a cavalo?

— Adoro. Não faço isso desde que voltei para Los Angeles, mas, na Irlanda, nossos vizinhos tinham cavalos, então eu montava sempre que podia.

— Posso selar um deles quando você quiser.

— Eu adoraria. Seria bom andar a cavalo de novo. Vou tentar voltar e te cobrar. Estou feliz por ter visto tudo, isso tudo, durante o dia. Feliz Natal, Dillon.

— Feliz Natal.

Ele a observou ir embora antes de seguir para os estábulos e pegar uma sela. E pensou que era engraçado como não conseguia imaginar Imogene no rancho, mas achava fácil visualizar Cate, uma estrela de cinema, ali.

Era um pensamento estranho, então Dillon o deixou de lado e foi escolher os arreios.

EM VEZ de aumentar sua ansiedade, Cate percebeu que a visita ao Rancho Horizonte a enchera de energia. O momento certo, pensou de novo. Hora de usar aquela empolgação a seu favor.

Alguns dos primos mais velhos se engalfinhavam numa partida de futebol americano no gramado da frente. Parecia meio violento, então ela acenou uma mão para dispensar os gritos pedindo que se juntasse a eles.

Tinha uma luta especial pela frente agora.

E, quando encontrou Lily, tia Maureen e Miranda, filha de Lily, na sala de estar, Cate se preparou para a batalha.

— Fique um pouco com a gente. Estamos aproveitando uma zona temporária livre de crianças e homens. — Lily gesticulou para que se aproximasse. — A maioria dos pequenos está no quarto brincando, e você deve ter visto aquele bando lá na frente se estapeando por causa de uma bola.

— Estamos prontas para oferecer primeiros-socorros para os dois grupos. — Maureen deu um tapinha no assento ao seu lado no sofá. — Mas, por enquanto, estamos dando um tempo dos "eu peguei primeiro", videogames e berros sobre faltas. — Ela passou um braço em torno de Cate e a apertou. — Ainda não consegui conversar com você para saber das novidades.

— Não tenho muitas por enquanto.

— Imagino que isso não vá ficar assim por muito tempo, mas espero que aproveite essa folga para se divertir um pouco. Algumas das meninas estão falando sobre ir a Cancún na primavera. Você devia ir junto.

— Minha Mallory já veio com essa conversa. — Miranda, uma das mulheres mais calmas e centradas que Cate conhecia, continuou fazendo seu xale de crochê em vários tons de azul. Ela podia ter herdado o cabelo ruivo flamejante da mãe, mas parecia viver em uma ilha de paz e serenidade. — Ela vai se formar em maio. Nem acredito. E quer estudar em Harvard. Você também vai se formar na primavera, não é, Cate?

— Na verdade, terminei todas as matérias antes das férias de inverno.

— Você nem falou nada!

Cate deu de ombros como resposta à exclamação de Lily.

— Tem muita coisa acontecendo.

— Não o suficiente para ignorar uma coisa dessas. Meu anjo, esse é um marco, e precisamos comemorar.

— Não é como se eu fosse ter uma formatura tradicional com beca.

O olhar protetor ganhou ares de pena, e o sorriso de Lily sumiu.

— Se você quiser algo assim...

— Não quero. De verdade, não quero. Gosto de já ter me livrado da escola, sabe, riscado esse item da lista. — Como prova, ela riscou o ar com um dedo. — Morto e enterrado. Papai vai receber o boletim completo e os diplomas depois do dia primeiro.

Maureen trocou um olhar com Lily.

— Então, você está pensando em fazer faculdade, tirar um ano sabático ou entrar com tudo nos negócios da família?

Lily falou antes que Cate conseguisse responder.

— Você pode tirar um tempo de folga. Suas notas sempre foram ótimas. Você tem um milhão de possibilidades e opções.

— Acho que Harvard não é para mim.

— Não se desmereça — disse Miranda enquanto remexia a agulha e a lã. — Você é uma jovem inteligente, talentosa. Acabou de terminar a escola adiantada enquanto trabalhava num mercado exigente, se esforçando para construir uma carreira nele. E lidando com dificuldades pelas quais nenhuma garota devia passar, tudo por causa de uma mãe criminosa e negligente que é uma vaca desgraçada. — Ela falou com tranquilidade, em um tom tão casual, sem se alterar. Diante do silêncio que seguiu, Miranda olhou para cima. — O quê? Estou errada?

— Nem um pouco. Eu te amo, Miri.

— Também te amo, mãe. Não se desmereça — repetiu ela para Cate. — Tantas mulheres tendem a diminuir seu valor. Aprendi com minha mãe a acreditar em mim mesma e me esforçar para conquistar o que eu queria na vida. Você também devia ter aprendido.

— Talvez você esteja precisando de mais algumas aulas — resolveu Lily. — Agora que já terminou a escola, pode vir me visitar em Nova York. Passar uma ou duas semanas comigo.

— Não quero visitar você em Nova York. — A declaração não saiu como o planejado, mas em um tom ríspido, direto, quase raivoso. E ela viu a mágoa brotar no rosto de Lily. — Não quero visitar você em Nova York — repetiu Cate, amenizando a voz, mas mantendo a firmeza. — Quero *ir* com você para Nova York.

— Você... não entendi, meu anjo.

— Quero me mudar para Nova York, com você.

— Ora, veja bem, Cate, você sabe que eu adoraria se fôssemos juntas, mas...

— Não, sem essa, não me diga todos os motivos para eu não ir. Escute os meus motivos para ir.

— Levante — murmurou Maureen para ela. — Você está tremendo. Levante e use essa energia.

Cate levantou, andou de um lado para o outro, controlou a respiração.

— Não posso ficar em Los Angeles. Não consigo ir a lugar nenhum, fazer nada. Sempre que penso que vão mudar o foco, ela arruma alguma coisa, e os fotógrafos voltam a aparecer no portão. — Desta vez, Cate notou os olhares sendo trocados. — O quê? O que foi agora?

— Charlotte está noiva — disse Lily, direta. — De Conrad Buster, do Buster's Burgers.

— B-Buster's Burgers? — O som que saiu de Cate começou como um guincho, terminou com uma risada impotente. — Você está falando sério?

— Imagino quantos Triplos B com molho mágico ela teve que comer para fisgar esse cara. A imprensa também está fazendo piada — acrescentou Maureen.

Miranda deu outro ponto no xale.

— Lembro que, uma vez, ela me passou um sermão sobre os males de comer carne vermelha. Agora, a mulher é a rainha dos hambúrgueres.

— O sujeito tem setenta e sete anos de idade, já devia ser mais esperto. — Lily pegou um pedaço do chocolate de laranja que estava sobre a mesa. — Ele tem duas ex-mulheres, mas nenhum filho. É tão rico que chega a ser obsceno, e colocou uma aliança com um diamante de vinte e cinco quilates no dedo dela ontem à noite. Publicaram a matéria hoje cedo.

— Bem, se eu tivesse um copo, faria um brinde — decidiu Cate. — Ela vai passar tempo demais comendo hambúrgueres e planejando o casamento para me atacar. — O silêncio que se seguiu insinuou que não era bem assim. — O quê? Digam logo.

— Ela nunca perde a oportunidade, meu anjo. E está dizendo que espera que a filha, sua única filha, abra o coração e seja sua madrinha.

— Essa mulher não me erra. Ela está conseguindo tudo que poderia querer; dinheiro, fama, um marido rico sem filhos para atrapalhar. Mas não consegue me deixar para lá.

A notícia a deixou agitada de novo.

Cate andou pela sala, chegando perto da lareira acesa, da janela por onde se via o mar agitado, das árvores brilhando cheias de esperança, e sentiu tudo dentro de si endurecer, arder.

— E não vai parar. Se eu tentar trabalhar em Hollywood, no cinema, nunca vai parar, porque estou errada, ela quer mais. Ela quer acabar comigo. Não dá para estragar a carreira do meu pai ou do meu avô, eles são grandes demais. Mas eu estou só começando.

— Não deixe que ela tire isso de você, Catey.

— Vóvis Lil, ela já fez isso. — A garota desabou sobre o braço da poltrona em frente à janela de onde sua bisavó costumava observá-la dar cambalhotas. — Ela usou o que fez comigo, distorceu tudo, e acabou com a alegria que eu sentia com o trabalho. Não sei se vou conseguir recuperar isso. Não sei se quero tentar. Terminei o filme porque era minha obrigação, porque não podia simplesmente desistir. E fiz o melhor trabalho possível. Só que não aguento mais. Preciso ter uma vida. Preciso conhecer outras coisas. Não sei o quero fazer ou ser, mas sei que não vou descobrir em Los Angeles. Preciso conseguir sair na rua sem uma peruca idiota ou um guarda-costas. Quero me divertir com gente da minha idade, conhecer algum cara que não se importe com meu sobrenome. Talvez estudar, talvez arrumar um emprego. Só preciso da chance de fazer alguma coisa, de estar em algum lugar, sem todo mundo ficar me vigiando, se preocupando e me protegendo.

— Nova York também tem paparazzi — argumentou Lily.

— Não é a mesma coisa. Você sabe que não é. Nova York não sobrevive só de cinema, de quem faz filmes, de quem participa deles. Preciso disso, e estou pedindo para você me ajudar. Quando eu fizer dezoito anos, posso ir por conta própria, mas quero que você me ajude.

A porta da frente bateu, e um grito aflito de "Mãe!" chegou antes de o caçula de Miranda entrar na sala.

— Flynn, existe uma parede invisível na sua frente.

— Mas, mãe...

— Ela é invisível, mas também é impenetrável. Pode deixar que eu aviso quando for derrubada.

Com o desprezo nítido que só um garoto de doze anos seria capaz de demonstrar, Flynn foi embora.

— Desculpe, Cate. Você estava dizendo?

— Acho que já disse tudo.

— Sinto muito — começou Lily. — Sinto muito por tudo de que você foi privada por causa daquela mulher. E você sabe que eu te amo. Você é minha neta tanto quanto Flynn. E você viu que a boca dele estava sangrando — acrescentou ela para a filha.

Miranda concordou com a cabeça, seguiu com o crochê.

— Não é a primeira vez.

Assentindo, Lily voltou a encarar Cate.

— Seria ótimo ter a sua companhia. Você sabe que vou estar ocupada com ensaios e reuniões, mesmo antes da estreia. Mas você também tem parentes em Nova York. Se é isso mesmo que quer, vou conversar com seu pai.

— É isso o que eu quero. Por enquanto, é a única coisa que eu quero. Obrigada.

— Não me agradeça ainda. — Ela se levantou. — Bem, por que adiar o inevitável?

— Vou com você. — Miranda deixou o crochê de lado. — É melhor colocar um gelo na boca de Flynn. — Ao passar, ela apertou o braço de Cate. — É isso aí.

— Espere enquanto pego um casaco. — Maureen se levantou. — Nós duas vamos dar uma volta.

— Talvez fosse melhor eu conversar com papai junto com vóvis Lil.

— Deixe isso com ela. — Maureen passou um braço em torno de Cate e a guiou para fora da sala. — Conheço um monte de gente da sua idade. Miri e Mallory também. Nem todos são atores.

— Algum cara hétero, bonito, com uns dezoito, dezenove anos?

— Vou ver o que consigo arrumar.

Cate sabia que Lily tinha feito tudo que podia quando Aidan bateu à porta aberta do quarto.

— Oi. Eu estava descendo. Posso deixar para depois — acrescentou ela quando o pai fechou a porta. E se preparou. — Você está irritado.

— Não, estou frustrado. Por que você não me disse que estava triste?

— Você não podia fazer nada.

— Como é que você sabe o que eu posso fazer? — rebateu ele. — Mas que droga, Caitlyn, não posso tentar se você não me contar as coisas.

— Você está irritado, então, paciência, fique irritado. Mas eu não ia correr chorando para pedir sua ajuda. De novo. Tenho o direito de tentar entender o que eu quero, do que preciso. E ela tem o direito de divulgar as mentiras idiotas que a imprensa adora.

— Ela não tem o direito de deixar você tão infeliz que começa a cogitar abandonar aquilo que quer e precisa, porra. Não tomei certas atitudes porque achei que só pioraria as coisas. Mas Charlotte não é a única que sabe usar a imprensa.

— Nem pensar! — Só de pensar nessa hipótese, tudo dentro dela pareceu desmoronar. — Ela quer justamente isso. Ela adoraria esse tipo de atenção.

— Não tenha tanta certeza assim — rebateu Aidan. — Só porque eu escolho não jogar sujo, não quer dizer que não saiba como.

— Você poderia prejudicá-la — reconheceu Cate. — Acho que ela subestima você, todos nós, na verdade. Ela nos odeia, a família toda, então nos subestima. E... — Dando a si mesma um momento para reunir as palavras certas, para encontrar o melhor tom, Cate passou um dedo pelos entalhes na coluna da cama. — Eu a entendo melhor do que você imagina. Lily a chamou de desnaturada naquele dia. De mãe desnaturada.

— Você se lembra disso?

Cate voltou a encarar o pai.

— Eu me lembro de cada mínimo detalhe daquela manhã, de você me abraçando quando acordei com medo, da vóvis Lil cantando comigo enquanto eu tomava banho, para mostrar que estava ali.

— Nunca soube disso — disse Aidan, baixinho.

— Eu me lembro das panquecas de Nina, de começar um quebra-cabeça com o vovô. Do fogo estalando na lareira, da névoa se dissipando para o mar aparecer. Eu me lembro das coisas que ela disse, que eu disse, e de todo mundo. — Cate sentou na beira da cama. — Ela também lembra, a seu modo. E reescreveu a história, se colocou no papel de heroína ou de vítima, dependendo do que funciona melhor. Mas não interessam quais são suas memórias, a versão que conta, minha mãe não se importa comigo. A única coisa que ela quer é me usar para atingir você, o vovô, a vóvis Lil, a família toda, mas especialmente você. Porque você decidiu ficar do meu lado em vez do dela.

— Não foi uma decisão. Você nunca foi uma decisão, Caitlyn. — Enquanto os ânimos dele se acalmavam, Aidan segurou o rosto da filha com as duas mãos. — Você foi uma benção. E se a gente voltasse para a Irlanda?

— Eu estaria me escondendo. Ir para lá foi a coisa certa a fazer antes e me ajudou naquele momento. Mas não é certo agora.

— Por que Nova York?

— É o mais longe que consigo me afastar de Los Angeles sem sair do país. Esse é o primeiro ponto. Vóvis Lil poderia me abrigar. Mo e Harry, Miranda e Jack, os primos de Nova York, todos estão lá, e você sabe que eles tomariam conta de mim. Talvez eu não passe despercebida pelas pessoas, não por enquanto, de toda forma, mas não me sentiria perseguida.

— E você se sente assim aqui.

— Sinto. Todos os dias. Não quero ser atriz, não agora. Não sinto vontade, pai, e atuar nunca foi só um emprego para nenhum de nós. Não quero que seja para mim. E ela vai achar que venceu. Nós vamos saber que não, mas ela vai acreditar nisso e talvez seguir em frente. Um marido rico pelo tempo que o casamento durar, que pode comprar alguns papéis no cinema para ela, que tem dinheiro e influência suficiente para melhorar sua imagem.

— Você conhece mesmo sua mãe. — Aidan se afastou para observar o mar. — Passei mais de dez anos com ela, inventando desculpas, fingindo que não via seu comportamento.

— Por minha causa. Sei que você a amava, mas só inventou desculpas e fingiu que não via as coisas por minha causa. Se não fosse por mim, jamais teria dado aqueles anos todos a ela.

— Não sei.

— Você nunca mais teve um relacionamento sério, e a culpa é minha.

Ele se virou rápido para encará-la.

— Não, não ache que a culpa é sua. É por minha causa. Tenho dificuldade em confiar nos outros — disse Aidan, e voltou para a cama. — Acho que é compreensível.

— Eu diria que é, sim. Mas você pode confiar em mim, pai. Confie em mim o suficiente para me deixar ir.

— A coisa mais difícil do mundo. — Ele a prendeu em um abraço. — Vou fazer um monte de viagens a Nova York. Você vai ter que me aguentar. E já sabe que seu avô vai aparecer o tempo todo, ainda mais agora que não é só Lily, mas suas duas garotas favoritas do outro lado do país.

— Meus meninos favoritos.

— Preciso que me mande uma mensagem todo dia, e me ligue uma vez por semana. As mensagens no primeiro mês. As ligações pelo resto da vida.

— Acho razoável.

Aidan apoiou o queixo no topo da cabeça da filha e começou a sentir saudade dela.

Capítulo treze

♦ ♦ ♦ ♦

Nova York

NAS PRIMEIRAS semanas em Nova York, Cate se limitou ao Upper West Side, onde Lily tinha um apartamento. Quando se afastava da região, era sempre na companhia de Lily, das tias ou dos primos.

Como o clima na cidade no fim do inverno foi um choque para o seu corpo, ela não viu como um problema ter gente por perto o tempo inteiro.

Afinal de contas, ela podia finalmente sair de casa — e tão encapotada que, quando dava uma volta pelo bairro, as chances de ser reconhecida eram nulas. E era divertido caminhar por uma cidade feita para isso. Apesar de muito diferentes das trilhas e estradas tranquilas de Mayo, as avenidas compridas, as ruas transversais lotadas, as incontáveis lojas, cafeterias e restaurantes pediam para ser explorados.

Quando o clima finalmente deu sinais — muito vagos — de primavera, Cate já estava bem mais confiante e tinha aprendido a amar o gostinho da liberdade.

Por intermédio dos primos, conheceu pessoas de sua idade. A maioria já estava tão habituada a ver gente famosa que não se impressionava com sua linhagem. E, para os novos amigos, atores da geração de seu avô e seu pai eram tão antigos quanto Moisés.

Ela gostava disso.

Cate aprendeu a andar rápido, como uma nativa, e, depois de alguns percalços, a se orientar nas linhas do metrô. Ela preferia longas caminhadas ou viagens de metrô a pegar táxis, achava as duas opções fascinantes.

Tantas vozes, tantos sotaques, tantos idiomas. Tantos estilos e visuais. E o melhor de tudo: ninguém prestava muita atenção nela.

Como tinha, mais uma vez, se colocado nas mãos de Gino antes de deixar Los Angeles, seu cabelo agora exibia um corte bem-definido e esvoaçante com franjão.

Às vezes, nem ela se reconhecia.

Quando Lily começou os ensaios, Cate passou a frequentar o teatro uma ou duas vezes na semana, sentando no fundo da plateia para acompanhar a evolução da peça. Mais vozes, vozes imponentes e estrondosas da Broadway, aumentando, diminuindo, voltando.

A risada de Lily, pensou Cate, observando o palco, ou a risada de Mame agora, dominando tudo. Alguns atores nascem para interpretar certos papéis. Na sua opinião, Mame era o papel de Lily.

Ela pegou o celular — sempre sem som durante os ensaios — e mandou uma mensagem para o pai.

Notícias de hoje de Nova York. Estou acompanhando enquanto o diretor e o elenco fazem alguns ajustes na Cena Cinco do primeiro ato. Agora, são só Mame e Vera. Lily está com uma calça legging, Marian Keene, de jeans, mas juro que quase consigo ver as duas com os figurinos. Só para avisar, Mimi, a assistente de Lily, precisou voltar para Los Angeles para ajudar a mãe. Ela quebrou o tornozelo. Então, por enquanto, estou bancando a substituta. Diga ao vovô que Lily está empolgada para a visita na semana que vem. Ela está com saudade dele, e eu também. E de você. Aliás, vou fazer uma tatuagem fechando o braço e colocar um piercing na língua. Brincadeira. Ou não.

Sorrindo, ela mandou a mensagem. Então, dobrando os braços sobre o encosto da poltrona da frente, apoiou o queixo neles e observou a mágica acontecer.

Quando o elenco fez um intervalo e o diretor foi conversar com o coreógrafo e o diretor de cena, Lily gritou:

— Ainda está com a gente, Cate?

— Bem aqui. — Pegando sua bolsa enorme, a menina levantou, chegou mais perto e entrou no campo de visão do palco.

— Suba aqui.

Ela seguiu para as portas ao lado esquerdo da plateia, entrou, subiu até o espaço onde os coristas se preparavam para a próxima cena, se alongando, aquecendo as cordas vocais. Já revirando a bolsa, Cate seguiu em frente, para o lado direito do palco.

— Barra de proteína, água sem gás em temperatura ambiente.

Lily aceitou os dois.

— Mimi vai ficar com medo de perder o emprego.

— Só estou cuidando da minha vóvis Lil até ela voltar.

— Por mim, tudo bem. — Lily desabou sobre uma cadeira dobrável, esticou as pernas, girou os tornozelos. — A gente esquece como teatro é cansativo. Ainda mais um musical.

— Que tal eu marcar uma massagem mais tarde? Bill pode chegar às seis, já perguntei, e posso pedir aquele penne do Luigi's que você gosta, com uma saladinha, às sete e meia. Carboidratos dão energia.

— Meu Deus, menina, você é maravilhosa.

— Mimi e sua lista cheia de detalhes, a planilha e os contatos infinitos são maravilhosos.

— Como eu arrumei um massagista chamado Bill? Ele devia se chamar Esteban ou Sven.

Cate balançou os dedos no ar.

— Mãos mágicas, se bem me lembro.

— São mesmo. Pode marcar tudo. Agora, me dê sua opinião. Como acha que estamos?

— Posso ser sincera?

— Ai, Senhor. — Pronta para o pior, Lily ergueu os olhos para a plataforma de iluminação. — Diga.

— Sei que você não conhecia Marian antes, nem nunca trabalhou com ela. O mesmo vale para Tod e Brandon, os jovens Patricks. O público vai acreditar que Mame e Vera são amigas há séculos e que Patrick é o amor da sua vida.

— Ora. — Lily tomou um gole demorado de água. — Até que eu gostei da sua sinceridade. Seria bom escutar um pouco mais.

— É tão diferente do cinema, vóvis Lil. Vocês não fazem tomada atrás de tomada, sentam, esperam. Esperam mais um pouco. Filmam reações, refilmam, esperam. É tudo tão rápido. E, quando estão sem os roteiros, precisam lembrar de cada fala, cada gesto, cada passo, cada deixa, cada tom, do início ao fim. Não um trecho de diálogo, não uma cena. Tudo. Então o clima é completamente diferente.

— Pegou gosto pela coisa?

— Eu?

Balançando a cabeça, Cate foi até o centro do palco, olhou para as cadeiras do teatro. Tantos assentos, pensou ela, da plateia à galeria, tantos rostos observando. No momento. No presente.

Para fazer graça, ela ensaiou uma dancinha indo para o lado, sapateando, balançando os braços para ser mais convincente. E riu quando Lily aplaudiu.

— Esse é o máximo que eu quero fazer. Deve ser muito assustador viver no palco. Acho que *emocionante* é a palavra. E você vai fazer isso oito vezes por semana, em seis noites, duas matinês. Não, não é para mim. São dois tipos de mágica, não são? — Ela voltou para perto de Lily. — Formas mágicas de contar histórias. Acho que uma pessoa precisa ser fantástica para conseguir fazer muito bem os dois tipos.

— Meu anjo. Você me deu muito mais energia que essa barra de proteína esquisita. — Lily se levantou, girou os ombros. — Agora, está dispensada.

— Demitida?

— Não antes de Mimi voltar. Mande uma mensagem para os seus amigos, vá fazer compras, tomar um café.

— Tem certeza?

— Vá logo. Só me avise se combinar de jantar com alguém.

— Pode deixar, obrigada. Merda pra você.

Pegando o celular para marcar a massagem, Cate saiu do palco. Então parou quando um dos coristas surgiu na sua frente.

Ela olhou para cima.

— Desculpe. Eu não devia digitar e andar ao mesmo tempo.

— A culpa foi minha. Eu me chamo Noah. Estou no coral.

Cate sabia; tinha reparado. Ela tinha visto ele e os outros ensaiando os mesmos números várias vezes, incansavelmente — ou, pelo menos, era o que parecia.

De perto, como agora, ele lhe dava um frio na barriga. Aquela pele sedosa, lisa como o caramelo que cobria as maçãs que a sra. Leary fazia no Dia das

Bruxas. Olhos cor de mel, como os de um leão, puxados nos cantos, dando-lhe um ar exótico.

Na sua cabeça, ela fez: nham, nham, nham.

Mas uma Sullivan sabia disfarçar.

— Vi alguns dos seus ensaios. Adoro o malabarismo que você faz durante "We Need a Little Christmas".

— Minha avó me ensinou.

— Jura?

— Juro. Ela fugiu com o circo, de verdade, por alguns anos, quando era nova. Então, devo acabar aqui às quatro. Quer tomar um café?

Dentro da sua cabeça, tudo girou, depois congelou.

— Eu estava indo embora agora, mas... posso te encontrar.

— Ótimo. Tipo umas quatro e meia, no Café Café? Fica aqui na esquina.

— Sei qual é. Certo, combinado. A gente se vê mais tarde.

Cate seguiu andando, com ar despreocupado, até a porta do palco, saiu, caminhou por mais uns três metros só para garantir.

Então soltou um gritinho, fez uma dancinha — um passo de sapateado irlandês — no meio da calçada. Como estava no Theater District de Nova York, quase ninguém reparou.

Ela marcou a massagem de Lily, ajustou o alarme para se lembrar da hora de pedir o jantar. Então mandou uma mensagem para a prima que ia para Harvard, que considerava ser a mais confiável e a menos boba.

A que horas você pode me encontrar na Sephora? Da 42?

Enquanto esperava pela resposta, Cate se perguntou se devia voltar para casa e trocar de roupa ou simplesmente comprar uma nova.

Que exagero, não seja idiota. É só um café. Quer deixar óbvio que ele é o primeiro homem fora da sua família a convidar você para tomar café?

Minha aula termina às 2h45. Lá pelas 3h?

Perfeito. A gente se encontra lá.

O que aconteceu?

Tenho um encontro! Só para tomar um café, mas é um encontro.

Que ótimo! Até logo.

Como tinha tempo até o encontro, Cate diminuiu o passo, pensou em assuntos para puxar papo. Quando chegou à Sephora, entrou, passeou pelos corredores.

E acabou enchendo uma cestinha mais por nervosismo do que por querer comprar alguma coisa. Além de ter verificado o celular uma dezena de vezes, mesmo sabendo que Noah não poderia lhe mandar mensagem porque não sabia seu número.

Será que devia ter dado seu número para ele?

Então ela soltou um gritinho e pulou quando o celular apitou, avisando que tinha recebido uma mensagem.

Acabei de chegar. Cadê você?

Me encontra na seção de maquiagem.

Cate viu a prima, com o romântico cabelo loiro-acobreado balançando, os óculos de armação preta austeros sobre os olhos cor de mel e uma mochila pesada pendurada em um dos ombros.

— Certo, quem é o cara? Onde vocês se conheceram? Ele é bonitinho?

— Noah, está fazendo *Mame*, é um dos coristas e é uma gracinha.

— Um ator, então já têm alguma coisa em comum. O que você quer fazer com seu visual?

— Eu...

Um dos vendedores — um homem com uma chamativa mecha verde--esmeralda no cabelo preto e olhos castanhos lindamente delineados — se aproximou.

— Boa tarde, meninas, querem ajuda? Estou doido para maquiar seus olhos — disse ele para Cate. — E os seus.

— São os dela hoje. — Mallory apontou para a prima. — Ela tem um encontro.

— Aaah. Um encontro importante?

— Só vamos tomar um café.

— Tudo tem um começo. Sente, e deixe o Jarmaine aqui cuidar de você.

Cate sabia se maquiar e achava que era boa nisso. Mas, neste caso...

— Quero que pareça que eu nem me dei ao trabalho, sabe? Ou que só dei uma retocada.

— Confie em mim. — Jarmaine segurou o queixo dela, virou seu rosto para um lado, para o outro. — Temos boas opções aqui na sua cesta. Posso usar algumas. Então. — O vendedor puxou alguns lenços demaquilantes. — Como é esse cara? E ele tem amigos solteiros?

Jarmaine usou pincéis, esponjas, escovinhas e lápis enquanto Mallory observava.

— Gosto de como você está deixando os olhos dela. Eles já são azuis, mas ficaram, tipo, mais azuis.

— Ela escolheu uma paleta de cores boa, neutra, mas não sem graça. Quando queremos um *look* mais *Não passei nadinha, só sou absurdamente linda*, tons neutros funcionam melhor.

— Vou fazer uma trança no seu cabelo — decidiu Mallory. — Uma trança casual, baixa, solta. Vai combinar com a maquiagem. — De um bolso da mochila, a garota tirou uma escova dobrável, um pente fino pequeno e uma caixinha transparente com várias opções de prendedores.

Não nega que é filha de Miranda, pensou Cate.

— Cabelo e maquiagem. — Jarmaine sorriu. — Você está sendo paparicada como uma estrela de cinema hoje.

Cate sorriu de volta enquanto pensava: Meu Deus, espero muito que não.

Quando Jarmaine declarou que ela estava pronta e linda, Cate se olhou no espelho e foi embora com Mallory.

— Vou com você até metade do caminho, depois volto. Tenho um montão de coisas para estudar. Mas quero um relatório completo.

— Pode deixar. Obrigada por vir comigo. É ridículo o quanto estou nervosa.

— Seja você mesma, e, a menos que ele seja um idiota, vai te convidar para sair de novo. Se por trás da beleza não se esconder um babaca, você vai sair com ele de novo. Vai devagar, o ideal é você chegar uns cinco minutos depois da hora marcada. Não é um atraso mal-educado, mas também não é pontual demais.

— Preciso aprender essas coisas.

— Confie em mim. Sou uma especialista.

Mallory enroscou um braço no de Cate, bateu com o quadril no da prima.

— Não fique na cafeteria por mais de uma hora, mesmo que ele seja muito legal. No máximo uma hora e quinze, se estiver gostando muito. Depois disso, precisa ir embora. Se ele quiser mais, e vai querer, vai ter que convidar você para outro encontro. Mas evite falar que precisa olhar sua agenda, porque vai passar a impressão de ser metida e chata, a menos que precise mesmo fazer isso.

— Minha agenda está completamente livre.

Outra batida de quadril, agora mais forte.

— Não diga isso! Mas, se ele sugerir um cinema amanhã à noite e tal, repita o dia. Sexta? Claro, eu topo. Se ele tentar alguma coisa, quiser te dar um beijo, tudo bem, se você quiser. Mas nada de língua, não em um encontro em uma cafeteria.

— Meu Deus, preciso anotar essas coisas.

— Você é atriz, prima. Vai se lembrar do que falar e de como agir. Preciso ir. Não se esqueça dessas regras básicas, relaxe e divirta-se. — Mallory aproveitou o sinal de pedestres aberto e seguiu com a multidão para atravessar a rua. — Relatório completo! — gritou a menina.

Ser ela mesma. Cinco minutos atrasada, o que não fazia parte de ser ela mesma, porque Cate se orgulhava de ser pontual. Ficar entre uma hora e uma hora e quinze. Não fingir que tinha uma agenda lotada, e não beijar de língua.

Obedecendo sua diretora, ela seguiu sua deixa e entrou no burburinho e nos aromas do Café Café.

Os sofás e as poltronas grandes, sempre disputadas, estavam ocupados, e os atendentes no bar pareciam atarefados.

Cate viu Noah sentado a uma mesa com duas cadeiras, vestindo uma blusa de mangas compridas em vez da regata que vestia no ensaio. Aqueles lindos olhos de leão encontraram os seus enquanto ela se aproximava.

— Oi. Você está bonita.

— Obrigada. — Cate sentou diante dele. — Como foi o restante do ensaio?

Noah revirou os olhos.

— Correu bem. A gente vai chegar lá. Oi, Tory.

— Noah. O que vocês querem beber?

Quando Noah a encarou, esperou, Cate optou por ser simples.

— Um *latte* comum.

— Um *skinny latte* duplo, obrigado, Tory. Tenho aula de dança hoje — explicou ele para Cate. — Preciso desse duplo.

— Você é professor ou aluno?

— Aluno. Três vezes na semana. Eu só queria dizer isso logo, para tirar do caminho, que Lily Morrow é uma deusa.

Nem um pouco babaca nem idiota, decidiu Cate na mesma hora.

— Ela sempre foi uma deusa para mim.

— Deve ser recíproco. Ela fica radiante quando você aparece na plateia. E o que você faz quando não está... na plateia?

— Tento resolver minha vida.

O sorriso dele, lento e doce, fez o coração dela saltitar.

— Olha só, eu também.

Os dois conversaram, e tudo fluiu muito bem. Tão bem que Cate se esqueceu do nervosismo. E também tinha se esquecido da regra de uma hora quando o alarme tocou.

— Desculpe, desculpe. — Ela pegou o telefone para desligá-lo. — É só para me lembrar de pedir o jantar. Estou cobrindo a assistente da v... de Lily por umas semanas. Eu, ah, preciso resolver isso. Gostei do café. Obrigada.

— Escute, antes de você ir, vai ter uma festa no sábado. Um pessoal do elenco vai, e gente de fora também, só para se divertir. Quer ir?

Repita o dia, lembrou Cate a si mesma enquanto tudo dentro em seu corpo parecia vibrar.

— Sábado? Claro.

Noah ofereceu o telefone.

— Adiciona seu número aos meus contatos.

É claro, é claro, ela sabia como essas coisas funcionavam. Vivia fazendo isso com seus amigos. Mas nunca com alguém que a convidou para um segundo encontro. Cate entregou seu celular para Noah, pegou o dele.

— Posso buscar você lá pelas nove. — Ele devolveu o aparelho. — A menos que queira comer uma pizza antes.

Ai, meu Deus, ai, meu Deus!

— Eu gosto de pizza.

— Às oito então. Depois me mande o seu endereço.

— Pode deixar. — Quando ele não tentou nada, Cate não soube dizer se ficou aliviada ou decepcionada. — Obrigada pelo café.

Ela saiu da cafeteria, e, enquanto fazia sua dancinha da felicidade bem fora de vista, Tory olhou para Noah, ergueu as sobrancelhas.

Ele deu um suspiro enorme e pousou a mão sobre o coração.

TRÊS SEMANAS depois, após pizzas e festas, após dançar em boates e trocar beijos demorados e desesperados no doce desabrochar da primavera, Cate estava deitada embaixo de Noah em uma cama pequena, no quarto minúsculo do apartamento apertado que ele dividia com dois aventureiros da Broadway.

Em meio às névoas de sua primeira vez, o colchão irregular era uma nuvem fofa; e as batidas fortes do rap que pulsavam através da parede compartilhada com o apartamento do lado, a canção de anjos celestiais.

Embora não tivesse parâmetros, Cate tinha certeza absoluta de que acabara de vivenciar o verdadeiro significado de cada música, cada poema, cada soneto já escrito.

Quando Noah ergueu a cabeça, olhou nos seus olhos, ela se viu dentro da maior história de amor já contada.

— Eu sonhei com a gente aqui desde a primeira vez que te vi. Você usava um suéter azul. Lily estava te mostrando a coxia. Fiquei com medo de falar com você.

— Por quê?

Ele enroscou uma mecha do cabelo dela em um dedo.

— Além de você ser bonita pra cacete? Neta de Lily Morrow. Então você começou a me torturar, aparecendo nos ensaios, e não consegui mais resistir. Só pensei que, bem, se eu te convidasse para tomar um café e levasse um fora, pelo menos não morreria com essa dúvida.

Noah baixou a cabeça, beijou de leve sua boca, suas bochechas, seus olhos. O coração e os hormônios de Cate ficaram abalados.

— Eu estava tão nervosa, e aí a gente começou a conversar. — Ela tocou a bochecha dele. — E o nervosismo desapareceu. E fiquei bem nervosa hoje, mas então você tocou em mim, e o nervosismo desapareceu também. — Mesmo tendo sido sua primeira vez. — Foi bom, não foi?

Noah a encarou de um jeito reflexivo, trazendo todas as inseguranças de Cate à tona.

— Bom... eu não sei. Acho que a gente devia tentar de novo, só para ter certeza.

As inseguranças se transformaram em alegria.

— Só para ter certeza — concordou Cate.

Como Lily a obrigava a pegar um táxi — nada de metrô — caso ela voltasse para casa depois de meia-noite, Noah a acompanhou até a Oitava Avenida para pegar um.

Caminhando — devagar — de mãos dadas com ele, Cate pensou que Nova York parecia um cenário de filme. A chuva leve era romance puro, com a luz dos postes iluminando as poças rasas e as calçadas molhadas.

— Mande uma mensagem quando chegar em casa, está bem?

— Você se preocupa tanto quanto a vóvis Lil.

— É isso que acontece quando alguém gosta de você. — Noah a puxou para mais um beijo. — Apareça na aula de dança amanhã. Você é boa e sabe que gosta.

Ela gostava mesmo. Seus músculos podiam estar enferrujados, mas tinha adorado as duas aulas que ele a convencera a ir. Além do mais, Noah estaria lá.

— Tudo bem. Até amanhã.

Agora foi a vez de Cate puxá-lo para um beijo antes de entrar no táxi.

— Vamos para a esquina da rua 67 com a Oitava Avenida — explicou ela ao motorista.

Então pegou o telefone, mandou uma mensagem para Darlie.

Não vou mais morrer virgem!!!

Ainda assimilando o fato, ela olhou pela janela, sonhando acordada, enquanto o motorista fazia uma curva e seguia pela avenida.

E riu quando recebeu a resposta da amiga.

Bem-vinda ao clube, piranha. Agora, conte os detalhes.

Cate atravessou a primavera nas nuvens, fez aulas de dança, acrescentou ioga e, no impulso, resolveu se inscrever em alguns cursos de verão na Universidade de Nova York.

Francês, porque gostava da sonoridade do idioma; cinema, porque podia não querer atuar, mas ainda se interessava pela área; e redação de roteiros, porque talvez fosse boa nisso.

E, uma vez por semana, ela e Lily jantavam juntas no apartamento, só as duas, com Nova York brilhando do lado de fora das janelas.

— Não acredito que você fez isso.

Feliz com o elogio, Cate observou Lily pegar outra garfada do penne com manjericão e tomate.

— Nem eu, mas ficou bem gostoso.

— Meu anjo, está tão gostoso quanto o do Luigi's. Mas não diga a ele que falei isso. E você fez pão italiano.

— Foi divertido. Eu e a bisa aprendemos a fazer pão com uma vizinha na Irlanda. Era como se eu tivesse voltado para lá, com ela. Além do mais, eu queria fazer uma surpresa para você.

— Eu não me surpreendo tanto desde que encontrei meu primeiro fio de cabelo branco, e esta surpresa foi bem mais agradável. Será que você vai querer repetir a dose quando seu avô estiver aqui?

— Sei que você sente falta dele.

— É difícil encontrar tempo e forças para sentir falta de qualquer coisa, mas sinto. Aquele velho bobo me fisgou de jeito.

— Você sempre soube? — Cate brincou com o pequeno pingente de ouro em formato de coração que Noah lhe dera de presente de aniversário de dezoito anos, pensativa. — Quer dizer, você sabia desde o começo que amava o vovô?

— Eu diria que me sentia atraída por ele, o que me deixava pê da vida. Meu primeiro casamento tinha sido ruim, eu estava chegando àquela idade em que Hollywood gosta de dispensar as mulheres. Na verdade, fazia um tempo que eu estava nessa corda bamba. Eu tinha dois filhos na faculdade e estava fazendo das tripas coração para me manter relevante como atriz de cinema. E aí, ele apareceu.

— Todo bonitão — disse Cate, remexendo as sobrancelhas para fazer Lily rir.

— Menina, Deus caprichou na beleza quando estava desenhando esse homem. Agora, como eu era uma atriz de certa idade em Hollywood, fui escalada como a tia excêntrica do par romântico dele. Pelo menos não era a mãe. Ninguém questiona que ele é vinte anos mais velho que a moça, nenhuma menção a isso no filme.

— Mas, na vida real, foi você quem ficou com o herói.

— Sim, não de propósito, mas, sim. — Observando a neta, Lily pegou mais um pouco de penne. — Você já tem idade suficiente para saber o que eu pensei, o que nós dois pensamos. A gente iria para a cama, seria bom, e seguiríamos em frente. Deus é testemunha de que nenhum de nós queria casar de novo. Tive uma experiência péssima, e seu avô, uma quase perfeita. — Indo com calma, tanto com a história quanto com o jantar, Lily baixou o garfo para tomar um golinho de vinho. — Olivia Dunn foi o amor da vida dele. Quando começamos a perceber que não seria só sexo, por mais que a gente estivesse se divertindo, tive que pensar bem nesse fato. Será que eu conseguiria ficar com um homem que tinha tido esse tipo de amor, que ainda sentia esse tipo de amor por outra mulher? — Lily tomou outro golinho da única taça de vinho que se permitia tomar na noite antes da prova de figurino. — Sabe qual foi a minha conclusão? Eu seria uma idiota se largasse um homem que tinha esse tipo de sentimento dentro de si, se abrisse mão do que ele poderia sentir por mim. E minha mãe não criou nenhuma idiota.

— Na minha vida toda, foi observando vocês dois, juntos, que aprendi o que é o amor, ou como ele pode ser.

— Então fizemos alguma coisa certa. — Lily baixou a taça de vinho. — E isso me leva ao assunto que estava torcendo para você me contar. Mas, como isso não aconteceu, vou meter meu bedelho onde não sou chamada. Espero que o tiro não saia pela culatra. É uma graça, meu doce, como você e Noah estão tentando ser discretos.

— Eu...

— E até entendo por que você não quer contar para ninguém. Mas, francamente, Catey, estamos falando de teatro aqui. Nós somos um bando de fofoqueiros, e adoramos falar de sexo e drama.

O medo com o que estaria por vir se misturou com o alívio de não ter mais que guardar segredo.

— Eu não sabia como você reagiria.

— Então eu devo ter feito alguma coisa errada em algum momento, se você não sabe que pode conversar comigo sobre tudo.

— Eu sei disso. Desculpe. Não fui legal com você. É mais uma questão minha. Tem sido tão bom, tão bom não precisar me preocupar com o que as pessoas leem sobre mim, escutam ou falam sobre a minha vida. Minha mãe está tão empolgada com o noivado, com o planejamento do casamento monumental, que não precisa de mim para chamar atenção da imprensa por enquanto, e eu não queria virar fofoca. Contei a Darlie, e Mallory sabe. E os colegas de apartamento de Noah. Comecei a te contar tantas vezes, mas... eu não sabia direito como fazer isso.

— Vamos começar agora, e, dane-se, vou quebrar minha regra e tomar uma segunda taça de vinho. Você pode tomar uma comigo. É uma ocasião especial.

Antes de Lily se levantar para pegar a garrafa, Cate saiu da cadeira com um pulo, trouxe o vinho e a segunda taça da cozinha.

— Agora eu estou, tipo, tornando você uma alcoólatra?

Lily deu um tapinha carinhoso na mão dela.

— Você está me dando uma desculpa para eu fazer o que quero. Foi Noah quem te deu esse colar fofo?

— No meu aniversário.

— Já ganhou pontos nesse quesito. Não é um presente qualquer. Quero saber se ele é sempre fofo e atencioso assim com você.

— É. Noah sempre vai comigo chamar um táxi, espera até o carro sair, me pede para avisar quando eu chegar em casa. Ele me escuta, presta atenção no que digo. E me convenceu a voltar para as aulas de dança, e eu não tinha me dado conta do quanto sentia falta delas antes disso. Ele não contou nada a ninguém porque pedi.

— Já vou avisando que perguntei às pessoas sobre ele. Não só porque eu posso — continuou Lily quando Cate abriu a boca —, mas porque é minha obrigação. Então sei que Noah não bebe nem usa drogas porque leva o trabalho a sério. Sua família é interessante, algo que nós, moças sulistas, gostamos e admiramos. Ele se dedica ao trabalho, vejo isso com meus próprios olhos. E é talentoso, talentoso à beça. Aquele garoto pode se dar bem na vida.

Cate sentiu a aprovação da mulher mais importante em sua vida irradiar dentro de si.

— Ele é apaixonado pelo teatro.

— Dá para perceber. Agora, a parte mais séria. Vocês dois estão tomando cuidado?

— Estamos. Juro.

— Então tudo bem, já chegou a hora de ele começar a passar por aquela porta em vez de só encontrar com você lá embaixo ou em qualquer outro canto. Não comentei nada com seu pai ou com Hugh, nem vou fazer isso. Essa parte é por sua conta. E entendo, de verdade, sua necessidade de esconder essas coisas da imprensa. — Lily se inclinou para pegar a mão de Cate. — Mas a informação vai vazar, mais cedo ou mais tarde. Vocês dois precisam estar preparados para isso.

— Vou conversar com ele.

— Que bom. Quando vocês vão se ver de novo?

— A gente ia se encontrar depois do ensaio amanhã, e... — Ela viu as sobrancelhas arqueadas. — Vou pedir para ele subir.

Capítulo catorze

♦ ♦ ♦ ♦

CATE ADORAVA ver como Lily e Noah se davam bem. Como poderia não amar ouvir duas de suas pessoas favoritas juntas trocando ideias sobre teatro?

Quando Lily insistiu que ele viesse jantar, Noah trouxe flores para as duas. E isso basicamente foi seu passaporte para o sucesso.

Ela sentiu saudade dos dois, de um jeito quase doloroso, quando chegou a hora de a peça estrear fora da cidade, em São Francisco e Chicago.

Mas eles precisavam se concentrar. E isso lhe daria vários dias para descobrir como se virava sozinha.

Pela primeira vez na vida, pensou Cate, de pé na varanda, no clima ameno, comendo comida chinesa direto da embalagem. Sem crises de ansiedade, sem pesadelos, apenas seguindo sua rotina.

Longas caminhadas e treinos de ioga todos os dias. Aulas de dança, apesar de aumentarem sua saudade de Noah. À tarde, pesquisas sobre os cursos que começariam em algumas semanas.

Duas tentativas fracassadas de escrever um roteiro, ambas tão ruins que foram parar no lixo. Ela ainda faria o curso, mas tinha a impressão de que seus talentos não incluíam a escrita.

E estava tudo bem. Comendo o macarrão, Cate se aproximou do muro de concreto, olhou para o mundo agitado lá embaixo. Com o tempo, ela encontraria seu lugar. Naquele burburinho ou fora dele. Porém, agora, naquele exato momento, naquela tranquilidade, naquele interlúdio em que podia se manter anônima, em que podia passar por um jornaleiro e não ver o próprio rosto ou nome estampados em uma manchete, Cate tinha tudo de que precisava.

A Irlanda lhe dera isso na infância. Ela aproveitaria essa capacidade de Nova York agora, e, por não ser mais criança, usaria esse tempo, esse interlúdio, para explorar seus talentos, ou a ausência deles, suas habilidades, ou a ausência delas.

Talvez fizesse um curso de fotografia, ou de pintura, ou, ou, ou.

— Veremos — murmurou ela enquanto voltava para dentro do apartamento, fechava as portas de vidro e abafava o burburinho da cidade.

Então se acomodou com seu tablet e começou a pesquisar sobre fotografia. Ela gostava de olhar para as pessoas, de escutá-las. Talvez tivesse talento para capturar imagens.

Para congelar um momento, uma expressão, um clima. Poderia treinar com a câmera do celular, só de brincadeira. Daria uma volta pelo bairro de manhã, antes de ir ao campus da Universidade de Nova York em busca de orientação.

Quando o alarme do celular soou, ela pegou o aparelho.

— Cortinas.

Cate imaginou as cortinas subindo em São Francisco, as luzes, o cenário.

— Merda para vocês, pessoal.

Ela tentou se distrair com mais pesquisas, mas era impossível. Conseguia ouvir a cena de abertura, as notas, as batidas, o diálogo, as vozes.

Será que a plateia tinha rido naquela hora, aplaudido na outra? Será que as pessoas estavam encantadas e hipnotizadas?

Cate levantou, verificou os trincos da porta, apagou as luzes antes de seguir para seu quarto. Para tentar acalmar a ansiedade que sentia dentro de si, o "não saber", ela estendeu o tapete de ioga e começou uma sessão de relaxamento.

E admitia que teria relaxado mais se não ficasse olhando para o relógio, mas conseguiu completar meia hora.

Tentando alongar o tempo da mesma forma como fizera com o corpo, ela trocou de roupa, vestindo um top e um short de pijama, seguiu sua demorada e dedicada rotina de cuidados com a pele.

Chegou ao intervalo da peça.

Então ligou a televisão, percorreu os canais até encontrar um filme que já estava pela metade. Um com perseguições de carro e explosões para distraí-la completamente do musical.

Pelo visto, a ioga tivera mais efeito do que o esperado, porque Cate caiu no sono enquanto Matt Damon aniquilava os vilões no papel de Jason Bourne.

Ela acordou com o telefone. Desorientada, pegou o aparelho e o controle remoto para desligar a TV.

— Noah.

— Acordei você. Sabia que devia ter esperado até amanhã.

— Eu disse que ia bater em você se fizesse isso. Conte tudo.

— Temos que melhorar alguns detalhes.

Cate conseguia ouvir o barulho, as vozes, o burburinho no fundo.

— Conte tudo — repetiu ela.

— Foi ótimo. — A risada surpresa veio, a aqueceu. — Foi maravilhoso. Casa cheia, aplausos de pé. Doze voltas ao palco. Doze.

— Eu sabia! Eu sabia! Ai, estou tão feliz por vocês.

— Temos que esperar para ler as críticas. Caramba, Cate, você devia ter visto a plateia quando Lily entrou no palco. Seu avô estava na primeira fila. Ele vai à festa do elenco. Estou com saudade.

— Também estou, mas fico muito feliz por você. Por todos vocês.

— É como se fosse a melhor noite da minha vida. Volte a dormir. A gente se fala amanhã.

— Vá comemorar. Estarei lá no dia da grande estreia na Broadway.

— Estou contando com isso. Boa noite.

— Boa noite.

Cate colocou o celular para carregar ao lado da cama, abraçou a si mesma.

Sorrindo, ela se aconchegou. Caiu no sono. Quando o celular tocou de novo, a menina suspirou e abriu outro sorriso.

— Noah — murmurou ao atender.

— *Você não obedeceu.*

A voz robótica fez Cate pular da cama.

— O quê? O quê?

Música agora. Uma voz famosa perguntando:

— *Está se sentindo solitária hoje?*

Sentiu falta de ar enquanto tateava em busca do interruptor, a respiração ofegante enquanto seus olhos percorriam o quarto.

A voz da mãe sussurrando:

— *Você está sozinha.* — Estática, uma mudança de tom. — *Não há onde se esconder!*

Em pânico, Cate cambaleou para fora da cama, caiu de joelhos.

Música de novo, o som animado, alegre, se transformando em algo assustador.

— *Espere aí. Estou chegando!*

Uma gargalhada de filme de terror, o tipo de risada maldosa que saía de porões escuros, atravessava a névoa de cemitérios.

Quando o celular emudeceu, ela começou a chorar.

Cate não apenas mudou de número, mas jogou o aparelho antigo fora e comprou um novo. E se perguntou se deveria contar a alguém. A noite de estreia se aproximava, então o momento não podia ser pior. Mas, no fim das contas, contou a Noah.

Os dois estavam sentados no Café Café, as mãos dele segurando forte as suas.

— Isso já aconteceu antes?

— Em Los Angeles, no inverno passado. Era uma gravação. Quer dizer, dessa vez foi diferente, mas são gravações.

— Por que você não contou para o seu pai da outra vez?

— Já expliquei como ele fica, Noah. Como se preocupa e praticamente tenta me proteger de tudo. E achei, de verdade, que era só algum idiota fazendo uma brincadeira maldosa.

— Mas, agora, aconteceu de novo. Vamos dar queixa na polícia.

— Joguei o celular fora — lembrou Cate. — Eu estava em pânico e fui burra, mas joguei fora. E, de toda forma, o que a polícia faria? Não foi uma ameaça de verdade.

— Tentar assustar alguém é uma ameaça. Você acha que foi sua mãe?

— Não, não por acreditar que ela seria incapaz, mas porque acho que não usaria a própria voz. Na primeira, reconheci as falas de um dos seus filmes. Aposto que fizeram a mesma coisa agora.

— Cate, essa pessoa sabia que você estava sozinha.

— Sim. — Ela tivera tempo para pensar, para se acalmar e refletir. — Expliquei como as coisas funcionam comigo. Publicaram algumas notas sobre eu me mudar para Nova York com a vóvis Lil, até sobre eu me inscrever nos cursos de verão. A estreia fora da cidade foi bem divulgada, então...

— Você precisa contar para Lily. Posso ir com você.

— O quê? Agora?

— Agora.

— Não quero deixá-la nervosa, e ela não pode...

Noah jogou o dinheiro do café sobre a mesa.

— Se você não contar, eu conto. — Ele apenas se levantou, segurou sua mão para puxá-la. — Você vai ter que lidar com essa situação.

Furiosa, Cate argumentou, reclamou, ameaçou, mas não conseguiu abalar a determinação de Noah durante a rápida caminhada até o apartamento. Aqueles olhos dourados que amava permaneceram firmes, e o rosto dele, implacável.

A reação de Lily não melhorou as coisas.

— Puta que pariu!

Recém-saída de sua massagem e ainda de roupão, ela rodopiou no meio da sala.

— É a segunda vez? E você não me contou.

— Eu só...

— Não me venha com "eu só". — Os olhos dela se estreitaram ao ver o olhar ressentido que Cate lançava ao namorado. — E não desconte nele. Noah fez a coisa certa.

— Você não pode fazer nada — começou Cate.

— Você não faz ideia do que eu posso fazer quando preciso. Mas, se eu não souber de nada, minhas mãos ficam atadas. Sou responsável por você, menina. E estou pouco me lixando se você tem dezoito ou cento e oito anos. Sou a responsável. E a primeira coisa que vamos fazer é dar queixa na polícia.

O pânico ameaçou voltar.

— Podemos esperar um pouco, por favor? — A fúria que emanava de Lily era tanta que Cate teve que criar coragem para se aproximar dela. — O que vai acontecer se fizermos isso? Joguei o celular fora. Admito que foi burrice da minha parte, mas, agora, já era. Posso contar aos policiais o que me lembro das ligações. E depois?

— Eu não sou policial, então não sei o que vem depois.

— Dá para imaginar o que vai acontecer. Dou queixa, e o boletim de ocorrência vaza. Os tabloides fazem a festa. Quando a informação cair na boca do povo, quantas ligações iguais você acha que eu vou receber?

— Puta que pariu!

Com o roupão esvoaçante, Lily seguiu a passos firmes até a varanda e abriu as portas com força. Saiu.

— Está feliz? — reclamou Cate com Noah.

— Não era isso que eu queria, não seja boba. Ela está pê da vida porque te ama. Eu também. Eu também.

— Isso não me ajuda em nada agora. — Apesar de ajudar, bastante. Criando coragem, Cate foi até a varanda. — Desculpe por não ter contado. Na primeira vez, não contei para ninguém porque sabia que papai não me deixaria participar do filme, e eu queria tanto. Eu precisava. E ele não deixaria.

— É bem provável que não — murmurou Lily.

— E dessa vez não contei nada assim que aconteceu porque você tem a estreia.

Lily virou-se.

— Acha mesmo que uma peça é mais importante para mim do que você? Que qualquer coisa no mundo é mais importante para mim do que você?

— Não. Também me sinto assim. Na época da primeira ligação, surgiram matérias sobre minha mãe ter saído da prisão, sobre mim, sobre o filme novo. E, agora, tiveram algumas matérias sobre minha inscrição nos cursos universitários, e todas as entrevistas que ela está dando sobre o casamento. Alguém resolveu me assustar.

— Ela mesma pode ter feito isso. Não duvido.

— Ela poderia ter pagado alguém para fazer melhor.

O sol, flamejante como o cabelo de Lily, iluminava o rio, sendo refletido nos vidros e metais.

— São gravações, vóvis Lil. Sei identificar uma gravação. A edição, os cortes muito malfeitos. Ela tem dinheiro suficiente agora para pagar por algo com qualidade, e não foi o caso.

— Isso não melhora a situação.

— Mas não posso parar minha vida por causa de uma coisa dessas. Odeio como me sinto quando essas ligações acontecem, mas não posso parar minha vida.

Lily voltou para a sombra, sentou, tamborilou os dedos.

— Ninguém quer que você faça isso, Catey. E concordo com o que disse sobre a polícia. Desta vez. Se algo assim acontecer de novo, vamos fazer diferente. Você vai guardar o celular, ligar para a polícia, entregar o aparelho para eles e deixar que façam seu trabalho.

— Tudo bem.

— Por enquanto, escreva tudo que lembra sobre as duas ligações, para termos um registro, caso seja necessário. E você vai ligar para o seu pai e contar a ele.

— Mas...

— Não. — Com os olhos brilhando, Lily ergueu um dedo. — Nem comece. No nosso ramo, são muito comuns esses problemas de comunicação. E você faz parte dele. Mas Aidan precisa saber. Depois, você vai fazer as pazes com seu namorado, pois o garoto fez a coisa certa porque te ama e está preocupado.

— Não gostei de como ele agiu.

Lily arqueou aquelas sobrancelhas.

— O suficiente para dar um pé na bunda dele?

— Não.

— Então vá fazer as pazes. Depois peça para Noah buscar uma Coca para mim e outra para ele. Vamos ficar sentados aqui fora enquanto você fala com seu pai. Vou te ajudar com isso — decidiu Lily. — Traga o celular para mim depois que vocês conversarem.

Sem saída, Cate voltou para a sala, onde Noah a esperava.

— Não gostei de como você agiu.

— Percebi.

— Preciso ser capaz de cuidar da minha vida, de tomar as minhas decisões.

— Isso é diferente. Você sabe que é, mas ainda está assustada demais para admitir. — Ele se aproximou antes de ela conseguir rebater, segurou seu rosto com as duas mãos. — Não aguento ver você assustada. Seria impossível não tomar uma atitude depois de ver você assim. — Noah roçou os lábios sobre os dela. — Vai ser menos assustador agora que Lily sabe.

— Talvez, mas preciso contar para meu pai também, e vai ser péssimo. Ela disse para você pegar duas Cocas e esperar na varanda enquanto ligo para ele.

Foi péssimo, e horrível, e aquela dose de Lily foi necessária para amenizar a situação. Mas a pior coisa que Cate temia não aconteceu. Ela não seria obrigada a voltar para Los Angeles — uma ordem que se recusaria a cumprir. E teria mais uma chance de viver sua vida.

ANTES DA noite de estreia veio o ensaio geral em um teatro repleto da energia de parentes e amigos. Cate assistiu ao musical pela primeira vez com tudo perfeito — luzes, músicas, cenários, figurinos —, em uma plateia lotada de pessoas torcendo pelo sucesso dos seus entes queridos no palco.

Ela foi apresentada à família de Noah, e isso lhe pareceu outro passo importantíssimo.

Na noite da pré-estreia, quando os críticos de teatro estariam presentes, Cate ficou na coxia. Críticos e jornalistas andavam juntos. Ela não queria arriscar tirar o foco da avó, do namorado.

Mesmo assim, ficou ansiosa junto com o elenco enquanto esperavam pelas primeiras críticas e comemorou os elogios recebidos.

Com o teatro fechado na segunda-feira, ela foi à aula de dança com Noah em um horário mais cedo, e ele a acompanhou no tour do campus onde assistiria a suas aulas.

— É tão grande — disse Cate enquanto os dois seguiam para o metrô. — E só vimos uma parte. Fiquei intimidada.

— Você vai se sair bem. Muito bem.

Juntos, eles desceram a escada para pegar a linha que seguia para o norte.

— Faculdade particular, professores particulares.

— A vida de uma garota branca e rica é difícil — disse Noah, fazendo-a rir e lhe dar uma cotovelada.

— É aquele espaço todo, eu acho. — Os dois passaram pela catraca. — E toda aquela gente. Até os cursos de verão vão estar lotados. A única vantagem — acrescentou ela, pegando o cartão do metrô — é que serei só mais uma na multidão, ou quase isso. *Mudança de paisagem* vai estrear em duas semanas. O restante do elenco já está dando entrevistas.

— Nós vamos ver.

— Ah, sei lá.

Ela se encolheu, remexeu os ombros como se tentasse se livrar de uma coceira.

— Você não tem escapatória.

Os dois ficaram esperando na plataforma com duas mulheres que levavam um bebê bochechudo em um carrinho. As duas falavam rápido em espanhol, enquanto o bebê mastigava ferozmente um mordedor laranja. Perto dali, um homem de terno mexia na tela do celular com o dedão. Ao seu lado, um sujeito atarracado usando uma bermuda larga comia uma fatia de pizza enquanto balançava a cabeça ao som de qualquer que fosse a música que tocava em seus fones de ouvido.

O ar cheirava a pizza, suor e aos *onion rings* quase queimados de alguém.

— Acabou sendo uma época bem ruim da minha vida.

Noah apenas acariciou seu braço com uma das mãos.

— Outro motivo para a gente assistir, para você ver como é talentosa, mesmo nos momentos ruins. Podemos ir cedo.

Ele segurou sua mão enquanto o estrondo do trem que se aproximava saía do túnel.

As portas abriram, pessoas saíram, pessoas entraram.

— Que tal irmos ao parque? — Noah a puxou na direção dos assentos. — Podemos dar um passeio, comer um cachorro-quente nas barraquinhas.

E distrair a mente dele da noite de amanhã. A noite de estreia.

— Eu topo. Posso deixar minha mochila no seu apartamento, calçar algo mais confortável.

Noah olhou para seus tênis gastos da Nike.

— Preciso de sapatos novos.

— Podemos acrescentar compras ao nosso passeio.

Ele a encarou.

— Quantos sapatos você tem?

— Isso não vem ao caso — respondeu Cate, séria.

Tão séria que Noah sorriu e lhe deu um beijo.

Os dois conversaram sobre sapatos, passeios, talvez encontrar alguns amigos, talvez só voltar para o apartamento dele, já que um dos outros caras que morava lá faria um teste à tarde e Noah achava que o outro teria que trabalhar.

Isso que era vida, pensou Cate. Nenhuma ligação horrível, nenhum jornalista insistente entraria no seu caminho.

— Vamos fazer tudo — decidiu ela enquanto saíam do elevador e seguiam para o apartamento. — Sua casa primeiro, especialmente se estiver vazia, porque isso nunca acontece. Depois o passeio, e então os sapatos, para a gente não se enrolar demais.

— Talvez. — Noah passou a mão pelo cabelo de Cate enquanto ela pegava a chave. — Ou talvez a gente nem saia da minha casa.

— É uma possibilidade.

Rindo, um pouco distraídos, os dois entraram.

— E aí está ela!

Hugh veio da varanda, a alegria absoluta estampada em seu rosto enquanto ele abria os braços.

— Vovô. Você só vinha amanhã.

Ela deixou a mochila no chão, correu para o abraço.

— Resolvemos fazer uma surpresa para você e Lily, talvez pegar as duas no flagra com uns dançarinos. — Ele lhe deu um beijo nas duas bochechas, olhou para Noah. — E pegamos! O malabarista de pés muito talentosos.

— Sim, senhor, obrigado. Noah Tanaka. — Ele apertou a mão de Hugh. — Posso arrumar mais dançarinos rapidinho.

Hugh soltou uma gargalhada, lhe deu um tapinha nas costas.

— Está tudo bem, Lily. Vou ficar bem.

Cate virou a cabeça ao ouvir a voz.

— Pai.

Ela foi correndo até Aidan e o apertou com tanta força quanto foi apertada, sendo erguida do chão.

— Deixe eu olhar para você. Fotos e chamadas de vídeo não são a mesma coisa.

Ele a afastou um pouco.

E por mais habilidoso que fosse em esconder suas emoções, Cate o conhecia bem demais e notou nele a preocupação.

— Estou bem, pai. Mais do que bem.

— Estou vendo. Senti sua falta.

— Também senti a sua. Nós tínhamos combinado tudo para amanhã. A gente ia almoçar mais tarde, em um restaurante chique, antes de Lily ir para o teatro. Então andaríamos até lá e entraríamos pela porta dos fundos.

— Podemos fazer isso também. Papai e eu resolvemos vir antes, ficar mais tempo, fazer uma surpresa para você.

Lily encarava Cate.

— Surpresa. Aidan, esse é Noah, ele é um dos coristas

— E não vai ficar lá por muito tempo — comentou Hugh. — O garoto é talentoso.

— É um prazer conhecê-lo, sr. Sullivan. Os dois.

— É um prazer conhecer você também. É sua primeira vez na Broadway?

— Na verdade, é a terceira. Só fui creditado em mais uma, porque a outra não durou nem dez dias. Mas... eu devia... ir.

— Vamos levar nossas duas garotas favoritas para almoçar — disse Hugh. — Não quer vir com a gente?

— Ah, bem, obrigado, mas...

Merda, pensou Cate, merda. Hora de dar o próximo passo.

— Vamos. — Esticando o braço, ela pegou a mão de Noah. — Noah e eu estamos juntos.

Ela viu o choque passar pelo rosto do pai, talvez um pouco de angústia.

— Preciso de um minuto. Isso é novidade para mim. "Juntos" significa...

— Pai, eu tenho dezoito anos.

— Certo. Passou. Bem, parece que o almoço agora é obrigatório. Vou ter que passar um tempo interrogando Noah. — Ele fez um som de alerta, apontou para Cate quando ela abriu a boca para argumentar. — Meu trabalho. Só tenho que aprender como funciona essa parte. Lily, você disse que o restaurante fica a alguns quarteirões daqui.

— É, sim. Vai ser uma caminhada muito agradável.

Aidan abriu um sorriso largo e cheio de dentes para Noah.

— Para alguns de nós.

Mais tarde, ela seguiu com Noah até a esquina — seguindo na direção oposta da família — e cobriu o rosto com as mãos.

— Desculpe!

— Não, está tudo bem. Foi esquisito, mas tranquilo. Talvez um pouco assustador no começo. Na verdade, muito assustador. — Noah passou uma mão sobre a testa como se estivesse secando suor. — Sabe como seu pai disse que tinha que entender como funciona essa parte? Bem, ele aprende rápido. Praticamente arrancou toda a história da minha vida antes de a gente chegar ao restaurante. Aí me perguntou quais eram meus planos para o futuro, e eu falei que queria passar para dançarino principal, depois ganhar papéis com fala, e, por fim, virar protagonista. Sei que não vai ser fácil, mas quero ser protagonista.

— E vai ser.

— Vou me esforçar para isso. Enfim, ele deixou bem claro que acabaria com a raça de qualquer um que ousasse machucar sua filha.

Como Cate não se incomodava nem um pouco em ouvir o pai dizer isso, ela enlaçou o braço de Noah com o seu, agarrou-se a ele.

— Minha família é assim mesmo.

— Está tudo bem, eu entendo, e expliquei que não sou do tipo que magoa os outros, muito menos aqueles de quem gosto. Seu pai pareceu ficar contente. Acho que, quando o almoço terminou, ele já estava quase gostando de mim.

— Você foi ótimo. — Cate lhe deu um beijo como prova disso. — E desculpe por eu não poder mais voltar para sua casa.

— Não, isso também seria estranho agora. E, sabe, desrespeitoso. Além do mais, acho que vou precisar de um tempo para me recuperar do interrogatório.

— Se serve de consolo, a próxima vítima vai ser eu. — Ela olhou para trás. — Melhor parar de enrolar.

— A gente se fala mais tarde?

— Mas é claro. Vamos nos ver amanhã, nos bastidores, e vou estar na primeira fila quando as cortinas subirem.

Cate voltou para o apartamento e imediatamente notou que os avós haviam sumido. O pai estava sentado sozinho na varanda.

Ela foi até ele, ocupou a cadeira ao seu lado. Esperou.

— Eu te amo, Caitlyn.

— Eu sei, pai. Eu também te amo.

— Uma parte de mim sempre vai olhar para você e ver uma menininha. É assim que as coisas são, é assim que elas funcionam. E você sabe por que sinto a necessidade de ser tão protetor.

— Sim. E preciso que você saiba que estou aprendendo a me proteger por conta própria.

— Isso não muda nada. Não vou fingir que não estou preocupado com as ligações nem aceitar que não posso proteger você, manter você segura.

— Sei que não lidei bem com a situação, mas vou agir diferente se acontecer de novo. Não só porque prometi a você, à vóvis Lil e ao vovô, mas porque não vou deixar que um babaca desconhecido me assuste de novo. Nova York me faz bem — continuou ela. — Consegui me distanciar de tudo. Não de você, mas das outras coisas. Entrei em pânico porque achei que fosse Noah, e eu estava quase dormindo.

— A primeira ligação também aconteceu quando você estava sozinha e dormindo.

— Sim, mas essa parte é fácil de entender. As pessoas costumam ficar vulneráveis no meio da madrugada. O idiota que ligou tirou proveito disso. Mas não vou dar a ele esse prazer de novo. Teve um intervalo de meses entre um telefonema e o outro... Se ele não estiver ganhando nada com isso, acho que vai parar.

— E se não parar?

— Vou avisar a você. Juro.

— As ligações não foram as únicas coisas que você não me contou.

— É meio esquisito contar ao seu pai que você está namorando. Agora que já conheceu Noah, já conversou com ele, deve saber que é uma boa pessoa.

Aidan ficou em silêncio por um instante, apenas tamborilarando no braço da cadeira.

Então cedeu.

— Parece ser mesmo. Ele consegue conversar sobre assuntos de verdade, dá a impressão de saber o que quer da vida, tem ética de trabalho. Mas a vontade é tocar o terror até ele ir embora.

— Pai! — Ela soltou uma risada surpresa. — Pare com isso.

— Vai passar. Ou não. — Aidan se virou para encará-la. — Eu não fiz esta pergunta para ele porque tinha outras coisas mais importantes para saber antes. Há quanto tempo vocês estão saindo?

— Dois meses.

— Você está apaixonada?

— Acho que sim. Sei que estar com ele me deixa feliz. Noah me convenceu a voltar para as aulas de dança, e eu tinha me esquecido do quanto gosto delas. Não é por causa dele que me inscrevi nos cursos da faculdade, mas acho que criei coragem para tentar porque, bem, por causa da normalidade de tudo. É bom ser normal.

Observando o rosto da filha, Aidan assentiu, então olhou para a cidade.

— Foi difícil deixar você vir para Nova York. Agora, não é difícil reconhecer que você estava certa. A cidade te faz bem.

— Isso não significa que não sinta falta de você e do vovô. E de Consuela. Sinto saudade dos jardins e da piscina. Nossa, como sinto saudade da piscina. Mas... — Cate se levantou, foi até o parapeito. — Adoro andar por aí, encontrar meus amigos para tomar um café ou ir para uma boate. Entrar em uma loja para comprar uma calça jeans, sapatos ou qualquer outra coisa. De vez em quando, alguém fica me encarando ou diz que pareço familiar. Mas ninguém presta muita atenção.

— Seu filme vai estrear daqui a pouco. Isso pode mudar as coisas.

— Não sei. Talvez. Espero que não mude demais nem por muito tempo. De toda forma, não me sinto tão... acho que a palavra é vulnerável. — Cate se virou para o pai, sorriu. — Acho que estou aguentando a pressão.

CHARLOTTE TINHA tudo. Conseguiu fisgar um noivo maravilhosamente rico e generoso que acreditava que ela era a mulher mais charmosa e encantadora do mundo. O sexo não era problema — apesar da idade, ele até que levava jeito para a coisa. Além do mais, os benefícios compensavam.

Ela morava na maior mansão de Holmby Hills, com mais de cinco mil metros quadrados, paredes de mármore, vinte cômodos, salão de baile, duas salas de jantar — a maior abrigava uma mesa de zebrano feita sob encomenda — e um cinema com cem assentos. Havia um salão de beleza só para ela, um vestiário com banheiro e três closets, sendo um exclusivamente para seus sapatos.

Suas joias ficavam em um cofre. E Conrad a mimava.

O terreno de mais de vinte e quatro mil metros quadrados oferecia ainda uma piscina que fazia curvas, quadras de tênis de saibro, uma garagem de dois andares com elevador, jardins formais, seis fontes — uma delas agora exibia no centro uma estátua feita à sua imagem —, um campo de minigolfe e uma pracinha com um lago oriental cheio de carpas.

Charlotte tinha uma equipe de trinta empregados para cuidar de todas as suas necessidades, incluindo uma secretária para eventos sociais, duas assistentes pessoais, um motorista, uma estilista e uma nutricionista que planejava suas refeições diárias.

Tinha contratado um relações-públicas para ficar encarregado de sugerir e enviar pautas para a imprensa e se certificar de que ela fosse fotografada em todos os eventos a que comparecia.

É claro, Charlotte tinha acesso a três jatinhos particulares, à mansão na costa de Kona, no Havaí, à casa de campo na Toscana, ao castelo em Luxemburgo e à mansão no Lake District na Inglaterra. Sem mencionar o superiate de noventa metros.

Acompanhada por Conrad, ela era recebida pela mais alta esfera da sociedade, não apenas em Hollywood, mas em todos os lugares.

Ele comprou os direitos para um roteiro que Charlotte escolheu e estava produzindo o que ela acreditava ser o filme cujo sucesso estrondoso recuperaria sua carreira, lhe dando o papel de protagonista que, finalmente, traria a fama e a adoração que ela achava que merecia.

Mas isso tudo não bastava. Não enquanto ela estava sentada na cama com sua bandeja de café da manhã — iogurte grego com frutas vermelhas e farinha de linhaça, uma omelete de um único ovo com espinafre, uma torrada de pão de grão germinado com manteiga de amêndoas — assistindo àquele diretorzinho de quinta, Steven McCoy, se derretendo todo por Cate e seu filme idiota no *The Today Show*.

— Todos os personagens têm destaque. É a história de uma família, mas Olive é o coração do filme. Caitlyn Sullivan nos deu esse coração. Ela foi maravilhosa de dirigir, profissional, sempre pronta. Não é à toa que a ética de trabalho dos Sullivan, bem, é famosa. Ela está levando isso para a próxima geração.

— Que monte de merda.

Charlotte fervilhava por dentro, tão nervosa que lágrimas escorreram de seus olhos quando exibiram um trailer do filme.

E lá estava Cate, jovem, exuberante, linda.

Como se já não fosse ruim o suficiente ver a porcaria do trailer em todo canto, a crítica se rasgando em elogios e dando tapas na sua cara.

Aquilo poderia ser resolvido, pensou Charlotte.

Ela pegou o celular. Vamos ver se aquela desgraçada que lhe custara sete anos de vida gostaria do tipo de publicidade que sua mãe poderia bancar.

Os TABLOIDES atacaram no dia em que *Mudança de paisagem* estreava nos cinemas de todo o país. Manchetes gritando O NINHO DE AMOR DE CAITLYN e SEXO E A CIDADE se espalhavam por todas as bancas de jornal de Nova York.

Fotos do prédio em Hell's Kitchen e de Cate e Noah se beijando diante da porta dos fundos do teatro dominavam as primeiras páginas. Nas matérias, entrevistas com os vizinhos ofereciam relatos de festas decadentes, especulações sobre bebedeiras e consumo de drogas. Detalhes sobre a vida de Noah, sobre sua família, ocupavam um bom espaço das colunas.

— Desculpe.

Cate estava com ele na sala de estar de Lily — ela permanecia parada enquanto o namorado andava de um lado para o outro.

— Foram na casa da minha mãe. Fizeram Tasha, com quem namorei por cinco minutos dois anos atrás, dizer que a traí. É mentira. Disseram que uso drogas. Não, não com todas as letras, só insinuaram. Minha mãe está arrasada.

Cate permaneceu em silêncio enquanto ele andava, enquanto reclamava. O que poderia dizer?

— Estão dando a entender que consegui o papel em *Mame* por sua causa. A gente nem se conhecia quando fiz o teste. E que você está recusando ofertas porque sou ciumento e controlo a sua vida e sei lá o quê.

Quando ele perdeu as forças para continuar, Cate disse a única coisa que poderia dizer. De novo.

— Desculpe, Noah.

Ele esfregou o rosto com as duas mãos.

— A culpa não é sua. É só que... esse pessoal distorce tudo.

— Eu sei. Vai passar. Só estão aproveitando o momento por causa do filme. É o que Lily acha, e concordo. Sei que é horrível, mas vai passar.

Noah a encarou então.

— É mais fácil para você pensar assim. Sim, desculpe também, e sei que você está tão chateada quanto eu. Mas essas merdas fazem parte de Hollywood, Cate. Você está acostumada.

Tudo dentro dela se encolheu.

— Você quer terminar comigo?

— Não. Meu Deus, não. — Finalmente, ele se aproximou, a puxou para um abraço. — Não quero fazer isso. É só que... Não sei lidar com essas coisas. Nem imagino como você consegue.

— Vai passar — repetiu Cate.

Mas seu maior medo era que o período de calmaria tivesse acabado.

GRANT SPARKS sabia organizar um golpe — rápido ou demorado. Depois do pavor e da fúria iniciais de ser preso, ele chegou à conclusão de que, para sobreviver, o jeito era pensar no longo prazo e aplicar o maior e mais complexo golpe de sua vida.

Talvez da vida de qualquer um.

Ele se mantinha longe do radar das gangues — e longe da enfermaria —, contrabandeando mercadorias para dentro da prisão. Isso significava subornar alguns funcionários-chave, mas não tinha sido difícil descobrir quem poderiam ser essas pessoas e qual seria o incentivo necessário para conseguir sua ajuda.

E ainda tinha contatos do lado de fora. Podia pedir um maço de cigarros, então inflacionar o preço de cada cigarro e dividir o lucro com seu fornecedor.

Álcool e maconha também rendiam uma grana. Mas ele preferia se manter longe das drogas pesadas. Vender cigarros poderia resultar numa advertência. Vender heroína? Na melhor das hipóteses, em mais tempo na cadeia; na pior, em uma facada.

Grant aceitava pedidos de produtos tão diversos quanto hidratante para as mãos e pimenta, e conquistara a reputação de ser confiável.

Ele era protegido, e ninguém lhe enchia o saco.

Também se certificou de cuidar da reputação executando os serviços que lhe designavam sem reclamar, sem criar alvoroço, obedecendo às regras sem questionar. Ele ia à missa aos domingos, depois de gradualmente permitir que os crentes babacas o convencessem sobre o poder de Deus, das orações e essas baboseiras todas.

A leitura — da Bíblia, dos clássicos, de livros sobre autoconhecimento e aperfeiçoamento pessoal — o ajudou a pedir transferência da lavanderia da prisão — o inferno na Terra — para a biblioteca.

Ele malhava diariamente e acabou se tornando o *personal trainer* dos detentos, sempre pronto para ajudar.

Como precisava se manter completamente informado sobre certas pessoas do lado de fora, lia tabloides contrabandeados, e até a revista *Variety*. Sabia que a pirralha que o colocara ali tinha feito uns filmes. Sabia que a vagabunda que o passara para trás estava bancando a mãe arrependida para a imprensa.

E fervilhou de ódio ao ler sobre o noivado dela com a porra de um velho bilionário. Nunca tinha imaginado que Charlotte pudesse ser tão vigarista. E admirava essa qualidade, de certo modo.

Porém, de toda forma, ele se vingaria.

Grant viu uma oportunidade quando leu que a pirralha estava em Nova York, trepando com um dançarino (provavelmente gay). Ele passou um tempo bolando como dar uma rasteira naquela vaca, a quem oferecer o trabalho, quanto pagar.

Fazer amizade com quem estava prestes a sair da prisão tinha sido vantajoso no passado. E agora era que ele de fato via vantagem nisso.

CATE DEMOROU menos de duas semanas para se dar conta de que detestava a faculdade. Passar horas sentada em uma sala de aula, escutando o professor falar sobre coisas que — no fim das contas — não lhe interessavam, era algo que não abriria portas para ela.

Apenas a manteria trancada dentro de salas que outra pessoa escolhera.

A exceção era o curso de francês. Ela gostava de aprender um novo idioma, de treinar a pronúncia, de entender suas regras e peculiaridades.

A aula de cinema era um saco. Cate não via graça em analisar filmes, em encontrar significados escondidos e metáforas. Na sua opinião, isso diminuía a magia da telona.

Mas terminaria todos os cursos. Os Sullivan não desistem, disse ela a si mesma enquanto aguentava mais uma aula.

— Eles acham que eu devia saber das coisas porque atuei em filmes, porque minha família é do ramo.

Ela estava aconchegada com Noah na cama apertada dele, naquilo que chamava de Segundas Deliciosas.

— Você sabe das coisas.

— Não do tipo de coisa que eles querem. Acho que eu seria mais participativa em aulas de atuação. Mas não faço ideia de por que Alfred Hitchcock resolveu filmar a cena do banheiro em *Psicose* com cortes rápidos nem por que Spielberg deixou o personagem de Richard Dreyfuss sobreviver no fim de *Tubarão*. Só sei que são dois filmes brilhantes e assustadores.

Preguiçoso, Noah fez carinho em seu cabelo, que já estava quase batendo nos ombros.

— Você quer fazer um curso de atuação?

— Não. Essa é a sua praia. É você que está na peça mais bem-sucedida da Broadway. Eu...

— O quê?

Cate virou a cabeça, deu um beijo no ombro dele.

— É estranho pensar que não consigo nem tocar no assunto, agora que aquela porcaria toda passou.

— Você disse que passaria. — Ele virou para beijá-la. — Eu devia ter escutado.

— Aquilo foi um soco no estômago, Noah.

— Mais baixo — disse ele, fazendo com que Cate risse.

— Eu ia dizer que as pessoas na faculdade, até o reitor, vivem me pedindo ingressos para *Mame*.

— A gente sempre tem assentos reservados para convidados.

Cate balançou a cabeça.

— Se eu ceder uma vez, vou ter que ceder sempre. Ah, preciso ir. Tenho aula às dez amanhã e ainda não terminei de ler a matéria.

— Preferia que você ficasse aqui.

— Eu também, mas preciso terminar a leitura, e falei para Lily que voltaria até meia-noite. Já é meia-noite. — Cate saiu da cama para se vestir, suspirou quando ele a imitou. — Você não precisa ir comigo até o táxi, Noah.

— Minha namorada merece um acompanhante.

Sentando, ela calçou os sapatos, observou enquanto ele colocava a calça jeans naquele corpo esbelto de dançarino.

— Eu gosto muito de ser sua namorada.

Noah a acompanhou, como fazia todas as noites de segunda, até a Oitava Avenida, para Cate chamar um táxi. Ela se lembrou da primeira vez que isso acontecera, depois da sua primeira vez, da chuva fria, do brilho da calçada molhada. Agora, os dois caminhavam no calor de uma longa noite de verão, a umidade presa pelas nuvens que cobriam a lua e as estrelas.

— Mande uma mensagem quando chegar — disse Noah, como sempre.

E os dois se demoraram em um último beijo.

Também como sempre, Cate observou enquanto ele esperava o táxi se afastar.

Quando o veículo saiu de vista, Noah enfiou as mãos nos bolsos, pegou os fones de ouvido para ouvir 50 Cent no caminho para casa. Na sua cabeça, coreografou os passos ao som da batida, da letra, pensou em pedir ajuda ao professor de dança para torná-los mais refinados.

Quando chegou à Nona Avenida, os homens o atacaram.

CATE MANDOU a mensagem no elevador — e não reparou a ausência da resposta habitual de Noah com um emoji sorridente, já que encontrou Lily sentada na varanda.

— Você estava me esperando de novo? — perguntou Cate, a caminho da varanda.

— Estou aproveitando o calor e a umidade. Sou uma garota do sul, e esse clima me lembra o de casa.

— É por isso que você trouxe dois copos e uma garrafa de água para cá?

— Achei que você poderia estar com sede quando chegasse. — Ela serviu um copo como prova. — E que, talvez, quisesse passar um tempo comigo.

— Sim para as duas coisas.

Embora estivesse preocupada com a matéria que precisava ler, Cate sentou.

— Como vai Noah?

— Bem. Estamos bem — acrescentou a garota, sabendo que a pergunta era o motivo para a conversa na varanda. — As coisas ficaram complicadas por um tempo, mas não foi culpa dele. E passou. Nada do que publicaram sobre mim é verdade, e sei que mais mentiras ainda serão publicadas.

— Então tudo bem. Posso tirar isso da minha lista. Agora, o quanto você está detestando suas aulas?

Cate bufou.

— Pelo visto não consegui esconder essa parte. Não acho que elas sejam uma tortura. Nem tão ruins quanto uma noite de verão em Nova York. Só não gosto dos cursos nem da faculdade. Nem um pouco. E tive que experimentar para saber que não gostaria. Ah, tirando o francês. Essa é a parte boa. *J'adore parler français et penser en français.*

— Entendi a primeira parte. Você gosta de falar em francês.

— Sim, e pensar em francês. Preciso pensar na língua para falar nela. Só restam algumas semanas, e quero acabar tudo. Então, acho que vou procurar uma aula de conversação em francês para adultos, talvez um curso de fotografia, voltar para as aulas de dança. Não sei ainda o que mais posso fazer, mas estou pensando no assunto, em como usar o que aprendi, meus talentos.

— Você vai descobrir.

Ela esperava que sim. Mas a única certeza que teve quando parou para ler a matéria — a análise de qualquer coisa — foi que não daria aulas de cinema.

O telefonema de um dos colegas de apartamento de Noah a acordou pouco depois das seis.

Capítulo quinze

♦ ♦ ♦ ♦

COM o medo acelerando seu batimento cardíaco, Cate correu para a sala das enfermeiras.

— Noah Tanaka. Disseram que ele está neste andar. Ele... ele foi atacado ontem à noite, espancado. Eu...

Apesar do tom alegre do uniforme estampado com margaridas amarelas contra um céu azul, a enfermeira falava de modo frio, objetivo.

— Você é parente?

— Não. Sou namorada dele. Por favor...

— Sinto muito. Não posso dar informações sobre o sr. Tanaka. O caso dele só está sendo comunicado à família.

— Mas preciso vê-lo. Preciso saber se ele vai ficar bem. Não sei se foi grave. Não sei se...

— Não posso lhe dar essas informações. Se quiser esperar, a sala de espera fica logo ali, à direita.

— Mas...

— A sala de espera — disse a enfermeira —, onde estão alguns parentes do sr. Tanaka. A família dele pode explicar a situação.

Cate entendeu.

— Ah. Obrigada.

Outra enfermeira se aproximou para atender ao telefone.

— Coitada.

A primeira observou a menina sair em disparada pelo corredor.

— De qual dos dois?

Cate viu o irmão caçula de Noah, Eli, encolhido em um sofá apertado, com fones de ouvido, dormindo.

— Não acorde ele. — Bekka, a irmã de Noah, estava parada diante de uma bancada de chá e café. — Ele só conseguiu dormir agora.

— Bekka.

— Vamos sentar aqui.

Afundando um saquinho de chá num copo de papel, Bekka caminhou em direção a duas cadeiras.

Ela parecia exausta, seu cabelo escuro preso em um rabo de cavalo alto e desgrenhado. Olheiras adornavam seus olhos — cor de mel como os de Noah. E usava uma calça legging cinza com uma camisa preta que dizia COLUMBIA. Bekka estudava lá e levava tão a sério sua ambição de se tornar médica quanto Noah levava a sua de ser protagonista numa peça.

— Só fiquei sabendo agora, vim assim que me ligaram. Não me deixaram entrar no quarto nem querem me contar nada.

— São as regras do hospital. Podemos colocar o seu nome na lista de visitantes. Mas, por enquanto, Noah está dormindo. Não podem lhe dar nenhum analgésico muito forte por causa da concussão. Mamãe e papai estão com ele. A vovó e Ariel acabaram de descer para comer.

— Por favor. — Cate segurou uma das mãos de Bekka. — Preciso saber como ele está.

— Desculpe. Estou um pouco lerda. O hospital ligou ontem à noite, ou melhor, de madrugada. A polícia já estava aqui quando chegamos. Noah veio desmaiado na ambulância, mas acordou, tentou contar aos policiais o que tinha acontecido. Ele está com uma concussão, descolou a retina do olho esquerdo, tem fraturas de órbita nos dois olhos e quebrou o nariz. — Bekka fechou os olhos, tomou um gole de chá. E uma lágrima escorreu. — Uma fratura no osso malar, do lado esquerdo de novo. Trauma renal, trauma abdominal. — Ela abriu os olhos de novo, fitou Cate. — Bateram nele, dois caras. Simplesmente deram uma surra nele.

Abraçando a própria barriga, Cate se balançou.

— Ele vai ficar bem?

— Vão precisar operar a retina, talvez os dois olhos por causa das fraturas de órbita. Estamos esperando a opinião do especialista. E a fratura no rosto também precisa de cirurgia, porque o osso saiu do lugar. Temos que esperar até o inchaço diminuir, até a condição dele se estabilizar um pouco.

— Ai, meu Deus. — Inspirando, expirando, Cate pressionou os dedos contra os olhos. — Como uma coisa dessas aconteceu? Por que alguém faria isso com Noah?

— Ele disse que estava voltando para casa depois de deixar você no táxi.

— Ai, meu Deus, ai, meu Deus.

— Noah acha que foram dois caras, e as testemunhas que o ajudaram falaram a mesma coisa. Dois homens brancos, de acordo com elas. Noah não se lembra de muita coisa, só de estar andando e receber um soco nas costas. E não sabe como era a aparência deles, pelo menos não sabia quando falou com a polícia. As testemunhas deram outros detalhes, mas poucos, porque estavam a meio quarteirão de distância. Mas disseram que, quando os caras começaram a bater em Noah...

— O quê? — Diante da hesitação de Bekka, Cate agarrou seu braço.

— Chamaram Noah de chinês de merda, de viado, disseram que ele levaria uma surra pior se tentasse comer outra garota branca. E que, se ele encostasse em Cate Sullivan de novo, arrancariam seu pau fora.

— Eles...

Cate não conseguia encontrar as palavras, não conseguia pensar no que dizer, que dirá falar.

— Isso não faz com que a culpa seja sua. Mas... mamãe, especialmente mamãe... Você precisar entender como ela se sentiu ouvindo essas coisas, vendo o estado de Noah.

Ela não conseguia entender. Não conseguia entender nada.

— Não sei o que fazer, o que dizer, o que sentir.

— A polícia vai precisar conversar com você.

— Não conheço ninguém capaz de fazer isso com Noah. Bekka, eu juro.

— Você não precisa conhecer ninguém. — Do sofá, agora sem os fones de ouvido, com os olhos abertos, Eli a observava. Naqueles olhos, nos olhos de um menino de quinze anos, brilhava uma amargura imensa. — As pessoas conhecem você. — Ele saiu do sofá. — Vou dar uma volta — disse o menino, e foi.

Mas não conheciam, pensou Cate. Essas pessoas não a conheciam.

— Eli está com raiva — começou Bekka. — Por enquanto, ele só enxerga o irmão no hospital, espancado por homens brancos, por causa de uma menina branca. E ainda não consegue ver nada além disso.

Cate fechou uma mão sobre o pingente de coração que usava todos os dias.

— Sua família vai me deixar visitar Noah?

— Sim, porque ele já perguntou por você. Não importa o que a gente esteja sentindo; agora, só queremos o melhor para Noah. Espere aqui. Vou falar com minha mãe.

Abalada, enojada, Cate esperou. E como sabia que Lily também esperava, preocupada, mandou uma mensagem com a versão resumida da história, que contaria melhor mais tarde.

Ele está dormindo. Dois homens o atacaram ontem à noite. Ele se machucou, mas está descansando por enquanto. Estou esperando para entrar no quarto, e explico melhor o que aconteceu quando chegar em casa.

A resposta de Lily veio imediatamente.

Mande um beijo para ele, e outro para você.

Cate levantou para andar. Como as pessoas conseguiam ficar paradas em salas de espera? Como aguentavam o tempo se arrastando, lentamente, enquanto aguardavam para ver, para tocar um ente querido?

Fora da sala, campainhas soavam, pés batiam no chão. Telefones tocavam.

Cate não queria café, não queria chá. Não queria nada além de ver Noah.

Os pais dele passaram. A mãe manteve o rosto virado para o outro lado, apoiada no marido. O pai, alto como Noah, magro como Noah, fitou Cate enquanto caminhava.

Ela viu a tristeza e o cansaço em seus olhos, mas nenhuma mágoa, nenhuma acusação.

E aquele único contato trouxe as lágrimas.

— Vou levar você até o quarto. — Bekka apareceu na entrada do corredor. — Noah acorda às vezes. Mas ele sente muita dor quando isso acontece, então precisa ser uma visita rápida.

— Pode deixar. Só preciso vê-lo. Vou embora depois, não quero atrapalhar.

— O problema não é você, Cate. É a situação. Vou esperar aqui. — Bekka parou na porta, e seus olhos, vítreos e cansados, se encontraram com os dela. — Enquanto Noah quiser ver você, vou montar um horário de visitas. Não quero aborrecer ainda mais minha mãe. Aviso quando você puder vir. Vão ser visitas rápidas no começo. Ele precisa de descanso, de muito descanso, e de tranquilidade.

— Não vou demorar.

Criando coragem, Cate abriu a porta.

Nada poderia tê-la preparado para aquilo. Hematomas tão escuros quanto nuvens de tempestade cobriam o rosto lindo de Noah. O inchaço distorcia seu formato. O olho esquerdo estava maior do que o normal, vermelho e machucado. Mais hematomas, pretos, amarelos, roxos, cercavam o direito.

Ele permanecia tão imóvel sobre os lençóis brancos, usando a camisola azul-clara do hospital que destacava outros hematomas em seus braços, arranhões irritados subindo por sua pele. Por um instante, Cate teve medo de Noah não estar respirando, e então viu o movimento de seu peito, ouviu o apito do monitor.

Cada centímetro dela queria correr até o namorado, cobrir o corpo dele com o seu, entregar seu coração. Enchê-lo de força, amenizar sua dor.

Mas Cate se aproximou devagar, sem fazer barulho no quarto pouco iluminado, que tinha uma única janela com a cortina fechada contra a luz. Então segurou a mão dele de leve, com delicadeza.

— Eu queria estar aqui quando você acordasse, queria que a gente pudesse conversar. Mas você precisa descansar. Vou vir todos os dias, ficar o máximo possível. Lily mandou um beijo, e, mesmo quando eu não puder estar aqui, espero que saiba que te amo.

Ela se inclinou, beijou a mão do namorado, e então saiu do mesmo jeito que entrou. Devagar e sem fazer barulho.

No calor entorpecente do verão, sob o sol incandescente, Cate andou os trinta quarteirões de volta para casa.

Como era cedo, as lojas ainda estavam fechadas, a maioria dos turistas ainda não tinha saído para passear. Aquela era a hora das pessoas que andavam com os cachorros, das babás, dos corredores que seguiam para o parque, dos executivos indo para reuniões matutinas. Os transeuntes prestavam tanta atenção em Cate quanto ela prestava neles.

Cate deixara Noah lá, espancado e machucado, porque ele tinha uma família que o amava. E que, agora, a culpava. Até mesmo Bekka. Ela só tinha ajudado por causa do irmão.

E Cate não se ressentia de Bekka. Não se ressentia de nenhum deles.

Será que Noah se ressentiria dela?

Cate trocou o calor da rua pelo frio da portaria, entrou no elevador, saiu no corredor, chegou à porta. Entrou.

— Catey. Ah, minha pobrezinha. Venha, sente aqui. Você veio andando? Deixe que...

Balançando a cabeça, tremendo, ela foi correndo para o lavabo. O enjoo que carregava dentro de si explodiu, brutal e violento, enquanto Lily a seguia, segurava seu cabelo com uma mão, pegando uma toalha com a outra.

— Está tudo bem, meu anjo. Está tudo bem.

Ela molhou a toalha com água gelada, colocou-a sobre a testa de Cate, depois na nuca.

— Pronto, você precisa deitar. Vamos. — Lily ajudou a neta a se levantar, apoiou Cate enquanto ela chorava, fez sons tranquilizadores enquanto a guiava para o quarto e a cama. — Vou buscar uma água e um refrigerante para você.

Ela saiu rápido, voltou com dois copos.

— A água primeiro, minha menina. — Lily ajeitou os travesseiros, acomodou Cate neles. — Beba devagar, assim mesmo. Quando você estiver mais calma, vai tomar um banho frio, vestir roupas limpas.

Antes, Lily sentou na lateral da cama, afastou o cabelo suado do rosto da neta.

— Quer me contar?

— Dois homens. O rosto dele, vóvis Lil, bateram tanto nele. Noah vai precisar de cirurgias, mais de uma. Dois homens enquanto ele voltava para casa depois de me deixar no táxi. Bateram nele. E o chamaram de coisas horríveis. Disseram que é porque Noah não é branco, e eu sou. Falaram meu nome. Ele está em uma cama de hospital, tão machucado. E sua família acha que a culpa é minha.

— Não pode ser.

— Pode, sim. — Os olhos inchados derramaram mais lágrimas. — A mãe de Noah nem olhou na minha cara. Seu irmão não quis ficar na mesma sala que eu. Os homens disseram meu nome enquanto batiam nele.

— Porque foram dois racistas de merda. Você não teve nada a ver com isso. A família de Noah está assustada e preocupada. Eles precisam de um tempo para se acalmar. O que os médicos disseram?

— Só sei o que Bekka me contou. Não podem lhe dar muitos analgésicos por causa da concussão, e ele precisa operar. Entrei no quarto bem rápido, e Noah estava dormindo. Eu não podia ficar lá, porque...

— Está tudo bem. Ele é jovem, é forte, e dançarinos cuidam do corpo. Tome um pouco do refrigerante agora.

Lily incentivou Cate a beber, a entrar no banho, pegou roupas limpas para sua menina. Dando uma olhada no relógio, fazendo as contas, resolveu não ligar para Hugh por enquanto. Não havia motivo para acordá-lo tão cedo com uma notícia dessas. O mesmo valia para Aidan.

Mas telefonaria para seu diretor assim que Cate parecesse mais calma. Mimi só chegaria dali a uma hora. Pensando bem, Lily mandou uma mensagem para sua assistente pessoal, pediu para que trabalhasse de casa e segurasse todos os telefonemas que não fossem urgentes.

Ela faria chá. Faria...

— Vóvis Lil.

Lily se virou para Cate, com o cabelo molhado preso em um rabo de cavalo, deixando o rosto tão jovem, tão triste, exposto.

— Não quer deitar um pouco, meu anjo? Vou fazer um chá para a gente.

— Estou bem. O banho ajudou. Acho que vomitar também. Estou bem. Posso fazer o chá. Ocupar minha cabeça vai me ajudar. — Cate fez menção de seguir para a cozinha, mas então parou, puxou Lily para um abraço. — Obrigada.

— Não precisa agradecer.

— Preciso e muito. Você é minha mãe, minha avó, as duas coisas ao mesmo tempo, desde que me lembro. Você é minha vóvis Lil, e o seu apoio é tudo para mim.

— Agora você vai me fazer chorar.

— Já ligou para o papai e o vovô?

— Meu plano era esperar mais uma hora.

— Ótimo. — Cate deu um passo para trás. — Vou fazer o chá, e talvez você possa me ajudar a resolver o que fazer agora.

— Tudo bem. Gosto de resolver as coisas.

As duas seguiam juntas para a cozinha quando o telefone tocou.

— Eu atendo. — Lily fez um desvio, pegou o aparelho. — Lily Morrow. Sim, Fernando. Ah. — Ela olhou para a cozinha. — Sim, peça para subirem, por gentileza.

Na cozinha, Cate analisava uma lata vermelha brilhante.

— Chá energético. Isso funciona?

— Não muito. É melhor passarmos um café também.

— Você quer café?

— Meu anjo, era o Fernando da portaria. Dois policiais estão subindo. Precisam conversar com você. Achei melhor resolver isso logo.

— Sim. — Cate devolveu a lata para o lugar, se virou para a cafeteira moderna que Lily dizia amar quase mais do que sexo. — Quero ajudar. Não sei como posso fazer isso, mas talvez exista alguma forma. Estou bem de verdade, vóvis Lil.

— Já percebi. Você sempre foi forte, Cate.

— Nem sempre, mas lembro como ser. Vou passar o café para todo mundo. — Ela abriu um sorriso desanimado. — Será que os policiais tomam café preto, sem leite, como nos livros e nos filmes?

— Vamos descobrir já, já. Vou abrir a porta — disse Lily quando a campainha tocou.

Ela analisou a sala enquanto passava, pensou em como dispor o cenário para sentar com Cate no sofá maior. Se sua menina precisasse de apoio, estaria ao seu lado.

Então abriu a porta.

O que ela não esperava era encontrar uma mulher de meia-idade com cabelo castanho e mechas grisalhas, curto como o de Judi Dench, e um homem negro e magro com dreads bem-cuidados que mal parecia ter idade legal para comprar uma cerveja.

Os dois vestiam ternos — o dele era cinza-chumbo com corte reto; o dela, preto batido.

E ambos exibiam seus distintivos.

— Sra. Morrow, sou a detetive Riley. E esse é meu parceiro, o detetive Wasserman.

Os olhos azuis frios de Riley analisavam Lily.

— Entrem, por favor. Caitlyn está passando um café.

— Que vista fantástica — comentou Wasserman enquanto seus olhos escuros analisavam as portas de vidro da varanda, o horizonte, a sala e tudo lá dentro, percebeu Lily.

— Não é? Por favor, sentem. — Ela gesticulou, muito claramente, para as poltronas diante do sofá. — Nós duas estamos arrasadas com a notícia de Noah. Caitlyn acabou de voltar do hospital. Espero que peguem as pessoas que machucaram aquele menino.

— A senhora o conhece bem, tanto pessoal quanto profissionalmente? — Riley pegou um caderno enquanto sentava.

— Conheço, sim. Noah é um rapaz muito talentoso, e é uma ótima pessoa. Gosto muito dele.

— A senhora tem conhecimento de alguém que seria capaz de machucá-lo?

— Não. Sinceramente, não. Noah é muito popular na companhia. Nunca ouvi ninguém falar mal daquele menino. Quando ele começou a sair com Cate, tivemos uma conversa séria. — Ela sorriu enquanto falava. — Ele passou no teste.

Wasserman levantou quando Cate veio com a bandeja de café.

— Eu ajudo.

Ela entregou a bandeja ao policial, ficou parada por um instante.

— Sou Cate.

— Detetive Riley, srta. Sullivan. Meu parceiro, detetive Wasserman.

— Como querem o café?

— Um pouco de leite, sem açúcar — disse Riley.

— Leite e açúcar. Obrigado — disse Wasserman enquanto Cate se ocupava com as bebidas.

— O colega de apartamento de Noah me ligou hoje cedo. Fui direito para o hospital. Não entendo por que alguém faria algo assim com ele ou com qualquer outra pessoa. — Ela entregou os cafés, sentou ao lado de Lily. — A irmã de Noah me contou o que disseram para ele. Também não entendo essa parte.

— Há quanto tempo a senhorita está envolvida com Noah? — perguntou Riley.

— Começamos a sair no começo de fevereiro.

— Alguém foi contra o namoro?

— Nosso namoro? Não. Por que seriam?

— Talvez alguém com quem a senhorita tenha se envolvido antes — sugeriu Wasserman —, alguém com quem Noah tenha se envolvido antes.

— Ele já teve algumas namoradas, mas não estava com ninguém quando começamos a sair.

— E a senhorita? — insistiu Riley.

— Não. Nunca namorei antes de Noah.

Wasserman ergueu as sobrancelhas.

— Com ninguém?

— Passei muitos anos na Irlanda. Nós sempre saíamos em grupo. Nunca tive nem um encontro antes. Não tenho ex-namorados ciumentos. Não sei de nenhuma ex-namorada ciumenta de Noah. Não conheço ninguém capaz de fazer algo tão terrível e perverso. Eu contaria se conhecesse, se em sonho desconfiasse de alguém. Vocês viram Noah. Viram o que fizeram com ele. E colocaram meu nome no meio de tudo. — Cate colocou a mão sobre a garganta, sentindo que o coração estava prestes a sair pela boca. — Tenho certeza de que sabem o que aconteceu comigo quando eu tinha dez anos. Já conheci pessoas cruéis e sei do que elas são capazes. Mas não conheço ninguém que faria algo assim com Noah.

— Conte o que aconteceu na segunda-feira.

Cate concordou com a cabeça para Riley.

— O teatro não abre às segundas, então ficamos juntos. Tive duas aulas na universidade, então nos encontramos por volta de uma da tarde, na cafeteria aonde fomos no nosso primeiro encontro. É nossa rotina. Ela se chama Café Café, fica na esquina da Sétima Avenida com a Rua 46. Era uma da tarde, acho. Fomos para a casa dele. Seus colegas de apartamento trabalham durante o dia, então podíamos ficar sozinhos. Jantamos com amigos. Por volta das oito, acho, no Footlights, que fica, ahm, na esquina da Broadway com a Rua 48. Um monte de atores vai lá. Os coristas. — Cate se esforçou para se lembrar do que parecia ter acontecido havia uma eternidade, em outra vida. — Alguns deles foram para uma boate depois, mas nós... a segunda é a única noite em que Noah não se apresenta. Voltamos para o apartamento. Por volta da meia-noite, ele foi comigo até a Oitava Avenida para eu pegar um táxi. Eu precisava ler a matéria da minha aula de hoje. Ele sempre me acompanha até o táxi.

Quando a voz dela falhou, Lily chegou mais perto, segurou sua mão.

— Sempre na Oitava Avenida? — repetiu Riley. — Voltar para casa à meia-noite também faz parte da rotina?

— Geralmente, sim. Tenho aula na terça de manhã. Noah sempre vai comigo, espera até eu entrar no táxi e ir embora. Fico olhando para trás, vendo ele parado na esquina até sair de vista. Ele... — Cate se interrompeu, colocou a xícara de café sobre a mesa, fazendo barulho. — É nossa rotina, em quase todas as noites de segunda. Ai, meu Deus, meu Deus, eles sabiam onde Noah estaria, sabiam que a gente iria até a Oitava Avenida por volta da meia-noite, na segunda.

— A senhorita sabe se ele recebeu alguma ameaça? — Para recuperar o foco de Cate, Wasserman se inclinou para a frente. — Se alguém comentou alguma coisa sobre ele estar saindo especificamente com a senhorita, ou especificamente com uma menina branca?

— Não. Nunca. Ele me contaria. Tenho certeza de que contaria. Ninguém nunca, jamais, falou nada desse tipo para mim. As testemunhas que ajudaram Noah. Elas viram os homens que bateram nele?

Riley olhou para Wasserman, assentiu brevemente.

— Elas tinham acabado de sair de um bar, estavam bebendo. Quando viraram a esquina, viram o ataque. Então gritaram, saíram correndo na direção de Noah. Os agressores correram para o leste. As testemunhas não estavam perto o suficiente para ver os rostos deles, no escuro, a meio quarteirão de distância, depois de algumas cervejas.

— Mas assustaram os dois — murmurou Cate. — Chamaram a polícia, a ambulância. Interromperam o ataque. Noah... A irmã dele me disse que ele também não viu os homens direito.

— Vamos conversar com ele de novo — garantiu Riley. — Talvez ele se lembre de mais alguma coisa. Celebridades costumam receber cartas de fãs, alguns obsessivos, alguns que desenvolvem fantasias doentias e possessivas.

— Minha correspondência vai direto para o estúdio ou para o meu agente. Não sou uma celebridade de verdade.

— A senhorita participou de quatro filmes — argumentou Riley. — E recebeu muita atenção da imprensa. Seu namoro com Noah gerou falatório há pouco tempo.

— Se chegaram cartas desse tipo... — Ela apertou a mão de Lily. — A ligação.

— Que ligação? — quis saber Riley.

— Em junho, quando a companhia fez as estreias fora da cidade, alguém ligou para o meu celular.

Cate contou a história toda, contou sobre o telefonema em Los Angeles, no inverno.

— A senhorita não tem mais o aparelho?

Ela fez que não com a cabeça para Riley.

— Sei que errei, mas agi por...

— Impulso — concluiu Wasserman. — Alguma das duas recebeu outras ligações estranhas? Ou de números desconhecidos, chamadas encerradas sem ninguém falar?

— Não, não recebi.

— Nada assim — confirmou Lily. — Vocês acham que essas ligações têm relação com o que aconteceu com Noah?

— É algo que vamos investigar. Alguma outra tentativa de contato? — perguntou Riley. — Algo mais que tenha chamado sua atenção?

— Não. Quer dizer, as pessoas geralmente reconhecem Lily na rua e, às vezes, falam com ela. Desde a estreia do meu último filme, isso aconteceu um pouco comigo, mas nunca foram hostis comigo.

— A senhorita está tendo aulas na Universidade de Nova York. — Wasserman sorriu para ela, depois olhou para seu caderno. — Alguém foi excessivamente atencioso ou a convidou para um encontro?

— Duas pessoas pediram para sair comigo, mas não insistiram depois que eu disse que tinha namorado.

— A senhorita disse que Noah costuma encontrá-la no campus. Então são vistos juntos.

Cate olhou de novo para Riley.

— Sim. Você quer dizer uma menina branca e um cara que não é branco.

A detetive encarou Cate de volta.

— Se o ataque foi motivado por questões raciais, seria classificado como um crime de ódio. Para nós, isso é muito grave. Se alguém tentar se aproximar da senhorita agora, precisamos ser informados.

— Pode deixar.

— E se puder nos passar os nomes dos amigos com quem jantaram... Algum deles pode ter visto algo estranho — explicou Wasserman. — Alguém prestando atenção excessiva na senhorita e em Noah.

— Claro. Não sei o sobrenome de todo mundo.

— Nós cuidamos disso. — Riley colocou a xícara vazia sobre a mesa. — Quer mais café?

— Não, obrigada. Estava gostoso.

Cate passou os nomes de que se lembrava, se levantou junto com os detetives.

— Sei que podem não encontrar os culpados. Sei que as coisas nem sempre se encaixam como em um filme, talvez quase nunca se encaixem. Mas Noah não merecia passar por isso.

— Não mesmo. — Riley guardou o caderno no bolso. — Nem a senhorita. Obrigada pelo seu tempo. Sua ajuda foi essencial.

— Vou acompanhá-los até a porta. — Lily levou os dois até a saída, depois voltou para Cate. — Tudo bem?

— Sim. Mesmo que não dê em nada, já fiz alguma coisa contando a eles tudo que sei. Não vou ficar de braços cruzados diante de uma situação dessas.

— Muito bem. Preciso ligar para seu avô. Você devia ligar para seu pai. Depois vou falar com o diretor. Ele vai precisar usar substitutos para mim e Noah hoje.

— Não para você. Não.

— Não quero deixar você sozinha hoje, meu anjo.

— E eu não quero decepcionar um teatro cheio de gente que quer ver Lily Morrow em *Mame*. O show tem que continuar, vóvis Lil. Nós duas sabemos disso. Estou bem. Espero que Bekka mande uma mensagem me chamando para visitar Noah. Se isso não acontecer, ela prometeu que me colocaria na lista, então pelo menos posso ligar e pedir informações para o hospital. E posso enviar ou levar flores, para mostrar que estou pensando nele.

— Que tal você esperar no teatro então? Assista à peça da coxia. Se não for visitar Noah, venha comigo. É um bom meio-termo.

— Tudo bem. Vou ligar para o papai.

Bekka mandou uma mensagem avisando que Cate poderia fazer uma visita às quatro e ficar por quinze minutos.

Cate levou um alegre buquê de flores veranis. O quarto permanecia escuro como antes, as cortinas fechadas. Porém, agora, o olho direito de Noah abriu uma fresta e ele observou sua entrada.

Ela se aproximou rápido, pegou a mão dele e lhe deu um beijo.

— Noah. Eu sinto muito, sinto muito mesmo.

— A culpa não é sua.

Mas ele afastou o olhar enquanto falava, e sua mão permaneceu inerte na dela.

Naquele instante, naquele divisor de águas entre o que tinha sido e o que era agora, Cate entendeu que o namorado estava mentindo. E que já dera o primeiro passo para se distanciar.

Mesmo assim, foi visitá-lo todos os dias. Durante as cirurgias, ela ficava sentada no apartamento, ao lado do telefone, esperando Bekka dar notícias.

Quando Noah foi para casa — para a casa dos pais — para se recuperar, Cate lhe mandava uma mensagem por dia. Só uma, porque sabia que ele tinha se distanciado ainda mais.

O verão se transformou em um outono que se agarrava ao calor como um amante. Ela se inscreveu em dois cursos. Um de conversação em francês, outro de italiano.

Idiomas eram interessantes. Ela aproveitaria o restante do ano para explorar essa aptidão, para explorar a si mesma. Então decidiria o que fazer da vida, o que fazer com suas habilidades.

Cate estava preparada quando Noah lhe mandou uma mensagem perguntando se poderia visitá-la em uma tarde de quarta-feira. Era um dia de matinê da peça, quando Lily estaria no teatro.

Outubro tinha conferido aos parques belas cores moribundas, aquela mudança de luz que era refletida pelos rios. E como o dia permanecia quente, ela levou duas latas de Coca para a varanda, colocou-as em um balde de gelo. A menos que isso tivesse mudado desde o verão, Noah gostava de Coca.

Cate engoliu o nervosismo enquanto ia atender à campainha. Apesar de preparada, seu coração ainda cambaleou.

— Noah. Você está ótimo. Ai, é tão bom te ver.

Ele tinha deixado a barba crescer um pouco, mais grossa no queixo e acima do lábio. E parecia mais velho, perdera um pouco de peso, que ela torceu para que ele recuperasse rápido.

Embora ele a olhasse nos olhos, Cate entendeu o que estava por vir.

— Vamos sentar lá fora. O dia está bonito, e já deixei umas Cocas esperando. Lily disse que você deu um pulo no teatro na semana passada.

— Sim, eu queria ver todo mundo.

— Você parece pronto para voltar.

Cate sorriu para ele enquanto abria as bebidas. Os Sullivan sabiam atuar.

— Não vou voltar. Não para *Mame*. Faz três meses que Carter está com o papel. Não vou tirar isso dele. Enfim.

Como Noah não pegou o copo que ela oferecia, Cate o colocou sobre a mesa enquanto ele seguia para o parapeito.

— Nunca pegaram os culpados.

— Eu não vi a cara deles, não que me lembre. Ninguém viu. — Noah deu de ombros. — A polícia fez tudo que podia.

Será que ele conseguia ouvir a amargura na própria voz?, se perguntou Cate.

— Bekka me disse que você ainda sente dores de cabeça.

— Um pouco. Não é tão ruim quanto antes. Elas estão melhorando, como os médicos disseram. Voltei para as aulas de dança. Estou fazendo aulas de canto também, porque, você sabe, as cordas vocais enferrujam. Fiz um teste para *Superação*. É um musical novo. Consegui o papel. Coadjuvante.

— Ai, Noah. — Cate queria dar um abraço, mas sentia a barreira erguida entre os dois, tão sólida quanto o parapeito às costas dele. — Que ótimo, sério mesmo. Estou muito feliz por você.

— Vou estar ocupado com os treinos, com as aulas, depois com os ensaios. É meu primeiro papel grande, e preciso de foco. Não vou ter tempo para um namoro.

Preparada, pensou Cate, ela estava preparada. E, mesmo assim, era um tapa na cara.

— Noah, estou feliz por você. Não precisa usar algo que queria e pelo qual se esforçou tanto como motivo. Nós não estamos juntos desde aquela noite horrível. Às vezes, uma noite horrível basta para mudar tudo.

— Sei que não foi culpa sua.

— Não sabe, não. — A amargura, sim, sua própria amargura escapou. Cate se esforçou para capturá-la de volta, controlá-la. — Foi você que saiu ferido, que foi para o hospital, que sofreu, que perdeu um papel pelo qual trabalhou duro. Pelo menos uma parte sua me culpa por tudo. Não importa que eu não tenha feito nada. É assim que você se sente.

— Eu não consigo, Cate. Não consigo lidar com a imprensa. Minha família tentou esconder de mim, mas vi e escutei as matérias que saíram depois daquela noite. Disseram seu nome enquanto me surravam. Não sei como me esquecer disso.

— Para você, as palavras deles pesaram tanto quanto o que fizeram. E a imprensa também é um peso. Então, na sua cabeça, a culpa acaba sendo minha.

— A culpa não é sua.

Cate apenas fez que não.

— Você me culpa. Sua família me culpa. Por um tempo, eu me culpei, mas parei. Não tenho culpa por ter me apaixonado por você. Não tenho culpa por você não me amar mais.

Noah desviou o olhar de novo.

— Não consigo ficar com você. No fim das contas, essa é a verdade. Não consigo ficar com você.

— Você foi a primeira pessoa que olhou só para mim, que quis só a mim. Nunca vou me esquecer disso. E seu sentimento mudou, então você não pode continuar comigo. Eu não posso continuar com você pelo mesmo motivo. — Ela respirou fundo. — A pessoa que você é veio aqui para me explicar isso. A pessoa que eu sou não vai culpar nenhum de nós dois pelo nosso término. Fim da história. — Ela ergueu o copo da mesa. — Merda para você, Noah.

— É melhor eu ir. — Ele foi até as portas de vidro, parou. — Sinto muito.

— Eu sei — murmurou Cate depois de ele ter ido embora.

Então ficou sentada ali, derramando algumas lágrimas silenciosas pela doçura que dois desconhecidos tinham roubado de suas vidas.

Parte III

Cuidando das raízes

Ser feliz em casa é o objetivo final de todas as ambições...

— Samuel Johnson

A voz é algo selvagem. Ela não pode ser criada em cativeiro.

— Willa Cather

Capítulo dezesseis

♦ ♦ ♦ ♦

Como seu avô disse uma vez, a vida era cheia de reviravoltas. Por boa parte da vida, Cate sentiu que as reviravoltas eram orquestradas por outras pessoas ou que eram reações às ações de terceiros.

O dia da homenagem ao seu bisavô e a noite que o seguiu causaram um deslocamento tectônico que mudou para sempre a paisagem de sua vida. Ainda assim, no meio do terremoto, ela teve coragem.

Anos depois, foi dominada pelo medo após a emboscada da mãe.

A perda da alegria e da paixão por uma profissão que amava, que pretendia seguir, abalou sua vida de novo, mudou seu rumo para Nova York.

Aquele primeiro encontro romântico na cafeteria com Noah transformou seu mundo mais uma vez. Quando o perdeu, foi forçada a mudar de novo.

Já era hora de parar de reagir e escolher seu próprio caminho.

Quando Hugh aceitou participar de um projeto que seria filmado em Nova York e se mudou para o apartamento, Lily estendeu o contrato como Mame. E Cate começou a procurar uma casa para morar. Sentia que tinha chegado o momento de ter independência de verdade, de descobrir quem seria vivendo sozinha.

Aos dezenove anos, ela já era fluente em espanhol, francês e italiano, e se voluntariava como intérprete para a polícia — graças à detetive Riley — e para abrigos.

Passou três meses com o pai na Nova Zelândia enquanto ele filmava — sob a condição de que trabalharia como sua assistente. E tinha adorado cada segundo.

Quando voltou a Nova York, Cate continuou sua busca pelo próprio apartamento e completou vinte anos.

Um novo capítulo, uma nova casa, uma nova chance.

Mas um encontro inesperado em um restaurante pequeno e agitado mudou sua vida de novo.

Ela e Darlie — que também estava filmando em Nova York — comiam saladas minúsculas e bebiam água sem gás. Durante o almoço, as duas se atualizavam sobre a vida uma da outra — o trabalho e a rotina de Darlie em Los Angeles, a de Cate em Nova York.

— Os treinos físicos para o filme têm sido de matar. Três horas por dia, seis dias na semana.

— Mas dê uma olhada nesses braços.

Com corte joãozinho e o corpo extremamente malhado, Darlie dobrou o braço e analisou o muque.

— Estão maravilhosos mesmo.

— Concordo.

— Confesso que estou gostando de me sentir forte e de fazer um filme de ação, de interpretar um papel adulto para variar. Posso meter porrada nos outros. E levar porrada também. Vamos fechar uma parte de Chinatown amanhã para uma cena. Você devia vir assistir.

— Depois me manda o endereço, que vou ver se consigo encaixar na minha agenda.

— Pelo que disse, você anda bem ocupada mesmo. Está aprendendo russo agora?

— Um pouco.

— Trabalhando como intérprete. — Darlie mordiscou uma rúcula. — E foi morar sozinha. O que está achando?

— Esquisito e maravilhoso ao mesmo tempo. Achei melhor continuar no Upper West Side, porque fico perto dos meus avós, e isso deixa os dois mais felizes. Além do mais, conheço e gosto da área.

Decidindo que um pouco de pão árabe não faria mal, Darlie partiu um deles no meio.

— Gosto de Nova York, mas a Califórnia é o meu lar. Enfim. Você está conseguindo encaixar homens na sua agenda lotada?

— Você parece minha vizinha nova falando. "Uma menina tão bonita" — disse Cate em um sotaque típico do Queens. — "Por que não tem namorado? Como é que eu nunca vejo rapazes batendo nessa porta?" — Cate ergueu seu copo de água. — E é nessa hora que a outra vizinha aparece. "Talvez ela goste de moças." — Um sotaque russo agora. — "Não tem problema se ela gostar de moças." — Cate revirou os olhos enquanto Darlie ria. E voltou para o Queens. — "Você gosta de moças? Tem namorada?"

— Achei que os nova-iorquinos não interagissem tanto.

— No meu prédio, interagem. Então, quando eu explico, porque as duas estão esperando plantadas na porta dos apartamentos, que gosto de meninos, mas não tenho namorado agora, vejo que acabo de virar um projeto.

— Ih, lá vem o encontro às cegas para desencalhar a vizinha.

— "Tenho um sobrinho." — Queens. — "Ele é um bom rapaz. Inteligente. Vai levar você para tomar um café."

— "Conversei com o Kevin, que trabalha no mercado." — Sotaque russo. — "Ele tem um rosto bonito e é educado, jovem." — Divertindo-se, Cate gesticulou com o copo. — A essa altura, outro vizinho, um cara que mora no fim do corredor, sai do elevador com um cachorro que é uma bolinha de pelo, George. George vê a primeira vizinha e começa... — Cate soltou uma série de ganidos agudos. — Porque ela sempre lhe dá um biscoitinho. Ela tira um do bolso, joga para George e continua falando do sobrinho, com a outra elogiando o cara do mercado. Então o pai de George, escutando a conversa, resolve se meter. "Deixem a garota em paz." — Cate usou um tom de voz grave, extremamente nova-iorquino agora. — "Ela tem que se divertir. Meninas bonitas também podem pegar geral, não é? Pegue geral, menina." — Revirando os olhos, Cate espetou um tomate-cereja com o garfo. — Isso tudo só porque fui jogar o lixo fora.

— Com licença. — Um homem se aproximou da mesa. Trinta e poucos anos, avaliou Cate, com um rosto simpático e ar de intelectual por causa dos óculos de armação de chifre. — Desculpe interromper. Estou sentado na mesa aqui atrás e ouvi tudo. Você tem muito talento com vozes.

— Eu... obrigada.

— Desculpe, não me apresentei. Boyd West. — Ele olhou para Darlie. — A gente já conversou uma vez, na verdade, mas foi bem rápido. Imagino que você não lembre.

— Lembro, sim. Você é casado com Yolanda Phist. Nós nos conhecemos quando fiz *Para sempre* com ela.

— Isso mesmo. É bom te ver. Posso sentar um minutinho? — Boyd fez isso e focou Cate. Empurrando os óculos sobre o nariz, ele falava rápido, parecia um redemoinho de palavras. — Estou dirigindo um curta de animação. É um projeto pequeno, mas importante para mim. Já contratamos a maior parte do elenco, mas ainda não encontrei ninguém para a personagem principal. O filme fala sobre a busca por identidade pessoal, sobre encontrar seu lugar em um mundo caótico e sobre tornar esse lugar melhor. Você já fez algum trabalho de dublagem?

— Não, eu...

— Desculpe por interromper de novo, mas acabei de reconhecer você... Você é Caitlyn Sullivan.

Os ombros dela queriam se encolher, mas Boyd abriu um sorriso tão largo e alegre que Cate relaxou de novo.

Antes que conseguisse falar, ele continuou:

— Isso só pode ser o destino. Admiro seu trabalho, mas não fazia ideia de quão talentosa você é com vozes. Eu adoraria mandar o roteiro para você. Na verdade, vou lhe entregar. Eu estava almoçando com meus produtores, resolvendo algumas coisas. Espere. — Boyd levantou, voltou para a mesa ocupada por um homem e uma mulher, pegou o roteiro, voltou. — Fique com isso e o meu cartão. — Ele tirou um porta-cartões do bolso, tomou nota em um. — Esse é meu telefone pessoal. O projeto é pequeno, e eu teria que te pagar tabelado, mas é um trabalho importante. Não vou mais atrapalhar vocês, mas leia o roteiro. Leia e me ligue. Foi um prazer conhecer você, e adorei vê-la de novo.

Quando Boyd seguiu de volta para sua mesa, os outros dois se levantaram Eles olharam para Cate antes de ir embora.

— Isso foi... surreal.

— Não recuse. Leia o roteiro — insistiu Darlie. — Boyd West dá a impressão de ser meio afobado e intenso, mas tem boa reputação. Ele dirigiu alguns curtas que são verdadeiras obras-primas. E você é talentosa, Cate. Sua vida teve umas reviravoltas bem ruins, mas isso não significa que deve desperdiçar seus talentos.

— Mas não entendo nada de dublagem.

— Sua voz é muito fluida, você é boa atriz. West é um ótimo diretor. Se o roteiro for interessante, o que você tem a perder? — Sorrindo, Darlie mordiscou outra folha. — Destino.

Cate não tinha certeza sobre a parte do destino, mas sabia reconhecer bons roteiros. E sua vida mudou de novo, com ela no controle, quando aceitou o papel de Alice no curta animado *Quem sou eu?*.

Ela encontrou seu lugar nas cabines acústicas, com fones de ouvido, no closet que ela isolou acusticamente, montando o próprio estúdio em seu apartamento. E, com o tempo, conforme foi avançando nos trabalhos, converteu o segundo quarto do apartamento novo.

Cate encontrou seu lugar, seu *Quem sou eu?* particular, em dublagens de comerciais, filmes e curtas de animação, em audiolivros, em personagens de videogames.

Encontrou sua identidade, sua independência.

Reencontrou sua alegria.

A reviravolta, o rumo, o autoconhecimento e os anos de intervalo fizeram com que ela tivesse se transformado em uma pessoa diferente quando deu de cara com Noah na rua.

Voltando para casa com uma sacola de mercado depois de um dia cansativo na cabine acústica, Cate ouviu alguém chamar seu nome, olhou para cima, viu quem era.

Ele tinha deixado o cabelo crescer um pouco e acrescentado uma barba por fazer. E ainda exibia aqueles lindos olhos de leão. Era de esperar que qualquer mulher ficasse com o coração um pouquinho alvoroçado ao se deparar com seu primeiro amor.

— Noah.

Cate se aproximou, beijou as bochechas dele enquanto os pedestres passavam ao redor.

— Eu só estava... Não importa — disse ele. — É muito bom te ver. Está ocupada? Quer beber alguma coisa? Eu queria muito... Eu queria muito conversar com você, se tiver tempo.

— Uma bebida cairia bem. Gosto de um bar que fica no próximo quarteirão, se você não se importar de voltar.

— Ótimo.

Ele começou a andar ao seu lado. Uma noite quente de verão, pensou Cate, tão parecida com a última vez que caminharam juntos.

— Você ainda deve morar por aqui.

— Por hábito — explicou ela. — Meus avós voltaram para a Califórnia, mas continuei aqui. Hoje em dia, viajo para lá mais do que antes. E você?

— Tenho um quarto grande o suficiente para caber uma cama de verdade agora. Aliás, comprei uma casa. É bom ter espaço.

— Chegamos. Quer pegar uma mesa? Ou prefere o balcão?

— Vamos pegar uma mesa.

O bar, uma grande evolução das cafeterias, pizzarias e lanchonetes mexicanas que os dois costumavam frequentar, oferecia mesas de ferro, cabines estreitas e um balcão comprido de ébano.

Quando sentaram, Cate pediu uma taça de vinho, e Noah a imitou.

— Como vai a família? — começou ela, e ele olhou bem fundo em seus olhos. — Os irlandeses podem ser rancorosos, Noah, mas não é o caso.

— Meus pais estão bem. Foram passar umas semanas no Havaí. Lá é mais fresco, e mamãe ainda tem parentes em Big Island. Minha avó faleceu no ano passado.

— Sinto muito.

— Sentimos falta dela. Bekka é médica. Estamos muito orgulhosos. — Ele falou sobre os irmãos até as bebidas chegarem. — Preciso lhe dizer algumas coisas. Não sei quantas vezes pensei em te ligar. Mas nunca consegui. Não agi certo com você, Cate. Não lidei com a situação da melhor maneira.

— O que aconteceu foi horrível. Não existia um jeito certo.

— A culpa não foi sua. Falei isso na época, e você tinha razão, eu não pensava assim de verdade. Mas penso agora. A culpa nunca foi sua.

Ela olhou para sua taça de vinho.

— Faz diferença. Ouvir você dizer isso faz diferença. Nós dois éramos tão jovens. Meu Deus, e as notícias depois? Foram terríveis, a gente não ia aguentar tudo aquilo. Nunca teríamos dado certo. — Cate tomou um gole, analisando-o por cima da taça. — Você foi um marco na minha vida. Tenho pensado nisso ultimamente. Em como todos os momentos mais importantes se conectam ou divergem. O começo do nosso namoro, depois o término. Foram marcos na minha vida. Eu vi todas as suas peças.

Noah olhou surpreso para ela.

— Viu?

— Foi bom ver alguém que foi importante na minha vida fazendo algo que nasceu para fazer.

— Eu queria que você tivesse ido ao camarim.

Cate sorriu, tomou outro gole.

— Seria estranho.

— Eu vi *Lucy Lucille*. Duas vezes.

Ela riu.

— Agora você passa suas segundas vendo animações?

— Você estava ótima. De verdade. Acho que... foi bom ouvir alguém que foi importante na minha vida fazendo algo que nasceu para fazer.

— Espere até ouvir minha versão de Shalla, a rainha guerreira. Mas você nunca gostou muito de videogames — lembrou Cate.

— Quem tem tempo para essas coisas? Você parece feliz.

— E estou. Adoro meu trabalho, de verdade. É divertido e desafiador, e, meu Deus, é tão variado. E você parece feliz também.

— Estou. Adoro meu trabalho. E acabei de ficar noivo.

— Uau! Parabéns. — E estava falando sério. Perceber isso fez com que se sentisse aliviada. — Quero saber tudo sobre ela.

Noah contou, e Cate ouviu.

— Se você quiser ver outro espetáculo, me avise.

— Tudo bem. E vou tentar ver mesmo. Na verdade, estou voltando para a Califórnia.

— Para Los Angeles?

— Big Sur. Meus avós estão meio que aposentados lá. Meu avô caiu no ano passado, quebrou uma perna.

— Fiquei sabendo, mas disseram que ele estava bem. Está?

— No geral, sim. Mas ele está envelhecendo, mesmo que não queira admitir. E vóvis Lil fica enrolando para participar de uma nova montagem de *Mame* porque fica preocupada em deixar meu avô sozinho, mesmo que seja em curta temporada.

— Então os boatos são verdadeiros. Lily Morris vai voltar para a Broadway para reencenar o papel que rendeu a ela um Tony? No meu mundo, essa é uma notícia e tanto.

— Ela vai topar se eu estiver com ele, e posso trabalhar de qualquer lugar. Ou usar um estúdio em Monterey, Carmel, São Francisco. Posso dar um jeito.

— Daria um jeito, corrigiu-se Cate. Ela estava no controle. Agora, escolhia seu próprio caminho. — E tenho sentido falta da Califórnia ultimamente. Talvez esteja na hora de mudar de rumo. — Ela inclinou a cabeça. — Encontrar com você, ter essa conversa, é meio que uma forma de encerrar um capítulo. De um jeito bom. — Quando o garçom veio perguntar se queriam mais uma rodada, Cate fez que não com a cabeça. — Ainda preciso trabalhar hoje. Tenho mesmo que ir. Estou feliz de verdade por a gente ter se encontrado, Noah.

— Eu também. — Ele se esticou para segurar a mão dela. — Você foi um marco para mim, Cate. Um capítulo bom na minha vida.

Ela se sentia mais leve ao sair do bar. E teve a certeza, conforme andava para casa, conforme Nova York fervia ao seu redor, de que poderia ir embora livre de arrependimentos.

Como tinha trabalho, Cate foi primeiro para São Francisco. Ela tinha se esquecido de como fazia frio na cidade em novembro.

Depois de um demorado e turbulento processo de tomada de decisões, escolheu enviar na mudança a maioria das coisas com as quais desejava ficar. Outra parte ficou armazenada para depois, talvez.

O restante, vendeu ou doou para amigos.

Cate achava que se sentiria mais leve. Em vez disso, sentia-se estranhamente vazia, o que era bem diferente.

Como queria ter o próprio carro e já tinha pesquisado os modelos que combinariam mais com suas necessidades, passou um dia fazendo *test drives* e negociando, e comprou um belo SUV híbrido. Não era o conversível dos seus sonhos de adolescente, pensou ela enquanto esperava o funcionário do hotel guardar sua bagagem no porta-malas.

Mas ainda tinha tempo para realizar esse desejo.

Sair de São Francisco foi um teste para suas habilidades de direção muito enferrujadas e raramente postas em prática. Ela quase foi reprovada duas vezes nas ladeiras íngremes da cidade, depois outra vez, quando chegou às curvas da Highway 1.

Para acalmar o nervosismo, ela aumentou o volume do rádio, fez sua melhor imitação de Lady Gaga. Sua voz era boa — não tão boa quanto a de Gaga, mas isso não era para qualquer um. Mesmo assim, conseguia se virar quando precisava.

E a vista — as colinas selvagens, o mar agitado, os penhascos elevados. Sim, no fundo sentia saudade daquilo tudo. Como era estranho voltar e sentir que estava indo para casa.

Um ano antes, Cate teria dito sem hesitar que Nova York era seu lar. Anos antes, teria dito que era a Irlanda.

Não era incrível finalmente compreender que era capaz de guardar tantos lares em seu coração? E saber que estava prontíssima para voltar àquele?

A névoa fina de novembro, que se espalhava enquanto ela subia, tornava tudo ainda mais belo.

Quando passou pela estrada que levava ao rancho dos Cooper, Cate pensou neles, em todos eles. Ela ainda mantinha contato, mas fazia anos que não vinha a Big Sur.

Talvez pudesse assar um pão de soda irlandês para dar de presente à família em algum momento no futuro próximo.

Marcos, pensou ela. Os Cooper mais do que se qualificavam como um deles.

Quando fez a curva para a península, Cate era pura alegria. Ela parou na entrada, começou a abrir a janela para tocar o interfone.

Mas os portões se abriram.

Câmeras de segurança, ela sabia, e tinha descrito o carro em detalhes quando o comprou.

Cate subiu a estrada, pensou na praia, nas pedras, na casa, em tudo.

O segundo portão — instalado depois do sequestro — se abriu também.

Quando ela chegou ao topo da última subida, viu os avós parados sob o pórtico, com a casa e seus andares fascinantes ao fundo.

Cate quase se esqueceu de mudar o câmbio para o modo Park, mas evitou o que teria sido um desastre antes de pular para fora e correr para dar um abraço nos dois.

O cabelo de Lily, ainda mais vermelho, oscilava como chamas ao redor de seu rosto, com um corte novo. Hugh exibia uma barba grisalha curta — outra novidade.

— Estávamos esperando por você. — Lily praticamente saltitava. — Sua mensagem disse que ia demorar uma hora. Entre, entre, deixe suas coisas no carro. Já cuidamos disso.

— Como vão os pinos, vovô?

Ele sapateou um pouquinho.

— Não se preocupe com isso. Como foi a viagem?

— Um pouco tensa no começo. Faz tempo que não dirijo. Mas é fácil lembrar. Ah, tudo está tão bonito. Senti falta de uma lareira acesa e dessa luz. E... Ah, Consuela!

Cate sabia que a cozinheira que por anos estivera com a família tinha vindo com os dois para ser governanta da casa, mas seu coração aqueceu ao vê-la.

Radiante, Consuela veio com uma bandeja.

— *Bienvenida a casa, mi niña.* — Os olhos da mulher marejaram de lágrimas quando as duas se abraçaram. — Agora, tome um vinho, coma um pouco, passe um tempo com seus avós. Seu avô não para quieto.

— Se dependesse dessas duas, eu ficaria prostrado em uma poltrona da hora que acordo até a hora que durmo e deitado da hora que durmo até a hora que acordo.

Consuela apenas estalou a língua e então, depois de fazer um carinho na bochecha de Cate, saiu da sala.

— Não vou recusar o vinho. E olhe só para essas frutas. Nada como frutas frescas da Califórnia. Vocês dois, sentem, deixem que eu faço os pratos. Quero me esticar da viagem.

Cate serviu as bebidas, trouxe os pratinhos, as frutas e o queijo. Então parou para olhar o mar, o céu, a extensão de gramado até o topo da colina.

— Eu lembrava que era lindo — murmurou ela. — Mas lembrar e ver são duas coisas diferentes. Não é igual, não completamente. Um brinde a Liam e Rosemary, ao seu amor, à sua visão, ao presente que deram a todos nós.

— Sem eles? — Hugh bateu sua taça. — Não teríamos nada disso, não teríamos você, não teríamos eu.

Cate comeu um pedaço de manga, suspirou.

— E, nossa, como isso está gostoso. Aqui é outro mundo. — Ela se acomodou no braço da poltrona do avô. — Estou pronta para esse outro mundo. Comecei a sonhar com essa casa, com esse lugar.

Hugh esfregou sua coxa.

— Sonhos bons.

— Sim. Sonhos bons. Quebra-cabeças, catar conchas na praia, o rugido dos leões-marinhos, as caminhadas na beira do mar, escutar as histórias do biso. Ele contava tantas histórias. Eu sabia que queria voltar, que conseguiria voltar.

— Queremos que você fique, mas não que se sinta obrigada a isso — acrescentou Lily.

— Eu quero ficar, e acho bom meu quarto estar pronto, porque vocês vão ter que me aturar agora. Perceberam que comprei um carro?

Hugh parou no meio do caminho enquanto se esticava até a bandeja.

— Você comprou o carro?

— Ontem. Não aluguei. Nós, garotas da Califórnia, precisamos ter nosso próprio meio de transporte. E talvez eu compre um conversível no próximo verão.

— Você sempre quis um — murmurou Hugh.

— Agora chegou o momento, finalmente. Pesquisei os estúdios em Monterey e Carmel, e vou convencer vocês a fazer isolamento acústico em um dos closets no andar de cima. Comecei em um closet, e deu certo. Então podem se preparar, porque eu vim para ficar. — Cate se esticou para pegar um biscoito de água e sal e cobriu-o com queijo de cabra. E sorriu para o avô. — Meu sangue é irlandês demais para eu ignorar sonhos. E vou ficar cuidando de você, meu amigo, enquanto nossa estrela da Broadway volta aos palcos.

— Cuidando de mim — zombou Hugh.

— Isso mesmo, pode ir se acostumando com a ideia. Eu teria voltado de qualquer forma, por causa dos sonhos. Mas essa sua perna quebrada, mesmo com o sapateado, e *Mame*? Não dava para ignorar tantos sinais me trazendo de volta para cá. E só para deixar claro, comecei a pesquisar os estúdios antes de você resolver cair daquele cavalo, caubói.

— Chega. — Lily bateu nas pernas com a palma das mãos. — Hugh, não consigo mais esperar.

Cate pegou uma fatia de kiwi.

— Pelo quê?

— Traga sua taça. — Dando um tapinha na perna da neta, Hugh levantou. — Vamos ver seu quarto.

Quando Lily seguiu para o lado de fora, Cate balançou a cabeça.

— Vocês estão me expulsando antes de eu tirar as malas do carro?

— Uma moça devia ter seu próprio espaço, privacidade. Ela pode querer aproveitar a companhia de cavalheiros.

Agora foi a vez de Cate zombar.

— É, conheço um monte de cavalheiros.

— Devia. — Lily passou um braço em torno da cintura dela enquanto atravessavam a varanda lateral, começavam a descer. — Hugh, tome cuidado com os degraus.

— Cuidado, cuidado, cuidado.

— Acho melhor sua cabeça-dura irlandesa aceitar isso. Se você não quiser ficar na casa de hóspedes, pode escolher um quarto na principal — continuou Lily. — Não preciso explicar que você pode ficar à vontade para fazer o que quiser. E preste atenção no velho — acrescentou ela, baixinho.

— Eu ouvi!

Os três seguiram o caminho de pedras que serpenteava pelo jardim em que rosas desabrochavam selvagens, cheirosas, no frio de novembro. Virada para o mar, a piscina brilhava com o azul dos sonhos. Diante dela ficava a casa de hóspedes, construída no estilo dos *cottages* irlandeses, formando um contraste fascinante com o esplendor contemporâneo da mansão principal.

Esquadrias verde-escuras emolduravam as janelas com vista para o jardim, se destacando das paredes cor de creme, dos pequenos degraus de pedra. O charme das jardineiras sob elas oferecia uma explosão de cores, cascatas de plantas verdes.

Cate sabia que as paredes que davam para o mar eram de vidro, trazendo aquele drama para dentro da casa, mas o restante remetia a uma tranquilidade aconchegante, a colinas verdejantes, a pastos repletos de ovelhas.

Explorando suas lembranças, ela decidiu que ocuparia a suíte do andar de cima, a que tinha um lado de vidro e uma pequena lareira, um cubo de luz e calor embutido na parede.

Havia um closet grande o suficiente para adaptar e usar como estúdio, e poderia guardar as roupas no quarto do outro lado do corredor. Havia quatro quartos, de acordo com sua memória. Não, cinco com o que ficava no térreo, que costumavam usar para brincar ou como quarto de hóspedes quando a família toda visitava.

Hugh tirou uma chave do bolso e a ofereceu a Cate com um gesto ligeiramente dramático.

— Que demais!

Ela abriu a porta, entrou.

Flores frescas e outonais ocupavam garrafas de leite vazias e potes de vidro — ela esperava encontrar flores. Mas não esperava ver os poucos móveis que tinha deixado armazenados — incapaz de abrir mão deles — misturados com os outros.

— Aquela é minha mesa de centro, e minha luminária! Minha mesa de canto também, e minha poltrona.

— Uma mulher gosta de estar rodeada das próprias coisas.

Cate se virou para Lily.

— Elas estavam armazenadas.

— E não estariam se não fossem importantes para você.

— Mas como vocês tiraram tudo do armazém? Como trouxeram as coisas para cá?

Hugh fingiu tirar poeira da blusa.

— Nós temos nossos métodos.

— Bem, adoro seus métodos. Vocês são tão fofos, e ficou tão bonito. E, ai, meu Deus, olha essa vista. — De tirar o fôlego, pensou Cate, sem nada a obstruir o azul límpido do céu, a amplitude do mar, o punhado de árvores espalhadas, moldadas pelo vento e assumindo formatos mágicos. — Nunca vou conseguir fazer nada — murmurou ela. — Vou passar o tempo todo perdida nessa vista.

— A cozinha foi reformada. Estava precisando — acrescentou Lily. — E você gosta de cozinhar de vez em quando.

Pão de soda para os Cooper, pensou Cate, ainda sonhando.

— A despensa está abastecida para quando você ficar com preguiça de ir comer com a gente. Esperamos que isso não aconteça com frequência. — Hugh se aproximou da neta.

Ela apoiou a cabeça no ombro dele.

— Vocês podem vir me buscar, me tirar do meu coma de felicidade. Quero ver a cozinha e... — Cate virou, piscou. — Eu estava tão distraída que não reparei. Vocês derrubaram umas paredes.

E a planta aberta deixava a cozinha exposta, separada da sala de estar por uma larga bancada de granito, cheia de tons de cinza e prateado, toques de azul.

— Ficou maravilhoso. Quando vocês fizeram isso tudo? Amei.

Ela se aproximou, passou os dedos pelo granito. Armários brancos — não lisos e modernos, mas feitos de madeira e com uma vibe *cottage*, meio envelhecidos — combinavam exatamente com as paredes de um cinza muito, muito claro. Os avós tinham escolhido eletrodomésticos brancos, em estilo vintage, acrescentado portas de vidro nos armários que abrigavam louças coloridas. Uma tábua de madeira resplandecente cobria uma pequena ilha central.

Cate admirou a cuba funda da pia, em estilo fazenda, abriu uma porta sanfonada para uma despensa grande. Abastecida o suficiente para sobreviver a um apocalipse zumbi, pelo visto.

Poderia comer sentada nos bancos com forro de vime, à bancada que dava para a vista de tirar o fôlego, ou se aconchegar à mesinha com bancos tão coloridos quanto a louça.

— O que achou?

— Vóvis Lil, acho que tenho os melhores avós do mundo.

— A lavanderia e a área de serviço ficam ali. — Lily apontou. — E já vou avisando que Consuela vem arrumar a casa e lavar sua roupa duas vezes por semana. Não adianta discutir — acrescentou. — Ela está irredutível quanto a isso.

— Tudo bem, mas vou convencê-la a vir só uma vez na semana.

— Boa sorte — murmurou Hugh.

— De toda forma, esta é a cozinha mais fofa que já vi. Eu ficaria bem na casa principal, me sentiria à vontade. Mas isso? Bom, já estou à vontade, e ainda nem vi meu quarto.

— Vamos ver só mais uma coisa que mudamos aqui antes de subirmos. — Hugh entrelaçou o braço ao da neta. — Você ainda tem o lavabo e o quarto de leitura ali. E aqui...

— Nós dizíamos que esse era o quarto das brincadeiras, e as crianças mais velhas chamavam de "alojamento".

— Achamos que você não precisaria de nenhuma dessas coisas — disse ele enquanto abria a porta.

Se ela estava deslumbrada com as mudanças até agora, aquilo a fez perder a fala.

Seus avós tinham lhe dado um estúdio, completamente equipado, com isolamento acústico, uma cabine. Cortinas à prova de som, agora abertas para deixar a luz entrar e exibir a vista para o jardim, para as colinas que se erguiam ao longe, poderiam ser fechadas para lhe proporcionar silêncio absoluto durante as gravações.

Assim como os móveis, o equipamento que ela tinha empacotado e enviado na mudança se misturava a coisas novas.

Os microfones, os pedestais, até os *pop filters*, seu computador de trabalho, os fones, tudo. Eles instalaram um pequeno armário com portas de vidro estocado com as garrafas de agua das quais ela precisava para manter a garganta lubrificada.

Os dois tinham pensado em todos os detalhes.

— Não sei o que dizer — declarou Cate, por fim. — Não sei o que dizer.

— Uma profissional precisa de um espaço profissional para trabalhar.

Ela só foi capaz de concordar com a cabeça para o comentário do avô.

— E, nossa, isso aqui é profissional mesmo. Tem tudo e mais um pouco. Vocês se lembraram até do espelho.

— Você disse que treina as expressões faciais dos personagens para ajudar a encontrar a voz — lembrou Lily.

— Pois é.

Chocada, Cate entrou na pequena cabine de gravação, observou todo o equipamento.

— E se for cantar, ou gravar um audiolivro, você gosta de trabalhar em um lugar com mais isolamento de som, para ter mais controle.

Ela concordou com a cabeça.

— É uma mania que tenho, acho.

— Todos os artistas têm suas manias.

Cate se virou para encará-los.

— Esse foi o presente mais maravilhoso, mais perfeito, mais absurdamente amoroso dos melhores avós da história dos avós. Preciso chorar um pouco.

— Eu estava torcendo por isso!

Com uma risada chorosa, Lily a puxou para um abraço.

Cate esticou um braço para Hugh, formando um abraço em trio.

— E, agora, preciso gritar.

Ela fez isso, acrescentou uns pulinhos, chorou um pouco mais.

E percebeu que estava mesmo em casa.

Capítulo dezessete

♦ ♦ ♦ ♦

Cate não tinha aceitado novos trabalhos e mantivera a agenda livre por duas semanas, tempo que calculou que precisaria para arrumar suas coisas, montar o estúdio de casa, dar uma olhada nos de Monterey e Carmel.

Agora, tendo cortado esse tempo pela metade, informou ao seu agente que estava pronta para receber ofertas. Ainda queria uma semana livre para aproveitar os avós de verdade. E assar aquele pão de soda.

Os três tiveram um jantar de boas-vindas e uma noite de filmes. Ela malhava na academia com o avô, que reclamava, mas seguia se exercitando para fortalecer a perna acidentada.

Cate resolveu malhar porque ele reclamava, e não poderia fugir dos exercícios sob a vigilância atenta da neta.

Ela caminhava pela praia ou simplesmente ficava sentada nas pedras.

Para agradar os avós, colhia tomates ou pimentões, ervas ou qualquer outra coisa que achasse para levar para Consuela.

Analisou algumas ofertas, pensou bem e resolveu aceitar todas. Afinal, por que não? Aquele era seu trabalho.

Um deles, a locução do anúncio de um livro, era urgente, então Cate começou a se preparar enquanto a massa do pão crescia na cozinha.

Como o cliente queria um tom amoroso, ela escolheu um microfone dinâmico, usou um *pop filter* e um *shock mount* para cortar quaisquer ruídos. Uma gravação de quinze segundos que fosse, ainda assim, exigia todas as ferramentas. Ela montou o microfone, ajustou o ângulo. Satisfeita, verificou o software, os monitores. Montou um segundo pedestal para o roteiro.

Depois de fechar as cortinas, colocar a placa de GRAVAÇÃO EM ANDAMENTO na porta e trancá-la só para garantir, Cate colocou o headphone. Fez uma primeira tentativa e escutou.

Quase um segundo excedente. Poderia consertar isso.

Mas o som? Uau! Maravilhoso. Ela não poderia ter montado um estúdio melhor.

Cate fez outra tentativa, assentiu.

Um tom amoroso, pensou ela, convidativo. Você sabe que quer me ler.

Então fez quatro tomadas, enfatizando palavras, frases diferentes. Descartou uma porque achou que soava mais sensual do que amorosa.

Após outras duas, ela escutou todas e escolheu as três melhores. Nomeou os arquivos de áudio e os enviou para o cliente.

Se quisessem um tom diferente, poderia tentar de novo, mas sabia que tinha entregado uma locução amorosa, feminina, convidativa. E considerou sua estreia no estúdio um sucesso.

Depois que deixou o pão esfriando em uma grade, ela pegou um casaco e saiu.

O vento frio carregava o perfume de rosas e alecrim, o cheiro de mar e sal. Cate foi até o pequeno vinhedo — outra novidade — subiu os degraus de pedra na colina, onde rosas sufocavam uma pérgola com suas pétalas pálidas como pêssegos e um aroma sutil, as folhas farfalhando com a brisa.

O avô estava sentado ao sol. Ele usava um chapéu de abas largas para se proteger. Uma caneca, sem dúvida com café, já que ninguém era capaz de convencê-lo a largar a bebida, ocupava a mesa de ferro ao seu lado.

Ele segurava um roteiro, usando seus óculos de leitura.

— Aposentado coisa nenhuma.

Hugh olhou para cima, puxou os óculos para baixo para observá-la.

— Meio aposentado. Só estou lendo. O projeto nem foi aprovado ainda. Mas deve ser. — Ele deixou o roteiro de lado. — Quer café?

— Não, estou bem. Meu Deus, que dia lindo. Quase nunca vim aqui no outono. É maravilhoso.

Cate inclinou a cabeça para trás, fechou os olhos e apenas respirou.

— Se Lily encontrar você aqui sem chapéu, vai encher seus ouvidos. Acredite em mim.

— Vou lembrar na próxima vez.

— Com aba grande — disse Hugh, baixando a dele.

— Só tenho bonés.

— Compre um. É sério.

— Na próxima vez que eu sair. Fiz minha primeira gravação hoje cedo. O estúdio é sensacional, vovô. De verdade. Vou começar a ensaiar a leitura de um audiolivro mais tarde. Já li dois dessa autora, conheço seu estilo, sua voz durante a narração. Preciso entender os personagens. Vai ser divertido. — Cate abriu os olhos, esticou um braço para bater no roteiro. — Quem é você?

— O avô porra-louca que tenta convencer o neto certinho a relaxar. Os dois estão atravessando o país de carro, indo de Boston até Santa Barbara, porque o velho tem medo de avião. A filha, mãe do neto, está tentando interditar o velho, mandá-lo para um asilo. E ele não vai deixar tão facilmente.

— Não gosto da filha.

— Ela é uma ex-hippie que virou mãe de classe média. Acredita que está fazendo a coisa certa. Estou achando hilário, por enquanto. Muito bem escrito.

Cate balançou um dedo para o avô.

— Já entendi qual é a sua, Sullivan. Você vai dar um jeito de aprovar o projeto.

— Talvez eu mexa um ou dois pauzinhos. Mas quero terminar de ler primeiro.

Ele virou a cabeça e sorriu quando dois latidos alegres soaram.

— Quando vocês pegaram um cachorro? — perguntou Cate.

— Ainda não fizemos isso, mas estou cogitando a ideia. — Hugh bateu palmas, assobiou com os dedos entre os dentes. Uma dupla de cães com pelo preto e branco e algumas manchas marrons vieram correndo, balançando o rabo até receberem carinho.

— Eles... eles não podem ser os cachorros de Dillon.

— Os próprios. Não Gambit e Jubileu. Os dois morreram no outono passado. Estes são Stark e Natasha.

A dupla desviou a atenção para Cate, farejando, se esfregando, encarando-a com olhos pidões.

— O Homem de Ferro e a Viúva Negra? — Rindo, ela fez carinho nos dois. — Continuamos no Universo Marvel.

— Fazer o quê? — Dillon subiu pelo caminho de pedra. — Sou fã. Trouxe uma cesta daqueles peixes que você gosta, Hugh.

— Eles são bons para cachorro. Não para vocês dois. Sente. Vou pedir mais café.

— Bem que eu queria, mas preciso levar as hortaliças para a cooperativa. — Ele tirou os óculos escuros e sorriu para Cate. — Fiquei sabendo que você tinha voltado. É bom te ver.

— Você também. Não pode mesmo ficar um pouquinho?

— Com Hugh, eu resolvo ficar um pouquinho, e, quando vejo, já passou uma hora. Fica para a próxima.

Enquanto Dillon estalava os dedos para os cachorros, Cate se levantou.

— Prometo que não vou prender você aqui por uma hora se descer comigo. Tenho um presente para sua mãe e sua avó.

— Claro. Você está na casa de hóspedes, não é? Bem, acho que é a casa da Cate agora. Venho visitar, Hugh, assim que puder.

— Venha mesmo.

— Imagino que você saiba — disse Dillon enquanto caminhava com Cate — que Hugh e Lily viraram as pessoas mais felizes do mundo depois que você disse que se mudaria para cá.

— Acabou que, no fim das contas, também fiquei muito feliz.

— Não está sentindo falta de Nova York?

— Quando eu precisar de uma dose da Costa Leste, a cidade continua no mesmo lugar. Foi bom, para mim, passar um tempo lá. Diga a sua mãe e à vovó que vou fazer uma visita. Mas queria ficar de olho no vovô nesses primeiros dias.

— Ele precisa ser vigiado mesmo.

— Já percebi.

Cate abriu a porta. Os cachorros entraram correndo, começaram seu farejamento de praxe.

Dillon andou pela casa, observou as coisas.

— Ficou bonito. Vi algumas etapas da obra quando estavam reformando. Ficou bem bonito.

E ele também, pensou Cate.

Era óbvio que Dillon, quando saía de casa, nem sempre usava um chapéu — com abas largas ou não —, de modo que o sol passava um bom tempo queimando seu cabelo castanho espesso, deixando de presente um milhão de mechas claras. Os fios emolduravam seu rosto num meio-termo entre cachos e ondas — uma efeito interessante que Cate suspeitava que levaria horas para reproduzir em seu próprio cabelo lambido.

Seus traços pareciam mais refinados, mais afilados, de forma que seu rosto era uma coleção de planos, ângulos, sombras; e o bronzeado de alguém que passava muito tempo ao ar livre acrescentava ainda mais profundidade e cor aos seus olhos verdes.

Dillon tinha um corpo que parecia ter sido criado para calças jeans, botas e camisas surradas. Resistente e esbelto.

Enquanto caminhava pelo espaço dela, ele se movia com passos largos e o sossego típico de um homem que atravessava campos e pastos todos os dias.

Cate soltou uma risada acanhada.

— Você parece ter saído de um filme.

— Como é?

Dillon olhou para trás, e, bem, minha nossa, o sol o iluminou como um maldito refletor.

Ela apontou para ele.

— Fazendeiro. Você tem o visual perfeito.

Dillon abriu um sorriso, que, é claro, foi breve como um relâmpago e torto na medida exata.

— Não dá para mudar o que eu sou. E você é uma intérprete de voz, como diz Hugh.

— Isso mesmo. Meus avós construíram um estúdio para mim.

— Sim, eles comentaram.

Cate gesticulou para que ele a seguisse.

Dillon parou na porta, prendeu os dedões nos bolsos da frente.

— Uau, nossa, quanta coisa. Como você sabe mexer nisso tudo?

— Por tentativa e erro, e olha que tentei e errei bastante. Não é tão complicado quanto parece. Quando comecei, eu trabalhava no closet do meu quarto. Isso aqui é uma evolução e tanto.

— Parece mesmo. Eu assisti, ou melhor, ouvi você em *Identidade secreta*. Gostei da sua super-heroína e do alter ego dela, a cientista quieta e solitária. As vozes combinavam. Meiga e hesitante para Lauren Long, segura e sexy para Furacão.

— Obrigada.

— Achei que você fosse ter que trabalhar num estúdio, com um diretor, uma equipe, essas coisas todas.

— Para alguns projetos, sim. Para outros? O closet dá conta.

— Você tem um senhor closet agora. Talvez possa me ensinar como tudo isso funciona algum dia. Mas preciso ir agora.

— Podemos combinar quando nós dois tivermos tempo. Vou pegar o pão de soda.

Cate passou por Dillon, notou que até o cheiro dele era de fazendeiro: couro e grama cortada.

— Pão de soda?

— Assei hoje cedo. Eu diria que é uma antiga receita de família, o que é verdade. Só não é da minha família. É de uma vizinha, de quando eu morava na Irlanda.

— Você faz pão?

— Faço. É algo que me ajuda a pensar, a bolar as vozes. — Ela pegou um pano, tirou um dos pães da grade onde esfriavam, embrulhou-o. — Eu queria dar algo feito por mim para sua família.

Ela ofereceu o embrulho.

Dillon ficou parado por um instante, segurando o pão embrulhado, com os cães aos seus pés farejando o ar. Seus olhos se fixaram nos dela como tinham feito aquela noite, tanto tempo atrás.

Diretos, curiosos.

— Agradecido. Venha nos visitar. Minhas senhoras vão adorar te ver.

— Pode deixar.

Ele fez menção de seguir para a porta, os cachorros logo atrás.

— A gente nunca fez aquele passeio a cavalo. Você ainda monta?

Cate precisou de um minuto para pensar.

— Ah, claro. Já faz um tempo que não.

— Passe lá em casa. Vamos ver se as lembranças voltam.

Dillon começou a ir embora com aqueles passos tranquilos, largos, até que olhou para trás.

— Gosto de você como Cate também.

Quando ele continuou andando, ela deu um passo para trás, fechou a porta.

— Ora — disse para si mesma. — Ora, ora, ora.

DILLON SEGUIU com suas rondas. Fez a entrega para a cooperativa, levou um pedido de feno e ração para uma mulher que criava dois cavalos, deixou meio galão de leite de cabra na casa da vizinha que não poderia buscar o pedido, porque seu carro estava no conserto.

Ganhou dois biscoitos como agradecimento, concluiu que tinha sido um bom negócio.

Ao chegar em casa, estacionou a picape e soltou os cachorros, para correrem enquanto ele repassava mentalmente a lista de tudo que ainda precisava fazer. O primeiro item? Entregar o pão e almoçar.

Dillon notou a picape de Red, o que significava que ele não seria o único almoçando ali. Porém, quando entrou, encontrou apenas a mãe e a avó na leiteria.

A avó pendurava uma trouxa de coalhada de leite de cabra enrolada em *voile*, por cima de uma grande tigela onde o soro pingaria. A mãe filtrava outro — e parecia ser a última porção do leite.

O investimento que fizeram ao aumentar o rebanho de cabras e acrescentar algumas vacas leiteiras —além da leiteria — continuava compensando.

— Você demorou — disse Maggie.

— Foram as conversas. — Abrindo a geladeira da cozinha principal, ele pegou uma Coca. — Recebi algumas encomendas. Vou cuidar delas depois do almoço. — Ele abriu a tampa, tomou alguns goles. — Cadê o Red?

— Foi expulso. — Julia indicou a mãe com a cabeça. — Está lá fora, tentando consertar o tratorzinho.

Dillon riscou um item da sua lista, já que pretendia fazer isso depois do almoço.

— Red estava atrapalhando. — Maggie, o cabelo laranja preso em uma trança, caminhou ao longo da barra de madeira, verificando o progresso da separação. — Que nem você.

— Mas eu trouxe um presente. — Dillon desembrulhou o pão, cheirou. — E está com um cheiro bom. Cate Sullivan mandou para vocês. Ela que fez.

Apertando os lábios, Maggie o chamou com um dedo enquanto Julia cuidava da última trouxa. Assim como o neto, ela cheirou o pão.

— Pão de soda irlandês? Lily disse que a garota sabia cozinhar.

— Como ela está, Dillon?

Ele abriu um sorriso alegre para a mãe.

— Talvez a gente pudesse ter essa conversa durante o almoço.

Maggie estalou o dedo para o neto.

— Diga a Red para fazer um intervalo e se limpar. Vamos alimentar vocês.

Obediente, Dillon saiu. Naquela tarde, precisaria passar um tempo cuidando de dois potros, e queria ver como estavam as éguas prenhes. Então teria que dar uma olhada na safra do outono. E no gado.

A mãe faria a ordenha da tarde das três vacas leiteiras.

E graças a Red — que, no fim das contas, era um mecânico muito bom — talvez não precisasse perder tempo consertando o trator.

Dillon escutou o motor ligar, funcionar bem, e sorriu. É, podia mesmo riscar isso da lista.

Ele encontrou Red sentado no trator, com a cabeça inclinada ouvindo o motor. O cabelo, completamente grisalho, estava preso em uma trança que acabava pouco abaixo da gola da sua velha jaqueta jeans. E usava um boné igualmente velho.

Red ainda surfava sempre que podia, se mantinha em forma e era ágil. E prova disso foi a maneira como pulou do trator após desligar o motor, plantando no chão os pés calçados em botas com penas de pavão que Maggie lhe dera de aniversário.

Porque, de acordo com ela, ele vivia se pavoneando por aí.

— Resolveu o problema?

— Aham. — Red limpou as mãos nas calças jeans. — Era um problema de tempo, no geral.

— Não da sua parte. Acabou bem na hora do almoço.

— Era esse o meu plano.

Os dois saíram juntos do celeiro.

— Passei na casa dos Sullivan no caminho das minhas entregas hoje cedo. Caitlyn voltou.

Red assentiu, parou perto da velha bomba do poço para lavar as mãos. Pensando nas entregas do dia, Dillon o imitou.

— Como ela está?

— Está bem. — Os dois secaram as mãos na toalha pendurada ali para isso e trocada diariamente. — Está bem pra dedéu.

Os lábios de Red se curvaram.

— É mesmo?

— Com toda certeza.

Eles deram a volta para a entrada dos fundos, limparam as botas, entraram pela área de serviço. Penduraram os casacos nos ganchos. Tiraram os chapéus.

Ninguém sentava à mesa de Maggie Hudson com a cabeça coberta ou com as unhas sujas.

Na cozinha principal, o cheiro das coalhadas e do soro se misturava ao aroma da sopa que fervia.

— Lavaram as mãos? — quis saber Maggie.

Os dois homens mostraram as palmas.

— Então podem sentar à mesa grande. A sopa está quase pronta.

Red deu um beijo no pescoço de Maggie, embaixo da trança laranja.

— Leve o pão na tábua. Vamos ver se a obra de Cate faz jus à sopa de legumes de Julia.

— Ela fez pão? — Obediente, Red pegou a tábua.

— Disse que aprendeu quando morava na Irlanda, que gosta de treinar vozes enquanto sova a massa.

A "mesa grande" significava a sala de jantar adjacente, com o bufê comprido de nogueira que Dillon ajudara a mãe a reformar na adolescência, com vista para a floresta por onde Cate fugira quando era pequena.

Curioso e morrendo de fome, Dillon cortou uma fatia do pão e provou a casca.

— Está gostoso. Enfim, não vi Lily quando entreguei os peixes, então fui dar uma olhada em Hugh. Ele parece melhor. Cate estava lhe fazendo companhia.

— Dil disse que ela também está com uma cara boa.

— Boa demais — acrescentou Dillon antes de dar outra mordida. — Vocês deviam dar um pulo lá e ver o que fizeram com a casa de hóspedes para ela. Mudaram tudo. E montaram um estúdio completo.

— Para ela trabalhar de casa? — Julia trouxe a tigela de sopa, colocando-a sobre o descanso grande.

— Sim. Ela disse que começou gravando em um closet. Bem, aquilo lá é bem melhor do que um closet.

Como a mãe colocou sobre a mesa o pote de manteiga — produzida no Rancho Horizonte —, ele a passou no pedaço de pão que ainda segurava.

Melhor ainda.

Maggie trouxe as tigelas, começou a servir a sopa.

— Fico feliz por saber que ela encontrou um rumo, que conseguiu voltar. Aquela menina precisa nos fazer uma visita.

— Cate disse que pretende vir.

— Quando penso naquela mãe dela. — Red esfregou um dos ombros de Maggie, mas não adiantou de nada. — Fico para morrer. — Ela sentou com sua tigela, balançou a colher no ar. — Depois de tudo que fez, a mulher vive como uma rainha. Nem aquele velho babão consegue lhe dar um filme de sucesso, mas isso a impede? Ela insiste nessas porcarias que nem estreiam no cinema, nos dramalhões feitos para a televisão, com a cara tão esticada de plástica que mal consegue piscar.

— Dinheiro não traz felicidade, mãe.

Maggie pegou uma colherada de sopa.

— É melhor ser infeliz dormindo em lençóis de seda do que em caixas de papelão, que era o que ela merecia. — Maggie aceitou o pão que a filha lhe entregava. — Não se preocupem, não vou dizer nada disso para a menina. Só estou desabafando. — Ela provou o pão. Mastigou, pensou. — Boa consistência, saboroso, gostei da textura. Droga, talvez seja até melhor do que o meu. — Segurando um sorriso, ela apontou para Dillon quando o neto baixou a cabeça. — Um homem inteligente sabe que não deve concordar comigo.

— O que eu tenho a dizer é o seguinte. Não sobre o pão — acrescentou Red. — A aparência de Charlotte Dupont condiz com o que ela é. Uma pessoa falsa, uma fraude. Eu sei porque Hugh já me contou, e Aidan também quando veio aqui, que ela paga jornalistas para publicarem matérias cutucando a família, especialmente Cate. Até hoje, depois de tantos anos, ela não consegue parar de atacar essas pessoas. Aquela mulher pode dormir sobre seda, em uma cama de diamantes, mas nunca vai ser nada além do que é. Nunca vai ter o que deseja. Nunca vai ser feliz. — Ele deu de ombros, tomou mais sopa. — Ela pagou sua dívida com a sociedade. — Ignorando o chiado de Maggie, Red continuou: — Mas, se querem saber o que eu acho, continua em uma prisão. Criada por si mesma. E isso me deixa satisfeito.

— E os outros dois, Sparks e Denby? Sei que você tem seus contatos — acrescentou Dillon.

— Tudo bem, para acabarmos com esse assunto. Como estava com a arma, Denby só pode pedir condicional daqui a cinco anos, e provavelmente não vai conseguir. Sparks? O cara se transformou em um detento exemplar, pelo que soube. Talvez consiga sair antes do tempo. Mas ainda falta um ano — acrescentou Red quando Maggie chiou de novo. — As prisões estão lotadas, e ele cumpriu a sentença mínima. É possível que o soltem quando ele pedir a condicional. Foram dezoito anos até agora, e isso é bastante tempo.

— É difícil acreditar que já faz isso tudo. — Julia olhou para a cozinha. — Às vezes, parece que foi ontem que Dillon me trouxe aqui para baixo e aquela menininha estava sentada ali.

— Tem mais uma coisa que pode acontecer. Faz meses que uma autora de livros sobre crimes reais visita Sparks. Não sei com quem mais ela conversou, não tenho tantos contatos assim, mas sei que entrevistou Denby. E anda passando muito tempo com Sparks. Como ela é formada em direito, ele a colocou no registro como sua advogada, então não sei sobre o que falam.

— Outra sanguessuga — decidiu Maggie. — Quem é essa? Quero pesquisar o nome dela no Google.

— Jessica A. Rowe.

SPARKS SE arrumou para a visita de sua advogada/biógrafa. Passou um creme no cabelo, ainda espesso, para dar um brilho prateado (sutil) ao grisalho. E treinou suas expressões tristes, porém afetuosas, no espelho.

Ainda era bom naquilo.

Por outro lado, Jessica estava se mostrando uma das vítimas mais fáceis de sua longa carreira. Aos quarenta e seis anos, gordinha, flácida, tão sem graça quanto uma tábua de madeira, ela estava pronta para um romance ilícito. Desesperada por amor.

Ele começara com sua ladainha sobre estar arrependido, deu detalhes — alguns reais, outros inventados — que ainda não tinham sido divulgados ao público. Com timidez, confessou que tentara escrever sua história por conta própria, como um tipo de penitência, mas não conseguiu encontrar as palavras para se expressar.

Então se expressava com ela, manipulando-a para usar seu diploma enferrujadíssimo de direito para se declarar advogada dele, de forma que as conversas entre os dois fossem sigilosas.

Ao longo de semanas, de meses, Sparks manipulou Jessica, se aproximou dela e a conquistou.

No decorrer dos anos, ele recebeu cartas e visitas de mulheres que se sentiam atraídas por homens encarcerados. Tinha encarado muitas como contatos úteis do lado de fora. Rejeitou várias por serem completamente doidas ou simplesmente não confiáveis.

Mas Jessie, ah, com Jessie a história era outra.

Uma defensora da lei que tinha fascínio por rebeldes. Porque, de acordo com os instintos de Sparks, ela também queria ser assim.

Uma mulher solitária de meia-idade que acreditava ser feia, indesejável — com razão, na opinião dele. Sua ingenuidade beirava a burrice, mas ela se achava muito perspicaz.

A primeira vez que ele pegou sua mão, que a segurou, que olhou em seus olhos enquanto ele beijava seus dedos como agradecimento, Sparks sabia que seria capaz de convencê-la a fazer qualquer coisa — qualquer coisa mesmo.

Agora, após meses de preparação, depois de beijos roubados, abraços emotivos, promessas e planos para se casarem quando ele fosse solto, tinha chegado a hora da prova final.

Se desse errado, ele teria desperdiçado seu tempo. Mas Jessie tinha passado em todos os testes anteriores. Oferecendo relatos sobre as pessoas de quem Sparks pretendia se vingar. Ele tinha outras fontes, e as informações que recebeu de Jessie conferiam. Tim-tim por tim-tim.

E, como Jessie estava se esforçando para conseguir tirá-lo da prisão antes da hora — e talvez até conseguisse —, ele precisava agir enquanto ainda tinha um álibi (literalmente) sólido.

Ela estava esperando quando o guarda o levou para a sala de visitas. Sparks não era mais algemado. Só precisava ser revistado na saída — a menos que subornasse o guarda que tinha escolhido para acompanhá-lo.

Mas não havia necessidade disso naquela visita.

Jessie tinha mudado o cabelo desde que se conheceram. Mais curto e com os fios grisalhos pintados, era nítido que se esforçava para melhorar sua imagem. Ela usava maquiagem agora, mas nunca batom. Se os dois conseguissem se beijar, não haveria manchas suspeitas.

Sparks sabia que ela se exercitava e fazia dieta, embora, na sua opinião, fosse impossível transformar aquele corpo robusto.

Mesmo assim, ele dava a si mesmo total crédito pelos esforços dela, pelo terninho estiloso que a mulher usava — infinitamente melhor que o saco marrom que ela vestiu naquele encontro inicial.

— Senti saudade. Jessie, senti tanta saudade. Todos os anos antes de nos conhecermos, consegui aguentar. Eu merecia. Mas agora? É uma tortura esperar até podermos nos ver de novo.

— Eu viria todos os dias se pudesse. — Ela abriu a pasta, tirou um arquivo, como se tivessem alguma questão legal para discutir. — Mas você tem razão. Se a gente se encontrar com muita frequência, vão começar a desconfiar. Sinto como se eu também estivesse presa, Grant.

— Quem dera a gente tivesse se conhecido naquela época. Antes de eu deixar Denby e Charlotte me usarem, me manipularem. Nós teríamos construído uma vida juntos, Jessie. Um lar. Teríamos filhos. Sinto... como se eles tivessem roubado isso tudo de nós.

— Nós teremos um lar e uma vida, Grant. Quando você for solto, ficaremos juntos.

— Fico pensando nos filhos que a gente teria. Especialmente uma menina, com seus olhos, seu sorriso. É de partir o coração. Quero que os dois paguem pelo que tiraram de nós. Pela menininha que nunca teremos.

Ela esticou o braço por cima da mesa para segurar sua mão.

— Eles precisam pagar. E vão pagar.

— Eu não devia te pedir para se envolver nessas coisas. Não...

— Grant. Eu estou do seu lado. Nesses poucos meses, você me deu mais do que qualquer outra pessoa na minha vida inteira. Estou do seu lado.

— Você pode dar esse próximo passo? Pode ligar para o número que eu passar, dizer as coisas que eu pedir? Mesmo sabendo o que significa? Se não puder, não vou ficar chateado. Meus sentimentos não vão mudar.

— Eu faria tudo por você, não sabe disso? O que eles tiraram da sua vida, tiraram da minha. Um menininho com seus olhos, seu sorriso.

— Você precisa ter certeza, minha querida Jessie.

Lágrimas brilhavam nos olhos dela.

— Pelo que fizeram com você, pelo que tiraram de nós, tenho certeza. Eu te amo.

— Eu te amo.

Sparks beijou a mão dela, olhou em seus olhos. E lhe passou um telefone, as coisas a serem ditas.

Doze horas depois, um guarda encontrava o corpo de Denby, a navalha ainda enfiada em sua barriga, nos chuveiros.

Quando Sparks recebeu a notícia, sorriu para o teto de sua cela e pensou: menos um.

Capítulo dezoito

♦ ♦ ♦ ♦

Depois de fazer uma entrega — ovos, manteiga e leite — para a casa principal, Dillon foi até a de Cate. Talvez devolver o pano do pão fosse uma desculpa, mas o pano era dela. Além do mais, ele tinha um tempo livre e queria vê-la de novo.

Não havia problema nenhum nisso.

Sem contar que se passara quase uma semana — e precisava fazer a entrega de toda forma.

Dillon olhou para seus cachorros.

— Não é? Não estou certo?

Os dois pareceram concordar.

O vento de novembro carregava um pouco de frio e uma chuva leve, regular. Mas o tempo não era incômodo. Não quando tudo na península parecia saído de um conto de fadas.

Do tipo em que bruxas viviam em *cottages* encantados, e gnomos se escondiam em meio às árvores secas e retorcidas. E talvez sereias com corpos sinuosos — e dentes afiados — espreitassem sob as ondas que quebravam nos penhascos.

O rancho podia ficar a apenas alguns quilômetros de distância, mas aquele era um mundo diferente. Dillon gostava de visitar mundos diferentes de vez em quando.

E na penumbra cinza, em meio à névoa, com fumaça saindo da chaminé e flores — ainda coloridas — nas jardineiras das janelas, a casa de hóspedes parecia mesmo um *cottage* encantado.

Faria sentido questionar, se você quisesse se ater ao tema, se a mulher que ali morava era uma bruxa boa ou uma bruxa má.

Então Dillon escutou o grito dela.

Ele saiu em disparada pelo restante do caminho, com os cachorros rosnando baixinho em seu encalço.

Quando escancarou a porta da frente, pronto para lutar, para defender, encontrou Cate parada diante da ilha da cozinha, o cabelo preso no topo da cabeça, os olhos arregalados e surpresos.

E segurando uma massa de pão.

Dillon perguntou:

— Mas que porra foi essa?

— Eu podia perguntar a mesma coisa. Talvez você já tenha ouvido falar daquele gesto tradicional chamado bater à porta.

— Você estava berrando.

— Ensaiando.

Que engraçado, pensou Dillon, seu coração só tinha disparado depois de ele entrar correndo e vê-la. Antes, estava apenas reagindo.

— Ensaiando o quê?

— Gritos, é óbvio. Não posso fazer carinho em vocês — disse ela para os cachorros. — Estou com as mãos ocupadas. Pode fechar a porta? Está frio aí fora.

— Desculpa. — Dillon obedeceu, mas mudou de ideia. — Quer dizer, desculpa coisa nenhuma. É normal reagir quando se escuta alguém soltar um grito horripilante.

Cate continuou sovando o pão.

— Consegui soar horripilante?

Ele só conseguiu encará-la.

— Esse aí é o meu pano? Pode deixar ali. Se quiser café, você vai ter que fazer. Sou boa de gritos — acrescentou ela.

— Percebi. Em alto e bom som.

— Nem todos os atores conseguem gritar de um jeito realista ou dar o tipo de grito que a cena e o personagem pedem.

— Existem tipos de grito?

— Mas é claro. Temos o grito de tristeza, o berro de "acabei de encontrar um cadáver", que também pode ser meio engasgado, o grito de "acabei de ganhar na loteria" e o grito molhado, cheio de lágrimas e vibração, além de vários outros. Preciso do horripilante.

— Bem, na minha opinião, você conseguiu.

— Ai, que bom. Vou fazer uma gravação rápida mais tarde, uma dublagem para um filme de suspense. Eu e a atriz temos um tom de voz parecido, mas ela não consegue alcançar o tom certo nos gritos.

Dillon resolveu que uma dose de cafeína cairia bem, e como a máquina de Cate era igual à que Lily dera para sua avó, sabia mexer nela.

— Você é paga para gritar?

— Claro. Três variações nesse caso. Tenho que acertar o tom e o tempo de duração, que é de seis vírgula três segundos para um grito horripilante. Para conseguir uma dublagem boa, precisa, tenho que imitar as expressões faciais da atriz. O diretor gosta de três tomadas de cada grito. Já trabalhamos juntos antes.

— Quer café?

— Não, prefiro beber só água antes de gravar, e durante.

— Então você está berrando e sovando pão.

— Ensaiando — corrigiu Cate. — E fazendo pão italiano porque meus avós vêm jantar aqui hoje. Massa. Não tenho um repertório culinário muito extenso, mas aprendi a fazer esse prato em Nova York, porque é um dos favoritos de Lily.

Dillon se apoiou na bancada enquanto ela untava uma tigela e colocava a massa lá dentro. E então a cobriu com o pano recém-devolvido antes de — da mesma forma como ele tinha aprendido — colocar tudo dentro do forno para crescer no calor.

Ele analisou o estado da ilha.

— Você é bagunceira.

— Pois é. — Cate foi lavar a massa grudada nas mãos. — E se eu não limpar tudo do jeito que Consuela gosta, já consigo escutar a língua dela estalando quando vier arrumar a casa amanhã.

Dillon observou enquanto Cate limpava primeiro o excesso de farinha, depois colocava os utensílios dentro da pia, guardava latas, pegava um produto de limpeza e um pano.

Ela usava uma daquelas leggings que moldavam — no seu caso — pernas muito bonitas, compridas. Por cima, um suéter azul comprido com as mangas arregaçadas.

Seu cabelo estava comprido agora, preso em um rabo de cavalo.

Sim, pensou ele de novo enquanto a observava limpar, Cate estava bem à beça.

— Minha mãe está testando um desinfetante orgânico.

— Sério?

— Sim, para limpeza geral a princípio, mas quem sabe também um sabão para roupas e tal. Ninguém consegue convencer a vovó a diminuir o ritmo com o trabalho braçal no rancho. Literalmente, porque ela bate na gente.

Dando risada, Cate olhou para trás.

— Você está falando por experiência própria, não é?

— Com certeza. Então a ligação entre os desinfetantes e as surras é que se... Não, com a minha mãe, não existe "se". Quando ela conseguir fazer isso, vai passar a tarefa para minha avó. Como fizemos quando aumentamos o rebanho de cabras e compramos umas vacas leiteiras alguns anos atrás.

Franzindo a testa, Cate lavou o pano.

— Para mim, parece que vocês teriam mais trabalho braçal com isso.

— Sim, mas uma coisa compensa a outra. Também significa mais manteiga e queijo, que são tarefas da minha avó, no geral.

— Tenho sua manteiga, seu queijo e seus ovos na geladeira. Meus avós deixaram tudo abastecido. Vou usar o queijo de cabra na salada de hoje.

— Acabei de entregar mais para eles.

Cate bateu na bancada com o pano limpo.

— As entregas fazem parte do serviço?

— Somente para clientes especiais.

Ela achava aquilo tudo fascinante. Sempre achou a vida dos Cooper e de Maggie fascinante.

— Tudo vem direto do rancho? Os ovos? Os laticínios?

Dillon sorriu.

— Claro. Você precisa de alguma coisa?

— Daqui a pouco vou precisar. Vou usar um monte dos ovos mais tarde, quando fizer o suflê. Estou um pouco apavorada, porque nunca fiz um antes, e eles são complicados. Mas meu avô adora suflês. Quero... não é uma forma de recompensar os dois. É...

— Eu entendi.

Cate lavou o pano de novo e o colocou para secar antes de pegar sua garrafa de água. Então abriu e fechou a tampa, abriu e fechou.

— Eles estão cheios de dedos comigo de novo, e odeio quando ficam assim. Frank Denby, um dos homens que me sequestrou, foi assassinado. Na prisão. Esfaqueado. E você já sabia — percebeu Cate, vendo isso estampado no rosto dele.

— Red passa muito tempo no rancho.

— Eles acham que eu não estou sabendo, então não tocamos no assunto.

Dillon já tinha passado mais tempo do que pretendia ali, havia ainda uma longa lista de tarefas para começar e terminar, mas ela não parava de abrir e fechar aquela maldita garrafa.

— Pelo que Red contou, Denby não era muito popular em San Quentin. Ele foi parar na enfermaria mais de uma vez por causa de brigas e ficou preso na solitária por outras merdas. É claro que a notícia faria você voltar no tempo, ficar nervosa, mas a pessoa que deu cabo dele provavelmente fez isso porque o sujeito era um babaca e, de acordo com Red, talvez estivesse dedurando os outros.

Cate finalmente abriu a garrafa, tomou um gole.

— Não sei como me sentir sobre a morte dele. Não consigo parar para raciocinar e descobrir o que acho. Mas sei que odeio ver meus avós no modo "estamos preocupados com Caitlyn".

— Então você resolveu preparar a massa favorita de Lily e o suflê de Hugh para mostrar a eles que está tudo bem.

Ela inclinou a garrafa na direção de Dillon.

— É isso aí.

— Se quiser saber minha opinião, que vou dar de toda forma, é um gesto produtivo e saudável.

— Como gostei dessa opinião, vou aceitá-la. E quero visitar o rancho na semana que vem. Eu pretendia ir nesta, mas o sequestrador morto acabou com meus planos. Existe algum dia que seja melhor? Posso mudar minha agenda.

— Qualquer dia está ótimo. Preciso ir. Obrigado pelo café. — Ele acrescentou a xícara à louça na pia. — E você precisa gritar.

— Preciso, sim. Por falar nisso, obrigada pelo resgate. O fato de ele não ter sido necessário não desmerece o ato em si.

— De nada, por mais estranho que seja. — Dillon seguiu para a sala, onde os cães estavam deitados juntos, tirando uma soneca diante da lareira. Ele soltou um assobio rápido que fez os dois levantarem rápido e o seguirem. — Boa sorte com o suflê.

— Obrigada. Vou precisar.

Cate foi até a parede de vidro para observá-lo se afastar em meio à névoa, à garoa.

Ela não pretendia falar sobre Denby, tinha se esforçado ao máximo para nem ao menos pensar naquilo. Mas, talvez, o elo estranho que os dois tinham formado na infância tornasse mais fácil conversar sobre assuntos que não mencionava com ninguém.

— A gente nem se conhece. Não de verdade.

Ela sabia uma coisa ou outra pelos e-mails de Julia, por comentários que os avós faziam.

Isso não era verdade, pensou enquanto levava a água para o estúdio, pendurava a placa de GRAVAÇÃO EM ANDAMENTO, fechava e trancava a porta.

Ela sabia que Dillon adorava a vida que escolhera, simplesmente porque isso era nítido. Sabia que ele inspirava lealdade — pelo menos dos cachorros, já que aqueles dois pareciam idolatrar o dono. Sabia que ele era o tipo de homem que sairia correndo para ajudar alguém sem pensar na própria segurança.

Eram todas qualidades importantes, até admiráveis, da pessoa que Dillon se tornara. Ainda havia muitas lacunas em branco, Cate tinha noção disso. E teria que decidir quantas delas gostaria de preencher.

Porém, por ora, precisava gritar.

DEPOIS DE um jantar em família bem-sucedido e de começar uma semana cheia de trabalho, Cate foi até a casa principal. Seu plano era pegar o carro e ir comprar algumas flores na floricultura antes de, finalmente, fazer uma visita ao rancho.

Primeiro, passou na casa, descobriu com a faxineira supervisionada por Consuela que o avô estava no escritório, com a porta fechada, e Lily malhava na academia.

Cate desceu a escada principal e virou na direção oposta à sala de cinema, rumo ao estrondo de um rock frenético. Na academia, Lily gemia enquanto fazia sua série na cadeira extensora.

O suor brilhava em seu rosto, em suas panturrilhas impressionantes, enquanto ela se movia no ritmo da música.

Sempre elegante, a avó usava uma calça corsário estampada com um redemoinho de tons de azul e verde, e um top azul que exibia seus braços e ombros extremamente torneados.

Cate fez uma anotação mental para se lembrar de usar a academia com mais frequência.

Com um último gemido, Lily fechou os olhos. Ela secou o rosto com a munhequeira — verde — antes de se levantar e ver Cate.

— Ai, meu Deus, quero morrer. Sabe o que a maioria das mulheres da minha idade está fazendo agora? Pode desligar essa droga de música, meu anjo? Vou te dizer o que estão fazendo. Brincando com os netos, tricotando, lendo um livro ou fazendo limpeza de pele. Com certeza não estão suando sangue em cima de um maldito aparelho de tortura.

Pegando uma garrafa de água, Lily bebeu enquanto olhava de cara feia para o restante dos equipamentos, os halteres, os tapetes de ioga enrolados, a pilha de colchonetes no chão.

— É por isso que você não envelhece.

— Rá. — Respirando fundo, ela parou, depois se analisou na parede de espelhos. — Eu estou inteirona mesmo.

— Eu diria que está *maravilhosa*.

— Vou me apegar a essa palavra, porque ainda estou na metade do treino. Meu Deus do Céu, Catey, por que é que eu inventei de voltar para a Broadway, de achar que dava conta de acompanhar aquele ritmo?

— Você vai arrasar.

— Se eu não for arrasada primeiro. Bem. — Ela levantou a garrafa de novo. — Que morte horrível. E você, o que está aprontando?

— Passei para ver se você e o vovô, se um dos dois, queria vir comigo. Vou comprar flores e visitar o Rancho Horizonte.

— Bem que eu gostaria de ir em vez de ficar aqui fazendo isso. Mas preciso terminar. Depois, preciso tomar um banho e ficar apresentável. Tenho uma videoconferência hoje à tarde. A tecnologia está tão avançada que é impossível participar de uma reunião de pijama hoje em dia. — Pegando uma toalha, Lily secou o pescoço. — Peça a Consuela para trazer seu carro.

— Vóvis Lil, eu consigo encarar a garagem. Eu consigo — repetiu ela.

— É claro que consegue. Mande um beijo para todo mundo. Ah, e diga a Maggie que precisamos marcar outra Noite da Caducagem.

— Caducagem?

— Duas velhas caducas tomando vinho e conversando sobre sua juventude perdida.

— Velhas caducas coisa nenhuma, mas digo a ela. Quer que eu ligue a música de novo?

Lily suspirou.

— Sim. Por favor. Manda ver.

Cate mandou ver, foi até a porta e saiu.

O sol brilhava e refletia nas montanhas. Em algum lugar perto dali, algo zumbia baixo — o podador de cerca ou aparador de grama da equipe de jardinagem que vinha duas vezes na semana.

Cate atravessou o pátio, seguiu pelo caminho de pedra tão vívido em suas memórias, entrou na garagem.

Talvez sentisse um pingo de desconforto, ela admitia, mas isso não era normal? Nada de pânico, nada de pavor, apenas o desconforto provocado pelas velhas lembranças.

Depois do que aconteceu, Cate escutou o avô falando sobre cortar a árvore, e implorou para que ele não fizesse isso.

Seu raciocínio, ainda tão jovem, era que a árvore não merecia morrer. Ela não tinha feito nada de errado.

Então ela permanecia lá, como sempre, velha, nodosa e simplesmente exuberante.

Cate se aproximou, levou uma mão ao tronco, áspero contra sua palma.

— A culpa não foi sua, né? E aqui estamos, nós duas. Charlotte não conseguiu derrubar a gente.

Satisfeita, calma, Cate apertou o controle remoto da porta da garagem.

QUANDO ESTACIONOU no rancho trazendo um enorme buquê de flores outonais, ela notou as mudanças. Julia tinha contado que haviam construído uma casa para Dillon. Ficava do outro lado dos estábulos, proporcionando a ele privacidade e uma vista bonita. Parecia ter mais ou menos o mesmo tamanho da sua, mas sem o segundo andar.

Cate viu as cabras, algumas ovelhas salpicando as colinas que se elevavam, as vacas no campo, os cavalos no pasto e no padoque.

E Dillon treinando um potro, pelo que parecia, preso em uma espécie de corda. Distante e concentrado no trabalho, ele não escutou o carro chegar.

Mas os cachorros, sim, e vieram correndo do ponto onde brincavam entre as vacas para cumprimentá-la. Cate demorou um pouco fazendo carinho nos dois enquanto observava Dillon.

Com um chapéu cinza enterrado na cabeça, ele incentivava o cavalo a andar em círculos em um trote lento. Era algum tipo de adestramento, aparentemente. Ela sabia andar a cavalo, cuidar dos animais, porém não entendia nada sobre como eles eram criados ou treinados.

O que era óbvio que Dillon sabia, já que — de algum jeito — convencia o animal a virar, começar a trotar na direção oposta.

Os cachorros resolveram incentivá-la a seguir para a casa; Cate resolveu obedecer.

Julia saiu de um celeiro.

Cate se deu conta de que Dillon tinha herdado o porte magro com as pernas compridas da mãe. Ela andava com os mesmos passos largos, o cabelo loiro-escuro sob um chapéu marrom de abas enroladas, com luvas de trabalho enfiadas no bolso de trás das calças jeans.

Uma dúzia de pontadas — de saudade — se espalharam por Cate quando Julia a viu e sorriu.

— Caitlyn! Você parece ter saído de uma fotografia! *A jovem com flores.* — Ela foi direto na sua direção, lhe dando um abraço sem hesitar. — Ai, quanto tempo! Entre. Você está linda.

— Você também.

Dando uma risada, Julia balançou a cabeça.

— Tão linda quanto possível depois da ordenha da tarde.

— Pena que perdi essa parte. É sério, nunca vi uma cabra sendo ordenhada. Quando eu morava na Irlanda, via as pessoas tirando leite das vacas às vezes. Mas faz muito tempo.

— Três vezes por dia todos os dias, menos para as cabras e vacas que ainda estão amamentando. Essas são ordenhadas uma ou duas vezes só. Você vai ter muitas oportunidades de ver como é.

Enquanto as duas caminhavam, Cate olhava ao redor. O silo, os celeiros, a extensão da casa principal. E ecoou os pensamentos de Dillon.

— Parece um mundo diferente.

— Com certeza é o nosso. — Julia limpou as botas diante da porta. — Espero que você venha nos visitar mais vezes, agora que se mudou para cá.

Dentro da casa, a lareira estava acesa. Alguns móveis haviam mudado, exibindo novos tons de azul e verde que combinavam com o mar e os pastos. Porém boa parte permanecia igual, de um jeito reconfortante.

Será que ainda deixavam uma luz acesa à noite para o caso de alguma alma perdida aparecer?, se perguntou Cate.

— Vamos lá para trás. Mamãe e Red devem estar na leiteria.

— Dillon me contou que vocês instalaram uma.

— Temos um bom mercado para manteiga, queijo, iogurte e laticínios caseiros por aqui.

— Eu sei, porque já usei alguns dos seus produtos. Na verdade, preciso comprar leite, manteiga, e... Vocês fizeram a reforma.

Julia olhou para a cozinha, para o fogão profissional, os fornos duplos. A mesa grande permanecia no lugar, mas tinham acrescentado bancadas extras para os dias de preparar comida para a cooperativa.

— Estávamos precisando, e tínhamos que aumentar o fogão. Agora, mamãe e eu não ficamos nos esbarrando aqui dentro. Deixe-me pegar essas flores maravilhosas e o seu casaco.

O aço inoxidável brilhante, prateleiras cheias de utensílios imponentes que estavam além da compreensão de Cate, o exaustor enorme, resplandecente, sobre um fogão imenso. Mesmo assim, a pequena lareira estava acesa, e belos vasinhos com ervas ocupavam os peitoris largos das janelas.

— Parece profissional, mas o clima continua igual.

— Então é um sucesso. Mamãe e eu discutimos, brigamos e quase saímos na porrada por causa do projeto e da decoração.

Enquanto falava, Julia atravessou a cozinha para colocar as flores em uma das pias. Então foi para a área de serviço pendurar os casacos.

Cate se moveu pelo cômodo, passando uma mão na mesa onde tinha sentado quando Julia cuidou de seus cortes e machucados tanto tempo atrás.

E parou, fascinada, diante da ampla entrada que levava a outra cozinha. Mas não era exatamente uma cozinha, pensou ela, embora visse um fogão, pias, bancadas de trabalho.

Sacos cheios de... alguma coisa estavam pendurados em barras de madeira e pingavam nas tigelas abaixo. Grandes potes de vidro com — presumia ela — leite ocupavam as bancadas. A vovó, com a trança laranja enrolada num coque, estava diante de uma das pias com a torneira aberta, seus ombros se movendo enquanto empurrava alguma coisa. Red — sim, o próprio — enchia uma máquina pequena, nova em folha, com leite.

Através da janela grande sobre a pia maior, Cate viu Dillon e o potro.

Julia se aproximou.

— Você não vai achar manteiga e leite mais frescos em lugar nenhum.

— Red está cuidando da última manteiga — disse Maggie sem se virar —, e estou lavando a última da leva anterior. Dê uma olhada nas coalhadas no forno.

— Pode deixar. Temos uma cliente.

— Ela vai ter que esperar até eu... — Ainda apertando, Maggie olhou por cima do ombro. — Ora, veja só, Red. Alguém cresceu.

Ele ligou a máquina, se virou.

— Cresceu mesmo.

Red se aproximou, ofereceu uma mão. Cate a ignorou e lhe deu um abraço.

— É bom ver o senhor, delegado.

— É só Red agora. Achei que tinha me aposentado, mas essas mulheres querem me matar de tanto trabalhar.

— Você parece muito saudável para um homem morto.

Maggie soltou uma gargalhada.

— Já estava na hora de você aparecer, menina. Quando aquela última leva de manteiga desnatar e a gente acabar aqui, estou seca por um intervalo.

Cate olhou para a máquina.

— Aquilo é uma batedeira de manteiga?

— Você acha que a gente faz manteiga num balde de madeira com um pedaço de pau? — Maggie soltou outra gargalhada. — O mundo evoluiu muito desde *Os pioneiros.*

— As coalhadas estão prontas. Cate, sente um pouco, e vamos fazer um intervalo assim que acabarmos.

— Ela tem duas mãos, que podem ajudar. Estão limpas? — quis saber Maggie.

— Eu...

— Vá lavar só para garantir. Depois venha me ajudar a embalar a manteiga.

— Ninguém escapa — disse Red.

Curiosa, Cate foi até a pia, olhou lá dentro.

— Isso é manteiga?

— Depois de mais uma lavagem, sim. Você precisa tirar o leitelho. Use aquela pia ali.

Meia hora depois, quando Dillon entrou para tomar uma xícara de café, encontrou Cate vestindo um avental grande, o cabelo preso em um rabo de cavalo, embalando pedaços redondos de manteiga.

— Não ouse trazer essa terra de rancho aqui para dentro — alertou Maggie.

— Eu lavei as mãos na bomba. Oi.

— Oi. — Cate sorria como se tivesse acabado de ganhar o maior prêmio de uma rifa. — Ajudei a fazer manteiga. E muçarela.

Guardando as manteigas embaladas e o queijo na geladeira, Julia notou o olhar do filho, o que ele exibia. E suspirou um pouco por dentro.

— Ajude Red a limpar a batedeira, e depois podemos todos almoçar. Você ainda come carne, Cate?

Ela só pretendia ficar uma hora ali. O trabalho a esperava. Mas... Bem, poderia trabalhar de noite.

— Sim.

Ela sentou à mesa para comer o ensopado de frango do dia anterior com pãezinhos frescos.

— Eu vi você lá fora — disse Cate para Dillon —, com o cavalo andando em círculos.

— Com a rédea longa. É adestramento, comunicação. Aquele era Jethro. É assim que eles aprendem a mudar de ritmo quando mandamos, a mudar de direção, parar, voltar a andar.

— É um trabalho que exige habilidade e paciência — acrescentou Julia —, coisas que Dillon tem de sobra.

— Eu adoraria ver os cavalos da próxima vez que vier aqui.

— Podemos ir depois do almoço.

— Tenho que trabalhar. Ou pelo menos tinha. Quem poderia adivinhar que eu faria manteiga? Dá mesmo certo se você colocar tudo em um pote de vidro e sacudir?

— Se você tiver braço e paciência para isso. Era assim que eu fazia no começo, quando Julia tinha uns... caramba, uns três anos, eu acho.

— A gente usava uma batedeira manual antes. Está ali, na prateleira. Mas recebíamos tantos pedidos que resolvemos dar uma modernizada quando fizemos a obra. A mesma coisa aconteceu com os queijos. Lembra, mãe?

— Meu braço lembra. Agora que esse aqui está à toa? — Maggie deu uma cotovelada em Red. — Ele precisa fazer alguma coisa. É péssimo como rancheiro, mas melhor do que nada.

— Ela gosta de pegar no meu pé. — Red comeu outra colherada de ensopado. — Mas faz uns pãezinhos gostosos.

— Preciso da receita daquele pão de soda.

— Vou te dar.

— Sei o básico, mas tinha alguma coisinha diferente nele. Um pouco de açúcar, não é?

— É, mas o segredo é amassar a manteiga com os dedos.

— Com os dedos?

— A sra. Leary jurava que fazia diferença.

— Fico surpreso por você ter tempo para essas coisas — comentou Red. — Hugh diz que vive ocupada, cheia de trabalho.

— Ela faz tudo ao mesmo tempo. — Dillon lançou um olhar na direção dela. — Quase tive um treco na semana passada, porque ela estava sovando pão e gritando.

— Eu quase tive um também, porque ele entrou de repente na minha casa, pronto para a briga. Estava dublando gritos.

— Isso existe? — perguntou Red.

— Existe. Alguém aqui vê filmes de terror?

Três dedos apontaram para Maggie.

— Adoro. Quanto mais assustador, melhor.

— Você viu *Retaliação*?

— Fantasmas amargurados, uma casa caindo aos pedaços sobre um penhasco, um casal em crise que tenta melhorar o casamento se mudando para um lugar novo. Tinha de tudo ali.

— Sabe os gritos que você ouviu da Rachel, a mãe? — Cate deu um tapinha indicando a própria garganta.

— É mesmo? Vou ver de novo e prestar atenção na sua voz.

— Eu é que fico surpresa por vocês terem tempo de ver qualquer coisa. Depois de ordenhar, adestrar, alimentar, cozinhar e assar.

— Se você não tira um tempo de folga — disse Julia —, trabalho é só trabalho, não um estilo de vida. Quer mais ensopado?

— Não, obrigada. Estava delicioso. Tudo estava. Preciso voltar para dublar um cisne francês metido para um curta de animação.

— Como é essa voz?

Cate virou a cabeça para Dillon.

— Acho que é algo do tipo... — Enquanto ele observava, ela mudou a postura, meio que esticou o pescoço, empinou o rosto para olhá-lo do alto. E acertou em cheio no sotaque francês metido. — "*Alors*, o patô é uma desgrraça, *non*? Não temos espaçô parra uma ave tão vil em nosso lagô." É uma história fofa sobre preconceito e aceitar aqueles que são diferentes. E preciso mesmo ir. Posso ajudar com a louça?

— Red vai lavar.

— Viu só? — Ele apontou para Maggie com o dedão. — Ela me mata de trabalhar.

— Vou pegar seu pedido. — Julia se levantou.

— Como a gente acerta? Posso abrir uma conta ou pago agora?

— Seus avós sempre pagam no fim do mês, e você pode fazer assim também. Mas, hoje, você já pagou com trabalho.

— Tudo bem, obrigada. Vai ser ótimo ter muçarela. Da próxima vez que eu fizer uma pizza congelada, vou ralar um pouco por cima.

O silêncio caiu sobre a cozinha.

— Nãopão napa pipizzapa conpongepelapadapa — murmurou Dillon.

— O quê?

— Ela fala cinco idiomas, mas não entende a língua do P. Você não tem jeito.

— Você não sabe fazer pizza? — questionou Maggie.

— Claro que sei. É só tirar do congelador e colocar no forno. Ou, quando eu morava em Nova York, pegar o telefone e esperar ela aparecer na minha porta num passe de mágica.

— Próxima aula: como fazer uma pizza de verdade em vez de se contentar com molho industrializado em cima de um pedaço de papelão. — Maggie balançou a cabeça. — Como você espera sobreviver ao apocalipse zumbi se não souber fazer sua própria pizza?

— Nunca pensei nisso.

— É melhor começar a pensar.

— Dillon, leve isso para Cate. — Julia entregou ao filho uma sacola que uma criança poderia carregar. — O casaco dela está na área de serviço. Volte logo. — Ela deu um abraço apertado em Cate.

— Pode deixar. Espero que vocês, todos vocês, venham conhecer minha casa um dia desses.

Julia esperou até ouvir os dois saindo, até ouvir a porta fechando, antes de soltar aquele suspiro interior.

Maggie apenas concordou com a cabeça.

— É, nosso garoto está bobo, bobo.

— Como assim?

— Caidinho, gamado, fissurado, Red. Não viu como ele olhava para ela?

— Porque Cate é linda.

Agora, Maggie balançou a cabeça.

— Homens não entendem quase nada.

— Ele está encantado — murmurou Julia. — Não é como foi com as outras meninas, as outras mulheres por quem se interessou. Essa aí ou vai partir o coração dele ou encher de felicidade.

Do lado de fora, Dillon esperou até que estivessem longe demais para que os escutassem.

— Sabe a pizza que não deve ser nomeada? Deixo uma escondida no meu congelador. Para casos de emergência.

— Uma emergência que pede por pizza?

— Geralmente, elas acontecem de madrugada.

— Compreensível. — Cate olhou para trás, para a casa. — Eu pretendia ficar só uma hora, talvez tomar um café, um chá, algo assim. A gente perde a noção do tempo aqui. Esse lugar e sua família fazem a gente perder a noção do tempo.

— E, quando você vê, está de avental fazendo manteiga.

— Não sei onde encaixar a produção de manteiga no meu currículo, mas espero encontrar um lugar. — Ela pegou a sacola que Dillon carregava, colocou-a no chão do banco do carona. — Quero muito ver os cavalos e, bom, todo o restante. E dar aquele passeio.

— Quando você quiser.

Cate foi para a porta do motorista.

— Acho que "quando eu quiser" não funciona nesse caso. Existe algum dia que você não esteja cheio de coisas para fazer?

— A gente tenta relaxar um pouco aos domingos.

— Eu poderia vir no domingo.

— Ótimo. Lá pelas dez?

— Estarei aqui. Com minhas botas de montaria. — Cate sentou atrás do volante. — E pretendo comer uma pizza de emergência hoje. Não conte à vovó.

— Seu segredo está seguro comigo.

— Até domingo.

Dillon fechou a porta, Cate ligou o carro.

E desceu a estrada do rancho sorrindo. Tinha feito manteiga.

Então, quando pegou a rodovia, começou uma série de trava-línguas como aquecimento para o trabalho da tarde.

Capítulo dezenove

♦ ♦ ♦ ♦

O PAI DE Cate veio para o Dia de Ação de Graças. Sob o olhar atento de Consuela, Cate fez sua primeira torta de abóbora. E embora tivesse aprendido que não era nada simples, acabou dando tudo certo.

A melhor parte tinha sido levar o pai até seu *cottage*, mostrar tudo e exibir seu estúdio antes de os dois sentarem diante da lareira acesa.

E tomarem seus uísques depois de um dia longo e feliz.

— Fiquei me sentindo culpado por insistir que você voltasse enquanto eu continuava em Los Angeles. Mas acho que não só foi uma boa decisão, como foi a decisão certa.

— Eu estava pronta. A forma como meus avós arrumaram a casa, o estúdio? É tão legal morar aqui, trabalhar aqui.

— Você tem andado ocupada.

— Agora? O suficiente.

Completamente feliz, Cate cruzou as pernas.

Lá fora, o mar se agitava, o vento atravessava as árvores. Lá dentro, o fogo estalava, e o uísque descia queimando.

— Vou começar um audiolivro na semana que vem, e vai ser meu maior projeto desde que saí de Nova York. Mas ainda vou ter tempo para ficar com o vovô e a vóvis Lil, para passear um pouco. No domingo retrasado, fui andar a cavalo no Rancho Horizonte. Adorei. Até o dia seguinte, quando meus músculos me lembraram de que fazia muito tempo que eu não montava.

— Como vão os Cooper?

— Mais ocupados do que eu. Eles expandiram os negócios, agora têm uma leiteria. Dillon diz que vão receber estagiários nas férias de inverno. Para aprender e trabalhar. E tem trabalho de sobra lá. Na primavera e no verão também. Eles contratam ajudantes na alta temporada. O delegado... Só Red agora — corrigiu-se Cate. — Red passa bastante tempo no rancho depois que se aposentou e também ajuda. Você sabia que a policial Wilson agora é delegada Wilson?

— Papai me disse.

Ela encarou o copo de uísque. Depois o pai. Quando se tratava dos homens da família Sullivan, os anos pareciam deixá-los ainda mais interessantes.

— Como somos só nós dois aqui, que tal falarmos logo do assunto que estamos evitando?

— Qual deles?

— Ela parece ter um acervo infinito de mentiras. A que estou escondida aqui porque sofri um colapso nervoso. Em parte causado pelo pé na bunda que levei de Justin Harlowe. — Cate chiou. Dessa vez, ela assumia a culpa. Mas mesmo assim. — Imagino que Justin esteja bem satisfeito, batendo papo com os jornalistas.

— Ele quer chamar atenção para o seriado depois da queda de audiência da terceira temporada.

Irritada da cabeça aos pés, Cate deu de ombros.

— Ele pode ficar com toda a atenção que quiser, e ela também. Essas coisas não me incomodam tanto quanto antes.

— Não?

— Eu me incomodo — admitiu Cate. — Mas não do mesmo jeito. Só toquei no assunto para, bom, deixar tudo em pratos limpos. Como fiz quando terminei com Justin meses atrás. Concordei que seria melhor não divulgar para a imprensa, porque a temporada nova ia estrear, e ele me pediu. Agora estou arrependida, mas não faz diferença.

Aidan encarou o rosto da filha.

— E ele faz?

— Não. Ele não faz diferença, nem ela.

— Que bom. O restante vai passar, como sempre. E as ligações?

Tudo bem, pensou Cate, acabe logo com isso.

— Faz quase um ano que ninguém liga. Como prometi, avisei a você sobre todas que recebi. E avisei ao detetive Wasserman.

— E a polícia não fez nenhum progresso?

— O que eles podem fazer, pai? As ligações vêm de um celular pré-pago, são gravações. Em intervalos de meses, até anos. A pessoa que me liga também não faz diferença. Tenho minha família, meu trabalho, minha vida. Quero que você saiba disso. Especialmente agora que vai passar um tempo em Londres, gravando.

— Eu ia perguntar se você não queria vir comigo, mas foi antes de ver como está feliz aqui, como papai e Lily estão felizes. Bom para eles, ruim para mim. Mas só vou mesmo em fevereiro, então, se até lá você mudar de ideia... De toda forma, venho para o Natal e fico até depois do Ano-Novo. Quero passar um tempo com a minha menina.

— Ela também quer. Que tal a gente andar a cavalo quando você voltar?

— Três é demais.

— Não. Nada a ver. A gente mal se conhece. Acho que Dillon não tem namorada, mas nós somos...

— Antes que você diga "amigos", só quero avisar que você fala bastante sobre esse amigo que mal conhece.

— Falo? — Talvez falasse mesmo. Talvez ela também pensasse bastante nele. — Acho que ele tem um estilo de vida fascinante. E a ética de trabalho. Os Sullivan entendem disso e de amor pelo trabalho. Acho que a pessoa precisa ter uma bondade inata, uma coragem inata, para cuidar de animais e da terra do jeito que eles cuidam. — Cate percebeu que estava, mais uma vez, falando sobre Dillon. — Sabe, acho que nossa família dá ou muita sorte ou muito azar em relacionamentos. Por enquanto, meu histórico não é dos melhores. Acho que vou me concentrar no trabalho e em vigiar o vovô enquanto vóvis Lil estiver em Nova York. — Ela se remexeu na poltrona, olhou pela parede de vidro. — É noite de lua cheia — murmurou.

— Vou seguir essa deixa e voltar para casa. — Aidan se levantou, se aproximou para dar um beijo no topo da cabeça da filha. — Gosto de pensar em você sentada aqui, olhando para a lua iluminando o mar. Contente.

Ela apertou a mão dele.

— Estou mesmo.

Enquanto o pai ia embora, Cate continuou sentada, observando a lua. E pensou que tinha muito pelo que se sentir grata. Será que não valeu a pena passar por aquela noite terrível para ter algumas boas recompensas em sua vida?

NA SEMANA antes do Natal, quando as colinas altas exibiam faixas de neve e o ar estalava de frio como uma cenoura fresca sendo partida ao meio, Cate acendeu velas aromáticas para perfumar a casa com pinho e cranberry. Ela mesma tinha decorado seu pinheirinho, embrulhado os presentes — mal, porém estavam embrulhados.

Os avós tinham feito uma viagem rápida a Los Angeles para uma festa de fim de ano — a que ela preferiu não ir. Em vez disso, tinha se acomodado no estúdio para trabalhar, sem nem pensar no que estaria acontecendo na cidade.

Quando terminou as gravações do dia, desligou tudo, deu uma olhada no celular. Viu que tinha uma mensagem de voz.

— *Ho, ho, ho! Que safadinha. Você não obedeceu.*

Um diálogo de seu primeiro trabalho como dubladora tocou.

— *Eu sei quem sou, mas quem é você?*

— *Cate, Cate, onde está Cate?*

Agora, a voz da mãe, alegre:

— *Venha, venha, pode parar de se esconder.*

Um grito, uma risada, e um último "*Ho, ho, ho*".

Cansada, Cate salvou a mensagem. Teria que enviá-la para o detetive Wasserman, para seus arquivos.

Certo, suas mãos tremiam, sim, mas só um pouco. E ela faria o que ainda não tinha feito desde que voltou para Big Sur. Trancaria as portas.

Mas esperaria até o dia seguinte para ligar para o pai, porque não havia motivo para ele passar a noite preocupado. Guardaria aquele nervosismo para si mesma e faria o que sempre fazia quando o passado interferia no presente.

Encontraria um filme antigo na televisão, algum bem barulhento, e preencheria a noite com o som.

E esperaria para contar aos avós quando eles voltassem de Los Angeles.

A NOITE PERMANECIA abafada em Los Angeles. Com a temperatura na casa dos vinte graus, pisca-piscas brilhavam conforme o sol se punha.

Charles Anthony Scarpetti, advogado aposentado, cobrava um cachê polpudo para ministrar palestras. E frequentemente fazia aparições na CNN como especialista em direito.

Aos setenta e seis anos, depois de três divórcios, ele curtia a vida de solteiro numa casa menor que necessitava apenas de duas empregadas e da visita semanal de um jardineiro.

Um piscineiro vinha três vezes na semana. Na opinião de Scarpetti, a natação, seu exercício favorito, era responsável por sua boa forma.

A natação e uma ou outra plástica. Afinal, continuava sendo uma pessoa pública.

Ele nadava todas as manhãs — cinquenta voltas. Fazia mais cinquenta à noite, encerrando com um tempo na hidromassagem antes de dormir. E havia largado o cigarro e o açúcar refinado — um sacrifício.

Ele dormia oito horas por noite, fazia três refeições equilibradas por dia, resumia sua ingestão de álcool a uma taça de vinho diária.

E pretendia viver com saúde até os noventa anos.

Mas estava prestes a se decepcionar.

Às dez da noite em ponto, Scarpetti saiu da casa e seguiu para a piscina. As luzes subaquáticas iluminavam o azul tropical da água aquecida a exatos vinte e sete graus. Ele tirou o roupão, colocou-o junto à toalha sobre a borda cromada da escada da hidromassagem borbulhante para onde iria depois da última braçada.

Então caminhou os doze metros até a parte mais funda, mergulhou.

Contou as voltas, a mente tomada apenas pela água, pelas braçadas, pelos números. Seus movimentos eram suaves, estáveis, como sempre em um estilo livre habilidoso.

Quando chegou a dez, os dedos batendo na borda, algo explodiu em sua cabeça. Teve medo de ser um derrame — sua governanta vivia preocupada com sua insistência em nadar sozinho à noite.

Ele tentou sair da água, da piscina, arregalando os olhos. Então viu o sangue na água, girando como teias de aranha vermelhas sobre o azul imaculado.

Devia ter batido a cabeça, devia ter batido a cabeça em alguma coisa. Confuso, Scarpetti lutou para emergir, tateando a borda da piscina.

Algo o segurou embaixo da água, o empurrou.

Lutando, se debatendo, ele engoliu água. E arranhou, bateu, sentiu os dedos alcançarem a superfície. A esperança atravessou o pânico, mas ele não conseguia encontrar a borda, não conseguia sair da piscina.

Quando tentou gritar, a água invadiu seus pulmões.

Então o pânico, a esperança e a dor desapareceram enquanto ele afundava.

Na sua primeira caneca de café do dia, Cate tentou acordar o cérebro, repassando mentalmente sua lista de tarefas.

Tinha gravado e enviado o segundo lote de cinco capítulos do audiolivro para o engenheiro de som e o produtor. Talvez começasse os próximos cinco. Se tivesse que consertar alguma coisa no segundo lote, poderia parar, resolver o problema e seguir em frente.

Ou tocaria alguns trabalhos menores que estavam pendentes, enquanto aguardava o feedback do engenheiro.

A noite mal dormida fez com que os trabalhos menores parecessem mais convidativos.

Ela poderia malhar — talvez isso melhorasse seu ânimo. Precisava mesmo andar até a casa — o que já seria um exercício — e passar uma hora... certo, quarenta e cinco minutos na academia.

Talvez fosse melhor só comer um bagel.

Era óbvio que precisava de mais café. Seu cérebro acordaria, e tudo ficaria claro.

E então, quando se sentisse completamente desperta e calma, ligaria para o pai em Londres. Cumpriria sua promessa.

Cate começou a voltar para a cafeteira e, pela parede de vidro, viu Dillon se aproximando da casa.

Ela se escondeu, mesmo sabendo que ele não conseguiria vê-la através do insulfilm. E olhou para si mesma.

Meias de lã velhas, calça de pijama de flanela velha — que tinha estampa de sapos —, o moletom que tinha colocado por cima da camisa que usou para dormir — ou tentar. Uma camisa rosa, com um buraco na axila direita e uma mancha de café que parecia o mapa da Itália bem na frente.

Sempre pensava em jogá-la fora, mas era tão macia.

— Sério? — murmurou Cate. — Sério mesmo?

Ela passou uma mão pelo cabelo. Será que estava muito ruim?

Estava.

Merde!

Sem maquiagem também — e provavelmente ainda estava com remela nos olhos.

Mierda!

Ela os esfregou enquanto ia atender a batida à porta. Passou a língua sobre os dentes que ainda não tinha escovado.

Que tipo de pessoa aparecia na casa de uma mulher às oito e trinta e cinco da manhã?

Cate abriu seu sorriso mais despreocupado enquanto abria a porta. E, naquele momento, odiou Dillon, odiou de verdade, por estar tão maravilhoso.

— Oi. Começou cedo hoje. Cadê os cachorros?

— Em casa. Desculpe, acordei você?

— Não, na verdade, eu ia tomar minha segunda xícara de café. — Cate voltou para a cozinha, xingando a si mesma por não ter vestido a roupa da academia. Se tivesse feito isso, pelo menos pareceria atlética em vez de preguiçosa e desleixada. — Você toma café preto, não é? Para mim, é impossível.

Desejando ter pelo menos uma bala de menta, ela pegou outra caneca.

— Preciso falar com você.

— Tudo bem.

Cate olhou para trás, segurando a caneca. Devagar, ela virou completamente enquanto percebia aquilo que sua obsessão com a própria aparência tinha ignorado.

A preocupação, o nervosismo no modo como os olhos de Dillon encaravam seu rosto.

Ele não sabia da ligação, sabia? Ela ainda não tinha contado a ninguém.

Então seu cérebro acordou o suficiente para lembrá-la de que o mundo não girava em torno de si mesma.

— Meu Deus, alguma coisa aconteceu? A vovó, Julia?

— Não, não, elas estão bem. Não é nada com elas. É Charles Scarpetti... O advogado — acrescentou Dillon, quando Cate não esboçou reação. — O advogado da sua mãe naquela época.

— Eu sei quem é. Ele faz aparições na televisão como especialista em direito agora. E escreveu um livro sobre alguns dos seus casos mais famosos, incluindo meu sequestro. Não li. Por que eu leria?

— Ele morreu. Encontraram... O piscineiro encontrou o corpo na piscina algumas horas atrás. Os jornais vão começar a dar a notícia daqui a pouco, se é que já não estão fazendo isso. Eu não queria que você descobrisse desse jeito.

— Tudo bem. — Cate colocou a caneca sobre a bancada, depois esfregou sua pulseira. A hematita de Darlie para ansiedade. — Tudo bem. Ele se afogou?

— A polícia de Los Angeles está investigando. Red tem alguns contatos lá e recebeu a notícia. Ele... Ele continua tomando conta de você.

— Tudo bem. Desculpe. — Cate largou as mãos nas laterais do corpo. — Não sei como me sinto. Você está dizendo que Scarpetti pode ter sido assassinado?

— Só sei o que Red me contou. Seu contato em Los Angeles falou que era um caso esquisito. Usou essas palavras. Eu só não queria que você ligasse a televisão e desse de cara com a notícia.

— Porque vão falar do sequestro. — Assentindo, Cate pegou a caneca de novo, foi até a cafeteira. — E vai começar mais um capítulo da pobre e coitada da Caitlyn, tão corajosa. Charlotte vai dar entrevistas, chorar lágrimas hollywoodianas pela filha que perdeu. Vamos ouvir algumas teorias sobre por que eu abandonei minha carreira ou pelo menos a parte de aparecer nas telas. E, como o babaca com quem cometi o erro de me envolver no ano passado já está usando um término que aconteceu há meses para chamar atenção para si, vamos ouvir mais sobre isso também.

Soltando palavrões em francês, ela andou de um lado para o outro.

— Você está xingando em francês?

— O quê? Ah, sim. Causa mais impacto. — Depois de colocar o café preto sobre a bancada, Cate preferiu beber água. Seu cérebro com certeza tinha acordado agora, ela não precisava de mais café. — Certo. Um homem morreu, e não sei como me sinto. Na época, ele só estava fazendo o trabalho dele. Por que seria algo além disso? Não era nada pessoal, eu entendo. E, no fim das contas, ela foi presa. — Como também não queria a água, Cate soltou a garrafa. — Será que ele tinha família? Filhos, netos?

— Não sei. Red só descobriu que ele morava sozinho.

— Quer um bagel? Eu ia comer um bagel.

— Cate.

— Desculpe, não sei como devo me sentir. Alguém que eu nunca nem conheci morreu, e você veio até aqui me contar porque sabia que eu ficaria nervosa. Você sabe porque também teve parte na história, porque me salvou. Do mesmo jeito que Scarpetti também teve sua parte. E Sparks, minha mãe, Denby. — A ficha caiu, fez seu rosto empalidecer. — Denby. Ele foi assassinado semanas atrás, na prisão. Agora, o advogado.

Dillon tinha tomado o cuidado de não encostar em Cate desde que ela tinha voltado. E admitia que o cuidado fazia parte de um mecanismo de autodefesa. Porém sabia quando o toque era necessário, tanto para uma pessoa quanto para um animal.

Ele segurou os ombros dela primeiro, um gesto para tranquilizá-la.

— Provavelmente vão fazer essa conexão, a imprensa, talvez a polícia. Mas Denby estava na cadeia, e Scarpetti, em Los Angeles. Se a gente levar em consideração a carreira dos dois, a lista de inimigos de cada um devia ser bem longa.

— Criminoso profissional, advogado de defesa.

— Sei que eles têm uma ligação com você, mas...

— Com você também. — Assustada com a ideia, Cate segurou os pulsos dele. — Com você, com sua família. Já pensou nisso?

— Nós estamos bem. Nossos nomes não interessam aos jornais nem rendem matérias na TV. O seu, sim, e sinto muito por isso. É um saco.

— É um saco — repetiu ela.

Reagindo à simples bondade, Cate se aproximou, apoiou a cabeça no ombro dele. Quando os braços de Dillon a cercaram, o estresse escapuliu dela.

— É um saco — disse Cate de novo. — Mas sei lidar com essas coisas. Nem sempre foi assim, mas sei lidar com essas coisas. Ai, droga. — Ela suspirou e permaneceu onde estava, porque Dillon tinha o cheiro reconfortante de cavalos e homem. — Meus avós. Eles foram a Los Angeles ontem, para uma festa. Pretendiam voltar hoje à tarde. Preciso avisar a eles. Meu pai também.

— Aposto que eles sabem lidar com essas coisas.

— Sabem, sim. — Por um instante, Cate o apertou, depois o soltou e se afastou. — A família vai começar a chegar amanhã. Nem todo mundo vem esse ano, são muitas agendas para conciliar, mas a maioria deve aparecer entre o Natal e o Ano-Novo. Isso vai ajudar.

Dillon não conseguiu resistir e afastou uma mecha de cabelo do rosto dela.

— Vocês se unem.

— Pois é.

— A minha família é igual.

— Quero passar lá amanhã, deixar uns presentes.

— É dia de fazer comida para a cooperativa — avisou ele.

— Jura? Que sorte a minha. Você não tomou seu café. Vou fazer um novo.

— Não precisa. Tenho que...

— Ir — concluiu Cate. — Aposto que você já fez metade das suas tarefas do dia. Metade do que a maioria das pessoas consideraria trabalho para um dia inteiro. Eu ainda nem escovei os dentes.

— É a vida.

— E você tirou tempo para vir até aqui, para me ajudar a receber essa porrada. Obrigada. Só existe um punhado de pessoas fora da minha família em quem eu confio completamente. Você e sua família ocupam a maior parte desse punhado.

— Você precisa conhecer mais gente. — Dillon sorriu enquanto falava. — A gente se fala amanhã, se você conseguir passar lá.

— No dia de fazer comida? Pode apostar.

Enquanto seguia pelo caminho no jardim, Dillon se perguntou que raios devia fazer quando Cate falava coisas como aquele comentário sobre confiança. Ela precisava de um amigo, não de um cara que queria tirar sua roupa. Mesmo que fosse um cara como ele, por exemplo, que estava disposto a ir com calma, no tempo dela, se aproximando aos poucos.

Talvez ele desejasse não ter tantas imagens nítidas dela em sua mente. A menininha tentando se esconder no escuro, a adolescente de pernas compridas segurando flores vermelhas, a mulher de avental ridiculamente empolgada com a ideia de fazer manteiga, a mulher em cima de um cavalo, rindo enquanto passava de um trote para um galope.

Agora tinha acrescentado a mulher desarrumada e sensual abrindo a porta para receber más notícias.

Seria mais inteligente deixar essas imagens de lado, pelo menos por enquanto, pensou ele ao chegar à picape.

Cate o via como um amigo, e mulheres não gostavam quando recebiam cantadas dos amigos. Na longa lista de maneiras de estragar uma amizade, essa devia ser a primeira.

Pensando em amizade, Dillon resolveu que mandaria uma mensagem para seus dois amigos mais antigos, veria se queriam fazer alguma coisa mais tarde, tomar umas cervejas, jogar videogame. Talvez fosse mais complicado para Leo, que tinha uma esposa com um bebê a caminho.

Por outro lado, talvez Hailey gostasse de ter uma noite tranquila, coisa que Leo nunca permitia.

Dillon parou no portão, esperou que abrisse. Um lembrete de que eram mundos diferentes, pensou ele. Ele gostava de visitar aquele, se sentia bem--vindo, mas permanecia sendo uma realidade oposta à que tinha escolhido para si.

Mais adiante, ele parou de novo no fim da península, esperando o segundo portão abrir. Ouviu os leões-marinhos se comunicando, sentiu uma melhora no seu ânimo ao ver uma jubarte no mar.

Mundos diferentes, talvez, mas aquele era um que compartilhavam. Dillon conseguia imaginá-la parada diante da parede de vidro, observando a mesma maravilha que ele.

No fim das contas, talvez mantivesse suas imagens de Cate. As coisas mudavam com o tempo, não mudavam? E tempo era o que ele mais tinha.

ENQUANTO DILLON voltava para casa, Sparks se apresentava para o trabalho na biblioteca do presídio. Devido ao seu bom comportamento, ele trabalharia no atendimento hoje, provavelmente devolveria ao lugar alguns dos livros que os detentos tinham retornado.

Da janela, ele tinha uma vista privilegiada da baía, das montanhas. Da liberdade que ainda lhe era negada.

Antes de Jessica, Sparks costumava passar bastante tempo — como muitos outros — na seção de direito da biblioteca. Ali, tinha aprendido tudo que poderia aprender sobre as leis, então começou a ficar irritado por não encontrar nenhuma ajuda, nenhum precedente, nenhuma brecha, nadica de nada que pudesse anular ou diminuir sua pena.

Charlotte tinha ferrado com sua vida, ferrado para valer.

Sparks tinha acesso a computadores — por períodos limitados, é claro.

No tempo livre, ele às vezes sentava para ler algum livro idiota, o jornal da prisão, o *San Quentin News*, ou simplesmente bater papo com os outros detentos — precisava manter seus contatos em ordem —, com aquela vista da Baía de São Francisco zombando da sua cara.

Então Jessica apareceu e, depois da conquista e da vitória, não havia mais necessidade de desperdiçar seu tempo lendo os malditos livros de direito. Ela cuidaria daquilo.

Ela cuidaria de tudo que ele precisasse.

Sparks trabalhou durante toda a manhã. Ele queria o emprego na biblioteca por ser um lugar popular para fazer contatos, conexões, fechar acordos.

Perto do fim do turno, um de seus clientes regulares — dois maços de cigarro por semana — foi até o balcão de atendimento com a desculpa de encomendar um livro. Sparks sabia que o idiota analfabeto não sabia ler. Então anotou o pedido do livro, dos cigarros.

— Ei, escutei seu nome no jornal.

— Meu nome?

— É, um advogado aí bateu as botas. Disseram que ele defendeu aquela piranha rica que você comia. A que armou para cima de você no sequestro da menina.

— É mesmo? Scarpetti?

— Aham, esse aí.

— Aquele filho da puta descolou uma merreca de pena para ela depois de me ferrar.

Terminando seu turno e planejando passar um tempo no pátio de exercícios, Sparks pensou: menos dois.

VESTIDA DE vermelho-vivo até a sola dos Louboutin, Charlotte posava para o fotógrafo. Seu cabelo trançado estava preso em um coque, exibindo os diamantes lapidados em forma de gota nas suas orelhas.

Seus lábios — retocados na última visita ao dermatologista e tão vermelhos quanto o vestido — se curvaram. Mas de um jeito régio, com um toque de tristeza.

Por dentro, Charlotte era só alegria. Já estava mesmo na hora de receber atenção da mídia por seus próprios méritos, em vez de apenas por ser casada com um velho tão rico que seria capaz de lhe dar uma porra de um país de presente.

O que ele faria, se ela pedisse. Conrad permanecia apaixonado nesse nível. Então qualquer um, qualquer crítico de merda que alegasse que ela não tinha talento nem para atuar numa peça escolar, podia ir se danar.

Aquele advogado babaca finalmente fizera valer seu investimento. Ele só teve que morrer para isso.

E não eram só tabloides dessa vez, mas imprensa de verdade. Charlotte deu entrevistas para o *Los Angeles Times*, o *New York Times*. Quando as emissoras de TV a cabo bateram à porta, ela as deixou entrar.

Ou os criados deixaram.

Agora, finalmente, capa da *People* e uma matéria de quatro páginas na revista.

Claro, ela precisou bancar a esposa dedicada, a socialite arrependida, porém, agora, enfim, sentada no esplendoroso salão de visitas, com a lareira de mármore branco acesa, a gigantesca árvore de Natal — decorada com enfeites brancos, dourados e cristais resplandecentes —, vestida (intencionalmente) como uma chama, ela ia se esbaldar.

— A morte de Charles me pegou de surpresa. A polícia diz que foi assassinato. Ainda estou abalada. Todos que o conheciam devem estar. Eu me lembro, com muita clareza, da força e do apoio que ele me deu no pior momento da minha vida.

Charlotte afastou o olhar, levando uma mão ao pescoço enquanto a jornalista fazia perguntas.

— Desculpe. Eu me perdi nas lembranças. Não, infelizmente não mantivemos contato. Tive que cumprir minha pena, é claro, e Charles me ajudou a compreender isso. Mas pedi seu conselho sobre como me adaptar à realidade depois de pagar minha dívida. O que ele disse? — Charlotte repetiu a pergunta para protelar e inventar alguma coisa. — Para dar tempo ao tempo, para me perdoar. Ele era tão compreensivo, tão sábio.

Dando um suspiro silencioso, ela levou um dedo ao canto do olho, como se secasse uma lágrima.

— Quando voltei a Los Angeles, eu queria tentar me reconectar com minha filha, encontrar uma forma de ser perdoada por Caitlyn. Esperava que ela conseguisse me dar uma segunda chance, permitir que eu fosse sua mãe de novo. — Inclinando a cabeça para as luzes iluminarem os diamantes, Charlotte abriu aquele sorriso triste, corajoso. — Ainda tenho essa esperança, especialmente durante as festas de fim de ano ou no seu aniversário. Tive que transformar a rejeição dela em força. Para reconstruir minha vida, minha carreira. Será que ela não é capaz de enxergar isso, de cogitar me perdoar? — Inclinando-se um pouquinho para a frente, como se compartilhasse um segredo, acrescentou com a voz levemente trêmula: — Eu me preocupo com ela. Fui enganada por homens, usada. E me tornei tão servil que tomei a decisão mais terrível que uma mulher, que uma mãe, poderia tomar. Caitlyn, minha filha... Tenho medo de que siga pelo mesmo caminho. — Sem tirar o sorriso triste da cara, Charlotte assentiu para a jornalista, usou a resposta como deixa. — Como? O término de Caitlyn com Justin Harlowe é só a notícia mais recente, não é? Tudo que escuto me faz pensar que ela está repetindo meus erros. Querendo demais, exigindo demais, por um lado esperando que um homem preencha seu vazio interior e por outro permitindo que façam dela gato e sapato por causa de uma ânsia desesperada por amor. Se eu não tivesse conhecido Conrad, aprendido a confiar em sua bondade e em seu coração amoroso, não sei o que seria de mim. Só posso torcer para que minha filha encontre alguém que a ame a ponto de a ajudar a descobrir quem ela é de verdade, a encontrar sua força interior. Alguém que a ajude a encontrar sua capacidade de perdoar. — Com um gesto grandioso, Charlotte apontou para cima. — Está vendo o enfeite no topo da minha árvore? É Caitlyn, meu anjo. Um dia, espero que ela voe de volta para mim.

E fim de cena, pensou Charlotte.

Capítulo vinte

♦ ♦ ♦ ♦

EM VEZ de enfrentar as notícias, Cate simplesmente as ignorou. Não viu os jornais, muito menos as colunas de fofoca. Quando precisava olhar alguma coisa no celular ou no computador, restringia o uso a pesquisas ou interesses pessoais. Nada de desculpas, nada de ceder à vontade de dar uma olhada — só uma olhadinha — no que as pessoas diziam, escreviam, postavam.

Havia trabalho a ser feito e, durante as festas de fim de ano, vários parentes para mantê-la ocupada.

Quando deu por si, as festas tinham passado, e fevereiro se aproximava.

Fevereiro era sempre um período de pesadelos. Ela admitia que, talvez, eles tivessem se tornado mais frequentes agora que tinha retornado ao lugar onde começaram.

Quando Cate acordou tremendo, com falta de ar, pela terceira noite seguida, levantou e desceu para fazer um chá.

O sonho em que caía, de novo. Era um dos mais populares do seu repertório. Suas mãos, as mãos de uma criança, escorregando, deslizando, impotentes, na corda de lençóis. E os nós amarrados com força desatando.

Caindo, caindo, sem fôlego nem para gritar, com a janela do segundo andar se transformando em um penhasco, e o chão, no mar agitado.

Eles passariam, lembrou Cate a si mesma, tomando seu chá em pé, observando o oceano. Eles sempre passavam.

Porém, às três da manhã, eram exaustivos.

Nada de calmantes, pensou ela, apesar de sempre sentir a tentação em fevereiro. Sua mãe os tomava, geralmente usando-os como desculpa.

Estou exausta, Caitlyn. Tomei um remédio para me ajudar a dormir. Peça a Nina para ir com você ao shopping. Preciso tirar uma soneca.

Por que será que crianças desejavam tanto a atenção e o carinho justamente das pessoas que tinham o hábito de lhes negar tais coisas? Da mesma forma que gatos gostavam do colo de quem os detestava.

Aquele era um desejo que com certeza tinha passado.

Mas, como precisava dormir, como Lily iria para Nova York no dia seguinte — o que significa que devia pelo menos *parecer* descansada para se despedir pela manhã —, Cate levou o chá para o andar de cima. Encontraria outro filme e torceria para adormecer.

Como o sono, quando veio, foi agitado, o milagre da maquiagem e de uma mão habilidosa resolveu o problema.

— Vocês dois façam companhia um ao outro. Vou saber se me desobedecerem. — Lily balançou um dedo para Cate e Hugh, alertando-os. — Tenho meus espiões.

— Nós vamos a uma boate de strip-tease hoje.

— Levem bastante dinheiro. — Lily verificou sua bolsa, de novo. — Aquelas meninas trabalham duro. — Depois de fechar a bolsa de viagem enorme, ela segurou as bochechas de Cate. — Vou sentir saudade desse rostinho. — Então se virou para Hugh, fez a mesma coisa. — E desse também.

— Ligue quando chegar.

— Vou ligar. Tudo bem, hora de ir.

Ela deu um beijo em Hugh. Depois deu outro antes de envolver a neta em um abraço e no perfume sutil de J'adore.

— Arrase, Mame — murmurou Cate.

Lily levou uma mão ao coração, aos lábios, e entrou na limusine.

Ao lado do avô, Cate observou o carro seguir para o portão.

— Finalmente a sós — disse ela, fazendo com que ele risse.

— Ela faz falta, não é? Quão longa é a lista de coisas que ela te deu para fazer comigo?

— Longa. E a minha?

— Também. Então já vou riscar um item e perguntar quais são seus planos para hoje.

Fevereiro tinha decidido esquentar. Não ficaria assim por muito tempo, mas naquele dia, naquele momento, o ar oferecia a promessa tentadora da primavera. Bulbos proeminentes, pontinhas de flores silvestres davam as caras para aproveitar o sol. No mar, um navio, tão branco quanto o inverno, navegava rumo ao horizonte.

Havia momentos em que era mesmo necessário aproveitar o dia.

— Já trabalhei algumas horas, mas preciso trabalhar um pouco mais. É um audiolivro, e está indo bem. Então acho que a tarde de hoje vai ser ideal para dar uma volta na praia. Você pode me ajudar a tirar dois itens da minha lista. Que tal ouvir minha gravação e depois a gente pegar uns sanduíches, ou algo assim, e sair?

— Por incrível que pareça, isso também tiraria uns itens da minha lista.

Hugh pegou a mão da neta, do jeito que fazia quando ela era pequena. E Cate diminuiu o ritmo dos seus passos para que o avô pudesse acompanhar — como ele também já tinha feito por ela.

— Tem falado com seu pai?

— A gente se falou ontem. Está frio e chovendo em Londres.

— Nós dois demos sorte, não acha? Você está feliz aqui, Catey?

— Claro que estou. Não pareço feliz?

— Você parece contente, o que não é exatamente a mesma coisa. Um dos itens da minha longa lista é convencer você a sair e conhecer gente da sua idade. Lily sugeriu Dillon para isso.

— É mesmo?

— Ele mora aqui desde sempre, tem amigos. O trabalho, para nós, é essencial, mas não pode ser tudo.

— Por enquanto, é o suficiente para mim. — Em seu *cottage*, Cate abriu a porta. — Estou gostando da tranquilidade, do mesmo jeito que gostava da agitação de Nova York.

— As coisas têm estado tranquilas?

— Vovô, eu prometi que contaria se recebesse outra ligação, e vou contar. Nada desde o Natal. Agora, quer um chá para levar lá para dentro?

— Lily já está longe o suficiente para você me dar uma Coca?

— Por pouco. — Mas ela foi para a cozinha, pegou uma lata. — É o nosso segredinho. Vou usar a cabine, então você pode ficar à vontade no estúdio principal, sem se preocupar em não fazer barulho. E pode entrar e sair, sem problema.

— Nunca ouvi você gravar. Só curti o resultado. Vou ficar quietinho no meu lugar.

— Então se acomode aí. — Cate lhe entregou um headphone e o ligou. — Já organizei tudo mais cedo. Vou gravar um capítulo. Se der algum problema, vou fazer outra tomada. Se você precisar de alguma coisa, faça sinal.

Hugh colocou a poltrona de frente para a cabine, sentou.

— Estou bem. Pode começar a me entreter.

Ela se esforçaria bastante para isso.

Cate entrou na cabine, ajustou o microfone, ligou o monitor do computador e, abaixo, o tablet com o texto.

Água em temperatura ambiente para hidratar a garganta, a língua, os lábios. Trava-línguas para relaxar.

— O sabiá não sabia que o sábio sabia que o sabiá não sabia assobiar. A abelha abelhuda abelhudou as abelhas.

Um após o outro, misturados, até sentir que sua voz soava fluida.

Ela parou por alguns instantes antes de voltar aos personagens, à história, aos tons, ao ritmo.

Parada perto do microfone, apertou o botão de gravar.

Agora, interpretava vários papéis. Não apenas os personagens a que dava voz, cada um exigindo um estilo vocal distinto, não apenas a narradora fora dos diálogos. Mas fazia as vezes de engenheira de som e diretora, mantendo-se focada na história que lia enquanto analisava o texto adiante para se preparar para a narração, para o próximo diálogo, ao mesmo tempo que ficava de olho no monitor para se assegurar de que não estava mudando o tom, aumentando o volume ou arrastando a fala.

Insatisfeita, Cate parou, voltou, recomeçou o parágrafo da descrição.

Fora da cabine, Hugh escutava a voz — as vozes — da neta no fone de ouvido. Uma artista nata, pensou ele. Era só olhar para suas expressões faciais, sua linguagem corporal enquanto se tornava cada personagem ou voltava para aquela narração fluida e clara.

Parte dele torcia — com uma esperança, ele admitia, egoísta — que Cate voltasse para a frente das câmeras. Mas sua menina tinha encontrado o lugar dela.

O talento sempre prevalece, pensou ele, e tomou um gole de sua Coca, permitindo que a neta lhe contasse uma história.

E perdeu a noção do tempo. Foi pego de surpresa quando ela desligou tudo. Hugh afastou um dos fones da orelha quando Cate saiu da cabine.

— Você não precisa parar por minha causa. Estou me divertindo.

— Para esse tipo de trabalho, é preciso fazer pausas. Senão, vou começar a errar. O que achou?

— Pelo que escutei, a história é ótima. Eu pediria para ler, mas acho que prefiro escutar a gravação toda. Você leva jeito para a coisa, Cate. — Ele deixou o headphone de lado. — Sua inspiração para Chuck, o vizinho barulhento e insuportável, foi seu primo Ethan?

— Bingo. — Cate soltou o cabelo. — Ethan tem aquele tom de voz meio... anasalado.

— Combina.

— Então, que tal eu preparar uns sanduíches para a gente? Consuela guardou um pouco do presunto do jantar de despedida de ontem na minha geladeira, e fiz pão integral hoje cedo.

Já que estava trabalhando desde que o dia raiou.

— Ótimo. Será que posso ganhar outra Coca?

O avô sabia exatamente quando usar aquele tom inocente e charmoso. Mas Cate não era boba.

— Não. Não quero que Lily brigue comigo depois. Se ela diz que tem espiões, eu acredito.

Cate montou uma cesta de piquenique com sanduíches bem recheados, os chips de batata doce assados que Lily tinha aprovado — com certa hesitação — para a dieta de Hugh, duas laranjas e garrafas de água.

Ela queria muito uma Coca, mas não lhe pareceu justo.

Enquanto os dois atravessavam o jardim e depois desciam a escada até a praia, Cate relaxou. O homem ao seu lado ainda se movia como um dançarino. Talvez seus passos estivessem mais lentos, mas a graciosidade natural permanecia.

Não havia vento frio para criar ondas com cristas brancas naquele dia; só um tempo que parecia mais adequado para maio do que fevereiro.

— Tenho a lembrança de sentar aqui com o biso. Devia ser verão, e ele me deu um saco de M&M's. Minha mãe não me deixava comer chocolate, então ele me dava escondido sempre que podia. Foi o chocolate mais gostoso do mundo, sentada aqui naquele dia tão, tão bonito, comendo M&M's com ele. A gente estava de óculos escuros. Ainda me lembro dos meus. Eu estava naquela fase de amar cor-de-rosa, então eles eram rosa, em formato de coração, com uma armação brilhante. — Cate sorriu enquanto dava uma mordida no sanduíche. — O biso disse que nós parecíamos duas estrelas de cinema.

— É uma boa lembrança.

— Ô, se é. Agora, tenho esta com você, em um dia milagrosamente sem nuvens em fevereiro.

A vegetação imponente na parte rasa daquela floresta de algas marinhas oscilava, verde e dourada, e a mica fazia a faixa de areia brilhar — como a armação brilhante de seus antigos óculos cor-de-rosa.

Em um monte de pedras na curva mais ao extremo da praia, leões-marinhos descansavam. De vez em quando, um deles deslizava suavemente para dentro da água. Para nadar ou se alimentar na floresta de algas, pensou Cate.

Um deles sentou, o peito largo se inflando, ergueu a cabeça para soltar uma série de rugidos. Isso a fez pensar em Dillon e seus cães.

— Você está pensando mesmo em adotar um cachorro?

— O som parece um latido, não é? — Hugh provou um chip. Ele preferia que fossem batatas fritas, com muito sal. Mas era melhor se contentar com o que tinha. — A gente estava sempre viajando e trabalhando, então não parecia uma boa ideia. Agora Dillon traz os dele para nos visitar, o que já é alguma coisa. Mesmo assim, estou cogitando. Talvez tenha chegado o momento de arrumar um companheiro para nossa aposentadoria.

— Aposentadoria. — Cate só revirou os olhos. — Lily está em um avião, indo para Nova York para mais uma temporada na Broadway. E sei que você vai participar daquele projeto que mencionou. Todos os dias. A viagem de carro do avô maluco.

Sorrindo, Hugh comeu outra batata.

— É uma obra-prima da comédia, um ótimo papel coadjuvante. Falando de projetos, sabe se alguém já comprou os direitos do livro que você está gravando?

Cate revirou os olhos de novo.

— Aposentadoria. — Ela esticou as pernas, começou a descascar uma das laranjas para dividir com o avô. O aroma forte, doce, se espalhou feito alegria. — Posso descobrir.

O calor não durou, o que tornou aquele momento ainda mais especial. Cate trabalhou durante um dia inteiro de chuva forte e ventania, aproveitou os intervalos para ficar diante das janelas e observar o temporal lá fora.

Hugh acompanhou outras duas gravações, e ela se juntou ao avô em suas séries de meia hora na academia, determinadas por Lily.

— A perna já está boa — insistiu ele enquanto aumentava a velocidade na esteira.

— Mais dez minutos.

Ele fez cara feia enquanto Cate corria na dela.

— Exibida.

— Ah, sim, e, depois disso, é dia de treino de força. Quinze minutos nos halteres.

Hugh fez cara feia de novo, mas Cate sabia que o avô estava se divertindo — pelo menos enquanto tinha companhia.

— Vamos terminar — ela precisou fazer uma pausa para beber água — com um alongamento, e Consuela, que com certeza é uma das espiãs de Lily, pode dizer no seu relatório que cumprimos nosso dever.

— Lily vai ver por conta própria quando eu for para Nova York na semana que vem. Tem certeza de que não quer ir?

— Preciso trabalhar.

Quando completaram a meia hora, os dois pegaram suas toalhas e garrafas de água.

Nos quinze minutos seguintes, Hugh ocupou os aparelhos de musculação, e Cate usou os halteres. Ela precisava admitir que cuidar do avô tinha uma vantagem extra: acompanhá-lo na academia fazia com que se sentisse mais forte. E dormisse melhor.

Não só porque fevereiro tinha, finalmente, se transformado em março, mas porque seu corpo se mexia mais.

Quando os dois deram início aos alongamentos, Cate balançou a cabeça.

— Você ainda consegue se esticar todo, vovô.

Sorrindo, ele a fitou enquanto os dois dobravam os corpos com as pernas afastadas.

— Você herdou isso de mim.

— Sou muito grata.

— E vou estar em plena forma quando começar as filmagens.

Cate se inclinou sobre a perna direita.

— Você aceitou o papel.

— Assinei o contrato hoje cedo.

— Quando vai começar?

— A primeira leitura do roteiro vai ser daqui a duas semanas. Posso voltar para casa quando não estiver filmando. Uma obra-prima da comédia — lembrou ele.

Cate se inclinou para a esquerda.

— O que a patroa disse?

— Eu sabia que você ia perguntar isso. Lily não viu problema.

Hugh se empertigou, exibiu seu excelente equilíbrio, assim como flexibilidade, se alongando com uma perna dobrada para trás.

— Que tal a gente fazer um lanchinho?

— Vai ser fruta e iogurte. Consuela.

Hugh foi tomado pela tristeza.

— A gente merece bem mais que isso. Tem sorvete na sua casa?

— Talvez.

Os dois subiram juntos.

— Acho que vou te visitar mais tarde. Se você estiver trabalhando, posso esperar.

— Uma bola, sem cobertura.

— Tem cobertura?

Cate balançou a cabeça enquanto os dois entravam na cozinha.

Os cachorros vieram correndo.

— Veja só quem está aqui! — Com a voz repleta de alegria, Hugh se abaixou para fazer carinho. — Vocês trouxeram seu dono ou vieram sozinhos?

O dono estava sentado na cozinha com uma caneca enorme de café e um prato — um prato inteiro — de biscoitos.

— O senhor pode comer um. — Consuela analisou Hugh, ergueu um dedo. — Com leite desnatado.

— Acabei de passar uma hora na academia. Quem é o patrão aqui?

— Dona Lily é minha patroa. Sente. Um biscoito, um copo de leite desnatado. Dois biscoitos para você — disse ela a Cate. — E o leite.

— Pode ser um café com leite? Você sabe que eu não...

— Um café com leite — disse Consuela rápido, lembrando.

Dillon ergueu as mãos enquanto a governanta servia o leite desnatado para Hugh.

— Tive que resolver umas coisas na rua. Vim entregar o pedido que Consuela fez quando eu estava fora. A culpa não é minha.

— Eu nem sabia que a gente tinha biscoitos — resmungou Hugh enquanto a governanta colocava um pratinho diante dele.

— Fiz enquanto vocês dois estavam na academia, porque meu rapaz disse que vinha me visitar. — Consuela deu uma piscadinha para Dillon. — E, à noite, o senhor pode comer outro. Vou fritar uns bifes, já que meu menino bonito veio entregar. Um pouco de carne vermelha faz bem.

— Concordo.

— Essa hora na academia fez bem a você. A vocês dois.

— Esse aqui? Ele não precisa de academia. É um homem trabalhador. — Como prova, Consuela apertou o bíceps de Dillon. — Que braços!

— Foram feitos para te segurar, Consuela.

A governanta riu como uma adolescente, fazendo com que Cate virasse para observá-la enquanto ela seguia para a cafeteira.

Dillon apenas sorriu.

— Faz tempo que você não aparece no rancho — disse ele para Cate.

— Recebi dois trabalhos enormes, um atrás do outro. — Como estavam ali, ela pegou um biscoito. — Na verdade, pensei em ir lá hoje, mais tarde.

— Minhas senhoras iam adorar te ver.

— Vá. Leve seu biscoito, seu café com leite e vá tomar um banho, ficar bonita. — Com a decisão tomada, Consuela passou o café para uma caneca térmica. — Você não sai o suficiente. Moças da sua idade deveriam sair. Por que você não leva minha menina para dançar? — perguntou ela para Dillon.

— Eu... — Mas ele só se deixou abalar por um segundo. — Estou guardando todas as minhas danças para você, *amor mío*.

Boa, pensou Cate enquanto Consuela ria de novo.

— Pode ir. — A governanta gesticulou para Cate. — Vou ficar de olho nele.

— Certo, tudo bem. — Ela pegou a caneca. — Vou me arrumar. Já estou indo.

Cate não demorou muito. Mesmo assim, ficou surpresa ao ver Dillon entrando na picape enquanto ela se aproximava da casa principal.

— Acabei demorando. Fazia tempo que eu não conversava com Hugh.

Ela parou no caminho até a garagem.

— Acho que isso foi só uma desculpa para você ficar dando em cima de Consuela.

— Quem precisa de desculpas para isso? — Ele entrou na picape. — Até logo.

Agora, havia mais uma imagem, pensou Dillon enquanto dirigia. Cate de moletom aberto sobre um daqueles tops de ginástica — azul, como seus olhos — e uma legging estampada com flores azuis que ia até o meio das panturrilhas, deixando boa parte de sua barriga exposta.

Ah, bom, uma a mais, uma a menos, que diferença fazia?

Ele tinha assuntos a resolver e queria ver como Hugh estava — além do mais, quem não gostaria de ser paparicado por alguém como Consuela?

E tinha torcido para, talvez, conseguir bater um papo rápido com Cate.

Caidinho, Dil, pensou ele. Você está caidinho.

Dillon estacionou no rancho, esperou Cate parar o carro ao seu lado. Tirou o pote de biscoitos da picape.

— Esses são meus, então nem adianta pedir. Vou só deixar o pote na minha casa. Pode ir direto se quiser.

— Nunca entrei na sua casa.

— Ah. Claro. Bom, pode vir. Mas os biscoitos continuam sendo meus.

— Você não é o único que consegue convencer Consuela a ser generosa com os biscoitos.

— Então. Anda ocupada?

— Pois é. — O cheiro ali era tão bom, pensou Cate. Diferente da combinação de flores, mato e mar do Recanto dos Sullivan, mas tão bom quanto. — Além do mais, estou passando bastante tempo com o vovô.

— Ele parece ótimo.

— Está mesmo. Ninguém diria que sofreu um acidente no ano passado. Ele vai voltar para Los Angeles daqui a duas semanas.

— Fiquei sabendo. Recebi a incumbência de ficar de olho em você.

— Qual olho?

— Ele não especificou.

Quando Dillon abriu a porta, Cate entrou, observou.

— Aqui é tão bonito.

Um grande tapete estilo Navajo combinava com o piso de tábuas largas e escuras. Quadros de montanhas, de colinas salpicadas de ovelhas, de papoulas laranja selvagens cobrindo um campo ocupavam as paredes cor de mel escuro.

Ele mantinha tudo arrumado, notou Cate, num estilo bem prático e masculino. Nada de mantas bonitas ou almofadas elaboradas sobre o sofá azul-marinho ou as poltronas cinza-escuras. Nenhum enfeite nas mesas além de alguns porta-retratos, uma tigela de madeira polida com algumas pedras interessantes, algumas pontas de flechas.

— Nunca se sabe o que a gente pode encontrar por aí — comentou ele.

— Pois é. A vista é maravilhosa também. O padoque e o mar em frente. — Cate seguiu para a cozinha aberta, com eletrodomésticos brancos novíssimos, bancadas grandes nos mesmos tons de azul e cinza. — Campos, colinas, cavalos e tudo mais lá fora. Foi inteligente colocar a casa em um ângulo para não dar vista para a lateral do celeiro.

— Estábulo.

— Certo.

Ele tinha montado um pequeno escritório. Sobre a mesa, de frente para uma parede dominada por um calendário, havia um computador, algumas pastas e uma caneca repleta de lápis e canetas.

Um conjunto de prateleiras de metal que ia até o teto exibia livros, muitos livros, com alguns enfeites e fotos intercalados que Cate imaginava serem considerados aceitáveis por ele.

Uma espora antiga, alguma ferramenta esquisita, alguns bonecos de personagens de *X-Men*.

— Não tem televisão?

— É óbvio que tenho. — Dillon gesticulou para que ela o seguisse. — São dois quartos. Durmo naquele. Já pensando no futuro, minhas senhoras queriam tudo em um andar só, cada quarto com seu próprio banheiro. Então, se e quando a gente trocar de casas, elas não vão querer se matar. — Ele a guiou para dentro. — As duas acharam que eu podia usar esse cômodo como quarto de hóspedes e escritório. Não sei que hóspedes seriam esses. Mas tive outra ideia.

— Claro que teve.

Cate imaginava que o espaço se qualificava como um esconderijo, embora a vista das janelas para o rancho não deixasse nada escondido.

Ele tinha um frigobar para bebidas, um enorme sofá de couro marrom, um par de poltronas reclináveis. A televisão de tela plana gigantesca dominava o ambiente.

Cate deu a volta, notou que Dillon tinha tanto um Xbox quanto um Nintendo Switch. E outra estante que ia até o teto abrigando uma coleção — muito, muito organizada — de DVDs e games.

— Viciado em videogames, é?

— Não tanto quanto eu era quando mais novo, mas qual é o sentido da vida se você não tiver tempo para se divertir? Especialmente em longas noites de inverno. Enfim, tenho amigos que vêm jogar quando podem. Leo vai ser pai daqui a alguns meses, então talvez suma um pouco. O outro, na verdade, é desenvolvedor de games. Dave acaba com a gente. Sempre foi assim — acrescentou Dillon —, desde que éramos pequenos.

— Vocês se conhecem há tanto tempo assim?

— Desde a primeira série.

Aquelas raízes, aquela continuidade eram invejáveis, pensou Cate.

Ela passou um dedo pelos jogos.

— Você gosta de *A espada de Astara*?

— Guerreira gostosa, espadas, batalhas e feitiços. Como não gostar?

— Sou eu quem a dubla.

— Quem? Shalla? A rainha guerreira? A voz dela é completamente diferente da sua.

— Sim. Mas a minha voz pode ser igual à dela. — Virando com uma expressão subitamente determinada no rosto, Cate fingiu que empunhava uma espada, erguendo-a no alto. — Minha espada por Astara! — Sua voz soava tão determinada quanto a expressão em seu rosto, com um toque escocês. — Minha vida por Astara!

Dillon não sabia se o fato de querer agarrar Cate e se perder nela depois de ouvir aquela voz era um aspecto positivo ou negativo de sua personalidade.

Ele tentou se controlar.

— Bom, puta merda. Joguei milhares de vezes com você. Não sabia que fazia jogos. O que mais eu tenho seu?

— Vamos ver. Sim, a fada alegre desse, a rainha feiticeira malvada desse, e, ah, o soldado forte desse, o pivete espertalhão desse. — Cate se virou, achando graça na forma como Dillon a encarava. — Um dos trabalhos que acabei de terminar era *Espada de Astara: a próxima batalha*. Talvez eu consiga uma cópia adiantada para você.

Ele finalmente recuperou a voz.

— Quer casar comigo?

— É legal da sua parte me pedir em casamento, mas a gente nem saiu para dançar ainda. Em vez disso, talvez eu não tenha perdido a ordenha da tarde. Queria muito ver como vocês fazem. Quem sabe? Talvez eu precise dublar uma leiteira qualquer dia desses.

— Posso ajudar com essa parte. — Os dois começaram a sair da casa. — Baltar, o Conquistador, volta?

— Volta.

— Eu sabia!

CATE ORDENHOU vacas. Bem, as máquinas ordenharam, na verdade, mas os humanos também ajudavam. Ela não se aproximava tanto de uma vaca desde que era pequena, e, mesmo assim, naquela época só olhava. Na sua opinião, lavar e secar tetas era chegar perto demais.

— Bom trabalho — disse Dillon. — Ele tirou o chapéu, colocou-o na cabeça dela. — O próximo passo é o *strip* antes de colocarmos as ordenhadoras.

Ajeitando o chapéu, Cate o encarou.

— Eu preciso ficar nua para ordenhar vacas?

— Não. Mas agora vou ficar pensando nisso. Vamos dar um impulso na bomba, por assim dizer. "*Strip*" só significa que vamos ajudá-las a soltar o leite. Assim. — Dillon fechou uma mão lubrificada em torno de uma das tetas da vaca, apertou e deslizou para baixo. — Com delicadeza. Sem força. Se ela estiver sentindo dor, está errado.

— Como eu vou saber se ela sente dor?

— Ah, ela avisa. Aqui.

Pegando a mão de Cate, ele a guiou. Com delicadeza, pensou ela, sem força.

Uma pequena onda de alegria passou por seu corpo quando o leite começou a sair.

Talvez várias pequenas ondas de alegria, percebeu Cate, sentada no banquinho, enquanto Dillon se agachava ao seu lado, seu corpo quente próximo ao dela, a bochecha quase pressionada à sua.

Ele tinha mãos fortes, pensou ela. Mãos fortes, duras, calejadas. Firmes.

A alegria de ter uma experiência nova se misturou com a surpresa de descobrir que uma sala de ordenha com cheiro de feno, ração, vacas e leite cru podia ser, de certa forma, sensual.

— Você tem uma boa pegada.

Testando as duas, Cate virou a cabeça de forma que seus rostos quase se tocaram.

— Obrigada.

Ela viu o olhar de Dillon descer para sua boca — apenas por um instante, mas viu — antes de ele se afastar.

— Agora que você já sabe, quer fazer o mesmo nas outras duas tetas dela?

— Deixa comigo.

Ele tinha sentido aquilo também, sem dúvida. E isso não era interessante? Não era fascinante?

Quando Cate finalmente encerrou com a primeira vaca, Dillon já tinha encerrado com duas e lhe mostrou como prender as ordenhadeiras. No geral, as vacas pareciam entediadas com o processo. Uma delas enterrou a cabeça em um balde de ração.

— Elas ficam com fome depois.

— Como a gente sabe que acabou?

Como se tivesse escutado a pergunta, a máquina soltou e caiu de uma das vacas.

— Ah, assim. E foi rápido.

— Com certeza faz a gente ganhar tempo, mas ainda não acabamos. Agora, temos que lavar e secar as tetas de novo, limpar e esterilizar as ordenhadeiras.

— E vocês fazem isso três vezes por dia. O que acontece se esquecerem uma ordenha?

— As vacas ficam chateadas — disse Dillon enquanto trabalhava. — Elas sentem desconforto, talvez até dor. Podem desenvolver mastite. Se você decide ter vacas ou cabras leiteiras, é seu trabalho cuidar delas. É seu dever.

— Se ela estiver sentindo dor, está errado.

— Isso aí.

— Vocês trabalham muito. — Cate lavou as tetas do jeito que Dillon tinha ensinado, e a sensação era completamente diferente depois da ordenha. — Mesmo se fosse só isso. Mas ainda tem o gado, os cavalos e tudo mais. Não sobra muito tempo para se divertir.

— Sempre sobra tempo.

Depois de guardar os baldes, Dillon começou a limpar as máquinas. Metodicamente, notou Cate. Sem dúvida, aquele era um homem metódico.

— Como Red se aposentou, ele ajuda, e isso diminui um pouco o volume de trabalho. Sou um mecânico decente, e minhas senhoras também. Mas ele é melhor que nós três juntos. E ajuda bastante na leiteria, então também consigo escapar dessa parte.

— Mas você sabe fazer manteiga, queijo, essas coisas.

— Claro.

— Ranchos não têm discriminação de gênero?

— Este, não. Nós nos organizamos de um jeito que tudo funciona. O dia de trabalho começa cedo, mas, depois que os animais são alimentados e postos para dormir, sobra tempo para tudo.

Metódico, pensou Cate de novo enquanto Dillon guardava o equipamento e fazia uma anotação na prancheta presa na parede. Ele guiou as vacas pela porta da sala de ordenha, de volta para o pasto.

— A Estalagem tem música ao vivo nos fins de semana. Para dançar. Fica perto de Monterey.

Ah, sim, ele também tinha sentido. Cate sorriu por dentro apenas, se contentou em fitá-lo com curiosidade.

— Você sabe dançar?

— Cresci em uma casa com duas mulheres. O que você acha?

— Acho que você deve levar jeito.

— Dave tem duas pernas esquerdas, mas gosta de pensar que é um pé de valsa. Ele está saindo com uma garota. Leo e Hailey talvez queiram sair para se divertir antes de o bebê nascer. O que você acha?

— Pode ser. Qual é o traje?

— Nada chique.

Achando graça, Cate tirou o chapéu, ficou na ponta dos pés e o colocou na cabeça dele.

— Acabei de ajudar a ordenhar vacas, então acho que você sabe que ser chique não é bem um requisito para mim.

— Que bom. Posso te pegar por volta das sete e meia.

— Combinado.

Dillon deu a volta com Cate, guiando-a para a entrada dos fundos em vez da porta da frente, viu a mãe capinando um canteiro na horta da família.

— Ela não para.

Julia estava com o cabelo preso sob o chapéu de abas largas e vestia um avental curto com bolsos fundos sobre uma calça jeans larga. A camisa desbotada exibia os músculos nos seus braços dobrando e flexionando conforme o sol iluminava a mulher e a terra remexida, as fileiras organizadas de hortaliças.

— Sua mãe é maravilhosa. Sei que você sabe o quanto é sortudo, porque está estampado no seu rosto. Sinto inveja disso.

Seguindo seus instintos, Dillon deu um passo para trás.

— Se você tiver tempo, ela ia gostar de ter companhia. Preciso resolver umas coisas. A gente se vê na sexta.

— Tudo bem. Aposto que consigo ensinar seu amigo a dançar.

Balançando a cabeça, Dillon se afastou.

— Impossível.

— Desafio aceito — murmurou Cate, seguindo para o jardim e para a mãe que gostaria de ter.

Capítulo vinte e um

♦ ♦ ♦ ♦

NA SEXTA-FEIRA, Cate pensou a respeito de suas opções de roupas não chiques. Também tinha pensado sobre elas na quinta, e talvez dado uma olhada rápida no armário na quarta.

Ela já tinha tido muitos encontros, lembrou a si mesma. Mas em Nova York, o que era diferente. E fazia meses que não saía com ninguém. Nem queria.

Era difícil ter certeza absoluta de que Dillon considerava aquilo um encontro de fato. Talvez mais uma noite para se divertir com amigos? Isso também seria bom, porque Cate preferia poder decidir se queria um encontro de verdade.

Relacionamentos são muito complicados, pensou ela enquanto analisava as opções de novo. Pelo menos os seus sempre tinham sido.

Os Cooper eram importantes demais na sua vida para permitir que um relacionamento estragasse tudo. Essa possibilidade, concluiu ela enquanto pegava um de seus vestidos pretos preferidos — e que não era nada chique —, seria o primeiro item da sua lista de pontos negativos.

Cate descartou o vestido. Não era chique, mas ainda assim era nova-iorquino demais.

Compensando o primeiro item da lista de pontos negativos? Aquele momento na sala de ordenha. Com certeza tinha pintado um clima, pensou ela enquanto cogitava as calças jeans pretas. Quem não arrisca não petisca.

O problema nesse caso? Toda vez que ela decidiu arriscar, arriscar para valer, acabou se dando mal.

Cate pegou o vestido para o qual sempre acabava olhando, que tinha comprado por impulso antes de se mudar de Nova York porque a estampa de papoulas laranja a lembrava de Big Sur.

Não era chique, era algo que usaria em um piquenique de família.

Ela preferiu deixar o cabelo solto, liso. Os fios batiam nos seus ombros agora, então a ausência de um penteado combinava com um visual que não era chique. Espadrilles baixas e casuais, brincos de argolas minúsculas.

Olhando-se no espelho, Cate entrou na personagem. Possivelmente um primeiro encontro de fato, na companhia dos amigos dele, numa boate de beira de estrada, para dançar.

Ela achou que estava bem, que o movimento do vestido ficaria bonito na pista de dança. Não estava arrumada demais — pelo menos esperava que não —, mas mostrava que tinha pensado no que vestir, em vez de simplesmente pegar qualquer roupa.

Além do mais, tinha demorado tanto que não havia mais tempo para mudar de ideia.

Cate o viu andando pelo jardim — muito pontual. Calças jeans e botas — mas não do tipo que usava no rancho. Camisa verde-clara, com a gola aberta, que poderia ficar mais elegante se fosse usada embaixo de um terno com uma gravata combinando.

Primeiro problema — a roupa — resolvido.

Ela foi abrir a porta. E gostou — que mulher não gostaria — da forma como Dillon parou, da forma como a olhou.

— Papoulas combinam com você.

— Eu estava torcendo por isso. — Depois de fechar a porta, ela passou sua bolsinha pela cabeça, deixando-a na diagonal do corpo. — Que pontual. Pensei em ficar esperando na casa principal, para você não precisar andar até aqui, mas não tive tempo.

— A noite está boa para andar.

— A noite está boa, ponto. Você sempre faz essas coisas?

— Que coisas?

— Sair para dançar.

— Não muito. — Meu Deus, como ela estava cheirosa. Por que as mulheres sempre cheiravam tão bem? — A menos que um dos meus amigos diga "Ei, vamos na Estalagem hoje", nem penso nisso. Não sou muito de sair sozinho para a caça. — Ele pressionou um olho com o dedo. — Isso não soou nada bem.

— Sem problema. Mulheres também gostam de companhia para essas coisas. Então você não está saindo com ninguém?

— Faz um tempo que não.

Dillon tinha pegado o carro da avó emprestado — por insistência dela. ("Garoto, você não leva uma mulher para sair pela primeira vez em uma picape.") Ele abriu a porta do carona, esperou até Cate puxar a saia colorida para dentro antes de fechá-la.

— Por quê? — perguntou ela quando ele sentou atrás do volante.

— Por quê? Ah. — Dando de ombros, Dillon ligou o carro, seguiu para a estrada. — Eu saí com uma pessoa por um tempo no ano passado, mas o ritmo do trabalho aumenta no verão. Ela não gostou, então deixamos para lá. Hailey, a esposa de Leo, vive tentando me arrumar alguém. Seria irritante se eu não gostasse tanto dela.

Satisfeita por achar algo mais em comum, Cate se acomodou.

— Isso acontecia comigo em Nova York. *Ah, você precisa conhecer fulano, ou beltrano.* E eu só pensava: Sabe de uma coisa, não preciso, não.

Dillon a olhou de relance.

— Por quê?

— Quando eu saía com alguém do cinema, sempre dava errado. Quando eu saía com alguém de fora do cinema, sempre dava errado. Complicado — lembrou Cate. — *Complicado* é a palavra que me vem à mente. Então me conte sobre Hailey, e a mulher que seu amigo vai levar.

— Hailey é professora da terceira série e é o equilíbrio perfeito entre fofa e durona. Inteligente, engraçada, paciente até dizer chega. Todos nós estudamos juntos. Ela e Dave estavam sempre dificultando nossa vida.

Terceira série, pensou Cate, o ano do seu divisor de águas pessoal. Quando ela passou a ter apenas aulas particulares — e nenhum amigo de infância para carregar pelo resto da vida.

— Vocês se conhecem há tanto tempo.

— Pois é. E, na época, seria de imaginar que Hailey e Dave terminariam juntos. Sabe, amor de nerds. Mas isso nunca aconteceu. Hailey voltou da faculdade, e Leo ficou de quatro por ela. Os dois combinam. Provavelmente têm suas questões, mas dão certo juntos.

— E a namorada de Dave?

Ela precisava conhecer o elenco, afinal de contas.

— Tricia. Ela é artesã, trabalha com madeira. E é muito boa. Criativa. Atlética também. Gosta de fazer caminhadas. Virou amiga de Red, porque surfa. É uma moça legal. Ela e Dave têm um bom ritmo. Tirando que ele não tem ritmo nenhum. Só algoritmos.

— Vamos ver.

Dillon tomou uma estrada secundária, parou no estacionamento lotado diante do que parecia ser uma casa de verdade. Apenas térreo, apesar de espaçosa e comprida, com telhado reto.

Luzes fortes se espalhavam pela calha sobre uma varanda de frente que abrigava várias pessoas bebendo cerveja direto da garrafa.

Como as portas estavam abertas, dava para ouvir a música tocando lá dentro.

— Já está cheio.

— A banda vai começar daqui a pouco — explicou Dillon. — Acho que ainda é cedo para o que você está acostumada, mas temos muitos rancheiros, fazendeiros, peões. Eles vão acordar antes de o sol raiar amanhã, mesmo sendo sábado.

Cate saiu do carro antes de ele ser educado e abrir sua porta. Ela apontou para uma fila de motos.

— Peões?

— Motoqueiros também gostam de dançar.

Algumas pessoas chamaram o nome de Dillon enquanto os dois atravessavam a trilha de cascalho do estacionamento. Alguns dos ocupantes da varanda exibiam chapéus de caubói ou bonés, bandanas e tatuagens que fechavam braços inteiros.

Lá dentro, Cate encontrou várias mesas de madeira juntas, uma pista de dança de bom tamanho, um bar comprido. E um palco na frente, elevado, com os instrumentos e amplificadores esperando.

Ela ficou um pouco decepcionada por não ver uma grade na frente, no estilo de *Os irmãos cara de pau.*

A música das caixas de som pulsava pelas paredes — decoradas com propagandas de cerveja, cabeças de touros e couros de vacas.

— Leo e Hailey já pegaram uma mesa.

Dillon segurou a mão de Cate para guiá-la em meio às mesas, cadeiras, banquetas, pessoas.

Seu amigo Leo, com pequenos dreads no cabelo preto, observou os dois se aproximando com olhos castanhos grandes e julgadores. Hailey, o cabelo cor de mel curto e jogado para o lado, manteve uma mão sobre a barriga proeminente enquanto analisava Cate.

Ainda não me aprovaram, pensou ela.

— E aí, cara? — Embora seus olhos permanecessem atentos, Leo abriu um sorriso.

— Cate, esses são Hailey e o cara com quem ela se casou em vez de comigo.

— Alguém precisava casar com ele. É um prazer conhecer você.

— É um prazer conhecer vocês. — Cate se sentou. — Falta muito?

— Só mais oito semanas. Terminamos o quarto, Dillon. Você tem que vir ver.

— Pode deixar. — Com a intimidade de um velho amigo, ele esfregou a barriga de Hailey. — Como ela está?

— Por enquanto, perfeita. Se não contarmos as vezes que, me perdoe — disse Hailey para Cate —, ela resolve se acomodar em cima da minha bexiga.

— Vocês já decidiram o nome? — perguntou Cate.

— Estamos pensando em Grace, porque...

— Ela vai ser uma gracinha.

Hailey inclinou a cabeça, e, dessa vez, o sorriso chegou a seus olhos.

— Isso mesmo.

A garçonete apareceu.

— Os nachos da casa — pediu Leo. — Quatro pratos.

— Achei que seríamos seis.

— Dave e Tricia sempre se atrasam. Se dermos sorte, já vamos ter acabado com a comida quando eles aparecerem. Quer uma cerveja?

— Na verdade, não bebo cerveja.

Depois de um segundo de silêncio, Dillon se virou para encará-la.

— Mas sua família é irlandesa.

— E eu sou uma decepção para todos os meus ancestrais. Como é o vinho tinto da casa?

— Pelo que eu lembro? — Hailey fez que mais ou menos com a mão.

— Vou arriscar.

Talvez em protesto, Dillon pediu uma Guinness. Então sorriu.

— Hugh pagou minha primeira cerveja. Uma Guinness.

— É bem a cara dele fazer uma coisa dessas.

— Então... — Leo ergueu a própria cerveja. — Você é, tipo, dubladora.

— Sou.

— E Dil disse que você fez a voz da Shalla.

Cate praticamente ouviu o som de Hailey revirando os olhos. Ela se inclinou para a frente, olhou no fundo dos olhos de Leo, puxou a voz.

— Nós não vamos nos render hoje. Não vamos nos render amanhã. Vamos lutar até nosso último fôlego, até a última gota de sangue.

Leo apontou para ela.

— Tudo bem. Beleza. Isso foi maneiro. Isso foi maneiro para cacete.

A multidão assobiou, e um grupo de cinco pessoas — quatro homens e uma mulher — subiu no palco. Com o estrondo da bateria, um solo escandaloso da guitarra, teve início a música ao vivo.

Hailey se inclinou para perto de Cate, falou direto em seu ouvido.

— Agradeça pelo fato de a música ter começado e por estar alta. Senão, ele ia querer ouvir todas as vozes de todos os jogos que você já fez na vida.

Vinte minutos depois, Cate já tinha aprendido várias coisas. Hailey tinha razão sobre o vinho — apesar de mais ou menos ser uma definição generosa. Que não era difícil para quatro pessoas acabarem com uma porção de nachos antes de os atrasados chegarem.

E que Dillon dançava bem.

Quando um homem movia o corpo daquele jeito enquanto curtia um som pesado e frenético, e sabia exatamente como segurá-la, e de repente fazia a transição para uma música lenta, cadenciada, qualquer mulher inteligente começava a especular sobre sua habilidade em outro departamento.

Além do mais, ele dominava a arte de girá-la e puxá-la de volta.

Quando Dillon a trouxe para perto, seus corpos quentes se tocando, os passos lentos, suaves e automáticos, Cate inclinou a cabeça para trás. Os rostos tão próximos quanto estiveram na sala de ordenha, a música pulsando, outros corpos se movendo ao redor.

— Suas senhoras são boas professoras, sr. Cooper.

— Talvez minha habilidade inata tenha ajudado as duas.

— Talvez. Mas boas professoras não podem ser desmerecidas. E estou prestes a provar isso.

Cate roçou os lábios de leve sobre os dele, se afastou antes de Dillon conseguir transformar aquilo em algo mais.

Ela estava acabando com ele.

Cate usou aquelas pernas maravilhosas para voltar até a mesa, onde Dave tentava convencer Hailey a batizar a filha em sua homenagem, já que:

— Fui eu quem convenceu Leo a tomar coragem e convidar você para sair na primeira vez.

Cate se inclinou sobre o ombro de Dave e cantou:

— *Shut up and dance with me.*

— Quem, eu? Claro!

Tricia, com seus resplandecentes brincos de flores e fadas batendo nos ombros, o cabelo cor de vinho encaracolado atrás deles, abriu um sorriso irônico.

— Espero que os sapatos dela tenham bicos de aço.

Cate já tinha achado Dave, com seus óculos estilo Elvis Costello e sardas tipo Ron Howard, um fofo.

O fato de ele, ao som da música novamente agitada, se mover como um robô quebrado sob efeito de crack só serviu para deixá-lo ainda mais adorável.

O coitado corou sob as sardas quando Cate segurou seu quadril.

— Use isso.

— Hum.

Ele olhou para trás, para a mesa.

— Não seus pés, só o quadril. De um lado para o outro, solte os joelhos.

Cate riu quando ele obedeceu e soltou os joelhos, afundando pelo menos sete centímetros.

— Não tanto assim. Isso, mas de um lado para o outro, junto com a música. Vamos tentar contar até oito, me acompanhe. Um, dois, três, quatro, cinco, seis, sete, oito. Feche os olhos por um instante, escute a batida, tente de novo. Continue, mexa os ombros também, só um pouquinho para acompanhar o quadril.

Ele ainda estava corado, mas seguiu as instruções. Tinha potencial, concluiu Cate.

— Vou fazer por você o que Ren fez por Willard.

Dave arregalou os olhos, e o rubor foi substituído por um sorriso largo.

— *Footloose*!

— Sou seu Kevin Bacon. Vamos tentar fazer dois passos. Qualquer coisa é possível com dois passos. Olhe para os meus pés.

Ele obedeceu com um olhar intenso (e adorável).

— Igual a mim, e só os pés. Isso, isso, na batida. Um-dois, um-dois, um--dois. Acrescente o quadril, solte os joelhos. Não endureça o corpo. Isso aí. — Ela segurava as mãos dele agora, mantendo a conexão. — Um-dois, um--dois, um-dois, para lá, para cá, para lá, para cá. Os ombros um pouquinho agora, de leve, de leve, solto, solto. Viu só? Você está dançando.

Cate abriu um sorriso presunçoso para a mesa, onde Dillon ergueu seu copo em reconhecimento.

— Como diabos ela fez isso? — quis saber Tricia, fazendo as flores e fadas nas suas orelhas se agitarem quando ela pulou. — Vou lá. Talvez a gente nunca mais veja isso acontecer na vida.

Cate voltou para a mesa. Ela sentou, jogou o cabelo para trás.

— Acho que mereço outra taça de vinho.

Enquanto Cate pedia sua taça de vinho, Red saía do rancho e seguia ao longo da costa. Maggie estava dando sua festa da Luluzinha mensal — não que ele dissesse isso quando ela estava por perto, pelo simples fato de que preferia manter intactas suas partes baixas.

Às vezes, quando a casa se enchia de mulheres, ele ia passar um tempo com Dillon, tomar umas cervejas, ver televisão. Mas, como o garoto tinha arrumado um encontro — e qualquer um que tivesse olhos sabia que aquilo acabaria acontecendo —, ele tinha decidido ir dormir na própria casa.

Talvez até vestisse seu neoprene e levasse a prancha para a praia quando acordasse.

Red gostava, e Maggie também, de ter o próprio espaço. Pelas suas contas, já fazia uns vinte anos que os dois estavam juntos, a seu modo.

Ele tinha arrumado uma mulher independente, cheia de opiniões, e, por meio dela, a família que não constituiu na juventude.

Uma parte sua sentia falta do trabalho como policial, e isso jamais mudaria, mas Red pegou gosto de verdade pela vida no rancho. Passou a esperar ansiosamente o momento em que se sentaria à mesa no fim do dia para comer alimentos que tinha ajudado a criar, cultivar, produzir.

Uma profunda satisfação.

As janelas do carro estavam abertas para deixar o vento com cheiro de mar entrar, e ele colocou um clássico dos Beach Boys para tocar no rádio e deixá-lo no clima para surfar no dia seguinte. No pequeno cooler, havia um jarro de leite fresco para seu café da manhã, com um pouco de bacon e dois ovos que fritaria depois que pegasse algumas ondas.

Red pensou em dar um pulo na delegacia para conversar com Mic antes de ir para casa.

Ele chamava de sua casa o pequeno bangalô nos limiares da cidade. Mas o rancho era seu lar.

Porém, embora agora se considerasse fazendeiro em meio expediente, ele tinha sido policial por um bom tempo. E qualquer policial com o mínimo de cérebro sabia quando estava sendo seguido. Especialmente quando a pessoa que o seguia não parecia ter muito talento para a coisa.

Red observou os faróis pelo espelho retrovisor, como permaneciam a uma distância igual mesmo quando ele diminuía a velocidade ou acelerava um pouco.

Talvez tivesse feito alguns inimigos pelo caminho, mas não conseguia se lembrar de nenhum rancoroso o suficiente para querer machucá-lo de verdade.

Alguém podia estar de olho na picape. Talvez quisessem forçá-lo a parar no acostamento, roubá-lo, deixá-lo sem nada — quem sabe lhe enfiar a porrada só para garantir. Ou pior.

Não era o tipo de coisa que costumava acontecer por ali, pensou Red enquanto tirava a Glock de nove milímetros do porta-luvas, verificava se estava carregada, deixava-a ao alcance.

Se tentassem alguma gracinha, receberiam uma surpresa das boas.

Ele cogitou ligar para a polícia, depois pensou que poderia estar tendo um momento de paranoia devido à velhice.

Então os faróis se aproximaram demais, e Red soube que seus instintos de policial estavam certos.

Ele pisou no acelerador. Tinha passado a porcaria da vida toda dirigindo por aquela estrada, conhecia cada curva e buraco.

Mas não esperava ver um homem — negro, com um pano vermelho na cabeça, de idade indeterminada — se inclinar para fora da janela do passageiro com a porra de uma semiautomática.

A primeira rajada estilhaçou a janela de trás, acertou a traseira.

Com certeza não era um roubo de carro. Queriam matá-lo.

Red segurou o volante e virou, enfiou o pé no acelerador até o chão. O carro — a porra de um Jaguar, notou ele quando o veículo derrapou na curva — foi de um lado para o outro, lutou para recuperar o controle, conseguiu.

O rio estava chegando. Ele visualizou o caminho, a forma como a estrada virava rumo ao desfiladeiro, subia até a ponte, fazia uma guinada para o mar.

Red conseguiu ganhar um pouco de distância àquela altura, só um pouco. Mas o Jaguar continuava vindo, assim como os tiros.

Ele precisou tirar o pé do acelerador para fazer uma curva fechada, e os faróis que vinham na sua direção o cegaram por um instante. Então, enquanto passava em disparada, viu o sedan que se aproximava pela outra mão desviar e acertar a mureta.

E torceu para que as pessoas no carro tivessem o mínimo de noção e ligassem para a polícia, já que ele estava ocupado demais para fazer isso.

O Jaguar tinha motor, tinha potência, mas faltava habilidade ao motorista. A dor de uma ferroada de vespa no ombro direito de Red foi suficiente para que ele sentisse que precisava testar aquela teoria.

O oceano estava à direita, a parede do penhasco à esquerda, e só um homem desesperado faria a curva que estava por vir a cento e dez quilômetros por hora.

Red acelerou para cento e vinte, lutando para controlar a picape que ameaçava tirar dois pneus da estrada enquanto seu ombro queimava e os tiros atravessavam a janela quebrada.

Lá atrás, o Jaguar perdeu o controle, forçou demais a curva. E saiu voando, simplesmente saiu voando pela mureta.

Os pneus gritaram e soltaram fumaça quando Red pisou no freio. O cheiro de borracha e sangue — dele mesmo — pairava no ar enquanto ele lutava para fazer a picape parar de girar. Ele ouviu o som de cacos de vidro e metal sendo partidos e esmagados. Ao amenizar a força com que agarrava o volante e estacionar, notou que as mãos tremiam — e aceitou isso.

Enquanto ele corria até o estreito acostamento, a explosão fez o ar estremecer. O fogo tomou conta. Red olhou para o metal retorcido lá embaixo, ouviu o rugido das chamas, calculou que as chances de sobrevivência eram quase nulas.

Conforme carros começaram a parar, ele guardou a arma que segurava na parte de trás das calças.

— Afastem-se — gritou. — Sou policial.

Ou quase, pensou ele.

Então pegou o telefone.

— Mic, aqui é Red. Tenho um problema sério na Highway 1.

E, inclinando-se para a frente, apoiando as mãos nas coxas enquanto recuperava o fôlego, fez um resumo da situação para ela.

Junto com os policiais, os bombeiros e os paramédicos, a delegada veio ver a situação com os próprios olhos. A cena do crime, os detalhes do acidente, tudo que tinha acontecido. Os socorristas, descendo amarrados em uma corda ou escalando o penhasco até os destroços, as sirenes brilhando e girando.

Mic permaneceu ao seu lado enquanto um dos paramédicos cuidava do ombro dele.

Ela era casada agora, tinha dois filhos — crianças comportadas —, usava uma série de tranças compridas que começavam rentes ao couro cabeludo.

E tinha vestido a farda antes de vir. Porque ela era Mic, pensou Red, e sempre seguia as regras.

Ele olhou para o ombro quando o paramédico fez alguma coisa que aumentou a ardência. Mas sorriu para a amiga.

— Foi só um arranhão.

— Você acha mesmo que agora é o melhor momento para tentar parecer um personagem de algum filme de faroeste vagabundo?

— Eu estava pensando mais em Monty Python. Passou de raspão, e, confie em mim, sei que dei sorte à beça. Pelo que vi, o atirador, um cara negro, magro, no banco do carona, estava com uma AR-15. Eles me seguiram por alguns quilômetros antes de começarem. Não vi o motorista, só sei que ele não sabia dirigir, então o Jaguar devia ser roubado. Pode acrescentar ao relatório que não conheço ninguém que queira me matar ou tenha grana suficiente para comprar um Jaguar.

— Você sabe por que alguém ia querer fazer isso?

— Não faço ideia, Mic. — Red fechou os olhos por um momento. A adrenalina já tinha passado havia muito tempo. Ele se sentia trêmulo e um pouco enjoado. — Aqueles caras devem ter me visto sair do Rancho Horizonte.

— Você já disse isso. Dois policiais foram ver se está tudo bem por lá.

— Certo.

— Você está um pouco em choque, sr. Buckman.

Red observou o paramédico, se lembrou dele na adolescência, um skatista que gostava de se meter em encrenca.

Meu Deus, como estava velho.

— Levar um tiro dá nisso. Uma cerveja cairia bem.

— Você acha que ele precisa ir para o hospital?

— Não vou ser internado por causa de um arranhão no braço e por ter uma reação normal depois de quase enfiarem uma bala na minha cabeça.

— Ele está bem, delegada. Mas não devia dirigir.

— E o que eu dirigiria? — Realmente irritado, Red apontou para a picape. — Veja o que eles fizeram com meu bebê. Comprei aquela desgraçada no outono.

— Você sabe que a gente precisa levar a picape.

— Sei, sei. Obrigado, Hollis — disse ele ao paramédico. — Bom trabalho.

O rádio de Mic apitou, e ela se afastou enquanto o ex-skatista encrenqueiro fazia um discurso para Red sobre marcar uma consulta com seu médico, trocar o curativo, tomar cuidado para não infeccionar.

— Entendi. Entendi. — Ele levantou, foi até Mic. — O que houve?

— Um dos caras sobreviveu. Deve ter sido arremessado para fora do carro. Está inconsciente, todo arrebentado, mas respirando. Encontraram a arma também. Uma AR-15.

— Ainda sou bom nisso.

Red suspirou quando o reboque chegou.

— Você quer tirar alguma coisa da picape antes de ela ser levada?

— Sim, tenho um cooler lá dentro, algumas roupas. Puta que pariu, Mic.

— Pegue suas coisas. Vou pedir a alguém para te dar uma carona até o rancho.

Talvez um pouco enjoado, talvez um pouco trêmulo, pensou ele, mas porra.

— Ei, estou no caso. Estou no caso.

— Sua família vai ficar preocupada com você, Red. Eles vão ficar preocupados até te verem.

Família. Mic tinha razão.

— Preciso...

— Você não tem que pedir — interrompeu ela. — Vou te contar tudo que descobrir. — Mic insistia nas regras, nos procedimentos, na disciplina. Mas se esticou, lhe deu um abraço apertado. — Fico feliz por você não ter levado um tiro na cabeça.

— Eu também.

Capítulo vinte e dois

♦ ♦ ♦ ♦

Duas horas depois, quando Dillon passou de carro por aquele trecho da estrada, apenas algumas luzes de alerta, um pedaço de fita policial e uma única viatura permaneciam ali.

— Deve ter sido um acidente.

Ele assentiu e concluiu que, como a polícia continuava no local, devia ter sido feio, algo que precisariam esperar amanhecer para investigar.

— Red vai saber dizer. Ele deve ter ido para casa. Hoje é a noite do encontro mensal do clube do livro, da celebração feminista e do ativismo político das minhas senhoras.

— Isso tudo?

— E mais. Red costuma passar um tempo na minha casa ou ir embora.

— Talvez eu deva participar. A vovó mencionou esse encontro uma vez, mas... geralmente, não participo de grupos. Conhecer seus amigos me fez pensar que talvez eu devesse ser mais flexível.

— Eles gostaram de você. Do contrário, eu teria percebido.

Intrigada, ela analisou o perfil de Dillon.

— Você me contaria se não tivessem gostado?

— Não. Só não tocaria no assunto.

Só ligeiramente alta, na medida certa, por conta do vinho barato, Cate se aconchegou no banco.

— Também gostei deles.

— Você me contaria se não tivesse gostado?

— Não. Só não tocaria no assunto. Sério, é muito legal você ter amigos há tanto tempo, com quem compartilhou tantas histórias. E ainda estão dispostos a abrir a porta para pessoas novas.

Quando Dillon parou diante do portão, ela usou seu controle para abri-lo.

— Você ganhou muitos pontos, tipo um zilhão de pontos, por ensinar Dave a se mover na pista de dança como uma pessoa de verdade em vez de alguém que acabou de ser eletrocutado.

Cate teve que rir, já que a descrição era perfeita — antes das suas aulas.

— Ele é um fofo. É por isso que Tricia gosta dele, sendo tão autêntica e empoderada.

Quando Dillon estacionou, Cate saiu do carro — de propósito, para que ele tivesse que segui-la.

— Tenho certeza de que suas senhoras ensinaram você a acompanhar uma moça até a porta de casa.

— Ensinaram.

— A noite está uma delícia, não acha? Os sons da natureza, a brisa. Nunca passei muito tempo aqui durante a primavera. Só visitas rápidas. Adoro ver a mudança das estações e tudo mais.

O luar banhando a água, o salpicar de estrelas sobre a escuridão das montanhas, as ondas quebrando, os sons ritmados do mar.

Os dois passaram pela piscina e por sua casinha perfeita, pelo belo emaranhado de buganvílias.

— Sua mãe vai me ensinar a plantar temperos em vasos, para eu poder brincar com eles. Nunca plantei nada.

— Se não tomar cuidado, ela vai acabar transformando você em uma fazendeira.

— Desse susto você não morre, mas talvez eu consiga manter um vaso de manjericão vivo.

As luzes do caminho brilhavam fracas, assim como a luz do pátio que ela tinha deixado acesa para iluminar a frente da casa.

— Sempre que vejo uma luz no meio da escuridão, penso em você e na sua família. Essa memória me ajuda há muito tempo. — A verdade fez com que ela segurasse a mão de Dillon, aquela mão bondosa, forte. — E agora tenho mais uma. As danças na boate, o vinho de qualidade duvidosa, nachos deliciosos, amigos divertidos. — Cate se virou para a porta. — Vou encontrar um jeito de te agradecer.

— Você podia ir para a cama comigo, aí ficamos quites.

— Hum. — Ela abriu a porta que não tinha se dado ao trabalho de trancar. — Bem que você leva jeito para barganhar. Isso costuma funcionar?

— É a primeira vez que tento.

— Entendi. — Com a porta aberta às suas costas, Cate o observou por um tempo. — Vamos ver se funciona.

— Eu não estava...

— Depois a gente conversa.

Cate agarrou a camisa dele e o puxou para dentro.

Antes que Dillon pudesse recuperar o equilíbrio, ela passou um braço em torno de seu pescoço, usando o outro para fechar a porta. E levou os lábios aos dele.

Estava lá, estava tudo lá, tudo que ele tinha imaginado por vezes demais, por tempo demais. A entrega dela, a força dela. O gosto dela, potente demais para ser considerado doce, e quente, tão quente que beirava o ardente.

Nada de timidez ali, e tudo que deixaria um homem doidinho por mais.

Ele precisava desse mais.

Dillon a pegou no colo e, por um instante terrível, temeu ter ido longe demais, rápido demais, porque Cate o encarou em choque.

— Ai, meu Deus. — Então as mãos dela seguraram seu cabelo, a boca dela cobriu a sua em um ritmo frenético. — Todo homem devia ser criado por mulheres. Lá em cima. O primeiro quarto à direita.

Cate deslizou os lábios pelo pescoço dele, usou os dentes.

— Você é tão cheirosa — conseguiu dizer Dillon enquanto subia a escada. — É melhor você não mudar de ideia, senão vou me enforcar.

— Sem pressão — murmurou ela, e passou para sua orelha.

Ele virou para a direita, para a vista do mar através do vidro. E acendeu a luz com o cotovelo, notou o *dimmer*, diminuiu a iluminação para um brilho fraco.

— Nossa, como você é bom. — Já quase desesperada, Cate passou os dentes pelo queixo dele. — A gente mal começou, e você já mostrou a que veio.

— Sem pressão.

Dillon a colocou de pé na lateral da cama com colunas grossas, altas, curvadas. Um instante, pensou ele, só precisava de um instante para respirar, para registrar aquela nova imagem em sua mente.

Cate em seu belo vestido com o céu noturno e o mar escuro às suas costas.

Ele queria se lembrar dela sob aquela luz, queria tirar sua roupa e sentir sua pele sob as mãos.

Então começou a abrir o zíper do vestido, se forçou a diminuir o ritmo.

As mãos dela voaram para sua camisa, puxando o pano para abrir os botões.

— Vamos deixar para ir devagar na próxima rodada?

Talvez, só talvez, ele tivesse terminado de se apaixonar por ela bem naquele momento.

— Concordo plenamente.

Os dois arrancaram as roupas um do outro, se debateram contra elas, as mãos tocando tudo enquanto suas bocas se encontravam, vorazes e ávidas, a respiração ofegante.

Quando o vestido caiu no chão, Cate o chutou para longe.

Firme, o corpo dele era tão firme, com os músculos tão definidos. E suas mãos, fortes, rápidas, certeiras. Mãos que faziam o sangue dela ferver, que a lembravam de como era ansiar pelo toque de outra pessoa. A maneira como se fechavam sobre seus seios, a maneira como os calos ásperos passavam por seus mamilos.

Quando Cate parou embaixo de Dillon, com o luar iluminando o quarto, o mar sussurrando, ela encontrou a boca dele de novo, emanou aquele desejo.

— Agora, agora. Não espere.

— Eu quero... — Tudo, pensou Dillon. — Olhe para mim. Olhe para mim.

Quando ela fez isso com aqueles olhos tão, tão azuis, ele a invadiu.

E ouviu o gemido de Cate, ouviu sua voz falhar no final. Viu seus olhos escurecerem ainda mais enquanto prendia os braços, as pernas, tudo ao redor dele.

Rápido, conduzindo Cate, impelindo a si mesmo enquanto os anos de fantasias acumuladas se libertavam, encontrando a perfeição da realidade. Cate correspondeu a loucura dele, seguindo seu rítmo frenético, mesmo quando seus olhos se reviraram com o orgasmo.

Ela estremeceu, mas Dillon não parou.

As mãos de Cate agarraram seu cabelo, puxaram sua boca até a dela de novo.

— Mais. Mais. Mais.

E Dillon lhe deu mais e mais, até que ela gritasse outra vez, até que suas mãos escorregassem e seu corpo ficasse mole. Então enterrou o rosto no pescoço de Cate, sentiu seu perfume e se permitiu perder o controle.

Ela ficou deitada na cama, suada, relaxada, tão maravilhosamente saciada. E sentiu o coração de Dillon batendo disparado contra o seu, outra sensação deliciosa.

Quando ele rolou para o lado, puxando-a junto, Cate percebeu que conseguia respirar de novo. E soltou um suspiro longo, satisfeito.

— Faz tempo que eu queria fazer isso — comentou Dillon.

— Você é bom em não deixar transparecer o que sente. Eu só fui ter certeza quando estava me ensinando a ordenhar... Como era o nome da primeira vaca?

— Vaquinha.

— Que mentira.

— Todo rebanho de vacas tem uma Vaquinha. Essa é a regra.

— Se você diz. — Acariciando o peito dele, Cate pensou em Dillon quando menino, na sua magreza. Ele tinha crescido bem. — Só naquele dia.

— Eu não queria complicar as coisas.

— Nem eu. Vamos ter que conversar sobre isso.

— Agora?

— Talvez não agora, porque preciso tomar um galão de água.

— Eu pego. — Dillon sentou, olhou para ela. Outra imagem para sua coleção, pensou. Caitlyn, deitada sob a luz das estrelas. — Tenho muitas imagens suas na minha cabeça.

A boca dela, os olhos, abriram um sorriso sonolento, satisfeito.

— É mesmo?

— Talvez essa seja minha favorita. Já volto.

Cate continuou deitada enquanto Dillon descia e percebeu que também tinha um monte de imagens dele em sua mente. Começando com a do menino magricela descendo a escada dos fundos para assaltar a geladeira.

Teria que refletir sobre isso. Mas depois. Não queria pensar nisso hoje.

Ela sentou quando escutou os passos dele subindo a escada, notou que cada centímetro do seu corpo parecia relaxado.

Dillon parou na porta, segurando as garrafas de água.

— Você é tão linda.

Cate ouviu seu coração e abriu os braços.

O RELÓGIO BIOLÓGICO de Dillon o acordou antes do nascer do sol, com o corpo quente de Cate deitado ao seu lado. Ela o cobria com um braço, e dava para sentir o perfume de seu cabelo, a pressão de uma perna comprida contra a dele.

Havia momentos, raros para Dillon, em que a vida no rancho era uma desvantagem real.

Aquele era o pior de todos.

Mas ele saiu da cama sem fazer barulho, para se vestir no escuro. Como não se lembrava direito da disposição dos móveis — estava meio ocupado na hora que entrou no quarto —, sentou no chão para calçar os sapatos.

Cate se espreguiçou.

— Ainda deve ser madrugada.

— Não, só muito cedo. Volte a dormir.

— Pode deixar. As canecas térmicas ficam no, hum, armário à esquerda da cafeteira.

— Obrigado. — Dillon levantou, se inclinou sobre a cama. Afastou o cabelo dela, lhe deu um beijo. — Quero te ver de novo. Desse jeito.

Mudando de posição, Cate o puxou para outro beijo.

— Hoje à noite seria rápido demais?

— Não para mim.

— Ótimo. Você vai provar minha massa muito maravilhosa do meu repertório culinário limitado.

— Sério? Você quer cozinhar?

— Hoje, sim, porque quero te ver de novo. Desse jeito. E sair de casa leva tempo demais.

— Você precisa cogitar casar comigo de verdade. Que tal às sete?

— Tudo bem. Boa noite — acrescentou ela, virando para o outro lado.

Dillon desceu, fez café. E o tomou no caminho para casa, pensando em Cate.

Talvez continuasse a falar de casamento naquele tom despretensioso, de vez em quando. Assim, talvez ela não ficasse tão assustada quando ele pedisse de verdade.

Cate precisava mesmo dizer que sim. Não só porque ele estava completamente apaixonado, mas porque os dois combinavam. E, se ela precisasse de tempo para se apaixonar, bem, Dillon tinha tempo de sobra.

Ele seguiu pela estrada do rancho, viu o brilho da luz do andar de baixo pela janela. Nunca tinha pensado muito em destino, mas decidiu que tinha sido ele que guiara Cate para aquela luz tantos anos antes.

Para a luz e para ele.

Dillon estacionou, entrou na sua casa. Enquanto tomava banho, trocava de roupa e comia alguma coisa, repassou as tarefas do dia. Dar comida e água para os cavalos nos estábulos, levá-los para pastar. E tinha chegado a época de tirar o gado do Campo Marvel e passá-lo para o Campo Gavião Arqueiro, para que comessem a grama fresca e adubassem tudo.

Iria com Beamer até lá, levaria os cachorros. Todo mundo se divertiria.

Depois pediria ajuda a Red para lavar as caixas-d'água, limpar as baias, transportar um pouco de feno.

E então precisaria supervisionar os empregados temporários nas hortas.

Sua mãe cuidaria dos porcos e das galinhas. Ela e a avó fariam as ordenhas da manhã e da tarde.

Ele ficaria com as da noite.

Precisava de um tempo para treinar os potros e podia aproveitar hoje para fazer isso, já que suas senhoras ficavam ocupadas boa parte dos sábados com as entregas da cooperativa.

Dillon pegou uma jaqueta jeans leve, saiu para começar o dia.

Quando o sol começou a brilhar sobre as colinas, ele já tinha dado comida e água para os cavalos e os levado para pastar. Como os cachorros vieram correndo, sabia que suas senhoras — que tinham ficado com os dois na noite anterior — já estavam ocupadas por aí.

Ele abriu o portão entre os pastos, e os cachorros entenderam. Os dois voltaram correndo, latindo, se misturando ao rebanho para ajudar a guiá-lo.

Tão feliz quanto os cachorros, Dillon seguiu em um trote tranquilo para se juntar ao recolhimento do gado.

Levou uma hora inteira — sempre tinha alguém que não achava a grama do vizinho mais verde. Ele guardou a jaqueta em um dos alforjes enquanto o dia esquentava e seu corpo também.

O ar foi preenchido pelo murmúrio de equipamentos, pelo cheiro de esterco conforme dois peões espalhavam fertilizante por um dos campos.

Dillon ouviu as galinhas cacarejando e ciscando enquanto comiam, os porcos roncando sobre a ração deles. Por cima do ruído retumbante do mar, uma gaivota grasnou antes de voar para longe.

Da sela do cavalo, ele observou um falcão circular em meio à caça.

Os cachorros se embolavam na grama, enquanto, no pasto mais próximo, dois potros brincavam feito qualquer criança em uma manhã de sábado.

Até onde Dillon conseguia enxergar, seu mundo era tão perfeito quanto possível.

Ele não viu a picape de Red, então concluiu que seu ajudante não oficial tinha resolvido dormir até mais tarde ou pegar uma onda. O que significava que teria que começar a limpar as baias sozinho.

Beamer ficou bebendo água enquanto Dillon tirava a sela dele, o secava com uma toalha e verificava seus cascos. Então o guiou para o padoque, já que o montaria de novo quando fosse dar uma olhada nos campos mais tarde, e seguiu para os estábulos.

Encontrou a mãe limpando as baias.

— Eu cuido disso — começou Dillon, e sentiu um aperto rápido na barriga quando ela virou para encará-lo.

Para uma mulher aparentemente incansável, Julia parecia exausta. Seus olhos, arroxeados de fadiga, estavam fundos no rosto pálido pela falta de sono.

— O que houve? Você está doente? — Dillon segurou o braço da mãe com uma mão, levou a outra à testa dela. — É a vovó?

— Não, e não. É Red. Mas ele está bem — acrescentou Julia, rápido. — Preciso trabalhar, querido, preciso trabalhar e me manter ocupada enquanto conto o que aconteceu. — Ela usou o forcado para colocar o feno sujo no carrinho de mão, a aba de seu chapéu tão baixa que Dillon não conseguia ver seu rosto. — Quando ele estava voltando para casa ontem, dois homens em um carro roubado... atiraram na picape.

Aquilo fez tanto sentido para Dillon quanto se ela tivesse dito que alienígenas tinham abduzido Red e o levado para Marte.

— Dois homens... o quê? Ele está bem? Cadê ele?

— Acertaram o braço dele de raspão. Red fica dizendo que não é grave, mas vamos ver por conta própria quando trocarmos o curativo. A polícia o trouxe para cá ontem, porque ele não queria ir para o hospital.

— Ele está aqui. — Tudo bem, isso amenizava seus piores medos. — Mãe, você devia ter me ligado.

— Você não podia fazer nada, Dillon. A gente não podia fazer nada além de tentar cuidar de Red da melhor maneira possível. Ele está mais chateado com aquela porcaria de picape do que com qualquer outra coisa. — Ela parou, se apoiou no forcado. — Parece que usaram uma daquelas metralhadoras semiautomáticas, que tentaram jogar Red no mar.

— Meu Deus. Red conhecia os caras? Sabe por que fizeram isso?

Com os olhos exaustos focados no filho, Julia fez que não com a cabeça.

— Foram eles que acabaram caindo do penhasco. Um morreu, o outro está em coma, pelo que nos contaram ontem. A polícia identificou o que foi para o hospital, mas Red não o conhece. Vai demorar um pouco mais para identificar o outro, porque... o carro explodiu. O corpo foi carbonizado.

— Podia ser o Red, com o corpo tão queimado que não daria para ser reconhecido, lá embaixo do penhasco.

Julia não tinha vergonha de chorar quando estava feliz ou se emocionava. Porém, em momentos de tristeza indescritível, era como se as lágrimas secassem. Ouvindo a mãe chorar agora, Dillon tirou o forcado das mãos dela e o pôs de lado.

E a puxou para um abraço.

— Ele é como um pai para mim.

— Eu sei. — Enquanto acalmava aquela mulher que raramente precisava ser acalmada, Dillon lutou para controlar o próprio medo e uma raiva terrível. — Nós vamos cuidar de Red, nós três, queira ele ou não.

— Ou não. — Julia soltou uma risada chorosa. — Ou não mesmo. Preciso agradecer, nós todos precisamos agradecer por ele estar vivo e bem o suficiente para reclamar que estamos enchendo o saco dele. — Ela permaneceu abraçada ao filho por mais um minuto. — Que bom que você está aqui.

— Desculpe por não ter estado antes.

— Não, não, não foi isso que eu quis dizer. — Julia se afastou, segurou o rosto dele. — Mas, agora, é bom poder ter o apoio do meu menino. Você estava com Caitlyn.

— Sim.

Quando Julia assentiu e pegou o forcado de novo, ele segurou a mão dela.

— Isso é um problema?

— Eu já amo aquela menina. É fácil amar Cate, e, mesmo que não fosse, eu a amaria porque você a ama.

— É tão óbvio assim?

— Eu consigo ver seu coração, Dillon, sempre consegui. — Com o rosto inclinado na direção do dele, Julia levou uma mão ao peito do filho. — Caitlyn é a única mulher que eu vejo que poderia partir seu coração, porque é a única que é importante, importante de verdade, para você. Por outro lado, ela também é a única mulher que faz você feliz desse jeito. Então estou dividida entre ficar contente ou ficar preocupada. Faz parte das minhas atribuições.

— Vou casar com ela.

Julia abriu a boca, depois respirou fundo, pegou mais feno.

— Você já avisou isso a ela?

— Você criou um filho burro?

Os lábios de Julia se curvaram um pouco.

— Claro que não.

— Eu sei esperar, e pelo tempo que for necessário. A única forma de Cate partir meu coração seria se eu não fosse aquilo que ela precisa. E eu sou.

— Também criei um filho confiante.

— Eu gosto dela, mãe, do jeito que ela é. E ela gosta de mim do jeito que eu sou. Talvez ela precise de um tempo para enxergar nós dois juntos. Posso esperar. — Dillon se afastou, pegou outro forcado. — Eu limpo isso aqui. Vá encher o saco de Red. Posso começar meu turno lá depois do almoço.

— Sua avó está fazendo isso agora. Ela está mais irritada do que ele, se é que isso é possível. E nós dois sabemos que não tem para ninguém quando sua avó enfia uma coisa na cabeça.

— Red está ferrado.

— Está mesmo. Então vamos terminar aqui e ir encher o saco dele em grupo.

CATE DORMIU até tarde — olá, sábado — e decidiu passar um tempo na casa principal. Convenceria o avô a dar uma volta. Pelos jardins, talvez descer até a praia. Ele poderia ganhar uma folga da academia, mas, mesmo assim, se exercitar.

Os dois poderiam almoçar antes de ela voltar, preparar sua massa e deixá--la crescer, ler seu próximo roteiro. E isso lhe daria tempo de sobra para se arrumar, preparar o jantar — e talvez criar todo um clima. Acender velas, escolher músicas, montar uma mesa bonita.

Cate podia estar quase dormindo quando o convidou para jantar, mas tudo bem. Os dois precisavam conversar, é claro. E, depois da conversa, depois da comida, queria Dillon novamente em sua cama.

Como era bom lembrar que ela gostava de sexo, que era boa de cama. E que ter um momento de intimidade com um homem de quem gostava a enchia de positividade e energia.

Cate vestiu uma legging preta, uma camisa branca que batia no quadril e tênis velhos que poderia molhar e encher de areia durante a caminhada na praia.

Então pegou o celular, porque Darlie tinha lhe enviado um vídeo do filho — e seu afilhado não oficial —, Luke, rindo enquanto derrubava uma torre de blocos de madeira. Talvez ela e o avô pudessem gravar um vídeo para Luke. Ele já tinha um ano, e Cate queria que ele a reconhecesse.

Ela pensou na amiga enquanto seguia pelo jardim. E nos amigos que Dillon mantivera por perto por boa parte da vida. As pessoas precisavam se esforçar para manter uma amizade, reconhecia Cate. Talvez pudesse convencer Darlie a trazer o bebê para passar um fim de semana ali. Dawson também, é claro. Maridos não podiam ser excluídos.

Porém, acima de tudo, queria encontrar com Darlie e o bebê, mostrar a casa da sua família, o rancho. Apresentá-los a Dillon.

Quanto mais pensava naquilo, mais queria aquilo. Cate começou a digitar uma mensagem para a amiga, só para deixar a ideia no ar. Então viu Michaela Wilson saindo da viatura.

— Delegada Wilson. — Acenando, Cate acelerou o passo. — Não sei se me reconhece.

— Claro que reconheço. É bom vê-la de novo, srta. Sullivan.

— Pare com isso. É Cate. — Ela aceitou a mão que lhe era oferecida. — Só Cate.

— E é Michaela.

— Você veio visitar o vovô? Vamos entrar.

— Na verdade, eu queria conversar com vocês dois.

— Certo.

Cate seguiu na frente e foi até a sala principal.

— Sente. Vou descobrir onde ele está. Quer um café?

— Se não for muito incômodo.

— Você vai dar a ele a desculpa de tomar uma xícara também. Já volto.

Michaela não sentou, mas aproveitou o momento para vagar pela sala. Ela tinha visitado a casa algumas vezes com o passar dos anos, a convite de Hugh ou Lily. E com frequência trazia os meninos para brincar na piscina, novamente a convite.

Porém sempre se impressionava com aquele lugar. A forma como a casa ficava empoleirada na colina com aquele monte de andares, como conseguia emanar conforto e receptividade mesmo com toda aquela elegância.

Quando Cate voltou, Michaela pensou quase a mesma coisa sobre a moça. Tão receptiva e, apesar das roupas casuais, exibia uma elegância inata.

— O café está vindo e o vovô também. — Ela apontou com a cabeça para a janela. — Nunca deixa de impressionar, não é?

— Não, nunca. Deve ser bom estar de volta, em casa, ver o mar todos os dias.

— Sim para tudo isso. Sinceramente, eu não sabia o quanto sentia falta daqui até voltar. É bom ser delegada?

— É difícil substituir meu antecessor. Mas estou me esforçando.

— Pelo que Red conta, você está indo muito bem. — Cate apontou para uma poltrona, mas notou a mudança discreta, sutil, na expressão de Michaela. — Aconteceu alguma...

Ela se interrompeu quando Hugh entrou. Passos confiantes, para a infelicidade da perna ruim. E o acolhimento estampado em seu rosto.

— Que surpresa boa! Como vão seus meninos?

— Estão ótimos, obrigada. O pai está cuidando deles hoje. É dia de jogo de beisebol. Desculpe atrapalhar seu fim de semana.

— Não seja boba. — Dispensando o comentário com um aceno de mão, Hugh sentou. — Você é sempre bem-vinda, e saiba que espero ver os meninos na minha piscina quando o tempo melhorar.

— Eles vão adorar. Mas esta não é uma visita social.

Michaela não explicou enquanto Consuela trazia o café, junto com fatias pequenas de bolo.

— Bom dia, delegada. Seu Hugh, só uma fatia de bolo para o senhor.

— Mas são tão pequenas.

— Só uma.

— Pode deixar comigo, Consuela. — Cate se levantou para servir o café. — Vou ficar de olho.

— Elas se unem contra mim. — Ele esperou até a governanta sair da sala. — É um assunto de polícia?

— Sim. Houve um acidente ontem à noite. Red se feriu. Ele está bem. Está no Rancho Horizonte. — Ela aceitou a xícara de café que Cate lhe entregava. — Dois homens num carro roubado em São Francisco o perseguiram pela Highway 1, seguindo para o norte, depois que ele saiu do rancho para ir para casa. Atiraram na picape.

— Dois... — A xícara e o pires chacoalharam quando Cate os ofereceu para o avô. — Atiraram em Red?

— Com uma AR-15. A picape deu perda total. Ele sofreu um ferimento leve no braço direito.

— Ele levou um tiro! — Hugh agarrou os braços da poltrona e começou a levantar.

— É um ferimento leve, Hugh. — O tom de voz de Michaela passou de policial pragmática para amiga. — Posso confirmar isso porque eu estava lá quando examinaram Red, quando fizeram o curativo.

— Ele podia ter...

— Podia — concordou Michaela. — Mas não aconteceu. Ainda estamos reconstituindo a cena do crime, mas, pelo que sabemos, Red despistou os dois, que não conseguiram controlar o carro roubado em uma velocidade tão alta, atravessaram a mureta e caíram do penhasco.

— Nós vimos... ontem à noite, Dillon e eu estávamos voltando da Estalagem. Vimos a área isolada. Achamos que devia ter sido um acidente. Você disse que ele está bem. Está mesmo?

— Um ferimento leve, entre a parte inferior do ombro direito e a parte superior do bíceps, tratado no local. Os outros dois não tiveram tanta sorte.

Um morreu no local. O outro morreu hoje cedo, no hospital, antes de recobrar a consciência.

— Existe um motivo para você ter vindo aqui falar com a gente — comentou Hugh.

— Conseguimos identificar o segundo homem, o atirador, que morreu hoje. Jarquin Abdul. Vocês reconhecem o nome?

— Não — respondeu Hugh enquanto Cate balançava a cabeça.

Michaela pegou o celular, abriu uma foto da ficha policial.

— Esse é Abdul. A foto foi tirada há três anos. Vocês o reconhecem?

Cate pegou o celular, analisou a foto de um rapaz negro de olhar irritado com a cabeça raspada e um cavanhaque espesso. Balançando a cabeça mais uma vez, ela passou o aparelho para Hugh.

— Nunca vi esse homem antes, não que eu lembre. Mas deveríamos ter visto?

— Ele era de Los Angeles, passou um tempo preso. Estava envolvido com uma gangue. Faz cerca de um ano que foi solto. — Michaela pegou o celular de volta e o guardou. — Vamos levar mais tempo para identificar o outro pela arcada dentária, DNA.

— Isso não foi uma resposta — murmurou Cate.

— Estou investigando algumas possibilidades. Desde novembro, ocorreram dois assassinatos e essa tentativa. Frank Denby foi morto na prisão. Assassinaram Charles Scarpetti em sua casa, em Los Angeles. Agora, Red.

— Todos têm conexão comigo. Com o sequestro — apontou Cate.

Ela precisou colocar seu café sobre a mesa, entrelaçar as mãos para evitar que elas começassem a tremer.

— Faz quase vinte anos isso — argumentou Hugh. — Você está dizendo que eles foram assassinados por esses dois homens que tentaram matar Red?

— Não, creio que não. Mas existe uma conexão. Denby provavelmente foi morto por outro detento ou por alguém no sistema carcerário que tinha acesso a ele. A polícia de Los Angeles eliminou assalto como motivo para o assassinato de Scarpetti. Estão investigando a teoria de morte por vingança. Alguém que ele representou e foi preso, a vítima de alguém que foi inocentado. Não estão tendo muito sucesso. Quando acrescentamos Red, existe a possibilidade de todos os três casos terem sido encomendados.

Ligar os pontos não era tão difícil quando eles se conectavam na sua cara.

— Alguém pagou para matarem pessoas associadas ao meu sequestro. Mas por quê?

— Vingança ainda é um bom motivo.

Inquieta, Cate levantou, foi até a janela para observar o mar, mas não conseguia ver nada.

— Você deve achar que minha mãe está por trás disso.

— Ela tentou entrar em contato desde que você voltou para Big Sur?

— Não. Ela já sabe que não faria diferença. Mas, de vez em quando, tenta me alfinetar, usando a imprensa. É assim que as coisas funcionam. Acho que ela não faria algo assim. — Bufando, Cate pressionou os olhos com os dedos. — Por outro lado, quem imaginaria que ela seria capaz de fazer o que fez para começo de conversa? Mas... — Cate se virou, olhou para o avô. Odiou ver a preocupação em seus olhos. — Minha mãe tem todo o dinheiro do mundo agora. Pode parecer patético, mas, se ela quisesse matar alguém, poderia contratar um profissional. Não precisaria de um gângster de Los Angeles. E como teria contato com alguém assim? O que ganharia com isso? Ela sempre precisa ter algum ganho pessoal.

— Há uma crueldade dentro de Charlotte — disse Hugh. — Uma crueldade calculista. Mas, como Cate, acho que ela não faria algo assim, simplesmente porque não lhe traria vantagem alguma. E não teria esperado tanto caso quisesse se vingar.

— Você tem uma ligação com o caso. — Cate se virou para Michaela. — Você, os Cooper. A vovó. Meu Deus.

— Sou uma policial treinada, como Red. E, como Red, sei cuidar de mim mesma. Quanto aos Cooper, vou conversar com eles agora, com Red. Mas, se Charlotte Dupont não estiver envolvida, imagino que ela possa ser o próximo alvo. Você encontrou os Cooper naquela noite, Cate, não o contrário. Mas isso não quer dizer que eles não precisem tomar precauções, ser cuidadosos.

— Papai. Vóvis Lil.

— Mais uma vez, se Dupont não estiver envolvida, eles não participaram de nada. Os dois serão informados hoje, mas não tiveram participação no sequestro, não eram detetives, advogados. É uma teoria — insistiu Michaela.

— Grant Sparks.

— Pretendo fazer uma visita a San Quentin para conversarmos. Sondar o terreno. Ele tem o histórico de ser um detento exemplar. Não acredito completamente que essas pessoas existam.

— Mas como ele faria isso tudo de dentro do presídio? — Cate quis saber. — O sujeito não foi capaz nem de sequestrar e manter cativa uma menina de dez anos.

— Que lugar melhor para contratar assassinos de aluguel do que uma instituição que abriga vários deles? De novo, é apenas uma teoria. — Michaela colocou sua xícara sobre a mesa. — E sei que é preocupante. Se forem só casos aleatórios, sem conexão...

— Você não acredita nisso — interrompeu Cate.

— Não. Vou me esforçar ao máximo para encontrar e deter o mandante. Avisem se receberem alguma tentativa de contato que pareça estranha, caso qualquer coisa chame atenção.

— As ligações, Catey.

Os olhos de Michaela se estreitaram, se focaram.

— Que ligações?

— Faz anos que as recebo. — Como não queria dar importância às ligações, Cate pegou sua xícara de novo. Calma e firme. — Gravações, vozes diferentes. Usam a da minha mãe com frequência, de diálogos de filmes. Também músicas, sons.

— Ameaças?

— Elas parecem ameaçadoras, tentam me assustar e me deixar nervosa.

— Quando você recebeu a primeira? — O caderninho surgiu.

— Eu tinha dezessete anos, ainda morava em Beverly Hills. Elas acontecem em intervalos irregulares, com meses de diferença, às vezes mais de um ano. Recebi a última pouco antes do Natal.

— Por que você não fez um boletim de ocorrência?

— Eu fiz. Com o detetive Wasserman, em Nova York. Eu... a maioria das ligações aconteceu quando eu morava lá. Encaminhei a última para ele. Não são longas o suficiente para ser rastreadas, e as análises mostram que foram feitas a partir de linhas pré-pagas.

— Pode me passar o contato do detetive Wasserman?

— Eu... Tudo bem.

Cate pegou seu celular, encontrou o número, passou para Michaela.

— Se receber outra, preciso que me conte.

— Pode deixar. Desculpe. Estou acostumada a avisar o detetive Wasserman. Não pensei direito.

— Tudo bem. Você disse que usam a voz de sua mãe em algumas?

— Em todas, na verdade. Às vezes, até a minha voz. De um filme ou de alguma das dublagens. — Quando sentiu vontade de cerrar o punho, Cate se deteve. — Dá para notar que é um trabalho de amador, a gravação malfeita, muita interferência, cortes e edição ruins. Mesmo assim, elas funcionam.

— Além das ligações, você sofreu alguma ameaça? Já fizeram alguma tentativa de te machucar?

— Não, não a mim. No meu primeiro ano em Nova York, dois homens atacaram e espancaram o menino com quem eu namorava. Usaram termos racistas, disseram o meu nome enquanto batiam nele. O detetive Wasserman e a... ela é tenente Riley agora. Os dois investigaram o ataque, e foi quando contei sobre as ligações. Eles fizeram o que podiam.

— Os culpados foram identificados e presos?

— Não. Noah, meu namorado, não se lembrava da aparência deles, não sabia nem se tinha visto seus rostos antes de ser atacado.

— Tudo bem. — Ela pediria mais detalhes para Wasserman. Michaela se levantou. — Obrigada pela atenção e pelas informações. Preciso ver como Red está.

— Avise que também vou fazer uma visita para ver se ele se machucou de verdade ou se está fingindo para receber fatias de torta maiores.

Sorrindo para Hugh, Michaela concordou com a cabeça.

— Ele gosta mesmo de torta.

— Vou te acompanhar até o carro. — Cate se levantou, apertou o ombro do avô e seguiu com Michaela para o lado de fora. — Meu avô vai para Nova York daqui a dois dias, para visitar Lily, participar de algumas reuniões. Meu pai está em Londres. Acho que todos eles estarão mais seguros longe daqui.

— Você se sente segura aqui?

— Sim. Não. Não sei — admitiu Cate. — Eu já tinha parado de pensar dessa forma. Mas essa é a minha casa agora, e preciso continuar aqui.

— Vou manter você informada, mesmo que minha teoria esteja errada.

— Diga a Red... diga que estamos pensando nele.

Enquanto Michaela ia embora, Cate olhou para a garagem, para a velha baía da Califórnia. Um dia, pensou ela, um momento, uma brincadeira inocente.

Por que aquele dia, aquele momento, aquela brincadeira pareciam nunca ter fim?

Capítulo vinte e três

♦ ♦ ♦ ♦

CATE E Hugh caminharam pelos jardins tão alegres na primavera que pareciam dançar, mas preferiu fazer sozinha o passeio pela praia, para dar a si mesma tempo para refletir. Para deixar a brisa salgada do Pacífico clarear sua mente.

Pique-esconde, pensou de novo. Só uma brincadeira. Mas, por outro lado, era isso que ela vinha fazendo desde então. Tinha se escondido — ou sido escondida — na Irlanda. Tinha se escondido por trás dos muros da casa dos avós, por trás da segurança dos estúdios de gravação. Tinha buscado outras coisas, sim, mas também se escondeu em meio às multidões e sob o anonimato de Nova York.

Ela continuaria buscando — a vida era assim mesmo. Mas estava cansada de se esconder.

O que tinha dito a Michaela era verdade. Ali era seu lar.

Los Angeles nunca traria a mesma sensação de acolhimento por muitos motivos. Nova York foi uma transição necessária, um período de aprendizado, um local para crescer.

A Irlanda tinha sido, e sempre seria, um refúgio.

Porém, se Cate tivesse de escolher um lugar no mundo para criar raízes, viver sua vida, se conhecer? Ela ficaria bem ali, com as ondas do mar quebrando nas pedras, o verde se estendendo até se tornar azul. Ali, com sua praia particular que abrigava uma floresta de algas ondulantes, com a magia de ouvir o canto das baleias ou ver uma lontra nadar sob as ondas.

Ali, com os penhascos e as colinas, o chaparral e as sequoias, a visão de um condor atravessando a vastidão do céu ou de um falcão mergulhando lá do alto.

Ali estava sua família — sua família de verdade — e uma chance de construir o restante de sua vida. Ninguém a tiraria daquele lugar de novo, ninguém seria capaz de obrigá-la a largar tudo e fugir de novo.

Então Cate voltou para casa, fez aquilo que a deixava feliz.

Ela preparou a massa, deixou-a crescer. No intervalo, se trancou no estúdio para trabalhar por uma hora, para fazer aquilo que os atores faziam — se transformar em outra pessoa por um tempo.

Depois sovou a massa, deixou-a crescendo de novo, configurou o alarme do relógio para não perder a hora antes de seguir até a casa principal e pedir ajuda a Consuela.

Se pretendia preparar um jantar para o homem que tinha acabado de levar para a cama, teria que ser uma refeição fenomenal. Então aquele não era o momento ideal para tentar preparar um *tiramisù* pela primeira vez sozinha.

Cate acabou passando uma hora feliz com Consuela na cozinha da casa de hóspedes, com a governanta lhe dando instruções, aprovando cada etapa — ou estalando a língua —, ensinando a Cate um procedimento que não parecia ser tão assustador quanto ela temia que fosse.

Consuela assentiu com a cabeça (aprovando) ao ver os pães esfriando sobre uma grade.

— Você faz bem assando os próprios pães. É... — Ela parou para pensar. — Terapêutico. Essa é uma boa palavra.

— Para mim, sim.

— Da próxima vez, prepare o *tiramisù* na véspera. Fica melhor. Agora, não se esqueça de montar uma mesa bonita. Ele vai trazer flores.

— Não sei. Foi um convite descompromissado.

Feito antes de eu estar acordada de verdade, pensou Cate.

Consuela cruzou os braços.

— Se ele for um rapaz digno, vai trazer flores. Se forem curtas, coloque num vaso na sua mesa bonita. Se forem compridas, coloque aqui.

— Eu mesma ia buscar algumas. — Diante do olhar feroz da governanta, Cate sentiu os ombros murcharem. — Mas não vou fazer isso.

— Ótimo. Quando for a vez dele de preparar o jantar, leve vinho. Na sua vez, ele traz flores. É o jeito certo. Vocês transaram?

— Consuela!

A governanta dispensou a exclamação risonha de Cate com um aceno de mão.

— Ele é um rapaz bom. E *muy guapo, sí*?

Cate não podia negar que Dillon era mesmo muito bonito.

— *Sí.*

— Então vou trocar sua roupa de cama, e você pode colocar suas próprias flores no quarto. *Pequeñas* — acrescentou ela, usando as mãos para indicar o tamanho. — *Bonitas y fragantes.* Vá pegá-las no jardim enquanto troco os lençóis.

Por experiência própria, Cate sabia que discutir com Consuela seria perda de tempo, de fôlego e nunca lhe renderia uma vitória. Ela seguiu para o quintal com suas ordens de achar algo bonito e cheiroso para colocar em um vaso pequeno no quarto.

Rosas em miniatura, frésias e alguns ramos de alecrim pareciam cumprir os requisitos — e foram aprovados por Consuela. E Cate a deixou feliz quando embrulhou um dos pães frescos em um pano e lhe deu de presente.

Quando já estava com seu molho borbulhando, ela se deu conta de que tinha passado a maior parte do dia ignorando a bomba que Michaela tinha jogado naquela manhã.

Então tinha sido um dia bom, concluiu enquanto arrumava a mesa. Um dia bom em casa, um dia bom simplesmente sendo ela mesma. Cate ligou o som, abriu uma garrafa de vinho tinto para deixar a bebida respirar.

Olhando ao redor, se viu assentindo com a cabeça igual a Consuela. Ela riu de si mesma enquanto subia para cumprir a última orientação da governanta. Precisava vestir algo bonito, não chique, e se arrumar, mas sem ficar sensual demais.

Escolheu uma blusa azul-clara de tecido macio, calças cinza que batiam pouco acima dos tornozelos. Acrescentou brincos compridos para cumprir o requisito de algo bonito, e a pulseira de Darlie para lhe dar sorte.

Enquanto trançava o cabelo — uma trança solta, baixa —, ela pensou na conversa que precisava ter com Dillon. Teria que ser sincera, prática e realista.

Porque ele era um homem bom, refletiu Cate enquanto descia e colocava um avental. E seu histórico com homens não era dos melhores — fossem eles bons ou nem tanto.

Dillon bateu à sua porta às sete em ponto. Quando ela abriu, viu que ele trazia flores. Tulipas amarelas como o sol.

— Já vi que você é um rapaz digno.

— Do quê?

— Do meu convite para jantar, de acordo com os critérios de Consuela. Por causa das flores — explicou Cate. — Elas são perfeitas. Obrigada.

Quando ela pegou o buquê, Dillon a surpreendeu ao segurar seu rosto com as duas mãos e lhe dar primeiro um beijo na testa, como um amigo. O gesto simples fez seu coração bater ainda mais forte do que o beijo caloroso e demorado que veio em seguida.

— Eu não tinha certeza se você ainda estaria animada. Para dar o jantar — acrescentou ele enquanto Cate ia buscar um vaso para as tulipas. — Mas, pelo cheiro, estou vendo que estava.

— Eu estou bem. Como está Red?

— Pê da vida. Basicamente, puto da vida. Nem tenho palavras para explicar como isso me deixa aliviado.

— Não precisa. Estar mais pê da vida do que machucado é um alívio imenso.

— Pois é, e mesmo assim. — Inquieto, Dillon foi até a parede de vidro, voltou. — Eu estava lá quando a vovó trocou o curativo, então me lembre de nunca levar um tiro de raspão. É feio.

— Red foi ao médico?

— A vovó não deu muita opção a ele, então, sim. Mas é só um arranhão mesmo. A picape não teve a mesma sorte. Ela já era. Outro motivo para ele estar pê da vida.

— E ele não conhecia o homem que identificaram.

— Não. Nenhum de nós conhecia. — Dillon a encarou, olhando no fundo dos seus olhos daquele jeito inabalável dele. — Como você está?

Dando a si mesma um minuto para se acalmar, Cate colocou as flores sobre a ilha, conforme instruído por Consuela.

— Quer vinho?

— Claro.

— Como eu estou? — Ela pensou na pergunta enquanto servia duas taças. — Pê da vida, não com tudo, mas com certeza com algumas coisas. Primeiro, com o que aconteceu. Pior, com o que poderia ter acontecido com Red. E por saber que o motivo disso pode ter sido, deve ter sido, o que ele fez por mim anos atrás. Por mim e pela minha família. E frustrada, nervosa, simplesmente perplexa por alguém ser capaz de fazer algo assim por... ódio? Ressentimento? Uma necessidade profunda de, sei lá, empatar o jogo? — Cate entregou uma das taças para Dillon. — Não foi minha mãe. — Ele apenas a encarou daquele jeito de novo, sem dizer nada, então Cate balançou a cabeça. — Não que eu duvide da capacidade dela de odiar os outros e tudo mais. É só que esse não seria o jeito dela de empatar o jogo. Infernizar a minha vida e a da minha família, encontrando jeitos sutis de fazer isso enquanto chama atenção para si mesma. Esse é o jeito dela.

— E o que está acontecendo agora não tem o mesmo resultado?

— Eu... Ah. Espere. Não pensei por esse lado. — Levando a taça consigo, Cate foi até o fogão para mexer o molho, mesmo sem precisar. — Não, acho que não. É possível, é claro, que a imprensa descubra a teoria de Michaela, e então a notícia vai aparecer em todo canto de novo. Ela ficaria feliz com isso. Mas faz meses desde que Denby foi assassinado. É tempo demais para esperar. Minha mãe precisa de recompensas imediatas.

— Mas você não a conhece de verdade. Faz anos que não se veem nem se falam.

— Conheço, sim. — Cate se virou para encará-lo. — É importante conhecer seu inimigo, e, acredite, eu sei exatamente o que ela é. Fiz questão de estudá-la com o passar dos anos. Charlotte é uma narcisista, egoísta por natureza, só faz o que lhe convém, tem a necessidade de uma criança por imediatismo e, bem, coisas bonitas. Além de ser completamente sem noção, e esse é o único motivo para sua mediocridade como atriz. Ela é fútil, só pensa no próprio sucesso e tem muitos defeitos, mas não é violenta. Se eu tivesse morrido durante o sequestro, ela teria interpretado a mãe de luto, mas não sentiria nada. Teria acreditado que sentia alguma coisa, mas não que a culpa era sua. Ela acreditava que nada daquilo me machucaria ou que não me machucaria o suficiente para fazer diferença. Minha mãe é uma mulher incapaz de enxergar qualquer coisa além das suas próprias necessidades. Matar os outros não lhe serviria de nada, seria arriscado demais, exigiria muito tempo e esforço.

— Tudo bem.

Cate inclinou a cabeça.

— Simples assim?

— Vou dizer uma coisa, e, depois, talvez a gente possa mudar de assunto para isso não estragar nossa noite. — De leve, ele tocou a mão que ela usava para esfregar a pulseira, em busca de calma. — Acho que odiar os outros é inútil. Não adianta de nada, e a tendência é você sofrer mais com isso do que a outra pessoa. Mas abri uma exceção para ela há muito tempo. Não me sinto mal por isso. E tudo que você disse bate com minha opinião sobre sua mãe. Então tudo bem.

Virando sua mão sobre a dele, Cate entrelaçou seus dedos.

— Para todos os efeitos, ela não é minha mãe.

— Não, não é. Acho que tenho mais uma coisa a dizer sobre o assunto. Preciso cuidar de você, e preciso que me deixe fazer isso. De você, de Hugh, de Lily, caramba, até de Consuela. E acrescente seu pai quando ele estiver aqui.

Cate se afastou, só um pouco.

— É bastante gente para você tomar conta.

— Eu sou assim. Meu plano era ser sutil.

Cate sorriu.

— Espertinho.

— Tanto faz — concordou Dillon. — Mas que tal nós dois sermos sinceros?

— A sinceridade torna tudo menos complicado no longo prazo.

Dillon levou a mão de Cate que ainda segurava até a boca, roçando os lábios nas juntas dos dedos dela.

— Sua família é importante para a minha. Você é importante. Cuidar de você é só uma consequência disso.

— Sua família tem uma conexão com aquela noite, se esse for o motivo para tudo. Que tal eu tomar conta de vocês?

— Não vejo problema nenhum nisso. Parece que vamos ter que passar mais tempo juntos então.

— Você é muito espertinho mesmo. — Cate pegou a tigela de salada, colocou o molho que tinha feito e misturou. — Vamos comer. — Depois que eles a saborearam com fatias de pão, ela puxou a próxima conversa. — Então, Consuela, que me ensinou e supervisionou o preparo da sobremesa...

— Tem sobremesa?

— Tem. De toda forma, ela quis saber se a gente transou.

Dillon engasgou, pegou o vinho.

— O quê?

— Consuela disse que você é um rapaz bom e muito bonito. E como ela é uma das minhas mães de verdade e gosta muito de você, provavelmente pensa que tem o dever de fazer perguntas e dar conselhos. Só estou avisando que o assunto pode surgir da próxima vez que você for visitá-la.

Ele sinceramente não conseguia imaginar como seria essa conversa. Nem queria.

— Obrigado pelo toque.

— Mas, já que entramos nesse assunto, a gente não teve tempo de falar sobre algumas coisas ontem porque eu estava mais interessada em levar você para a cama.

— Também agradeço.

— Você é importante, Dillon. Você e sua família sempre foram importantes para mim. Ainda mais depois que voltei. O tempo que passei no rancho com você, com sua mãe, com a vovó e Red? Foi algo que me ajudou a voltar para casa, a me sentir em casa. E sei o quanto você se importa com os meus avós. Já vi com meus próprios olhos.

Não era exatamente um discurso, refletiu Dillon, mas ele apostaria uma grana que ela tinha ensaiado o que dizer, da mesma forma como ensaiava suas dublagens.

E não conseguiu decidir se isso o comovia ou irritava, então optou — por enquanto — por se manter neutro.

— Eles são uma parte especial da minha vida.

— Eu sei. Nós precisamos prometer um ao outro, de verdade, que, independentemente do que acontecer entre a gente, não vamos afastar essas partes das nossas vidas nem dificultar isso para o outro.

Dillon passou de neutro para completamente confuso.

— Por que a gente faria uma coisa dessas?

— As pessoas ficam magoadas, sentem raiva quando as coisas dão errado. Para mim, relacionamentos sempre terminam de um jeito complicado.

Ele resolveu que seria melhor que a conversa tomasse esse rumo, se serviu de mais pão.

— Parece que você teve relacionamentos ruins.

— Talvez, mas o elemento comum a todos era eu. Estou sendo sincera — repetiu Cate. — Tentei me relacionar com homens que trabalhavam no mesmo ramo que eu, e as coisas se complicaram e foram por água abaixo. Tentei com alguém fora do ramo, e o desfecho foi basicamente o mesmo.

— É, você falou. — Como Dillon não tinha planos para que nenhum dos dois dirigisse naquela noite, acrescentou mais vinho às taças. — Mas não entrou em detalhes.

— Tudo bem. Eu amava o primeiro. Eu o amava do jeito que você ama alguém aos dezoito anos. Deslumbrada e fascinada, sem qualquer limite. Ele era um homem bom. Um menino, na verdade — corrigiu Cate. — Ator de musicais. Tão talentoso. E gentil, fofo. Uma noite, ele me levou até meu táxi, como sempre fazia, esperou até eu ir embora e foi atacado por dois homens. Teve que ser internado.

— Li sobre isso. Eu estava na faculdade.

— Deus é testemunha de que a imprensa só falava disso. Então você sabe que usaram meu nome, o fato de eu ser branca e ele não para darem uma surra nele. A família dele achou que a culpa era minha. E é compreensível.

— Mas a culpa não foi sua.

— Não se tratava de culpa. Eu era o motivo, ou a desculpa, ou, porra, só o MacGuffin.

— O que é isso?

— MacGuffin? É uma ferramenta de enredo, geralmente algo que parece importante, mas não é.

— Mas você é importante.

— Não necessariamente para os dois homens que mandaram Noah para o hospital. — Pegando seu vinho, Cate analisou a taça, enxergando através dela aquele dia radiante de outono na varanda do apartamento de Lily, com Nova York cintilando. — Ele não conseguiu me perdoar, não naquela época, então terminamos.

— O cara passou por um momento difícil que não mereceu. Mas, pelo amor de Deus, Cate, por que alguém precisaria perdoar você?

— MacGuffin. — Ela ergueu uma mão, usou a outra para levar a taça à boca. — Uma ferramenta útil para mandar um dançarino de vinte anos para a UTI, para vender tabloides, para dar assunto para a internet fofocar por um tempo.

— Ele estava errado, completamente errado. — A raiva, súbita e ardente, tornou suas palavras afiadas. — E não venha me dizer que é fácil para mim julgar. É como se eu culpasse o vendedor da loja por meu pai ter levado um tiro, ou se culpasse as mulheres que ele morreu para proteger. A culpa não foi deles. A culpa foi do homem que atirou.

— Você tem razão, mas mesmo assim. Pouco antes de eu voltar para Big Sur, encontrei com Noah por acaso, e resolvemos tudo. Fiquei feliz por isso. Demorei muito tempo para querer sair com alguém de novo, para confiar o suficiente em alguém durante essa época da minha vida. — Cate levantou para tirar a salada da mesa. — Vou servir o macarrão porque sou chata com a apresentação. É meu prato mais famoso.

— Por mim, tudo bem.

— Então. Conheci um cara por meio de um amigo dos meus primos. Estudante de direito, brilhante. Eu tinha jurado que não ia me envolver com mais ninguém do meu meio, e ele com certeza não estava envolvido em nada disso. Saí com alguns caras nesse meio-tempo, mas nenhum interessante. — Cate misturava o macarrão e o molho de leve enquanto falava. — Mas alguma coisa bateu entre nós, talvez porque ele não gostasse de filmes, séries nem nada disso. Ele nem tinha uma TV em casa. Quando não estava estudando, gostava muito de ler. No geral, livros de não ficção. Ele entendia de arte, ia a galerias. Era sofisticado, culto.

— Já saquei — disse Dillon. — Metido.

— Não, ele... — Então Cate riu. — Bem, sim. Era mesmo, agora que você falou. Enfim, enrolei para transar com ele por seis semanas, acho, mas nunca me senti pressionada. Quando fomos para a cama, foi bom.

— Bom — repetiu Dillon, abrindo um sorrisinho minúsculo.

— Tipo, não ouvi anjos cantando, mas foi bom. Quando a imprensa descobriu que estávamos juntos, ele não se incomodou, porque não prestava atenção nessas coisas. Achava aquilo tudo tão vulgar. Também não gostava muito de atores, e eu já fazia dublagens na época, mas isso não me incomodava.

— E então?

— Quer queijo ralado? É do rancho.

— Claro.

— E então — continuou Cate enquanto ralava o parmesão. — Fazia uns três meses que estávamos namorando, falando vagamente sobre morarmos juntos. Eu queria um apartamento com espaço para meu estúdio, mas não precisava ser grande. Foi aí que as coisas começaram a dar errado. De jeito nenhum eu teria um quarto feio com isolamento acústico na casa dele, ou em qualquer casa. Já estava na hora de eu parar com aquele hobby ridículo. Não era como se eu precisasse do dinheiro. Quando rebati, como era de imaginar, ele me bateu.

— Ele te bateu — repetiu Dillon, baixinho.

— Um baita tapa com as costas da mão bem na minha cara. E só precisou fazer isso uma vez. Não entrei em pânico — murmurou Cate, lembrando. — Às vezes, entro em pânico em situações estressantes, mas não foi o caso. Foi mais como se a ficha finalmente caísse. Enfim. — Ela deu de ombros. — Ele não parava de pedir desculpas enquanto eu seguia para a porta. O dia dele tinha sido horrível, ele perdeu a cabeça, mas me amava, aquilo nunca se repetiria. — Cate levou o macarrão com manjericão fresco e parmesão ralado para a mesa. — Não se repetiria mesmo, porque ele nunca mais teria essa oportunidade. Voltei para casa, tirei uma selfie só para registrar. O que foi útil, já que ele continuou mandando mensagens e me ligando, até indo ao apartamento ou aparecendo quando sabia que eu estaria fora.

— Ele perseguiu você.

Cate sabia reconhecer tons, modulações, ritmos de vozes, e reconheceu um tipo diferente de raiva do que ele tinha expressado antes. Aquela era uma fúria gélida, e certamente mais perigosa do que a explosão rápida, ardente.

— Quase isso. Procurei os dois detetives que cuidaram do caso de Noah. Mostrei a foto para eles, expliquei o que tinha acontecido, perguntei se podiam, pelo menos a princípio, conversar com o cara, pedir para que se afastasse. Se não desse certo, eu prestaria queixa. Mas acabou dando. — Ela enrolou o macarrão no garfo. — Prove.

Dillon provou.

— Já entendi por que esse é seu prato mais famoso. Está uma delícia. Ele voltou a te procurar?

— Não. Mas, uns dois anos depois, a policial, que já tinha virado tenente na época, veio falar comigo, me contar que ele tinha sido preso por agredir a noiva. Ela queria me dizer que tomei a decisão certa e perguntar se, caso fosse necessário, eu estaria disposta a testemunhar. Aceitei, mas, meu Deus, que bom que não precisei fazer isso. — Cate comeu um pouco mais, viu que estava gostoso mesmo. — O que nos leva ao terceiro e último, caso você queira ouvir.

— Quero.

— Justin Harlowe.

— É, também li sobre esse. Um monte de merda.

— Um monte de merda mesmo. A gente se deu bem por um bom tempo. Ele é talentoso, sabe ser engraçado, com certeza é charmoso. Nós tínhamos muito em comum, e Justin estava no auge naquela época, seu seriado era um sucesso. Ele não se importava em estar na boca da imprensa. Por que se importaria quando metade das matérias era sobre ele, né? As pessoas chamavam a gente de Catjus na internet, e Justin não via muita graça, mas fazia piada. A gente se divertia. Eu não era apaixonada por ele, mas era quase. E me sentia bem ao lado dele. Por um tempo, foi bom poder conversar com alguém sobre o trabalho. Alguém que entendia as exigências do mercado, que se interessava de verdade por dublagem, porque também trabalhava com isso às vezes. E aí... — Cate deu de ombros. — A audiência da série caiu, o filme que ele fez entre uma temporada e outra não recebeu boas críticas. Achei compreensível Justin ficar de mau humor, essas coisas são um saco. Depois descobri que fazia meses que ele me traía com a atriz principal do filme. — Após enrolar mais macarrão, Cate balançou o garfo no ar. — Só que, quando fui colocar tudo em pratos limpos, Justin jogou a culpa em cima de mim. Ele disse que eu não o apoiava, não o incentivava. Não gostava de transar, essas coisas. E depois ele veio me dizer que os dois só estavam dormindo juntos, que não significava nada.

— Se não significava nada, eles não estavam fazendo direito. Você deu um pé na bunda desse cara.

— Sim, mas cometi o erro de não divulgar para a imprensa, porque ele estava lidando com o problema do seriado. Para mim, dava no mesmo, mas fazia diferença para Justin. Tanto fazia que minha mãe ficou sabendo e convenceu Justin a divulgar um monte de bobagens. Ele resolveu assumir o controle da situação, dizendo que terminou comigo porque eu era ciumenta, chata, louca e assim por diante. — Cate pegou sua taça. — Então, três fracassos.

— Não acho. O primeiro cara... Noah, certo? A culpa não foi sua nem dele. O que aconteceu não teve nada a ver com você; ele não conseguiu lidar com a situação. Vou pegar leve com o cara porque ele era novo e parece ter sido uma época meio intensa. O segundo filho da puta? Muitas mulheres são vítimas de relacionamentos abusivos. E você saiu daquela situação, tomou uma atitude. Fez tudo certo. A culpa não foi sua. O último? Muita gente namora com pessoas que traem e mentem. E, de novo, você saiu dessa.

— É um histórico horroroso, Dillon.

— Dois de três acabaram mostrando que eram uns babacas de merda, e você os largou. E conversou com o primeiro, resolveu as coisas. Ele é um babaca de merda?

— Não, o oposto.

— Tem mais macarrão?

— Sim.

— Eu posso pegar — disse Dillon quando ela começou a levantar.

— Apresentação.

Cate foi servir o segundo prato dele.

— Quer saber o meu histórico?

Ela o encarou enquanto arrumava o macarrão. Dillon parecia tão relaxado — e confiante — sentado à sua mesa.

— Não precisa, mas é claro que quero.

— Não vou entrar em detalhes porque já fui para a cama com mais do que três mulheres.

Cate tentou arquear as sobrancelhas *à la* Lily Morrow.

— Quantas mais?

— Que diferença faz? Já dei pés na bunda, já levei pés na bunda. Quase amei de verdade uma delas, mas não cheguei a tanto. Mas todas foram importantes. Talvez eu tenha feito besteira, talvez elas tenham feito. No geral, as coisas simplesmente não deram certo, e seguimos nossos caminhos. Nunca traí ninguém, porque isso é coisa de gente fraca. Se você quiser ficar com outra pessoa, é só dizer, não precisa trair. Nunca bati em uma mulher, e espero nunca ter maltratado uma, porque socos não são a única maneira de machucar uma pessoa.

— Não são mesmo.

— Vou cometer erros com você. Sem dúvida. Você vai cometer erros comigo.

— Sem dúvida — concordou Cate e levou o prato para a mesa.

— Mas eu não machuco ninguém de propósito. Mentira — corrigiu Dillon enquanto enrolava mais uma garfada. — Já bati em alguns caras para machucar. Mas essas coisas acontecem.

Ela pensou na forma como Dillon tinha entrado correndo na sua casa quando escutou seus gritos. Sim, dava para imaginar que ele tinha dado uma surra em alguns caras por aí.

— Acontecem mesmo.

— Enfim, vou fazer essa promessa porque você pediu. Não importa o que acontecer entre a gente, você faz parte da nossa família. Isso não vai mudar. E, se um dia você conseguir se livrar de mim, especialmente agora que comi seu macarrão, ainda vou vir bater papo com Hugh e dar em cima de Consuela e Lily.

— Você me faz relaxar, Dillon.

— E ainda nem chegamos à cama. Isso é bom.

Rindo, Cate sentou de novo com sua taça de vinho.

— Vou te dar essa oportunidade, mas acho que dois pratos de macarrão pedem uma caminhada na praia.

— O macarrão estava uma delícia. Quando a gente se casar, vou querer comer uma vez por semana.

— Anotado. Esfriou um pouco. Vou pegar um casaco para a gente ir caminhar. — Ela se levantou. — Depois da caminhada, podemos comer a sobremesa na cama.

— Me parece uma boa ideia.

— Já volto.

Quando Cate subiu, Dillon se levantou para tirar a mesa, como suas senhoras ensinaram.

E pensou nela e nos três homens que tiveram a chance de amá-la e valorizá-la. Nos três homens que jogaram essa chance no lixo.

Ele não cometeria esse erro. E daria a Cate o tempo que fosse necessário para entender isso.

Se alguém estivesse matando pessoas por aí para causar tristeza, sofrimento e problemas para a vida dela, se alguém a ameaçasse, bem, ele encontraria uma forma de resolver isso. De cuidar dela.

Ele não sabia agir de outra maneira.

A PRIMEIRA COISA que Michaela notou quando trouxeram Sparks para a sala de interrogatório foi que o sujeito continuava bonito.

Sim, aquela era uma versão mais velha, porém ele mantinha aquela aura de estrela do cinema, o típico galã de meia-idade. Rugas se espalhavam ao redor de seus olhos, o cabelo exibia fios grisalhos, mas o homem tinha dado um jeito de conservar o rosto bonito e o corpo de rato de academia.

Nada de algemas, notou Michaela, porque ele não era considerado perigoso.

Isso era ruim, pensou ela. Seu instinto policial sentiu cheiro de perigo no instante em que Sparks entrou na sala.

Ele se sentou diante da delegada, cumprimentou Red com um aceno de cabeça, depois olhou nos olhos dela.

— Achei que nunca mais fosse encontrar vocês dois.

— Nosso tempo é curto, então vamos direto ao ponto. O que Frank Denby e Charles Scarpetti tinham em comum?

Sparks franziu as sobrancelhas, encarando-a com um olhar pensativo e confuso ao mesmo tempo.

— É óbvio que conheço Denby, mas o outro nome não me parece familiar. Denby foi um erro idiota junto de outro gigantesco para mim, mas... — Ele se interrompeu, ergueu um dedo. — Já sei. Era o advogado figurão que Charlotte contratou para livrar a cara dela. Não deu muito certo, mas sua pena foi leve para uma mulher que tramou o sequestro da própria filha.

— Os dois estão mortos.

— Fiquei sabendo sobre Denby. O sujeito sempre foi um babaca, e, pelo que me contaram, não fez muitos amigos depois que foi em cana. Acabou sendo atacado.

— Você mantinha contato com ele? — Quando Red falou, Sparks mudou de foco. — Conversavam sobre os velhos tempos?

— De jeito nenhum. Vocês sabem que esse lugar é enorme. A gente não estava nem no mesmo prédio.

— Sei que esse lugar é enorme, e sei que sempre existe um jeitinho.

— De que me adiantaria manter contato com aquele babaca? No começo, meu único sentimento era raiva, então, sim, se fosse fácil, eu teria dado uma surra nele. Olhem, eu fiz o que fiz... Não estou inventando desculpas, mas, como falei, cometi um erro idiota. Denby é um drogado linguarudo. Se você anda com esse tipo de gente aqui dentro, acaba levando porrada ou pior. A gente precisa aguentar o tranco, sobreviver, para sair daqui quando nossa pena acabar. O que aconteceu com o advogado?

— Foi assassinado.

— Não entendi. Alguém matou Denby aqui dentro, e um advogado rico foi assassinado lá fora. O que eu tenho a ver com isso?

— Os dois estavam conectados ao sequestro de Caitlyn Sullivan. Assim como o delegado Buckman. — Michaela tirou uma foto de sua pasta, colocou-a sobre a mesa. — Reconhece esse homem?

Sparks analisou a foto, pareceu pensar de verdade.

— Acho que não. Por quê?

— Ele também morreu. — Red se inclinou para a frente, observando o rosto do detento enquanto batia com um dedo no papel. — E o amigo dele também, depois que tentaram me tirar de circulação, depois que atiraram em mim.

— Caralho. Mas, de novo, o que eu tenho a ver com isso? Se vocês estão achando que essas coisas têm conexão com o sequestro, não faz sentido. Faz muito tempo.

— Você já ouviu falar que a vingança é um prato que se come frio? — questionou Michaela.

Ele abriu um sorriso.

— Prefiro refeições quentes. — Então esperou um instante, arregalou os olhos. — Meu Deus, vocês acham que Charlotte é responsável por isso tudo, que encomendou as mortes? Acham que ela viria atrás de mim?

Michaela não escondeu o sorriso irônico enquanto se recostava na cadeira.

— Alguém te ameaçou?

— Não recentemente. Olha, eu tento não criar caso. Não sou como Frank Denby. Trabalho na biblioteca, cumpro meu horário, não me meto em confusão. Dou aulas na academia. Se você for tranquilo, não criar alvoroço, não se meter em problemas, vai sair daqui. Preciso dizer que Charlotte tinha um lado frio, muito frio, mas ela voltou a fazer filmes, não é? E casou com aquele ricaço. O velho dos hambúrgueres.

— Você está sabendo legal — comentou Red.

— A gente tem um tempo só para ver televisão. Não sei por que Charlotte viria atrás de qualquer um de nós quando aquela ideia de merda foi dela, apesar de tudo que disse para receber uma pena menor.

— Você não recebeu uma pena menor, não é?

Sparks encarou Red.

— Não, não recebi. Caí na conversa daquela vagabunda, ok? Um erro atrás do outro. A polícia me pegou enquanto eu fazia planos de fugir com ela e um baú cheio de dinheiro. Estou pagando por isso. A última coisa que quero é protelar essa situação.

— Denby estragou tudo. Scarpetti ajudou Charlotte a escapar quase ilesa. O delegado Buckman garantiu que você acabasse sentado bem aí.

Sparks se recostou na cadeira como se tivesse perdido o fôlego.

— Vocês acham que eu tenho alguma coisa a ver com isso? Só podem estar de sacanagem. Estou sentado bem aqui, dentro de uma prisão de segurança máxima. Pelo amor de Deus.

— Denby também estava.

— Pois é. Pois é. — Um tom mais indignado agora enquanto Sparks se jogava para a frente. — E vocês acham que ninguém me interrogou por causa disso? Que não quiseram saber onde eu estava quando tudo aconteceu? Eu não sou assassino, nem mesmo de babacas como o Denby. Não conheço esse merda. — Com um peteleco, Sparks jogou a foto para o outro lado da mesa. — O advogado não tinha relação alguma comigo. Vocês me pegaram porque banquei o otário por causa de uma mulher.

— O advogado ajudou Charlotte a dar declarações que jogavam a culpa toda em você — argumentou Red.

— Sim, pois é. E você quer me convencer de que eu não seria condenado a vinte anos mesmo se isso não tivesse acontecido? Porra nenhuma. Ela escapou com uma sentença pequena, mas eu teria sido condenado ao mesmo tempo de toda forma. Que diferença faz? — Como se estivesse frustrado, Sparks jogou as mãos para cima, depois as passou pelo cabelo. — Puta merda, prestem atenção. Falta só um ano para eu poder sair em liberdade condicional.

Uma advogada está me ajudando. Posso ser solto em um ano. Solto. Nada é mais importante do que isso. Eu jamais faria qualquer coisa para perder essa oportunidade. E como poderia ter feito, porra? Por um acaso tenho cara de Harry Potter, porra?

— Ninguém precisa de mágica para convencer um detento a matar outro. Uma troca de favores. Você fez muitos amigos aqui dentro, Sparks.

— Fiz mesmo. Amigos ajudam você a ficar longe da enfermaria, da solitária, da porra do necrotério. Eu encomendo livros. Ajudo alguns detentos que mal sabem escrever o próprio nome a enviar cartas para a família. Dou aulas na academia. Denby faz parte do meu passado, e, aqui, é melhor você viver no presente. Pensem um pouco. — Ele apontou um dedo levemente trêmulo para os dois. — Se vocês estiverem certos sobre essa merda, eu estou na lista. Preciso tomar cuidado até sair daqui. A gente cumpre nossa pena sem reclamar, e, mesmo assim, não basta. Nunca basta. — Sparks olhou para o guarda parado perto da porta. — Me tire daqui. Já terminamos. Me tire daqui.

Michaela guardou a foto na pasta enquanto o guarda levava Sparks para sua cela.

— Ele é bom.

— É mesmo.

— Seria difícil argumentar contra tudo que disse.

— Cada vírgula fez sentido. — Red se levantou, esfregou de leve o braço machucado. — E ele mente para cacete.

— Ô, se mente.

Parte IV

O amor, obscuro e radiante

O amor que se conquista é bom, mas o amor dado sem pedir é melhor.

— William Shakespeare

O amor é cego.

— Geoffrey Chaucer

Capítulo vinte e quatro

♦ ♦ ♦ ♦

ABRIL SE transformou em maio, e o mundo se encheu de papoulas. Elas se agitavam, laranja e vermelhas como fogo, na brisa quente, dominando colinas, enchendo os campos de cor. Tremoços-roxos brotavam, acrescentando um charme sedutor e perfumando o ar.

As manhãs traziam uma neblina vagarosa, às vezes tão densa que parecia cobrir o mundo com uma cortina até o sol conseguir atravessá-la, desfazendo--a e fazendo tudo brilhar.

Cate abriu todas as janelas da casa, plantou temperos — sob a supervisão de Julia — para colocar no peitoril da cozinha, montou uma mesa no pátio para aproveitar o sol da tarde durante seus intervalos de trabalho.

Ela observava os jardins ao seu redor florescerem e vicejarem, as plantações do rancho crescendo. A floresta por onde tinha corrido rumo à luz se tornar verde e exuberante.

É claro que os turistas tinham chegado, e o trânsito na Highway 1 engarrafou. Mas toda beleza tinha um preço.

Na primavera tranquila, florida, ela começou a discordar da teoria de Michaela. Coincidências aconteciam, e a conexão entre os ataques era vaga e antiga, de toda forma. O segundo homem no carro roubado era primo do primeiro. E nenhum dos dois tinha qualquer relação com os outros casos.

Cate tinha um lar. Tinha trabalho. Tinha um namorado que a fazia feliz. Por que vasculhar as sombras quando podia permanecer na luz?

Com outro audiolivro na sua fila, ela passou a manhã na cabine, fez um intervalo ao meio-dia.

Hora de dar uma volta, espairecer, descansar a garganta. Ela resolveu ir até a casa principal, passar um tempo sentada na paz do jardim murado com suas trepadeiras cheias de rosas e clematites de um azul impossível, rodeada de belas flores e bancos.

E poderia beber um copo da deliciosa limonada de Consuela.

Uma horinha de intervalo, decidiu enquanto saía de casa. Mais duas no estúdio. Três se estivesse disposta. Teria tempo suficiente para se arrumar um pouco antes de ir para o rancho.

O jantar com Dillon, suas senhoras e Red tinha se tornado um compromisso semanal, além de um passatempo. E ela dormiria lá. Se conseguisse chegar um pouco mais cedo, talvez conseguisse vê-lo treinando os cavalos.

Meu Deus, como adorava ver aquele homem treinando os cavalos.

Cate chegou ao topo da elevação que levava à casa principal e viu Consuela sair apressada da casa para encontrar uma mulher com um bebê apoiado no quadril, parada ao lado de um SUV da Lexus.

— Darlie!

Ela correu, chegando um pouco antes de Consuela para espremer a amiga e o bebê em um abraço.

— Ai, que surpresa boa. A melhor surpresa do mundo. Ei, olá, bonitão!

Luke apoiou a cabeça no ombro da mãe, e deu um sorrisão para Cate.

— Cão — disse ele, apertando um cachorro de pelúcia. — Meu!

— Ele está quase tão bonito quanto você. E cresceu tanto.

— Já está andando agora. Co-correndo.

Cate notou o tremor na voz da amiga, virou para ela, viu as lágrimas se acumulando em seus olhos.

— Eu não sabia para onde ir.

Ela não fez perguntas, não agora.

— Você veio para o lugar certo.

— Venha comigo, meu bebê, venha com a Consuela. Ele pode ganhar um b-i-s-c-o-i-t-o?

— Claro. Ele merece um.

— Quer um biscoito, *mi pequeño hombre*? Venha com a Consuela.

— Bicoto!

Luke jogou os braços em torno da governanta.

— Ele provavelmente precisa trocar a fralda. Vou...

— Não, não, mamãe, passe a bolsa e o bebê para cá. Consuela vai cuidar de tudo. Isso mesmo. Vamos trocar sua fralda e comer biscoitos. Tudo vai dar certo, você vai ver. Está tudo bem agora.

— Ele é tão dado — disse Darlie enquanto o menininho, todo tagarela, deixava Consuela levá-lo para dentro da mansão. — Não tem medo nenhum de desconhecidos. Cate, está tudo péssimo.

As lágrimas escorreram; Cate abraçou a amiga de novo.

— Então vamos encontrar uma solução. Vamos encontrar uma solução para tudo. Você veio dirigindo de Los Angeles?

Darlie concordou com a cabeça, secou as lágrimas que escorriam por baixo dos óculos escuros.

— Saí ontem à noite. Luke dormiu a maior parte do tempo. Eu só...

— Vamos sentar, tomar uma limonada. E aí você me conta.

— Podemos passar alguns dias aqui? Eu devia ter ligado primeiro — continuou ela enquanto Cate a levava até a cozinha externa. — Mas só conseguia pensar em chegar aqui, só queria conseguir chegar aqui.

— Vocês podem ficar pelo tempo que quiserem, pelo tempo que vocês precisarem.

— Que lugar bonito. Sei que você me contou, só que é mais do que eu imaginava. E tão afastado, tão isolado. Eu precisava de um lugar afastado e isolado. Ah, parece uma ponte.

Cate olhou para cima.

— É um projeto interessante, com vários andares e anexos. Meio que parece um vilarejo dentro de uma casa. Sente, respire. Já volto.

Deixando Darlie em uma das mesas sob o caramanchão com glicínias rebeldes, Cate foi correndo para a cozinha.

Perfeito, pensou ela ao encontrar o jarro de limonada. E ouviu Consuela fazendo o bebê rir em seu quarto. Sim, Consuela cuidaria de tudo.

E ela também.

Então pegou a bandeja, o jarro, os copos, lembrou-se dos lenços de papel. Levou tudo para a mesa.

— Você não comeu nada.

— Nem conseguiria agora, mas obrigada.

— Fica para mais tarde então. Não precisa se preocupar com o bebê. Consuela está com ele. — Cate serviu a limonada, sentou. — Conte o que aconteceu.

— Dawson está tendo um caso com a babá. Não poderia ser mais clichê, não acha? — Com gestos rápidos, ela puxou um lencinho. — Só que não é só um caso, ela está grávida, e ele diz que está apaixonado.

— *Sukin syn.* — *Filho da puta* em russo era a expressão que melhor se adequava a Dawson. — Eu devia ter pegado uma garrafa de vinho.

Dando uma risada chorosa, Darlie pegou mais lencinhos.

— Mais tarde, com certeza. Descobri ontem. Ele confessou tudo, porque os boatos estavam rolando, e a notícia vai cair na imprensa. E ele espera que eu compreenda. Sinto muito, mas ninguém controla os sentimentos. — Mais lenços puxados, esfregados, amassados. — Aquele filho da puta.

— Sinto muito, Darlie.

— Ele estava transando com ela na nossa casa, Cate, com nosso filho dormindo no berço. Enquanto eu estava filmando. E saía escondido com aquela mulher nos dias de folga dela. Luke acabou de completar um ano, e ele já engravidou outra. Ele quer se casar com ela.

— Ajuda ou atrapalha se eu disser que eles foram feitos um para o outro?

— Ajuda, porque também acho. Como fui tão cega, Cate? Como não enxerguei algo que estava acontecendo bem debaixo do meu nariz? Como deixei minha vida se tornar uma novela mexicana?

— Pare com isso, a culpa não é sua. Você confiou no seu marido, confiou nos dois, não tinha motivos para não confiar, e eles se aproveitaram disso. Amor, porra nenhuma, Darlie. Mesmo que eles fossem Tristão e Isolda, e eu não acharia ruim se tivessem o mesmo destino, isso não muda o fato de que são dois mentirosos do cacete. Não tem desculpa.

— É por isso que eu vim atrás de você. — Secando o rosto com uma mão, Darlie usou a outra para apertar a de Cate. — De todos os lugares aonde eu podia ter ido, de todas as pessoas a quem eu podia ter pedido ajuda, você foi a primeira e a única em que eu pensei.

— Estou aqui para o que der e vier. Vocês estão seguros aqui, os dois. Ninguém nunca vai saber que vieram para cá se você não quiser contar.

— Cate. — A voz de Darlie soou arrasada. — Dawson disse que me daria guarda total de Luke. — As lágrimas escorreram de novo. Ela pegou mais lenços. — Ele disse que achava que era a coisa mais justa a ser feita, como se nosso filho fosse uma moeda de troca. Se eu não criar caso para lhe dar o divórcio, se não acabar com sua reputação na imprensa, ele vai me dar guarda total. Daqui a pouco ele vai ter outro filho mesmo.

Cate sabia como era ser dispensável para um dos pais, sentiu o coração partir ao mesmo tempo em que seu sangue fervia.

— Escute. Qualquer pessoa capaz de fazer isso, de achar uma coisa dessas, não merece nem mais uma lágrima.

— Então por que você também está chorando?

— É de raiva. Cabeça erguida, Darlie. Cacete, levante-se e aceite a oferta. Aceite agora mesmo e siga em frente. Porque esse babaca não merece você e com certeza não merece aquele menininho lindo.

— Achei que ele me amasse — murmurou a amiga. — E talvez tenha amado, por um tempo. Achei que eu tinha encontrado alguém com quem pudesse compartilhar minha vida, construir uma família. Agora, é só mais um desfecho trágico de Hollywood.

— Você vai superar isso. É o que a gente faz, não é? Já ligou para seu advogado?

— Enquanto vinha para cá. — Suspirando, Darlie secou o rosto. — Porque você tem razão sobre aceitar a oferta e seguir em frente. Quero essa promessa por escrito, assinada por Dawson, e depois ele pode fazer o que quiser com a porra da vida dele. Só me importo com Luke.

— Isso aí. Agora, vamos arrumar alguma coisa para vocês comerem e depois podemos guardar suas coisas na minha casa. E já vou avisando que Consuela e eu vamos brigar para ver quem cuida do bebê. E meu avô também, quando voltar de viagem. Ele vai passar mais alguns dias em Nova York.

— Vou ficar te devendo pelo resto da vida.

— Amigos não devem nada uns aos outros. Espere só até eu levar vocês para conhecer o rancho.

— E o fazendeiro gostosão. Ai, Cate, a gente vai atrapalhar tanto.

— Não vão, não. Você vai gostar de Dillon e da família dele. E Luke vai enlouquecer com os animais. Sei que ele gosta de cachorros, você disse que *cão* foi a primeira palavra dele. Dillon tem dois muito fofos.

— A gente ia... Eu ia dar um cachorrinho para ele. Estava começando a pesquisar.

— Bem, podemos fazer um teste com Stark e Natasha. Mas, agora, vamos almoçar. E tomar um vinho.

— Ah, droga, não trouxe a cadeirinha dele nem o berço.

— Tenho certeza de que a gente tem essas coisas aqui e tudo mais que você precisar. Os Sullivan vivem tendo filhos.

No meio da tarde, Darlie e Luke já estavam acomodados no quarto de hóspedes com vista para a colina, que era conectado, por um banheiro com pias duplas, ao que tinha vista para o mar.

Uma das cadeirinhas estava na cozinha, havia um saco de brinquedos na sala, e a mãe e o bebê tiravam uma merecida soneca no andar de cima.

Cate ligou para Dillon.

— Oi, linda.

— Alguém está de bom humor.

— Meu dia está ótimo.

— O meu está corrido. Minha amiga, minha melhor amiga, está aqui.

— É mesmo? Darlie Maddigan, não é?

— Sim. Você presta atenção nas coisas. Darlie precisava de um ombro amigo. Seu casamento acabou de ir por água abaixo, então ela veio para cá com o bebê. Depois eu conto mais detalhes, se ela deixar.

— Tudo bem.

— Então não vou conseguir ir hoje.

— Sem problemas. Posso ajudar em algo?

— Na verdade, acho que pode. Quando ela estiver mais calma, quero levar os dois aí. Luke tem 1 ano e 2 meses, adora animais.

— Nós temos alguns.

— Por enquanto, cães são sua paixão. E acho que as suas senhoras ajudariam Darlie. Só com aquele espírito feminino.

— Você sabe que pode trazer os dois quando quiser.

— Luke não para quieto — alertou Cate.

— Aposto que ele vai ficar cansado aqui. Vou sentir sua falta hoje à noite.

— E eu vou sentir a sua.

Cate percebeu que sentiria mesmo. Tinha se acostumado a vê-lo quase todos os dias, a dormir com ele quase todas as noites.

Virando-se para a parede de vidro, ela olhou para fora. Ainda não estava pronta para pensar em nada além do hoje, ou talvez do amanhã, quando se tratava de seu relacionamento com Dillon. Mas começava a entender que talvez, só talvez, as coisas pudessem se estender como o mar. Para sempre.

SPARKS PENSOU no melhor momento e escolheu a noite de cinema. Bem, a noite de cinema na televisão comunitária. E *Fugindo do inferno* ganhou a votação. De novo.

Ele estava pouco se lixando.

O que era importante? Ter um grupo grande de detentos e guardas em um lugar só.

Não seria fácil fazer o que ele precisava fazer.

Os policiais lhe deram a ideia, e, quanto mais pensava naquilo, mais via que era o plano perfeito.

Já tinha reclamado com Jessica sobre ser importunado pela polícia e a convenceu — fácil para cacete — a se aproveitar da oportunidade e acrescentar o interrogatório ao pedido de condicional. Talvez usar isso para solicitar que fosse solto antes.

O cliente dela poderia estar correndo risco de morte. A polícia estava investigando a possibilidade. Não seria seguro permanecer no presídio, blá-blá-blá.

A noite de hoje confirmaria isso.

Sparks cogitou esperar até o filme acabar e todo mundo ir embora, então percebeu que poderia perder a coragem.

Era agora ou nunca.

Ele sabia onde mirar — *personal trainer* — e enfiou a faca improvisada na lateral do corpo, voltada para suas costas, um pouco acima da cintura.

Então cambaleou um pouco — doeu para cacete —, recebeu uma cotovelada, um empurrão. Conseguiu continuar agarrado ao objeto, como se tentasse arrancá-lo. Caiu de joelhos.

Sangue, pensou ele. Tanto sangue. Seu sangue.

Ao vê-lo, os detentos se afastaram rápido; os guardas se aproximaram.

E a noite do cinema foi para o saco.

UM BEBÊ mudava as coisas. Mudava muitas coisas, percebeu Cate. Tinha mudado sua amiga. Ela via com os próprios olhos como Darlie concentrava seus esforços nas necessidades, nos desejos, na felicidade de Luke.

Os abraços, as brincadeiras, as horas de comer.

— Você é uma boa mãe, Darlie.

— Tento ser. E quero ser.

— Você é uma boa mãe. Seu filho é feliz, saudável, uma graça. E ele se dá bem com as pessoas por causa disso.

Segurando a mão de Luke, Darlie acompanhava o ritmo cambaleante do filho, depois sua corrida enquanto seguiam para o carro de Cate.

Ele usava um chapéu azul-marinho de pano macio, tênis vermelhos da Nike, short azul-marinho e uma camisa que o descrevia como *fera*.

— Fiquei em casa com ele pelos dois primeiros meses, mesmo com a babá. Depois, passei um tempo levando os dois para as gravações comigo, para poder amamentar e ficarmos juntos. Então Dawson teve um intervalo entre projetos, e comecei a tirar o leite com a bomba, porque achei que ele e Luke deviam ter um tempo sozinhos, sem mim. Não deu muito certo.

— A culpa não foi sua.

— Eu sei. — Quando ela fez que não com a cabeça, seu comprido rabo de cavalo loiro balançou. — Ainda mais agora. Ele desmamou há dois meses, porque achei que estava pronto. Luke adora seu copinho, está andando. Tem certeza de que quer nos levar lá? Podemos ficar aqui.

— A gente não precisa ir se você não se sentir pronta.

— Não é isso.

Quando chegaram ao carro, Cate ajudou com o bebê, a bolsa de fraldas, a cadeirinha.

— Sei que estou tomando o tempo que você passaria com Dillon. Não quero que a gente atrapalhe sua tarde com ele.

— Você vai ter que prender Luke. Não sei fazer isso direito. Dillon é fazendeiro, Darlie. E, até eu ver com meus próprios olhos, não fazia ideia de quanto trabalho isso significa. Todos os dias. Ele vai fazer um intervalo hoje, mas você mesma verá como o rancho é agitado. E a mãe e a avó dele? Aquelas duas não param. Não sei como conseguem fazer tanta coisa. Vamos dar um presente para eles. Esse bebê é um presente.

— Para mim, é. — Darlie o prendeu na cadeirinha junto com o amado Cão. — Sinceramente, acho que ele está salvando minha sanidade agora, talvez até minha vida. — Ela sentou no banco do carona, esperou Cate se acomodar atrás do volante. — Conversei com o advogado antes de sairmos.

— E?

— Dawson assinou os documentos da custódia. Simples assim, Cate. Como se fosse qualquer coisa. Meu advogado disse que o advogado dele não gostou, mas Dawson nem pestanejou. Então vou entrar com o pedido do divórcio citando diferenças irreconciliáveis, e fim de papo. Tirando o alvoroço da imprensa.

— Os jornalistas não podem encher o saco se não souberem onde você está. — Cate passou pelo primeiro portão, parou, depois seguiu em frente quando o segundo abriu. — E quer saber? Quanto mais classuda você for, pior fica a imagem dele e daquela babá traidora.

Com olhos que não estavam mais vermelhos e marejados de lágrimas, Darlie a fitou com um sorriso.

— Já pensei nisso.

— Claro que já. É por isso que somos amigas. O trânsito vai ser um saco, mas é perto.

— Cate, nesses últimos dias, você salvou minha sanidade também.

— Você com certeza salvou a minha mais de uma vez lá atrás.

— Nunca falei muito sobre ela. Charlotte Dupont. Porque não sabia se você ia querer tocar nesse assunto ou se só ficaria nervosa. Estou encarando as coisas de um jeito diferente depois que vim para cá.

— Diferente como?

— A gente manteve contato. Até conseguíamos nos encontrar cara a cara de vez em quando, mas, no geral, só trocávamos mensagens, e-mails, chamadas de vídeo. Mas depois de passar esses dias juntas? Estou vendo que você ergueu a cabeça, amiga. Está mais confiante, mais feliz. Sempre achei que você parecia bem em Nova York, quando a gente se via. E fiquei preocupada com sua volta para cá. Mas não devia. Você parece ainda melhor aqui. Caramba, sua casa é maravilhosa, aquele estúdio é fantástico, e você está transando com um fazendeiro gostosão. Tem como ser melhor que isso?

— Eu amo esse lugar.

— É nítido. Então... quer saber sobre Charlotte Dupont?

— Tenho certeza de que minha família edita tudo que escuta, tudo que sabe. Então seria bom ouvir uma versão sem censura.

— Ótimo, porque é assim que eu gosto de contar as coisas. Ela é uma piada nos bastidores. Consegue papéis porque seu velho babão e podre de rico paga por isso. Dizem as más-línguas, e eu acredito, que ele às vezes suborna os críticos para não descascarem ela. Quando não faz isso, é só esculacho. E ela fez tantas plásticas que é impossível saber se ainda resta alguma coisa de verdade ali.

Incapaz de se controlar, Cate soltou uma risada.

— Sério?

— Alguém, seria bom se tivesse sido eu, disse que Charlotte parece uma Barbie velha. É maldoso, mas realista. Já nos esbarramos algumas vezes. Em premiações ou restaurantes. É nítido que ela perdeu a linha com as plásticas, o Botox, ou seja lá o que faz.

— Talvez a gente fique mesmo com a cara que merece no fim das contas.

— Bem, se for assim, caramba. Charlotte tem a cara que merece. — Virando para trás, Darlie fez caretas para Luke dar risada. — Ela tentou falar comigo uma vez, em um evento. Parou do meu lado, com aquela cara, aqueles peitos de silicone cobertos de diamantes, e quis me convencer a falar bem dela para você. Aquela velha ladainha.

— Desculpe.

— Nada disso. Mandei ela se foder. Simples assim: "Vá se foder." E fui embora. Foi uma sensação boa.

— Eu te amo, Darlie.

— Também te amo. Talvez eu devesse comprar uma casa aqui. Um refúgio.

— Você tem uma casa aqui.

Esticando o braço, Darlie apertou a mão de Cate.

— É verdade, não é?

Cate saiu da rodovia e entrou na estrada do rancho. Seguiu a estrada de terra esburacada.

— Quanto buraco!

— É um rancho.

— Um rancho de família. Aposto que é fofo. Mal posso esperar para ver como Luke vai reagir aos animais. E você ajudou a fazer queijo e manteiga. Que divertido. Eu adoraria... Aqui não é nada fofo — isso escapou de Darlie quando os pastos próximos, a casa, os celeiros, as colinas salpicadas com ovelhas e bodes surgiram. — É simplesmente, tipo, maravilhoso.

— É mesmo.

— Pensei que fosse ser um rancho de família, pequeno e bonitinho. Esse lugar é... Veja as vacas, bem ali. As vacas têm uma vista e tanto. Veja as vacas, Luke!

No momento, ele parecia estar tendo uma conversa importante com Cão.

— Ah. — Darlie agarrou o braço de Cate. — Aquele é o fazendeiro? Vamos, diga que sim. Em cima do cavalo, com um chapéu, o corpo... Que corpo.

— O próprio. Ele deve estar verificando as cercas.

— E está com os cães. Cachorros, Luke!

O menino olhou para cima ao ouvir a palavra mágica, virou a cabeça de um lado para o outro. Sua reação foi um grito demorado e pulinhos impacientes.

— Sair, sair, sair!

— Pode deixar.

Darlie o soltou da cadeirinha enquanto Cate estacionava.

— Olhe as vacas, bebê, e cavalos, e ovelhas.

— Cão!

Luke tentou se soltar quando os cachorros vieram correndo.

— Eles não vão machucar — gritou Dillon. — Os dois gostam de crianças.

Cautelosa, Darlie se agachou com o filho, sentiu sua alegria quando os cachorros farejaram e lamberam. Luke se soltou, se jogou no meio da grama, soltando gargalhadas enquanto a dupla se remexia.

— Cão!

Ele se esforçou ao máximo para abraçá-los.

— Bem, estão todos no paraíso agora. — Dillon desmontou, jogou as rédeas em um toco da cerca. Então foi direto até Cate, a levantou do chão, lhe deu um beijo na boca. — Senti saudade. Desculpe — disse ele para Darlie.

— Não peça desculpas. Faça de novo.

— Com prazer. — Depois de repetir a dose, ele devolveu Cate ao chão. — Já gostei da sua amiga. Dillon Cooper.

Depois de tirar uma das luvas de trabalho, ele ofereceu a mão.

— Darlie e Luke. *Cão* foi a primeira palavra dele.

— Começou bem. — Tranquilo, Dillon se agachou. — Como vai, garotão?

— Cão — respondeu o menino em um tom cheio do amor mais puro. Então viu o cavalo de Dillon. Arregalou os olhos. — Cão!

E levantou correndo.

— Vamos tentar assim. — Dillon pegou Luke no colo, foi até o cavalo. — Faça carinho aqui.

Ele guiou a mão do menino até o pescoço do animal, acariciou.

Darlie olhou para Cate. Colocou uma mão sobre o peito. Fez um olhar apaixonado.

Capítulo vinte e cinco

♦ ♦ ♦ ♦

DARLIE NÃO conseguia se acostumar com a parede de vidro do *cottage* de Cate. Luke a adorava, como atestado pelas marquinhas de dedos e beijos que deixava lá o tempo todo.

Ela apreciava a beleza que a vista trazia para o ambiente interno, mas se sentia exposta, mesmo que não houvesse como alguém conseguir enxergar o que acontecia dentro da casa. Mas sabia que, para Cate, a parede trazia a sensação de liberdade.

Assim como as janelas abertas e a brisa salgada. Em Los Angeles, mesmo por trás de muros e portões, Darlie jamais deixaria janelas e portas abertas durante a noite.

Observando a vida da amiga ali, compartilhando-a por alguns dias, percebeu que Cate tinha tomado a decisão certa para si mesma, quando a própria Darlie teria seguido outro rumo.

E agora era sua vez de tomar decisões sobre o futuro. Que caminho tomaria agora? Que caminho, quando precisava pensar em Luke em primeiro e último lugar, para sempre?

Ela era atriz desde que se entendia por gente, então conhecia as opções, os obstáculos, as complicações. Será que conseguiria, que deveria, enfrentar tudo isso como mãe solo?

Então, enquanto o filho batia em todos os lados de um dado musical — de novo — e Cate se trancava no estúdio para trabalhar, Darlie conversou com seu agente.

E seu advogado.

E seu empresário.

Nos intervalos entre as conversas, distraiu Luke com outros brinquedos e o colocou na cadeira alta para fazer o lanche da manhã. Limpou a bagunça do lanche, se perguntou como algumas mulheres conseguiam ter mais de um filho.

Feliz por sentar, Darlie esticou as pernas no chão para brincar com Luke e os blocos de madeira, refletiu sobre suas opções e prestou bastante atenção no filho.

Ele sabia dizer *papai* — assim como *mamãe, oi, tchau, meu, não, sair, subir, Cate* e, é claro, *cão*. Desde a visita ao rancho, tinha acrescentado *vaca* e *cavalo* ao repertório. Todas essas eram compreensíveis no meio de muito falatório/balbucio e palavras pela metade que ela aprendeu a traduzir.

Mas ele não tinha dito *papai* nem uma vez desde que chegaram a Big Sur.

Será que os bebês se esqueciam das pessoas tão facilmente — ou será que ele nunca tinha tido uma conexão de verdade com o pai? Como Dawson ousava ser incapaz de sentir a mesma coisa que ela, aquele amor incondicional pela criaturinha perfeita que geraram juntos?

— Ele é incapaz, e ponto.

— Mamãe!

Depois de recuperar a atenção dela, Luke derrubou a pequena torre de blocos e riu feito um doido.

— Isso mesmo, querido. Depois de derrubar as coisas, a gente reconstrói tudo. Simplesmente vamos reconstruir tudo. E de um jeito melhor. — Ela pegou o celular, ligou de novo para o agente. — Aceite a proposta.

Determinada e um pouco assustada, Darlie voltou para os blocos até levar um susto com alguém batendo à porta.

Antes de conseguir levantar, a porta abriu. Seu coração pulou, mas ela logo se acalmou ao ver Dillon com uma sacola.

Stark e Natasha vieram correndo, direto para Luke, que gritava e ria.

— Desculpe. Entrega.

— Entre. Você acabou de fazer o dia do meu filho — acrescentou ela, sorrindo para aquela bola de pelos e menino a rolar feliz no chão.

— Bem, eles acharam que já estava na hora de fazer outra visita.

— É bom ver vocês três. Cate está gravando.

— Ela geralmente está a essa hora, então só deixo o pedido.

— Eu pego. O que temos aqui?

— Laticínios em sua maioria. Minhas senhoras mandaram alguns biscoitos para o menino. Elas ficaram encantadas.

Luke veio cambaleando até Dillon, ergueu os braços.

— Subir!

— Você quer subir aqui?

Ele passou a sacola para Darlie, pegou Luke no colo e o jogou para cima algumas vezes para fazê-lo rir.

Ver um homem brincando com tanta facilidade, com tanta naturalidade, com seu filho fez Darlie sentir um leve aperto no peito.

— Você leva jeito com crianças.

— Não é difícil.

— Para algumas pessoas, é.

E, como aquilo deixava seu coração apertado, ela repetiu o velho mantra. Cabeça erguida.

— Você leva jeito com Cate também.

— Não é difícil — repetiu Dillon enquanto jogava Luke para cima de novo, e Darlie abria a sacola.

— Não se você a ama.

Como Luke queria descer, Dillon o devolveu para os cachorros, depois desviou agilmente da bagunça de brinquedos.

— É a coisa mais fácil que já fiz na vida. Imagino que você não vá me contar se ela está perto de sentir a mesma coisa.

— O que eu posso dizer, como amiga, é que você cumpre muitos dos meus requisitos para ela. Venha jantar hoje.

— Jura?

— Juro. Cate vai bolar alguma coisa. Eu só sirvo para mexer e misturar. Não sei cortar nem fatiar nada, mas sou ótima mexendo e misturando coisas. — Pensando onde guardar os ovos, os queijos, os cremes de leite, as manteigas e o leite, Darlie voltou a encará-lo. — Sou atriz desde que tinha mais ou menos a idade de Luke. É a única coisa que sei fazer.

— Você é uma boa atriz. Mas sabe fazer outras coisas também. Sabe ser mãe. Sabe ser amiga. Na minha lista, esses dois itens são fundamentais.

Não era de espantar que ele deixasse Cate deslumbrada.

— Venha jantar — repetiu Darlie.

— Você come carne?

— Tenho essa fama.

— Tem uma churrasqueira lá fora. Posso trazer uns bifes.

— Bifes. — Conforme repetia a palavra, os olhos de Darlie se tornaram desejosos. — Não consigo me lembrar da última vez que comi um bife.

— Hora do intervalo. — Cate abriu a porta do estúdio. — Onde está esse bebê? Preciso da minha dose. Ah, oi, Dillon.

— Ele trouxe laticínios — explicou Darlie.

— Ótimo. E bem na hora. Que tal a gente dar uma volta na praia?

— Não posso ficar muito tempo. Pegue o garoto! — Arrancando o bebê do chão, ele fingiu que ia jogá-lo, fazendo o coração de Cate parar, causando uma gargalhada em Luke. — Brincadeira.

— Dillon vem jantar e vai trazer bifes. Vamos comemorar. Acabei de pedir para o meu agente aceitar a proposta de uma série da Netflix. Um projeto enorme, protagonista.

— Darlie! Isso merece uma comemoração!

— Eu aceito. À noite. É uma coisa meio *Game of Thrones,* sendo que a personagem é uma *Harry Potter* mulher e adulta. Fizeram a oferta algumas semanas atrás, mas recusei porque as filmagens seriam na Irlanda do Norte e eu passaria seis meses lá para a primeira temporada. Se der certo, é metade de um ano, todo ano, pelas três temporadas planejadas. Mas, agora... — Ela tirou Luke de Dillon. — Acho que vai ser bom para nós. Enquanto isso, tenho um monte de coisas para resolver, outras para planejar.

— Tenho família em Mayo, perto. Vou visitar vocês.

— Estou contando com isso. — Darlie pegou a mão de Cate. — De verdade.

— Quando vocês vão?

— Quero voltar para Los Angeles depois de amanhã, resolver algumas pendências. Mais tarde, vou ficar sentimental, mas, agora, vou levar esse cara lá para cima, trocar a roupa dele e enchê-lo de protetor solar como a boa mãe obsessiva que sou para a gente dar nossa volta na praia. — Ela se virou para Dillon. — Meu bife é ao ponto.

— Pode deixar.

— Até mais tarde. Dê tchau.

Luke disse tchau, acenou por cima do ombro de Darlie enquanto ela o levava para o segundo andar.

— Você vai sentir falta dela. E do bebê.

— Demais. Mas ela tomou a decisão certa. Foi inteligente em vários sentidos. — Cate se aproximou dele, lhe deu um abraço. — Queria que você viesse dar uma volta com a gente.

— Eu também.

Quando Dillon esfregou seus braços, pela maneira como fez isso, Cate se afastou.

— Aconteceu alguma coisa.

— Como vamos comemorar hoje à noite, então vou te contar agora para já tirar isso do caminho. Sparks foi atacado na prisão alguns dias atrás.

Cate não sentiu nada, absolutamente nada.

— Ele morreu?

— Não, a lâmina não atingiu nenhum órgão vital. Pelo que Red contou, ele está mal, mas vai sobreviver.

Quando ela permitiu que as emoções aflorassem, ficou apenas um pouco ansiosa e curiosa.

— Foram quatro agora — murmurou Cate. — Não sei o que pensar, Dillon. Quem faria uma coisa dessas? Se for minha mãe, ela não seria só egoísta, gananciosa e um ser humano de merda. Seria louca.

— Tenho algumas teorias. Red também. Vamos conversar depois. Você devia aproveitar os últimos dias com a sua amiga. — Dillon a puxou de volta. — A gente se vê mais tarde. — Ele a beijou, a puxou até que ela ficasse na ponta dos pés, tornando tudo mais intenso. — E vou te dar amanhã à noite para se despedir. — Então puxou a cabeça dela para trás, mudou de ângulo, e tudo ficou ainda mais intenso. — Depois, pode ir se acostumando a me ter por perto.

— Faz mais de uma semana, e ainda não me acostumei a não ter você por perto.

— Ótimo. — Dillon seguiu para a porta, desviou dos brinquedos. — Darlie guardou os biscoitos que minhas senhoras mandaram na geladeira com a manteiga.

Dando uma risada, Cate foi resgatá-los.

Antes de guardá-los em um pote com tampa, pegou um.

Não era sua mãe, pensou ela de novo. E não era uma questão de duvidar que Charlotte fosse capaz de fazer mal aos outros, mesmo por motivos inexplicáveis. Mas precisaria haver alguma vantagem para o esforço valer a pena.

Aquela situação não seria nada benéfica, porque, se a notícia caísse na imprensa, não melhoraria a imagem de Charlotte. Era bem provável que ela se tornasse uma suspeita, e isso faria com que seu passado recebesse uma atenção nada favorável.

Sua mãe não gostava de receber atenções nada favoráveis.

Por outro lado, talvez não tivesse pensado nisso.

— E, agora, quem precisa pensar sou eu — admitiu Cate.

Porque havia um limite para coincidências. E ele tinha sido alcançado com esse último ataque.

Ela ouviu Darlie descendo, deixou o assunto de lado. Não estragaria os dois últimos dias de sua amiga ali com preocupações e especulações.

Dois dias depois, Cate e Hugh observavam Darlie indo embora.

O avô passou um braço ao redor dela.

— Darlie vai ficar bem. Pode apostar.

— Eu sei. Ela já contratou alguém para procurar uma casa na Irlanda. E vai para lá um mês antes de as gravações começarem para se ambientar, contratar uma babá. Ela disse que quer clonar Julia. Alguém gentil e amoroso, que já criou bem um filho. Também conversou com seu relações-públicas e bolou uma declaração sobre o divórcio.

— Ela já está se adiantando. — Hugh concordou com a cabeça. — É a forma mais inteligente de lidar com as coisas.

— Talvez eu ache que aquele desgraçado não vai receber o que merece, mas Darlie está fazendo o melhor para ela e Luke. De toda forma, que bom que passamos esse tempo juntas. E que bom que você chegou a tempo também.

— Aquele bebê não para quieto. Vou sentir falta de ter tanta energia por aqui. A gente precisa organizar uma festa de família quando Lily voltar para casa.

— Precisamos.

— Mas, por enquanto, somos só nós dois. Você tem tempo para ficar sentada na piscina com um velho?

— Não estou vendo nenhum velho por aqui, mas posso aproveitar a companhia do meu avô bonitão. Só que amanhã? — Ela cutucou a barriga dele. — Nós dois vamos voltar para a academia.

— Carrasca.

Cate caminhou com o avô, atravessando o gramado, depois seguindo o caminho de pedras. Ela se sentou ao sol, que dançava sobre a água azul da piscina, esticou as pernas. Mal teve tempo de dizer *ahhh* antes de Consuela descer da ponte com limonada.

— O quê? Você virou vidente por um acaso?

Com um sorriso misterioso, a governanta colocou a bandeja sobre a mesa.

— Frutas frescas, saudáveis. Nada de celular — ordenou ela, e foi embora.

Hugh ajeitou o chapéu.

— Talvez eu tenha mencionado que queria passar um tempo com você aqui fora e que uma limonada cairia bem.

— Que alívio, porque a ideia de Consuela ser vidente é apavorante. Acho que vou começar a nadar no meu intervalo da tarde. — Cate apontou para o avô antes de pegar seu copo. — Seria uma boa para você também.

— Prefiro esperar mais um mês até o tempo esquentar. Ainda está muito frio para mim. Agora. — Ele pegou o próprio copo. — Como vão as coisas entre você e Dillon?

— Vamos ver hoje à noite, quando ele vier jantar.

Quando o celular dela apitou, Cate fez uma careta.

— Falando no diabo — disse Hugh.

— Só quero ver... Ah, é Dillon mesmo. Hailey está em trabalho de parto. Ele vai para a maternidade. Hailey e Dillon são amigos.

— Sim, eu a conheço, e Leo e Dave. A mãe de Consuela e os avós de Leo vieram da mesma região da Guatemala.

— Eu não sabia disso.

— Esse mundo é um ovo. Bem, um brinde à nova família que está chegando. — Hugh bateu seu copo no da neta. — *Sláinte.*

— *Sláinte.* A vida deles vai mudar para sempre. Não no mau sentido — explicou ela quando o avô piscou. — Eu vi, em primeira mão, como Darlie se transformou depois de ter Luke. Um exemplo: antes, ela teria acabado, destroçado e desmilinguido Dawson antes de jogá-lo na fogueira. Mas o filho dela é mais importante que seu orgulho, que se vingar do ex.

— Se o amor não for mais forte que o orgulho, então não é amor.

— Isso é... isso é completamente verdadeiro. E vi essa verdade, em primeira mão, por toda minha vida. Como papai fez, Darlie escolheu tomar decisões diferentes no trabalho. Ela recusou a série antes porque passaria semanas e meses a fio sem ver o filho, e não queria afastá-lo do pai pelos mesmos motivos. Agora que é mãe solo com um ex que não está nem aí, aceitou. E em parte porque a mudança vai tirar Luke do caos da imprensa, das fofocas, das especulações. Admiro isso.

— Eu também.

— Foi o que papai fez por mim, me dando a Irlanda. E depois, você e a vóvis Lil se alternavam com ele. Pelo menos um dos três sempre estava comigo.

— E, agora, você está aqui comigo.

— Acho que estamos aqui um pelo outro.

Afastando os olhos do mar, Cate observou o vinhedo, em camadas ascendentes, e o pomarzinho bonito onde as flores de abril já tinham caído e as frutas começavam a se formar.

De estação em estação, pensou ela. De ano em ano.

— Nunca senti falta dela, sabe. Mulheres tão maravilhosas ocuparam o papel de mãe para mim. Espero que Darlie encontre homens bons para fazer o mesmo por Luke. Ela não tem uma família como a nossa.

— Quem tem?

Sorrindo, Cate fez outro brinde. Então colocou o copo sobre a mesa quando viu Red se aproximando.

— Oi! Sente. Vou lá dentro buscar outro copo.

— Por mim, está ótimo.

Consuela a encontrou no meio da ponte.

Quando Cate começou a voltar e olhou para baixo, viu os dois homens tendo uma conversa que parecia séria.

Não é uma visita social, concluiu ela, embora já imaginasse isso.

Então abriu um sorriso despreocupado enquanto descia para servir limonada para Red.

— Tudo bem, agora pode recomeçar a história. O que você acha, sente, acredita, suspeita de Sparks e tudo mais?

Depois de brincar com os óculos escuros, Red inflou as bochechas.

— Odeio arrastar você para essa situação de novo, Cate.

— Acho que nunca saí dela completamente. — Esticando o braço, ela esfregou a mão do avô. — Pare de se preocupar em me proteger.

— Esse é sempre meu primeiro instinto, mesmo quando tenho consciência de que é desnecessário.

— Vamos pensar assim: uma mulher prevenida vale por duas.

— Eu queria ter mais informações — disse Red. — Mais certezas para contar. Posso começar com algumas. Sparks foi atacado na área comunitária pouco antes da exibição agendada de um filme, então havia muitos detentos entrando, andando de um lado para o outro antes de se sentarem. O objeto não acertou nenhum órgão vital. — Para demonstrar, Red bateu com um punho no lado direito do fim das costas. — Se tivesse sido um pouco para cima, teria atingido um dos rins, e a situação dele teria sido mais complicada. Uma escova de dentes afiada. Sparks disse que sentiu uma dor aguda, esticou a mão para trás, segurou a escova, tentou puxar. Caiu.

— Parece doloroso, mesmo que não tenha sido letal.

— Ah, ele sentiu dor. Só que, com um objeto desses, você precisa acertar algo importante, mais de uma vez. Se alguém queria se livrar dele, fez um trabalho muito malfeito.

— Você acha que foi algum tipo de aviso? Algo que não tenha nada a ver com o restante. Só uma rixa entre detentos.

Com calma, Red tomou sua limonada.

— É uma teoria.

Cate entendeu o tom de voz dele, inclinou a cabeça.

— Mas não a sua.

— Faz quase vinte anos que Sparks está lá, nunca se meteu em encrenca. Mic e eu fomos conversar com ele algumas semanas atrás, deixar claro que estamos desconfiados. Logo depois, o sujeito sofre um atentado de araque. Quando Denby foi atacado, levou várias punhaladas na barriga, no peito. Não houve nada de malfeito naquilo. Quando Scarpetti foi morto, seguraram o homem embaixo da água até ele se afogar. Prático, rápido, resolvido. Os dois que vieram atrás de mim? Eles deram azar por eu conhecer bem a estrada, azar por roubarem um carro que o motorista não sabia dirigir. Mas não há dúvida de que os dois acabaram com a minha picape e que foi algo planejado.

Cate abriu as mãos.

— O que nos leva ao ataque malfeito. Tão diferente dos outros.

— Pode ter acontecido de o mandante ter escolhido o criminoso errado dessa vez.

Um pensamento razoável, pensou Cate, concordando com a cabeça.

— Mas essa também não é sua teoria.

— Fiquei pensando no assunto, conversei com Dillon depois que recebi a notícia, na manhã seguinte. Nós estávamos mudando o gado de pasto. Falei que achava aquilo tudo muito estranho, que havia algo errado. E ele me disse a mesma coisa que eu estava pensando. — Red se inclinou para a frente. — E se aquele filho da puta tiver atacado a si mesmo?

— Ele se furou com uma escova de dentes? — Cate pareceu perder o ar diante da ideia. — Mas isso é loucura, não é? Você disse que ele errou os rins por pouco.

— Mas errou, não errou? O sujeito conhece bem o próprio corpo. Passou boa parte da vida cuidando dele.

— Malfeito é uma coisa. Enfiar uma escova de dentes afiada no próprio corpo é outra. Ele podia ter errado o lugar ou ter sido empurrado bem na hora.

— Mas não errou. Nem foi.

— Mesmo assim, seria um risco enorme — argumentou Hugh. — Para que fazer isso?

— O que acho que ele pensa? Um ataque o tiraria da lista de suspeitos. "Vejam só, também tentaram me matar." O sujeito é um mentiroso que ganhava a vida contando lorotas e dando golpes. — Com uma expressão determinada no rosto, Red bateu com o punho na mesa. — Tenho certeza de que ele mentiu para mim e Mic quando fomos lá. Uma mentirada sobre querer apenas cumprir sua pena, sobre como merecia estar pagando pelo que fez. Ele jogou um pouco da culpa para cima de Denby e Dupont, mas disse que tinha deixado tudo para trás. — Red tomou outro gole. — Uma mentirada.

— Você acredita mesmo nessa teoria? Dillon acredita?

Red assentiu.

— Para mim, é a que mais faz sentido. Tudo se encaixa. Mic, bem, ela ainda tem suas dúvidas. Acha que ele não teria coragem de fazer aquilo, de ferir a si mesmo.

— Sparks continua preso — argumentou Cate. — Como poderia fazer isso tudo da cadeia?

— Vamos começar com Denby. Ninguém gostava daquele desgraçado. Ele vivia levando porrada, passou um tempo na solitária. Aposto que seria fácil convencer alguém a matá-lo em troca de dois maços de cigarro. Depois de passar duas décadas lá dentro, você pode ter certeza de que um cara como Sparks fez amigos, contatos, sabe o que as pessoas são capazes de fazer e qual é o preço delas. É um golpista por natureza, fora ou atrás das grades.

Hugh olhou além da piscina, para o azul mais escuro, mais forte do Oceano Pacífico.

— Os outros ataques não seriam tão fáceis.

— Contatos. Um ex-detento pode ter feito o trabalho, para ganhar uns trocados. Há formas de ganhar dinheiro na prisão, de fazer e receber pagamentos. Sparks daria um jeito. Os dois que vieram atrás de mim passaram um tempo presos. Não em San Quentin, mas ele poderia ter dito para as pessoas certas que queria contratar alguém, encomendar o crime. — Batendo com o punho, Red olhou para o mar de cara feia. — A gente teria arrancado a verdade deles se tivessem sobrevivido. Sparks deu sorte.

— Para você, isso não é só uma teoria — entendeu Cate.

— É uma teoria até eu conseguir provar que é verdade. — Red enfiou uma mão na tigela de frutas, comeu com ar distraído. — A advogada de Sparks? Ele a contratou há pouco mais de um ano. Uma escritora que tem fetiche por criminosos.

— Acho que não entendi direito o que isso significa.

Red abriu um sorrisinho para Cate.

— Muitas mulheres têm uma quedinha por presidiários. Mandam cartas, fazem visitas, porra, até se casam com eles. Essa escreve sobre seus casos. Já publicou alguns livros sobre crimes reais. Li um, e talvez seja só meu lado policial falando, mas, na minha opinião? Ela tem tendência a ficar do lado do criminoso. E recebeu permissão para entrevistar Denby e Sparks para um livro que vai escrever, ou que está escrevendo.

— Qual é o nome dela?

— Jessica Rowe — respondeu Red a Hugh.

— Conheço esse nome. Me deem um minuto.

Ele se levantou, pegou o celular, andou até a outra extremidade da piscina.

— Não quero bancar a advogada do diabo, mas faz sentido que um criminoso queira ser defendido por alguém que gosta de criminosos.

— Ela tem quarenta e seis anos, solteira. Nunca foi casada. E, não me leve a mal, mas fisicamente ela não é lá grandes coisas.

— E por que isso seria relevante?

— Parece relevante para mim porque, desde que ela começou a trabalhar para Sparks, desde que passou a visitá-lo quase toda semana, vem se arrumando mais. Perdeu peso, mudou o guarda-roupa, pintou o cabelo, esse tipo de coisa.

— Você acha que ela está fazendo isso por causa dele? Que se apaixonou por Sparks, igual à minha mãe?

— É o que parece.

Ele olhou para cima quando Hugh voltou.

— Eu precisava verificar. Jessica Rowe entrou em contato com minha relações-públicas no ano passado e de novo seis meses atrás, tentando marcar uma entrevista comigo. E tentou marcar uma com você, querida, três vezes.

— Nunca ouvi falar dessa mulher.

— O que você orientou nossa relações-públicas a dizer no caso de pedidos de entrevistas e comentários sobre o sequestro?

— A resposta é sempre não.

— E a resposta foi não, todas as vezes. Vou partir do princípio que ela tentou entrar em contato com Aidan, Lily e outros parentes.

— Minha mãe.

— Com certeza. Charlotte não teria recusado se visse alguma vantagem.

— E seria associada a Sparks de novo — murmurou Cate. — Ainda não entendo qual é a relação dessa escritora, advogada, nisso tudo.

— O que você faria por amor? — perguntou Red.

O QUE FARIA? Cate se perguntou depois de voltar para casa.

Não mataria, não ajudaria a matar. Não sequestraria uma criança.

Mas que outros limites estaria disposta a ultrapassar?

Ela não sabia. Nunca tinha sido posta à prova.

Talvez porque tivesse aprendido — desde cedo — a valorizar as pessoas que amava.

Sua família, sempre sua família. Darlie, que era como uma irmã. Luke, mas quem não amaria um menino tão fofo, tão feliz?

Noah. Ah, ela amou Noah do fundo do coração, o máximo que foi capaz, sem limites. E se, no fim, ele a decepcionou, Cate nunca o culpou por isso. Não completamente.

Ela foi até a parede de vidro, olhou para o céu e para o mar, para todo aquele azul, para toda aquela beleza, e ponderou a respeito de seus sentimentos.

Não, não tinha culpado Noah completamente, mas em parte. Talvez ainda culpasse. E, bem ou mal, por não desapegar daquela experiência, passou a ter medo de amar daquela maneira de novo.

Ela deu seu corpo, mas não seu coração, para outros dois homens que não a mereciam. Era de admirar que tivesse medo?

Pensando nisso, Cate subiu para o quarto, abriu aquilo que considerava ser seu baú de memórias. Revistas *Playbill* da Broadway — incluindo uma que tinha sido autografada por todo o elenco e a equipe de *Mame* —, ingressos de tudo que tinha visto desde a infância, a receita do pão de soda — que tinha decorado anos antes — na caligrafia cuidadosa da sra. Leary.

E o pequeno coração de ouro que tinha ganhado de Noah em seu aniversário de dezoito anos.

Cate não o usava desde que ele saiu de sua vida, mas, mesmo assim, o guardava.

Testando a si mesma, ela colocou o colar, se observou no espelho, tracejando o pingente com um dedo, como fizera tantas vezes antes.

Sentiu uma pontada de dor por tudo que poderia ter sido, mas sem desejo e, mais importante, sem arrependimentos. Era apenas uma lembrança, no fim das contas, um símbolo de uma época bonita. E pensou, enquanto tirava o colar e o guardava na caixa, que o amara. Ela o amara tanto quanto era capaz de amar alguém aos dezoito anos.

— Mas não foi para sempre, para nenhum de nós dois.

O que ela faria por amor? Talvez tivesse chegado o momento de descobrir.

Capítulo vinte e seis

♦ ♦ ♦ ♦

TRABALHAR SEMPRE ajudava. Ao se trancar no estúdio, se concentrar, se tornar outra pessoa, Cate se perdia. E sabia que seu cérebro, no fundo, continuaria tentando solucionar o problema — os dois problemas — enquanto ela produzia.

O problema exterior tendia a deixá-la apavorada, e ela não podia permitir isso. Mas a ideia de alguém — Sparks, se os instintos de Red estivessem corretos — ter encomendado assassinatos, com seu sequestro sendo o ponto central, era digna de pavor.

Por vingança? Parecia um motivo tão inútil. Ele nunca ia recuperar os anos perdidos. Ao mesmo tempo, estaria arriscando passar o restante da vida atrás das grades.

Como isso poderia valer a pena?

Cate se forçou a passar três horas na cabine, mas acabou apagando os últimos vinte minutos na edição.

Não tinha feito um bom trabalho, e o cliente merecia o melhor.

Depois de terminar tudo e enviar o arquivo para o produtor, ela precisava de um intervalo tanto quanto precisava respirar. Um banho demorado ajudou, principalmente porque ela manteve a mente o mais vazia possível.

Depois, uma caminhada pelo pomar com o chão repleto de flores caídas para fechar com chave de ouro.

Na cozinha, Cate seguiu as instruções de Consuela para preparar uma marinada — um pouco picante — para os peitos de frango e deixou a tigela de lado. Fez a receita de tortilhas da governanta. Não ficaram tão bonitas quanto as dela, mas o gosto devia estar igual.

Enquanto picava tomates para a salsa mexicana, Cate percebeu que nunca tinha perguntado a Dillon se ele gostava de comida mexicana. Bem, era bom que gostasse, porque era aquilo que comeriam.

Fajitas de frango, feijão mexicano, arroz, salsa mexicana e tortilhas fritas, e um flã para sobremesa.

Reparando no tempo — quase perfeito —, ela montou a mesa do lado de fora, acrescentou velas. Por que não?

E deixou a porta aberta enquanto picava cebolas, pimentões, tirava o frango da marinada, cortava os filés em tiras diagonais.

Consuela foi muito específica nas instruções e — graças a Deus — teve a generosidade de preparar o guacamole para ela.

Cate não sabia se estaria disposta a tanto.

Quando Dillon chegou, estava tudo pronto para entrar na frigideira de ferro fundido (de Consuela).

E quando ele lhe entregou um buquê de flores do campo, Cate percebeu que seu cérebro, ou alguma outra parte sua, tinha solucionado o problema interior.

Dillon a abraçou, a beijou como um homem dedicado à tarefa.

— Você está cheirosa.

— Sou eu ou a comida?

Ele se inclinou para cheirar seu pescoço.

— Tenho quase certeza de que é você. Do campo. — E ofereceu as flores.

Tudo dentro dela se derreteu.

— Foi você que colheu?

— Não tive tempo de passar na floricultura. Uma das vacas resolveu que hoje era um bom dia para parir. Ela precisou de uma ajudinha.

— Em primeiro lugar, flores do campo são as minhas favoritas.

— Vou me lembrar disso.

— Em segundo, você fez o parto de um bezerrinho?

— Fiz. Geralmente, elas se resolvem sozinhas, mas precisam de ajuda de vez em quando. Um macho bonito. Talvez a gente deixe ele assim.

Cate foi procurar um vaso.

— Assim como?

— Um touro.

— E o que mais ele... ah. — Ela estremeceu de verdade. — Ai! Vocês fazem isso?

— Não dá para ter um rebanho cheio de touros, confie em mim.

— Aposto que os bezerrinhos confiam em você até... — Ela gesticulou uma tesoura cortando.

— Se eles nascessem fêmeas, eu não precisaria... — Dillon repetiu o gesto. — Posso provar o molho?

— Pode. Espero que você goste de comida mexicana.

Com uma tortilha, ele pegou a salsa mexicana.

— Por que eu não gostaria? Apimentado — disse ele ao provar. — Também gosto de comida apimentada.

— Então você deu sorte hoje. Ainda não gosto de cerveja, então vou tomar margaritas, mas...

Cate tirou da geladeira uma cerveja importada do México, serviu a bebida em um copo, acrescentou uma fatia de limão.

Dillon olhou para o copo, olhou para ela.

— Você é a mulher perfeita.

— Agora você vai poder comer todas as tortilhas que quiser.

— O feijão cairia bem.

— Já vou cuidar disso, mas, antes, vamos sentar lá fora com sua cerveja, meu drinque, e salsa mexicana.

— Boa ideia. Darlie e o bebê foram embora direitinho?

— Bem cedo. Ela mandou uma mensagem avisando que tinha parado na casa de uma amiga da mãe. Vão dormir lá em vez de ir direto para Los Angeles.

— Melhor assim. É uma viagem longa com um bebê.

— Falando em bebês. Três quilos e meio?

Sorrindo, Dillon levantou sua cerveja.

— Isso mesmo, e, pelo que me contaram, foi mais fácil para Hailey do que para minha vaca. Quatro horas, e a maravilhosa Grace chegou. A neném é linda, Hailey parecia ter saído de uma pintura, juro. Leo estava acabado. Acabado, mas muito feliz. Eles já estão em casa.

— Maternidade, parteira, parto fácil. — Agora, foi a vez de Cate erguer sua margarita. — Um brinde a isso tudo.

— É difícil acreditar, mesmo quando dá tudo certo, que deem alta assim tão rápido. Minhas senhoras querem dar um pulinho lá amanhã, e as duas novas avós estão ajudando com tudo.

— Um brinde aos bebês, a todos eles. — Cate bateu seu copo no dele. — Também quero fazer uma visita, talvez daqui a alguns dias, quando os dois estiverem mais tranquilos.

— Você pode ir comigo.

— É só me avisar o dia, tio Dil.

Ele sorriu de novo ao ouvir isso; Cate se recostou na cadeira.

— Quero acreditar que, um dia, vamos sentar aqui fora, como hoje, ou em qualquer outro lugar, na verdade, beber, comer uma salsa mexicana deliciosa e falar só de coisas boas.

— Mas não hoje. Sparks.

— É, Sparks. Red veio conversar comigo e com o vovô sobre o que acha, e o que você acha também, pelo visto.

— O cara recebe uma punhalada na prisão e só precisa receber uns pontinhos? Isso não faz sentido para mim. Acho que, se alguém fosse tentar matar uma pessoa, teria feito um trabalho melhor.

— Não pensei por esse lado, mas, se você estivesse nervoso ou com pressa...

Enquanto borboletas voavam às suas costas, Dillon tamborilou na mesa.

— Primeiro, você se dá o trabalho de afiar a escova. E, se te pegarem com ela, vai direto para a solitária. Mas depois fica tão nervoso e afobado que acaba dando o golpe no lugar perfeito? No lugar menos perigoso? Vai sangrar bastante, mas só isso. Porra nenhuma.

Porra nenhuma, uma mentirada. De toda forma, Cate percebeu que ele e Red compartilhavam a mesma certeza.

— A polícia não vai analisar as impressões digitais?

— Por que você acha que ele disse que agarrou a escova, ficou com a mão lá? Esfregou sangue em tudo? O sujeito não é burro, Cate. Ele não é um gênio, mas também não é burro. É calculista. Pensei muito em Sparks com o passar dos anos.

— Pensou?

Dillon olhou nos olhos dela.

— Aquela noite foi um divisor de águas para mim, Caitlyn. Um momento decisivo, por assim dizer. Antes, eu sabia que o mundo não era um conto de fadas, depois do que aconteceu com meu pai... Mas nunca estive tão próximo da violência, do medo. Ver você, ver minha mãe e minha avó fazendo o que fizeram, seu pai, Hugh. Tudo me deixou muito impressionado, então, sim, pensei em Sparks com o passar dos anos. Em Denby, e na sua mãe. Sinto que conheço todos eles de certa forma.

— Talvez você e Red tenham razão. Talvez, de algum jeito, por algum motivo, Sparks esteja por trás de tudo. E, se estiver mesmo, minha mãe não seria seu alvo principal?

— Seria mais difícil fazer alguma coisa contra ela, com um sistema de segurança de um bilhão de dólares e tal. — Dillon deu de ombros, tomou um gole da cerveja. — Mas, sim.

— Não sinto nada por ela, sobre ela. Faz muito tempo que não consigo nem sentir raiva direito dessas coisas. Mas não quero que minha mãe seja assassinada.

— Estou bem mais preocupado com você.

— Hoje de manhã, deixei meu avô e Red conversando sobre como melhorar a segurança daqui. Como já estou vendo que você tem outras ideias, fale logo antes de eu começar o jantar. Então podemos mudar de assunto por um tempo.

— Você podia passar um tempo no rancho.

— Não posso deixar meu avô sozinho, esse é o primeiro ponto. E tenho meu trabalho.

— Imaginei. Então posso vir para cá à noite. Preciso chegar cedo ao rancho, mas Red vai dormir lá. Ele já passa quase metade do tempo com a gente mesmo, então só precisa passar a outra metade enquanto eu estiver aqui.

Cate se mexeu, cruzou as pernas, tomou um gole da margarita.

— Você acha que as suas senhoras precisam de um homem para tomar conta delas? E que eu preciso de um para tomar conta de mim?

Seria preciso saber onde pisar para atravessar aquele campo minado. E onde não pisar.

— Acho que minhas senhoras conseguem lidar com qualquer coisa que aparecer. E você também saberia se virar. Mas, sim, todo mundo precisa do apoio de alguém, ou deve precisar.

— Essa foi uma resposta muito boa para uma pergunta difícil. E não vou mentir. Provavelmente vou me sentir mais segura tendo você aqui. Não só por minha causa, mas pelo vovô, por Consuela.

— Então está resolvido. Tenho outra ideia antes de mudarmos de assunto.

— Tudo bem.

— Acho que Hugh, Lily ou seu pai não são alvos. Eles estavam prontos para pagar o resgate. Nada do que fizeram afetou o resultado. Se estivermos errados, e Dupont estiver por trás de tudo, isso muda. Mas ela não está, porque teria atacado sua família primeiro. Ou sua babá daquela época.

O coração de Cate se apertou.

— Ai, meu Deus. Nina. Nem pensei nela.

— Red pensou. Ela está bem. Foram você e a babá quem viraram o jogo contra sua mãe. Se fosse o caso, vocês duas seriam o alvo principal, e ela teria meios de fazer um trabalho bem-feito.

— Você a conhece mesmo.

— Tanto quanto possível. Seria bem mais difícil para Sparks arrumar alguém na Irlanda ou até encontrar Nina a esta altura. E de que adiantaria isso? Ela gostava o suficiente de você e tinha medo suficiente da sua mãe para guardar segredo sobre o caso dos dois. O plano era jogar a culpa em cima dela, mas você estragou tudo, e então Dupont piorou a situação dele.

— Vou me sentir melhor quando conversar com Nina. Vou ligar para ela amanhã. Você não pensou em si mesmo, na sua família?

— Acho pouco provável que a gente esteja na lista, mas é por isso que quero que Red fique lá, e vamos contratar dois conhecidos dele que são policiais aposentados para trabalhar no rancho durante a alta temporada.

— Você pensa em cada detalhe, Dillon.

— Eu cuido do que é meu. — Ele a olhou nos olhos de um jeito que a acertou em cheio no coração. Bem no fundo, dentro dela. — Você já deve saber que é minha.

O nervosismo, súbito, intenso, a fez se levantar.

— Preciso terminar o jantar.

Cate correu para dentro da casa, colocou óleo na frigideira. Enquanto juntava os ingredientes, resmungou palavrões — para si mesma — em italiano.

E sentiu o nervosismo melhorar um pouco com os movimentos, a atividade.

— É melhor você se contentar com o meu silêncio.

Dillon pegou o jarro de margarita sobre a ilha e encheu o copo dela.

— Sei quando e como insistir quando alguém está sendo teimoso. Você não está sendo teimosa, então posso esperar.

— Estou tentando descobrir o que fiz na vida para merecer você.

— Ora, isso é bobagem. Vou pegar outra cerveja.

— Não é. — Esfregando a pulseira de hematita, ela se virou para encará-lo enquanto o óleo esquentava. — Não é. E não estou sendo teimosa. Preciso que você... — Cate gesticulou na direção dele. — Fica aí enquanto eu termino de falar isso.

Fascinado, Dillon a observou, serviu a cerveja.

— É sério?

— Sim. Meu Deus, quanto falatório. — Ela passou a mão pelo cabelo, desejou que estivesse preso. —Achei que a gente fosse apenas discutir aquele assunto, comer e depois transar loucamente.

Dillon levantou a cerveja, tomou um gole.

— Já disse e repito. Mulher perfeita.

— Não sou. Tantas partes de mim ainda são problemáticas e provavelmente serão para sempre. Eu costumava ter ataques de pânico, pesadelos. Isso quase não acontece agora, não os tenho há anos, mas reconheço a sensação e quase tive um agora.

— Porque deixei claro que estou apaixonado por você? Seria burrice sua não ter percebido isso antes.

— Não é burrice — murmurou Cate, e colocou o frango no óleo quente para selá-lo. — Eu só não queria que isso acontecesse.

— Que eu me apaixonasse ou que te contasse?

— As duas coisas agora. *Foutre. Merde.*

— Isso é francês, não é? Acho que entendi.

Cate respirou fundo pelo nariz, soltou o ar devagar pela boca.

— Não estou xingando você. Minha preocupação era que, se as coisas chegassem a esse ponto, eu estragaria tudo, ou você estragaria, ou nós. Meu Deus, não quero estragar tudo. Simplesmente não posso estragar tudo. Eu preciso de você, Dillon.

E isso, apenas isso, não era enorme o suficiente? Aquela necessidade por outra pessoa.

— Ao que me parece, nada foi estragado.

Ainda não, pensou Cate, e virou o frango com cuidado.

— Pode ser um tiro no pé ficar pensando no pior, mas, para mim... Preciso de você e da sua família. Desde que eu era pequena, desde aquela noite. Os e-mails com Julia me ajudaram nos anos difíceis, aquele contato constante, carinhoso. Era um porto seguro para mim.

— A gente já prometeu que isso não mudaria.

— Eu sei. Sei que vamos tentar cumprir a promessa. Eu... Meu pai tomou conta do que era dele, Dillon, ou seja, eu. Ele abriu mão de tanta coisa para cuidar de mim, para me dar o que eu precisava. Foi uma nova etapa para nós quando meu pai decidiu voltar a viajar a trabalho. Eu sabia que ele tinha parado de se preocupar comigo o tempo todo e que eu estava bem de novo. E, durante esse tempo, Julia me deu apoio. Se eu pudesse escolher uma mãe, seria ela.

Dillon colocou uma mão sobre seu ombro.

— Você não vai perdê-la, não vai perder nenhum de nós.

— Não? — Cate virou. — E se eu dissesse que não te amo? Que não sou capaz? Que não quero?

— Então eu ficaria de coração partido. E os cacos continuariam te amando.

Cate pressionou com os dedos os olhos, que começavam a marejar de lágrimas.

— Não faz isso esperando que eu fique parado aqui.

Ela levantou a mão e, enfaticamente, fez sinal com o dedo três vezes para que ele permanecesse onde estava.

— Preciso terminar o jantar — repetiu Cate.

Tentando recuperar a calma, ela tirou o frango da frigideira e o colocou para descansar, cobrindo-o. Depois de colocar mais óleo na panela, salteou os pimentões e as cebolas que tinha picado.

Mais tranquila, porque estava cozinhando e precisava prestar atenção, ela continuou:

— Eu te contei sobre os três homens com quem me relacionei.

— Contou.

— Com Noah, eu senti um pouco de pânico no começo, mas reconheci aquilo como o misto de nervosismo e felicidade normais que uma garota inexperiente sente quando um cara em que ela já tinha reparado a convida para sair no seu primeiro encontro de verdade. Não senti nada assim pelos outros. Só atração, interesse. Normal, eu diria, apesar de limitado. Eu estava torcendo para ser assim com você, só que com carinho e amizade de verdade.

— Não vai ser assim.

Sem olhar para ele, Cate raspou a crosta marrom deixada pelo frango para cobrir os pimentões e as cebolas.

E deixou tudo cozinhando enquanto fatiava o frango.

— Você é muito confiante.

— Não vou me contentar com isso. Não sei por que você se contentaria.

— Porque é fácil. Manter as coisas no seu próprio ritmo, dentro das suas limitações, é sempre fácil. Mas você tem razão, não deve ser assim, não quando você olha para mim e diz que sou sua. Não quando você diz isso, e eu vejo isso, e então aperto o botão do pânico. — Hora de outro suspiro nervoso. — Não achei que isso fosse acontecer, e ando pensando nessas coisas, em você, na gente. Mas entrei em pânico, e não porque sou burra ou teimosa, mas porque, apesar de uma parte de mim querer que tudo seja fácil, o restante quer ser sua. Quer que você seja meu.

Dillon ficou em silêncio enquanto ela começava a servir a comida nos pratos de um jeito chique.

Quando ele falou, sua voz soava baixa, tranquila.

— Pode ter sido naquela noite, quando eu queria uma coxa de frango, olhei para o lado e vi você. Mas acho que foi quando você apareceu no rancho, saindo do carro com um monte de lírios vermelhos. Seus olhos eram da cor de tremoços-azuis, como uma primavera no meio do inverno, e seu sorriso me nocauteou, me fez beijar a lona. E aquelas botas. — Dillon parou, tomou um gole da cerveja. — Aquelas botas altas. Nossa, espero que ainda estejam no seu armário, porque gosto de imaginar você usando só elas. Enfim. — Ele tomou outro gole enquanto Cate abria potes de cheddar e *sour cream*. — Tenho quase certeza de que esse foi o momento em que o restante de você conseguiu o que quer. Nunca superei aquilo.

— Você nem me conhecia.

— Ah, pelo amor de Deus.

Agora, Cate ficou surpresa. Era raro ele soar tão impaciente.

— Fazia anos que você não me via.

— É claro que eu conhecia você. Pelos e-mails que trocava com minha mãe, por Hugh e Lily, por Aidan e Consuela. Eu sabia que você tinha se apaixonado pelo dançarino, que estava estudando na Universidade de Nova York, que foi aprender todos aqueles idiomas e depois parou. Você faz parte da minha vida desde que eu tinha doze anos, então é melhor aceitar de uma vez.

Com cuidado agora, ela tirou as tortilhas do forno quente.

— Acho que essa foi a primeira vez que irritei você de verdade.

— Não, não foi. Também não vai ser a última. Mas isso não muda nada.

— E se eu não tivesse voltado?

— Eu sempre soube que você ia voltar, mas estava quase perdendo a paciência.

Outra respiração profunda, porém nada de pânico.

— Eu voltaria de toda forma — concordou Cate. — Embora não soubesse disso. — Ela levou uma mão à bochecha dele. — Também tenho imagens suas, Dillon. Estou começando a entendê-las.

— Eu contei que cheguei perto de amar uma mulher uma vez. Mas não consegui. Não consegui por sua causa, Cate. Sempre amei você. — Ele colocou a cerveja sobre a bancada. — E cansei de manter a distância. A comida vai estar quente o suficiente quando a gente comer mais tarde.

Ela sorriu, esperando que Dillon a puxasse para um beijo tão frustrado quanto ele parecia estar. Em vez disso, ele a pegou no colo como na primeira noite.

— Ah. Bem mais tarde então.

— Pois é.

— Meu Deus, como senti falta disso. — Cate fincou os dentes na lateral do pescoço dele. — Acho que não tenho mais as botas. Já faz tanto tempo.

— Que pena — disse Dillon enquanto a carregava para o andar de cima.

— Mas sou especialista em comprar botas.

— Pretas, acima do joelho.

Ele a colocou na cama, a fitou enquanto a luz áurea do sol que se punha se espalhava sobre ela.

Cate o chamou com um dedo enquanto Dillon tirava os sapatos. Quando ele a cobriu com o corpo, fazendo-a estremecer com o primeiro beijo, ela prendeu os braços ao seu redor.

— Eu te amo, Caitlyn.

Tanta coisa pareceu amolecer dentro dela que ficou difícil se controlar.

— Preciso de um tempo para conseguir dizer isso de volta. Pode ser loucura ou superstição da minha parte, ou as duas coisas, mas acredito mesmo que, quando eu disser, quando disser de verdade, vai ser para sempre.

— Como eu quero e vou ter o para sempre, leve o tempo que precisar.

— Esse seu excesso de confiança às vezes me irrita.

— Deixe para se irritar mais tarde.

Dillon a beijou novamente, mas com carinho. Carinho de sobra agora. Cate sabia que o que ele oferecia era amor, então como poderia resistir?

Ela se abriu para a sensação, para o presente simples e formidável que recebia. E, ao se abrir, ao receber, sentiu as velhas feridas cicatrizando, as velhas hesitações indo embora.

Aceite o presente, pensou ela, aceite e retribua. Se ainda não era capaz de traduzir em palavras, poderia dar a ele aquilo que palpitava em seu peito.

Poderia demonstrar tudo no idioma do toque e do gosto, que não precisava de voz. Poderia mostrar pela forma como abria a camisa dele e passava os dedos por seu peito, por aqueles músculos rijos de suas costas enquanto a removia.

Pela maneira como seu corpo se ergueu quando Dillon tirou sua roupa e seguiu a pele nua com os lábios.

A luz dourada foi se avermelhando enquanto os dois despiam um ao outro. O azul das ondas que quebravam na praia lá embaixo se intensificou. E Dillon a sentiu ceder e ceder.

Cate tinha tanto para oferecer. Mais do que sabia ou acreditava ter. Ele tinha notado isso desde o primeiro momento em que se viram e em todas as interações que tiveram desde então. Quando ela confiasse em si mesma, quando confiasse nos dois, lhe retribuiria as palavras.

Por enquanto, Dillon se contentaria em amá-la, sabendo que o coração por trás dos lábios que beijava o carregava lá dentro.

Quando ela ficou por cima, jogando o cabelo para trás sob os últimos raios do sol, ele compreendeu que a amaria por todos os minutos de todos os dias do resto de sua vida.

Cate levou as mãos de Dillon aos seus lábios, as manteve lá enquanto o trazia para dentro de si, devagar, devagar, devagar. E, quando a cabeça dela caiu para trás de prazer, conforme um suspiro trêmulo escapava, ela levou as mãos dele aos seus seios.

Movimentos tranquilos, lentos, demorados e profundos. Uma onda após a outra daquele prazer, daquele enorme prazer, subindo, descendo, subindo e descendo.

A luz se suavizou como uma névoa perolada, permanecendo assim enquanto ela o envolvia. E, conforme a noite se aproximava, conforme as primeiras estrelas esperavam para despertar, Dillon se ergueu para encontrá-la, se enroscou em volta dela, para levar os dois ao clímax.

— Nunca senti por ninguém o que sinto por você.

Ele acariciou as costas dela.

— Eu sei.

Derretida ou não, Cate riu.

— Essa sua confiança beira o irritante.

— Eu sei porque comigo é igual. É fato que eu sou o que você quer e exatamente aquilo que você precisa. Posso esperar até que aceite isso. Não vai demorar muito.

— Estou conhecendo um novo lado seu. — Cate se afastou, tentou ver o rosto dele na escuridão que aumentava. — Que é deveras arrogante.

— Não é arrogância saber das coisas. Ninguém nunca vai te amar como eu te amo, Cate. Vai ser difícil tentar fugir disso. — Ele lhe deu um beijo rápido. — Estou morrendo de fome. Imagino que você também esteja.

— O jantar agora cairia bem.

— Viu? Eu sei das coisas.

ENQUANTO CATE comia fajitas com Dillon sob a luz das velas e das estrelas, Charlotte andava de um lado para o outro de sua suíte, batendo os cascos. O cômodo tinha acabado de ser reformado, decorado com ouro, ouro e mais ouro, e alguns adornos de esmeraldas e safiras.

Ela tinha pedido opulência, e o decorador realizou seu desejo com metros de tecidos, quilômetros de cristais brilhantes, incluindo um candelabro de sete camadas importado da Itália.

Sob sua luz, ela podia deitar — e deitava — sobre a cama drapejada com seda dourada para admirar o mural no teto. Fitando-a de volta para lhe desejar boa noite estavam imagens de Charlotte como Eva, como Julieta, como Lady Godiva, como rainhas e deusas.

O quarto era só seu agora que Conrad dormia na própria suíte. O coitadinho tinha apneia do sono, precisava usar uma máscara horrorosa à noite. Um velho coitadinho, corrigiu-se ela.

Apneia do sono, dois ataques cardíacos, um episódio de pneumonia no inverno, problemas de próstata, câncer de pele que tinha necessitado de uma cirurgia e da reconstrução da orelha esquerda.

E o homem continuava firme e forte.

Quando ele finalmente bateria as botas, de um jeito tranquilo, indolor, é claro, e a deixaria livre para arranjar um amante decente? O pacto antenupcial — incontestável — se certificaria de que Charlotte perderia toda a herança se tivesse qualquer casinho insignificante.

O que não tinha sido um problema, ou não um problema muito grande, pelo menos até recentemente. O velho Conrad mal conseguia ter uma ereção agora, que dirá conseguir manter uma.

Ela nunca imaginou que ele viveria tanto. Sem dúvida não o suficiente para precisar da porra de uma bengala para atravessar um cômodo, não o suficiente para seu corpo passar de robusto para flácido e ela precisar fazer de conta que se importava com a farmácia de que o marido precisava para se manter vivo.

Pelo menos não precisava mais fingir que queria transar com ele. E foi muito gentil da parte dele expressar sua gratidão por ela "compreender" sua impossibilidade — e permanecer sendo uma esposa amorosa e dedicada.

Todo o dinheiro do mundo, e Charlotte não conseguia um sexo decente.

E essa não era a pior parte, ah, não, nem de perto.

A polícia ter aparecido na sua porta — essa foi a cereja do bolo. Ela não falou com ninguém, é claro. Nem falaria. Seus advogados bolaram uma declaração, seus advogados falaram com a droga da polícia.

Imagine só, quererem interrogar *Charlotte* por causa de assassinatos e ataques que não tinham relação alguma com ela. Sobre pessoas para quem estava pouco se lixando.

Aquele babaca do Denby já tinha ido tarde. E de que lhe importava Scarpetti, que não tinha conseguido livrá-la da prisão? A única coisa que lamentava sobre aquele desgraçado de policial caipira? Que ele não tinha caído do penhasco e morrido. Ela estava torcendo para que a pessoa responsável tentasse de novo e fizesse um trabalho melhor.

E Grant? Queria mais é que ele morresse engasgado no próprio sangue!

Charlotte fez uma pausa para passar um dedo pelas cortinas de seda dourada que a empregada já tinha fechado para a noite.

Certo, não queria. Não de verdade. Grant Sparks ainda era seu ponto fraco, por mais minúsculo que fosse.

Ela se perguntou se ele tinha mantido aquele corpo na prisão, se continuava bonito.

Grant seria solto dali a dois anos, e, se Conrad finalmente morresse, poderia mandar que o trouxessem até ela. E até pagaria para que ele a comesse de jeito.

Só de pensar nisso, no seu sexo com Grant, Charlotte ficou com calor.

Chamaria a empregada de novo para que lhe preparasse um banho cheio de óleos. E aliviaria aquele fogo por conta própria.

Ela parou para se analisar em um dos espelhos do closet. Graças aos implantes, seu cabelo permanecia cheio e bonito. Retoques regulares mantinham seu rosto esticado, liso.

Admirando a si mesma, Charlotte tirou a roupa, virou de um lado para o outro, nua. Seios fartos e durinhos, bunda arrebitada e firme. Silicone e plásticas faziam milagres. Ela alisou a barriga — chapada graças à última lipo.

Coxas lisas, nada de peles flácidas sob os braços. As maravilhas da medicina moderna — e do dinheiro que bancava aquilo tudo, pensou Charlotte com um sorrisinho.

Não precisaria pagar Grant Sparks nem ninguém para ocupar sua cama. Aos seus olhos, seu corpo era perfeito, e ela parecia ter no máximo trinta e cinco anos. Ninguém acreditaria que tinha uma filha com mais de... quantos anos mesmo tinha aquela vaca? Quem saberia dizer? Mas ninguém acreditaria que tinha uma filha adulta.

Talvez fosse hora de lembrar às pessoas, refletiu Charlotte enquanto pegava um robe de seda branca. Beber um pouco mais daquela fonte. Ligaria para seu relações-públicas para discutir o assunto pela manhã, mas, agora, queria seu banho e seu alívio.

Então tomaria um remedinho e iria para a cama.

Tinha urna sessão de fotos no dia seguinte, precisava estar bonita para aparecer na revista. E depois um jantar no qual poderia reclamar dos sacrifícios que fazia por sua arte.

Um dia perfeito, na verdade, pensou Charlotte enquanto chamava pela empregada.

A única maneira de torná-lo melhor seria se Conrad morresse enquanto dormia.

Capítulo vinte e sete

♦ ♦ ♦ ♦

CATE DESCOBRIU que namoros podiam oferecer uma rotina estável e gratificante. Como, à hora que Dillon ia embora pela manhã, ela mal conseguia abrir os olhos — quando conseguia —, Cate sempre acordava sozinha e tirava um tempo para espairecer observando a vista com uma xícara de café.

Dependendo de quanto estivesse atarefada, talvez passasse uma hora no estúdio antes de seguir para a casa principal e encher o saco do avô para irem malhar.

Ou melhor, conforme junho dava os primeiros sinais de verão, para usarem a piscina.

Cate tinha lido sobre hidroginástica.

— Nadar devia ser relaxante.

— E vai ser, quando você terminar seus agachamentos e levantamentos de peso.

Parada no raso, ela acompanhava Hugh.

— A pessoa que inventou pesos de piscina merece levar um tiro. — A luz do sol refletia nos seus óculos escuros enquanto ele levantava os pesos azuis acima do nível da água. — E depois ser atropelada por um trem. E depois levar outro tiro.

— Consuela vai fazer omelete para o café da manhã. — Cate agachou, ergueu o peso, admitiu um desejo secreto pelos tiros e pelo trem. — Mas você precisa fazer por merecer. *Fagfaimid!* Mais duas, Sullivan!

— Agora, ela resolve falar irlandês comigo. Eu amo minha neta, mas minha *personal trainer* é um pé no saco.

— Mais uma e... pronto.

Cate riu quando o avô afundou na água com os Ray-Ban, o chapéu e tudo.

— Vamos nos alongar — disse ela quando ele voltou à tona. — Você está ficando sarado, bonitão.

Ele segurou na borda, alongou as panturrilhas, os tendões das pernas, os quadríceps.

— Um homem da minha idade devia poder optar por ficar decrépito e flácido.

— Não quando ele é meu avô.

— Você vai encher o saco de Lily para ela fazer essas coisas todas quando voltar na segunda que vem?

— Pretendo.

Hugh tirou o chapéu, torceu o pano, colocou-o de volta.

— Então vai começar a valer a pena.

Sorrindo, Cate se impulsionou para um nado preguiçoso, para boiar, relaxar.

— Como o papai já vai voltar de Londres e passar um tempo aqui, vou fazer com que ele participe também. A gente pode bolar uma coreografia sincronizada. Montar um espetáculo.

— Os Sullivans Nadadores.

Dando outra risada, ela mergulhou e nadou rente ao chão da piscina até a escada. Depois de sair, se secou enquanto observava os barcos cruzando o mar.

— Veja. — Cate apontou. — É uma baleia-azul. A primeira que eu vejo nessa estação.

O avô parou ao seu lado bem a tempo de ver o rabo do animal subir, desaparecer.

— Eu me lembro de ficar olhando as baleias aqui quando era mais novo que você. E, mesmo assim, sempre fico impressionado. Quando minha mãe resolveu se mudar para a Irlanda, ela me perguntou qual casa eu queria. Essa ou a de Beverly Hills. Sempre seria essa. Sempre. Mesmo quando eu passava semanas, até meses, sem conseguir vir e torcer para ouvir as baleiras, sempre foi essa.

— Nós demos sorte com nossos ancestrais, vovô.

— Demos mesmo.

Cate enrolou a toalha no corpo antes de puxar o cabelo para trás.

— O único problema daqui? Cabeleireiro. Quando Lily voltar, vamos nos unir para convencer Gino a nos visitar. Ele viria a Big Sur por Lily.

— Seu cabelo é lindo.

Cate torceu a água do cabelo.

— Mas está precisando de um trato. De um bom corte profissional. E só existem duas pessoas em quem confio para isso. Gino e a moça que encontrei em Nova York depois de muitas tentativas tristes e fracassadas. — Cate se virou, hesitou. — Afinal de contas, tenho um namorado agora.

— E não podia ter escolhido alguém melhor.

Hugh vestiu um roupão atoalhado branco.

— Às vezes, acho que foi o destino que escolheu, mas enfim. — Ela deu a volta para se aproximar do avô, prendeu uma canga florida em torno da cintura. — Venha jantar hoje.

— Não quero atrapalhar vocês.

— Você não vai atrapalhar se estou convidando.

Como sempre, Consuela já arrumara a mesa para o café da manhã. Uma jarra de suco estava acomodada em um balde de gelo, e um bule térmico de café os aguardava.

Cate serviu as duas bebidas para eles.

— Vou pedir a Dillon para trazer bifes. E suas batatinhas favoritas, se tiver como. Posso tentar fazer meu segundo suflê.

Dando um suspiro feliz, Hugh sentou.

— Você já tinha me convencido com o bife.

— Ótimo. Ele pode trazer os cachorros, vai ser uma festa.

— E o que você vai fazer hoje além do meu jantar?

— Cantar, na maior parte do tempo. Você fez umas aparições naquela série *Fraude* algumas temporadas atrás, não fez?

— Fiz. Ladrão aposentado precisa voltar ao trabalho para ajudar um amigo. É um seriado com um bom elenco, roteiro inteligente.

— E vão fazer um episódio musical, mas acaba que a protagonista é desafinada. Muito desafinada. Pensaram em fazer piada com isso, mas não deu certo. Então vou dublar as músicas. Dois solos, um dueto e uma em grupo.

— Você vai se divertir.

— Já estou me divertindo. E lá vem o café.

O sorriso de Cate desapareceu ao ver a expressão de Consuela, que se aproximava com a boca apertada e um olhar sério.

— Está tudo bem?

— Não quero contar. — Com movimentos ríspidos, a governanta colocou a bandeja sobre a mesa. Mordendo os lábios, ela colocou duas tigelas de frutas e iogurte sobre a mesa, depois a omelete. — Mas preciso.

Hugh se levantou, puxou uma cadeira.

— Sente, Consuela.

— Não consigo. Estou irritada demais para ficar parada.

Esbravejando em espanhol, ela jogou as mãos para o alto, marchou para longe, voltou.

— Foi rápido demais para mim — admitiu Hugh —, tirando os palavrões. Acho que nunca ouvi Consuela usar essas palavras.

— É sobre Charlotte. Na televisão hoje cedo. Está tudo bem. Não vai fazer diferença.

Isso causou outra enxurrada de espanhol furioso. Porém, dessa vez, no fim, Consuela cruzou os braços, fechou os olhos, respirou fundo várias vezes.

— Desculpem. Vou me acalmar. Aquela mulher, ela estava no meu programa matinal com suas mentiras e caras tristes, fingindo ser uma boa pessoa. E disse... anunciou — corrigiu Consuela — que vai montar, que montou uma instituição grande, cheia do dinheiro. Do dinheiro do marido, porque ela é uma... — Interrompendo-se, a governanta balançou a cabeça. — Não vou dizer o que ela é. A instituição... Ah, estou nervosa demais para falar em outra língua.

— Charlotte montou uma instituição de caridade — traduziu Cate para Hugh enquanto Consuela esbravejava em espanhol. — Para ajudar mulheres, mães, que estão presas ou foram soltas. Para ajudá-las a se conectar ou reconectar com os filhos. Programas educacionais, terapia, reabilitação de drogas e álcool, assistência domiciliar, orientação vocacional e recolocação no mercado de trabalho. E chamou a instituição de Coração de Mãe. Sim, Consuela, entendi.

— Mas, *niña mía*, ela agora está dizendo que seu coração está partido porque nunca foi perdoada pela filha. Que isso parte o coração de todas as mães. E que espera ajudar outras pessoas que cometeram erros como os seus. E chora. — Consuela passou um dedo pela bochecha. — Lágrimas mentirosas que queimariam o coração dela se ela tivesse um. Aquela mulher não tem nem coração para queimar, para ser partido.

— Não, não tem. — Levantando, Cate abraçou a governanta furiosa. — Mas você tem. Você é como uma mãe para mim, sempre foi. Uma mãe no meu coração — murmurou ela, dando um beijo na bochecha de Consuela. — Charlotte não é nada para nós.

— Eu te amo.

— Também te amo — ecoou Cate, e lhe deu um beijo na outra bochecha.

— Seu café está esfriando. Comam. Os dois. Tenho trabalho.

— A casa vai ficar brilhando de limpa — comentou Cate enquanto Consuela marchava de volta para a cozinha. — É isso que ela faz quando fica nervosa ou irritada.

Quando Cate sentou, começou a servir a omelete no prato de Hugh, ele segurou sua mão.

— E você?

— Eu? Vou aproveitar esse café da manhã excelente. Ela que se dane, vovô. Ela que se dane. E quer saber? Se minha mãe seguir adiante com essa ideia, talvez, sem querer, acabe ajudando algumas mulheres que realmente precisam.

— Ela vai aparecer em todo canto com essa história, sugar a atenção da imprensa.

— Tenho certeza de que vai. Tenho certeza de que o objetivo é esse. — Cate deu de ombros enquanto servia a omelete. — Eu poderia fazer a mesma coisa. Mas não vou — acrescentando ao notar o olhar de Hugh. — Porque valorizo a mim mesma e à minha família o suficiente para não me vender em troca de publicidade. Mas, com o passar dos anos, já cogitei a ideia algumas vezes.

— Se você quisesse fazer uma declaração para a imprensa...

— Não quero — interrompeu Cate. — Tomei essa decisão há muito tempo e não mudei de ideia. Pensei no assunto, refleti, analisei as vantagens e desvantagens. Para mim, os aspectos negativos ainda pesam mais. Gosto da vida que construí, vovô, que ainda estou construindo. Estou feliz. E ainda me importo o suficiente com isso tudo para ficar contente em saber que ela não está satisfeita, não de verdade, com a vida que tem.

— Não há vingança melhor do que ser feliz.

— Aposto que Charlotte não está sentada à beira da piscina nesta manhã linda, cercada por quilômetros de céu e oceano, sentindo o perfume das flores, a brisa do mar. E comendo a melhor omelete da Califórnia com alguém que ama.

Cate foi trabalhar, estragou a primeira gravação, precisou dar uma volta, espairecer.

Já seria difícil o suficiente acertar o tempo da música, os movimentos labiais da atriz, sem Charlotte para distraí-la.

Diante do espelho, ela se visualizou de novo como a personagem, cantou.

Tentou de novo.

Melhor, mas não o bastante.

Cinco tentativas mais tarde, Cate sentiu que estava entrando no clima, fez outras duas repetições só para garantir. Ouviu as três gravações, prestando atenção no monitor para ver se tinha perdido algum movimento, decidiu que a segunda era a melhor.

Como tinha entrado no clima, seguiu para o segundo solo — quase um hino, muitos movimentos, bastante carga dramática.

Difícil.

E o truque, lembrou Cate a si mesma, era interpretar o papel tanto quanto a canção.

Quando terminou o expediente, tinha três gravações cantadas, editadas e filtradas das duas músicas. Ela enviou os arquivos. Não faria sentido continuar antes de saber se os arquivos tinham sido aprovados pelo diretor — e pela atriz.

Além do mais, precisava buscar o pedido que tinha feito para Julia naquela manhã. E seria bom passar uma hora no rancho.

Cate se uniu à multidão de turistas no curto trajeto — lembrou a si mesma de que queria para ontem um conversível.

Sim, pensou ela enquanto subia a estrada do rancho, seria bom passar uma hora ali. Por mais que amasse o Recanto dos Sullivan, o rancho sempre a animava.

Feno, grãos, milho se amontoavam nos campos rumo ao céu, tapetes dourados e verdes balançando ao vento. O gado e os cavalos pastavam em outros campos, parecendo um quadro em contraste com a elevação das montanhas de Santa Lucia. Ela ouviu o rugido distante de um trator — ou qualquer outra máquina — enquanto seguia para a porta da casa da família.

E viu Maggie, com um chapéu laranja de aba mole protegendo o rosto, macacão largo e sandálias birken, fincando estacas nos canteiros de tomate.

Abelhas voavam em torno das colmeias do outro lado da horta. Apesar de Cate gostar de mel e admirar todo o trabalho que faziam, estava feliz em manter a distância.

— Que dia bonito para trabalhar na horta — gritou ela.

Maggie se empertigou, alongou as costas.

— Não é dos piores.

— Tudo cresceu tanto. Não faz nem uma semana que estive aqui, e as plantas já espicharam.

— Hortas adoram cocô de galinha.

— Percebi.

— Julia me passou seu pedido. Posso ir lá dentro buscar, se estiver com pressa.

— Não precisa. Tenho tempo. Posso ajudar?

— Você sabe fincar estacas em tomates?

— Não.

— Bem, venha aprender.

Cate andou com cuidado entre as fileiras de plantas e recebeu uma aula.

— Julia está por aí pelos campos, mas já deve estar voltando. Red tirou a tarde de folga para surfar, e acho que estava merecendo mesmo. Isso aí, menina, um toque delicado. Você não quer quebrar os galhos. Se estiver procurando por Dillon, ele foi tosquiar as ovelhas.

— Tosquiar ovelhas?

— Ele tem ajuda, contratamos um cara que entende um pouco disso. Melhor ter quatro mãos do que duas, nesse caso.

— O que vocês fazem com a lã?

— A gente vendia tudo, mas vou ficar com um quarto dessa leva.

— Para quê?

— Bom trabalho — decidiu Maggie depois de analisar a tentativa de Cate com um olhar crítico. — E já acabamos. Vamos entrar, aí eu te mostro.

As duas entraram pela área de serviço, onde tiraram os calçados de jardinagem, e foram para a cozinha principal. Maggie sinalizou para que fossem para a sala de estar, e Cate a seguiu.

E viu.

— Isso é... — Ela tinha visto aquilo em *A bela adormecida*. — Uma roca?

— Não, é um foguete. — Com óbvio carinho, Maggie alisou a roca. — Comprei no eBay por um ótimo preço.

— É, bem, uma gracinha. O que você vai fazer com ela?

— O que ela foi criada para fazer. Fiar lã.

— Eles tosam... tosquiam — corrigiu Cate — as ovelhas, e você pega a lã...

— E lavo. Lavo sem tirar toda a lanolina. Depois deixo tudo secando no meu antigo cabideiro, no sol.

— Depois de limpa e seca, a lã entra aí e vira...

— Um fio. Um fio de lã para sua diversão artesanal. Lã do Rancho Horizonte — acrescentou ela, toda orgulhosa. — Pura. Talvez eu faça uns testes com corantes naturais, só para ver como fica.

Assim como *A bela adormecida*, Cate achava a ideia digna de um conto de fadas.

— Como você aprendeu a fazer isso?

— Vendo vídeos no YouTube. — Ela tirou um novelo de uma cesta. — Isso estava em uma ovelha alguns dias atrás.

Cate pegou a linha, sentiu a textura, ficou maravilhada.

— Quando os alienígenas invadirem, quero estar ao seu lado.

Soltando uma gargalhada, Maggie seguiu de volta para a cozinha.

— Vamos tomar um chá gelado de framboesa.

— Parece delicioso.

Ela ouviu a porta dos fundos abrir.

— Mãe?

— Aqui.

— Precisamos chamar o ferrador. Aladim perdeu uma ferradura, e, para completar... Ah, oi, Cate. Desculpe, achei que eu conseguiria voltar mais cedo e já estaria com seu pedido pronto.

— Não tem pressa.

— Já coloquei tudo na geladeira de pedidos. — Maggie entregou um copo de chá gelado para a filha.

— Obrigada. — O cabelo de Julia estava preso em uma trança, e ela usava calças jeans e uma camisa xadrez com as mangas dobradas até os cotovelos. Sua pele, lavada de suor, exibia o brilho do verão. — Ficar trabalhando lá fora dá sede. E preciso muito sentar em alguma coisa que não se mova.

Ela se acomodou, esticou as pernas.

Depois de entregar um copo para Cate, Maggie passou a mão pelo cabelo da filha, um gesto tão distraidamente afetuoso que os olhos de Cate começaram a arder.

— Que tal umas fatias de maçã com cheddar?

Sorrindo, Julia inclinou a cabeça na direção do braço da mãe.

— Eu não recusaria. Era meu lanche favorito para comer depois da escola — começou ela, mas então viu a lágrima escorrer pela bochecha de Cate. — Ah, querida.

Julia começou a levantar, mas ela acenou para que ficasse onde estava.

— Não, desculpe. Não sei por que estou assim.

— Claro que sabe. — Maggie pegou uma maçã, foi lavá-la na pia, esfregando-a com tanta força que quase arrancou a casca. — A gente tem os mesmos canais de televisão que todo mundo. Não toquei no assunto. Achei que, se você quisesse falar sobre isso, falaria.

— Não é por causa dela. Ou talvez eu tenha ficado mais mexida com essa história do que imaginei. Mas, quando vejo vocês duas juntas, é tão... do jeito que deveria ser. Vocês se amam, demonstram esse amor das formas mais simples. Tenho isso com a minha avó, com Consuela, com minhas tias, então sei reconhecer.

— E ela fica encontrando novas formas de magoar você.

— Essas coisas não me magoam, não como antes.

— Mas esfregam tudo que aconteceu na sua cara.

Maggie começou a cortar a maçã como se esperasse ver sangue jorrando da fruta.

— É isso. — O alívio de ser compreendida tão rápido. — Exatamente isso. Na cara de todos nós, não só na minha. Eu provavelmente vou ter que mudar o número do meu telefone de novo, porque alguém sempre descobre qual é, e as ligações voltam. As matérias serão publicadas, e sei que vão passar, mas, por um tempo, ninguém fala de outra coisa de novo. — Cate puxou o ar, soltou. — Sei como sou privilegiada porque um homem, um garoto, na verdade, que gostava de cantar e dançar pôde pegar um navio em Cobh e ir para Hollywood. E conheceu uma mulher, uma moça, que combinava com ele em todos os sentidos. Juntos, os dois formaram uma dinastia. Mas não se trata só de fama e fortuna.

— De família, ética, bons trabalhos, boas ações — disse Julia. — Nós conhecemos vários parentes seus.

— Vocês os convidaram para um churrasco. Fiquei triste por não conseguir vir.

— Faremos outros. Você é jovem, bonita, branca, rica e talentosa, então, sim, é privilegiada. Mas ser privilegiada não anula traumas. Sua mãe não consegue enxergar nada além da fama e da fortuna. Mesmo depois de conquistar essas coisas...

— Ser infame não é igual a ser famosa — argumentou Maggie enquanto cortava um pedaço de cheddar.

— É verdade. Ela continua querendo roubar a sua, a do seu pai, da sua família. Ainda inveja o que vocês têm, o que são. Bem que eu gostaria de acabar com a raça daquela mulher.

— Que legal da sua parte — disse Cate enquanto Maggie ria.

— Não tem nada de legal nisso. Desde que eu descobri o que ela fez com você, esse é o primeiro item da minha lista de desejos.

Fascinada, Cate analisou o rosto que conhecia tão bem.

— Você sempre pareceu tão calma, tão equilibrada.

Ao ouvir isso, Maggie jogou a cabeça para trás e soltou uma gargalhada antes de colocar o prato com fatias de maçã e queijo sobre a mesa.

— Se alguém mexe com as crianças dela, Julia não quer nem saber com quem está lidando, ela mete a porrada.

— Não faz diferença saber com quem está lidando. Ela não vai parar, Cate. Sinceramente acredito que aquela mulher é incapaz de sentir emoções de verdade ou qualquer coisa que não seja ganância e inveja. Você precisa encarar isso. E, mesmo assim, no fim das contas, ela nunca vai ter o que quer. Nunca vai conseguir tirar nada de você nem da sua família.

— Quer dizer, ela que se foda.

Julia se virou para encarar a mãe.

— Bom, você disse tudo.

— Para que rodeios? — Ela pôs a mão no peito de Cate quando passou uma mão por seu cabelo da mesma forma que tinha feito com Julia antes. — Agora, coloque o cheddar na maçã e coma um lanche feliz.

Obedecendo, Cate comeu a felicidade.

NÃO DEMOROU muito para alguns jornalistas determinados descobrirem o número do seu celular, seu e-mail. Cate só bloqueou e ignorou.

Mas a ligação que mais temia veio.

Sobreposição de vozes — da mãe, dela, cantando uma música feliz em seu primeiro papel no cinema, a risada de filme de terror, sussurros. Um som modulado, ela sabia, cheio de ruído. Uma edição amadora, porém eficaz, criando uma mensagem clara.

— *Você não obedeceu. Agora, as pessoas estão morrendo. O sangue está nas suas mãos. Outros vão morrer. A culpa é sua. A culpa sempre foi sua.*

Cate fez uma cópia para si mesma antes de entregar o celular para Michaela. Compraria um novo, outra vez. Trocaria de número outra vez.

Ela sabia que aquela seria igual às outras. Pedacinhos de entrevistas antigas reunidos, conectados em uma nova gravação, enviada de um telefone pré-pago.

— A polícia não consegue descobrir mais nada? — perguntou Dillon.

Cate se abaixou para fazer carinho nos cachorros, que agora tinham camas e brinquedos em seu *cottage*.

— A realidade é essa. É uma montagem malfeita. A gravação de uma gravação, pegando palavras ou frases específicas, juntando, combinando e enviando. Eu faria um trabalho melhor com um pé nas costas, então o sujeito é um amador. As gravações são sempre cheias de ruído, estática, vibrações, o eco da sala — explicou ela.

— Estou pouco me lixando para a qualidade.

— Isso provavelmente inocenta minha mãe. Ela conseguiria pagar por algo melhor. Quanto a Sparks, onde ele encontraria equipamento para fazer isso na prisão?

— Essas ligações são ameaças, Cate. Você precisa levar isso a sério.

— Elas são uma tática para me assustar, Dillon, e já não conseguem mais fazer isso. Vou seguir as palavras de sabedoria da vovó sobre Charlotte, nesse caso.

— Que seria?

— Eles que se fodam. — Dizer aquilo com convicção trazia uma sensação muito boa. — Tenho um fazendeiro grande e forte e dois cães de guarda ferozes tomando conta de mim. Lily chega amanhã. Não vou deixar nada estragar isso.

— Você não contou a Hugh sobre a última ligação.

— Vou contar, mas não agora. — Cate pegou uma cerveja para ele, serviu uma taça de vinho para si mesma. — Vamos deixar os cães de guarda ferozes correrem pela praia antes do jantar.

— Vai chover.

Apertando os lábios, ela olhou para o céu bonito de verão.

— Não parece.

— Vai parecer, mas ainda temos umas duas horas.

Dillon não insistiu — de que adiantaria? Mas foi atrás de Red na manhã seguinte.

Os dois pisavam sobre a terra molhada de chuva, no ar tão fresco quanto uma margarida na primavera, colocando ração misturada a leite integral nas tinas dos porcos.

— Nunca poderia imaginar que eu fosse achar graça em dar comida para porcos, mas aqui estou. Porcos que gostam de leite, ainda por cima. — Ele coçou a orelha. — Que dilúvio tivemos ontem.

— A gente estava precisando. O que você sabe sobre as ligações, as gravações que Cate recebe?

Red olhou para um dos temporários que alimentava as galinhas ao longe. Como era dia de preparar comida para a cooperativa, as duas mulheres ocupavam a cozinha.

Ele tinha dado uma olhada na lista de tarefas do dia, então sabia que Julia tinha designado a limpeza das baias para outras pessoas, mas os cavalos precisavam de comida, água e repelente contra mosquitos antes de saírem para o pasto.

— Vamos falar sobre isso no escritório. Como ela está lidando com a última? — perguntou Red enquanto caminhavam.

— Como se não fosse nada de mais, sendo que é.

— Você sabe que faz anos que ela recebe essas ligações, então o impacto diminui.

— Isso não torna essa última inofensiva.

Quando Dillon abriu as portas do estábulo, o ar foi preenchido pelo cheiro de cavalos, ração, couro, esterco. Tudo se misturava em um aroma que ele amava desde sempre.

Conhecendo a rotina, Red foi para a primeira baia à esquerda, e Dillon seguiu para a direita.

— Mic vai fazer tudo que pode e já entrou em contato com o policial de Nova York. O FBI também está investigando. Tem um agente que acompanha o caso sempre que ela recebe uma ligação.

— E como é que não conseguem rastrear?

— Por muitos motivos. — Os dois pegaram ração. — A gravação é curta, vem de um telefone descartável. A pessoa que envia destrói o aparelho e a bateria logo depois, pelo que me disseram. São sempre gravações de entrevistas ou trechos de filmes. Na verdade, conseguiram descobrir de onde retiraram alguns. A mensagem sempre muda.

— E ameaçam, assustam Cate.

— Sim, o objetivo é o mesmo, creio eu. Uma das teorias era que algum doido obcecado por Cate queria atenção. Mas parece pouco provável, já que as ligações continuam por tantos anos.

— A mãe dela pode estar por trás disso. Cate acha que não, porque as gravações são uma merda e a mulher é cheia da grana. Mas pode ser uma forma de disfarçar, de fazer parecer que é só um doido.

Red passou para a próxima baia. Todos os cavalos no estábulo estavam com a cabeça para fora, observando. Como se dissessem, anda logo, cara, estou faminto.

Ele sempre achava graça daquilo.

— Penso que pode ser isso também — disse Red a Dillon. — Cate sempre recebe uma ligação mais ou menos na mesma época que alguma matéria é publicada ou quando Dupont dá alguma entrevista que tem repercussão. Pode ser sua maneira, uma maneira doentia para cacete, de dar um golpe extra na filha.

Dillon foi pegar os remédios pré-natais para a égua prenhe na baia seguinte. Depois disso, fez uma marcação na prancheta pendurada na parede ao lado dela.

— Se for mesmo isso — disse ele —, não é uma ameaça de verdade. Só uma maldade sem precedentes.

— Charlotte Dupont tem maldade para dar e vender. Não acho que a mulher seja incapaz de contratar alguém para fazer mal de verdade à filha, mas, sem Cate, ela não teria de quem se aproveitar.

Red franziu a testa para a prancheta da próxima baia, virou. Dillon já tinha enfiado o comprimido em um pedaço de maçã.

— Se eu não fizer isso, ele não toma o remédio.

— Você disse.

— Preste atenção para ele não cuspir. Esse daí é sorrateiro. Se aproveitar de que forma exatamente?

— Quando ela quer se promover, banca a mãe triste e arrependida com a filha rancorosa. Há quem acredite.

— Há quem seja idiota a esse ponto.

Red e o cavalo cuspidor de remédios/maçãs se encararam.

— Existe muita gente idiota nesse mundo. E tem mais. Acho que ela gosta de acreditar que está atormentando Cate e todos eles. Duvido que abriria mão disso.

Dillon pensou nessa teoria enquanto davam comida, água, remédios.

— E se não for ela? Sparks conseguiria fazer isso?

— Não subestimo o que Sparks é capaz de fazer. — E Red acreditava piamente ter uma cicatriz para provar isso. — Não sei o que o sujeito ganharia fazendo algo assim, mas, se houvesse alguma vantagem, tenho certeza de que ele daria um jeito.

Os dois começaram a passar os repelentes, acrescentando esse cheiro à mistura no ar.

— Ele tem motivo para querer machucar Cate, como disseram ao telefone. Cate não obedeceu, e Sparks foi preso.

— Então acho que vamos ter que continuar cuidando dela. — Red olhou para o lado, observou Dillon esfregando a perna dianteira de um cavalo castrado. — Acho que você é mais convencional em certas questões do que a sua avó e eu.

A fala fez Dillon abrir um sorriso enquanto trabalhava.

— Quase todo mundo que eu conheço é mais convencional do que vocês dois.

— É por isso que sou louco por aquela mulher há quase vinte e cinco anos. Você sabia que ela me convenceu a enrolar os fios de lã que está fazendo? Eu estava tentando ver um jogo ontem, e fiquei enrolando lã como uma garotinha de avental e maria-chiquinha.

— Agora vou ficar imaginando a cena — murmurou Dillon.

— Escute, Dil, não sou seu pai nem seu avô, mas...

Virando a cabeça, Dillon olhou direto nos olhos de Red.

— Você ocupou esses dois papéis por boa parte da minha vida.

— Bom, então vou direto ao ponto. Você vai pedir Caitlyn em casamento?

Dillon passou repelente em uma perna traseira, deu a volta no cavalo e passou para o outro lado de um jeito que Red nunca tinha coragem de fazer.

— Uma hora eu vou.

— Faz tempo que você é apaixonado por ela.

— Acho que desde que eu tinha doze anos, mais ou menos.

Red deu a volta no seu cavalo pela frente.

— Acho que é isso mesmo. E está esperando por algum motivo específico?

— Porque eu receberia um não como resposta agora. Ela se sentiria mal, mas diria que não. E não vejo motivo para deixar Cate assim, então posso esperar até que ela esteja pronta para aceitar.

— E você vai saber quando for o momento.

— Acho que sim. Cate dá sinais do que sente.

— Nunca consegui vencer você em uma partida de pôquer, mesmo quando era menino. Que sinais?

Dillon passou para o próximo cavalo.

— São alguns. Um é aquela pulseira que está sempre usando. Ela a esfrega quando está nervosa.

— Já reparei nisso.

— Se Cate acha que vai ficar ansiosa ou nervosa, ela coloca a pulseira. E xinga em outras línguas quando se frustra. Não entendo o idioma, mas sei reconhecer um palavrão. Quando ela se sente pronta para tomar decisões importantes, usa a pulseira. E talvez resmungue algo que não entendo, mas sem palavrões. Eu diria que estão mais para mantras. — Dillon passou o repelente no cavalo, sem pressa, meticuloso. — Então vou saber quando for a hora.

— Aposto que sim.

Capítulo vinte e oito

♦ ♦ ♦ ♦

Como tinham feito na partida de Lily, Cate e Hugh ficaram parados do lado de fora da casa, esperando-a.

— Falta pouco. — Cate olhou para o relógio, calculou o tempo que havia passado desde a mensagem de Lily avisando que tinha aterrissado. — Apesar do trânsito.

— Lily trouxe o tempo perfeito na bagagem. O ar está puríssimo. Ela vai querer andar pelos jardins depois de passar o dia inteiro presa no avião e no carro.

— Os jardins nunca estiveram tão bonitos. Depois, ela vai pedir para tomar um martíni na varanda que dá para a praia ou na ponte.

— Pode apostar. — Hugh passou um braço em torno da cintura da neta. — A gente conhece a nossa garota.

— Ô, se conhecemos. Ai, é o portão. Ouvi o portão. A gente devia ter contratado uma banda!

— Eu queria ter pensado nisso antes. Ela amaria. Chegou.

Os dois observaram a limusine, preta e elegante, fazer uma curva lá embaixo.

— Agora tenho minhas duas garotas favoritas em casa.

O veículo serpenteou até o topo, parou suavemente. Cate fez menção de correr para abrir a porta por conta própria. E viu o pai saltar.

— Pai! — Louca de alegria, ela correu até Aidan, pulou em seus braços. Riu enquanto ele a rodopiava, como fazia quando era criança. — Ai, que surpresa. Que surpresa maravilhosa. Achei que você ainda estivesse em Londres.

— Acabei as filmagens alguns dias atrás. Depois, Lily e eu bolamos um plano. — Ele a rodopiou de novo. — Eu estava com saudade para cacete, Catey.

— A melhor surpresa do mundo.

— E eu sou o que, iscas de fígado?

Cate olhou para Lily, que estava de mãos dadas com Hugh.

— O mais fino patê, com trufas. — Ela foi para os braços de Lily, inalou seu perfume. — Fazendo minhas as palavras de outro Sullivan, eu estava com saudade para cacete.

— Idem. Meu Deus, como é bom estar em casa! Ai, olhe só para o seu cabelo! Está tão comprido, tão bonito. E sentir o cheiro da Califórnia, esse ar. Eu adoro Nova York, mas já estava beirando os trinta graus quando saí de lá hoje cedo, e praticamente dava para tomar banho naquela umidade. Consuela!

Lily virou, envolveu a governanta em um abraço entusiasmado.

— Bem-vinda de volta, dona Lily. Bem-vindo de volta, seu Aidan.

— É bom estar em casa. Ver vocês.

— Vou providenciar que guardem as malas. Seu quarto está pronto, seu Aidan.

— Você sabia? — questionou Cate.

Consuela gesticulou fechar um zíper sobre os lábios.

— Você é a melhor de todas, Consuela — disse Lily, e a deixou supervisionando o descarregamento das malas.

— Você sabia? — Cate apontou para o avô.

— Não fazia ideia. Eu me casei com uma mulher sorrateira. — Ele abraçou o filho. — Passe um tempo com a gente, ok?

— Pretendo. Você está em forma. Acho que Cate está cuidando bem de você.

— Quando ela não está me arrastando para a academia de manhã, é para a piscina. Hidroginástica, veja só você.

— Essa eu quero ver. — Lily alongou os ombros. — Mas, agora, estas pernas precisam dar uma esticada depois de tanto tempo no avião.

— A gente encontra com vocês daqui a pouco — disse Cate quando Hugh levou a mão de Lily aos lábios, e os dois começaram a se afastar. — É melhor dar um tempo para eles — murmurou ela para o pai. — É bonito ver um casal ainda tão apaixonado depois de duas décadas juntos.

— E isso me dá tempo com você. — Aidan pegou a mão dela. — Como vai minha menina?

— Feliz. Mais feliz agora.

— Hidroginástica?

— É mais difícil do que parece, mas você vai descobrir amanhã, quando se apresentar para o serviço às oito, na beira da piscina. Todo mundo vai.

— Hum.

— Vou dar uma folga para você e Lily enquanto seus corpos se acostumam com o fuso-horário. O vovô acorda cedo. A gente geralmente começa às sete e meia. Tenho que trabalhar, sabe?

Os dois deram a volta pelo jardim da frente com o bordo japonês arqueado, as rosas tradicionais perfumando o ar, passando pela lateral com a fileira de hortênsias de um azul estonteante, os lilases roxos que nunca perdiam a vida.

— Escutei um dos seus audiolivros no voo de Londres para Nova York.

— O audiolivro seria do autor, no caso.

Da mesma forma como Hugh tinha feito com Lily, Aidan beijou sua mão.

— Para mim, não. Sua performance é digna de um prêmio. Você captura a essência dos personagens e o ritmo da narrativa de um jeito maravilhoso. Uma pessoa precisa ser muito habilidosa para interpretar não só um personagem, mas todos.

— Adoro o trabalho. E meu estúdio? É ótimo para gravar. Adoro meu *cottage*, adoro poder vir passar um tempo com o vovô ou encher o saco dele para irmos à academia ou à piscina. E ele se diverte mais fazendo essas duas coisas do que admite.

— Eu não menti quando disse que ele estava em forma. Quando fui para Londres, meu pai parecia melhor, mas não como agora. Juro, ele parece anos mais jovem. Você deu uma revitalizada legal nele, Catey.

— A gente faz isso um com o outro. Você vai ficar mesmo um tempo aqui?

— Estou pronto para uma folga. Talvez precise ir a Los Angeles algumas vezes, mas pretendo passar o verão aqui.

— O verão inteiro? Sério? — Encantada, ela se apoiou no pai enquanto passavam por um canteiro cheio de dedaleiras roxas e tomilho selvagem. — Meu estoque de felicidade está cheio.

— Preciso de um tempo com você, com papai, com Lily. — Aidan se virou, olhou para o mar. — Um tempo aqui.

— Esse lugar me completa. A Irlanda fazia eu me sentir segura, tranquila. Nova York me deu uma revigorada quando eu precisava. Aprendi a me sentir mais capaz de fazer as coisas, cresci. Mas aqui? O mar, o céu, as colinas, o silêncio? Eu me sinto completa.

— E se sente segura?

— Sim, e cheia de energia e tranquilidade, tudo. — Conhecendo o pai, sabendo com o que ele se preocupava, Cate esfregou seu braço. — Vamos resolver logo o problema porque nada vai estragar essa chegada dupla. Fiquei nervosa com a última gracinha dela, mas não entrei em pânico. Você já sabe que tive que mudar meu número e meu e-mail porque mandei os novos. É incômodo, mas é que nem se cortar com papel.

— Um corte com papel arde mais quando alguém espreme limão em cima. E ela é especialista em fazer isso.

— Não nego que precisei de alguns dias para me sentir mais calma. Mas Charlotte fez tanto estardalhaço pela instituição, e, sim, sei que vai ter uma festa daqui a algumas semanas e mais falatório, só que ela acabou se obrigando a fazer algo positivo. Então temos uma limonada.

— Não sei como aquela mulher conseguiu gerar alguém como você.

— Os genes dos Sullivan são mais fortes que os dos Dupont.

— Mackintosh.

— Como?

— Ela mudou de nome aos dezoito anos, no cartório, e já usava Charlotte Dupont antes disso, mas foi batizada Barbara Mackintosh.

— Tipo a maçã? — Por algum motivo, Cate achou graça naquilo. — Por que eu nunca soube disso?

— Não parecia importante.

— Bem, já faz muito tempo que Barb se tornou uma irritação ocasional na minha vida. Quanto à outra questão, eu me sinto segura aqui. A polícia está investigando o caso, e existem várias teorias que podemos debater mais tarde. Mas me sinto segura, estou feliz e vou poder passar o verão com meu pai. Agora, aposto que Lily e o vovô chegaram à ponte, e ela já está sentada com seu martíni, admirando a vista. A gente devia ficar com eles.

— Uma cerveja cairia bem.

Ela pegou a mão do pai.

— Então vamos arranjar uma para você.

DEPOIS DAS bebidas e de um almoço leve, Cate entrou na casa com Lily para deixar o pai e o avô a sós conversando.

— Você pode me fazer companhia enquanto desfaço as malas. Senti mais sua falta do que do brinco de esmeralda que perdi no mês passado.

Quando as duas entraram na suíte master, Lily foi direto para o closet. Parou, balançou a cabeça.

Não tinha mala alguma à vista, e seu estojo de maquiagem e o perfume que era sua marca registrada já estavam sobre a penteadeira.

— Eu devia ter imaginado. Falei para Consuela não se incomodar com isso.

— Ela adora se incomodar.

— Bem, não vou reclamar. — Lily mudou de foco e seguiu para a sala de estar, sentou em um canto do sofá, apontou o outro para Cate. E para a floresta de lírios arrumada pelo espaço. — Você?

Cate arqueou as sobrancelhas.

— Seu amor.

O olhar dela suavizou.

— Se eu cogitar a ideia de aceitar outro trabalho que me obrigue a passar quatro meses fora, pode me bater.

— Acho que eu bateria mesmo. A gente ficou bem, e gostei de passar um tempo sozinha com o vovô. Mas você faz falta, vóvis Lil. Uma falta imensa.

— Sou egoísta o suficiente para ter gostado de ouvir isso. E, agora que somos só nós, mulheres. — Inclinando-se para a frente, Lily esfregou as mãos. — Conte tudo.

— Por onde você quer que eu comece?

— Mulheres. — Lily apontou para si mesma, depois para Cate. — Pelo *seu* amor, é claro. Ele vem para o jantar de boas-vindas que eu sei que a Consuela planejou para hoje?

— Vamos comer seu prato favorito, presunto cozido ao mel com calda de caramelo. Mas não conte a ninguém.

Lily imitou Consuela apertando os lábios.

— E Dillon?

— Não consegui convencer Dillon a vir porque ele acha que eu e o vovô devíamos passar um tempo só com vocês. E acrescentou que tinha que jantar com suas senhoras e Red. Mas ele chega lá pelas nove. Não quer que eu fique sozinha na casa até... bem, até.

— Eu me sinto mais segura com ele aqui. É só uma precaução extra... com benefícios. — Dando um suspiro emocionado, Lily tirou os sapatos. — Sei que Dillon deixa você feliz, porque é nítido. E dormir com ele é um bom *test drive*

— Vóvis Lil. — Cate baixou a cabeça e a balançou. — Não é de admirar que eu tenha sentido sua falta.

— E como vai o restante da família dele? Preciso dar um pulo no rancho para fofocar com Maggie. Nada como sentar à mesa de uma fazenda, beber um bom vinho caseiro e comentar da vida alheia.

— Todo mundo está ótimo. Vivem ocupados. Eles contratam ajudantes, aceitam estagiários. Imagino que você saiba disso. Mesmo assim, tem tanto trabalho, o dia todo, todo dia. É uma vida tão atarefada, e um deles sempre inventa de fazer mais alguma coisa. A vovó está fazendo novelos. De lã. Ela transforma a lã em fios. Numa roca.

— Eu devia saber que é assim que se faz isso, mas não consigo imaginar. Vou ter que pedir a ela para me mostrar. Red já se recuperou?

— Voltou a surfar, a consertar motores, a fazer manteiga, queijo e qualquer outra coisa que a vovó mandar.

— E não descobriram mais nada do ocorrido? Quem, onde, como e quando?

— Não que eu saiba, e acho que me contariam se descobrissem. Dillon meio que... mais do que meio que me convenceu que Sparks apunhalou a si mesmo para ter outro argumento para sua advogada acelerar sua saída da prisão. Tirando isso, e considerando que Red era policial e alguém podia estar atrás de vingança, que o mesmo vale para o advogado, e que Denby não era lá muito benquisto no presídio, a teoria de estar tudo conectado perde a força.

Lily esfregou a perna de Cate com um dos pés.

— Quem você está tentando convencer, meu bem? A mim ou a si mesma?

— Nós duas, talvez — admitiu ela. — Sei que preciso seguir em frente, ser eu mesma e viver. Tive que aprender essa lição algumas vezes, mas acho que ela agora está mais clara do que nunca.

— É um bom aprendizado, mas gosto de saber que Dillon dorme na sua casa.

— Também gosto. Você está cansada. Vá deitar, tirar uma soneca.

— Boa ideia. Uma soneca deliciosa no sofá, bem aqui.

— Então a gente se vê no jantar. — Ela levantou, pegou a manta leve para cobrir Lily, lhe deu um beijo na bochecha. — Estou tão feliz por você ter voltado.

— Ah, Catey, eu também.

Ela saiu, atravessou a ponte. Viu o avô mostrando o pequeno vinhedo para o pai.

Deixando os dois se distraírem um com o outro, Cate voltou para o *cottage*. Ela viveria sua vida, pensou, e trabalharia um pouco antes de se arrumar para jantar.

JESSICA ROWE sempre teve uma vida mediana e ordinária. Filha única, ela cresceu em um bairro residencial de classe média nos arredores de Seattle. Tirava notas boas na escola, mas só porque se matava de estudar para conseguir superar aquela sua capacidade mediana.

Nunca conseguiu se enturmar.

Os populares ignoravam a menina gordinha de aparência comum, pouco traquejo social e péssimo senso de moda. Ela não era nerd suficiente para o grupo dos nerds, não gostava de computadores o suficiente para os geeks. Sem qualquer afinidade ou talento para esportes, nunca chamou atenção dos jogadores nem dos treinadores.

Ninguém implicava com ela, já que ninguém notava sua presença.

Jessica era o equivalente humano da cor bege.

Ela adorava escrever, usava seu excesso de tempo livre para criar aventuras fantásticas para si mesma em seus diários. E não as compartilhava com ninguém.

Tinha saído virgem da escola, sem uma melhor amiga solidária para lhe dar uma moral.

A faculdade não abriu portas nem melhorou sua situação, já que Jessica simplesmente desaparecia na multidão. Tinha escolhido estudar direito simplesmente porque se interessava por crimes. E frequentemente bolava histórias em que era a heroína corajosa que enganava o criminoso experiente. Ou ela mesma era a criminosa experiente que vivia enganando as autoridades.

E admitia, apenas para si mesma, que preferia a última opção. Afinal, ela vivia nas sombras, como a maioria dos criminosos. A diferença, na sua opinião, era a coragem — que lhe faltava — de ir atrás do que queria.

Jessica se formou em direito com notas medianas, finalmente passou no Exame da Ordem após quatro tentativas. Durante a faculdade, teve um namoro rápido com outro estudante de direito, ficando feliz por perder a virgindade, mas levando um pé na bunda por mensagem de texto assim que ele encontrou alguém mais interessante.

Ela escreveu um conto assustador sobre uma mulher que se vingava do namorado traidor e comemorou sozinha quando uma revista o publicou sob o pseudônimo de J. A. Blackstone.

Então escreveu outros dois enquanto era explorada em um escritório de advocacia em troca de um salário muito mediano, sem qualquer esperança de crescer ali dentro.

Por toda a vida, Jessica viveu de acordo com as regras que sonhava quebrar. Ela chegava cedo ao trabalho, saía tarde. Vivia economizando, bebia moderadamente, se vestia de maneira discreta.

Algumas dessas coisas mudaram depois que seu avô faleceu e deixou para ela, sua única neta, quase um milhão de dólares.

Seus pais lhe aconselharam que investisse o dinheiro — e tinham certeza de que ela obedeceria. Jessica tinha certeza de que obedeceria. Mas então vendeu seu primeiro livro. Não uma das ficções que usava como válvula de escape, mas a história de um crime real sobre o qual passou quase dois anos pesquisando no seu tempo livre e nas férias.

Ela pegou o adiantamento de direitos autorais modesto que recebeu, junto com a herança, pediu demissão do trabalho e se mudou para São Francisco. Nunca tinha feito nada tão ousado antes. Aos quarenta anos, alugou um apartamento simples e, já que nunca recebia visitas, montou o escritório na sala.

E ali, empolgada com sua vida solitária, começou a escrever o segundo livro. Tinha reunido coragem para solicitar entrevistas — das vítimas, dos culpados, de testemunhas, dos detetives.

Uma hora por dia, como recompensa, ela trabalhava no texto de ficção em que encarnava uma assassina que tomava vidas e amantes a seu bel-prazer.

As vendas modestas do primeiro livro a incentivaram. Quando terminou o segundo, já se sentia mais do que pronta para começar o próximo.

E precisava agradecer Charlotte Dupont pela inspiração.

Jessica viu uma entrevista durante seu habitual jantar de camarão agridoce das quartas-feiras e começou a fazer anotações. A ideia inicial de que a atriz de Hollywood, a mãe, fosse a protagonista mudou assim que ela começou a pesquisar a fundo o sequestro.

Grant Sparks a tinha conquistado. Um homem tão bonito, tão atraente. E o que ele tinha feito por amor! O preço que pagou por isso.

Muitas pessoas, descobriu ela conforme investigava, viam Dupont como a vítima, mas Jessica seguiu por outro caminho. A mulher rica, famosa e linda tinha usado Sparks e continuava fazendo isso. Tentando lucrar às custas do sequestro malsucedido enquanto ele permanecia na prisão.

Quando ela finalmente solicitou uma entrevista, estava no ponto para as manipulações sutis de Grant Sparks.

Na terceira visita, concordou em se tornar sua advogada. Na quarta, estava profunda e loucamente apaixonada pelo homem.

Ele tinha aberto portas para ela, lhe mostrado o poder e a emoção de infringir as regras. Jessica trazia e levava coisas escondidas para o amado, transmitia mensagens sem pestanejar.

Ela acreditava na causa de Grant — em tudo que ele tinha lhe permitido saber. Crimes às vezes eram justificáveis — e nem sempre Jessica acreditou nisso. Mas o castigo era frequentemente aplicado às pessoas erradas.

E ela o ajudaria a resolver isso.

Um ano e meio depois de seu primeiro encontro, no dia quente de verão em que esperava os guardas trazerem Grant para vê-la, fazia muito tempo que Jessica Rowe tinha entrado num caminho sem volta.

Ele tinha mencionado que sua cor favorita era azul. Ela usava um vestido azul. Ele tinha sido *personal trainer*, e agora, generoso e abnegado, oferecia suas habilidades e orientações para os outros detentos.

Jessica não conseguia se convencer a ir à academia, mas comprou videoaulas de aeróbica e malhava freneticamente em casa. Ela cortou, pintou e arrumou o cabelo, aprendeu a se maquiar vendo tutoriais no YouTube.

Grant a transformou. Embora ela soubesse que jamais poderia se comparar a alguém como Charlotte Dupont, tinha encontrado uma nova confiança no visual e achava que não o envergonharia quando começassem sua vida juntos.

O coração de Jessica disparou quando ela ouviu o estalar dos trincos, viu a porta abrir. Mal conseguia respirar quando Grant entrou na sala, quando seus olhos se encontraram e ela viu o amor e a aprovação no olhar dele.

Mesmo assim, assentiu para o guarda em um gesto brusco, dobrou as mãos sobre o arquivo que tinha aberto na mesa. E esperou até que os dois estivessem sozinhos.

— É para isso que eu vivo — disse Grant. — Só por esse momento em que posso rever você.

O coração já acelerado dela se envaideceu.

— Eu viria todos os dias se pudesse. Sei que você tinha razão quando disse que precisávamos continuar nos vendo apenas uma vez por semana. Talvez duas vezes, quando fizesse sentido. Mas sinto tanto a sua falta, Grant. Primeiro, me diga se você teve mais algum problema, qualquer coisa.

— Não. — Ele desviou o olhar como se precisasse se recompor. — Tomo cuidado. Tanto cuidado quanto posso tomar aqui dentro. Mas tenho medo de que ela tente de novo. Que espere eu relaxar, a poeira baixar, e então pague outra pessoa para me matar. O próximo pode dar mais sorte.

— Não diga isso, Grant. Não diga. — Enquanto os olhos de Jessica marejavam de lágrimas, ela esticou os braços, segurou as mãos dele. — Ainda estou lutando para soltarem você. Não vou desistir. Sei que você não quis isso antes, mas posso contratar um advogado criminalista mais experiente. Posso...

— Não confio em mais ninguém. — Grant olhou fundo nos seus olhos, bem, bem fundo. — Você é a única pessoa no mundo em quem confio. Ela pode arrumar outra pessoa, minha querida. É isso que ela faz. Sei que só faltam alguns meses até eu poder pedir a condicional. Agora que tenho você, poderia passar esse tempo aqui sem qualquer preocupação ou arrependimento. Saber que você estará esperando quando eu sair... Mas, agora, é uma questão de *se* eu sair. *Se* eu sobreviver.

— Posso ir falar com ela. Sempre foi meu plano, por causa do livro, mas...

— Se ela fizesse alguma coisa para ferir você, você acha que eu aguentaria?

Grant soltou as mãos de Jessica, cobriu o rosto por um instante.

— Não se preocupe comigo, Grant. Sei que não fiz um bom trabalho com aquele delegado mentiroso e conspirador, mas...

— A culpa não foi sua — interveio ele, rápido. — Fui eu que dei os nomes dos caras que você devia contratar. Você ficou do meu lado, Jessie, quando ninguém mais fez isso. Mas comecei a pensar...

Quando ele não terminou a frase, ela se inclinou para a frente.

— Conte.

— É uma ideia maluca. Arriscada demais. Para você.

— Eu faria qualquer coisa. Você sabe disso. Diga logo.

A animação na voz de Jessica e o *entusiasmo* em seu rosto deixavam claro que ela estava comendo na palma da mão dele.

— Tive bastante tempo para pensar depois que fui atacado. Sobre o que os policiais disseram quando vieram aqui.

— E acusaram você de tudo. — Aquilo fez a raiva arder dentro dela. — A culpa é sempre sua.

— Mas os dois não tinham tanta certeza assim. Pude notar. Especialmente a policial. Mulheres são mais observadoras, acho. Se houvesse uma forma de jogar mais suspeitas sobre Charlotte, talvez eles a impedissem antes de... antes de ela ter a oportunidade de vir atrás de mim de novo. Eu conseguiria passar os próximos oito meses aqui se soubesse que sairia ileso e iria direto para os seus braços. Eu conseguiria fazer tudo se tivesse essa certeza.

— Mas se eu tentasse contratar alguém para matar Charlotte...

— Não, querida, não ela. E nada de contratar alguém. Não mais. — Ele balançou a cabeça, afastou o olhar de novo. — Mas, não. Não posso pedir para você fazer algo assim. Simplesmente vou ter que tomar cuidado até as portas finalmente se abrirem.

— Eu me recuso a aceitar que você viva assim. E não vou aguentar viver com medo de receber uma ligação dizendo que você foi ferido. Diga o que preciso fazer.

— Como passei todos esses anos sem você? — A emoção, que ele sempre foi capaz de transmitir quando queria, fez sua voz estremecer. — Você é o meu anjo da guarda. Vou passar o resto da vida correndo atrás de merecer tudo que você faz por mim.

Grant segurou as mãos de Jessica de novo. E a fitou como se ela fosse sua única salvação.

Ela faria qualquer coisa por aquele homem.

— Charlotte vai dar uma festa em Beverly Hills no mês que vem.

ERA EMOCIONANTE. Para uma mulher que tinha tido poucos momentos emocionantes na vida, até o ato de colocar uma peruca — loiro-escura, com um penteado elegante — era emocionante demais. Ela usava enchimento no corpo também, acrescentando vários dos quilos que tinha se esforçado tanto para perder.

O vestido preto (sem graça) se moldava bem ao enchimento. Algumas joias falsas — mas nada chamativo. Ninguém perceberia sua presença. Jessica se maquiou com cuidado, seguindo as instruções de Grant. Colocou os óculos de armação preta, depois o apetrecho bocal que fazia sua arcada dentária superior parecer proeminente.

Sua aparência era matronal, algo que a incomodaria não fosse a empolgação do momento. Seu nome combinava com o visual. Millicent Rosebury. Ela pagou pela carteira de identidade falsa e pelo cartão de crédito que usou para adquirir o ingresso da festa.

Essas duas coisas, junto com um batom, lenços de papel, um pouco de dinheiro, um maço de cigarros pela metade, um isqueiro prateado e o que parecia ser um pequeno borrifador de perfume estavam dentro de sua bolsa de festa preta.

Jessica tinha parado o carro em um estacionamento público a alguns quarteirões de distância, conforme as instruções. Quando terminasse o que tinha para fazer ali, voltaria para o hotel, trocaria de roupa, guardaria Millicent na única mala que levava consigo, faria o check-out pela internet, caminharia até o carro e voltaria para São Francisco.

Era bem simples, na verdade. Grant tinha uma mente tão brilhante.

Em segredo, Jessica escrevia a história dele — a história *deles*. Quando terminasse, apenas Grant a leria, depois que estivesse livre. Depois que os dois estivessem livres, juntos.

Ela foi andando até o Beverly Hills Hotel. Grant lhe dissera para ir andando.

Mas teve que se controlar para não parecer admirada — pelo hotel em si, pelas pessoas chiques. Depois de sua entrada ser liberada, ela seguiu para o salão de baile. E teve que abafar um suspiro de espanto.

As flores! Brancas, todas brancas, copos-de-leite, rosas, hortênsias, trans bordando de vasos dourados em cada mesa. Candelabros resplandecentes derramando cortinas brilhantes de luz. Champanhe borbulhando em taças de cristal. Mulheres em vestidos estonteantes já sentadas ou perambulando.

Grant lhe dissera para não chegar nem muito cedo nem muito tarde.

Jessica sabia ficar invisível, era sua maior habilidade.

Depois de aceitar uma taça de champanhe com o que imaginava ter sido um aceno de cabeça régio, ela começou a circular. Não pretendia sentar à sua mesa designada, ou, se precisasse fazer isso, não ficaria lá por muito tempo.

Demorou apenas um instante para localizar Charlotte Dupont, borboleteando, se pavoneando, recebendo seus súditos. Ela usava um vestido justo e dourado como os vasos. E estava banhada em diamantes, como os candelabros.

A raiva tomou conta de Jessica. Veja só aquela vaca mentirosa, falsa, pensou. Ela acha que é uma rainha, que é intocável. Acha que esta noite é sua.

Bem, seria mesmo, de certa forma.

O marido, velho e débil, e aparentando ambos, ocupava a mesa em frente ao palco. Ele olhava para a esposa com afeição, conversava com aqueles que passavam para cumprimentá-lo, com os colegas de mesa — todos igualmente podres de rico, sem dúvida.

Jessica aguardou sua oportunidade, o momento exato enquanto se aproximava.

Charlotte daria um discurso — provavelmente se vangloriando, talvez derramando algumas lágrimas. Depois viria o jantar, um leilão para angariar mais dinheiro, atrações e, finalmente, a abertura da pista de dança.

As duas mulheres à mesa se levantaram, se afastaram. Banheiro, presumiu Jessica, e continuou se aproximando devagar.

Embora pudesse escolher quando agir, Jessica pensou que, quanto antes fosse, melhor.

E o antes aconteceu quando uma das garçonetes serviu uma bebida em um copo alto, transparente, com um limão, diante de Conrad.

Enfiando a mão na bolsa, Jessica pegou o pequeno borrifador e o escondeu com cuidado na mão enquanto andava.

— Com licença — disse ela do jeito metido que tinha ensaiado, acreditando ser convincente. — Pode me mostrar onde fica a mesa quarenta e três?

— É claro, senhora. Só um instante.

Enquanto a garçonete dava a volta na mesa para servir as outras bebidas, Jessica se inclinou na direção de Conrad.

— Quero aproveitar a oportunidade para agradecer o senhor por todo o trabalho maravilhoso que está fazendo com sua bela esposa.

— É tudo obra de Charlotte.

O homem abriu um sorriso orgulhoso, olhando para cima quando Jessica gesticulou para o teto com a mão vazia. Uma distração, como Grant ensinou.

— Uma festa tão bonita por uma causa tão bonita — disse ela enquanto borrifava o conteúdo do frasco no copo dele.

— Obrigado por seu apoio.

— Estou orgulhosa por ajudar um pouquinho que seja hoje.

Jessica se afastou quando a garçonete voltou.

— Por aqui, senhora.

— Muito obrigada. — Com aquele aceno de cabeça régio, ela seguiu a mulher. — Ah, já vi onde é. E meus amigos. Obrigada.

— Disponha, senhora.

Jessica seguiu rumo à mesa quarenta e três, passou direto.

Beba, pensou ela, beba, beba, beba.

Ela saiu do salão de baile, guardando o borrifador vazio na bolsa, pegando o maço de cigarros. Então foi direto para a área externa, mexendo no isqueiro como se quisesse fumar.

Alguém a cutucou no ombro, fazendo-a pular como se tivesse sido acertada por um raio.

— Ah, mil perdões! — A mulher de vestido vermelho-vivo riu. — Eu só queria acender meu cigarro.

— É claro.

Jessica se forçou a sorrir enquanto as duas seguiam juntas, como se fossem amigas. Com medo de a mão tremer, ela entregou o isqueiro para a mulher.

— Obrigada.

— De nada. Pode me dar licença? Vi uma amiga.

Jessica se afastou, andando devagar até ver que a mulher já puxava papo com outro fumante.

Então continuou andando. E andando. E percebeu que as mãos não tremiam. Não apenas se sentia tranquila, como também se sentia triunfante.

Livros poderiam ser escritos sobre ela agora.

Capítulo vinte e nove

♦ ♦ ♦ ♦

Como queria manter a agenda tranquila durante o verão, Cate limitou-se a trabalhar três horas pela manhã. Isso lhe dava tempo para ficar com o pai, tempo para ir ao rancho. Tempo.

Ela adorava ver a forma como o pai interagia com Julia, a vovó, Red e, é claro, Dillon. E sabia que algumas de suas lembranças favoritas na vida seriam daquele verão. Ver fogos de artifício explodindo pelo céu com a multidão de Sullivans, com Dillon e sua família, cavalgar com o pai e Dillon para levar o gado de um campo para outro.

Coisas que nunca tinha imaginado fazer.

Caminhadas na praia, noites de balada na Estalagem, uma visita de Gino — graças a Lily — para dar um toque no cabelo.

Cate imaginava que aquele dia, em que haveria o grande churrasco de verão da família Cooper, seria motivo de boas recordações. Ela usaria um vestido novo, cortesia de um passeio com Lily para fazer compras. Branco poderia ser uma escolha errada para um churrasco, mas ele parecia tão fresco e veranil com suas alcinhas e saia rodada.

Ela esperava que sua contribuição de pudim de pão não passasse vergonha ao lado do que imaginava que seria uma refeição farta e maravilhosa.

Tinha acabado de pôr tudo no forno quando viu o pai pela parede de vidro.

Abrindo a porta, Cate gritou:

— Chegou bem na hora! Acabei de colocar o pudim de pão no forno, e você pode me distrair do meu medo de que fique uma porcaria. Desenterrei a receita da sra. Leary, mas não faço pudim desde adolescente. Por que resolvi escolher algo que não faço há dez anos? — Então ela prestou atenção no rosto do pai, e a empolgação pelo dia desapareceu. — O que foi? O que aconteceu?

— Você não ligou a televisão hoje, né?

— Não.

O coração de Cate acelerou. Mais alguém? Quem? Meu Deus, tinha certeza de aquilo tudo tinha acabado.

Enquanto estavam parados na porta, Aidan segurou suas mãos.

— Sua mãe está sendo interrogada pela polícia pela morte do marido.

— Mas... disseram que foi um ataque cardíaco. Sei que Red está desconfiado de novo, mas o homem não tinha, sei lá, uns noventa anos? E vários problemas de saúde.

— Parece que o ataque cardíaco não veio do nada. Encontraram uma dose letal de digitalina na bebida dele.

— Meu Deus.

— Venha. — Ele passou um braço em torno da sua cintura. — Vamos sentar aqui fora. No ar fresco.

— Alguém matou ele. Envenenou ele. A polícia acha que minha mãe... Mas isso não tem ligação alguma com as outras mortes ou ataques. A bebida era dele mesmo, não era dela?

— Era dele, sim. Um gim-tônica, aparentemente. Charlotte estava bebendo champanhe.

— Mas então... Não tem ligação alguma. Ela nem conhecia ele quando tudo aconteceu.

— Não. Quer um copo de água?

— Não, não, pai, estou bem. Que coisa horrível. Um homem morreu, um homem foi assassinado, e estou aliviada por não ter nada a ver comigo. Por outro lado, tem — murmurou Cate. — Ela é suspeita de verdade?

— O jornal disse que a morte foi considerada homicídio e que ela está sendo interrogada. Não sei de nada além disso.

— Papai. — Cate apertou as mãos dele. — Sei que nenhum de nós a conhece mais, se é que já conhecemos um dia. Mas você acha que ela seria capaz disso?

— Acho.

Nenhuma hesitação, pensou Cate, e fechou os olhos.

— Também acho. Todo aquele dinheiro, e Charlotte provavelmente não esperava que o homem vivesse por tanto tempo. Qual seria o problema em dar um empurrãozinho para agilizar as coisas? Consigo ouvir o pensamento dela. Ou nós pensamos assim por causa do que ela fez com a gente?

— Não sei, querida, a polícia que precisa descobrir essas coisas. Eu não queria que você fosse pega de surpresa.

Cate tentou segurar a pulseira que não estava usando, então apenas fechou a mão em torno no pulso.

— Os jornais já estão falando do sequestro de novo, não estão?

— Sim, e vão passar um tempo batendo nessa tecla.

— Não me importo mais. Meu Deus, sim, me importo. Porque afeta você, o vovô, vóvis Lil. E vai deixar Dillon e a família dele chateados. Diga a verdade, pai, seja direto. Devo fazer uma declaração?

— Vamos ver o que acontece. Ela pode ser liberada, e rápido.

— Ela pode ser liberada — concordou Cate. — Mas passar por um segundo escândalo como esse? As pessoas nunca vão esquecer de verdade. Ela vai saber como é agora — disse Cate, baixinho. — Se for inocente, vai saber como é ser perseguida por algo que está fora do seu controle.

CHARLOTTE QUERIA estar irritada, queria estar furiosa, mas a raiva não conseguia atravessar a muralha de gelo do medo.

Ela foi interrogada. Era verdade que, dessa vez, tinha um exército de advogados, os melhores que o dinheiro poderia pagar, mas sentia como se tivesse voltado àquele dia horrível, depois da choradeira interminável de Caitlyn, à sala de interrogatório, com a polícia a acusando de coisas terríveis.

Na maior parte do tempo, foram os advogados que falaram, que pediram um intervalo quando ela se acabou de chorar. E eram lágrimas de verdade. Não de tristeza, mas de medo.

Desejar que o marido morresse não a tornava culpada por nada. Ela deu a Conrad os melhores anos de sua vida. Era uma esposa fiel e dedicada — afinal de contas, havia bilhões de dólares em jogo.

Ora, ela não estava nem na mesa quando Conrad caiu duro, mas no palco, sob os holofotes, fazendo seu discurso altruísta.

E ela não tinha ido correndo para o lado dele, após apenas um brevíssimo momento de hesitação, irritada, com razão, pelo marido ter escolhido justamente aquele momento para chamar atenção? Mas foi correndo na direção dele.

Não esperava que o homem morresse em seus braços.

Mas, puxa vida, que cena, pensou Charlotte enquanto deitava na cama, com uma máscara gelada sobre os olhos doloridos.

Graças a Deus alguns fotógrafos tinham capturado o episódio. Poderia usar aquilo por anos.

Mas, primeiro, tinha que superar aquele pesadelo. A imprensa de novo, se amontoando, gritando perguntas, tirando fotos enquanto seus advogados e guarda-costas a cercavam, abrindo caminho para levá-la até a limusine.

A forma como as pessoas a encaravam, como os jornalistas acrescentavam aquele toque horrível de dúvida e suspeita. Eles não se importavam com seu sofrimento.

Ela precisava encomendar alguns terninhos pretos e um chapéu com véu. Um véu seria absolutamente necessário para seu papel de viúva enlutada.

Charlotte ficaria de luto — mostraria a eles! Quando aquele pesadelo acabasse, organizaria um evento digno da realeza em homenagem ao marido — e ela seria a rainha.

Nada de bronzeamento artificial ou pó bronzeador por pelo menos dois meses, para ganhar aquele aspecto pálido, abatido. Ela passaria um tempo isolada, talvez viajando para as várias propriedades do casal — agora suas — pelo mundo.

Para se recordar dos momentos felizes com o único homem que amou de verdade. Sim, poderia emplacar essa versão.

Mas precisava superar o pesadelo primeiro. Depois exigir que a polícia se desculpasse por traumatizá-la em um momento de tamanho choque e tristeza.

Charlotte os faria pagar por aquilo. E, sozinha, faria um brinde à pessoa, seja lá quem fosse, que decidira que Conrad já tinha vivido demais.

Em seu vestido branco, Cate levou seus pratos para a cozinha dos Cooper.

Lá fora, defumadores soltavam fumaça, churrasqueiras esperavam de prontidão, dezenas de mesas se alinhavam. No interior, como esperado, as senhoras de Dillon preparavam um banquete de acompanhamentos.

— Eu sabia que vocês não iam precisar, mas quis trazer alguma coisa. — Ela procurou um espaço na bancada para sua tigela. — E chegar mais cedo, para, bom, ajudar.

— Pegue um avental — aconselhou Maggie — ou esse vestido branco vai ficar parecendo uma lona velha depois de alguém pintar o teto.

Julia se aproximou enquanto Cate amarrava um avental, segurou seu rosto.

— Como você está?

— Não sei o que pensar sobre o que aconteceu, sobre ela, sobre nada. Então resolvi não fazer isso.

— Melhor assim. O dia está bonito, e temos comida suficiente para dois batalhões. Quer terminar de fazer aquele galão de salsa mexicana? Já fiquei sabendo que você leva jeito para a coisa.

— Claro. E Dillon? Red?

— Provavelmente colocando as bebidas no gelo — disse Maggie. — Eles precisam montar o arremesso de ferraduras, e geralmente temos partidas de bocha, passeios de pônei para as crianças. E a pista de dança também. Vários músicos entre os convidados. Sempre que Lily e Hugh vêm, a gente obriga os dois a cantar antes de poderem comer.

— Adoro ouvir os dois cantando.

— Você vai ter que subir no palco também.

— Ah, eu não canto de verdade. — Cate desviou o olhar da tábua onde cortava os legumes. — Só nas dublagens.

— Que diferença faz? Enfim, é uma festa de arromba, com comida boa, gente boa, música boa.

Depois de uma hora na cozinha, Cate aceitou a realidade. Sempre seria uma cozinheira ocasional. Ela observou Julia temperar um panelão de feijão enquanto Maggie cortava alguns itens das duas folhas presas na prancheta.

— Sabem de uma coisa, fornecedores e planejadores de festas ganham uma grana fazendo o que vocês duas fazem por diversão.

Julia colocou os feijões no forno.

— Se eu tivesse que ganhar a vida fazendo isso, fugiria para Fiji e moraria na praia. Mas uma vez por ano? É divertido. Como estamos indo, mãe?

— Seguindo o cronograma. Hora de se arrumar.

— Vou ver se precisam de ajuda lá fora.

Quando Cate saiu, sentiu cheiro de grama e plantas, cavalos e maresia. Os cachorros abandonaram o que estavam fazendo, seja lá o que fosse, e vieram correndo.

Garrafas de cerveja despontavam de enormes baldes de metal abastecidos com gelo. Aparentemente, um carrinho de mão tinha sido utilizado para guardar as garrafas de vinho, e outro, os refrigerantes.

Alguns dos ajudantes do rancho penduravam pisca-piscas. Ao longe vinha o som ritmado de metal batendo em metal e de alguém cantando — ligeiramente desafinado — "I Won't Back Down", de Tom Petty.

Cate deixou que os cachorros a guiassem até o padoque, onde Dillon pacientemente escovava um dos dois pôneis malhados que mastigavam feno. Ele estava de calças jeans — com um limpador de cascos enfiado no bolso de trás —, camisa de cambraia com as mangas dobradas até os cotovelos, chapéu cinza de abas curvadas e botas gastas.

Cate pensou: Uau.

Dillon fez uma pausa, coçando atrás da orelha do pônei enquanto a observava se aproximar.

— Isso que é vista.

Ela deu uma voltinha elegante.

— Está bom para um churrasco de verão no rancho?

— Está bom para qualquer coisa, em qualquer lugar. — Dillon ergueu as mãos. — Eu estava arrumando esses dois, então não vou encostar em você.

— Tudo bem. Eu encosto em você. — Ela se esticou para o outro lado da cerca, pegou sua camisa e o puxou para um beijo. — Não sabia que vocês tinham pôneis.

— Não temos. Pegamos dois emprestados para a festa, nos alternamos supervisionando a criançada.

— Eles têm olhos fofos.

Cate esticou a mão para fazer carinho em uma bochecha.

— E vão morrer de tédio até o fim do dia, mas sabem fazer seu trabalho. — Dillon deu uma batidinha no flanco do pônei antes de pular a cerca. — Você está bem?

— Acabei de passar uma hora na cozinha com duas mulheres que deixam minhas habilidades culinárias e de organização no chinelo. Fora isso, sim.

Ele encostou a testa na dela em um gesto que Cate achou tão fofo quanto os olhos dos pôneis.

— Preciso lavar as mãos, porque preciso te agarrar.

Enquanto Cate seguia com ele para a bomba-d'água, Red saiu do outro lado do celeiro.

— O arremesso de ferraduras está pronto, a bocha está pronta, e montei algumas cadeiras para o caso de alguém querer assistir às brincadeiras.

— Obrigado, Red.

— *A mulher de branco* — disse ele para Cate. — Você está linda.

— Own.

— Agora, quer ouvir o que eu sei ou quer esquecer esse assunto por hoje?

— Quero ouvir e depois esquecer.

— Você é uma mulher sensata, Cate. Sempre foi. Então vou dar um resumo. Dupont estava no palco, no salão de baile do Beverly Hills Hotel, cheia de pose, mostrando o coração de mãe dela. Ela estava circulando, falando com um monte de gente, então passou um tempo sentada com seu digníssimo à mesa deles antes de começar seu discurso. Fazia só cinco minutos que ela estava falando, de acordo com as testemunhas, quando o digníssimo começou a ter dificuldade para respirar. Então ele caiu de joelhos no chão. As pessoas foram correndo até lá, como seria de esperar. Dupont demorou um pouco, mas correu também.

— Devia haver médicos lá — disse Cate.

— Sim, havia. Dois médicos apareceram rápido, pediram para as pessoas se afastarem. Tentaram reanimá-lo, ligaram para a emergência. Foi muito rápido, não havia nada que pudesse ser feito. Dupont chorou, não soltava o homem. Há fotos dela segurando Conrad no colo. A polícia chegou. Parecia ter sido um ataque cardíaco, e não seria o primeiro que ele teve. — Red se mexeu um pouco, cutucou os óculos escuros. — Mas a polícia apareceu, junto com a equipe forense. Eles foram meticulosos. Digitalina, uma dose mortal, no gim-tônica do falecido. A garçonete foi liberada, o barman que preparou a bebida também. Havia muitos convidados lá, como eu disse, e vão ter que interrogar muita gente. Mas o fato é que existe uma pessoa que se beneficiaria mais que todo mundo com a morte dele, e essa pessoa estava sentada ao seu lado, com fácil acesso, e já chamou atenção das autoridades em dois assassinatos e duas tentativas. Ela vai ser investigada mais a fundo agora.

— Você acha que ela é culpada?

— Não posso dizer que sim nem que não, mas, se você quiser saber se acho que ela seria capaz? Sem sombra de dúvida.

— Também acho. — Cate soltou o ar, como se estivesse se livrando de um peso. — Sinto muito por um homem ter morrido e pela forma como morreu. Mas não sinto muito por Charlotte estar sendo investigada de novo. Se ela for culpada, espero que passe o resto da vida na cadeia dessa vez. Se for inocente, bem, ela está prestes a descobrir como é ter que pagar caro sem ter feito nada.

— Como eu disse, uma mulher sensata. Mas saiba que também estão de olho em Sparks.

— Por causa disso? Mas...

— Policiais são seres desconfiados, Caitlyn — disse Red com orgulho. — Então a gente precisa suspeitar que o negócio todo foi armado. O que Sparks faz? Qual é sua natureza? O homem joga a culpa nos outros. Ele tem muitos motivos para querer ferrar Charlotte Dupont.

— Se ele foi capaz de armar tudo isso da prisão, se foi capaz de encomendar o assassinato de duas pessoas, por que não matar Charlotte?

— Quando você mata alguém, acabou. Mas, se resolve fazer da vida da pessoa um inferno, o sofrimento é muito maior. E, confie em mim, sua mãe está sofrendo, apesar dos advogados caros.

— Ei! — gritou Maggie, com sua trança verde-grama balançando, da janela do quarto. — Vocês três não têm mais o que fazer? Acham que as pessoas vão comer com as mãos? Arrumem os pratos, os talheres. E não esqueçam os guardanapos.

— A mulher é uma carrasca — comentou Red enquanto Maggie enfiava a cabeça para dentro do quarto. — Mas não consigo largar dela. — Ele virou para Cate. — Esqueça o assunto.

— Já está esquecido.

Como previsto, havia comida boa, gente boa e muita música. Cate achou fácil entrar no clima. Ela sentou com Leo e Hailey, pegou a maravilhosa Grace no colo e observou as crianças de olhos arregalados dando voltas no padoque em pôneis pacientes e trabalhadores.

E ficou com saudade de Darlie e Luke, imaginando os dois se acomodando na nova casa em Antrim, na Irlanda, com um cachorrinho chamado Cão.

Vendo os avós cantando um dueto, ela apoiou a cabeça no ombro do pai.

— Eles continuam bons.

— E sabem disso. Aqueles dois não vão se aposentar nunca. Não completamente, pelo menos.

Enquanto Aidan falava, Hugh se aproximou, pegou a mão de Cate.

— Você se lembra da música do pub em *O sonho de Donovan*?

— Talvez. Claro. Agora? — Achando graça, extremamente relutante, ela permaneceu firme quando ele puxou sua mão. — Aqui? Vovô, eu tinha seis anos.

— Tem coisas que a gente não esquece. Venha, tem um violinista aqui que disse que sabe tocar. Você não vai decepcionar seu velho avô, vai?

— Ai, que chantagem emocional. Eu tinha seis anos — repetiu Cate enquanto Aidan ajudava, empurrando-a para levantar. — Ai, meu Deus, vou ter que me mudar para Fiji com Julia depois disso.

Era uma canção rápida, alegre, e o violinista tocava bem, cheio de entusiasmo. Cate tentou voltar no tempo, se lembrar dos passos, dos movimentos, das palavras.

Apenas um movimento de sapateado como se caminhasse no começo, enquanto segurava a mão de Hugh. E depois um *riff* com cinco batidas

Ele piscou para ela, como fazia no filme. E Cate voltou.

Ao redor, as pessoas batiam palmas no ritmo, assobiavam e até cantavam junto. Em meio a todas elas, Aidan observava Dillon.

Ele sabia, é claro, via, ouvia, sentia, toda vez que os dois estavam juntos. Sabia que o rapaz dormia na cama de sua filha, e achava que, como pai de uma mulher adulta, tinha se adaptado bem àquela realidade.

Mas naquele momento, sob o céu azul de verão, lembrando-se de quando sua menina era apenas uma criança, com apenas seis aninhos, seu coração de pai partiu e se inflou ao mesmo tempo.

Os dois terminaram a apresentação como começaram, de mãos dadas, sorrindo um para o outro.

— Aquela foi uma das épocas mais felizes da minha vida — murmurou Cate enquanto abraçava o avô.

— Da minha também. Não sou mais tão jovem.

— Nem eu! — Rindo, ela o guiou de volta para a mesa. — Descanse, Sullivan.

— Vou descansar melhor com uma cerveja. Estamos em uma festa.

Quando viu Lily assentir, Cate deu um beijo na bochecha do avô.

— Vou buscar uma para você.

— Você foi ótimo, pai. Já volto.

Aidan foi direto até Dillon, que ainda olhava para Cate e obviamente tentava se livrar de um grupo de pessoas para ir falar com ela.

— Desculpem. — Cheio de charme, Aidan sorriu, deu tapinhas em algumas costas. — Preciso pegar Dillon emprestado por um minuto.

— Obrigado — começou o rapaz enquanto os dois se afastavam. — Eu queria...

— Eu sei. Precisamos conversar primeiro.

Ele seguiu para a frente da casa, onde havia menos gente. Mesmo assim, alguns convidados permaneciam na varanda, então Aidan continuou andando, seguindo para o campo em que o gado pastava. Com a floresta ao fundo.

A floresta por onde sua filha tinha fugido, perdida e apavorada.

— Cate é minha única filha — começou Aidan. — Tive que lutar contra a vontade de proteger e manter ela grudada comigo o tempo todo. Foi minha avó quem insistiu para que eu desse espaço a ela, quando estávamos na Irlanda. E estava certa. Mas eu sabia que, quando não estivesse lá, ao seu lado, vovó estaria.

— Não conheci Rosemary — disse Dillon escolhendo bem as palavras —, mas Cate fala tanto dela que nem parece.

— Minha avó era fora de série. Quando voltamos para a Califórnia, eu sabia que meu pai e Lily estariam com ela quando eu não estivesse. Até quando Cate insistiu, e, meu Deus, como insistiu, que queria se mudar para Nova York, eu sabia que Lily estaria lá. Depois disso, não tive muita escolha. Ela viveria sua vida, e quero que faça mesmo isso. Amar significa deixar o outro seguir em frente e, ao mesmo tempo, manter-se por perto.

— Eu amo Cate. Há muito tempo. Então sei que isso é verdade.

Aidan deu as costas para a floresta, olhou nos olhos do homem que já sabia ser o dono do coração de sua filha.

— Vocês são adultos, mas ainda vou perguntar quais são suas intenções.

— Vou cuidar de Cate, mesmo quando ela não quiser muito que eu faça isso. Sua filha é bem mais durona do que parece, mas ainda precisa de alguém que lhe dê apoio. Todos nós precisamos. E vou fazer tudo que estiver ao meu alcance para deixá-la feliz, para criarmos juntos uma vida da qual a gente se orgulhe. Quando ela concordar com isso tudo, vou pedir para que se case comigo. Nós dois somos adultos, mas espero que você aprove.

Colocando as mãos nos bolsos, Aidan virou para olhar o mar, para se recompor.

— Faz quase vinte anos que sou grato a você.

— Não se trata de...

Aidan levantou uma mão para interromper Dillon.

— Não passei tanto tempo aqui quanto meu pai, quanto Lily, quanto Catey agora, mas vi o suficiente para saber que eu teria orgulho de unir sua família à minha. Passei um bom tempo prestando atenção em você neste verão.

— É. — Dillon afastou o chapéu um pouquinho para trás. — Eu percebi.

Satisfeito, Aidan deu um passo para trás.

— Então, se você estava em busca da minha aprovação, você a tem. E, se estragar tudo, se magoar minha menina, vou te encher de porrada. Caso eu não seja capaz de fazer isso por conta própria, vou contratar alguém que seja.

Dillon olhou para a mão que Aidan oferecia, apertou-a.

— Justo.

Dando uma risada, Aidan lhe deu um tapinha nas costas.

— Agora vamos pegar uma cerveja.

Horas depois, exausta porém feliz, Cate seguiu com Dillon para a casa dele.

— Não sei como vocês conseguem acordar antes do amanhecer depois de um dia como hoje.

— Fazendeiros são resistentes. Vamos passar um tempinho aqui fora. A noite está bonita.

Eles tinham limpado e guardado a maioria das coisas, porém algumas cadeiras continuavam pelo quintal, então Cate pegou uma, suspirou ao observar o mar, as estrelas, a lua redonda e cheia.

— O melhor momento do dia — desafiou ela. — Escolha um. Não pense muito.

— Tenho alguns, mas vamos começar com ver você dançando com Hugh.

— Também foi um dos meus.

Das colinas, veio o uivo de um coiote.

— Você não quer mesmo isso?

— O quê?

— Poder se apresentar daquele jeito. No palco, ou nas telas.

— Não, não quero. — Cate virou o rosto para o céu, entendeu que nunca estivera tão feliz quanto naquele momento. E soube exatamente por quê. — Foi divertido, mas não quero que seja meu trabalho. Hoje, meu pai disse que meus avós nunca vão se aposentar, e é verdade. Nós, os Sullivan, tendemos a dar tudo de nós. Tipo outra família que eu conheço. Não quero dar tudo de mim desse jeito, e não é por causa de um trauma de infância, não mais. Descobri que prefiro me dedicar a outras coisas. — Jogando o cabelo para trás, ela se virou para encará-lo. — Quer saber qual foi meu momento favorito do dia?

— Claro.

— Eu estava trazendo outra bandeja de pães da casa. Vi você com meu pai, meu avô, parados perto de uma churrasqueira. A fumaça subia, você segurava uma espátula com uma mão e uma cerveja com a outra. Vovô gesticulava do jeito que faz quando conta uma história, e você virava os hambúrgueres e sorria, enquanto papai balançava a cabeça. Não precisei ouvir para saber que ele te dizia para não ficar dando corda para o vovô. — Cate segurou a mão de Dillon, levou-a até sua bochecha, pressionando-a. — E, parada ali, com a bandeja cheia de pães de hambúrguer, pensei: "Ah, não é lindo? Não é maravilhoso? Olha só eles três, no meio da fumaça e da música, cheio de gente em volta, as crianças passeando nos pôneis, Leo dançando com Hailey enquanto Tricia segura a bebê. Lá estão os três homens que eu amo. Juntos."

A mão de Dillon se virou para apertar a dela, com força. Os olhos dele focaram seu rosto.

— Se você disser que me ama como um irmão, vou cair duro aqui, agora.

— Nada disso. — Cate segurou a nuca dele com a outra mão, uniu seus lábios. — Agora já era, Dillon. Cheguei aqui e não posso mais voltar atrás. Eu te amo. E é para sempre.

Ele se levantou e a ergueu da cadeira, tirando Cate do chão. Tomou os lábios dela de novo quando Cate prendeu os braços em torno de seu pescoço.

— Esse é o melhor momento, sem dúvida.

— Concordo.

Então Dillon a pegou no colo para levá-la para dentro de casa.

— Falei rápido demais — disse Cate. — Talvez o melhor ainda esteja por vir.

— Acho que o melhor dos melhores está por vir. Tipo o dia em que eu casar com você.

— Casar? Que... que rápido. Tipo, pá!

— Para sempre é para sempre.

— Mas... casamento é...

Cate sentiu a crise de pânico se aproximando, tentou esfregar a pulseira que não usava.

— Não tem nada de pá. Respire — disse Dillon, calmo como sempre. — Nós somos pessoas de família, Cate.

Ele tinha razão nesse ponto, não podia discutir. E mesmo assim.

— A vovó e Red se amam, mas não são casados.

Ele a ajeitou para abrir a porta.

— Red faz parte da família, e a vovó já tinha criado a dela quando os dois ficaram juntos. A gente ainda vai construir a nossa.

— Ai, caramba, caramba. Eu não sou uma fazendeira, Dillon. Você não pode achar...

Ele a colocou no chão tão rápido que Cate perdeu o fôlego.

— É isso que você acha que eu quero? Que eu espero? Que você vai se casar comigo e começar a, sei lá, ordenhar vacas, limpar as baias? Você é uma mulher tão inteligente, mas às vezes parece que não pensa direito. Você tem o seu trabalho, eu tenho o meu. Por que raios eu ia querer que você abrisse mão do que faz, de algo que deixa você feliz, que você faz tão bem?

— Tudo bem, mas...

— Sem "mas". — Dillon jogou o chapéu no sofá, passou os dedos pelo cabelo. — Você tem aquele seu estúdio chique e vai querer visitar seus avós. Imagino que vai precisar de um aqui, para quando não quiser ir até lá. Então vamos montar um. Temos espaço. Você sabe do que precisa. Porra, eu posso me mudar para o seu *cottage* se isso for um problema. Que diferença faz? Eu quero você, e não vou deixar que diga que me ama, que é para sempre, e depois ficar inventando desculpas esfarrapadas para não casar comigo e construirmos uma vida juntos. — Quando os olhos de Cate se encheram de lágrimas, ele passou todos os dez dedos pelo cabelo. — Não faça isso. Não posso brigar assim.

— Não estou tentando brigar. Não quero brigar. Você montaria um estúdio para mim aqui?

— Nós, Cate. Nós montaríamos. Você não entende o conceito de *nós*?

— Não tive muita experiência com esse *nós* específico, então me dê um tempo. Além do mais. — Ela cutucou o peito dele. — É óbvio que você já pensou em tudo.

— Tive anos para pensar.

— E eu tive um minuto.

Era um bom argumento, Dillon não podia negar.

— Tudo bem. Certo. Posso esperar.

— *Dannazione!* — Cate jogou as mãos para cima. E seguiu o palavrão em italiano com alguns outros. — Preciso perguntar uma coisa. O que você vê? — Ela bateu no próprio peito com as duas mãos. — O que você vê quando olha para mim?

— Vejo um monte de coisas, mas posso dar um resumo agora. Vejo a mulher que eu amo. Vejo você, caramba. Vejo Cate.

Ela se aproximou, pressionou o rosto contra o ombro dele.

— Tive só um minuto. E esperei a vida inteira por você.

— Eu estava aqui o tempo todo.

— Eu não podia antes. Não até perceber, como comecei a fazer nos últimos meses, que aquilo que aconteceu comigo não dói mais tanto porque foi o que me guiou até você.

— Isso é um sim ou a gente ainda vai ficar enrolando?

Cate se afastou, segurou o rosto de Dillon com as duas mãos.

— E se eu dissesse que quero transformar aquele segundo quarto em um quarto de hóspedes bonito?

— Eu diria que aquele quarto não está aberto a discussões.

Ela sorriu.

— Ótimo. Porque eu odiaria me casar com um capacho.

— Espere.

Cate ficou olhando enquanto Dillon saía da sala. E balançou a cabeça quando ele voltou.

— Achei que a gente estivesse tendo um momento especial.

— Aqui está outro. — Dillon abriu a mão, mostrou a aliança. O pequeno diamante estava preso a um anel simples de ouro branco. — Era da minha mãe, meu pai lhe deu quando a pediu em casamento. Ela a passou para mim quando soube como me sentia, o que eu queria. E disse que estaria tudo bem, que não ficaria magoada, se você preferisse alguma outra mais bonita, mas que deveria ficar com ela e passá-la adiante.

Cate pressionou a mão contra o coração primeiro, depois a esticou.

— Como eu poderia preferir qualquer outra?

Capítulo trinta

♦ ♦ ♦ ♦

PELA MANHÃ, Cate encontrou Julia no galinheiro, catando ovos.

— Você acordou cedo. Já eu estou um pouquinho atrasada. — Julia colocou outro ovo no balde. — Não vi Dillon antes de ele sair para os campos.

— Preciso ir para casa, mas queria...

Cate esticou a mão com o pequeno diamante reluzente.

Ao mesmo tempo que seus olhos marejavam de lágrimas, o rosto de Julia se tornou radiante. Ela colocou o balde no chão e conseguiu soltar um "Ah, ah!" antes de puxar Cate para um abraço.

— É a coisa mais importante do mundo para mim saber que você quis me dar sua aliança, que eu a usasse.

Julia afastou Cate, a puxou para outro abraço.

— Preciso de um minuto. Ele te ama tanto. Estou tão feliz por Dillon, por você, por todos nós.

Afastando-se de novo, Julia pegou a mão direita de Cate.

— Eu esperava que Dillon pedisse você em casamento com a aliança que o pai dele me deu. Agora que fez isso, se você quiser outra coisa, algo novo..

Rápido, Cate entrelaçou os dedos com os da sogra.

— Minha família dá valor às heranças. É isso que a aliança significa para mim. Tem tanta coisa ruim acontecendo, e não sei se elas vão parar um dia. Mas tenho este anel, e posso olhar para ele e saber o que é importante de verdade. Tenho as minhas complicações e foi por isso que tentei dizer não, ou pelo menos diminuir o ritmo das coisas. É sempre assustador dar o próximo passo. Mas eu amo Dillon e, se não desse o próximo passo com ele, continuaria trancada em um quarto, sozinha.

— A vida tem complicações, e, na minha opinião, o fato de você e Dillon estarem dando esse próximo passo juntos é uma ótima forma de mandar essas coisas ruins à merda.

Dando uma risada, Cate olhou para as mãos entrelaçadas das duas.

— Não pensei por esse lado, mas, quer saber? É isso. Sim, é isso mesmo.

Ela voltou para o Recanto dos Sullivan sorrindo diante desse pensamento. Toda aquela ganância, aquele desespero sensacionalista podiam ir para o inferno. Ela daria o próximo passo, e depois outro, seguiria em frente, construiria uma vida com Dillon.

E fariam isso em um lugar que era o lar dos dois, perto de famílias tão importantes. Ela teria um trabalho que achava recompensador e desafiador. E se quisesse ordenhar uma vaca ou fazer queijo de vez em quando, também poderia.

O céu é o limite, pensou Cate. E o limite era o que você decidisse.

Ela estacionou, seguiu para a casa principal, depois viu o pai e os avós à mesa perto da piscina. Mudando de direção, foi até eles.

Aidan ergueu uma mão para chamá-la, gritando:

— A gente não sabia quando você voltaria, mas trouxemos uma xícara extra, só para garantir.

— Excelente. — Cate deu a volta na piscina, sentou à mesa. — Estou pronta para um café. Mas não estou vendo ninguém arrumado para a piscina.

Hugh baixou os óculos escuros e a fitou por cima deles.

— Nós decidimos que hoje é nosso dia de folga.

— Ontem foi o dia de folga. — Cate acrescentou leite ao café que seu pai serviu. — Mas vamos fazer assim, podemos mudar o cronograma e fazer hidroginástica à tarde. Umas quatro e meia. E depois, Bellinis. Acho que hoje é um bom dia para Bellinis.

— É impossível recusar um Bellini — começou Lily, e então, como Cate esperava, ela viu a aliança. — Oh! — Sua mão voou para o peito. — Minha menina!

E então ela estava de pé, chorando e sorrindo, abraçando Cate.

— Nunca vi alguém se emocionar tanto por causa de um Bellini — comentou Hugh. — E se a gente acrescentar um caviar? — Ele olhou para Aidan. — Ela adora, sabe-se lá por quê.

— Homens. — Empertigando-se, Lily secou as lágrimas do rosto. — Eles não notam nada que não apareça nua, dançando e pulando. — Ela pegou a mão de Cate e a exibiu. — Nossa menina está noiva!

Aidan apenas encarou a aliança.

— Ele é rápido — murmurou o pai. — Eu dei minha bênção ontem.

— Sua bênção?

Ele olhou para a filha, seu tesouro, o verdadeiro amor de sua vida.

— Dillon meio que pediu.

— É um sinal de respeito. — Hugh, secando as próprias lágrimas, segurou uma das mãos do filho. — Dillon é um homem bom, e é o homem certo. Eu meteria a porrada nele com um porrete se não fosse. Venha aqui dar um beijo no seu avô.

Ao fazer isso, Cate acrescentou um abraço apertado.

— Eu não teria aceitado se não fosse. E minhas expectativas são altas, já que fui criada por dois homens bons. — Ela se virou para Aidan. — Papai?

— Parte de mim queria não saber que Dillon é um homem bom, e o homem certo, e então eu poderia pegar emprestado o porrete do seu avô. — Ele se levantou. — Mas temos que lidar com a realidade... — Então pegou as mãos da filha, as beijou. — Ele ama você, e amor é o que eu quero para a sua vida.

— Chega de café — disse Lily enquanto Aidan abraçava Cate, se balançava com ela. — Está na hora de umas mimosas. Vou mandar uma mensagem para Consuela agora mesmo. Ai! Eu, Maggie e Julia vamos nos divertir tanto planejando o casamento!

E pareciam estar se divertindo mesmo. Com o passar dos dias, as três marcavam encontros, trocavam mensagens, e-mails — e encaminhavam para Cate links de vestidos de noiva, flores, decorações.

Ela decidiu entrar no clima, ignorar os problemas que ainda pairavam — e se jogar no olho do furacão.

Enquanto caminhava com Dillon na praia, observando os cães perseguindo as ondas, latindo para as gaivotas, Cate o atualizou sobre os preparativos.

— Agora tenho um fichário branco enorme. — Ela abriu as mãos para mostrar o tamanho. — Presente de Lily, dividido em categorias, já que insisti que não quero contratar um cerimonialista. Talvez tenha sido um erro da minha parte.

— Sei que casar escondido não é uma opção, mas...

— Não vou partir o coração das três. E meio que estou me divertindo. Eu queria muito casar aqui, no Recanto dos Sullivan, no quintal.

— Por mim, tudo bem.

— Ai, que bom. Que ótimo, porque essa era a maior questão. Ou uma das duas questões maiores. O local e a data. Maio seria bom para você? Sei que é uma época cheia de coisas para fazer.

— Sempre há um monte de coisas para fazer no rancho. Posso esperar até maio. Vamos ter tempo para montar seu estúdio lá.

Dillon pegou a bola que trouxera consigo e a arremessou para os cachorros irem atrás, brigarem por ela.

— Só amigos e parentes? Levando em conta que os Sullivan já são uma multidão. Então vamos convidar só amigos e parentes de verdade?

— Por mim, tudo bem. Eu aguentaria uma produção de Hollywood pela recompensa, mas prefiro assim.

— É bem provável... quase certo — corrigiu-se ela — que a imprensa apareça.

— Não me importo. — Dillon arremessou a bola de novo. — E você?

— Não mais. Então aqui, em maio, amigos e parentes. Vou passar a informação para nossas senhoras. Quero um vestido de noiva branco fabuloso, lindo, só meu.

— Estou ansioso para ver você nele. — Dillon segurou a mão dela e a girou. Parou. — Espere um pouco. Isso significa que preciso usar um smoking?

— Sim. Você vai ficar maravilhoso de smoking.

— Não uso um desde minha formatura na escola.

— Você me disse que foi padrinho no casamento do Leo, junto com Dave.

— Terno, não smoking.

— Paciência. Você vai ter que resolver isso com os meus senhores. Você, Leo e Dave, já que serão seus padrinhos. Darlie será minha madrinha, e só. Se eu começar a convidar minhas primas, vou acabar com dezenas de pessoas no altar. Você tem alguma preferência por flores ou cores?

— Se eu disser que não, pega mal?

— Nesse caso, pega bem. Grandes decisões tomadas, o que vai deixar nossas senhoras felizes. Agora que já resolvemos essa parte, que tal subirmos com os cachorros, sentarmos no pátio com uma bela garrafa de vinho antes de vermos se minha tentativa de fazer massa e molho de pizza deu certo?

— Você tem uma pizza congelada, para o caso de não dar?

— Sempre tenha uma garantia.

Conforme os dois começavam a subir, os cachorros passaram correndo na frente, latindo.

— Alguma visita deve ter chegado — comentou Dillon.

Quando chegaram ao topo, Cate viu Michaela, de farda, agachada, fazendo carinho nos cães.

A alegria que a conversa sobre o casamento havia causado de repente desapareceu.

— Eles estão molhados — gritou Dillon enquanto apertava a mão de Cate, tentando acalmá-la.

— A gente não se incomoda com essas coisas, não é? — Depois de esfregar um pouco mais a dupla, Michaela se levantou. — Desculpe atrapalhar sua noite.

— Você não está atrapalhando. — Cate se enrijeceu, pronta para o que quer que estivesse prestes a ouvir. — A gente ia sentar aqui fora e tomar um vinho. Pode vir com a gente?

— É claro, mas sem tomar vinho.

— Vou pegar a garrafa. Quer uma Coca? — perguntou Dillon a Michaela.

— Seria ótimo, obrigada. — Ela sentou. — Não vai me mostrar o anel?

Obedecendo, Cate esticou a mão.

— Foi a aliança de noivado da mãe de Dillon.

— Eu sei, as notícias se espalham rápido por aqui. É um ciclo que se encerrou muito bem. A aliança, você e Dillon. É um final de cinema.

— Chegamos ao final mesmo?

Suspirando, Michaela se recostou na cadeira.

— Eu queria poder dizer que sim, e sinto muito por vir falar disso. Mas acho que seria bom manter você informada.

— Concordo. E agradeço.

Dillon trouxe as bebidas, depois tirou alguns biscoitos de cachorro do bolso e os distribuiu.

— Os dois vão se distrair agora.

— Primeiro, parabéns, felicidades, essas coisas todas. De verdade. — Michaela fez um brinde rápido, depois colocou seu copo sobre a mesa. — Por enquanto, a investigação não encontrou provas concretas nem evidências contra Charlotte Dupont. O caso ainda está aberto, mas não há como negar que a motivação é meio fraca. Ela esperou esse tempo todo, e o homem tinha noventa anos, uma saúde cada vez pior. Não há nenhuma prova de que ela tenha tido casos, problemas financeiros, nenhum indício de que brigavam. Por que matar o marido e arriscar tanto em público quando ela poderia apenas seguir com a vida e esperar que ele morresse?

— Alguém é culpado — argumentou Dillon.

— Sim, alguém. A esta altura, os detetives não conseguiram conectar os outros assassinatos ou ataques a esse último, nem Dupont a nada disso. E eles estão investigando, acreditem. Temos a polícia de Los Angeles, de São Francisco e o nosso departamento analisando tudo. — Michaela hesitou. — Quero dizer que não acho que ela seja muito inteligente. Cautelosa, sim, mas inteligente?

— Você acha que ela não conseguiria armar algo assim?

Michaela fez que não com a cabeça para Cate.

— Quanto mais descubro, menos imagino Charlotte Dupont sendo responsável por tantos ataques. Porque acredito que eles tenham uma conexão. Temos mais dois suspeitos. Interrogaram um cara que mentiu para entrar na festa. Ele é fichado, foi preso por fraude, golpes com fundos de investimento, mas nada violento. Vocês conhecem alguém chamado William Brocker?

— Não.

— Por enquanto, não está dando em nada. A outra é Millicent Rosebury. Compraram um ingresso com esse nome, com um cartão de crédito clonado. O endereço não bate. A carteira de identidade era falsa. Estão usando um software de reconhecimento facial, mas ainda não descobriram nada. A garçonete se lembra vagamente de ter falado com uma mulher perto da mesa, que pediu orientações. Ela acha que talvez tenha perguntando onde ficava outra mesa, ou o banheiro. Havia muita gente na festa — acrescentou Michaela. — A garçonete só sabe que era uma mulher de meia-idade, loira, branca que usava óculos. As câmeras pegaram uma mulher com a mesma descrição indo ao fumódromo com outra. Ela segurava um maço de cigarros e um isqueiro. Mas não encontraram imagens dela voltando de lá. — Michaela suspirou de novo. — É tudo muito pouco. Também acho bom você saber que Dupont está dizendo que vai contratar os próprios detetives. Eu queria ter algo mais concreto para contar.

— Primeiro, acho que você tem razão. Charlotte não é inteligente o bastante. Mais que isso, esse não é o tipo de atenção que ela quer receber. Aquele era seu grande momento, por que estragaria tudo? Agora, ela vai se esbaldar com o que tem, mas também teria se esbaldado com a festa. Seja sincera Você acha que foi Sparks?

— Com certeza. Sem dúvida alguma. Mas daí a provar? São duas coisas diferentes. Mas o que tenho a dizer, e espero que isso ajude, é que todas as mortes e ataques levam a Dupont. Se procurarmos um padrão, é isso que vemos. Os ataques são relacionados a Dupont, não a você. Até as ligações que fazem há anos. A voz da sua mãe aparece em todas pelo menos uma vez. Trata-se de vingança, de jogarmos nossas suspeitas em cima dela. Ou seriam os refletores?

— Você ajudou mesmo.

— Se eu ficar sabendo de mais alguma coisa, aviso. Enquanto isso, vou parar de atrapalhar. — Michaela se levantou. — Estou muito feliz por vocês dois.

Enquanto os cachorros a acompanhavam até o carro, Cate pegou a mão de Dillon.

— Ela está na lista dos amigos de verdade.

— Com certeza.

DURANTE SEU encontro semanal com Grant, Jessica lutou contra os sentimentos conflitantes dentro de si. Como sempre, havia a ânsia de vê-lo, de ouvir sua voz, tocar sua mão. Mas a animação e a expectativa de planejar algo vital e importante para ajudá-lo tinham desaparecido.

Em seu lugar, havia raiva e frustração.

— Faz mais de três semanas. — Jessica fechou as mãos em um punho, abriu, fechou de novo. — Ela está fazendo a polícia de boba, Grant. Está dando entrevistas, organizando um evento enorme, elaborado, falando sobre contratar investigadores particulares.

— Paciência. — Sparks deu de ombros.

— Ela vai escapar! Os policiais não conseguem ligar os pontos e prendê-la. Quem mais ia querer matar aquele homem? Pelo amor de Deus. Precisam prendê-la.

Sparks resistiu à vontade de lembrar que ele quis matar o homem, e que Jessica o matou. Ele sabia que os melhores golpes davam certo quando você acreditava no que dizia.

— A culpa é daquele dinheiro todo, Jess. Da fama. Você deu o seu melhor para que Charlotte recebesse o que merece. E ela recebeu. Um pouco.

— Não o suficiente, Grant. Não o suficiente depois de tudo que aquela mulher fez. Eu sei que estava quase conseguindo fazer com que você fosse solto antes da hora. Eu *sei*. E, agora, a polícia fica te interrogando. Sei que é por isso que você não vai embora daqui comigo hoje. Não é certo.

— Falta pouco. — Se ele aguentasse olhar para a cara dela por tanto tempo. — O melhor a fazer agora é esperar. Você fez o que podia. Agora, vamos aguardar.

— Você deve estar tão decepcionado comigo.

— Ah, não, querida. — Ele estava com nojo dela, mas se forçou a segurar suas mãos. — Jamais vou poder recompensar o que você fez por mim.

A confiança que ele tinha por ela, seu amor inabalável, quase a destruiu. E a deixou obcecada. Precisava dar mais a Grant. Precisava mostrar que faria absolutamente tudo por ele.

Absolutamente tudo para que Charlotte Dupont recebesse o que merecia.

Jessica pensou em matar aquela vaca. Sonhou com isso. Podia arrumar trabalho como empregada, ganhar acesso à casa. Ou se passar por jornalista. Devia haver alguma maneira de chegar perto o suficiente. Uma facada no peito, um tiro na cabeça.

Mas, não, por mais que a ideia a empolgasse, isso não faria com que a polícia continuasse atrás de Grant?

Precisava encontrar uma maneira de levar os policiais idiotas até Dupont. E não deixar que suspeitassem do seu amado.

A melhor forma de fazer isso? Voltar para o começo. Voltar para Caitlyn Sullivan.

Jessica levou semanas para organizar toda a logística, e apenas a força de seu amor a impediu de contar seus planos para Grant. Seria uma surpresa.

Ele ficaria tão orgulhoso!

Ela até tentou contar sobre seus planos, apenas insinuando a ideia de mandar outra gravação para Cate. Mas Grant foi extremamente contra. Era melhor esperar, repetiu ele, parecendo muito cansado e triste.

Depois que Jessica fizesse o que precisava ser feito, depois que trancafiassem Dupont em uma cela, onde ela merecia estar, contaria tudo a ele.

E se esforçaria ainda mais para antecipar sua saída da prisão. Exigiria isso.

Tinha encontrado muitas informações sobre a propriedade dos Sullivan. Os ricos e famosos eram tão burros por permitir que fotógrafos entrassem em suas casas, ou que matérias fossem escritas sobre suas vidas.

Ela podia analisar as imagens aéreas na internet até dizer chega.

E entendia o suficiente do esquema de segurança — portões, câmeras —, sabia onde ficava o *cottage*, com a famosa parede de vidro virada para o mar.

Apesar das câmeras, tinha cogitado alugar um barco, para tentar entrar na península no meio da noite.

Mas não sabia pilotar um barco e com certeza acionaria os alarmes do quintal.

Não havia tempo suficiente para aprender a desarmá-los, como no cinema.

Jessica pensou em matar alguma empregada, ocupar seu lugar. Mas seria vista pelas câmeras e não sabia a senha do portão.

Podia obrigar algum empregado a colocá-la lá dentro. Mas as câmeras veriam duas pessoas. A menos que se escondesse no banco traseiro, com a pistola pressionada nas costas do banco do motorista.

Porém o que faria com o motorista depois? Não poderia matá-lo ali, bem como não poderia deixá-lo ir embora.

Então, quando leu uma matéria na revista *Monterey County Weekly* destacando os empregados dos residentes mais famosos de Big Sur, ela encontrou um caminho. Uma tal de Lynn Arlow — empregada em meio expediente no Recanto dos Sullivan — era citada várias vezes no texto leve e descontraído. No meio daquela bobagem, Jessica encontrou algumas informações cruciais.

Para ajudar a pagar a faculdade (a distância), Arlow trabalhava na propriedade três dias e meio por semana. A matéria também foi muito útil ao acrescentar que ela dividia uma casa com três mulheres em Monterey.

Com um pouco mais de pesquisa, Jessica descobriu o endereço. Era arriscado, é claro, seria arriscado, mas Grant valia todo e qualquer risco.

Ela treinou, pesquisou, estudou, cronometrou, fez viagens para observar o lugar de perto. Pensou em todos os detalhes possíveis, depois pensou de novo. Conforme os primeiros sinais de outono refrescavam o ar, Jessica dirigiu de São Francisco a Monterey, chegando propositalmente de madrugada.

Ela deixou o carro em um estacionamento público e, no escuro, atravessou os sete quarteirões até a casinha que Lynn Arlow dividia com a irmã, uma prima e uma amiga.

Arrombar o porta-malas do velho Volvo foi moleza, já que tinha praticado bastante. Armada com uma lanterna e uma Smith & Wesson calibre 32, ela entrou.

Para acalmar a onda de pânico, concentrou-se no brilho da válvula interna que abria o porta-malas em caso de emergência. Antes de sua pesquisa, Jessica não sabia que a tal válvula existia — um padrão de segurança implementado havia quase duas décadas.

Para se acalmar, levou a mão até ela, resistiu à vontade de puxá-la. E lembrou a si mesma que não morreria sufocada. Havia bastante ar ali dentro. Poderia contar com aquele brilho, com sua lanterna.

Era verdade que ela não gostava de espaços pequenos, apertados, mas aguentaria firme. Conseguiria aguentar se pensasse em todos os anos que Grant teve de sobreviver na prisão por causa de Charlotte Dupont.

Fechando os olhos, Jessica se concentrou para diminuir o ritmo de sua respiração. Imaginou-se caminhando com Grant numa praia no Havaí, ele a pegando nos braços sob o luar, com as palmeiras balançando ao fundo. Imaginou os dois fazendo amor, finalmente, pela primeira vez.

Com um sorriso no rosto, caiu no sono.

E acordou com um pulo quando o carro passou por cima de um bueiro. Entrando em pânico na escuridão, Jessica esqueceu onde estava, o que pretendia fazer e, por um instante terrível, acreditou estar presa em um caixão em movimento.

Então lembrou, a mão trêmula buscando a lanterna. Sob o pequeno feixe de luz, ela arfou em busca de ar, procurando se acalmar. De repente, percebeu a loucura do que pretendia fazer. A mulher que sempre foi adepta às regras, tão normal, tão comum, despertou em seu interior e quis gritar.

Ela precisava sair dali, precisava fugir, voltar para sua vida tranquila e solitária.

A ideia de ficar sozinha de novo, de ser nada de novo, de não ter ninguém de novo, a impediu de puxar a válvula.

Ela jamais poderia voltar atrás, jamais poderia voltar para a tranquilidade e a solidão. Já tinha matado uma pessoa e sabia o gosto — a emoção — de tirar uma vida. Por amor, mas por justiça também. E ainda assim, Charlotte Dupont, a verdadeira vilã, não tinha tido o que merecia.

Jessica tinha que seguir em frente. Não importava quão assustador tudo parecesse agora, tinha que seguir em frente. Fechando os olhos, ela pensou em Grant.

A imagem do amor, do orgulho, da gratidão que veria no rosto dele quando desse a notícia lhe deu forças e calma.

Então lembrou a si mesma que, agora, livros poderiam ser escritos sobre ela. E estava na hora do próximo capítulo.

Capítulo trinta e um

♦ ♦ ♦ ♦

DENTRO DO porta-malas, Jessica desligou a lanterna quando sentiu o carro fazer uma curva, parar no primeiro portão e então começar a subir. Ela desacelerou a respiração conforme ele diminuía a velocidade, de novo, e visualizou o segundo portão em sua mente.

Nove da manhã. Escolher o dia em que Lynn Arlow trabalhava apenas meio expediente foi proposital. Ela teria quatro horas para ir até o *cottage*, matar Caitlyn Sullivan e montar a cena. Então voltaria para o carro, se esconderia na mala.

Quando encontrassem o corpo, ela já estaria de volta a Monterey. Talvez até a caminho de São Francisco. A caminho de Grant.

Tempo suficiente. Tempo mais do que suficiente.

Quando finalmente sentiu o carro parar, quando ouviu o motor ser desligado e a porta do motorista bater, Jessica esperou.

Mais um minuto, depois mais um.

Agora, disse a si mesma. Saia agora.

Ela encontrou a válvula interior, puxou. O suor de alívio escorreu por seu rosto quando ouviu o *clic* baixinho. Devagar, com cuidado, abriu o porta--malas um centímetro. Então ouviu os sons — cortador de grama? Uma roçadeira? Os jardineiros.

Precisaria evitá-los.

Jessica abriu mais um pouquinho, viu os fundos de uma construção. Uma garagem, concluiu após vários minutos suados. Ela se esforçou para ouvir qualquer som de vozes ou passos, mas só escutou o zumbido distante de alguém cortando a grama.

Prendendo a respiração, saiu cambaleando do porta-malas, cuidadosamente fechou a porta antes de se agachar ao lado do carro.

Entre o de Arlow e outro. Aquele era o estacionamento dos funcionários. E ali estava a picape dos jardineiros. Lá estava a garagem, a árvore grande.

É claro, é claro, os funcionários estacionavam nos fundos.

Permanecendo abaixada, Jessica atravessou um trecho de grama que ainda não tinha sido cortada. Tinha treinado andar rápido e agachada no seu apartamento, mas eram tantas as janelas na casa, tanto vidro.

Seu coração batia acelerado enquanto ela corria até uma árvore, verde e frondosa devido ao verão, até arbustos insanamente floridos. Tinha analisado todas as fotos da casa que encontrou na internet. Uma obra-prima da arquitetura, diziam, vários andares, com a famosa ponte, as vistas deslumbrantes.

Mas a construção parecia tão maior na vida real, espalhada em todas as direções, com todos aqueles olhos de vidro transparente. Jessica não ousaria atravessar os pátios ou as varandas.

Então lhe ocorreu que devia ter se vestido como um dos funcionários, em vez de estar toda de preto, como um bandido.

Calças de uniforme, uma camisa, um boné, para ser confundida com um dos jardineiros caso alguém olhasse pelas janelas.

Localizando o homem com o cortador de grama, outro com uma roçadeira, Jessica se agachou, o coração disparado, em um caminho de tijolos, por trás de uma fileira de lírios. Ouviu uma porta abrir. Alguém saiu cantando.

Lynn Arlow. Se olhasse para baixo, ela a veria. Mas não olhou, apenas regou os vasos de flores e plantas na varanda, o tempo todo cantarolando. E voltou para dentro.

Jessica encarou isso como um sinal e saiu correndo.

Viu a ponte, mas não havia ninguém lá. O motor do cortador de grama se tornou apenas um eco enquanto ela seguia em disparada para se esconder no pomar.

Laranjas, limões, limas, cores chamativas, aromas fortes. Entre eles, Jessica caiu de quatro para recuperar o fôlego. Então olhou para o relógio. Tinha levado quase vinte minutos para chegar ali.

Precisava andar mais rápido; ser mais corajosa.

Seguindo entre as árvores, ela se localizou. As colinas estavam à sua esquerda; o mar, à direita. O *cottage* ficava à direita, para baixo. Porém, antes, havia a piscina; mais terreno aberto.

Ela ouviu vozes de novo, precisou diminuir o ritmo, andar com cuidado.

Através das árvores, viu a piscina lá embaixo, o sol batendo na água. E as pessoas sentadas à mesa, sob um guarda-sol vermelho-vivo.

Os Sullivan. O velho, o pai, a avó. E Cate. Todos eles, em seus roupões brancos confortáveis, tomando café, sorrindo, gargalhando, enquanto seu Grant sofria na prisão.

Talvez todos eles devessem morrer, cogitou Jessica. Talvez fossem tão culpados quanto Charlotte Dupont. Ela não poderia passar por ali. Não, alguém com certeza a veria se saísse de trás das árvores e começasse a descer para o *cottage*.

Por que aquelas pessoas podiam ficar sentadas ali, aproveitando a manhã com seus cafés, omeletes e frutas frescas, enquanto Grant precisava engolir aquela gororoba que chamavam de café da manhã em San Quentin?

Jessica se imaginou atirando em todos eles, percebeu que a cena não a perturbava. Nem um pouco. Na verdade, achou a ideia e as imagens extremamente gratificantes.

Mas isso não ajudaria Grant.

Ela sentou sob os limões, as laranjas e as limas para esperar.

— Duas da tarde. — Lily apontou com seu garfo para Cate. — Você vai ter tempo de sobra para trabalhar antes de me agradar.

— Quem está agradando quem? — rebateu Cate. — Foi você que encomendou os modelos dos vestidos de noiva.

— E não vejo a hora de vermos todos juntas. Você me deu uma boa ideia do que quer, mas, mesmo se não gostar de nada, esses modelos vão oferecer um vislumbre do que vai ser a roupa mais importante da sua vida. — Lily olhou para os dois homens. — Vocês estão dispensados.

— Que bom. — Hugh pegou o bule de café e, sob o olhar de alerta da esposa, encheu só metade da xícara. — Quero que você leia um roteiro, Aidan.

Cate levou uma mão à orelha.

— Estou ouvindo o som da sua aposentadoria sendo destruída de novo?

— Talvez. Não dá para sobreviver só à base de hidroginástica. Graças a Deus.

Ele começou a oferecer mais café para a neta, mas ela recusou com a cabeça.

— Já chega para mim. Tenho dois comerciais para fazer hoje, e uma personagem de videogame para estudar antes de poder brincar com modelos de vestido de noiva.

— Que tal jantarmos na varanda hoje?

Ela sorriu para Hugh enquanto se levantava.

— Eu topo, e vou avisar Dillon. — Dando a volta, Cate abraçou Aidan por trás. — Afinal, só tenho mais uns dias antes de meu pai fugir de novo.

— Não vou longe. E é por pouco tempo.

— Duas da tarde — lembrou Lily.

Mostrando dois dedos, Cate seguiu para casa.

— É bom ver nossa menina feliz. — Recostando-se na cadeira, Hugh suspirou. — Completamente feliz.

— É, sim. — Aidan observou a filha. — E eu vou ficar mais feliz ainda quando a investigação acabar. Adiei algumas coisas para continuar aqui. Posso fazer isso de novo.

— Uma hora, tenho certeza de que a morte de Conrad Buster não tem relação alguma com Cate, com a gente. — Hugh empurrou sua xícara. — Na outra, estou convencido de que tem tudo a ver com ela.

— Cate é uma mulher inteligente, sensata. — Lily colocou uma mão sobre o peito do marido. — Nós somos pessoas inteligentes, sensatas. Vamos fazer o que sempre fazemos, tomar conta uns dos outros.

— Estraguei o clima. — Aidan empurrou a xícara de volta para o pai. — A gente devia estar falando sobre o casamento e roteiros. Sobre o que é esse?

Mais animado, Hugh pegou seu café de novo.

— Bem, vou te contar.

Eles demoraram mais meia hora antes de voltar para dentro da mansão.

E então nada e ninguém restava entre Jessica e o *cottage*. Ela foi tomada pela empolgação enquanto atravessava o terreno — mas tomou cuidado. Precisava evitar o lado com vista para o mar e aquela parede de vidro impressionante. Então entraria direto pela porta da frente. A menos que alguém olhasse por alguma janela da mansão, bem na sua direção, no momento exato, estava desimpedida.

Depois de olhar para trás pela última vez, ela foi até a porta. Empunhou a arma, virou a maçaneta.

Que bom que estava destrancada, pensou Jessica. E por que não estaria? Um lugar seguro, câmeras de vigilância, empregados em todo canto. Ela respirou fundo, entrou.

Embora estivesse preparada para aquilo, ficou chocada com a visão do Pacífico se ondulando pela parede. Mandando o coração ir mais devagar — e sendo ignorada —, ela atravessou a sala vazia, a cozinha aberta, tentando se mover com a arma igual faziam nos filmes.

Hábil e cuidadosamente, apontando-a de um lado para o outro.

Ela olhou para a escada, mas não escutou nada. Absolutamente nada além do som do mar.

Então viu a porta fechada, com a placa que dizia:

GRAVAÇÃO EM ANDAMENTO

Seguindo até lá, Jessica continuou de olho na escada, só para garantir. Ao contrário da porta da frente, aquela estava trancada. Frustrada, ela se afastou, pensou em dar um tiro na fechadura — também faziam isso nos filmes.

Mas não sabia se daria certo, e, se não desse, Cate teria tempo para chamar ajuda.

Um pouco trêmula, Jessica olhou para o relógio. Tinha perdido mais de uma hora e talvez precisasse da mesma quantidade de tempo para voltar ao carro. O que significava que ainda sobrava bastante tempo para cumprir sua tarefa.

Mais uma vez, ela ficou esperando, aproveitando o momento para analisar o *cottage* e decidir como montar a última cena de Caitlyn Sullivan.

CATE TERMINOU os dois comerciais de trinta segundos. Editou as gravações.

Tinha sido uma hora produtiva, pensou enquanto enviava os arquivos. Ela pretendia se divertir com a dublagem do jogo e achava que já sabia exatamente como faria a voz da personagem. Mas queria reler o texto, ensaiar de novo. E decidiu que meia lata de Coca lhe daria mais ânimo, um empurrãozinho antes da releitura.

Ela abriu a porta do estúdio.

E só viu a mulher com a arma depois de dar dois passos para fora.

— Pare aí.

O instinto fez Cate levantar as mãos.

— Quero que você vá até o meio da sala. Devagar.

Dois passos para trás, pensou ela. Será que conseguiria? E depois? Não tinha telefone dentro do estúdio. Pularia pela janela? Talvez, talvez.

— Posso dar um tiro em você aí mesmo. Prefiro não fazer isso.

A voz soava trêmula, mas Cate não sabia identificar, ainda não, se era por nervosismo ou animação.

— Quem é você?

— Sou a noiva de Grant Sparks e estou aqui para me vingar da mulher que arruinou a vida dele.

Nervosismo, concluiu Cate. E um pouco de orgulho.

— Então não estamos falando de mim, já que eu tinha dez anos quando ele me sequestrou.

— Não. Você continua sendo a mesma coisa que era naquela época. Útil. Vou te matar, e Charlotte Dupont vai levar a culpa. Ela finalmente terá o que merece. Agora, venha até aqui.

— Você quer que Charlotte receba o que merece? — Cate sorriu. Os Sullivan sabiam interpretar diálogos, mesmo quando estavam improvisando. — Eu também. Aquela vaca mandou me sequestrarem. A própria filha! Passei a vida toda sendo usada nos seus joguinhos. Como diabos você acha que me matar é um jeito de se vingar dela? A mulher não se importa comigo, nunca se importou.

— Vão achar que ela é a culpada.

— É mesmo? — Ousada, Cate revirou os olhos. — Alguém vai achar que Charlotte Dupont descobriu uma maneira de burlar o esquema de segurança da casa, entrar aqui e me dar um tiro? Por que raios acreditariam nisso? Se você me matar, vão desconfiar do Sparks de novo.

— Não vão, não.

— É claro que vão. Ela tem os melhores advogados que o dinheiro pode pagar. Passou anos choramingando por aí, dizendo que quer ser minha mamãe de novo. E você quer lhe dar uma desculpa para fazer drama pela filha morta? Sparks vai levar a culpa.

— Não vai!

Mas Cate ouviu hesitação dessa vez.

Pegue a colher, pensou ela, tire os pregos da janela.

— Depois que você morrer, vou escrever o nome dela no chão com o seu sangue.

— Francamente, isso é patético, nunca vai dar certo. Sabe o que funcionaria? Uma testemunha. — Cate apontou um dedo para a própria cabeça. — Se eu disser para a polícia que um homem entrou aqui, tentou me matar e me disse que foi contratado por Charlotte. Eu, a pobre filha inocente da vaca manipuladora. Meu Deus, por que não pensei nisso antes? Podemos acabar com ela. Finalmente.

— Venha até aqui!

— Escute o que estou dizendo. — Era arriscado, sim, arriscado usar um tom tão autoritário e raivoso, mas ela precisava ser dominadora para sobreviver. Fazer uma corda com os lençóis. — Você precisa de mim viva para o plano dar certo. Vamos, abaixe a arma. Alguém com experiência não atiraria em mim. — Cate gesticulou para a pistola. — Em vez disso escutaria. Talvez seja melhor você bater em mim, deixar uns hematomas. Ou... Será que a gente pode fazer parecer um acidente? Quer dizer, dar a impressão de que o assassino quis simular um? Seria assim que minha mãe faria. Mas eu escapo, e ele foge depois de me dizer que foi contratado por ela.

— Por que você faria uma coisa dessas?

— Por quê? — A fúria tomou conta do rosto de Cate. Desça, desça. Fuja do cativeiro. — Eu tinha *dez* anos. E o que ela fez depois que foi solta, depois de passar menos tempo na prisão do que a minha idade quando me drogou e me trancou em um quarto? Ela me usou de novo, uma vez após a outra. Fiquei tão apavorada que tive que abandonar minha carreira. E minha mãe pagou por isso? Não, nunca. Em vez disso, casou com um dos homens mais ricos... — Não foi fácil exibir uma expressão admirada enquanto seu coração batia disparado. — Foi você? Puta merda, foi você que envenenou o velho para tentar colocar a culpa nela?

— Devia ter dado certo!

— Devia, sim, mas Charlotte sempre escapa. Aquela cobra maldita. Aquilo foi muito corajoso. Você deve amar Sparks de verdade.

— Eu faria qualquer coisa por Grant. Ele é o único homem que já me amou. Que me enxergou pelo que sou.

— Conheço essa sensação. Charlotte o usou da mesma forma que me usou. Ele deve ter ficado decepcionado pela morte de Buster não ter acabado com ela.

— Ficou, mas Grant não perde a esperança.

— Ele pediu para você vir me matar?

— Estou fazendo isso para ajudar. Ele não sabe. Não aguento ver Grant tão cansado e derrotado. A gente tinha tanta certeza de que ela receberia o que merece. Mas nada dá certo.

Hora de correr para a floresta.

— Porque não tinha ninguém vivo para colocar a culpa nela. A polícia acreditaria em mim. Por que não? A polícia acreditaria em mim, e Charlotte finalmente pagaria por tudo que fez. Agora, pare de apontar essa arma para mim, e vamos pensar no que fazer, vamos bolar um plano. Quero beber alguma coisa. Está com sede?

Jessica baixou a arma.

— Posso só te machucar.

— Você pode me bater, mas prefiro não levar um tiro.

— Me deixe só...

Pela parede de vidro, Cate viu os cachorros, viu Dillon com uma sacola. Seu coração disparado simplesmente parou.

— Espere! Já sei. — Rápido, deliberadamente, ela foi para a direita, fazendo Jessica dar as costas para o vidro. — É melhor não complicarmos. Simples. Direto ao ponto. Eu não sou obrigada a saber como o cara entrou ou saiu. Fiquei histérica. Digamos que ele tentou me empurrar da escada, e eu acabei caindo. E estava usando uma máscara, então não vi seu rosto. — Ela não podia correr agora, porque a luz estava vindo em sua direção. Então precisava causar aquela reviravolta por conta própria. — Ah, uma máscara de palhaço, igual à que aquele babaca do Denby usou. Sabe de uma coisa, acho que ele armou com a minha mãe para deixar Sparks levar a culpa.

— Armou, sim! — Lágrimas de gratidão surgiram nos olhos de Jessica. — Grant me contou tudo. Ele cometeu um erro horrível, mas...

— Pois é — disse Cate enquanto a porta abria.

Ela pulou para a frente enquanto os cachorros entravam correndo, enquanto Jessica virava para o barulho, para o movimento.

Frenética, Cate agarrou a mão que segurava a arma, a apontou para o alto. A pistola atirou no teto enquanto Jessica se debatia.

Cate levou um soco, mas não tirou as duas mãos do pulso de Jessica.

Suas mãos, o pulso, tudo estava tão escorregadio. Ela teve a sensação de estar caindo, caindo, caindo, e segurou com mais força.

E soltou um grito, um dos seus melhores e mais horripilantes.

Então uma mão firme e forte se fechou sobre a sua, tirou a arma dali.

Ela se estatelou no chão, com Jessica por cima, gemendo, batendo, depois berrando quando os cachorros rosnaram e tentaram morder. Também mostrando os dentes, Cate desferiu um soco, sentiu as juntas dos dedos queimando quando acertou.

Inspirando fundo, ela soltou uma série de palavrões em todos os idiomas que conhecia. Então se preparou para bater de novo, mas atingiu o ar quando Dillon puxou Jessica para longe.

Ele a jogou numa cadeira.

— Sente aí. Fiquem de guarda — ordenou ele aos cachorros, que rosnavam enquanto a mulher chorava.

— Você se machucou, Cate?

— Não, não.

— Ligue para Michaela agora — disse Dillon sem tirar os olhos de Jessica. — Consegue fazer isso?

— Consigo.

— Não é justo. — Jessica chorava com o rosto entre as mãos. — Ela precisa pagar.

— Não eu — explicou Cate enquanto pegava o telefone na bancada. — Ela está falando da minha mãe.

— Não me importa de quem ela está falando. Minha senhora, você bateu na cara da minha noiva, e eu quebrei uma dúzia de ovos quando deixei aquela sacola cair. Nunca bati em uma mulher na vida, mas, se você não calar a boca, será a primeira.

Ignorando Dillon, ela gritou para Cate:

— Eu devia ter atirado em você! Jamais devia ter te escutado! Você é uma mentirosa.

— Não. — O sorriso que Cate abriu era implacável. — Eu sou uma atriz.

Em vez de passar a tarde olhando para modelos de vestidos de casamento, Cate estava sentada na sala da estar da casa que seus bisavós construíram, segurando a mão do noivo.

Seu pai andava de um lado para o outro. Ela não sabia se conseguiria ficar parada se Dillon não estivesse ao seu lado. Como uma âncora agora, mantendo-a no lugar.

Julia e Maggie ocupavam um dos sofás menores. Hugh estava sentado na poltrona favorita de Rosemary, com Lily na poltrona ao lado.

Consuela, com os olhos vermelhos de tanto chorar, trouxe gelo.

— Coloque no seu rosto.

Cate obedeceu. Era só um hematoma. Nada grave. Mas ainda conseguia ouvir o tiro. Ainda conseguia imaginar como as coisas podiam ter sido piores.

Como se estivesse pensando a mesma coisa, Lily levantou com um pulo.

— Não estou nem aí para a hora, vou tomar um martíni. Alguém me acompanha?

Maggie ergueu uma mão.

— Eu faço. — Hugh se levantou, seguiu para o bar do outro lado da sala. — Você acha que tem uma casa segura — disse ele, baixinho. — Acha que fez todo o possível para ter uma casa segura.

Cate foi até ele.

— Ela só pode ser maluca, vovô. E teve sorte de chegar tão longe hoje. Mas estou bem. Dillon está bem. E Michaela a prendeu. Michaela e Red.

— Você foi inteligente e corajosa. Sempre foi.

Cate olhou para Julia.

— Eu estava com medo. Ela também estava, só que era burra. Isso ajudou.

Julia balançou a cabeça.

— Inteligência e coragem. Você e Dillon. Tiveram naquela época e agora de novo.

— É verdade, mas Cate tem razão sobre ela ser burra. — Maggie soltou um chiado entre os dentes. — Não acredito que aquela mulher é advogada formada sendo tão imbecil. E começou a dar com a língua nos dentes antes mesmo de ser algemada por Michaela. Não foi isso que você disse, Dillon?

— Ela estava chorando, dizendo que Cate tinha enganado ela.

— Me poupe. — Tentando arrancar um sorriso dele, de qualquer um, Cate usou um tom arrogante. — Atuar é, antes de tudo, a arte de enganar os outros.

— Você sempre foi tão talentosa.

Ouvindo a tensão na voz do pai, Cate foi até ele, lhe deu um braço.

— É de família.

Quando ela pulou, só um pouco, ao ouvir a batida à porta, Aidan a apertou. Os dois relaxaram quando Red e Michaela entraram.

— Você está preparando drinques, Hugh? Como policial aposentado e consultor, eu aceito. Estou precisando mesmo beber alguma coisa. Mic aceita um café. — Ele parou diante de Cate, segurou seus ombros, lhe deu um beijo na bochecha roxa. — É uma pena, porque ela também merece um drinque. O problema já está praticamente resolvido. Eu sempre soube que Mic tinha potencial.

— Vou trazer o café. Minha menina quer uma Coca?

Cate sentou ao lado de Dillon de novo.

— Seria ótimo.

— Sirva uma taça de vinho tinto para Consuela, Hugh.

— Dona Lily, estou trabalhando.

— Você pode trazer mais café e uma Coca para Cate, depois vai fazer uma pausa aqui, com a sua família.

Michaela sentou.

— Quero avisar que já liberamos os jardineiros, e pedi a um policial para levar Lynn Arlow para casa. O carro dela vai ficar com a gente como prova. Rowe arrombou a fechadura do porta-malas, se escondeu lá para passar pelo sistema de segurança. Não há qualquer sinal de que a srta. Arlow tenha agido como cúmplice.

— Ela se trancou no porta-malas do carro?

Michaela assentiu para Maggie.

— Sim, e passou boa parte da madrugada lá dentro. Pretendia sair daqui do mesmo jeito. Ela confirmou seu depoimento, Cate. Queria atirar em você, depois escrever o nome da sua mãe no chão, achando que a gente colocaria a culpa em Dupont e a mandaria para a prisão.

— Além de burra, é louca — concluiu Maggie.

— Quase deu certo. — Julia entrelaçou os dedos.

— Acho que não. Esse era o plano — acrescentou Cate —, mas sua voz estava trêmula. A mão também tremia. E ela é... ingênua.

— Mas letal o suficiente para envenenar um velho em um salão de baile cheio de gente. — Red aceitou o uísque que Hugh lhe entregou. — Por mais ousado que isso tenha sido, é diferente de olhar alguém nos olhos e puxar o gatilho.

— E tudo para jogar a culpa em cima da minha mãe.

Michaela esperou enquanto Consuela trazia seu café, uma Coca para Cate e outra para Dillon.

— Sparks a convenceu de que Dupont estava por trás de tudo, que ele tinha sido o bode expiatório. E que estava apaixonado por ela, que Dupont era sua inimiga. Rowe o ajudou a encomendar o assassinato de Denby e pagou pelo serviço. A mesma coisa com Scarpetti. Ela achava que estava fazendo justiça.

E não acredita que Sparks atacou a si mesmo, então acho que não participou disso. Ela está convencida de que Charlotte tentou matá-lo.

— Como Mic disse, ela ajudou com Denby e Scarpetti — disse Red. — Ajudou a organizar o assassinato dos dois e a tentativa contra mim. E fez as últimas ligações no lugar de Sparks, as gravações que você sempre recebeu.

— Tudo em nome do que pensava ser amor — murmurou Cate. — Rowe não é tão diferente assim da minha mãe.

— Mas vai passar mais tempo presa do que ela. — Red tomou um gole de uísque. — Duas acusações de premeditar assassinato, uma de homicídio qualificado, uma de tentativa de assassinato. A invasão de domicílio com arma de fogo hoje. Ela está ferrada. Mais uma mulher enrolada por Sparks.

— Ele também vai continuar preso por um bom tempo — acrescentou Michaela. — Pelo resto da vida. Eu e meu... consultor vamos lhe fazer uma visita.

— Ô, se vamos.

— Estamos devendo a vocês de novo.

Red apontou para Hugh.

— Nada disso. Cate e Dillon resolveram boa parte do problema por conta própria. Tenho a impressão de que Sparks vai ficar puto da vida por ter dispensado o advogado. — Ele tomou o resto do uísque. — Está pronta para descobrirmos o restante?

— Mais do que pronta.

— Se vocês voltarem antes das sete e meia, venham jantar. Sua família também, Michaela. — Lily se aproximou, segurou as mãos dela. — Vocês todos. Hoje teremos um jantar no Recanto dos Sullivan. Um jantar em família. Sinto muito, Consuela, vou te ajudar a cozinhar.

— Ah, não, dona Lily. Por favor.

— É melhor a gente ir então. Quem vai dirigir, Mic?

— A delegada sou eu.

Cate se levantou.

— Quero tomar um ar, andar. Vou ajudar Lily a te ajudar mais tarde, Consuela.

— *Muy bien.*

— Vamos dar uma volta. — Dillon se levantou. — Daqui a pouco volto para casa para terminar o trabalho.

— Não. Fique. — Julia foi até o filho, lhe deu um abraço. — Vovó e eu cuidaremos de tudo. Fique. Vamos voltar para o jantar.

— Obrigado.

Maggie estalou os dedos para os cachorros, que levantaram na mesma hora.

— Venham para casa. Vocês podem ajudar a guiar o gado.

— Andem, vão dar o passeio de vocês. — Aidan olhou para Dillon. — Você está em boas mãos.

Então ele saiu para andar com Cate, seguindo para a praia, como sabia que ela queria.

— Uma imagem vai ficar na minha cabeça para sempre, fazendo eu me sentir segura — disse ela.

— Qual?

— Você, segurando a arma daquela mulher em uma mão enquanto a tirava de cima de mim com a outra. Simplesmente a puxou, com uma mão só, a jogou na cadeira, mandou os cães ficarem de guarda. Até aquele momento, eu estava agindo na adrenalina. Meu coração estava disparado, o suor escorria pelas minhas costas. Aí você fez aquilo, e tudo simplesmente se acalmou.

— Talvez para você. — Ele virou a cabeça, lhe deu um beijo na testa. — Eu me caguei de medo.

— Eu sei. Ouvi na sua voz. Você estava com medo por mim, mas não deixou que ela percebesse. Que bom que não deixou. E que eu não deixei. Que os dois passem anos atrás das grades sabendo que não temos medo deles. — Cate levou a mão de Dillon até sua bochecha, beijou sua palma. — Essa parte acabou. Mas quero que saiba que minha mãe vai se esbaldar com a história. Sparks e Rowe lhe deram um presente. A imprensa não vai falar de outra coisa.

— Não estou nem aí. — Dillon parou na escada para a praia, virou-a para encará-lo. — Você está?

Cate analisou o rosto dele, deixou aquela resposta pairar em sua mente.

— Não está nem aí mesmo?

— Eu me importo com você, com nossa família, com os cachorros, com o rancho. Eu me importo com várias coisas. A imprensa não está nem no fim dessa lista.

— Então também não me importo. De verdade. Que tal você casar comigo?

— Sabe, acho que vou me casar com você mesmo.

Cate segurou a mão de Dillon e, juntos, os dois desceram a escada rumo à areia e ao mar.

Impresso no Brasil pelo
Sistema Cameron da Divisão Gráfica da
DISTRIBUIDORA RECORD DE SERVIÇOS DE IMPRENSA S.A.
Rua Argentina, 171 – Rio de Janeiro, RJ – 20921-380 – Tel.: (21)2585-2000